야한 로맨스소설

초판 1쇄 찍은 날 | 2015년 4월 25일
초판 1쇄 펴낸 날 | 2015년 5월 04일

지은이 | 임지영
펴낸이 | 서경석

편집책임 | 최고은
편   집 | 나정희
디 자 인 | 신현아

펴낸곳 | 도서출판 청어람
등록번호 | 제387-1999-000006호
등록일자 | 1999. 5. 31
어람번호 | 제5-0410호

주소 | 경기도 부천시 원미구 부일로 483번길 40 서경B/D 3F (우) 420-822
전화 | 032-656-4452 팩스 | 032-656-4453
http://www.chungeoram.com
E-mail | chungeorambook@daum.net

ⓒ 임지영, 2015

ISBN 979-11-04-90209-3 03810

야한 로맨스 소설

Chungeoram romance novel

임지영 장편 소설

도서출판 청어람

Contents

1

왕 하지드가 한 걸음씩 발을 내디딜 때마다 그의 검고 매끄러운 긴 머리칼이 출렁였다. 그리고 검은 눈동자. 그 시커먼 차가운 눈동자는 약간 치켜 올라간 그의 눈매를 매혹적으로 만들고 있었다. 무자비한 그의 성품을 나타냄과 동시에 그의 추종자들과 심지어는 그의 반대파마저 굴복하게 만드는 그런 서늘한 카리스마를 말이다.

오로지 단 하나, 입가의 점이 그가 인간임을, 그리고 그가 웃을 때마다—거의 비웃는 경우가 대부분이지만—그를 살과 피, 그리고 땀으로 이루어진 실체를 가진 존재임을 깨닫게 해주었다. 그렇다고 해서 그의 점이 그의 미모를 해치는 것은 결코 아니었다. 왜 그런 거 있지 않은가. 미미한 결점으로 인해 완벽을 깨고 오히려 그것을 뛰어넘는 예술성을 획득하는.

그런 그가 넓은 홀을 지나서 거대한 침대로 다가오고 있었다. 그리고 그녀는 침대에 묶여 있었다. 손목에 상처를 입을까 비단으로 묶어 저항이 불가능한 상태로.

그녀는 하지드가 처음 돈을 주고 산 노예였다. 그는 노예를 사지 않는다. 왕으로서 그는 모든 백성을 가질 수 있었다. 하지만 그녀를 산 곳은 자신의 나라도, 정복지도 아니었다. 무역으로 유명한 페르시아 만의 시끌벅적한 시장에서 마침 경매로 나온 그녀를 본 순간 그는 황금의 동전으로 그녀를 샀다.

그녀는 그의 나라, 사막으로 휩싸인 왕국에서는 보지 못한 황금색의 머리칼을 갖고 있었다. 그리고 초록색 눈도.

그의 나라에는 꿀의 색 피부와 부드러운 갈색을 띤, 순종적인 눈동자를 가진 작은 여자들이 있었다. 간혹 다리가 길고 검은 피부를 가진 매혹적인 노예들도 있었지만, 찢어진 옷 사이로 살짝 드러난 그녀의 분홍색 가슴과 새하얀 피부는 그가 단 한 번도 보지 못한 것이었다. 그리고 그 반항적으로 반짝이는 초록색 눈도 처음이었다. 물론 무역이 발달하면서 멀리 로마제국을 이은 북쪽의 인종들이 간혹 눈에 띄기는 했지만 여자는, 그것도 이렇게 젊은 여자가 노예로 끌려온 것은 처음이었다.

경매시장은 끓어올랐고, 노예상인은 목청을 높여 소리 질렀다.

"이 처녀는 오늘 아침에 막 배에서 내린 최고의 상품입니다. 처녀임을 제가 증명합니다. 처녀를 끌고 온 뱃사람들은 초록빛 눈과 황금의 머리칼을 가진 마녀를 범하면 부정한 마녀가 신성한 땅을 더럽힐까, 알라께서 노하신다고 손끝 하나 대지 않았다고 합니다. 이제 신의 땅에 내렸고 이곳은 알라의 땅이니 마녀는 사라지고 순결한 처녀만이 남은 것입니다. 이 정도의 미모면 황금의 동전이 아니면 결코 살 수 없을 것입니다!"

그리하여 왕이 아닌 자는 가지고 있지 못하는 그 황금의 동전으로 알라의 땅에서 왕은 그녀를 돈을 주고 샀다. 그리고 낙타에 태워서 모래바람을 헤치고 그의 궁전으로 돌아온 것이다.

하렘의 여인들은 눈을 깔고 몰래 수군거리며 그녀를 목욕시키고 몸에 향유를 부었다. 여자는 지치고 불안하며 공포에 질려서도 그리 순종적이지 않았다. 초록색 눈의 처녀는 목욕 중에 도망가려 소동을 일으켰다. 시종들은 혹시 그녀가 왕에게 상처를 입힐까 염려하여 그녀의 두 손을 머리 위로 올려 비단 천으로 침대 기둥에 묶어놓았다.

그리고 밤이 되었다. 창밖에서 시인이 노래를 하고 왕의 귀환을 환영하는 잔치로 온 거리가 시끄러운 와중에 처녀는 피곤에 지쳐 꾸벅꾸벅 졸기 시작했다.

그때 장미 향기가 자욱하게 방 안으로 흘러들어 왔다. 문이 열리고 다시 닫혔다. 왕의 침실은 이제 아침까지 열리지 않을 것이다. 인기척에 눈을 번쩍 뜬 처녀는 몸을 웅크렸다. 맥없이 손을 비틀어보았지만 부드러운 비단은 더욱 단단히 가느다란 손목을 옥죌 뿐이었다.

구릿빛의 단단한 몸이 침대 위로 올라왔다.

하지드는 긴 머리칼을 뒤로 넘기고 처녀를 내려다보았다. 그리고 흥미롭다는 듯 미소를 지었다. 단 한 번도 그의 침대에서 볼 수 없던 눈빛이다. 보석같이 반짝이는 초록색은 그가 좋아하는 보석의 색이었다. 여자의 눈동자는 이른 아침이나 한낮에 보면 간혹 파랗게 보이기도 했다. 파란색 보석 또한 그가 좋아하는 보석이었다.

여자는 다른 여인들과 달랐다. 좋아서 그의 하렘에 들어온 것이 아니더라도 여인들은 곧 그의 앞에서 순종적으로 변해갔다. 그의 매혹적인 얼굴과 단단한 체격은 여인들로 하여금 탄성을 지르고 유혹을 하고 비탄에 잠기게 했다. 그도 아니면 그의 눈빛에 겁에 질려 했다. 하지만 여자의 눈은 강렬하게 불타고 있었다. 적개심으로 가득한 반항적인 그 초록색이 그의 침대를 불태울 기세였다. 그가 그녀의 머리칼을 휘어잡았다. 황금색의 머리칼이 황금 실같이 올올이 그의 손가락 사이로 흘러내렸다.

하지드가 천천히 입술을 처녀의 얼굴로 가져갔다. 처녀의 깊은 초록색 눈동자 안에서 그가 겨우 불안을 찾아냈다. 처녀는 입을 꼭 다물고 열지 않았다. 그리고 고개를 홱 돌렸다. 그의 심기가 불편해졌다. 그는 왕이고, 거절에 익숙하지 않았다. 하지만 빛나는 보석 같은 노예를 상처 주기는 싫었다.

그가 커다란 두 손으로 그녀의 얼굴을 잡았다. 그리고 그녀의 입술을 천천히 핥았다. 그녀의 목덜미로 입술을 내리자 그녀의 두 팔이 흔들렸지만 비단은 여전히 그녀를 움켜쥐고 있었다. 그가 분홍색의 가슴 위에 놓인 작은 열매를 입속에 넣고 혀끝으로 천천히 굴리자 처녀는 몸을 비틀었다.

하지드는 술에 취했고, 기분이 좋았다. 그리고 황금빛 머리칼의 그녀는 향기가 좋았다. 그가 손에 힘을 주어 반항하는 그녀의 다리를 잡아서 벌렸다. 처녀라니 별수 없이 그가 물길을 내야 했다. 그가 고개를 숙이자 검은 머리칼이 흘러내렸다. 그녀의 샘을 입술로, 혀로 희롱하는 왕의 치태에 처녀의 숨이 점점 가빠왔다. 장미의 향유가 그녀의 땀과 섞여 매혹적인 향기를 풍겼다.

하지드가 그녀에게 속삭였다.

"이름이 무엇이냐?"

초록색의 눈동자가 불타올랐다. 처녀가 입을 열어서 작게 속삭였다. 처녀의 입술 가로 그가 귀를 기울이자 여자의 가쁜 숨과 함께 분노에 찬 으름장이 예언을 말하듯 들려왔다.

"네 영혼과 심장을 집어삼키는 자."

"스톱!"

수인의 느닷없는 외침에 주희가 그를 바라보았다.

"잠깐만. 이거 좀 위험한데. 여주인공이 당하는 거잖아. 그리고 이런 전개는 사실 좀 식상해."

"뭐가 식상해? 그리고 옛날 아랍 왕이 자기가 사온 노예와 같이 하는데, 그럼 그 노예 처녀가 왕을 보자마자 좋아서 척척 다리를 벌리는 게 더 이상하지 않아?"

"아이 참, 너는 척척 다리를 벌리는 건 또 뭐야? 일상 언어가 아 저씨냐? 제목부터 구려. 〈지중해의 푸른 보석〉은 또 뭐야? 저번 책은 〈지옥에 떨어진 꽃〉이더니, 여자를 상징하는 게 보석이나 꽃 밖에 없냐? 아니, 이런 표현 말고 더 세련되게 갈 순 없는 거야?"

주희가 한숨을 쉬었다.

"야, 처음 하는데, 게다가 당하는 관계에서 세련이 어디 있냐? MT 가서 좋아하는 선배랑 해도 지랄 맞긴 매한가지고 기분 안 좋 은 건 다 똑같아."

수인이 움찔하며 주희를 바라보았다.

"처음 하면 다 기분 안 좋아? 내가 아는 선배들은 그렇게 말 안 하던데?"

주희가 목을 좌우로 스트레칭하자 우드득 소리가 났다. 마치 레 슬링에 올라가는 격투기 선수처럼 목을 풀며 주희가 수인이를 노 려보았다.

"너나 네 선배들이 모두 다 공대 나와 여자도 못 사겨본 모태솔 로라서 그런 유언비어를 퍼뜨리는 거야. 남자와 여자는 달라. 남 자는 초장부터 뻑 가는지 몰라도 여자는 안 그렇거든."

"아주 다큐를 써라."

주희의 노트북을 보던 수인이 옆에 놓인 맥주를 마셨다. 그러고는 옆에서 개인 노트북을 들여다보며 인터넷 쇼핑을 하고 있는 애희에게 물었다.

"선생, 선생님의 의견은 어떠세요? 저런 소설?"

애희가 무슨 말을 그렇게 지나치게 하느냐는 제스처로 눈을 흘기며 말했다.

"야, 너 말투가 좀 그렇다? 나도 소설가거든. 그것도 로맨스소설가."

주희가 앙칼지게 소리쳤다.

"그래, 우리 선생님이 얼마나 유명한 소설가인지 네가 모르는 모양인데, 로설계에선 유명한 분이거든!"

수인이 못 볼 걸 봤다는 듯 주희의 노트북을 손가락 끝으로 빙 돌리더니 아까 하다 만 게임기를 찾으며 말했다.

"그래, 선생님은 유명한데 그 제자인 너는 왜 맨날 야설만 쓰냐? 종이책도 제대로 못 내고, 그것도 남주가 항상 똑같아! 검은 긴 머리칼에 카리스마, 왼쪽 뺨에 보조개, 입가의 점! 네 책상 위에 붙은 사진도 이제 좀 떼지?"

주희가 소리를 지르기 시작했다. 항상 일어나는 패턴이라서인지 애희는 잠자코 자신의 노트북을 들고 방으로 도망쳤다.

"야, 이수인! 너는, 너는? 공대 졸업하고 게임회사에서 덕질이나 하는 주제에! 돈만 많이 벌면 다냐, 이 나쁜 놈아! 고향 친구가 소설가가 되겠다고 서울 와서 고생하면 용기를 줄 생각은 못 하고 구박만 하지!"

주희가 미친 듯 날뛸 전조가 보이자 눈치 빠른 수인 역시 얼른 게임기를 챙겨 자신의 방으로 도망가 버렸다. 거실에는 통닭의 목 부분과 반쯤 남은 김빠진 맥주만 남아 있었다. 주희가 입을 내밀고 휑한 풍경을 배경으로 맥주를 원샷했다.

처음 국문과를 졸업하고 소설을 쓸 때는 언젠가는 회심의 작품을 쓸 거라고, 〈반지의 제왕〉이나 〈왕좌의 게임〉같이 멋들어진, 등장인물이 적어도 100명은 나오는 그런 위대한 작품을 쓸 거라고 생각했는데, 이상하게 자신이 쓴 작품은 A4 용지로 100장을 넘기 힘들었다.

한 권 분량도 안 되는 작품으로 매번 이 출판사 저 출판사 투고를 해보아도 받는 답장은 '정말 좋은 작품이지만 우리 출판사와 맞지 않다'는 답이거나 심하게는 '쓰신 작품은 내용도 없고, 구성도 엉성하고, 주인공의 캐릭터도 실종되고, 사건도 없어서 도대체 뭘 썼는지 모르겠다'는 평을 받을 때도 있었다.

죽고 싶은 심정에 고향으로 돌아가 아빠가 하는 다 쓰러져 가는 과수원 사과에 예쁘게 봉지나 씌워줘야 하나 생각하고 있을 때, 초·중·고등학교까지 같이 나온 고향 친구 수인을 만났다.

공대 나와서 오라는 큰 연구소를 다 마다하고 게임을 좋아해서 게임을 원없이 해보겠다는 포부로 게임회사에 입사한, 그렇게 자신의 부모님을 졸도시킨, 미소녀 엘프 캐릭터에 미친, 그래서 방안 가득히 엘프 피규어가 들어찬, 살짝 맛이 간 소꿉친구와 만나서 주희는 다시 시작하기로 결심했다. 물론 수인이 있는 아파트에 빈대 붙기가 성공할 경우에 한해서였다.

여태껏 여자친구도 없이 여자 피규어 인형만 끼고 살던 수인은 그를 죽일 듯이 바라보는 부모님의 시선을 피하기 위해 고향 친구를 방패 삼기로 결심하고, 월세를 착실히 낸다는 조건하에 주희에게 방을 하나 주었다. 그리하여 두 친구가 같이 살게 되었는데, 월세를 못 내면 잔소리를 심하게 해대는 수인 때문에 주희는 아르바이트를 시작해야만 했다.

그러던 어느 날 주희는 직접 원고를 들고 찾아간 출판사에서 퇴짜를 맞고 나오는 길에 엘리베이터 안에서 한 여자가 친구에게 하는 말을 듣게 되었다.

"김애희 선생님 보조작가 구한다는데? 작가님이 이번에 쓰는 거 영화사랑 계약했는데 시나리오까지 써달라고 하는가 봐. 시나리오 쓰는데 지금 하시는 거랑 이중이 되니까 힘들다고 지금 보조를 구해달라고 하시는데 내가 신청해 볼까?"

"너는 이번에 쓰는 거 책으로 계획하고 있다면서. 그거 수정 들어가면 장난 아닌데 어떻게 그 작가님 보조를 한다고 그래? 그리고 그 작가님, 약간 에고가 강해서 자기 맘에 안 들면 화내고 신경질이 엄청나대. 그뿐이냐? 그분, 은행 심부름에 음식 준비까지 시킨다더라. 알고나 들이대."

공주희 인생에 처음으로 엘리베이터에서 전번을 구걸했다. 그리고 그날로 찾아가서 일자리를 구했다.

김애희 선생님은 그녀도 알고 있었다. 그녀 또한 하이틴 로맨스 키드로 중학교, 고등학교 때 나름 엄청나게 많은 로맨스소설을 읽었고 또 직접 써보기도 했다. 그리고 그때 쓴 작품을 본 국어선생님께서 '우리 주희, 소설가가 되면 출세하겠다'라고 하신 농담을 진담으로 받아들여 국문학과로 간 것이다.

로맨스소설 중독자로 김애희 선생님을 모른다면 그건 로설의 진정한 독자가 아니었다. 김애희 선생님은 주희보다 스무 살 정도 더 나이가 많았다. 김애희 선생님이 나이를 밝히지 않아서 정확히는 모르지만 적어도 열다섯 살 이상 나이 차가 날 것이라고 주희는 짐작했다.

〈연인들〉이란 5편의 시리즈로 큰 성공을 거둔 선생님은 그 후에도 꾸준히 성공의 길을 쾌속 질주했다. 〈어두운 밤〉이라는 작품은 드라마로도 성공했고, 연달아 〈오월의 반지〉, 〈그녀의 그림자〉, 〈사랑스러운 침대〉 등 김애희 선생님의 소설은 이제 영화계에서도 군침을 흘리는 작품이 되었다.

자신의 마지막 꿈을 걸고 죽을 각오로 찾아간 김애희 선생님 댁에서 주희는 운이 조금 좋았다. 김애희 선생님은 아무런 경력도 이력도 없는 주희를 보조작가 겸 비서로 채용해 주었다. 그리고 주희가 쓴 소설을 읽어봐 주기도 하고 가감 없이 그녀에게 날 선충고와 영혼 없는 위로를 자주 해주었다. 물론 술친구로도 완벽하게 뜻이 맞았다.

그것이 벌써 3년 전이다. 이제 스물일곱 살인데 아직 단 한 편도 종이책 출판을 한 적이 없다. 그리고 온갖 조언을 해주신 선생님이 써보라고 한 추리물, 스릴러물, 공포물, 첩보물, 공상과학물, 미래소설, 판타지물, 로맨스물 중에 오로지 야한 로맨스소설만이 조금, 정말 쪼금 더 반응이 좋았다. 이북 제의가 들어온 것이다.

그리고 그것은 주희에게 엄청나게 커다란 자신감의 회복을 가져다주었다. 안 그래도 나이가 들면서 옷도 사고 싶고 좋은 구두도 사고 싶은데 언제나 돈이 문제였던 주희는 이북 제의를 당연히, 아니다, 엄청나게 감사히 받아들였다. 그렇게 하여 탄생한 것이 공주희 작가선생의 야한 로맨스물, 친구인 이수인이 주장하는 야설이 절대로 아닌, 약간 수위가 있는 로맨스소설을 쓰기 시작한 것이다. 그래도 계속 팔리기는 해서 시리즈로 계속 이북을 내게 되었다. 제법 '작가님'이라는 호칭에 쑥스러움 80%, 쪽팔림 18%, 긍지가 2%인 감정의 대답을 하게 된 것도 얼마 지나지 않았다.

거실의 쓰레기를 치우는데 애희가 방에서 나왔다. 애희가 정리를 도우려 허리를 숙이자 주희가 침울한 목소리로 말했다.

"제가 할게요, 선생님. 별로 많지도 않아요."

애희가 풀이 죽은 주희를 바라보았다.

"야, 공주희, 뭘 그런 것 가지고 화를 내고 그래? 오늘따라 민감하게. 원래 너 까는 맛에 사는 놈인데."

"선생님은 쟤 이모예요, 엄마예요? 왜 꼭 쟤 편만 드세요? 오늘 댁에 안 들어가세요?"

자신의 집보다 이제는 수인의 집이 더 편한, 그래서 방 하나에 월세까지 내고 있는 애희가 살살 눈웃음을 치면서 주희의 팔에 팔짱을 꼈다.

"왜 그래?"

길게 빼는 콧소리가 마치 어느 개그 프로그램에 나오는 개그우먼을 흉내 내는 듯하자 주희가 피식 웃었다. 애희는 여전히 콧소리를 내며 팔을 허리에 붙였다.

"나는 아까 그거 맘에 들어. 그리고 그 남자주인공, 아주 맘에 들어. 그리고 어서 섹시한 보조개노 넣고 탄탄한 엉덩이도 보여주고, 그래서 섹시하게 여자주인공을 사로잡았으면 좋겠어."

이제는 주희가 실실 웃었다. 버럭 화를 냈다가도 그 화가 길게 가지 않는 것이 공주희의 장점이자 단점이었다. 수인이 보았다가는 또다시 '3초 붕어 기억력' 이라고 놀릴 일이지만 주희는 자신의 이런 태평하고 낙천적인 성격이 좋았다.

"저도요. 정말 너무 멋있게 생기지 않았어요, 남자주인공? 나 같으면 정말 내가 먼저 덮칠 텐데. 주위에 저런 오덕이나 있으니 내 인생에 봄이 올 리가 있나!"

수인의 방을 향해 들으란 듯이 소리를 쳤지만 방에서는 이미 게임을 시작한 듯 총소리가 난무했다. 애희가 고개를 끄덕였다.

"그럼, 그럼. 빠져들 것 같은 새까만 눈동자에 검은 긴 머리칼, 높은 콧대에 왼쪽 뺨의 보조개, 붉은 입술, 그리고 그 입술 바로 옆 날카로운 얼굴을 부드럽게 해주는 단 한 개의 애교 점. 아, 정말 죽음이지! 볼수록 빠져들지 않아?"

속사포처럼 쏟아지는 애희의 찬가를 듣고 있던 주희가 멍하니 닭뼈를 치우다가 중얼거렸다.

"선생님, 소설 속 인물한테 너무 빠지신 거 아니에요? 세상에 실제로 이런 남자는 존재하지 않는다고요."

2

하데스의 검은 머리칼이 서늘한 바람에 길게 휘날렸다. 어두운 곳에 숨어서 그의 움직임을 주시하고 있던 보이지 않는 존재들─밤의 요괴, 그림자, 악귀, 역병들─이 몸을 숨겼다. 두려움에 흔들리던 눈동자들이 그가 고개를 들자 순식간에 사라졌다.

그의 입가에서 비릿한 웃음이 슬쩍 머물다 사라졌다. 공포의 냄새는 항상 그의 사방에서 진동하는 것이었다. 그의 주변에는 아무도 없었다. 누군가가 있다가도 그가 지나가면 자취를 감췄다. 심지어는 늑대, 호랑이 등 동물과 새들까지도 입을 닫고 그가 그저 조용히 아무 해도 끼치지 않고 사라져 주기만을 빌고 또 빌었다. 누가 감히 명부의 왕을 정면으로 바라볼 수 있겠는가.

주위를 둘러보는 그의 날카로운 눈매가 오랜 시간 빛을 보지 않아서 투명하리만큼 흰 얼굴과 잘 어울렸다. 그의 왼쪽 뺨에는 오래된 상처 같은 상흔이 있었다. 그로 인해 웃을 때는 마치 보조개처럼 뺨이 움푹 안으로 들어갔고, 여자들은 그 모습에 두려워하면서도 매혹되었다. 물론 그가 웃는 일은 손가락에 꼽을 정도지만 그가 웃을 때 여자들은 그의 명령에 굴복하며 그가 자신을 덮치고 짓누르고 치마를 찢는 것을 상상하곤 했다.

그의 소리없는 발걸음이 숲 쪽을 향했다. 물소리가 들려왔다. 그리고 누군가가 웃는 높은 목소리가 들렸다. 젊은 여자의 웃음소리였다.

그의 검은 눈썹이 찌푸려졌다. 어린아이나 소녀들은 더욱더 그를 무서워했다. 그리고 그도 어린아이는 전혀 좋아하지 않았다. 아이들은 시끄러웠다. 그리고 예의가 없었다. 그는 예의가 없는 존재를 싫어했다. 그는 여자들을 상대로 전혀 사교적이지 않았다. 상냥하지도, 친절하지도, 격식을 갖추지도 않았다.

한 번은 그의 형이 신들의 회의를 할 때 부른 적이 있었다. 그의 혼인 문제—그가 전혀 혼인을 생각하고 있지 않다는 그 문제—로 누군가를 소개해 주려는 의도였다. 그리고 그 넓은 올림포스의 탁자로 걸어 나온 여자는 누군가의 딸이었다. 물론 형의 딸일 수도 있었다. 그렇게 싸지르고 다니기 때문에 형 자신이 모를 수 있었다.

그 여자는 아름다웠다. 싱그럽고 향기로웠다. 그리고 두려움에 덜덜 떨고 있었다. 티를 내지 않으려 여자는 부단히 노력했지만 불안하게 굴러가는 눈동자와 붉은 입술이 벌어질 때마다 하얀 이빨이 탁탁 부딪치는 소리가 턱을 부술 지경이었다.

그녀는 웃고 있었다. 필사적으로 웃음을 짓고 있었고, 어느 정도 성공하고 있었다. 만약에 그녀의 이가 부딪치는 소리만 아니었다면 자신도 깜박 속을 뻔했다. 여자들이란.

다시는 이런 자리에 나오지 않겠다고 형에게 선언하고, 화가 난 형을 뒤로하고 그 자리에서 암흑의 땅으로 돌아와 버렸다.

하데스는 최대한 소리를 죽이며 물가 옆을 지나가려 했다. 자신의 정체를 드러내서 사람들이 더욱 시끄럽게 비명을 지르는 꼴은 보기 싫었다. 그리고 그 자신이 바쁘기도 했다. 자신에게 방해만 되지 않으면 길을 가로막아도 크게 신경 쓰지 않을 것이다. 그때 그녀를 보았다. 하데스의 눈동자에 비친 그녀가 어떤 모습이었냐고?

그녀는 햇살이었다. 따스한 봄볕 같은 여자. 그녀는 아직 소녀에서 처녀로 넘어가는 가장자리에 서 있는 듯했다. 천진하게 웃음을 터뜨리다가도 잔뜩 수줍어서 입을 다물고 붉은 뺨을 더욱 붉히며 음탕한 요정들의 음담패설에 어쩔 줄을 몰라 했다.

부드러운 갈색의 따스한 머리칼은 그녀의 어깨를 덮고 아름다운 가슴을 반쯤 가렸다. 밝은 이마가 페르세포네의 다정한 눈을 더욱 돋보이게 했고, 갈색의 눈동자는 햇살같이 빛났다. 하데스는 그녀를 본 그대로 멈춰 서서 움직이지 않았다. 요정들이 불안한 듯 봉봉대며 주위를 맴돌았다. 귀신같이 죽음의 냄새를 맡고 불안해서 더욱 정신없이 구는 것을 그녀는 걱정스러운 듯 손을 내밀었다. 그 꿀 같은 피부색. 밝고 투명한 꿀로 만들어진 것 같아서 그녀의 움직임에 따라 향기가 둥실 떠올랐다.

아마 그의 발이 저도 모르게 한 걸음 내디뎠는지 그녀가 그의 움직임을 알아챘다. 그녀가 뒤돌아보는 순간 요정들이 순식간에 마법처럼 사라져 버렸다. 아니, 도망쳐 버렸다. 대지의 여신의 딸을 죽음 앞에 세워놓은 채로. 공포에 질려서 자신들이 한 짓이 무엇인지도 몰랐을 것이다.

그의 검은 눈동자가 처녀를 못 박고 있었다. 꼼짝 못 하고 그를 바라보는 처녀를 보면서 그가 한 걸음 더 가까이 다가갔다. 여전히 처녀는 그의 검은 머리칼과 검은 눈동자에 사로잡혀서 최면이라도 걸린 무당거미처럼 움직이지 못하고 있었다.

"누⋯⋯ 구시지요? 이곳은 대지의 신의 땅입니다."

대지의 여신의 딸? 그는 그녀가 누구인지 알아차렸다. 그의 혈육. 형의 아내이자 자상하고 아름다운 큰누이. 그리고 정말 정신없이 바쁜 여신. 자신이 신인지 노예인지 구분이 가지 않을 정도로 인간들을 위해 뼈 빠지게 일하는 이상한 누이였다. 크로노스의 딸. 풀을 자라게 하고, 꽃이 피게 하고, 벌이 날아다니게 하고, 새들이 집을 짓게 만드느라 정신없이 바쁜 여자였다. 그가 절대로 이해하지 못할 에너지와 생명력으로 잠시도 가만있지 않는 그 여신의 딸이라니.

페르세포네는 그가 누구인지 알지 못하는 듯했다. 어머니의 끔찍한 사랑으로 엄격하게 격리되어 살아왔고, 이제 겨우 이것저것 배우기 시작했기에 아직 지하의 신까지 이름을 외울 시간도, 얼굴을 익힐 겨를도 없었을 것이다.

처녀의 붉은 입술이 물기를 머금어 반짝거렸다. 눈동자도, 그녀의 부드러운 뺨도, 심지어 그녀의 하얀 옷조차도 물기를 품고 있었다. 촉촉하고 부드럽고 따스할 것이 분명했다. 그의 검은 눈이 선명하고 날카로운 생기를 띠었다. 그리고 순식간에 그의 가늘게 뜬 눈동자에 단 한 가지, 확고한 의지가 떠올랐다. 그가 제우스의 동생이고, 지하의 왕이며, 명계의 주인임을 나타내는 그 명확하고 거칠 것 없는 의지가 그의 눈동자에서 시작해 그의 붉어진 뺨과 희미하게 만들어진 웃음으로 흘러내렸다. 그가 나직이 무언가를 중얼거렸다. 아니, 그저 신음 소리나 탄성, 혹은 낚아채기 위한 호흡이었는지도 모른다.

처녀를 향해 뻗어오는 강한 팔과 냉혹한 눈동자에 어리둥절하던 여자의 입술이 비명을 토해냈다. 그가 하고자 하는 행동을 그제야 알아채고 처녀는 공포에 몸을 비틀었다.

그녀가 몸을 돌려 도망을 가려고 하는 그 순간, 마치 번개 같은 속도로 그가 그녀의 허리를 움켜잡았다. 커다란 손은 가는 허리를 휘어잡고 그녀의 엉덩이를 덥석 안아서 그의 옆구리에 끼었다.

마치 지진이 나는 것처럼 땅이 갈라지며 틈이 벌어지자 그녀를 안은 채 하데스는 지하의 세계로, 그의 왕국으로 뛰어들었다. 그가 숨도 쉬지 못하는 그녀의 귀에 입술을 대고 부드럽게 속삭였다.

"아무것도 두려워할 필요 없다."

하지만 처녀의 입술 떨림은 멈추지 않았다. 이미 공포에 사로잡혀 있어 아무 소리도 듣지 못하고 있었다. 하데스가 커다란 손으로 처녀의 눈을 가렸다.

"그 어느 것도 너를 해칠 수는 없다, 이곳에서는."

"이건 올림포스 신화 아냐?"

긴 생머리에 늘씬하고 쭉 빠진 슈퍼모델 몸매를 가진 여자가 고개를 갸웃거렸다.

"무슨 소리야? 이거 로맨스소설이야."

"로맨스소설로 쓴 거겠지만 신화가 원래 있지. 그 신화를 차용해서 쓴 거겠지."

"나는 그런 신화 들어본 적 없는데?"

남자가 여자를 보지도 않고 중얼거렸다.

"네가 그런 신화를 모른다고 해도 남자들은 이해할 거다."

"모르겠어?"

여자가 남자의 날 선 농담도 무시한 채 흥분한 목소리로 말했다.

"뭘?"

긴 머리칼을 단정하게 뒤로 묶은 남자가 여자를 바라보았다. 여자를 돌아보는 남자의 검은 눈매가 날카로웠다. 사실 남자가 머리카락이 길 경우 지저분해 보이거나 약간 답답해 보인다고 해야 할까. 그 뭔가 말할 수 없는 그런 것이 있다. 성 정체성이거나, 아니면 체제 전복의 반항기라거나, 그저 멋지다고는 말할 수 없다는 게 현실이다.

하지만 남자의 단정하게 묶은 머리칼은 외국에서 태어난 한국인이 아닌 한국계 모델 같은 느낌을 주었다. 긴 머리칼을 하고 다니는 것에 다른 사람의 이목을 두려워하는 듯한 인상은 전혀 없었다. 단정한 머리는 날카로운 눈매로 인해 우아한 세련미를 풍기고 있었고, 남자가 잘생겼기 때문에 긴 머리칼은 너무나 당연하게, 사실 전혀 당연하지 않음에도 불구하고 남자의 남성미를 더욱 돋보이게 해주고 있었다.

이제껏 최신형 아이노트를 들여다보며 전자책을 읽던 지애가 흥분한 듯 더 큰 소리로 떠들었다.

"정말 주인공이 자기랑 똑같지? 그렇지 않아? 검은 머리칼, 검은 눈동자."

남자가 콧방귀를 뀌었다.

"우리나라 사람 99%가 검은 눈동자에 검은 머리칼입니다. 좀 긴 머리칼의 남자가 흔하지는 않지만 그렇게 적은 숫자도 아냐."

지애가 그럴 줄 알았다는 눈빛으로 의기양양하게 다시 목청을 높였다.

"그래? 그럼 이건? 그의 왼쪽 뺨에는 마치 상처처럼 작은 보조개가 있어. 그리고 입가에 작은 점이 있지."

석현의 눈썹이 치켜 올라갔다.

"올레!"

지애가 투우사처럼 작위적인 환호성을 올렸다.

"자기가 그렇잖아? 그리고 자기처럼 냉정하고 멋지고 자신의 분야에서 왕이야. 자기는 벌써 사진으로 대가의 명성을 딴 사람이잖아. 잡지사도 운영하고 이번에 한국대학에서 사진학과 교수로 강의도 잡혀 있다며."

석현이 고개를 갸웃거렸다. 그리고 다시 지애가 가져온 최신형 아이노트를 들여다보았다. 몇몇 장면에 남자주인공의 묘사가 적혀 있다. 하지만 긴 검은 머리칼에 잘생기고, 보조개가 있고, 능력이 있다고 적혀 있다 해서 그것이 자신을 뜻하는 것일까?

"이건 오바마가 흑인이라고 윌 스미스에게 대신 사인을 받는 것과 뭐가 달라? 상상력이 좋은 거냐, 아니면 우기기를 잘하는 거냐? 그리고 자기라는 말투 쓰지 마. 너에게 자기라는 말 듣기는 싫으니까."

지애가 결코 포기하지 않겠다는 눈빛으로 다시 죽어가는 관심에 불씨를 솔솔 붙였다.

"그런데 이 프린세스라는 필명을 쓰는 로셜 작가의 소설은 전부 네가 주인공이야. 검고 긴 머리칼, 날카로운 눈매, 흰 피부, 왼쪽 뺨의 보조개, 입가의 작은 점, 긴 다리, 탄탄한 가슴 근육, 심지어는 웃을 때 남주들이 약간 찡그리는 버릇도 있어. 완전 너지? 이 소설 한번 읽어봐. 제목이 〈지옥에 떨어진 꽃〉이야. 야한 장면이 끝내줘."

석현이 전자책을 손가락으로 스치듯이 휘리릭 넘겼다. 그리고 한편으로 아이노트를 밀었다.

"누가 이런 책을 봐? 시간이 남아도나?"

지애가 아이노트를 들어 올려서 묻지도 않은 먼지를 털었다.

"내가 얼마나 좋아하는데! 댁같이 사랑이 뭔지 모르는 인간이 뭘 알겠어?"

석현이 지애의 호들갑을 보다가 무뚝뚝하게 문을 가리켰다.

"내일 아침부터 수업 있어. 준비해야 하니까 좀 나가줘."

지애가 화가 난 표정을 지었다.

"그래, 내가 미쳤지! 좋아하지도 않는 남자에게 왜 이렇게 찾아올까! 갈게! 간다고! 치사해서 원. 너도 너같이 정말 무심한 남자한테 차여봐야 가슴이 찢어지는 게 뭔지 알 거야!"

석현이 노트북에서 고개도 들지 않고 문을 가리켰다.

"남자한테는 차일 일 없을 거니까 걱정 말고."

"안 웃겨! 흥!"

지애가 화가 날 때면 언제나 하던 버릇대로 쿵쿵 발소리를 울리며 돌아다녔다. 석현의 스튜디오는 꽤 넓은 편이고 모델을 찍는 사진작가들과 같이 쓰기 때문에 소음 방지에 완벽했다. 하지만 건물을 지을 때부터 완벽하게 소음을 막은 최신식 건물임에도 불구하고 지애의 분노의 발길질에는 전체가 쿵쿵 울렸다. 지애가 슈퍼모델답게 기다란 다리를 휘저으며 자신의 몸체만 한 가방을 훌쩍들고 역시나 쾅 소리를 내며 문을 닫고 나갔다.

석현이 피식 웃었다. 전자책에 나온 남자주인공의 외모 묘사가 자신과 닮았다니 좀 묘한 느낌이 들었다. 그리고 웃기기도 했다. 닮으면 얼마나 닮았다고 옛날 옛적에 헤어진, 지금은 친구라기에는 약간 서먹하고 그저 아는 사람이라고 하기에는 또 약간 친밀한 여자가 전자노트를 들고 찾아올 정도인가.

뭐라고 했더라? 긴 다리, 근육? 검은 눈동자, 검은 머리칼? 지애의 편집증이 이 정도인 줄은 몰랐다. 아직도 자신을 바라보고 있는 것은 아닌지 안타까움마저 들게 했다.

그런데 입가의 점과 보조개는 조금 기분이 나빴다. 그도 긴 검은 머리칼에 입가에 점이 있고 왼쪽 뺨에 보조개가 있다. 그리고 그의 보조개는 그저 그런 보조개가 아니었다.

어릴 적 뺨에 상처를 입었고, 그것은 보조개처럼 움푹 파여 보이는 효과를 가져왔다. 물론 그것 때문에 여자들이 그의 매력 포인트에 점수를 주기는 했지만 지애의 말대로 이 가짜 보조개까지 똑같이 묘사되어 있다면 사실 수상하기는 하다. 개인적으로 아는 사람인가? 학생? 모델? 아니면 잡지사 직원? 자신의 활동 반경을 아무리 생각해 봐도 작가와의 접점은 없었다.

잠시 생각하다가 석현은 고개를 저었다. 로맨스소설? 그런 게 있다는 것을 처음 알았다. 그의 이모도 방송작가다. 작가나 소설에 대한 편견은 애초에 없었다. 한참 생각하다가 그는 오래전 자신이 사진 기술에 관해 펴낸 책을 기억해 냈다. 책의 뒤표지에 분명 자신의 사진이 찍혀 출간되었다. 이 작가가 그 사진을 보고 묘사했을 가능성은? 거의 없다. 옛날 옛적에 나온 책이고 이미 절판되어서 책을 구하는 것 자체가 어려웠다.

석현은 한숨을 내쉬었다. 그냥 신경 끄는 것이 속 편하지. 이런 야설이 얼마나 읽히겠는가? 사람들은 소설에 나오는 남주와 자신이 약간 닮은 구석이 있다는 것을 알아차리지도 못할 것이다. 아니, 그것은 그저 백인은 하얗고 눈이 파랗다고 하는 것과 마찬가지로 실체와 공상이 따로 노는 판타지나 다름없었다.

입가에 점이 있고 보조개도 있는 검은 긴 머리칼을 가진 남자가 자신 한 사람뿐인가?

석현은 다시 강의 준비에 전념하기로 했다. 한국대 사이트로 들어가 자신의 강좌에 적힌 스케줄을 확인하기 시작했다. 월별로 이루어진 행사와 시험 일정을 다시 체크한 후 창을 닫았다. 그리고 잠시 자신의 사진학과 사이트 자유게시판을 클릭했다. 게시판에서 꽤나 많은 팬들의 글이 보였다.

잘 모를 줄 알았는데 의외로 사진학과 학생들은 석현이 크리스 장이라는 것을 많이 알고 있었다. 그는 다큐사진 작가로 유명했다. 그가 찍은 콩고의 소년병의 팔다리가 없는 신체와 어색하게 웃고 있는 얼굴이 4년 전에 프레스 보도상을 받았다.

그리고 그는 인물과 패션을 동시에 찍는 것으로도 유명한 작가였다. 그의 사진에는 특별한 무언가가 있었다. 그가 찍는 사진의 인물은 그냥 스냅사진만 찍어도 뭔가 비밀스러운, 남들이 알지 못하는 내면의 감정을 드러내 보였다.

화려하기로 유명한 여배우의 밋밋한 맨얼굴에 수줍은 미소를 찍어내서 사람들을 놀라게 했고, 마초배우로 명성이 자자한 남자 배우의 불안하고 초조한 눈빛을 찍어내서 배우 자신마저도 놀라게 했다. 그 배우는 그의 사진을 너무 좋아해서 자신의 진실한 영혼을 찍었다는 말까지 했을 정도였다.

스무 살부터 사진에 미쳐서 온 세계를 떠돌아다니던 그가 10년 만에 귀국을 한 이유는 아직 아무도 알지 못했다. 모은 돈으로 'peple's life'란 잡지를 만들고 작은 인원으로 잡지사를 시작했지만 그의 잡지는 곧 사람의 눈을 끌었다.

그는 시골 곳곳을 다니며 아름다운 풍경과 동물, 사람을 찍었고, 그의 잡지는 환상적인 사진과 통찰력 있는 기고(寄稿)들로 인해 사진 좀 보는 사람들의 필수 아이템이 되었다. 한국대는 없는 연줄까지 끌어다 사정해서 겨우 그에게 사진학과라면 짧은 강의를 해보겠다는 답을 얻어냈다.

그런 그에게 소설은, 특히 로맨스소설은 정말 생뚱맞은 부분이 있었다. 로맨스란 그에게 무슨 뜻인지 감도 오지 않는 그런 단어였다. 낭만적인? 감성적인 사랑? 그런 것이 세상에 존재하는지에 대해서 약간의 의구심까지 품고 있는 그에게 로맨스소설의 주인공이라니. 육체적인 사랑이라면 몰라도.

입가에 흐르는 실소를 참으며 석현이 막 게시판 인터넷 창을 끄려 할 때였다. 한구석에 '로맨스소설의 주인공, 울 교수님 확실!'이라는 게시물이 보였다.

—프린세스 작가님의 신작 〈해가 저문 숲〉이라는 소설 읽어보셨어요? 완전 짱! 그 이북 표지에 나온 사진이요, 우리 크리스 교수님과 똑 닮았어요. 크리스 교수님 얼굴 제대로 아는 사람도 없는데 어떻게 아느냐고요? 제가 작년 프랑스 교환학생으로 갔을 때 파리 사진전에서 장 크리스 님을 뵈었거든요. 물론 저는 멀리서 흠모하는 눈빛으로

크리스님이 프랑스 작가분들과 담소하는 것을 보기만 했지만요. 그리고 소설 속 외모 묘사 내용은 더더욱 닮았어요. 저는 작가님이 틀림없이 크리스님을 아는 분이라는 거, 그래서 모델로 삼았다는 데 제 통장을 걸겠어요. 비록 2,500원밖에 없지만요.

석현은 게시판 창을 닫았다. 사진? 무슨 사진? 이북 표지에 나온 사진이 자신과 닮았다고? 설마 실제 인물의 사진으로 표지를 하지는 않았겠지. 자신의 친구 중에도 북 디자인 하는 친구들이 있는데 유명한 모델도 아니고 일반인의 사진을 당사자에게 동의도 받지 않고 책의 표지에 쓰는 법은 없었다.

게다가 나랑 닮았다고? 보통 사람들은 자신이 보고 싶은 것만 본다. 먹다 남은 빵 조각에 핀 곰팡이가 예수와 닮았다고 성스러운 빵 조각이라고 신문에 난 남미의 한 사진도 봤다. 직접 보았지만 닮기는, 무슨. 일반적인 균류의 서식, 그 이상도 이하도 아니었다. 석현은 머리를 절레절레 저었다. 그냥 그렇게 믿고 싶은 광팬의 상상일 뿐일 것이다.

석현은 그대로 노트북을 닫고 뒷정리를 마치곤 스튜디오를 나왔다. 그리고 10분 뒤, 다시 되돌아왔다. 그래, 별거 없다. 원래 기분에 뭔가 걸린 것이 있으면 그냥 넘어가지 못하는 자신의 성격 탓이다.

석현은 노트북을 열고 프린세스 작가의 〈해가 저문 숲〉을 검색했다. 그리고 한참 동안 스튜디오에 적막이 흘렀다. 환한 빛만 새어 나오던 조용한 스튜디오에서 쿵 하고 책상을 내려치는 소리가 들려왔다.

"왓 더 퍽! 무슨 이런 말도 안 되는 일이!"

이어서 쾅 하는 소리와 함께 벌떡 일어선 석현의 눈빛이 분노로 불타올랐다.

3

"네 영혼과 심장을 집어삼키는 자."

여자의 입에서 서투르게 뱃사람들이 말하는 투의 거칠고 상스러운 아라비아 말이 나직하고 묘한 발음으로 튀어나왔다. 틀림없이 그녀를 손가락질하며 공포에 떨던 뱃사람들의 말을 새겨들은 것이리라. 어쩌면 긴 항해 중에 벌써 말을 익혔을 수도.

하지드 왕은 벌을 주듯 그녀의 가슴을 움켜쥐었다. 그리고 그 파란색 눈동자 앞으로 얼굴을 가져갔다. 지중해의 바다색을 닮은 눈동자에서 숨겨놓은 본성이 드러났다. 따뜻한 지중해의 푸른색이 아니다. 해적질로 유명한 북해의 시리고 차가운 그 냉혈의 빛이었다. 그리고 다음 순간, 그 눈동자만큼이나 파랗게 벼린 칼이 그의 얼굴을 향해 바람 소리를 냈다. 왕은 번개같이 상체를 일으켰다.

언제 끊었는지 머리 위로 당겨진 천이 끊겨 있었다. 하지만 묶인 손까지는 미처 풀지 못했다. 두 손목이 묶인 상태로 칼을 움켜쥔 채 그녀는 그대로 그를 노려보고 있었다. 검은 눈동자에 시퍼런 차가운 기운이 흘렀다. 왕은 순식간에 덤벼들어 여자의 팔꿈치를 움켜쥐고 손목을 비틀어 칼을 빼앗았다. 칼을 자세히 들여다보던 하지드는 처녀의 두 손목을 홱 낚아채 잡아당겼다. 여자가 눈을 질끈 감았다.

이제 곧 손목이 잘려 나가고 자신의 목도 잘려 나갈 테지. 이럴 바에는 그냥 배에서 굶어 죽거나 바다로 뛰어들걸. 그렇다면 여기까지 오지 않고 이렇게 허무하게 죽지 않아도 됐을 텐데.

손목의 끈이 투둑 소리를 내며 풀어졌다. 잡아당기던 강한 손아귀의 힘이 그녀를 홱 뒤로 밀었다. 여자의 몸이 뒹굴며 침대 위로 떨어져 내렸다. 처녀는 다시 벌떡 일어섰다. 날렵하게, 그리고 엄청나게 빠르게. 왕의 입가가 비스듬히 올라갔다. 그가 침대 뒤로 숨으려는 여자에게 칼을 던져 주었다. 포물선을 그리며 날아오는 칼을 두려워하거나 주저하는 기색 없이 단번에 공중에서 낚아챈 처녀가 이제는 그를 여유롭게 바라보았다.

왕은 전사를 알아보았다. 이 여자는 인형이 아니다. 이 여자가 마녀라고 불렸을 때에는 그 이유가 있었던 것이다. 우아하고 빈틈없는 몸놀림은 이 여자가 귀족 출신도 아니고 그리스의 자유 시민도 아닌, 오로지 칼로 행동한다는 유럽의 전사임을 증명했다. 어쩌면 북유럽의 그 미친 도적들의 두목일 수도. 한동안 로마와 맞붙었던 게르만족의 그 야만스럽고 무자비한 두목이 여자라고 알려졌다. 물론 그것이 알려진 것은 로마의 군대가 승리하고 그 여자의 목을 자르고 난 후였다. 어쩌면 그 후손일 가능성도 있었다.

하지드 왕은 반짝이는 눈으로 그녀를 바라보았다. 점점 더 만족스럽게 자신을 더욱 흥분시키는 여자였다. 그녀가 몸을 낮추고 다리를 벌려 몸의 무게중심을 낮추었다. 정말로 그녀는 싸울 준비를 하고 있었다. 푸른 눈을 가늘게 뜨고 벌거벗고서 칼을 움켜쥔 채 전투태세를 갖추는 그 모습은 단숨에 그의 눈을 휘어잡고 전율에 가까운 쾌락을 주었다.

"싸울 줄 아는 전사군. 이름이 무엇이냐?"

그녀의 고양이 같은 눈동자가 번뜩였다. 그녀가 서투르게, 하지만 날카로운 목소리로 대답했다.

"헤아."

하지드의 눈빛이 강렬한 호기심과 쾌락에 대한 기대로 번뜩였다.

"계십니까?"

날아갈 듯이 타자를 치던 노트북에서 주희가 얼굴을 들었다.

아, 한참 필 받아서 열심히 치고 있는데! 그리고 이 악마같이 잘생긴 아랍 왕이 금발의 여전사와 어떻게 이러쿵저러쿵하는지 써야 하는데! 이런 건 시간이 지나면 사실 좀 시들해지는 경향이 있어서 야한 씬을 쓸 때는 선생님이 뭘 시켜도 이따 한다고 반항하는 사람, 아니, 작가인데!

쿵쿵 발소리를 내면서 선생님과 죽마고우에게 자신의 분노를 소심하게 알리며 현관문을 연 순간이었다. 낯선, 그리고 이상하게 생긴, 이상하다고 한 것은 그렇게밖에 말할 방법이 없기 때문이다.

가끔 우연히 횡단보도나 아파트 엘리베이터에서 마주치는 그런 사람이 있다. 너무 입술이 작거나 아니면 너무 눈 사이가 멀거나, 그리 크게 못생기지는 않았지만 어딘지 모르게 약간의 빈 공간을 얼굴에서 감지하게 만드는, 그로 인해 어디가 비었기에 내가 이렇게 그의 얼굴에서 시선을 떼지 못하고 초등학교 소풍 때 하던 보물찾기처럼 뭔가를 찾아서 그의 얼굴에서 헤매고 있는 것일까 하는 의구심까지 들게 만드는 그런 사람 말이다.

물론 못생김과는 거리가 멀다. 하지만 그렇다고 해서 매력적이라고 말할 수는 없는 노릇이다. 간혹 그런 얼굴을 좋아하는 사람들까지 있다. 주희의 친구도 자신은 그런 맹한 구석이 있는 남자가 좋다고 호언장담을 하더니 결혼도 그런 사람과 했다. 아무튼 그런 얼굴의 남자와 중학교 때 도덕선생님과 빼닮은 한 남자가 문밖에 서 있었다.

"공주희 씨 되시나요?"

주희가 언뜻 자신의 차림새를 돌아보았다. 집에만 처박혀 있는 상태라 가끔 자신도 모르게 너무나 이상한 패션을 하고 있을 때가 종종 있었다. 몇 달 전에도 피자배달부가 놀라서 동그란 눈을 하고 있다가 이상한 표정으로 뒷걸음을 치며 나가자 자신이 '쟤는 왜 저래?' 하며 투덜거리다가 거실에 있는 전면거울을 보고 놀라서 기절할 뻔했다.

윗옷은 나시에 팔에는 차가운 책상이 닿는 게 싫다고 토시를 끼고 있었다. 쫄쫄이바지에 발은 시리다고 털로 만든 어그부츠 같은 실내화를 신고, 머리가 흘러내린다고 머리끈 대신 겨울용 방한 군밤장수 모자를 뒤집어쓰고, 거기다 배가 차다고 두른 레슬링 우승벨트 같은 보온벨트까지.

자신이 봐도 이건 맛이 가도 한참 가서 반환점을 돌고도 올 생각이 없어 보였다. 그 뒤로는 항상 문을 열기 전에 자신의 복장을 점검하는데 오늘은 깜박 잊었다.

그래도 오늘은 양호하다. 몸빼바지 위에 공주풍 홈웨어드레스였다.

"네, 그런데요? 무슨 일이시죠?"

도덕선생님을 닮은 남자가 그 옆의 남자와 눈빛을 교환하더니 주머니에서 주민증 같은 것을 꺼내 주희에게 슬쩍 보여주었다. 너무나 순식간에 지나가 뭔지는 알 수가 없었다.

"경찰입니다. 공주희 씨, 공주희 씨에게 명예훼손과 초상권침해, 악의적인 명예훼손으로 인한 손해배상 및 사진 무단 도용으로 인한 고소장이 발부되었습니다. 같이 서로 가시죠."

도덕선생님을 닮아서 그런지 무슨 말인지 모를 말을 잘도 한다. 주희가 한참 동안 남자를 쳐다보았다. 남자들이 서로 눈짓을 나누더니 다시 그녀에게 부연 설명을 해주었다.

"공주희 씨, 보통은 이렇게 집으로 경찰관이 오지는 않습니다. '참고인이나 피의자 조사를 할 테니 서로 오세요' 하고 서면으로 보내거나 전화를 드리는데, 이번에 피해자 분이 너무나 화가 나셨고, 그래서 그분이 지금 직접 저희 서에 오셔서 강력하게 법의 집행을 요구하고 계십니다. 그래서 어쩔 수 없이 찾아온 겁니다. 게다가 그분은 꽤나 유명한 변호사도 동행했더군요."

주희가 어색하게 웃었다.

"아하하하, 하하, 무, 무슨 말도 안 되는 말씀을……. 하하, 세, 세상에, 저, 저는요, 법이 없어도 살 수 있는 사람이에요. 길을 가면서 쓰레기도 안 버린다고요. 그, 그리고 이제껏 남에게 맞으면 맞았지 누굴 때린 적도 없는데 무슨 명예훼손. 그리고 저는 인터넷도 잘 안 해요. 항상 눈팅만 하지 댓글도 안 단다고요. 게을러서 남의 명예훼손, 그런 거 할 주제도 못 돼요."

남자들이 주희를 보고 한숨을 쉬었다. 도덕선생님은 그렇다고 해도 맹한 이상한 얼굴의 경찰관이 한숨을 쉬자 왠지 그에게 한심 스럽게 보이는 것이 억울했다.

그래, 뭔가 잘못 안 것이다. 이분들은 분명히 오해를 한 것이다. 도대체 내가 악의적으로 누구의 명예를 훼손했다고 하는 것인가? 나는 명예로운, 즉 명예를 지킬 만한 사람과는 의사소통 자체를 못 하는 사람이다. 내 주변에 지킬 명예가 있는 사람은 선생님밖 에 없다. 선생님과 나는 초상권이라면 TV 날씨 뉴스 배경에 지나 가는 사람으로 나오는 것 외에는 모르는 사람들이다. TV에 내 얼 굴이 나온다면 가문의 명예라고 잔치를 벌일 사람이다. 물론 사건 사회면은 제외하고 말이다.

그때 도덕선생님을 닮은 경찰이 품속에서 한 장의 종이를 꺼냈 다. 종이는 인화된 사진을 프린트한 것이었다.

"이 사진, 공주희 씨의 책 표지 맞죠? 출판사에 표지 사진으로 해달라고 공주희 씨 본인이 요청했다고 하던데요?"

종이는 이북으로 나온 주희의 최근 신작 〈해가 저문 숲〉의 표지 였다. 표지는 남자의 옆모습이 비스듬히 찍힌 흑백사진으로, 남자 의 느긋한 표정과 섹시한 얼굴이 단연 돋보였다. 이어서 경찰관이 다른 종이를 꺼냈다.

"이게 그분이 주신 증거 사진입니다."

공주희는 기절해야 했다. 아니면 결코 자신의 결백을 주장할 수 없을 것이었다. 하지만 이제까지 단 한 번도 졸도도 해본 적이 없 어서 어떻게 기술적으로 기절할 수 있을 지 머리가 돌아가지 않았다. 그저 속으로 '지금이야, 지금 졸도를 해야 해! 아니면 넌 사망이야'라고 소리 질렀다. 또 자신이 그렇게 크게 눈을 뜨고 입을 벌릴 수 있다는 것을 그때 처음 알았다.

그 사진은 같은 흑백사진이었다. 이북에 나온 사진과 그 고소인이 준 사진이 같은 사진이라는 것은 지금 당장 밖으로 뛰쳐나가 지나가는 사람 백 명에게 물어봐도 백 명 다 같은 사진이 맞다고 기꺼이 증언을 해줄 사진이었다.

주희가 갑자기 소리를 지르더니 두 번째로 큰 방인 애희의 방으로 뛰어들어 갔다. 앞서 말한대로 수인의 방 세 개짜리 아파트에서 방을 하나 얻어 지내고 계시는 선생님은 주희보다 더 월세를 잘 내기 때문에 수인이 주희보다 더 아끼는 세입자였다.

문을 벌컥 열자 방 안은 텅 비어있었다. 아까까지만 해도 같이 있었는데 도대체 어디를 가셨지? 점심도 같이 먹고, 낮부터 삼겹살을 먹으면 되느냐 안 되느냐로 토론까지 했는데 도대체 어디로 가셨단 말인가!

책상 위에는 작은 편지가 놓여 있었다. 주희가 편지를 들었다. 분홍분홍한 색깔로 칠해진 편지는 보기만 해도 기절할 것 같았다.

불길한 편지야. 펼치면 '이 편지는 영국에서 전해져 온……'으로 시작할, 마치 판도라의 상자처럼 열기는 싫지만 그렇다고 강렬한 호기심에 열지 않을 수도 없는 그런 종류의 불길함과 미칠 듯한 궁금함으로 무장한 편지였다.

주희가 다급하게 편지를 열었다. 남자들은 들어오라고 말도 하지 않았는데 남의 아파트에 막 들어와서 주희가 뭘 하고 있는지 약간의 호기심과 약간의 불안함으로 가득 찬 시선을 보내고 있었다.

―주희야.

갑자기 이런 편지를 써서 미안하구나. 급하게 써야 할 게 생겨서
유럽으로 출장 간다. 아마 한 달이나 두 달 뒤에 올 거야. 너무 걱정하
지는 말고 밥 잘 먹고 글 잘 쓰고 있거라. 그리고 출판사에는 내가 얘
기해 두었으니 나를 찾는 일은 없을 거야. 그럼 또 연락하마.

ps. 만약에 무슨 일이 있더라도 내가 널 사랑하는 거 잊지 마라.

주희의 비명 소리가 머릿속에서 울렸다.

선생님! 선생님! 이게 무슨 짓이에요! 선생님이 그 사진을 출판
사에 보내셨잖아요! 저한테 말도 안 하고 걱정하지 말라면서, 알
아봤는데 아무 문제 없다고! 지금 제 책상 위에 붙은 사진도 선생
님이 주셨고요! 저에게 남자주인공은 이렇게 사진을 확보하고 벽
에 붙여놓으면 잘 써진다고 하시면서! 저에게 몇십 년 전에 죽은
남자라고 하시면서! 네가 주인공으로 쓰면 영혼도 분명히 고마워
할 거라고 하시면서! 그러시면서 제게 사진을 손수 주셨잖아요오
오오오!

주희가 얼굴을 돌리자 경찰들의 궁금해하는 얼굴이 보였다. 멍
하니 남자들을 보던 주희가 갈라지기 시작하는 물기 묻은 목소리
로 물었다.

"지, 지금 가나요?"

♡

경찰서 문을 열고 들어가자 한 남자가 뒤돌아보았다. 주희는 울던 와중에도 놀라서 얼어붙었다. 그리고 감탄과 더불어 자신의 눈을 의심했다. 길고 검은 머리칼에—하지만 머리칼은 정성스럽게, 그리고 단정하게 묶여 있었다. 남자가 포니테일을 했는데 왜 섹시하게 보이는 거지?—검은 눈동자, 한쪽 볼의 보조개, 그리고 입가의 작은 점까지. 그는 완벽하게 내 책에서 살아 걸어 나온 것 같았다.

심지어 자신을 한심하게 내려다보는 경멸스러운 눈초리와 싸늘한 표정까지 방금 자신이 쓰던 그 노트북에서 튀어나왔다고 해도 과언이 아니었다. 글을 쓰면서 이상형으로 둔갑한 주인공의 실체를 직접 마주할 경우에 대해서 주희는 대비한 것이 없었다. 그래서 울면서 '와아! 잘생겼다'고 탄복했다. 체면은 있어서 속으로만 했다.

경찰서 안은 시끌벅적했다. 피곤에 전 듯 다크서클이 내려앉은 경찰들, 술 취한 취객들, 쌈박질한 젊은 아이들까지. 잘 몰랐는데 경찰서가 이렇게 붐비는 곳이라는 것을 처음 알았다. 여성 취객 한 명은 내 소설의 주인공에게 달라붙어서 '을마야? 응? 을마냐고?'라며 계속 횡설수설하며 그에게 찝쩍거리고 있었다.

도덕선생님을 닮은 경찰이 계속 그에게 합의를 권고하고 있었다. 아마 내가 집에서 여기까지 엉엉 울면서 끌려왔기 때문일 것이다.

그런데 소설 주인공의 얼굴은 물론이고 그의 변호사의 얼굴 표정까지 좋지 않았다. 변호사는 내 얼굴을 보지도 않고 혀를 찼다.

"재판을 할 겁니다. 각오하시는 것이 좋을 것입니다."

으앙! 내 울음소리는 더욱 커졌다. 나는 최대한 불쌍하게 보이려고 애쓰면서 사정했다.

"사실, 흐흑, 저도 그, 그 사진에 대해 잘 몰라요. 우, 우연히 받은 거예요. 그, 그리고, 흑흑, 절, 절대로 고의가 아니에요. 저, 저는 그 사진이 옛날에 죽은 사람이라고, 그, 그래서 써도 된다고 해서. 정말이에요! 산 사람인 걸 알았더라면 절대, 절대로 쓰지 않았을 거예요!"

도덕쌤을 닮은 경찰이 다시 슬쩍 운을 뗐다.

"그러니까 저 아가씨가 일부러 그런 것도 아니고 실수로 그랬다는데, 그럴 수도 있지. 그리고 그 표지 사진은 종이책도 아니잖소. 인터넷에 나온 전자책이라면서. 그럼 그냥 바로 바꿀 수도 있는데 그걸 그렇게 빡빡하게 고소를 한다고 그러시나. 있는 사람들이 더한다더니."

변호사의 목소리가 낮게 울렸다. 중년의 중후한 목소리가 저승사자의 그것처럼 들렸다.

"그렇게 쉽게 생각할 일이 아닙니다. 저희도 손해를 보지 않았으면 이렇게까지 하지 않을 겁니다. 저의 의뢰인께서는 이번에 대학교에서 강의를 맡게 되셨죠. 그런데 학교에 이 일이 알려지자마자 바로 전체 교수회의가 열렸습니다. 그곳에서 공개적으로 창피를 당하고, 대표님께서 이 일을 비난하는 다른 교수와 심한 마찰을 빚어서 강의를 그만두기로 했습니다. 아시겠습니까, 저희가 명예훼손과 그로 인한 손해배상을 청구하는 이유를?"

도덕쌤을 닮은 경찰이 입을 닫았다. 주희도 울음소리를 제외하고는 아무 말도 하지 못했다. 이것저것 조서를 쓰고 있는데 주희의 통통 부은 붉은 눈을 본 도덕쌤 경찰이 마지막으로 용기를 쥐어짜서 물었다.

"아니, 아가씨가 쓰는 소설에 이 양반 겉모양만 비슷하게 나온다면서. 이 아가씨가 그러던데. 크게 명예를 훼손할 그런 일이 뭐가 있겠소? 응?"

그러자 변호사가 종이 한 장을 주희에게 척 하고 내밀었다.

"이 글을 한번 큰 소리로 읽어보세요."

주희가 침울한 표정으로 종이를 받아 들었다. 그 종이는 자신이 쓴 소설의 일부분이었다. 발췌해서 고소장에 넣으려고 가져온 모양이다. 주희가 정말 꼭 이렇게 해야겠느냐는 얼굴로 바라보았다.

변호사가 다시 고개를 끄덕이며 읽으라는 모션을 취했다. 할 수 없이 주희는 입을 열었다.

"그가 검은 머리칼을 휘날리며 여자의 가슴을 움켜쥐었다. 붉게 물든 그녀의 가슴이 터질 듯이 부풀어 올랐다. 그 정점에 선 붉은 체리를 그의 입안에 넣고 굴렸다. 목을 뒤로 젖힌 여자가 흘린 신음 소리에 흥분으로 날뛰는 그의 피가 모두 그의 남성으로 쏠렸다. 그녀의 가느다란 종아리를 그가 움켜쥐었다. 그리고 그녀의 붉고 뜨거운 입술을 삼키고 혀를 넣어 입안을 부드럽게 핥았다."

경찰서 안이 순식간에 조용해졌다. 누군가가 '동작 그만'이라도 외친 것처럼 호흡마저 멈춘 듯 숨소리 하나 들리지 않았다. 모두의 눈이 주희에게 향했다. 변호사가 계속하라고 손짓했다.

"그는 깊숙이 혀를 넣어 그녀의 목이 꺾이도록 뒤로 부둥켜안고 들어갈 수 있는 곳까지 그녀의 안을 점령하겠다는 듯 입술 안을 빨아들였다. 달콤한 쾌락과 강렬한 자극이 단숨에 그의 머릿속에서, 아니, 온몸에서 치솟았다. 그는 그녀의 손을 움직이지 못하게 휘어잡고 그녀의 다리를 자신의 무릎으로 벌리기 시작했다. 그 녀의 하얗고 가는 두 다리가 벌어지고 그가 그녀의 촉촉한……"

그때였다. 석현이 손을 들었고, 주희가 느닷없이 올라간 손을 보고 놀라서 멈췄다. 고급 레스토랑이나 아니면 멋진 카페에서 가 끔 저런 식의 국적 불명의 정체 모를 팬터마임을 하는 사람들이 있다. 작은 모션만으로 자신의 행위예술을 직원이나 웨이터가 알 아차리리라 의심치 않는 단호함이 그중 최고다. 한마디로 외국에 서 꽤나 살다 온 사람들은 간혹 저렇게 집게손가락을 불쑥 허공으 로 올리고 주위 사람들에게 조용히 하라는 시늉을 했다. 주희가 그러지 않아도 그만두려는 트집거리를 찾고 있던 판에 얼씨구나 하고 조용히 입을 닫았다.

"그만하지."

갑자기 그 많은 남자들이 석현을 노려보았다. 취객 여자마저도 그를 흘겨봤다. 우리나라에 독서회나 낭독회가 많지 않은 것이 이 상하다. 지금의 열렬한 반응을 보면 OECD 가입 국가 중에서 제 일 독서량이 낮은 축이라는 것도 의심스럽다. 마치 착실한 독서회 의 간만의 모임에서 열심히 강독을 듣고 있던 열렬 독자들이 지나 가는 철부지들의 방해를 받아서 화가 난 얼굴들이다.

석현이 싸늘하게 주변을 바라보자 다들 꿈에서 깨어난 듯 헛기 침을 하며 시선을 돌렸다. 경찰들은 부산스럽게 노트북이나 주변 의 컴퓨터를 들여다보았고, 그도 아니면 자신의 앞에 앉은, 발그 레한 볼을 하고 홀린 듯이 주희를 바라보고 있는 멍한 눈의 피의 자나 피해자들을 노려보며 과장된 위협을 시도할까 고민했다.

석현은 자리에서 벌떡 일어나 잠시 주희를 노려보다가 변호사와 함께 경찰서를 나갔다. 잠시 후, 변호사가 돌아왔다. 이제까지 냉정하고 성벽같이 굳건하던 그가 머뭇거리다가 주희에게 조용히 말했다.

"저희 대표님께서 합의를 하실 생각입니다. 여기서는 어렵고, 내일 이리로 찾아오시기 바랍니다."

주희가 마치 하늘에서 동아줄이 내려온 것을 바라보는 것처럼 변호사의 얼굴을 우러러보았다. 열심히 고개를 끄덕이며 그가 준 명함을 쥐고 주희는 벌떡 일어나서 허리를 90도로 숙여 인사했다. 그리고 경찰과 술 취한 취객, 끌려온 불량배와 싸움꾼에게도 모두 인사했다.

주희는 도덕선생님을 닮은 경찰관에게 한 번 더 정중히 인사를 하고 소설의 뒷부분은 어떻게 되느냐는 남자들의 질문에 '내가 썼지만 외우는 게 아니라서 종이가 없으면 나도 잘 모른다'고 매우 구차한 변명을 한 다음 간단한 조서를 쓰고 집으로 돌아왔다.

4

검은빛 나뭇잎들이 하늘거렸다. 따뜻한 공기와 달콤한 꽃향기도 흐르고 있었다. 이곳은 바깥세상과 크게 다르지 않아 보였다. 그는 그녀의 손을 잡고 지하 세계의 어두운 숲 속을 천천히 거닐고 있었다. 그녀의 손가락에서 흘러나오는 온기에 맞잡은 그의 핏기 없는 하얀 손이 은은하게 빛났다. 하데스가 자신의 손을 신기하게 바라보았다.

그녀는 따스한 작은 태양 같았다. 태양에 대해 별로 좋지 않은 감정을 가지고 있다는 것을 까마득히 잊고 하데스는 그녀의 온기를 쫓았다. 앞을 바라보던 작은 머리가 뒤를 돌아보자 하데스가 미소를 지었다.

"신기하네요. 이곳, 마치 지상의 숲 같아요."

"이곳은 내가 유일하게 쉴 수 있는 곳이오. 안식처지."

맑고 순수한 눈빛이 다정하게 웃음 지었다. 그 미소에 남자의 심장이 미친 듯이 뛰었다.

"잠은 어디서 자나요? 설마 숲 속에서 나뭇잎을 깔고 자는 것은 아니겠죠?"

멀리서 희미한 새 울음소리가 들려왔다.

"새가 울어요."

하데스가 따라 웃었다.

그것은 새가 아니오. 지하 세상을 지키는 내 괴수들 중의 한 마리지. 하데스는 그 사실을 그녀에게 설명하지 않았다. 날아다니니 새라고 통칭해도 될지도 모른다. 그럴까? 아니다. 그것은 무리다. 괴수들은 하나같이 머리가 거대하고 그 거대한 머리가 거의 반 이상 벌어질 정도로 커다란 입을 가지고 있었다. 그 입안에는 촘촘하게 날카로운 이빨이 위아래로 각각 두 줄 넘게 가지런히 박혀 있었다. 하나같이 괴상한 이빨이었다. 그것들이 한 번 물면 그 유명한 대장장이 신이 만든 쇠사슬이라고 하여도 단번에 갈기갈기 찢겨 부서질 정도이다. 괴수들의 엄청난 발톱도 마찬가지다. 거기에 희한하게 새소리를 내는 그것들의 정체를 모르는 사람들이 어쩌다 마주치면 그 자체로 악이라고 칭할 정도로 모습 또한 흉측했다.

가늘고 길게 울려 퍼지는 처량한 새 울음소리를 따라 머리 위로 지는 나뭇잎의 그늘 속으로 그녀가 다시 나아갔다. 머리 위에서 달빛처럼 희미하고 어스름한 빛이 빛나고 있었다.

"저것은 달인가요?"

하데스가 고개를 저었다.

"아니오. 한밤중에 가끔 지하의 땅이 열리는 일은 있지만 달빛이 들어오지는 않소. 그것은 이 숲이 지상의 것을 보고 만들었기 때문에 같이 만든 것뿐이오. 사실 내게는 저 희미한 빛이 없어도 문제가 되지 않지만 지금 그대를 보니 똑같이 만들어 다행이라는 생각이 드는군."

조금 더 나아가자 작은 동물이 빠르게 지나갔다. 페르세포네는 뜻밖의 기적에 놀라서 소리를 지르고 그에게 달라붙었다. 그리고 쥐인지 토끼인지 모를 것이 지나가자 숨 가쁘게 웃었다. 그녀의 웃음은 분수같이 그의 심장을 적시고 그리고 다시 정신없이 뛰게 만들었다.

"아, 놀랐어요."

하데스의 손이 그녀의 뺨을 어루만졌다. 붉게 홍조를 띠고 가쁜 숨을 내쉬는 작은 입술을 보자 그의 온몸이 떨려왔다. 하데스의 손가락이 그녀의 입술을 매만졌다. 그녀가 그의 얼굴을 올려다보았다. 그가 입술을 내려 그녀의 입에 입 맞추었다. 입술을 열고 그녀의 혀를 감싸고 그 안을 정신없이 헤집었다. 열렬한 그의 구애에 그녀가 수줍게 팔로 그의 목을 감쌌다.

하데스의 손가락이 그녀의 얇고 가벼운 옷을 움켜쥐고 끌어 내리자 긴 갈색 머리칼이 진홍색의 가슴을 가리고 우아한 어깨 위로 흘러내렸다. 그가 그녀의 허리를 끌어안고 숲의 끝에 있는 샘물가로 향했다. 자신의 옷을 부드러운 이끼 위에 깔고 눕힌 그녀의 드러난 하얀 배에 입을 맞추었다. 그 밑으로 입술을 내리자 여자의 입에서 탄식 같은 신음 소리가 들렸다.

페르세포네는 어지러웠다. 이 어두운 숲도, 매혹적인 향기도, 그리고 검은 머리칼과 자신을 뚫어지게 바라보는 그의 검은 눈동자도. 그에게서 자극적인 향기가 흘러나왔다. 달콤하면서도 자신을 매료시키는 향기. 그로 인해 방향 감각도 없어지고 그의 얼굴을 보고 있으면 아무 생각이 들지 않았다. 머릿속이 하얗게 비워지고 돌아가야 한다는 생각은 어디론가 사라져 버렸다.

숲 속은 알 수 없는 꽃향기가 넘실댔다. 그의 부드러운 입맞춤만이 그녀가 느끼는 전부였다. 그리고 그것만이 지금 제일 중요했다. 그가 만지고 쓰다듬고 입 맞추는 모든 것이 최면이라도 거는 것처럼 부드럽고 강렬했다. 그 달콤한 향기를 맡자 불안이나 부끄러움은 사라지고 그가 입 맞추고 있는 그곳의 감각만이 점점 타오르는 듯이 뜨거워졌다. 그가 혀를 내밀어 핥고 있었다.

"하아……."

그의 혀의 움직임에 따라 은밀한 쾌락이 그곳에서 퍼져 나가기 시작했다. 그녀의 꽃잎을 부드럽게 핥고 그 정점을 빨아들였다. 매끄럽고 뜨거운 그의 혀가 갑작스럽게 그녀의 안으로 깊이 밀려들었다. 그녀의 허벅지가 떨리기 시작했다.

그가 고개를 들자 쿵쿵거리는 그 감각의 정점에 붙잡혀서 여자가 그의 손을 붙잡았다. 그의 커다란 상체가 그녀의 위로 올라왔다. 확인하듯 안으로 파고들던 그의 손가락이 그녀의 하얀 허벅지를 양쪽으로 벌렸다. 그리고 이미 젖어 있는 그곳으로 그가 남성을 부드럽게 문질렀다. 그리고 그녀의 허벅지를 꽉 잡자마자 강력하게 밀고 들어왔다. 페르세포네가 소리를 질렀다. 그의 팔에서 힘줄이 불거졌다. 안에서 시작된 쾌락이 쿵쿵 밀고 들어오는 그 리듬에 다시 불타올랐다. 정신을 잃을 듯한 감각이 온몸을 타고 올랐다.

"으읏!"

쾌락이 머리끝에서 내리꽂혔다. 석현은 자신도 모르게 큰 소리를 지르고 말았다. 그리고 벌떡 상체를 일으켰다. 정신없이 숨을 헐떡이던 석현이 이불을 들추었다. 자신의 물건이 꼿꼿하게 서서 위용을 자랑하고 있다.

'꿈이야! 이건 꿈이라고. 세상에 소설을 꿈으로 꾸다니. 하! 그게 문제가 아니지. 몽정기도 아니고, 내가 열세 살도 아니고, 이게

대체 무슨 일이야!'

석현은 털썩 다시 누웠다. 그의 물건이 터질 듯이 부풀어 아플 지경이었다. 그가 눈을 감았다. 그리고 자신의 남성으로 손을 뻗었다. 손길이 닿자 쾌락이 다시 밀물처럼 달려들었다.

낮에 경찰서에서 본 홈드레스 차림에 나풀거리는 머리를 한 여자의 목소리가 머리에서 울렸다.

"그는 깊숙이 혀를 넣어 그녀의 목이 꺾이도록 뒤로 부둥켜안고 들어갈 수 있는 곳까지 그녀의 안을 점령하겠다는 듯 입술 안을 빨아들였다. 달콤한 향기와 쾌락이 단숨에 그의 머릿속에서, 아니, 온몸에서 치솟았다. 그는 그녀의 손을 움직이지 못하게 휘어잡고 그녀의 다리를 자신의 무릎으로 벌리기 시작했다. 그녀의 하얗고 가는 두 다리가 벌어지고 그가 그녀의 촉촉한 꽃잎을 벌렸다. 그녀는 탄식 소리 같은 한숨을 쉬었다. 그의 긴 손가락이 그녀의 안으로 밀려들어 갔다."

어지럽게 흔들리는 기억 속에서 그가 먼저 읽은 책의 내용과 그 여자가 책을 읽던 목소리가 겹쳐졌다. 여자의 낮고 허스키한 매력적인 목소리가 실제로는 읽지 않은 내용을, 위험한 수위의 글을 읽고 있었다. 자신의 손길을 따라 그의 쾌감도 높아지고 있었다.

"그는 단숨에 그녀의 뜨거운 안으로 미친 듯이 돌진했다. 그녀의 깊고 뜨거운 속살이 그의 분신을 강하게 옥죄었다. 속살의 떨림이 쿵쿵거리는 심장 소리와 함께 그의 감각으로 고스란히 전해졌다. 거듭해서 빠져드는 그 뜨겁고 부드러운 바다 속으로 온몸이 감겨서 쾌락으로 익사할 것 같았다. 그는 더 강하게 자맥질해 들어갔다. 그녀는 크게 소리를 질렀다. 그는 그녀의 비명 소리를 듣는 순간 거칠게, 그리고 미친 듯이 자신을 밀고 당겼다. 그녀의 비명 소리가 그의 욕망을 완전히 풀어버리고 고삐를 잘라 버렸다. 그녀에게 들어갈 때마다 자신도 같이 소리를 지른다는 사실을 그는 알지 못했다. 다시 한 번 그가 강하게 그녀의 안으로 자신을 밀어 넣는 순간……."

석현이 소리를 질렀다.

"제기랄!"

야밤에 자위를 하다니. 그것도 그 미친 소설을 쓰는 여자를 상대로.

일어나서 정액으로 젖어버린 옷과 이불을 세탁기에 집어넣고 샤워실로 들어가 뜨거운 물을 틀었다. 뜨거운 물이 굳은 근육을 풀어주었다. 이 사이로 다시 욕이 터져 나왔다.

10년이다, 스무 살에 집을 떠나 세계를 돌아다닌 것이. 그리고 그 많은 나라에서 사진을 찍고 돌아다니며 단 한 번도 여자 때문에 속을 썩는다거나 여자 문제로 골머리를 앓은 적이 없다. 아니, 자신의 욕망이 이렇게 어이없게 불거져 나온 적이 없다고 해야 할 것이다.

그 소설을 찾아 읽을 때까지만 해도 별다른 흥미를 느끼지 못했다. 유럽에서 사진을 공부할 때 그것보다 더 야하고 수위가 높은 영화도 본 적이 있고, 미친 유럽의 귀족 녀석이 섹스파티에 초대한 적도 있었다. 그런 것들은 단 한 번도 꿈에 나온 적도, 야밤에 자위를 하게 만든 적도 없었다. 그런데, 그런데 왜!

경찰서에서 그녀를 봤을 때 그는 약간의 심술과 미미한 호기심이 일었다. 그녀는 생각보다 어려 보였다. 그 정도의 수위를 쓰려면 적어도 40대는 되어야 하지 않을까 했는데 여자는 아직 20대 초반처럼 앳되고 철없어 보였다. 아마 엉엉 울면서 들어와 그랬는지도 모르겠다.

사진에 대해 아무것도 모른다고 말했을 때는 그저 어이없다고 생각했다. 그게 말이 돼? 다른 사람 사진을 책 표지로 떡하니 만들어놓고. 그리고 그렇게 조회수가 많지 않았다고 변명하는 꼴도 싫었다. 내 사진인데 왜 조회수가 적어? 아니다, 그건 적어야 좋은 것이지. 아무튼 그렇게 범죄를 저지르고도 아무 생각 없이 사는 사람이 있다는 것이 참 놀라웠다.

변호사가 종이를 주면서 읽어보라고 했을 때, 그 자신도 변호사를 보고 '아, 짓궂은 짓을 하는군' 하고 생각했다. 그러다 아마 변호사의 요구에 여자가 한쪽 눈썹을 치켜 올리고 '꼭 읽어야 해?' 하는 투의 표정을 지을 때부터였을 것이다. 흥미가 묘한 흥분으로 전환되기 시작한 것은.

소리를 내서 읽을 때, 여자는 말하던 목소리와는 사뭇 다른 목소리를 내었다. 낮고 허스키한 매력적인 목소리로. 야한 소설을 읽어서 야하게 들린 것인지, 아니면 원래 야하게 읽어서 야한 것인지 구별이 가지 않았다. 하지만 자신에게는 정말 야하게 들렸다. 몸뻬바지를 입고 퉁퉁 부은 눈을 내리깔고 잠긴 목소리로 남녀의 정사 장면을 읽는데, 그 어떤 파격적인 상업영화보다도 야했다. 게다가 상당한 낭독 실력으로 마치 눈앞에서 벌어지듯 뜨거운 장면이 머릿속에서 생생하게 연상되었다. 아마 그래서 경찰서의 그 많은 남자들이 전부 숨을 죽이고 소리 없이 침만 삼키고 있었을 것이다.

점점 더 빠져들어 가는 대목에 자신도 모르게 발기가 될 뻔했다. 그래서다, 자신도 모르게 '그만하지'라는 말이 나온 것은. 얼마나 웃기겠는가. 아랫도리에 텐트를 친 채 그 소설에서 야하게 묘사되었다고 화를 내는 고소인이라니. 딴에는 어울릴지도 모르겠다. 그 야동 같은 소설과는 말이다.

석현은 자신의 심장이 두근거리는 것이 이 여자의 목소리에 반응한 것인지, 아니면 그 여자가 읽는 모습에 반응한 것인지 알 수 없었다. 이대로 넘어갈 수 없다. 이제껏 성욕은 자신이 마음대로 조절 가능하다고 자신하고 살았다. 그런데 어떻게 자신이 그 야한 소설을 꿈으로 꾸며 자위까지 하게 된 것인지.

사실 남자들은 시각적인 자극이 청각보다 우선한다. 그래서 그 많은 비디오 동영상이 넘쳐 나는 것이다. 하지만 며칠 전 지애가 읽을 때는 아무렇지도 않았는데. 한참 동안 뜨거운 물아래에 서 있던 석현의 눈빛이 빛났다. 아무래도 안 되겠다. 만나서 알아내야겠다. 무엇이 그를 사춘기 소년처럼 안달 나게 만드는지.

석현이 샤워를 마치고 침실로 들어와 여분의 이불을 가지러 가다 문득 책상 위 자신의 사진을 보았다.

그래, 한 가지 더. 저 사진을 누구에게 얻었는지도 알아내야 했다.

♡

컴컴한 집 안으로 들어오던 수인은 부엌에 조용히 앉아 있는 어두운 그림자를 발견했다. 움직임 하나 없이 앉아 있는 실루엣에 수인은 일순 심장마비로 저세상에 갈 뻔했다.

"아놔! 깜짝이야! 야, 너 나 심장마비로 보내고 이 집을 네가 차지할 심산인가 본데!"

불을 켜자 주희 앞에 놓인 소주 세 병과 안주로 먹다 남은 식빵이 보였다. 술병은 거의 다 비어 있고 식빵은 가장자리를 남겨놓고 안의 하얀 부분만 먹어치운 것이 보였다.

"……야, 공주희! 선생님이 마침내 너보고 이제 너를 가르치느니 돌벽을 가르치겠다. 이만 떠나라고 하셨냐?"

히죽거리며 식탁에 앉는 수인을 향해 주희가 고개를 들었다. 휑한 눈과 눈 밑의 다크서클이 무서워 보일 정도다. 주희가 암울하게, 그리고 진지한 표정으로 대답했다.

"네 눈에도 그렇게 보이냐?"

수인이 고개를 갸웃거리며 술병을 빼앗았다. 소주잔도 빼앗아 테이블 위에 놓고 궁금하지는 않지만 너를 생각해서 묻는다는 뉘앙스를 풍기며 대사를 쳤다.

"무슨 일이야? 선생님이 또 어디 가셨어?"

주희의 눈에서 눈물이 떨어졌다. 마지막으로 주희의 눈물을 본 것이 10년 전의 일이라 수인은 기겁했다. 10년 전에도 자신과의 팔씨름에서 지자 분해서 책상에 머리를 들이받아 피가 철철 나자 놀라서 운 것이지 결코 이렇게 슬픈 척 운 것은 아니었다.

"내 인생 27년 중 가장 무서워지려고 해. 공주희, 네놈이 여자 행세를 하면서 눈물까지 흘릴 줄은 몰랐는데. 누구냐, 너?"

주희가 다시 식빵의 안을 뜯어 먹었다. 그리고 울먹이는 목소리로 물었다.

"이수인, 나 선생님께 뒤통수 맞았어. 완전히 날 감방에 보내려고 하셨어. 내가 그렇게 잘못했냐? 내가 선생님께 뭐였을까?"

수인이 잠자코 앉아서 소주잔을 들여다보았다. 그러다가 벌떡 일어나서 냉장고에서 소시지를 꺼내 소시지볶음을 만들어냈다. 그리고 다시 그것을 주희 앞에 놓았다.

"그래, 선생님이 너를 참 사랑하셨지. 네가 3년 전 맨 처음 선생님 보조를 한다고 주접을 떨다가 선생님 동생이란 사람이 달란다고 턱하니 선생님의 신작 원고를 넘겼는데도 너를 죽이지 않으셨지."

주희가 소리를 질렀다.

"아니, 그건 진짜 친동생이었잖아! 누가 가족이랑 등지고 살고 계신지 알았냐?"

수인이 위로하는 듯 다 마신 소주병을 내려놓고 어디서 찾았는지 새 술을 찾아 따주었다.

"그래, 그 동생이란 작자가 출판사에 원고를 넘기고 판권과 저작권, 모든 권리를 다 출판사에 넘기는 조건으로 막대한 돈을 챙겼을 때에도 너를 죽이지 않으셨지."

주희가 술을 벌컥벌컥 마셨다.

"그래서 협박하고 난리 쳐서 비록 그놈이 반은 써버렸지만, 남은 절반 돈도 받고 출판사에서도 저작권은 찾아왔잖아."

수인이 소시지를 밀어주었다.

"그런데 그 작자가 선생님 이름으로 영화사에 다시 2차 판권을 팔 줄 누가 알았겠냐? 그 건으로 영화사랑 고소를 하니 마니 했을 때에도 너를 죽이지 않으셨지."

주희가 테이블에 이마를 박았다.

"그래, 내가 죽어야지. 그런데 나에게 꼭 그렇게 하셔야 했을까? 내가 어떻게 될 거라고 생각하셨을까? 일부러 그러신 걸까? 엿 먹으라고? 아니야, 혹시 날 죽이고 싶었던 거 아닐까?"

수인이 과일을 갈아서 소주와 섞었다. 그리고 주희의 앞에 놓았다. 주희가 벌컥벌컥 들이마시자 의아한 눈빛으로 물었다.

"왜? 그 사건 이후로는 이제껏 잘 보좌했는데. 너만큼 선생님께 애정을 갖고 잘한 사람이 없다고 항상 그러셨잖아. 선생님이 또 행방불명되었다고 징징거리는 건 아니지 않아? 이번이 벌써 네 번째인가? 바로 전에도 한 1~2개월 후에 남도에 여행 갔다 오셨다고 아무 일도 없다는 듯이 나타나셨잖아?"

주희는 정말 피곤한 얼굴로 죽겠다는 표정을 하면서도 소시지를 열심히 먹었다. 입이 미어터지게 넣으면서 침울하게 대답했다.

"내 책상 위에 선생님이 주신 그 남자 사진 있잖아. 선생님이 저번 내 이북 출판사에 나도 모르게 그 사진을 보냈었잖아. 나도 담당자에게 전화받고 알았다고. 사진 죽인다고. 선생님이 나한테 관계자의 허락을 받았으니까 걱정하지 말라고 그래서 나는 그런 줄 알았지. 나는 정말 선생님이 아는 남자분이거나 아니면 최소한 정말 선생님 말대로 죽은 사람인 줄 알았어. 약간 동양적으로 생긴 외국인인 줄 알았다고. 그래서 우리나라 저 구석의 이름 모를 로맨스 전자책 표지는 신경 안 써도 되는, 정말 초상권이니 명예훼손이니 그런 건 생각도 하지 않고 있었어."

수인이 수저를 입에 넣은 채로 얼어붙었다.

"뭐야? 정말 그 남자가 있었어? 너를 고소한 거야? 아니, 없던 일로 하기는 좀 그렇지만, 그렇다고 야한 사진도 아니고 섹스 동영상도 아닌데, 그걸 그렇게 세게 나오냐?"

주희가 다시 술을 벌컥벌컥 마셨다. 수인이 잔소리를 했다.

"왜 이렇게 벌컥벌컥 마셔? 술도 없구만."

"그 사진 속 남자 말이야, 멋지지? 분위기 있고, 뭐랄까, 카리스마 넘치는. 내가 주인공으로 쓸 만한 남자 이미지가 안 떠오른다고 난리 칠 때 선생님이 보란 듯이 그 사람 사진을 주신 건데."

수인이 한심스럽게 주희를 바라보며 토를 달았다.

"그게 캐릭터 잡는 데 정말 효과가 있어? 그저 글 쓰다가 보고 싶어서 붙여놓은 거 아니었어?"

주희가 다시 시무룩하게 중얼거렸다.

"겸사겸사. 보면 기분도 좋아지고, 나름 주인공으로 삼기 좋았단 말이야. 그런데 누가 알았겠냐. 선생님이 살아 있는 사람의 사진을, 그것도 꽤나 유명한 사람인가 봐. 외국에서 살다가 우리나라에 온 게 얼마 되지 않아서 내 책에 대해 몰랐던 거야. 게다가 로맨스 전자책 표지를 누가 얼마나 보겠냐? 그런데 나를 사진도용, 초상권침해, 명예훼손으로 고소했어."

수인의 손이 툭 소리를 내며 내려갔다. 멍하니 주희를 바라보던 수인이 겨우 정신을 차리고 칵테일을 만드느라 꺼내놓은 주스를 마셨다.

"너 손해배상할 돈 마련하려면 너희 부모님 시골집, 과수원 팔아도 모자랄 텐데……. 그냥 감옥살이하는 편이 좋지 않을까? 까짓것 한 3년 강제로 감방에서 소설을 써. 나와서 바로 출판하게. 어쩌면 이게 네 인생에 새로 찾아온 위대한 기회일지도 몰라. 나와서 픽션소설이 아니라 〈감옥에서 로맨스소설 작가가 살아남는 법〉, 이런 거 써봐. 대박이야, 대박!"

주희가 멍한 눈으로 수인을 바라보며 고개를 끄덕였다.

"그럴까 생각 중이다. 이 기회에 딴 짓 못 하는 감방에서 글이나 써볼까? 어쩌면 장편을 못 쓰는 버릇을 고치고 한 25권짜리 대하소설을 쓸 수 있을지도 몰라. 제목은 〈로설산맥〉 어때?"

수인이 잠자코 주스를 마셨다. 그리고 다 먹은 소시지 접시를 싱크대에 넣고 고개를 갸웃했다.

"그런데 고소를 당했으면 아직도 경찰서에 있어야 하는데 너는 어떻게 집에 있냐? 끝도 없는 기나긴 조서 쓰느라 경찰서에 있어야지. 합의해 준다고 했어? 돈은 얼마를 달래?"

주희가 냉장고를 열었다. 맥주와 소주는 다 떨어졌다. 다시 벽장을 뒤져서 먹다 남은 와인병과 양주병을 찾아낸 주희가 다시 잔에 따랐다. 수인이 잠자코 바라보았다.

"내일 그 양반이 오라는 데로 가야 해. 변호사 사무실이든 어디든. 그 남자가 합의로 얼마를 달라고 하는지 가봐야 알지."

"야, 혹시 선생님이 하신 거라고 네가 한 짓이 아니라고 말해봤어?"

주희가 양주를 들이켰다. 주희의 눈빛이 이글거렸다.

"그걸 누가 믿어주겠냐? 출판사 담당도 내 메일로 사진 파일을 받았는데. 그리고 선생님이 안 계시잖아! 증명해 줄 선생님께서 안 계시다고! 내가 지금 선생님 이야기를 해봤자 그 남자에게는 빠져나가려고 거짓말하는 것으로밖에 더 보이겠냐? 선생님이 오실 때까지 기다려 봐야지."

수인이 잠자코 주희를 바라보았다.

"선생님이 한 달 넘게 안 돌아오시면? 선생님 한번 사라지면 언제 오실지 아무도 모르잖아. 핸드폰도 없고. 맨 처음에는 석 달이나 사라졌다 돌아오셨지."

주희가 천장을 바라보며 한숨을 푹 내쉬었다. 그러곤 화가 난 목소리로 중얼거렸다.

"몰라. 그냥 가서 돈을 좀 깎아달라고 하려고. 내가 모은 돈이 많지도 않고. 합의금이 없어서 감옥에 들어가 있으면 선생님께서 구해주시겠지."

수인이 자신의 방으로 들어가서 뭔가를 들고 나왔다. 들고 나온 양주는 꽤나 비싸 보였다. 그리고 잔을 들고 와 얼음과 양주를 넣으면서 조용히 말했다.

"1억으로 어떻게 해봐. 내가 1억은 빌려줄게. 이 집 담보 넣으면 4억은 대출 나와."

주희가 멍하니 바라보다가 웃었다.

"야, 4억이 나오는데 왜 1억밖에 안 빌려줘?"

"죽을래? 1억도 필요 없지?"

주희가 다시 술을 들이켜고 약간 힘이 풀린 눈으로 빤히 수인을 바라보았다.

"야, 껨덕아, 너 혹시 나 좋아하냐?"

수인이 주희가 마시던 양주를 홱 빼앗아서 벽장에 넣었다.

"고객님, 방금 그 발언으로 대출이 백만 원으로 하향 조정되었습니다."

주희가 벽장으로 가더니 다시 양주병을 꺼내왔다. 그리고 코를 훌쩍거리며 컵에 부었다.

"1억 갚으려면 내가 백 년은 글을 써야 할 거다."

수인이 주스를 마시면서 웃었다.

"웃기시네. 백 년 하고도 구백 년은 더 걸릴 거다."

주희가 눈물을 닦으면서 중얼거렸다.

"나쁜 색히."

5

하지드는 바람에 휘날리는 그녀의 금빛 머리칼을 움켜잡았다. 물어뜯을 것 같은 눈빛으로 자신을 바라보고 있는 여자의 얼굴을 묘한 미소를 지으며 바라보았다. 얼굴을 너무 가까이 하지 않으려 하면서 말이다. 진짜로 물어뜯을 수 있으므로.

주위를 둘러보자 드넓은 모래사막이 펼쳐져 있었다. 이 작은 오아시스는 왕궁에서 꽤나 멀리 떨어져 있는데 이곳까지 걸어서 도망치다니. 여자의 끈기와 용기가 대견할 지경이다. 헤아의 발목에 채워진 보석 발찌는 보통 여자들이 궁궐을 한 바퀴 돌면 무릎이 꺾이는 무게였다. 탈출을 못 할 것이라고 생각하고 방심한 것이 잘못이었다.

그녀를 오아시스 한가운데 작은 호수로 질질 끌고 간 하지드는 그녀를 물속에 내동댕이쳤다. 엄청나게 무거운 발찌가 그녀를 수면 아래로 끌어당겼다. 몇 번이나 물을 먹고 정신이 혼미해진 헤아를 하지드가 끌어냈다.

물에 젖은 여자를 본 하지드 왕은 주변을 물리쳤다. 그리고 숨을 헐떡거리는 헤아의 얼굴을 바로잡고 들여다보았다. 하얗게 빛나는 금발이 흐트러지고, 이 세상의 것 같지 않은 아름다운 파란 눈동자가 그를 쏘아보았다. 붉은 입술이 숨을 내쉴 때마다 물기에 젖은 가슴이 오르내렸다.

그가 그녀의 얇은 옷가지를 찢어냈다. 입술에 입을 맞추고 목덜미를 깨물었다. 헤아가 신음 소리를 냈다. 몸을 일으킨 그녀가 왕의 옷을 다급하게 벗겼다. 터번을 던져 버린 그의 검은 머리칼이 물기에 흩날렸다. 여자를 끌어내며 물에 젖은 왕은 그녀의 손길에 미소를 지었다.

헤아는 그를 싫어하지 않았다. 묶여서 남을 섬기는 영혼이 아닐 뿐이다. 그녀는 주위에 사람이 있으면 인형인 척했다. 말도 안 하고 웃지도 않고 심지어는 먹지도 않았다. 하지만 아무도 없는 곳에서, 아무도 그녀를 보지 못하는 곳에서는 자신이 왕처럼 굴었다. 그와의 정사도 좋아했다. 그녀가 주도하는 결합을 더 좋아했고, 그가 그녀의 밑에서 신음하고 쾌락에 빠지는 것을 의기양양하게 내려다보곤 했다.

여자의 허리를 누르고 발목을 붙잡은 왕이 헤아를 내려다보았다. 그의 눈이 빛나고 있다. 그의 크게 오르내리는 가슴 근육을 그녀가 쓰다듬었다. 남자의 입에서 신음 소리가 흘러나왔다. 그는 강한 허벅지로 그녀를 누른 그대로 그녀의 안으로 쿵 밀고 들어갔다. 헤아는 비명 같은 신음 소리를 내며 허리를 꺾었다.

그는 쾌락이 주는 전율에 떨었다. 하지드 왕은 고개를 젖힌 여자의 목을 깨물고 그대로 거칠고 강력하게 들어갔다. 거센 그 힘은 더욱 세고 더욱 빠른 움직임으로 여자를 밀어붙였다.

여자의 다리가 왕의 허리를 감싸고 조이자 싶어신 결합은 더욱 거센 쾌락을 주었다.

"하아, 더, 좋아!"

헤아가 그의 팔을 할퀴며 소리를 질렀다. 하지드 왕이 금발의 한쪽 다리를 들었다. 무거운 보석 발찌가 발목을 눌러서 발목이 상처투성이었다.

궁중에서 살금살금 걸으면 결코 상처가 생기지 않는다. 탈출을 시도하고 힘겹게 뛰느라 생긴 시퍼런 피멍과 피가 흐른 생채기를 보면서 한층 험악한 눈초리로 변한 왕은 벌이라도 주듯이 거칠게 그녀를 내리눌렀다.

그러곤 그녀를 들어 뒤로 돌리더니 뒤에서 남성을 거칠게 밀어 넣었다. 쿵쿵 소리가 나도록 밀어붙이고 손을 앞으로 넣어 그녀의 꽃잎을 문지르고 강하게 애무했다.

헤아가 숨을 몰아쉬면서 하지드를 노려보았다. 하지드가 여자의 입술에 입을 맞추고 달콤하게 말했다.

"다음에 또 도망친다면 네 발을 자르고 보석으로 만든 발을 다리에 달아주마."

헤아의 얼굴에서 처음으로 환하게 웃음이 터져 나왔다. 붉게 상기된 얼굴로 숨을 거칠게 몰아쉬면서 헤아는 절정을 향해 그를 재촉했다. 안달을 하고 그가 더 빠르게 움직이도록 그의 허벅지를 더듬고 그의 탄탄한 엉덩이를 꽉 움켜쥐었다. 그리고 왕에게 속삭였다.

"보석으로 만든 발로도 얼마든지 도망갈 수 있지. 발이 있어서 도망을 가는 게 아니라 도망가고 싶으니까 발을 쓰는 것이다."

왕의 눈빛이 더욱 사나워졌다. 그의 길고 강인한 손가락이 헤아의 하얀 목덜미를 잡았다.

"어제는 미안했습니다."

주희는 놀라서 참고 있던 숨을 훅 내쉬었다. 미친 것이다. 이 남자의 눈을 들여다보고 있으면 야한 상상은 끝을 모르고 꼬리에 꼬리를 문다. 이제는 얼굴을 보는 것만으로도 상상의 나래를 편다. 지금 쓰고 있는 아랍 왕의 이야기는 이 남자만 보고 있으면 정사 씬은 걱정할 필요가 없겠다.

주희는 얼른 고개를 숙였다. 자신이 이제껏 이 남자를 상대로 적나라하게 그렇고 그런 장면을 상상했다는 것을 들키지 않으려고 서두르다 헛기침까지 했다. 그리고 가까스로 대답했다.

"아, 아니요. 괜찮아요."

근데 뭐가 미안하다는 소리지? 자신의 기억으론 이 남자가 사과할 것이 아니라 자신이 백번 천번 죄송하다고, 그리고 조건이야 어찌 되었든 합의를 해주셔서 감사하다고 인사를 해야 할 참인데 말이다. 시간이 없다며 늦은 시각에 변호사 사무실이 아니라 커다란 촬영 스튜디오 같은 곳으로 오라고 한 남자는 그녀를 응접실 자리에 앉히고 상당히 친절하게 접대했다. 고소를 하고 손해배상까지 청구한다고 했던 사람이라고 보기 힘들 지경이었다. 사무실에는 그 무시무시한 변호사도 보이지 않았다.

대표이사라고 쓰인 사무실은 사방이 유리로 만들어져 꽤나 사무적이지만 상당히 효율적으로, 게다가 멋들어지게 만들어져 있었다. 효율적이면서 멋들어지기는 힘든 일인데 말이다. 멋진 남자가 일도 잘할 때 느낄 만한 환상적인 조합이었다.

늦은 시각인데도 사람들이 꽤 많았다. 일반 직장과는 전혀 다른 자유로운 분위기의 사무실과 특이한 개성을 뽐내는 차림새의 사람들이 북적거렸다. 찢어진 청바지에 꽃무늬 티셔츠를 입은 꽃중년 남자가 대표이사실 문을 열고 언제나 하는 식인 듯 웅얼거리며 말했다.

"석현아, 이번에 시작한 사설, 그 환경운동가가 쓰는 거, 사진은 어떻게 할 거야? 우포늪으로 누가 출사 가나?"

방의 한구석에 찍힌 장석현이라는 상패를 보고 주희는 자신이 이제껏 상상으로 정사를 벌인 남자의 성(姓)도 알았다.

"제가 갈 겁니다. 아직 일주일 여유 있으니까 편집부에 나중에 올릴 겁니다."

고개를 끄덕인 꽃중년이 나이답지 않게 왕성한 호기심과 의구심 가득한 눈빛으로 주희를 흘깃거렸다. 석현이 상냥한 웃음을 가장한 채 '신경 끄고 일하세요' 라는 경고성 눈빛을 보내고 단호하게 문을 닫았다. 그리고 얌전함을 가장하고 테이블에 쪼그리고 앉아 있는 주희에게 돌아왔다.

"어제 경찰서에서 말입니다. 남자들이 그렇게 많은데 아무리 작가라도 여성분에게 그런 글을 읽게 하다니…… 제가 변호사를 대신해서 사과하겠습니다."

주희의 표정이 이상하게 변했다. 뭐지? 이건 신개념으로 까는 건가? 경찰서에 남자가 많든 여자가 많든 그거야 그렇다 치고, 그런 글이라니! 그런 글? 그 글, 내가 썼거든!

이상한 표정으로 쳐다보는 주희를 보고 석현이 미소 지었다. 미소를 짓든가 말든가, 가 아니라 남자의 미소는 눈부셨다. 자신도 모르게 바보같이 헤 하고 따라 웃을 뻔했다. 정신 차리자. 잘생긴 남자가 자신을 보고 웃을 때는 틀림없이 다른 목적이 있는 것이다. 옥장판 세일즈맨이거나 옆 동네 보험 왕이거나 이도저도 아니면 경기도 용인의 풍경 좋은 병원 입원 환자이거나.

"그런 공공장소에서 부끄러우셨을 텐데 그 점은 충분히……."

주희가 고개를 숙이고 있다가 고개를 번쩍 들었다.

"안 부끄러운데요."

"네?"

주희가 석현을 빤히 바라보았다.

"안 부끄럽다고요."

안 부끄러워! 뭐가 부끄러워? 사랑하는 사람들이 서로에게 성적으로 끌리는 게 부끄러워?

아니면 미혼 남녀가 서로 끌어안고 키스하고 같이 자는 게 부끄러워? 설마 그런가? 지금이 조선시대야? 아니지. 조선시대도 보쌈이란 게 있었고 재가를 한 사람들도 있었는데, 도대체 이 남자는 뭐가 부끄럽다고 하는 것이지? 아, 공공장소! 여보세요! 공공장소에서 낭독하라고 한 사람은 당신 변호사거든요?

주희가 뚫어져라 석현을 바라보았다. 가늘게 뜬 눈으로 자신을 보는 남자는 자신의 책상 위에 붙은 사진과 포즈마저 똑같았다. 낯선 열대지방에서 온 신기한 나무늘보라도 보는 듯한 표정으로 살짝 고개를 기울이곤, 이 이상한 짐승은 도대체 어떤 종류인지 어떻게 다루어야 하는지 궁리하는 듯한 눈빛이 심하게 섹시했다.

주희가 반박하려다 입 밖으로 지금 생각하는 말이 나갈까 봐 겁이 나서 입을 닫았다.

'당신, 그 낭독회가 맘에 들었던 건 아니겠지? 응?'

석현은 고개를 비스듬히 하고 주희를 바라보았다. 둥그스름한 얼굴에서 눈이 빛났다. 맑은 눈이다. 그리고 장난꾸러기같이 입꼬리가 살짝 올라가 육감적인 입술을 돋보이게 만들었다. 그녀 자신은 자신이 지금 얼마나 귀엽고 말도 못 할 장난꾸러기같이 보이는지 짐작도 못 할 것이다. 아니면 자신의 눈에만 그렇게 보이는 것인지도 몰랐다. 점점 이 이상한 병세가 깊어진다.

작가라는 여자는 어려 보였다. 어제는 이상한 공주풍의 홈웨어 드레스에 밑에는 몸뻬가 분명한 옷차림으로 엉엉 우는 것으로 보아 사실 그녀의 정신 상태가 조금 의심스러웠는데, 오늘은 단정한 오피스걸 차림새다. 짙은 회색 펜슬스커트에 하얀색의 와이셔츠를 입은 그녀는 묘하게 여성적이고 지적인 커리어우먼으로 보였다. 물론 실제로 여성적이고 지적인지는 아직 보류다. 하이힐을 신고 우아하게 걸어 들어오는 그녀를 보고 석현은 순간 어제 그 여자와 눈앞의 여자가 동일 인물인지 자신의 눈을 의심했다.

자신이 한 말이 부끄럽지 않다고 조용하지만 야무지게 말하는 그녀를 보며 석현이 씨익 미소를 지었다.

"그래요? 그럼 다시 읽을 수도 있겠군요?"

주희는 그의 말에 흠칫 놀랐지만 이대로 꿀릴 수 없단 생각에 당당하게 큰 소리로 대답했다.

"그, 그럼요!"

석현이 전자노트를 건네주었다. 어느새 열었는지 자신의 책이 펼쳐져 있고 남자가 한 대목을 손가락으로 가리켰다.

이, 이게 아닌데? 뭐지? 지금 기다렸다는 듯이 노트를 준 거야? 이 남자, 생각보다 위험하다! 엄청나게 섹시해!

노트를 받아 든 주희가 남자를 흘겨보았다. 남자는 자신에게 공적인 스케줄 시간표라도 준 것처럼 무심한 얼굴을 하고 있었다. 주희는 황급히 전자노트를 들고 얼굴을 가렸다.

붉은색의 강물이 천천히 스틱스 강을 향해 흐르고 있었다. 죽은 자들을 태운 카론의 배가 강을 거슬러 오르고 있다. 멀리서 강을 바라보며 그녀는 하데스의 손을 잡고 속삭였다.

"아름다워요."

하데스의 입가가 올라갔다. 이 붉은 강은 그에게는 전혀 아름답지 않았다. 때때로 죽은 자들이 그 강에서 올라오는 사념들이나 악령들에게 사로잡혀 강에 뛰어드는 일도 있었다. 그렇게 되면 그 강에서 영원히 떠돌아야 했다. 죽지도 살지도 않은 상태로 익사하는 끔찍한 괴로움에 시달리면서. 스틱스 강을 건너면 다시 살아서 돌아갈 수 없었다. 하데스는 눈썹을 찌푸리고 강을 내려다보았다.

페르세포네는 가만히 강을 응시하는 그를 쳐다보았다. 자신이 잘못 보았을까 싶을 정도로 짧은 순간 그의 눈빛이 가라앉았다. 그녀는 그제야 알았다. 찰나 동안 어둡고 차가워진 그의 눈빛을 본 순간 스스로도 이해할 수 없던 자신의 모든 희한한 행동이 이해되기 시작했다. 자신이 왜 그를 무서워하지 않는지, 어째서 그를 위로하고 싶은지, 왜 자꾸 지하의 왕인 그를 걱정하고 신경 쓰는지.

자신과 마찬가지로 그가 느끼는 그 감정 때문이다. 아주 어릴 적부터 지금까지도 느껴와 친근하기까지 한, 이제 그것이 자신인지 아니면 그것 자체인지 모를 그것. 묵직하면서 살아 있는 것들을 미쳐 황량하게 만드는 외로움. 절박하고도 지겨운 외로움. 문득 어두운 밤에 깨어 혼자 멍하니 앉아 있으면 이 세상에 오로지 살아 있는 것은 나 하나인 것 같은 그 무서운 외로움 말이다.

그 순간에는 심장이 쪼그라들고 숨이 막힌다. 숨이 막혀서 누군가가, 누구라도 상관이 없다고 느낄 정도로, 그것이 요정이든, 신이든, 악마이든, 죽음이든 아무 상관이 없었다. 그저 나의 곁에서 나의 손을 잡고 그 따스한 온도를 주고받을 수만 있다면, 그 따스한 온기가 이 얼어붙은 캄캄한 세상에서 홀로 서 있는 자신에게 주어지기만 한다면 아무 상관이 없었다.

그녀의 어머니는 항상 바빴다. 그렇다고 해서 자신의 딸이 다른 신의 아이들처럼 자유롭고 방종한 삶을 사는 것을 보는 것도 싫어했다. 그녀는 자신의 딸을 숲 속에 감추고, 지키고, 보호하고, 격리하여 외롭고, 외롭고, 또 외롭게 만들었다.

그녀는 하데스의 팔을 잡아끌었다. 고개를 돌린 하데스가 그녀와 눈이 마주친 순간, 깊은 어둠이 잠식해 공허하기만 하던 그의 마음 한구석에 희미하게 빛이 켜졌다. 빛은 점점 환해지며 커지기 시작했다. 하데스가 그녀를 보며 깊은 미소를 지었다.

"당신과 영원히 같이 있고 싶어."

당연히 하데스는 그녀와 함께 있게 될 것이다. 어릴 적 석현도 한동안 신화에 열중하여 열광한 적이 있었다. 하데스와 페르세포네의 이야기도 잘 알고 있는 것이었다.

그런데 하데스가 외로울 수도 있다는 것을 내가 알았던가? 아니, 자신은 신화에 나온 인물들은 외롭다거나 서글프다거나 괴롭다는 사실을 몰랐던 것 같다. 왜 몰랐을까? 그들은 신화 속에서 언제나 본능에 충실했다. 좋아하는 여자를 쫓아다니고, 질투에 미쳐 그 여자들을 암소로 만들거나 자신의 미모에 빠져서 스스로 물에 빠져 죽기도 한다. 본능에 충실하면 그만큼 외로움과 괴로움은 클 수밖에 없다. 석현이 하데스의 말을 속삭였다. 몰래 마음속으로.

'당신과 같이 있고 싶어.'

그 말을 생각할 때 석현의 눈은 주희를 바라보고 있었다. 그녀도 외로웠을까? 그래서 페르세포네가 외로웠을 거라고 생각하고 그렇게 쓴 것일까? 외로움은 사람을 변화시킨다. 석현은 자신이 유쾌하고 상냥하고 누구에게나 장난을 잘 치던 남자였다는 사실을 잊었다. 그녀처럼 그도 한밤중에 일어나 같은 것을 느낀다.

절박하고 지겨운 외로움. 이 세상에 혼자 남은 것 같은 그런 종류의 외로움이었다. 앞에 앉아서 그의 요구를 순순히 따르고 있는 그녀를 보았다. 그녀의 하데스는 누구일까?

물끄러미 주희를 바라보던 석현은 확신했다. 그녀는 아직 그녀만의 하데스를 만나지 못했을 거라고. 만약에 지금 누군가가 곁에 있다 하더라도 그녀의 하데스는 결코 아니라고 말이다.

주희가 그녀를 뚫어지게 쳐다보는 석현의 시선을 느끼곤 물었다.

"계속 읽을까요?"

석현은 머리를 흔들더니 의자에 몸을 푹 묻은 채 의자를 돌려 벽을 보았다. 면벽선사처럼 벽을 보고 있는 석현을 주희가 걱정스럽게 보기 시작했다.

뭐라고 말이라도 하지. 대체 합의 조건이 뭐냐고! 언제까지 내 소설을 읽게 할 거야!

"합의 조건이 궁금한가요?"

주희가 물을 마시려다 놀라서 벌컥 목으로 붓자 물이 기도로 쏟아졌다. 쿨럭거리며 헐떡이는 주희에게 석현이 일어서서 수건을 가져다주었다. 가까스로 숨을 가다듬은 주희가 석현을 물끄러미 보면서 겨우 말을 했다.

"네, 궁, 궁금하네요."

석현이 씩익 웃었다. 주희의 가슴이 미친 듯이 뛰었다. 이 남자의 웃음은 법으로 금지해야 한다. 심장마비로 쓰러지는 여자들이 줄을 이을 것이 분명했다.

"별거 없습니다. 한 달간 봉사활동입니다. 그거면 됩니다. 벌써 그 책 표지는 바뀌었고, 일어난 일을 되돌릴 수는 없는 일이니까요. 제가 제안하는 봉사활동을 한다고 약속하시면 고소를 취하하겠습니다."

주희가 놀라서 석현을 바라보았다. 그리고 자신도 모르게 달려들었다. 자신이 뭘 하는지도 모르고 그의 두 손을 기도하듯 모아 잡고 그에게 약속했다.

"대표님, 뭐든지 하겠습니다. 제가 봉사란 봉사는 다 할 수 있습니다. 누워 계신 독거노인의 똥 치우기든, 아기 24시간 돌보기든, 아무튼 뭐든지 다 하겠습니다. 옛날부터 제가 참 봉사를 좋아했거든요. 뭐든 시켜만 주세요."

석현이 내미는 종이를 훑어보자 정말 그의 말대로 고소 취하 대신 그가 원하는 봉사활동을 한 달 동안 하는 조건이었다. 주희가 바로 펜을 들어 사인을 하고 지장을 찍자 그가 웃으며 종이를 잘 접어서 안주머니에 챙겨 넣었다.

"한 달 동안 내가 읽으라고 하는 것을 읽는 것입니다."

주희가 멍하니 펜을 들고 석현을 바라보았다.

"뭐, 뭘 읽는데요?"

석현이 창밖을 바라보다 슬쩍 주희를 돌아보았다.

"주로 소설책을 드릴 겁니다. 아니면 다른 것을 읽을 수도 있겠죠. 영수증이나 대차대조표를 읽으라고 드릴 수도 있고, 아니면 내가 받은 공문을 읽으라고 줄 수도 있습니다. 왜요, 싫습니까?"

주희가 벌떡 일어나서 고개를 세차게 흔들었다.

"아니요! 전혀요! 뭐든지 제가 잘 읽을 수 있습니다. 제가 옛날부터 한 목소리 했습니다."

석현이 몸을 일으켜 한쪽 구석에 있는 티 테이블로 가더니 차통을 들고 주희를 보며 살짝 흔들었다. 주희가 고개를 끄덕였다. 참으로 말을 아끼는 분일세. 경찰서에서도 그렇고, 그녀에게 손짓과 몸짓으로 말을 하는 남자는 이 잘생긴 남자가 처음이다.

그에게 약간의 본능적인 위화감을 느끼면서도 주희는 아까부터 구차하게 굴어온 자신의 리액션이 부담스러웠는지 수선스럽게 주위를 살피며 교장실을 구경 온 초등생처럼 굴었다. 석현이 차를 주면서 희미하게 웃었다.

"감사합니다."

주희의 평소 목소리는 보통이었다. 약간 낮은 목소리이기는 하지만 귀에 거슬리지 않고 오히려 담담한 색채를 띠었다. 그녀의 목소리가 섹시하다고 생각한 것이 이상할 정도이다. 그런 쪽으로 생각하지 않으면 전혀 그렇게 들리지 않는 목소리였다.

"그런데 원래 책을 읽을 때는 그렇게 목소리가 낮게 깔립니까?"

주희가 차를 벌컥벌컥 마시고는 뜨거워서 잠시 숨을 고르고 대답했다.

"아, 그게, 이상하게 책을 읽을 때는 목소리가 낮아지더라고요. 대본 읽을 때만 허스키보이스라고 방송반에서 쫓겨나기까지 했어요. 방송반은 원래 낭랑한 목소리를 선호하거든요. 그런데 아무리 노력해도 보통 때는 괜찮은데 뭔가를 읽을 때는 낮게 목소리가 내려앉아요. 하하, 좀 듣기 힘들 거예요. 제 목소리를 싫어하는 선배들이 꽤 많아서 낭독도 했는데 그만뒀거든요."

석현이 고개를 끄덕이고 다시 차를 마셨다. 그리고 주저하는 듯한 표정으로 궁금한 얼굴을 했다.

이 말을 하면 주희가 어떤 얼굴을 할지 궁금했다. 자신의 뺨을 후려치고 성희롱이라고 벌떡 일어서서 나가 버릴지, 사적인 개인사를 왜 알고 싶어 하느냐고 물어보면 뭐라고 대답을 해야 할지 자신도 의아스러웠다. 그런데 그럼에도 불구하고 자신의 입에서 말은 고삐를 뿌리치고 스스럼없이 흘러나왔다.

"그런데 아무리 봐도 20대 초반인데 꽤나 수위가 높은 글을 쓰시는군요. 그런 종류의 글은 어떻게 자료를 수집합니까? 본인의 연애 경험을 바탕으로 하시나요?"

석현의 얼굴에 장난스러운 미소가 흘렀다.

주희가 석현의 얼굴을 똑바로 바라보았다. 석현의 표정이 놀리는 것이거나 성 차별적이면 당장에 하이킥을 날리려 했는데, 그는 아슬아슬한 경계에서 줄을 타며 순수한 궁금증을 나타내듯 진지해 보이기도 하고 장난스러워 보이기도 했다.

주희는 솔직하게 대답하기로 결정했다. 한 번도 자신의 소설에 대해 이렇게 솔직하게 물어본 사람은 없었던 것 같다. 그래서 솔직하게 대답했다.

"연애 경험은 아니에요. 경험이 많았으면 좋겠지만 그렇게 많지도 못하고요. 저 나이, 안 어려요. 어리게 봐주셔서 고맙습니다.

스물일곱 살입니다. 알 건 아는 나이죠. 그리고 누가 그러더라고요, 모르니까 잘 쓴다고. 작가분 중에 한 분이 광고업계 쪽에 있었거든요. 그래서 그럼 광고감독을 주인공으로 써봐라, 잘 아니까 잘 쓰실 거 아니냐 그랬더니 그분이 그러더라고요. 아니까 못 쓴다고. 의료 쪽에 일하는 사람은 의료 쪽 사람에 대해 잘 아니까 판타지가 없대요. 그래서 못 쓴다고 하더라고요. 판타지를 가져야 쓸 수 있는 게 장르문학 아니겠어요? 로맨스랑 판타지는 이름만 다르지 별로 크게 차이 나지도 않아요."

"그런가요?"

"그럼요! 완벽한 남자친구는 상상 속에만 존재하는 동물이에요. 게다가 로맨스소설의 주인공들은 멋지고, 키 크고, 능력 있고, 여주인공만 죽도록 사랑하잖아요. 만약 그런 남자가 실제로 나타나 따라다니면 스토커라고 신고당할 걸요. 사실 남자 주인공들이 좋은 성격은 아니거든요. 저만 알고 이기적인데다가 여주인공들을 자기 손아귀에 넣으려고 음모를 꾸미는데 실제면 범죄자죠. 판타지 중의 판타지죠. 용 같은 건 가뿐히 물리칠 수 있어요."

석현이 가까이 다가오자 주희의 어깨가 저절로 뒤로 젖혀졌다. 이 근사한 남자가 다가오는 것이 조금 부담스럽다. 치명적으로 섹시한 남자도 법으로 금지해야겠다.

자신의 본능이 날뛰기 시작했다. 본능이 말하기를, 이렇게 혼자 집에서 글을 쓰는 너는 독거노인으로 늙어 죽을 가능성이 높다. 그러니 네 유전자의 불완전함을 조금이라도 향상시키고 완벽한 유전자의 복사를 위해서 지금 이 섹시하고 우월한 유전자를 가진 다른 성별의 동물을 당장 덮치라고.

석현이 주희의 빈 잔에 다시 차를 부어주고 뒤로 물러서자 주희가 멋쩍게 웃었다.

"그렇군요. 판타지가 틀림없네요. 그러면 만약에 작가님이 연애 경험이 더 많아지면 그 판타지소설에는 더 안 좋은 일인가요?"

석현의 눈동자가 춤을 추듯 반짝거리며 물었다. 꼭 석현이 당신과 연애를 하면 안 되느냐고 묻기라고 한 것처럼 주희의 심장이 널뛰기 시작했다. 차를 마시는 척하며 주희가 대수롭지 않게 고개를 갸웃거렸다.

"글쎄요. 그렇지도 않을 거예요. 대부분 결혼한 3~40대 작가들도 많은 거 보면 뭐, 연애 경험이든 다른 경험이든 많으면 많은 대로 장점도 있는 거 아닐까요?"

자리에서 일어나 주희를 등지고 창밖을 바라보는 석현의 얼굴에 즐거운 기색이 역력하다. 어떤 의미 있는 대답을 들은 것도 아닌데 마치 '당신과 연애를 해서 연애 경험이 많아져도 좋은 거 아닐까요?' 라는 대답을 들은 것같이 심장이 뛰었다.

단정한 옷차림을 한 이 여자가 야한 소설을 읽는 것을 듣고 보는 것은 정말 색다른 즐거움을 주고 있었다. 마치 은밀한 일상을 엿보는 듯한 전율까지 주었다. 자신이 변태라고는 생각하지 않았는데 이제 자신의 성적 취향을 다시 진단해 봐야겠다는 생각이 들었다. 이 단정한 옷차림의 여자는 다 벗은 여자보다 미치게 섹시하고 매력이 넘쳤다.

마치 이 여자에 대해서는 모든 종류의 패티쉬를 가지게 된 것처럼 단정한 옷차림도, 약간 허스키한 낮은 목소리도, 노트에서 움직이는 하얀 손가락도, 심지어는 단정하게 앉아서 노트로 얼굴을 가린 모습에도 자신의 심장과 신체가 반응한다는 것이 문제라면 문제였다.

오늘 그녀가 읽어준 부분은 전혀 야한 구석이 없는 대목이었다. 어제는 어쩌면 야한 대목이 문제였을 거라고 생각했다. 그래서 다른 페이지를 손으로 지목한 것이다. 그런데 야한 구석이 하나도 없는 대목을 읽는 여자의 목소리에 가슴이 두근거렸다. 정신을 차려보면 어느새 빠져들 듯 그녀를 바라보고 있었다.

심지어 얼토당토않게 외로움을 느끼는 소설의 주인공에게 감정이입까지 되었다. 그 또한 그런 삶을 살았다. 어머니는 그가 스무살 때 돌아가셨다. 물론 어머니를 사랑한 적도 없고 돌아가셨다고 해서 새삼 그리움에 목을 매는 성격도 아니었다.

어머니의 장례를 치르고 그는 바로 유럽으로 건너갔다. 그리고 지난 10년 동안 그는 너무나 바빴고, 인기와 유명세를 얻었고, 아리따운 여성들의 대시도 끊이지 않았다. 외로울 틈도, 외롭다는 생각도 전혀 한 적이 없었는데 실상은 그게 아니었던 모양이다.

유리창에 소파에 앉아 있는 그녀의 모습이 비춰 보였다. 어째서 저 여자가 읽는 소설에서 자신도 인식하지 못한 외로움을 알게 된 것일까? 왜 지금 와서 로맨스소설에 빠져 버린 것일까? 그것도 다른 사람이 아닌 그녀가 읽는 야한 로맨스소설에.

석현이 뒤를 돌아 여자의 하얀 얼굴을 바라보며 미소 지었다. 그녀의 야한 로맨스소설을 다 읽고 나면 괜찮아질지도 모른다. 물론 안 괜찮아질 수도. 그때는 어떻게 하나.

♡

커다란 저택에 몰린 사람들이 웅성거렸다. 칵테일파티에 온 사람들에게서 약간의 흥분과 묘한 긴장감이 느껴졌다. 우현그룹의 창립 50주년 축하파티인 데다 그룹 총수의 아들이 소개되는 자리인 것이다.

우현그룹의 장명우 회장은 자신의 아들과 그룹은 무관하다고 발표했지만 기자들이나 가십거리를 찾는 사람들은 회장의 아들이라는 이유만으로 그에 대한 관심이 지대했다.

사실 장명우 회장의 아들이 유명한 사진작가인 장 크리스라는 것은 아는 사람은 다 아는 사실이었다. 하지만 신문이나 공개 석상에 발표된 일은 없었다. 그것을 기사화하려 팀을 꾸린 몇몇 가십기자들의 느닷없는 퇴직 소식이 들린 이후로는 아무도 그것을 기사화하거나 손대려 하지 않았다.

가끔 생각없는 신참 기자들이 도전할 때도 있었지만 누구도 장 크리스의 인터뷰나 사진을 입수할 수가 없었다. 증명할 증거가 없는데 의혹만으로 기사를 쓰기에는 너무나 막강한 상대였기 때문이다.

그런데 10년 만에 귀국한 아들이 우현그룹의 후계자가 아닌 새 사업을 하리라 공개적으로 발표할 것이란 사전 정보가 흘러나왔다. 안 그래도 유명 연예인과 초청 가수의 공연으로 기자들의 주목을 받고 있던 창립기념파티는 접근을 막기 힘들 정도로 기자들의 뜨거운 관심을 받게 되었다.

"이모!"

더블슈트를 입은 석현이 2층에서 내려오는 이모를 발견했다.

윤희가 밑을 내려 보았다. 긴 머리칼을 묶어서 단정하게 정리한 얼굴이 매력적인 조카가 보인다. 푸른 이브닝드레스를 입은 윤희가 만면에 웃음을 짓고 내려와 석현을 끌어안았다.

"야, 누가 낳았는지 참 잘생겼네."

석현이 하얀 드레스셔츠의 넥타이를 신경질적으로 잡아당겼다.

"그런데 이런 양복은 불편하기 짝이 없어요. 대체 왜 나한테 양복을 입으라고 난리신지."

윤희의 얼굴이 자랑스러움과 사랑으로 넘쳤다.

"너를 자랑하고 싶어서 그러지, 네 아버지가. 이 파티에 사실 너보다 비싼 양복을 입은 사람이 많거든. 그런데 네가 슈트의 완성은 얼굴이라는 걸 보여주는구나."

석현이 윤희의 얼굴을 내려 보며 장난스럽게 웃었다.

"이모는 요즘 어때요? 방송사에 잘 다니고 있나요? 전에는 이모 작품이 뭐라고 말도 잘해주시더니 요즘은 아예 말도 안 해주시고. 바빠서 드라마는 못 챙겨 봐도 드라마 감상평은 잘 보거든요. 예전에 인터넷에서 이모 드라마 평을 봤는데 정말 웃겼어요. 감상평이 뭐라더라? 억지로 감동을 짜낸다고 했던가? 아무튼 기사도 웃겼고 댓글은 더 웃겼어. 내가 말해줬잖아요, 그때. 댓글에서 기름집 출신이냐고? 누가 그렇게 댓글을 써서 엄청 웃겼거든요."

윤희가 정색하면서 화난 척을 했다.

"드라마도 안 보는데 내가 왜 말해줘! 흥!"

지나가는 종업원에게 샴페인 두 잔을 받아 든 석현이 윤희에게 건네주었나. 윤희가 누군가를 찾는 듯 주위를 둘러보았다.

"네 아버지는 어때? 잘 지내시니?"

"잘 지내시는가 봐요. 이번에는 또 어느 여배우랑 지내시는지. 참 나이가 젊어서 그런지 기력도 좋으세요. 오십이 다 되셨죠, 아마?"

"마흔아홉 살."

석현이 의외라는 눈빛으로 이모를 바라보았다. 아버지에게 전혀 관심도 없는 줄 알았는데. 생각해 보니 이모와 아버지는 만난 적이 한 번도 없었다. 아니, 외가 식구들은 모두 아버지와 마주칠까 겁을 냈다.

엄마가 정신이상으로 오랫동안 병원과 요양원을 오간 만큼 외가 식구들은 아무도 겉으로 말은 하지 않았지만 모두 공모자들 같은 분위기였다. 어머니의 병을 숨겼다는 죄의식과 아버지에게 돈을 받아 살아가는 굴욕감, 그럼에도 정치가 집안으로서 명예를 소중히 한다는 희한한 선민의식까지.

밖에서는 모르는 추악한 사실들이 서로의 얼굴을 보면 기억나기 때문에 서로 얼굴을 보고 이야기를 한다거나 가족같이 살갑게 지내는 것을 좋아하지 않았다. 석현이 고개를 설레설레 저었다. 이 미친 것 같은 가족사에서 유일하게 제정신인 것은 이모와 자신뿐이었다.

윤희가 석현을 보며 샴페인 한 모금을 홀짝이며 물었다.

"그래, 며칠 전에 전화로 말한 그 고소 건은 어떻게 됐어? 그 작가가 네 사진을 맘대로 지 소설 표지에 썼다며? 미친 건가? 그 정도로 생각이 없는 여자야?"

석현이 눈썹을 치켜 올리며 고개를 갸웃했다.

"내가 작가가 여자라고 말했던가? 이모한테?"

"로맨스소설 작가는 열에 아홉은 여자야. 남자 사진을 탐닉하는 남자 작가라면 장르가 다른 것을 쓰겠지."

고개를 끄덕인 석현이 말했다.

"열에 아홉이 여자인 건 어떻게 알아? 고소했는지 안 궁금해?"

윤희가 눈을 반짝이며 물었다.

"그래, 고소했어? 만나기도 했니?"

석현이 한쪽 입가를 비긋이 올리며 미소를 지었다.

"고소할 생각은 애초에 없었어. 겁만 주려고 했지. 그런데 흥미가 생겼어. 이모, 남자가 여자 목소리에 반하기도 해?"

윤희가 싱긋 웃었다.

"왜? 그 여자 목소리도 예뻐?"

석현이 허리를 펴고 고개를 저었다.

"목소리도? 이모 꼭 얼굴을 본 사람처럼 말하네? 귀엽게 생겼어. 예쁜 목소리는 아닌데, 뭔가 특이해. 그 여자가 읽는 로맨스소설에 심장이 두근거리더라니까. 다른 사람이 그 소설을 읽었을 때는 별로 그렇게 재미있지도 않았는데."

윤희가 고개를 갸웃했다.

"그래?"

석현이 고개를 끄덕였다.

"내가 로맨스소설이 좋아지게 될 줄은 꿈에도 몰랐어. 이모도 알다시피 내가 뭐 읽는 거 좋아하지는 않잖아. 논문이나 전공 서적도 겨우 읽었지."

또다시 얌전한 듯 야한 주희의 모습이 떠오르자 석현은 자신도 모르게 미소가 흘러나왔다. 찰나 동안 더운 열기가 온몸에 퍼지며 심장박동이 살짝 빨라졌다.

"그런데 이 여자가 야한 소설을 읽는데 머리칼이 쭈뼛 서면서…… 왜 있잖아, 그, 소름이 끼치는 거. 6년 전에 메트로폴리탄 미술관에서 특별 사진전 성공했을 때, 그때 외에는 그런 느낌을 받은 적이 없었거든."

"그래서?"

석현이 한숨을 쉬었다.

"그 야한 소설을 읽는 여자가 계속 보고 싶은 거야. 소설이 좋은 건지 그 여자가 좋은 건지 잘 모르겠는데, 아무튼 뭐가 좋은지 확인하지 않고는 그냥 넘어갈 수가 없었어. 심지어는 그 야한 소설이 어떻게 끝이 나는지 궁금하기까지 했다니까. 그래서 합의를 했지, 내 사무실에서 소설을 읽어달라고."

윤희가 급 실망한 얼굴로 한숨을 쉬었다.

"뭐야? 겨우 책을 읽어주는 거라고? 다른 건? 전혀 생각이 없는 거야?"

석현이 윤희의 샴페인 잔에 자신의 잔을 부딪치며 웃음을 터뜨렸다.

"이모, 지금 건장한 조카가 변태가 되는 순간인데 그렇게 아무 생각 없이 말하면 되겠어? 나는 포르노를 봐도 그 내용이 꿈에 나온 적이 없었는데, 지금 그 여자가 꿈에 나온다니까."

윤희가 깔깔 웃음을 터뜨렸다. 환하게 웃는 모습이 오랜만이라 석현도 기분이 좋아졌다.

"다 그렇게 시작하는 거야. 변태가 하루아침에 될 수 있는 건 줄 알아? 각고의 노력과 노하우가 쌓여서 완전 변태가 완성되는 거지."

석현도 따라 웃었다. 함께 웃던 윤희가 멀리서 그녀를 부르는 소리를 듣곤 나중에 전화하겠다는 손짓을 하며 자리를 떴다.

석현의 옆으로 장명우 회장이 다가왔다. 그리고 이모가 사라진 쪽을 힐긋 노려보았다.

"네 이모는 어디를 가는 거냐? 이번에도 네 얼굴만 보고 다른 가족들은 보지도 않고 가는 거냐?"

석현이 고개를 흔들면서 웃었다. 그리고 종업원에게 와인 두 잔을 가져다 달라고 부탁했다.

장 회장은 석현이 조금 더 나이가 든 버전이었다. 열아홉 살에 결혼을 하자마자 아이를 낳아서 장 회장과 석현은 열아홉 살밖에 차이가 나지 않았다. 게다가 동안이 집안 내력이라서 그런지 장 회장도 40대로는 보이지 않았다. 부인이 10년 전에 죽고 아직도 독신으로 살고 있는 장 회장은 그룹 내에서는 그야말로 아이돌만큼이나 인기가 많았다.

그 인기에 힘입어 장 회장은 이 여자 저 여자 애인을 바꿔 치우며 그야말로 꽃중년 바람둥이의 인생을 제대로 살고 있었다. 자신보다 더 어린 여자들을 옆에 끼고 나타나는 아버지를 보는 것이 이제는 그리 어렵지 않아진 석현이 옆에 있는 아가씨를 보며 미소를 지었다.

장 회장을 따라온 아가씨는 장 회장의 젊은 시절 모습과 똑같은 석현을 보자 얼굴이 새빨갛게 변했다. 인사말도 더듬는 아가씨에게 장 회장이 주의를 주며 나무랐다.

"이봐, 우리 아들은 쳐다보는 것도 안 돼. 나도 닮을까 봐 아까워서 못 보는 아들이니까 꿈도 꾸지 말고. 알았어?"

TV에서 본 듯한 어린 아가씨가 샐쭉 삐쳐서 다른 테이블로 가 버렸다. 장 회장은 석현을 바라보며 만면에 흐뭇한 미소를 지었다. 그리고 문득 생각난 것처럼 자연스럽게 옆에 서 있는 여자를 불렀다.

"선유야, 얘가 내 아들이다. 어때? 아저씨가 뻐길 만하지?"

선유라고 불린 젊은 아가씨는 커리어우먼처럼 차려입었다. 파티장의 아가씨들은 전부 아름다운 드레스나 적어도 자유로운 복장인데 선유만이 비서인 듯 보였다.

"아저씨 20년 전과 똑같은 것 같아요."

장 회장이 크게 웃으며 석현에게 선유를 소개해 주었다.

"여기 이 농담 잘하는 아가씨는 성진건설 김 회장 딸 김선유다. 성진건설 기획팀장. 인사해라."

석현이 웃으면서 손을 내밀었다. 인사를 하는데 마침 행사를 시작하는 진행자의 목소리가 들리며 선유를 찾는 성진건설의 직원이 보였다. 아쉬운 얼굴로 선유가 석현에게 급히 전화번호를 물었다. 장 회장은 짓궂은 얼굴로 빤히 석현을 바라보았다.

아버지의 얼굴에는 '나를 생각하면 전화번호를 주고 싶지 않지만 그렇다고 낯선 젊은 여자에게 무례하게 굴고 싶지는 않겠지?' 라고 쓰여 있었다.

석현은 쓴웃음을 지었다. 예나 지금이나 교묘하게 자신을 본인의 뜻대로 하려는 아버지를 보자 그리웠던 만큼 왜 이곳을 떠나야 했는지 떠올랐다. 선유는 석현이 번호를 가르쳐 주자 전화를 해도 되느냐고 물었다. 석현은 아버지를 한번 흘깃 보고는 상냥하게,

그리고 신사답게 당연하다고 답했다. 상기된 얼굴의 선유가 석현에게 손을 흔들면서 자리를 떠났다. 두 사람을 지켜보며 미소를 짓는 장 회장에게 석현이 손가락을 흔들었다.

"아버지, 꿈도 꾸지 마세요. 저와 10년 전에 한 약속 잊지 않으셨겠죠? 저는 아버지 일 물려받지 않는다고 맹세했습니다. 그리고 정략결혼 따윈 결코 하지 않는다고도 그때 분명히 말씀드렸어요."

장 회장이 입술을 삐죽 내밀고는 심술부리듯 투덜거렸다.

"정략결혼이 아니라 좋아서 하는 거면 상관없잖아."

"김선유 씨와 만날 계획 없습니다. 만나고 싶지도 않고 흥미도 없어요."

장 회장이 화가 난 것처럼 보이지도 않았는데 나름 본인은 무척 자신의 연기에 자신이 있는지 과하게 몸짓이 큰 메소드 연기를 선보였다.

"네 나이가 서른 살이다. 나는 열아홉 살에 너를 낳았는데 네놈은 뭐냐?"

석현이 정색하며 굳은 얼굴로 장 회장을 돌아보았다.

"정말 가끔 이해가 안 가서 솔직하게 물어보고 싶었어요. 도대체 열아홉 살에 저를 낳을 정도로 어머니를 좋아하셨으면서 왜 결혼 생활은 그렇게 거지 같았는지요."

갑작스런 석현의 질문에 장 회장의 얼굴이 굳어졌다.

차갑게 변한 얼굴로 장 회장은 가만히 석현을 노려보았다. 방금 전의 그 우스운 분노 같지 않은 거짓 연기는 비교되지 않는 어둡고 무거운 감정의 흐름이 아버지의 얼굴 위로 지나갔다. 자신도 아버지도 알고 있었다. 어머니는 오랜 시간 동안 고립되고 버려진 감정을 이기지 못해 자신을 놓아버린 것이다. 다른 사람이 아닌 아버지가 어머니를 그렇게 만든 장본인이었다. 그리고 아버지는 그것에 대해 결코 후회를 하거나 미안해한 적이 없었다.

장 회장이 여전히 같은 표정, 그가 어머니에 대해 말을 꺼내면 으레 짓는 표정을 지었다. 피곤하고 혐오스러운 표정이다. 그리고 항상 해오던 말을 했다.

"그만하자. 네 엄마는 자신의 역할을 충분히 한 사람이야. 지은 죄에 비하면 받은 벌도 그렇게 많지 않아. 물론 우리 모두 죄인이지만 말이다."

장 회장이 뒤를 돌아서 천천히 사람들이 모인 곳으로 향했다. 석현은 제자리에 서서 멀어지는 장 회장의 뒷모습을 가만히 바라보았다.

6

"……아무것도 먹지 않고…… 힘들 수도……."

그녀가 책을 읽고 있다. 석현의 눈동자가 그녀의 붉은 입술에 못 박혔다. 시선을 느낀 주희가 문뜩 눈을 올려 자신을 쳐다보는 눈과 마주쳤다. 석현은 다른 곳을 보지도, 마주친 시선을 외면하지도 않고 뚫어지게 바라보았다. 오히려 주희가 얼른 전자노트를 바라보며 황급히 읽던 구절로 눈을 돌렸다. 담담한 눈빛의 검은 눈동자. 그녀와 눈이 마주치면 그 검은 눈동자 안으로 자신도 모르게 빨려들어 갔다.

유혹하지 않는 눈빛.

석현은 유혹이 뭔지 아주 잘 알았다. 명성을 얻고 난 후부터, 사실은 명성을 얻기 전부터도 유명 모델이건 신인 모델이건 상관없이 시도 때도 없이 그를 유혹하려 달려들었다. 심지어는 남자 모델들까지 그를 유혹하려 했다.

깜박이는 눈동자, 호소력이 짙은 눈빛, 붉은 입술, 침을 삼키는 행동까지. 다리를 꼬고 손을 야릇하게 감추며 아닌 척 그의 시선을 끌고 그의 미소를 받으려 온갖 행동을 하는 여자들을 보곤 했다. 그러나 유혹에 넘어간 적은 없었다. 유혹에 넘어간 척했지.

그런데 주희의 눈빛은 유혹하지 않는다. 그녀는 언제나 단정한 옷차림으로 반듯하게 앉아서 석현이 요청한 부분을 무척 열심히 읽고는 약간의 주저함과 어설픈 웃음을 남기고 부지런히 그의 앞에서 사라졌다.

주희는 가끔, 아니, 자주 그를 바라보았다. 은근슬쩍 본 적도 있고 대놓고 본 적도 있다. 그런데 그녀의 눈빛은 그저 그를 유명 명화를 보는 것처럼 그저 감탄하고 감상할 뿐이었다. 그에게 눈썹을 깜박거리지도, 야릇한 웃음을 흘리지도, 사랑스럽게 팔다리를 흔들거리지도 않았다. 그리고 석현은 그 유혹하지 않는 눈빛에 유혹되었다. 이제 석현은 그녀의 눈빛에 심장이 떨리다 못해 수전증처럼 손끝마저 떨리기 시작했다.

"소설에서 하데스가 숲 속에서 페르세포네와 사랑을 나누는데 숲 속에서의 사랑, 그게 가능한가요?"

주희의 표정이 멍하게 변했다.

"네?"

천천히 석현이 다가오자 주희의 얼굴색이 점점 하얗게 탈색되었다. 주희의 심장이 심하게 펄떡거리며 뛰었다. 주희의 등 뒤에 위치한 커다란 책장에서 책을 꺼내려 그녀의 어깨 너머로 아슬아슬하게 팔을 뻗은 석현이 안다시피 한 자세 그대로 주희를 내려다보았다.

"숲 속에서 하면 사실 남이 볼까 봐 겁나잖아요? 그렇겠죠?"

주희의 머릿속이 텅 비었다.

"그, 그런가요?"

석현이 미소를 지었다. 장난스러운 미소가 천천히 입가를 시작으로 얼굴 전체로 번져 나갔다. 너무나 가까워서 그의 향기가 코끝을 간질렸다. 그는 달콤한 향기가 났다. 뭔지 모를 그런 달콤한 향기. 인터넷에 아무리 찾아봐도 알아내지 못한 향수였다.

"숲 속에서 안 해보셨어요?"

주희가 무슨 말인지 한참을 생각하다가 고개를 끄덕였다.

"아, 네, 네. 못 해봤어요."

숲 속은커녕 실내에서도 별로 못 해봤다. 이 남자와 숲 속에서……. 주희의 뺨이 붉게 타올랐다.

석현이 바로 곁에서 책을 겨우 찾았다. 책은 붉은 양장으로 멀리서도 눈에 확 띄게 생겨서 적색맹환자라도 바로 찾을 수 있을 것 같았다. 하지만 석현은 꽤 길게 그녀를 안다시피 한 것이 결코 그 자신의 의도가 아니라 도저히 찾지 못한 이 책 때문이라고 말하듯이 그 책을 흔들면서 과장되게 보여줬다. 외국 원서라서 그런지 영어로 쓰여 있었다. 석현이 책을 펼치고 한국말로 설명해 주기 시작했다.

"이 심리학 책에서는 말이죠, 숲에서의 행위는 본능에 더 충실하고, 공개적이라고 느끼는 것에서 오는 불안감과 수치심이 성적 자극을 끌어와 훨씬 더 강하게 느낀다고 하네요."

"뭐, 뭘요?"

석현의 미소가 더욱 얼굴 가까이 다가왔다.

"오르가즘."

주희의 머릿속이 열점 가까이 끓어올랐다. 이 남자의 눈빛은 유혹적이다. 실제로 그가 자신을 유혹하려는지 아닌지는 중요하지 않았다. 그녀는 그의 궁전에 자발로 들어가 나를 가지라고 자진납세하고 싶었다. 그의 붉은 입술이 너무나 가까웠다. 그리고 눈앞에서 자신에게 미치게 섹시한 단어를 나열하고 있다. 오르가즘, 숲 속, 사랑의 행위, 성적 자극, 본능 등등.

석현이 주희의 얼굴을 보면서 다시 책을 책장에 천천히 밀어 넣었다. 그의 품 안에서 주희는 혹시나 지금 심장마비로 죽는 게 아닐까 심히 의심스러웠다. 석현이 느릿느릿 물었다.

"그래서 페르세포네가 오르가즘을 느꼈을까요?"

주희가 석현을 바라보았다. 석현은 여전히 장난스럽게 미소를 짓고 있었다. 그리고 주희는 이 나쁜 남자의 속셈이 무엇인지 약간 알 것도 같았다. 의외로 신사인 척하면서 이 악마처럼 잘생긴 남자는 주희를 어디론가, 어딘지 모를 방향으로 밀어붙이고 몰아넣고 있었다.

"글쎄요. 누가 볼지 안 볼지 상관 안 했을 것 같은데요."

"어째서죠?"

주희가 책을 보려고 애를 썼다. 그런데 석현이 너무나 가까이 있었다. 정말 무슨 향수를 쓰는지 물어보고 싶을 정도이다. 서늘하고 시원한 민트 계열이면서 달콤한 기분이 드는 그것이 그녀에게 밀려왔다.

"무언가에 몰두하게 되면 주위는 사실 신경 못 쓰죠."

석현이 주희를 내려다보았다. 그의 숨소리도 신경 쓰였다. 그가 뭘 물어볼지 불안해서 미칠 지경이 되어서야 석현이 불쑥 물었다.

"공 작가님…… 그런 경험 있나요?"

무슨 경험? 주위는 신경 쓰지 못할 정도로 격렬한, 당신이 굳이 사랑의 행위라고 부르는 섹스? 없다, 없어!

주희가 자신을 불쌍하게 여기지 말라고 말하려 얼굴을 올렸다. 석현의 얼굴이 다가왔다. 그의 눈이 감기는 것을 보자 자신도 따라서 감고 싶어져서 주희가 눈을 감았다. 자신의 달아오른 입술에 서늘한, 그리고 촉촉하고 너무나 부드러운 감촉이 닿았다. 그리고 그 순간 주희는 자신이 지금 어디에 있는지, 그가 지금 무엇을 하고 있는지 아무 생각이 없어졌다. 그의 부드럽고 뜨거운 입술과 그의 차가운 손이 자신의 목을 감싸고 입술을 점령하고 있는 것을 잊어버렸다.

그저 그와 소설 속 어느 숲의 부드러운 호수에서 헤엄치고 있는 느낌이 들었다. 그가 주희의 얼굴을 감싸고 부드럽게 혀를 넣어 입술을 열었다. 그가 입안으로 밀고 들어오자 놀란 그녀가 당황했다. 허둥지둥하는 그녀의 혀를 그가 부드럽게 감싸고 끌어당기고 밀어 넣고 핥았다. 깊숙이 들어오는 그를 겨우겨우 따라가자 석현이 한참 만에 입술을 떼고 웃음을 지었다.

"이런 느낌이겠죠?"

주희가 벌떡 일어났다. 이 남자는 마약이야. 맛보면 틀림없이 헤어날 수 없어. 하지만 죽을 때 죽더라도 맛만 보면 안 될까? 아니다. 지금 이 순간 도망가지 않으면 자신은 틀림없이 이 남자를 덮치고, 또 그렇게 되면 이 남자는 자신을 성 범죄자로 신고할 것이 틀림없었다.

주희는 뻣뻣하게 굳은 몸을 돌리고 자신의 가방을 들자마자 인사도 없이 줄행랑을 쳤다.

석현은 입술에 손을 대고 눈을 감았다가 다시 떴다. 충족되지 않은 욕망이 몸 안에서 폭풍우처럼 몰아쳤다. 날카로운 눈빛이 불만스럽게 이미 모습도 보이지 않는 주희의 뒤를 좇았다. 석현은 일어서서 창밖을 보았다. 건물 밖으로 다급하게 도망가는 주희의 모습이 보인다. 조금만 더 몰아치면, 밀어붙였으면 가능했는데……

석현이 다시 숨을 몰아쉬었다. 그리고 악마 같은 미소를 지었다. 그를 아는 모든 사람들이 일컬어 유혹의 최상위 기술이라고 한 그 미소였다.

"아, 공주희 이 여자, 만만치 않네. 이 기술이 안 통하다니."

"너를 유혹하려면 어찌해야 하지?"

빛에 반사되어 마치 은빛처럼 보이는 헤아의 금발이 팔랑 휘날렸다. 의심스러운 눈초리로 처녀가 왕을 바라보자 왕이 침상 위에서 나른한 눈빛으로 마주 보았다. 헤아는 대답 없이 무심한 표정으로 그를 바라보았다. 유혹이라니? 그게 왜 필요하지? 그는 이미 왕이고 그녀의 주인이며 주인은 노예를 유혹하지 않는다. 소유할 뿐이다. 그런데 왕이 유혹에 대해서 묻고 있었다. 그는 유혹을 하고 싶은 것일까? 그녀의 마음을 얻으려고?

왕이 다시 날카로운 눈초리를 하고 저음의 유혹적인 목소리로 물었다.

"야한 꿈을 꾼 적 있습니까?"

주희가 그를 토끼같이 빨간 눈으로 바라보았다. 주희의 상상 속에서 걸어 나온 아랍 왕이 곁에 앉아 나른한 목소리로 묻고 있었다.

고소를 하든가 말든가 그에게 가지 않겠다고 속으로 천 번을 넘게 다짐했지만, 언제나 정신을 차리고 보면 그의 앞에 앉아서 얌전히 전자노트를 손에 들고 읽고 있었다. 그 밤에 그와 키스를 하고 놀라서 줄행랑을 치고도 이틀 뒤 다시 그의 사무실에 와 있었다. 그는 키스에 대해 아무 말도 하지 않고 주희에게 읽을 것을 주었다.

주희는 그가 아무 말도 하지 않는 것에 약간의 안도, 상당한 불안, 만만치 않은 거북함을 느꼈다. 그런데 그녀가 들어설 때부터 잠자코 그녀를 노려보고 있던 석현이 어느새 곁에 앉아서 그녀의 노트를 같이 들여다보고 있었다. 작은 노트라 같이 보려면 얼굴이 맞닿아야 할 정도로 밀착되어야 했다.

"야한 꿈, 꿈이요?"

석현이 야릇한 표정으로 주희를 내려다보았다. 약간 부끄러운 척을 하는데 저 남자가 자신의 야한 꿈을 부끄러워할 턱이 없다는 것은 주희가 손가락을 걸고 맹세할 수 있었다. 정말 부끄럽다면 아예 이야기를 못 하겠지.

"네, 요즘 야한 꿈을 꿉니다."

주희가 당황한 표정으로 뭐라고 대답해야 하나 걱정하고 있는데 석현은 무심하게 말을 이었다.

"공 작가님은 야한 꿈을 꾼 적 있습니까?"

'아, 물론. 지금 당신 덕에 매일 밤마다 야한 꿈이 아니라 야한 상상을 하느라 잠을 못 자서 오늘도 토끼 눈인 게 보이지 않느냐'고 말하고 싶지만, 자신이 폭주하면 미친년이 아니라 범죄자가 될 게 뻔해서 공 작가는 다시 다소곳이 말했다.

"아, 물론 야한 꿈을 꾼 적이 있죠."

석현이 대뜸 불면증이나 우울증으로 괴로움을 겪고 있는 아줌마들이 찜질방이나 어린이 놀이방이 딸린 카페에 앉아 동류의 아줌마에게서 공통의 질병을 발견하고 놀라움과 기쁨에 격한 반가움을 표시하듯 바싹 다가와 환한 미소를 지었다. 그의 미소는 거의 방사능 수준이었다. 조금만 쬐어도 이내 자신에게 백혈병이 생길 것 같았다.

"어떤 꿈인지 말해줄 수 있습니까? 공 작가님이 말해주시면 저도 말해 드릴게요."

주희는 물론 그런 꿈을 꾼 적이 없다. 자신이 그를 대상으로 날이면 날마다 눈을 뜬 채로 꿈을 꾼다는 것을 말해줄 수가 없어서 그렇지, 눈을 감고는 야한 꿈은커녕 안 야한 꿈도 꾼 적이 없다. 하지만 그가 그의 야한 꿈을 말해준다는 말을 듣자마자 특유의 작가정신, 수인의 말에 따르면 '생양아치 거짓말'을 늘어놓기 시작했다.

"그, 그 전제군주, 즉 왕이 나오는 그런 꿈이죠. 꿈이란 게 어쩔 때는 욕망의 표출이라고 하잖아요? 왕이 나오고, 하렘이 나오고, 후궁과 정사를 벌이는? 뭐, 그런 유의 꿈을 꾼 적이 있죠."

아주 거짓말은 아니다. 눈을 뜨고 눈앞의 남자를 보면서 상상해서 꾼 거라 그렇지. 그리고 곁에서 석현이 자신이 들고 있는 전자 노트를 넘겨다보고 있어 눈을 마주하지 않자 말이 술술 잘 나왔다.

이런 종류의 거짓말은 공주희 전매특허다. 아마 그래서 지금 작가를 하고 있는지도 모른다. 작가가 아니라면 타고난 허언증 환자로 벌써 병원에 들어가고도 남았다.

거의 얼굴을 맞대다시피 하고 노트를 들여다보던 석현이 주희의 어깨에 머리를 기댔다. 주희가 순간 얼어붙었다. 그의 머리 결에서 샴푸 냄새가 났다. 희미한 숲의 향기 같은 그 냄새가 무슨 향인지 코를 킁킁대며 맡고 싶지만 그러지 않아도 변태 같은 자신이 더욱 적극적으로 변태 같은 행동을 할 수는 없었다.

기대고 있던 석현의 얼굴을 주희가 내려다보자 눈이 마주쳤다. 석현의 날카로운 눈빛과 마주치자 심장이 뜨끔했다. 석현의 미소가 보인다. 마치 '당신의 꿈에 나오는 남자가 내가 틀림없다는 데 내기할까?' 라는 유의 은밀한 까발림이 입가에, 미소의 끝에 매달려 있었다.

주희는 천천히, 아주 천천히 못 본 척, 모르는 척 다른 곳을 바라보았다.

"꿈이 욕망의 표출이라면 공 작가님 지금 욕구불만이라는 소리입니까?"

"아, 아니, 그게 아니라 남들이 그렇다고 하는…… 네, 네, 욕구불만입니다. 그래서요?"

야한 속옷이라도 들킨 것처럼 주희가 폭발하는 부끄러움을 숨기고자 부끄러움을 분노로 전환시키려 하는데 그의 담담한 목소리가 들려왔다.

"나는 내용이 같은 꿈을 꾸는 것 같습니다. 지금 읽고 있는 소설이 배경이고 내가 하데스처럼 행동하는 그런 꿈이죠. 여자를 납치해서 내 집으로 데려오는 겁니다. 그리고 그녀의 옷을 벗기고 그녀의 머리칼을 움켜쥐어요."

주희의 심장이 미칠 듯이 뛰었다. 물론 자신도 그 소설을 쓸 때 그를 하데스로 상상해 쓰기는 하지만, 그가 꿈으로 꾼다고 하자 자신이 그 꿈속에 들어가지 못하는 것이 지금 이 순간 천추의 한이었다.

석현이 주희의 입술을 바라보았다. 뺨과 얼굴이 발갛게 달아올랐다. 그녀가 무슨 상상을 하는지 알고 있다. 그저 소설을 읽는 것만으로 자신이 그런 꿈을 꾸게 몰아세운 주제에 공주희는 자신의 유혹을 잘도 무시한다. 자신이 공주희같이 유혹적인 목소리로 그녀를 욕구불만의 늪에 빠뜨릴 수는 없겠지만 자신의 꿈 이야기라면 넘어올 거라고 생각했다. 자신의 야한 꿈 이야기라면. 원래 작가들은 꿈 이야기라면 환장을 한다.

"그리고 그녀를 유혹하는 겁니다. 그녀는 아직 나를 잘 모르고 나도 그녀를 잘 모릅니다. 하지만 그냥 아는 게 있죠. 그녀의 둥글고 검은 눈을 보면, 짧게 팔랑거리는 머리칼과 장난스러운 웃음소리와 자신이 엉뚱하게 행동할까 봐 간혹 불안해하는 그 눈초리를 보면 그냥 알게 되죠. 이 여자가 내가 잡아온 페르세포네라는 걸 말입니다."

주희는 멍하니 그의 이야기를 듣고 있었다. 심하게 로맨티스트다. 그의 저음은 그 자체로 유혹적이었다. 그런데 그 이야기라니……. 조금 혼동이 온다. 내가 쓴 페르세포네는 긴 머리칼에 갈색 눈인데? 그리고 장난스러운 웃음? 그런 걸 내가 썼던가? 내가 썼는지 아닌지는 모르겠지만 어쩐지 책 속의 페르세포네보다 그의 꿈에 나오는 여자가 더 현실감 있고 사랑스럽다. 그가 귀 가까이에서 속삭였다.

"그녀의 옷을 벗기면 귀여운 속옷이 나옵니다. 부끄러워하지만 이미 나에게 빠져 있죠. 그래서 나를 끌어당겨 내 옷을 벗기는 겁니다. 내가 그녀의 작지만 하얀 가슴을 한입 가득 빨아들이면 그녀가 작게 신음 소리를 토하는 겁니다."

주희의 정신이 점점 더 혼미해졌다. 자신이 자신의 소설을 읽을 때에는 이렇게 야하다고 생각하지 않았는데……. 그의 꿈 이야기라서 그런가? 그가 너무나 야했다. 그의 목소리도 야하고 그의 표정도 야했다.

이제는 노트를 보는 게 아니라 자신의 눈을 바라보면서 작게 속삭이고 있었다. 너무도 가까워서 속삭여도 충분히 들렸다. 그는 지나치게, 심하게 야했다.

"그리고 그녀의 손가락마저 다 빨아서 충분히 그녀가 나에게 미쳤다고 생각되면 내가 그녀를 움켜쥐고 삼켜 버리는 거죠."

그는 자신의 말소리가 멀리서 들리는 듯했다. 자신의 입술이 움직이고는 있지만 제3자인 누군가가 말하는 것 같았다.

"실제로 사람을 먹는 꿈을 꾸시는 건가요?"

그의 웃음소리가 들렸다.

"아닙니다. 그게 아니라 그녀와 거친 섹스를 하는 꿈을 꾼다는 말입니다. 그녀가 비명을 지르고 신음 소리를 내도 나는 부드럽게 하지 않아요. 실제로는 그게 약간 이상하다고 생각됩니다. 사실 나는 부드러운 행위를 좋아하거든요. 그런데 꿈에서는 그녀를 움직이지도 못하게 억누르고 나의 쾌락을 위해서 그녀의 안으로 미친 듯이 거세게 움직입니다. 그녀가 사정하고 울어도 결코 끝내지 않아요. 그렇게 몇 날 며칠을 침실에서 나오지도 않는 그런 꿈을 꿉니다."

내 상상보다 훨씬 야하다, 그는.

석현이 주희의 얼굴을 내려다보았다. 여전히 미소를 지은 채. 그리고 실제로 주희의 가까이로 얼굴을 가져와서 입술을 핥았다.

주희가 꼼짝도 못 하고 눈을 휘둥그레 뜨고 있자 그가 나지막한 목소리로 조용히 속삭였다.

"그 꿈에서 페르세포네는 당신 얼굴을 하고 있습니다. 당신이 비명을 지르면서 내 등을 할퀴고 내 가슴을 물어뜯죠."

주희의 심장이 더 이상 뛰지 못할 정도로 뛰었다.

석현이 멍한 표정의 주희를 이제 덫에서 꺼낸 토끼처럼 의미심장한 웃음을 지으며 낚아채 자신의 손아귀에 넣으려는 찰나 벌컥 문이 열렸다.

주희가 말 그대로 펄쩍 뛰었다. 그리고 석현의 얼굴을 보지도 않고 가방을 들더니 그대로 줄행랑을 치려는 순간이었다. 이미 한 번 그녀의 놀라운 도망 실력을 본 석현이 문 쪽은 보지도 않고 주희의 팔목을 확 낚아챘다. 그리고 냉랭한 목소리로 문 앞의 존재에게 퇴짜를 놓았다.

"미안한데, 지금 중요한 얘기를 하고 있으니 문 닫고 나가주세요."

문 앞에 서 있던 엘프를 닮은 여자를 주희가 더 놀란 얼굴로 바라보았다. 톱모델의 포스가 풍기는 여자는 석현이 잡고 있는 주희의 팔목을 보더니 주희보다 더 놀란 얼굴로 그대로 문을 닫고 가 버렸다.

주희가 붉어진 얼굴로 더듬거렸다.

"저, 저기, 대표님, 그, 그게 중요한 말, 말이 뭔지……."

주희의 팔을 붙잡고 한참 동안 숨을 고르고 있던 석현이 다시 북받쳐 오는 화를 참았다. 거의 손에 넣었는데 난데없이 나타난 방해꾼 때문에 다시 유혹해야 하는 지경이라니. 경직된 얼굴을 급히 펴며 석현이 좀 전과는 천양지차의 부드러운 말투로 말했다.

"같이 저녁 식사 합시다. 요즘 저에게 시간을 뺏겨서 개인적인 일도 지체됐을 텐데."

주희가 심장이 두근거리는 와중에 개인적인 일이 뭔지, 자신도 모르게 지체된 자신의 일이 무엇인지 한참 생각했다.

"아, 아니, 뭐 별, 별로……. 그런데 아까 중요한 말이 있다고 하지 않으셨어요?"

석현이 윗옷을 집어 들고 주희의 팔을 잡고 끌다시피 빌딩을 나왔다.

"아닙니다. 책 읽느라 목도 아프고 힘들 텐데 나가죠."

7

클럽이라고 쓰인 곳이지만 전혀 클럽 같지 않은 곳이었다. 물론 클럽이라는 영어 단어가 나타내는 말뜻이 한국에서 많이 변질된 것이라면 사실 이곳은 클럽이 맞을 것이다. 유명 호텔의 지하에 호텔 이름을 딴 르네상스클럽이라는 곳이었다. 하지만 보이는 것은 그냥 바(Bar)였다. 은은한 음악이 흐르고 약간 어두운 실내에 푹신한 소파가 즐비한 것이 로비에 있는 커피숍과 큰 차이가 나지 않았다. 차이라면 로비에서는 술을 팔지 않고 이곳에서는 술 외에는 팔지 않는다는 것 정도? 간단한 식사도 할 수 있는 곳이라서 둘은 클럽샌드위치와 주스, 그 이후로는 줄곧 칵테일을 마시고 있었다.

주희는 약간 들뜬 상태였다. 이것은 데이트다. 자신의 소설을 석현에게 읽어주는 것은 뭔가 환불? 아니면 지불? 아무튼 그런 종류의 심적인 부채 의식을 가지고 있는 데 반해 지금의 이것은 확실하게 데이트다. 석현이 자신에게 호감을 갖고 있는 것이 분명했다. 그리고 그 느낌이 주희를 점점 더 붕 뜨게 만들고 있었다.

"그래서 방학은 끝났는데 일기는 하나도 안 쓴 거죠. 근데 내가 지금도 이상한 건요, 도대체 일기를 쓰라고 하고는 왜 검사를 하는 거죠? 원래 일기는 지극히 개인적인 기록이잖아요? 그죠? 그걸 검사한다는 게 더 웃겨요. 아무튼 그래서 그 긴 한 달간의 일기를 쓸 기운도 없고 의욕도 없고 화도 나서 소설을 쓴 거예요. 엄청 심각한 소설이었는데 나중에 읽어보니까 완전 웃기더라고요. 그래서 소설 한 편을 써서 대신 제출하곤 쫄아서 선생님이 이제나저제나 나를 불러서 혼을 내면 뭐라고 하나 싶었는데 선생님이 지나가시면서 저에게 그러시는 거예요. '주희, 소설 잘 쓰네. 소설가 하면 되겠다' 라고요. 아마 그때였던 것 같아요. 제가 소설가가 되겠다고 주접을 떨기 시작한 게 말이에요."

석현은 웃으면서 바텐더에게 술을 더 시켰다. 주희는 이런 우아한 분위기의 술집에 와본 적이 없어서 약간 어색했다. 낯선 고급 술집에, 바로 앞에 덮치고 싶은 남자가 있고, 그 남자는 지금 자신과 술을 마시고 있고, 뭐라 말할 수 없는 긴장감이 둘 사이에 흘렀다. 자신이 왜 자신의 흑역사를 자랑스럽게 떠들어대고 있는지 알 수가 없다. 긴장 타면 쓸 말 안 쓸 말 가리지 않는 자신의 치명적인 습관이 나오고 있는 것일까.

"그런데 장 대표님은 어떻게 사진을 배우려고 했어요? 저 같은 그런 계기가 있었나요?"

주희의 말에 석현은 다시 미소를 지었다. 그리고 골똘히 생각하는 척하더니 생각난 듯 말했다.

"저도 그런 계기가 있는 것 같습니다. 아주 어릴 적에 집에 친척이 자주 왔거든요. 외삼촌이었어요. 좋은 분이셨어요. 외할아버지는 엄하셨고, 예술가들은 전부 굶어 죽는다고 생각하던 시절이었죠. 게다가 진로든 뭐든 자식들의 의사나 결정권을 전혀 생각하지 않는 집안이어서 외삼촌은 외할아버지와 마찰이 심했어요. 그때 사진을 많이 찍어주셨죠. 근데 외가 식구들을, 삼촌과 이모를 엄마가 특히 싫어했어요. 그래서 몰래 왔어요. 지금 생각해 보면 갈 곳이 없던 것 같기도 하고, 약간 아웃사이더이던 것 같기도 하고 그래요."

주희는 열심히 고개를 끄덕였다. 석현이 살짝 주희의 손가락을 만지작거렸다.

"그런데 엄마는 늘 외출이 잦아서 들킨 적은 별로 없던 것 같아요. 삼촌이 사진을 많이 찍어줘서 내 방에 사진이 꽤 많았어요. 그걸 나중에 엄마에게 들켰죠. 엄마는 내게 소리를 지르면서 화를 내고 정원에 나가서 그걸 모두 태워 버렸어요. 항상 술에 취해 있었기 때문에 그날 집까지 태워 먹을 뻔했죠. 그런데 한 장. 이모가 나와 손을 잡고 정원의 풀숲에 숨어 있는 사진이 남아 있었어요. 나중에 내가 그 사진을 애지중지하는 것을 본 엄마가 그것도 뺏으려고 하더군요. 그때 우연히 삼촌이 같이 있었는데 그 사진을 엄마에게서 뺏어서 다시 내게 주었어요. 엄청나게 화를 내면서 말이에요. '석현이 것을 돌려줘!' 라고 하더군요. 나는 엄마가 발작을 일으키거나 아니면 삼촌을 때릴 줄 알았는데 삼촌을 뚫어지게 보더니 그냥 휙 나가시더라고요."

주희는 멍한 눈빛으로 입을 벌리고 석현을 바라보았다. 어릴 적 유복하게 자랐을 것 같은 남자 1위가 이런 이상한 가정사라니…….

"하지만 삼촌이 이상형이 됐다는 뭐, 그런 것은 아닙니다."

주희가 어떻게 반응해야 할지 몰라서 그저 멍하니 있자 석현이 윙크를 했다. 그제야 주희는 어디서 웃어야 할지 모를 사장님의 농담을 들은 듯 어색하게 웃었다.

"그저 그 사진이 정말 마음에 들었어요. 삼촌이 찍어준 사진. 거기에는 무언가 있었습니다. 이모는 나를 사랑스러운 눈초리로 바라보고 있었고, 나는 뭐가 좋은지 바보같이 웃고 있었어요. 그런 거 말입니다. 눈에 보이지 않는, 좋아하는 거, 즐거워하는 거, 웃지 않을 수 없는 활기, 따뜻한 분위기, 그런 눈에 보이지 않는 것을 보이게 찍을 수 있구나 하고 생각했던 것 같아요. 그래서 나중에 사진을 배우고 싶다고 생각했습니다."

발리에서 파는 듯한 알록달록 예쁜 무지개색의 칵테일을 마시면서 주희는 석현의 말에 감동했다. 눈에 보이지 않는 것을 찍다니, 엄청나게 멋있어!

"그러면 대학에서 공부하고 사진전으로 데뷔한 건가요?"

주희가 궁금해하자 석현이 고개를 저었다.

"대학에서 공부를 좀 하다가 자연사진 전문가인 케빈 코빅스를 만나게 되었어요. 그분을 스승으로 모시고 거의 6년 동안 전 세계를 돌아다녔죠. 그분이 히말라야에 정착하지 않았으면 지금도 여전히 그분과 오지를 찾아다니고 있을지도 모르죠."

"히말라야에 정착해요?"

주희가 놀랍다는 듯이 말하자 석현이 웃으면서 대답했다.

"자연에 뼈를 묻겠다는 뭐, 그런 거대한 뜻이 있는 것은 아니고요. 셀파 출신의 등반가와 사랑에 빠졌어요. 나이가 50이 넘은 분이 그 여자를 따라서 그곳에서 살겠다고 했을 때 저뿐이 아니라 뉴욕의 에이전시에서도 얼마나 놀랐게요. 그런데 꽤나 잘 사시더라고요. 두 분이 같이 등산도 하고 사진도 찍고 하면서."

주희는 다시 감동하면서 진심으로 두 분의 사랑을 기원했다. 그리고 자신이 실제로 궁금한 것을 물었다.

"장 대표님도 엄청나게 여자가 많이 따랐을 것 같아요."

석현이 주희를 뚫어지게 보았다. 술이 올라서 볼이 빨갛게 변한 주희가 멍한 눈으로 자신을 말갛게 바라보고 있다. 그 모습은 정말 너무나 귀여워서 심장이 멈출 것 같았다. 영화나 드라마에서 사랑에 빠지는 순간, 상대의 뒤에서 후광이 비추는 효과가 잘 쓰이는데 석현은 오늘 실제로 그런 효과를 본 것 같았다. 공주희, 이 여자의 뒤에서 후광이 비추고 있었다.

석현이 고개를 기울여 주희의 귀에 속삭였다.

"지금 주희 씨, 엄청나게 귀여워요."

주희의 심장이 다시 뛰었다. 주희가 벌떡 일어서서 석현에게 몸을 기울였다. 석현의 눈동자가 은밀한 기대를 담아 커졌다. 떨리는 마음에 손에서 땀까지 나는데, 주희가 작은 목소리로 화장실을 갔다 오겠다고 말하곤 허둥지둥 자리를 떠났다.

석현은 떨리는 손으로 찬물을 들이켰다. 에어컨까지 켜진 이 넓은 바(Bar)가 덥다고 느껴졌다. 무심코 주위를 돌러보던 그때, 정말 마주하고 싶지 않은 사람이 석현 앞에 나타났다. 선유가 놀란 표정을 지으며 서 있었다.

주희는 멀리서 그녀를 보았다. 구불구불한 아름다운 갈색 머리
칼이 어깨 너머로 물결치고 부드러운 컬은 손을 뻗어 만져 보고
싶을 정도로 예뻤다. 자그마한 얼굴에 둥그런 눈, 입술도 앵두 같
다는 옛말이 그냥 비유법이 아니구나 싶게 볼륨감 있었다. 물론
볼륨감은 입술만이 아니었다. 몸매에도 바람직한 볼륨을 보이는
그런 미인이 석현에게 뭐라고 속삭인 다음 귀엽게 호호 웃었다.
살짝 몸을 튼 석현이 마주 보고 웃는 것이 보였다.

미인은 석현에게 친근하게 인사를 나누고, 천천히 걸어서 주희
의 곁을 지나갔다. 자신이 석현과 같이 온 것을 알고 있는 것이 분
명했다. 여자는 긴 머리칼을 찰랑거리며 자신을 위아래를 훑어보
면서 미소를 지었다. 자신이 더 낫다는 잠정적 판단과 함께 너는
내 라이벌이 될 수 없다는 희미한 비웃음도 같이 곁들여서.

어두운 클럽은 주희가 화장실을 가기 전과 마찬가지로 여전히
화려하며 세련된 도회적 멋을 자랑하고 있지만 황량한 사막같이
느껴졌다. 주희가 잠시 그 자리에 서 있다가 그녀를 보지 못한 듯
걸어가 자리에 앉았다.

왜 그랬는지는 자신도 모르겠다. 그냥 그 여자가 누구냐고 묻는
것이 불가능했다. 그것은 자신이 생각하기에 너무나 사적인 질문
이었다. 그의 사적인 생활.

석현이 힐긋 뒤를 돌아보고는 이미 사라진 미녀의 자취에 만족
했다. 그리고 이 세상에 여자라고는 주희밖에 남지 않았다는 자세
로 그녀에게 집중했다. 주희가 자신의 앞에 놓인 칵테일 잔을 들

어 들이켰다. 술이 들어가자 그녀의 에고가 사슬을 이빨로 끊어버리리고 제멋대로 날뛰기 시작했다.

"대표님은 꽤 많이 이성을 사귀어보셨죠? 부러워요."

석현이 야릇한 표정으로 고개를 저었다.

"사람은 많이 만나봤는데…… 뭐랄까, 그냥 흘러가는 그런 관계가 다였던 것 같습니다. 유럽이나 그런 곳은 좋으면 같이 있고 싫어지면 그냥 헤어지는 연애사가 대부분입니다. 파티에서건 일에서건 항상 여자들이 먼저 자기 집으로 가자거나 술을 마시자거나 그래서요."

주희가 멍한 표정으로 석현을 올려다보았다. 그래, 그랬겠다. 이 얼굴로 아까처럼 미소를 지으면 당장에 나라도 석현에게 술 마시러 가자고 꼬실 것 같다. 주희가 실실 웃었다. 입가에 약간의 불만과 불안함이 맴돌았다.

석현은 그것을 보고 있었다. 선유가 자신의 어깨에 손을 얹을 때 오싹했던 기분이 이거였나? 주희가 그녀를 보지 않았기를 바랐다. 하지만 아무래도 그녀는 본 것 같았다. 아무 의미 없는 사람으로 인해 그녀도 자신도 기분이 상하지 않기를 바랐는데 이미 봐버린 것은 어쩔 수가 없다.

"공 작가님은 어떻습니까? 지금 사귀는 사람이라거나 누군가 마음에 둔 사람이 있나요?"

주희가 석현을 바라보았다. 그의 날카로운 눈빛마저 예뻐 보이다니 미쳐도 단단히 미쳤다. 사진으로만 보고 좋아할 적에 자신의 이상형을 그에게 투시하고 혼자 좋아했다. 누구나 그렇지 않은가? 상냥하고, 친절하고, 재능 많고, 능력도 있는 그런 멋진 남자일 거라고. 그리고 다른 여자들은 거들떠보지도 않지만 자신의 여자—물론 상상 속에서 나 말이다—에게는 뜨겁게 충실할 거라고 생각하지 않는가?

하지만 지금 눈앞의 남자는 사실 어떤 남자일까? 보기에 능력 있어 보이고, 사실 능력도 있고, 하지만 그가 상냥하고 친절할까? 다른 여자에게는 관심이 없을까? 정말 나에게만 관심이 있는 것일까? 이렇게 데이트인 듯 데이트 아닌 외출에 나 혼자 김칫국을 배 터지게 마시듯 의미 부여를 해도 되는 것일까?

머릿속에서 몇 초 동안 수만 가지 생각이 흘러나가고 흘러들어 왔다.

"아니요."

머릿속에서는 폭풍 질문과 의문점이 난무했지만 겉으로 공주희 는 우아하게 술잔을 쥐고 바람직한 은은한 미소를 지으면서 술을 벌컥벌컥 들이켰다.

"좋아하는 사람이 있기는 한데 바람둥이 같아요. 그래서 제 게 아니라고 생각하고 있는 그런 상태입니다."

석현이 주희를 내려다보았다. 그녀의 작은 정수리가 보인다. 고 개를 숙이고 땅콩을 먹는다고 열심히 까고 있다. 이제까지 유혹을 하고 내심 손에 넣었다고 생각했는데 그 작은 머리로 한 생각이라 고는 내가 바람둥이라는 것뿐이야? 내가 얼마나 노력을 했는데. 정말이지, 이 여자의 작은 머리통을 붙잡고 캐묻고 싶다. 아니, 깨 물고 싶다. 그녀의 모든 것을 이빨로 맛보고 싶은 순간적인 욕망에 짐짓 놀라기까지 했다. 대관절 이 여자는 내가 하는 것이 유혹이라 고 생각하지 않는 거야? 석현의 양미간의 주름살이 찌푸려졌다.

"혹시 주희 씨, 오색딱따구리 본 적 있습니까?"

주희가 고개를 번쩍 들고 머리를 흔들었다. 오색딱따구리란 말에 호기심이 얼굴에 가득하다.

"이번 주말에 사진 찍으러 가는데 같이 갑시다. 보여줄게요."

"오색딱따구리요?"

석현이 그 환한 미소를 지었다.

"아니요. 오색딱따구리를 찍는 척하면서 주희 씨를 꼬시려는 내 모습이오."

주희가 술이 취해서인지 석현의 말을 알아들어서인지 아무튼 좋아서 헤헤 웃었다.

"헐! 대박!"

바에서 술을 마시고 있던 수인이 게임사 대표인 문영을 바라보았다. 문영이 맞은편에 앉아 있는 남녀를 가리켰다.

"저기 앉아 있는 남자 보여? 저 남자, 나 며칠 전에 우현그룹 창립기념파티에 가서 봤는데, 그 그룹 아들이잖아. 유일한 자식인데 그룹을 이어받지 않고 사진 잡지사를 차렸대. 외국에서는 그, 이름이 뭐더라? 크리스라는 이름으로 유명한 사진작가라던데? 나 잠깐 그 자리에서 잡지 봤는데, 우와! 돈만 있으면 우리 사진도 저 사람한테 부탁하고 싶더라. 완전 예술이야, 예술."

수인이 남녀를 바라보았다. 등을 지고 앉아 있는 여자의 뒷모습이 묘하게 누군가를 닮았다. 그리고 맞은편에 앉은 남자는…….
아, 어디서 많이 봤는데. 어디서 봤더라?

"우현그룹은 전문 경영인이 운영한다고 하더라고. 그래서 주가

가 얼마나 올랐는지 몰라. 그때 후배 놈이 권했을 때 살걸 그랬어. 그건 그렇고, 진짜 잘생겼다. 그치? 나도 저런 남자랑 사귀어봤으면. 그런데 저 여자는 누구지? 좀 평범해 보이지 않아? 귀엽기는 한 것 같은데."

앗! 저 남자! 공주희 책상 위에 붙어 있는 사진 속의 남자다!

수인이 남자를 알아보았다. 그리고 등진 여자도 누군지 알아보았다. 공주희 저거, 저거, 뭐 하는 거야? 남자가 뭔가를 가리키며 웃자 따라서 웃는 주희의 옆모습이 보인다. 살짝 들뜬 표정과 금방이라도 하트가 쏟아질 것 같은 눈을 보아하니 벌써 이성을 잃었다. 저거 그때 집에 와서 합의를 해줬다고 아주 좋아서 죽을 것 같더니 저 남자랑 사귀나?

"그런데 수인 씨, 수인 씨는 여자 안 만나? 계속 튕기지 말고. 나는 어때? 내가 솔직히 누가 너 스카우트해 갈까 봐 겁나서 그러는 건 아니고, 나도 나름 괜찮은데, 우리 사귈래?"

수인이 문영을 보지도 않고 냉정하게 말했다.

"선배, 내 이상형이 엘프녀인 거 아는 분이 왜 이러세요?"

문영이 한숨을 쉬고 다시 술을 마셨다.

"수인 씨 그렇게 계속 2D만 좋아해도 큰일 나. 나도 남자친구 있어. 모니터 밖으로 나오지 않아서 그렇지."

그때였다. 주희가 뭐라고 남자에게 말하고 일어나서 화장실 쪽으로 사라졌다. 그때 옆에서 웬 여자가 남자에게 다가갔다. 여자는 상당한 미모를 자랑했다. 여자가 상냥하게 뭐라고 말하자 남자가 고개를 끄덕이곤 웃었다. 여자는 남자에게 전화번호를 주고 약속을 정하는 것 같았다. 여자가 뭔가 나무라는 듯 말하자 남자가 다시 미안한 표정으로 웃었다. 주희가 다가오자 여자는 인사를 하고 사라졌다.

"뭐야, 뭐야! 저 남자, 바람둥이인가 봐! 정말 잘생긴 남자들은 다 왜 그러니? 대박! 정말 내 타입이다. 나쁜 짓도 섹시해."

수인의 얼굴이 찡그려졌다. 공주희 저거 미쳤나? 하고많은 남자를 두고 왜 하필 저런 바람둥이에, 대기업 회장 아들에, 자기를 고소하려고 했던 성격 나쁜 놈을?

술을 다 마신 주희와 남자가 자리에서 일어났다. 수인이 조금 시간을 두고 문영에게 먼저 간다고 말하고는 자리에서 일어나 밖으로 나갔다. 주희를 택시에 태워주며 매너 있게 인사하는 남자의 목소리가 들렸다.

"조심해서 들어가세요, 주희 씨. 모레 만나서 이야기하죠."

주희는 택시에서 몇 번이고 손을 흔들며 작별 인사를 했다. 아주 좋아 죽는군. 수인의 얼굴이 어두워졌다.

택시가 떠나고 남자가 시계를 보더니 호텔 앞을 서성거렸다. 바(Bar)에서 예의 좀 전에 본 그 여자가 나왔다. 저 여자를 기다리고 있던 건가? 두 사람은 천천히 같이 보조를 맞추며 걸어갔다. 남녀 둘 모두 외모가 출중해서 그림같이 어울렸다.

수인의 기분이 나빠졌다. 아주 우리 공주희만 병신 되는군. 순진한 우리 주희를 갖고 노는 거야, 뭐야? 참 나, 이 오빠가 또 훈계를 해야 정신을 차리지, 이 바보 공주희!

수인은 서둘러 집으로 돌아왔다. 집에 들어오자 주희는 뭔가를 챙기고 있었다. 수인이 고개를 갸웃거리며 가까이 다가갔다. 커다란 짐 가방을 챙기면서 주희는 신이 나서 콧노래를 흥얼거리고 있었다. 술이 취해서인지 들떠 있는 상태가 마치 조증의 꼭대기에서 춤을 추는 것 같았다.

"야, 공주희! 너 뭐 해?"

주희가 노래를 부르듯이 말했다.

"아, 수인아. 있지, 장 대표가 주말에 사진 찍으러 출사를 가는데 같이 가자는 거야. 멋진 곳이라 보여주고 싶대. 부럽지?"

수인이 주희의 손을 잡고는 부엌 식탁에 앉혔다. 심각한 얼굴로 자신을 앉히고 우유를 컵에 붓는 수인을 주희가 멀뚱하게 바라보았다.

"뭐? 할 말 있으면 빨리해. 내가 2박 3일 가기 때문에 짐이 좀……."

"야, 공주희! 잠깐 내 말 좀 들어봐."

큰 소리를 치는 수인을 주희가 놀라서 바라보자 수인이 우유를 맥주처럼 벌컥벌컥 들이마셨다. 한참을 심각한 표정으로 고민하던 수인이 주희에게 내뱉듯이 말했다.

"나랑 사귀자."

주희가 인상을 쓰며 수인을 바라보았다. 중2 때 미적분을 가르치고 가르쳐도 못 알아듣는 공주희를 다시 보는 기분이다. 하아, 이걸 어떻게 설명하지?

주희는 수인을 이상하게 바라보았다. 이 녀석, 중2 때 미적분을 이해하지 못하는 자신을 바라보는 그 눈빛이다. 마치 외계인에게 어떻게 말을 가르쳐야 하나 고민하는 표정. 아이에게 무지개가 색이 아니라 빛의 반사의 결과라는 것을 가르쳐야 하는데 아이가 자꾸 '아니야! 무지개는 색이야! 빨주노초파남보야!' 라고 하는 것을 보고 있는 그 표정이다.

"왜 그래? 회사에서 무슨 일 있어? 엘프녀 눈빛의 광학색이 마음에 안 들게 나왔어?"

수인이 고개를 저었다. 그리고 심각한 표정으로 주희의 손을 잡았다.

"아니. 심각하게 생각해 봐. 나도 오래 생각해 본 일이야. 의외로 너와 나, 잘 맞을 수도 있어. 지금까지 친구로 지낸 거 보면 모르겠어? 나이도 있는데 결혼도 하자. 나도 언제까지 계속 엘프녀 타령만 하고 있을 수는 없잖아? 게다가 너도 늙어 죽을 때까지 내 집에서 기대고 살 수는 없어. 만약에 내가 다른 여자와 결혼한다면 너는 당장에 다른 집을 구해야 해. 능력이 안 되면 시골로 가야 할 테고. 어쩌면 이게 최선일 수도 있어."

주희가 멍하니 수인을 바라보았다. 수인의 눈빛은 냉정했다. 이 녀석, 진심이잖아? 그러면 내가 자기와 사귀기 싫다고 하면 날 내쫓겠다는 의미인가? 다른 집을 구할 능력은 안 된다. 지금 서울 전세가 얼만데! 물론 선생님이 보수를 후하게 주고는 있지만 대기업 월급도 아니고 겨우 3년 모은 돈으로는 원룸은커녕 월세도 못 얻을 판이다.

헐, 어릴 적부터 같이 자란 친구가 이렇게 나오다니!

"생, 생각 좀 해보고 그, 그리고 말해줄게."

수인이 그 말의 정도를 가늠하듯이 곰곰이 생각하더니 고개를 끄덕이고는 자신의 방으로 들어갔다.

수인이 마시던 우유를 주희가 벌컥벌컥 들이켰다. 오늘 장 대표랑 밥도 먹고 술도 마시고 즐겁게 썸타다 들어왔는데 소꿉친구가 갑자기 핵폭탄을 떨어뜨릴 줄이야! 그런데 저 녀석, 진심으로 사귀자는 소리인가? 저 녀석의 이상형은 엘프녀다. 중학생 때부터 지금까지 한결같았다. 엘프녀가 아닌 여자와는 술은커녕 쓴 커피도 같이 마시지 않는 녀석이 갑자기 왜 이런 폭탄을 떨어뜨린 걸까? 혹시 집에서 연락이 왔나? 드디어 녀석의 어머니가 더 이상 참을 수가 없다고 난리를 치신 것일까?

과거 몇 번의 난리 끝에 수인이 부모님의 잔소리에 지친 나머지 어머니에게 주희가 자신의 여자친구가 될 수도 있다는 뉘앙스를 살짝 풍기기는 했다. 그래서 수인의 어머니는 주희에게 엄청나게 잘해주셨다. 올 때마다 '너희 아직도 방 따로 쓰냐?' 라고 해서 둘을 머쓱하게 만들기도 하고, 과일을 바리바리 싸들고 와서 주희에게 주며 '과일을 잘 먹어야 예쁜 애를 낳는다' 거나 '나는 애 먼저 만드는 요새 풍습에 전혀 불만이 없다' 고 말해서 과일을 먹다가 체한 적도 있었다.

주희는 갑자기 고민스러웠다. 이 한겨울에, 아니지, 이 초여름에 갑자기 거처 고민을 하게 만들다니. 나쁜 놈! 그런데 다른 건 몰라도 1억을 빌려주려고 할 정도로 이 녀석과 나의 우정은 굳건하다고 믿었는데 믿는 도끼에 발등을 찍히나?

주희가 우유를 다 마시고 치우면서 가방을 들여다봤다. 지금 장대표의 출사 여행에 따라가느냐 마느냐가 중요한 일이 아니었다. 자신이 싫다고 말함과 동시에 진짜 옥탑방이라도 알아봐야 할 신세이다. 하아, 선생님도 어디 가시고, 답답한 일은 한꺼번에 찾아온다는 누군가의 말이 정말 맞는 말인 것 같았다.

"진짜 번호가 아닐 거라고는 생각도 못 했어요."

석현이 겸연쩍게 웃었다. 피곤하기도 하고 시간이 아깝다는 생각이 들었지만 그것이 표정에 나타날까 봐 조심스럽게 국수 국물을 들이켰다.

선유가 포장마차에서 뜨거운 어묵 국물을 마시면서 웃었다. 호텔의 클럽에서 선유를 만날 거라고는 생각도 못했다. 하지만 워낙 유명한 클럽이니 그녀를 마주친 것이 이상한 일은 전혀 아니었다. 그녀도 대기업 경영 2세이고, 2세들은 행동반경이 좁아 항상 다니는 곳만 다니는 편이다. 다만 데이트를 하고 있는데 상대가 잠시 화장실에 간 사이 나타나 자신에게 그런 과한 친밀감을 표현할 줄은 몰랐다.

석현은 솔직히 약간의 당혹감까지 느꼈다. 그저 연락처만 주고받은 사이일 뿐 선유에 대해 그가 알고 있는 것은 거의 없었다. 별로 알고 싶지도 않았고. 그런데 화려하게 차려입은 선유가 느닷없이 나타나서 자신에게 저번에 받은 전화번호가 틀렸으며 연락을 준다더니 왜 하지 않았느냐고, 표정은 부드러웠지만 내용은 틀림없이 힐난이 분명한, 마치 하지도 않은 약혼녀처럼 굴자 그녀에게 확실하게 해명을, 물론 듣는 입장에서는 단호한 거부라고 느끼는 종류의 설명을 해야 한다고 느꼈다.

이렇게 따로 시간을 낼 만큼 중요한 상대는 아니지만, 그 사람이 좋지 않다고 해서 예의 없이 굴어도 좋은 것은 아니다. 자신과 아버지 사이의 번지르르한 위선적인 말장난에 휘말린 것이 이 여자의 잘못은 아니듯이. 게다가 나름 아버지와 일로 관련이 있는 사람이다. 그녀에게 적어도 정직하게 말해야 했다.

"사실 아버지가 계셔서 그 자리에서 바로 싫다고 하지 않았습니다."

선유가 심장을 잡고 쓰러지는 척 상처받았다는 모션을 취하며 웃었다. 석현은 그녀가 사실을 듣고도 크게 실망했다는 표현을 하지 않고 웃자 의외의 모습에 새롭게 바라보았다.

"죄송합니다. 저와 아버지 사이에 좀 그런 게 있습니다. 아버지가 가끔 아이 같아서요. 아버지에게 저는 모든 것을 다 주고 싶은 그런 아들입니다. 모든 아버지의 마음은 같겠지만 재력이, 여건이 안 돼서 못 해주는 경우가 많죠. 그런데 제 아버지는 그게 가능합니다. 그래서 그런지 자신이 주고 싶은 것을 당연히 제가 받아야 하고 그것을 좋아할 거라고 생각해 버리는 경우가 많아요. 그런데 사람들은 흔히 그걸 강요라고 말하거든요."

선유가 이해가 되지 않는다는 눈빛으로 눈을 깜빡거렸다. 기다란 눈썹을 깜빡거리는 것은 흔히 하는 유혹의 방법이지만 그리 효과적이지는 않았다. 석현이 살짝 한숨을 내쉬었다.

"저도 아버지를 사랑하기는 하지만 제 인생은 제가 살기로 결심한 이상 그러지 말라고 항상 말합니다. 그런데 저희 아버지가 남의 말을 잘 안 들어요. 그래서 가끔 크게 싸웁니다. 예전에 한번은 팔씨름을 하다가 내 팔을 문 적도 있죠."

선유의 눈빛이 아련해지며 눈물까지 어렸다. 왠지 연기력이 달리는 배우가 억지울음을 우는 듯해서 그녀의 감정에 맞장구치기가 부담스럽기까지 했다. 어느 시점에 그녀에게 말을 해야 할지 잠시 망설이는데 그녀의 손이 석현의 걷어붙인 팔 위로 앉았다.

"어머, 정말 석현 씨, 그런 일이……. 전혀 몰랐어요. 세상에."

선유의 손가락을 흘깃 바라보았다. 그녀가 눈물까지 아른거리는 이유가 장 회장이 아들에게 항상 자신의 요구를 강요한다는 것 때문인지, 아니면 어릴 적에 팔을 문 이야기 때문인지 눈물이 너무나 아련해서 궁금해질 지경이다.

게다가 그녀의 손가락이 신경 쓰였다. 마치 여자의 손가락이 거미와 같이 자신의 팔을 기어오르는 것 같았다. 아까까지 주희와 술을 마시며 들떴던 기분과 자신을 감싸던 열기가 한순간에 누군가가 찬물을 한 바가지 쏟아부은 것처럼 식었다. 그것도 바로 자신의 바지 안으로 얼음물을. 여자의 손가락이 자꾸 움직이며 팔을 터치하는 것이 점점 기분 나쁜 수준으로 올라가기 시작했다.

석현은 누가 자신의 몸에 손을 대는 것을 싫어했다. 머리카락을 만지는 것도 싫어했다. 친한 친구들도, 식구들도 만지지 않는데 대체 이 여자가 자신에게 손을 대는 이유를 알 수 없었다. 석현이 손으로 선유의 손을 잡아서 테이블 위에 올려놓았다. 흔히 싫은 물건을 만질 때 하듯이 살짝 끝만 손가락으로 잡아서 떼어놓는 식으로.

선유의 얼굴이 붉게 물들었다.

"죄송합니다. 저는 누가 손대는 거 싫어합니다. 그만 마시는 것이 좋겠습니다. 다시 사과를 드리지만, 선유 씨를 사적으로 생각해 본 적도 없고 그럴 일도 없을 것입니다. 사실 마음에 두고 있는 사람이 있습니다."

선유의 손이 멈칫 떨렸다.

"그 여자분인가요? 아까 같이 계시던?"

선유의 눈빛에서 날이 선 비웃음이 눈 깜짝할 사이에 스쳤다. 부드럽고 온화하게 웃으며 선유가 다시 석현의 손을 잡았다.

석현이 선유의 손을 보았다. 그녀가 이런 종류의 사람인 것이 놀랍지는 않다. 남의 말을 듣지 않고 한 번 한 실수를 바로 되풀이하며 누구든 자신을 거부하는 것은 있을 수 없는 일이라고 생각하는 사람 말이다.

자신의 아버지와 코드가 잘 맞는 사람일 것이다. 그래서 그의 아버지가 그녀를 강요하는 것일 수도 있다. 뭐가 잘못된 일인지 그 둘에게는 전혀 이해가 가지 않을 테니까 말이다.

석현이 선유의 손에 눈길을 주다가 스멀거리는 불쾌한 감정에 결국은 멀찍이 몸을 뗐다.

"제 개인적인 일을 아실 필요는 없죠. 사적인 일이니까요."

선유가 고개를 끄덕이며 이제 일어나자는 석현의 말에 몸을 일으켰다. 테이블에서는 혀가 꼬이고 붉게 물들었던 얼굴인데 의외로 그녀는 가뿐하게 잘 일어섰다. 그리고 멀지 않은 곳에 주차되어 있는 그녀의 자동차로 향했다. 기사가 허둥지둥 문을 열고 나와 뒷문을 열고 대기하고 있었다. 선유가 차에 타자마자 창문을 열고 다시 환하게 웃었다. 그리고 당연하다는 얼굴을 하고 당당하게 말했다.

"나중에 다시 뵙죠."

차가 떠나자 석현은 자신의 손을 빤히 바라보았다. 분명히 자신의 의사를 말했는데도 불구하고 '나중에 뵙죠'라고 인사하는 선유의 무신경이나 아버지의 피곤한 간섭은 더 이상 관심거리도 되지 않았다.

　누군가가 화장실에 간다고 살짝 어깨에 손을 짚었을 때는 심장이 뜨거운 한여름 호주머니 속 초콜릿처럼 몸이 흐물흐물해졌다. 그리고 심장은 그녀가 화장실에서 돌아왔을 때에도 멈추지 않고 거세게 뛰어댔다. 재미있다는 그 말을 들으려고, 귀엽게 반달 모양으로 웃는 그녀의 눈웃음을 보려고 평소엔 하지도 않던 우스갯소리도 했다. 그런데 지금 객관적으로 보자면 그녀보다 더 세련된 아름다운 미인이 자신의 팔에 그저 손가락을 올렸을 뿐인데 호감은커녕 징그럽다는 생각이 들다니…….

　갑자기 석현의 입술에서 웃음이 터져 나왔다.

8

남자의 하얀 얼굴은 평소와 같이 무표정했다. 페르세포네는 그가 감추고 있는 감정을 읽어냈다. 초조함과 불안, 그 와중에 끓어 넘치는 분노.

이상한 일이다. 며칠 전까지만 해도 이 남자를 전혀 알지 못했고, 이 남자가 저승의 왕이자 죽음의 신이라는 것도 알지 못했다. 물론 이 불타는 듯한 경치가 점점 마음에 들게 될 거라는 것도 알지 못했고, 커다랗고 을씨년스러운 궁궐이 사랑스럽게 보일 거라고도 정말 생각 못 했다.

그런데 지금, 어느새 그녀는 남자의 미묘한 눈썹의 떨림, 창백한 이마 사이로 희미하게 찌푸려진 미간을 보고 그가 근심과 분노로 가득하다는 것을 어렵지 않게 알 수 있었다.

그녀는 그것이 싫었다. 가능하면 가끔 그녀와 함께 있을 때 보이는 희미하게 웃는 모습, 즐겁지만 표현할 방법을 몰라서 입꼬리만 씰룩거리는 그 모습이 보고 싶었다. 도대체 그를 이렇게 불안에 떨게 하는 것이 무엇일까?

그가 등 뒤에서 은쟁반을 꺼냈다. 쟁반에는 붉은 보석처럼 빛나는 석류가 놓여 있었다. 석류를 본 순간 페르세포네는 그가 초조한 이유를 알아차렸다.

그녀는 이곳에서 아무것도 먹지 못했다. 벌써 며칠이나 지났는데 그가 먹는 고기나 술, 음식은 그녀에게 거부감을 일으켰다. 그는 그녀가 과일이나 어린 새싹을 즐겨 먹는다는 것을 알게 되었다. 하지만 그녀를 두고 나갈 수가 없어 지옥의 부하들을 시켰건만 제대로 신선하고 싱싱한 과일을 가져오는 녀석들이 별로 없었다. 그들에게 차가운 과일을 싱싱하게 가져오는 것은 어려운 일이었다. 그들이 지상에 발을 내딛는 순간부터 그들이 접촉하는 싱싱한 초록색의 열매들은 불타 버리거나 썩거나 둘 중 하나였다.

지금 눈앞의 석류도 그의 순결한 지상의 부하, 어린 마녀들이 겨우 구해 온 것이다. 은쟁반에 놓인 석류는 먹음직스러웠다. 빨갛게 익어서 쩍 벌어진 겉껍질을 비집고 나오려는 듯 석류알은 가득 그 알맹이를 쏟아내고 있었다. 페르세포네가 그 석류를 바라보았다. 그리고 하데스를 올려다보았다.

그 석류알을 바라보는 남자의 눈은 불안과 공포, 초조함과 간절함이 가득 차 있었다. 올림포스의 신전에서 대지의 여신은 몇 날 며칠을 울부짖으며 하데스가 끌고 간 그녀의 어린 딸을 돌려달라고 제우스를 조르고 있었다. 그녀는 동생이자 남편인 제우스에게 부르짖었다.

"당신의 딸을 당장 돌려주세요!"

제우스는 하데스에게 페르세포네를 주고 싶었다. 얼음처럼 차갑던 형제가 겨우 사랑에 빠졌는데 그 사랑을 제 손으로 빼앗기 싫었다. 하지만 대지의 신은 인간에게 막대한 영향력이 있었다. 그녀가 돌보지 않는 대지는 홍수와 지진이 일어나고 가뭄과 이름 모를 질병이 나돌았다. 곡식은 자라지 않고 인간들은 불안에 떨었다. 제우스의 정령이 몰래 하데스를 찾아온 것은 이 전날 밤이었다.

"대지의 여신에게 그녀를 돌려주지 않으려면 돌려줄 수 없는 이유가 필요해."

하데스는 제우스가 보낸 전언의 의미를 알아차렸다. 하루빨리 이곳에서 그녀에게 음식을 먹여야 했다. 그가 다스리는 지옥에서 음식을 먹은 자는 영영 지상으로 돌아갈 수 없었다. 그녀가 돌아갈 수 없도록 붙잡을 수 있는 방법은 그것이 유일했다.

은쟁반의 석류를 바라보던 페르세포네는 하데스의 절망스러운, 그리고 위험하게 어두운 눈을 마주했다.

그와 이곳에서 영원히 살 수 있을까? 어머니를 안 보고 살 수 있을까? 그녀가 사랑하던 빛나는 햇살과 아침 이슬, 한낮의 뜨겁고도 나른한 열기, 과일이 커가는 습한 공기, 비가 내리기 전에 불어오는 향긋한 냄새, 머릿속까지 맑아지는 톡 쏘는 나무 향, 저녁 해가 질 무렵의 온통 불타는 노을, 그리고 인간 마을에서 불어오는 뭔가를 굽고 삶는 그 소란스러운 냄새, 평화롭고 환한 지상, 그곳을 영원히 보지 못하는데 그것이 자신에게 괜찮은 것일까?

그의 어두운 얼굴이 더 어두워졌다. 그의 얼굴이 점차 절망적으로 변하려 할 때였다. 그녀는 하얗고 작은 손가락으로 석류알을 집어서 입안에 넣었다. 그 모습을 하데스는 꼼짝도 안 하고 얼어붙은 채 보고 있었다.

한 알, 두 알, 세 알, 네 번째, 다섯 번째……. 그녀는 일곱 알을 먹고 하데스의 손을 잡았다.

"사랑해요."

그녀는 나에게 뭐라고 했더라? 고개를 들고 사랑스러운 미소를 지으면서,

"이제 가봐도 돼요?"

라고 물었다. 석현이 예의 그 미소, 주희가 좋아하는 미소를 지으며 고개를 기울였다. 그녀는 오늘 자신에게 거의 집중하지 못했다. 핸드폰에서 조금만 진동이 울려도 놀라서 문자를 바라보기 일쑤였다. 언제나 꺼두거나 무음 처리해 놓던 핸드폰이 갑자기 오늘 왜 이렇게 그녀의 신경을 끄는지 궁금해졌다.

좋은 일은 아닌 것이 틀림없었다. 놀라는 동시에 이마에 주름을 만들며 약간 심란한 표정을 지었으니까. 그런데 이제 석현이 불안해졌다. 어제까지만 해도, 아니, 오늘 그녀가 왔을 때까지만 해도 이제 그녀의 마음은 자신의 것이라고 확신했는데 마치 손가락 사이로 모래 알갱이가 빠져나가듯이 그녀가 자신의 손아귀에서 빠져나가는 것 같았다. 끊임없이 진동을 울리는 핸드폰이 기분 나쁘기까지 했다.

"무슨 일이죠?"

주희가 머뭇거리다가 이윽고 큰 결심을 한 듯 자신에게 다가와 나름 애교라고 생각했는지 상냥하고 달콤하게 속삭였다.

"대표님, 사실 친구랑 약속이 있어서 가봐야 하거든요. 좀 중요한 일이라서 오늘 그만하면 안 될까요?"

석현의 미간이 좁아지자 주희가 안절부절못했다. 핸드폰을 바라보다 자신을 바라보다, 그리고 또 한숨을 쉬기도 하고, 별안간 억울한 표정을 짓기도 했다. 석현이 주희를 바라보며 웃음을 지었

다. 상대방의 정보를 알아내려면 순하게 보이는 것이 최선이다.

"그 친구, 남자인가요?"

"네?"

주희가 벽시계를 보다가 고개를 번쩍 들었다. 그리고 겸연쩍게 웃음을 지었다. 이어서 손을 흔들면서 그런 거 아니라고 말한다.

"아니에요, 그런 거. 같이 사는 고향 친구가 뭔가 요즘 이상해서요. 노처녀도 아닌 게 히스테리를 갑자기……."

주희가 설명을 하다 어느새 가방을 들고는 진심으로 죄송하다는 표정을 짓고 석현의 손을 잡았다. 그의 생각이 어떻든 간에 주희는 지금 나가려는 의지가 굳건했다. 어제저녁에 선유를 본 것이 그에게 다가올 한 걸음을 뒤로 빼게 만든 것이 틀림없었다.

주희의 손은 따뜻했다. 석현은 말을 잃었다. 누가 자신을 만지는 것을 싫어하는 석현이 주희의 손을 물끄러미 바라보고 있었다. 그뿐이 아니다. 그녀의 손가락을 자신도 모르게 만지작거리며 깍지를 끼려 하고 있다.

"죄송해요. 모레 만나서 말할게요. 지금 안 나가면 수인이가 화낼 것 같아요. 지금 상당히 중요한 문제가 그 녀석이랑 걸려 있어서요. 걔 말을 잘 들어야 하거든요."

석현이 주희의 손을 잡았다. 말랑말랑한 손의 느낌이 좋다. 손이 사랑스럽다고 느낀 것은 처음이다. 그 친구는, 수인은 여자일까? 그걸 물어봐도 되는 건가, 아닌가? 남자라고 하면 어쩌지? 가까스로 미소를 지으며, 하지만 음산하게 석현이 말했다.

"가보세요. 다음에는 내 맘대로 할 겁니다."

주희가 정말 웃기는 말을 들었다는 듯 활짝 소리 내서 웃으며

'아이 참, 대표님도. 농담을 잘하신다니까' 라고 말했다. 그리고 정말 냉정하게 가버렸다.

나는 농담 따위는 하지 않는다. 그녀가 모를 뿐이다. 하데스처럼 그녀를 붙잡는 것이 석류 따위로 가능했다면 박스로 샀을 것이다. 물론 납치가 신사적인 행동이라는 것은 아니지만.

그래도 하데스는 페르세포네를 대할 때만큼은 신사적으로 굴었다. 아니면 감정의 변화가 행동으로 나타났던 걸까? 사랑하게 된 여자에게 사랑받고 싶은 것은 모든 수컷들의 본능이니까. 어쩔 수 없이 그녀의 뜻대로 행동하고, 그녀의 마음에 들고 싶어 안달하고, 그녀가 좋아할 만한 행동이 무엇인지 알기만 하면 기꺼이 그대로 할 테니까 말이다.

석류가 아니라 고기든 밥이든 다 먹일 수 있을 것 같다. 그뿐이랴. 그녀의 엄마든 누구에게든 절대로 하데스처럼 9개월이나 그녀를 빼앗기는 일은 없을 것이다.

하아! 석현이 한숨을 쉬었다. 그리고 주희와 시간을 보내느라 한 달 가까이 미뤄놓은 결재 서류를 일일이 살펴보았다. 하지만 결재를 하면 할수록, 일을 하면 할수록 더 주희의 행방이 신경 쓰였다. 눈에 글자가 들어오지 않을 지경이다.

나쁜 예감은 언제나 들어맞는다. 그 친구란 남자이고, 그놈이 주희의 손을 틀어쥐고 자신의 품에서 빼내려 하고 있는 것이 틀림없었다. 상상은 미친 듯이 머릿속에 뿌리를 내리고 점점 잎을 키워 몸체를 드러내며 하늘로 높이 뻗어가고 있었다. 그 친구 놈은 주희를 좋아하고 있는 것이 틀림없고, 그리고 자신에 대해 애먼 소문과 나쁜 이야기로 그녀를 속이고 자신의 것을 빼앗으려 하는 것이다. 그래서 그녀의 발목을 붙잡고 약점을 잡아 그녀를 손에 넣으려 하는 것이다.

머리가 지끈지끈 아프다. 과한 공상은 심신에 안 좋은 법인데. 석현은 자리를 정리하고 일어섰다. 사무실을 나오자 이사들이 간만에 석현을 붙잡고 술을 마시자고 늘어졌다. 보통의 경우 석현은 잠깐이라도 술자리에 참석하는 편이었다. 회사를 위해 연장 근무에 철야, 심지어는 휴일도 없이 일하는 사람들이다. 사진을 찍는 직업이란 자신의 시간이 많은 듯 보이면서 개인적인 시간이 절대적으로 부족한 그런 요상한 직업이었다. 그런데 오늘은 기분이 좋지 않았다. 그녀가 너무나 재빨리 강하게 자신을 내동댕이치고 가 버린 탓인지 괜스레 울화가 치밀고 불만이 가득 찼다.

"오늘은 몸이 좋지 않아서 일찍 들어가겠습니다."

실제로 얼굴이 납빛이어서 그런지 이사들이 걱정스런 얼굴로 순순히 보내줬다. 석현은 차를 몰고 오피스텔로 돌아와 주차장에 세웠다. 그러곤 오피스텔 앞의 꽤 커다란 커피숍으로 들어갔다.

유명 브랜드는 아니지만 주인이 세계바리스타대회에서 수상한 장인으로 유명한 커피숍이었다. 앞에 직접 커피콩을 로스팅하는 기계도 있고, 장식으로 놓은 게 아닌 실제로 쓰는 커피콩 자루는 거의 일주일 단위로 바뀌는, 품질 관리가 까다로운, 그래서 그만큼 커피 맛이 다른 곳과 차원이 다른 곳이었다. 석현이 아침저녁으로 다니는 곳이고, 반드시 저녁에 한 잔 사 들고 집으로 가거나 아니면 그곳에서 마시면서 필름을 살펴보기도 하는 휴식 장소였다.

석현이 문을 열고 들어가 카운터로 향했다. 그러다 사람들이 한 곳을 주시하며 킥킥거리는 것을 보았다. 젊은 연인이 카페의 구석진 자리에서 진하게 키스를 하고 있었다.

좋을 때다. 부러움에 그쪽을 바라보던 석현이 갑작스런 충격으로 얼음처럼 굳어버렸다. 뒤에 줄을 서고 있던 젊은 여자가 불만스러운 표정을 지었다가 그의 얼굴을 보고는 슬쩍 부끄럽고 난감한 기색으로 그를 조심스럽게 비켜갔다.

석현의 얼굴이 충격에서 벗어나자 점점 시뻘겋게 변하기 시작했다. 길을 가다가 느닷없이 따귀를 맞은 것 같은 충격과 분노가 머릿속에서 거세게 불타기 시작했다. 자신이 손에 쥐고 있었다고 생각한, 아니, 절대적으로 자신의 것이라고 내심 단정한 공주희 그녀가 지금 다른 남자와 키스를 하고 있었다!

머릿속에서 화산이 폭발했다. 그 여파로 해일이 밀어닥치고 해변에는 쓰나미가 몰아쳤다. 우아한 감성, 매너, 친절한 교양으로 다른 사람들에게 완벽한 신사라고 불리던 석현은 온데간데없이 사라지고 오직 질투심과 소유욕으로 똘똘 뭉친, 사랑에 눈이 먼 미친 남자가 서 있었다. 눈에서 날카로운 광선을, 백색 폭풍을 일으키며 그가 그녀를 향해 성큼 발을 내디뎠다.

30분 전.

주희는 허겁지겁 조명이 어두컴컴한 커피전문점으로 뛰어 들어갔다. 어제부터 시작된 수인의 간섭이 도를 넘고 있었다. 수인이 놈이 자신이 있는 커피전문점으로 오라고 문자를 보내왔다. 보통 때는 문자를 보고 씹기 일쑤였지만 어제 그 소동 이후에는 그러기가 어려웠다. 아무래도 갑과 을의 관계—물론 슬프지만 자신이 을이다—로 생각해야 할 것 같아서. 알았다고 대답하고 물어물어 카페를 찾아갔다.

커피전문점은 꽤나 독특한 외향을 자랑하고 있었다. 이 동네도 처음이고 이런 커피전문점도 처음이다. 게다가 이곳은 수인의 직장과 집 등 아무런 연결 고리가 없는 곳인데 대체 이곳에서 왜 커피를 마시자는 것인지 모를 일이었다. 아니면 이놈이 정말 미쳤나?

커피전문점은 마치 독립영화처럼 무뚝뚝한 취향과 예술영화처럼 난해한 인테리어를 자랑하고 있었다. 벽은 아무런 치장도 하지 않아서 시멘트 벽에 천장의 조명은 시뻘건 통풍구 사이로 작은 LED 전구가 광산속의 갱도에서처럼 가느다랗지만 강렬한 빛을 내리쪼이고 있었다. 이런 곳을 수인이 알다니 그게 더 의외다. 저 덕후는 유일하게 커피만은 아무거나 마시는 놈이었는데.

수인을 발견하고 주희가 손을 휘휘 저었다. 수인은 전자노트를 바라보고 있었다.

"뭐야? 다 늦은 저녁에 왜 갑자기 이렇게 멀리까지 오라 가라 난리야?"

수인이 바로 앉으며 팔짱을 끼고 주희를 뚫어지게 바라보았다. 주희의 능에서 식은땀이 흘러내렸다. 정말 사귀자고 하거나 집에서 나가라고 하면 어쩌지?

"왜? 뭐? 말을 해."

"뭐 마실래?"

평소와 같은 심상한 말투에 주희가 안심을 하고 웃으면서 다가갔다.

"네가 사줄 거야?"

수인이 한숨을 쉬면서 고개를 끄덕였다.

"커피 마시면서 요번 주말에 우리 놀러 가는 거 의논하자."

주희가 메뉴판을 보면서 손을 흔들었다.

"내가 말했잖아. 주말에 장 대표 출사 가는 거 따라간다고."

수인이 메뉴판을 뺏었다.

"그 남자는 안 된다고, 그냥 나랑 사귀자고 했잖아!"

주희가 수인을 한심하단 듯 쳐다보면서 머리를 흔들었다. 고향 친구의 좋은 점이라고는 딱 한 가지다. 이런저런 헛소리를 안 해도 된다는 점.

"너도 그렇고 나도 그렇고, 우리는 각자 자신의 이상형과 애정관이 확고한 사람들이야. 그런 사람들은 소위 말하는 남들이 하니까 나도 한다, 이거? 좋아하지도 않는 사람하고 연애하고 결혼하고, 그런 거 못 해. 너도 알고 나도 아는 사실이야. 그게 됐으면 네가 이제까지 솔로일 리가 없지. 연봉 빵빵하고, 좋은 아파트에 차도 있고, 얼굴 반반하겠다, 몸매도 나쁘지 않고, 무엇보다 시골의 부모님이 결혼만 하면 된다, 아무것도 필요 없다 하시잖아. 이런 분들이 없지. 사실 나도 내 인생관이 '인생 짧다. 좋아하는 사람하고만 살자' 가 아니면 벌써 너를 낚아챘지. 네가 엘프를 좋아하든 반딧불을 좋아하든 상관없이 덮쳤을 거야. 됐어? 아닌 건 아닌 거야."

수인이 한참을 주희의 얼굴을 뚫어지게 바라보았다. 그리고 손짓을 해서 얼굴을 기울이고는 귀에 속삭였다.

"그래? 그럼 한번 해보자."

주희가 갑자기 정색을 하며 두 손으로 가슴을 교차해서 가렸다.

"뭐야? 변태야? 뭘 해보자는 거야?"

수인이 주희의 얼굴을 심란하게 바라보며 다시 속삭였다.

"별거는 아니고, 키스 해보자, 키스. 해보고 아니면 관두기. 어때?"

주희가 인상을 쓰고는 골똘히 생각했다. 그럴까? 키스 정도인데 뭐 어때? 게다가 약간 의심스럽기도 했다. 자신이 너무 욕구불만이라 장 대표의 키스에 정신을 못 차리는 게 아닐까 하고 말이다. 그가 사실 너무 매력적이고 유혹적이기는 했지만 이렇게 자신이 속수무책으로 누군가에게 끌린 적은 없었다.

그래, 만약 수인과의 키스도 그렇게 정신 못 차리고 여기가 어딘지 모를 정도로 빠진다면 그건 자신의 문제다. 물론 그렇다고 해서 장 대표와 연애를 하고 싶은 마음이 없어지지는 않겠지만, 그래도 그가 너무나 매력적이라 끌리는 것인지 자신이 그저 누군가를 사랑하고 싶은 마음에 그런 것인지 테스트를 해보는 것도 나쁘지는 않을 것 같았다.

그리고 혹시 모르지 않는가? 수인이 이놈과 정말 키스를 했는데, 정신이 아득하고 몽롱해지며 귀에서 종소리가 울리고 머릿속에서 번갯불이 번쩍이며 두 눈에 콩깍지가 끼는 사태, 즉 사랑에 빠지는 3단계를 단숨에 밟고는 장 대표고 뭐고 당장 이 녀석과 오늘부터 한 이불을 덮고 자는 사태가 일어날지.

사실 장 대표보다는 이 녀석이 현실적으로 만만하다. 가능하다면 수인과 연애를 하는 불상사가 인류를 위해서도, 평범한 나의 삶에도 좋은 선택이라고 지나가는 모두가 말할 일이다.

주희가 망설이는 것을 보던 수인이 벌떡 일어서서 주희의 팔을 잡아당겨 일으켰다. 주희가 놀라자 수인이 설명을 했다.

"야, 이 중앙 홀에서 공개적으로 키스하는 건 좀 아니지 않냐? 쪽팔리게. 안쪽 구석에서 하자."

늦은 오후라서 그런지 사람은 별로 없었다. 그런데 수인은 이곳저곳을 두리번거리며 헤맸다.

"이수인, 뭐야? 너 누구 기다리냐?"

수인이 갑자기 화를 냈다.

"무슨 소리야? 기다리다니!"

주희는 갑자기 정색하는 수인을 보곤 기가 막혔다. 그냥 하는 말인데 벌컥 화를 내는 것도 웃기고, 갑자기 키스를 하자며 온 가게 구석을 헤매고 다니는 것도 웃겼다. 게다가 뜬금없이 화를 내는 것이 상당히 수상했다.

"그게 아니라, 네가 같은 곳을 두 번이나 지나……."

갑자기 수인이 주희의 얼굴을 두 손으로 감쌌다. 그리고 가까이 입술을 가져갔다. 그리 어둡지 않은 자리지만 금방 끝날 거라고 생각하고 주희가 눈을 감았다. 수인의 입술은 의외로 따스하고 부드러웠다. 사탕이라도 먹었는지 달달한 과일 맛이 났다. 수인의 입술이 벌어지며 주희의 입술을 부드럽게 덮었다. 아랫입술을 살짝 빨면서 입술을 벌리고 안으로 들어오는 수인의 혀에 주희는 감탄을 금치 못했다.

오호! 이 녀석, 꽤 잘하는데? 그런데 누구랑 이렇게 키스를 해봤을까? 이 모태솔로 녀석이!

수인이 주희의 허리를 두 손으로 감싸 안았다.

그때 뒤에서 주희의 팔을 누군가가 세게 잡아당겼다. 팔이 상당히 아파와 주희는 신음 소리를 내며 수인을 밀어내고 뒤를 돌아보았다. 쨍한 조명 쪽으로 시선을 잘못 둔 바람에 눈살을 찌푸리고 눈을 깜빡이는데 머리 위로 살벌한 말투가 들려왔다.

"공주희 씨, 사귀는 사람 있었습니까?"

길쭉한 실루엣이 낯익다고 생각했는데 눈에 불을 활활 태우면서 주희를 잡아먹을 듯이 바라보고 있는 남자는 석현이었다. 석현을 보는 순간 주희의 얼굴이 불덩이처럼 타올랐다. 지금 이 상황을 제일 들키고 싶지 않은 사람을 꼽으라면 단연코 석현이다. 그런데 그가 인상을 쓰며 자신을 내려다보고 있는 것을 보자 창피한 것은 둘째 치고, 외간 남자와 입 맞추고 있는 것을 남편에게 들킨 바람난 여편네 같은 심정이 되었다.

왜? 왜? 왜 이런 감정이 드는데? 우린 아직 사귀는 사이도 아니잖아? 죄의식? 공포? 황당함? 부끄러움? 부끄러움! 그래, 이건 그냥 부끄러움이야. 키스를 하는 지극히 은밀한 일을 아는 사람에게 들켰을 때 느끼는 그런 부끄러움! 그 이상도 이하도 아냐! 그렇게 되어야만 해!

"아! 안, 안녕하세요, 장 대표님. 이, 이쪽은 친구인데……."

수인이 손을 불쑥 내밀었다.

"안녕하세요. 주희와 같이 살고 있는 남친입니다."

석현의 눈에서 불꽃이 튀었다.

"같이…… 살고 있다고요?"

주희가 수인을 보면서 눈을 부라렸다.

"야, 이수인! 뭐가 남친이야? 나 아직 아무 말도 안 했거든!"

수인이 주희는 거들떠보지도 않고 석현을 쏘아보며 팔짱을 꼈다.

"아직은 남자인 친구이지만 곧 애인이 되려고 합니다. 알기도 오래 알았고, 얘에 대해서는 모르는 게 없거든요. 엉덩이에 점이 있는 것도 압니다."

주희가 석현의 팔을 잡고 황급히 커피전문점을 나왔다. 느닷없는 주희의 행동에 수인이 당황한 것이 보였지만 저 녀석은 당해도 싸다. 황급하게 뒤에서 수인이 큰 소리로 소리쳤다.

"이보세요! 나, 당신이 공주희 옆에 있는 거 싫거든! 공주희가 얼마나 바보같이 착한데! 너 같은 바람둥이한테 넘겨줄 것 같아? 내 말 잘 들어!"

♡

석현이 주희를 뚫어지게 바라보았다. 거실의 조명이 멋들어지기는 했지만 그래도 살짝 어두웠다. 그래서 석현의 살벌한, 만약 눈빛에서 칼이 나온다면 지금쯤 주희의 몸은 포를 떴을 것 같은 그 무시무시한 눈빛이 조금 미약하게 전달되었다. 하지만 슬쩍 몸이 떨릴 정도로 목소리는 낮고 음산하게 들렸다.

"그래서 같이 사귀기로 한 겁니까?"

아무 말도 없이 눈을 내리깔고 있던 주희는 문뜩 억울한 심정이 들었다. 왜 내가 이런 심문을 받고 있는지 알 수가 없었다. 커피전문점은 석현의 오피스텔과 가까운 거리였다. 수인이 녀석이 이런 부유한 동네까지 커피를 마시러 오는 것을 처음 알았다. 석현이 집에 들어가기 전에 커피를 사러 잘 들르는 전문점이라는 것도 처음 알았다. 그래서 이렇게 석현의 오피스텔에 끌려와서 취조를 받고 있는 것이다.

"아니요. 좀 생각해 본다고 했어요. 그 녀석이 나쁜 녀석은 아닌데 그래도 생애 첫 고백인데 거절당하면 저를 쫓아낼 수도 있거든요. 그놈이 무슨 생각으로 그따위 고백을 했는지는 모르지만 의외로 외골수적인 면도 있고 한곳에 꽂히면 물불을 안 가리는 성격이에요. 네 얼굴 보기 힘들다, 나가달라고 하면 어쩔 수 없잖아요. 그래서 지금 옥탑방을 알아보고는 있는데 월세로 가야 하나 생각 중이에요."

"공 작가님 성격 좋네요. 그런 잠정적인 성범죄자와 같이 살다니. 월세나 전세는 내가 알아보죠. 외국에서 성범죄자의 90%가 지인, 즉 아는 사람입니다. 애인, 친구, 동료, 제일 믿는다는 사람 말입니다."

"네에?"

어이없다는 표정으로 주희가 석현을 보자 석현이 차가운 얼굴로 강력하게 의견을 말했다.

"아니라면 왜 이제껏 아무 문제 없이 같이 살던 친구가 갑자기 사귀자는 둥, 아니면 얼굴을 보기 힘들겠다는 둥 그딴 말도 안 되는 소리를 하는 겁니까? 그게 친구가 할 짓입니까?"

"아, 아니, 내쫓는다고는 안 했는데…… 그냥 제가 생각하기에……."

"돈이 없어서 힘드시면 제가 꿔드리죠."

주희가 심각한 얼굴로 석현을 보았다. 이 남자가 좋은 남자라는 것은 알겠는데 지금 이건 지나쳤다.

사실 이 남자가 섹시하게 잘생기고, 잡지사 사장이고, 자신을 고소하지 않은 것을 생각하면 그냥 좋은 남자가 아니라 너무도 좋은 남자다. 지금 당장이라도 '네, 돈이 필요해요! 그리고 저를 가져요!' 라고 외치고 싶지만, 실낱같이 남아 있는 이성이 간신히 그녀를 붙잡았다. 정말 자신의 자제력이 이렇게 엄청난 줄 처음 알았다.

"아, 아니요, 대표님. 말씀만 고맙게 받겠습니다. 그런데 그 녀석, 그렇게 이상한 녀석 아니에요. 저를 좋아하지도 않고요. 이상형이 엘프거든요. 아세요? 게임에 나오는 그 숲 속의 요정. 순수하고 아름다운, 이슬만 먹고 살 것 같은 여자가 아니면 그 녀석은 쳐다도 안 봐요."

석현이 눈을 감으며 끓어오르는 화를 억눌렀다. 그래, 주희가 그 녀석을 내동댕이치고 나와 자신의 손을 잡고 나오지 않았는가. 그녀의 선택이 나라는 것을 기억하자. 하지만 가슴은 그의 말에 동의하지 않는지 좀처럼 화가 가라앉지 않았다. 남자의 손이 그녀의 허리를 감싸고 그녀의 입술이 그 남자의 입술에 맞닿아 있던 모습이 떠오르자 순식간에 다시 확 열이 올라왔다.

석현이 벌떡 일어나서 찬물을 마셨다. 그리고는 엄청나게 비꼬는 듯한 말투로 삐딱하게 물었다.

"그러면 왜 그곳에서 키스를 하고 있었습니까? 좋아하지도 않는데 말이에요. 공 작가는 좋아하지도 않는 친구와 키스하는 게 취미인가요?"

주희가 벌떡 일어섰다. 이 남자, 말이 좀 기분 나쁘다. 원래 약간 그런 느낌은 받고 있었지만 툭툭 내뱉기도 잘한다. 그리고 사실 말이야 바른말이지, 자기랑 내가 무슨 관계인가? 아, 물론 그가 아주 많이 뭔가 자신을 꼬시려는 느낌은 받았지만 그건 그저 느낌 아닌! 이제껏 나에게 관심이 있다는 말도 안 해놓고, 아무 관계도 아닌데 남편이라도 되는 것처럼 과하게 반응하는 것이 기분 나쁘다. 진짜 무슨 관계라야 질투를 한다고 좋아하지. 쳇.

주희가 자의식 과잉 상태로 퉁명스럽게 내뱉었다.

"그건 제 개인적인 일입니다. None of your business라는 말 아시죠?"

None of your business. 한마디로 네가 상관할 일 아니다.

석현이 외국에서 살 때 잘 내뱉던 말 중 하나이다. 그런데 공주희의 입을 통해서 자신이 직접 듣자니 이렇게 기분 나쁠 줄이야. 그리고 정말 화가 났다. 어째서 그 남자와 키스를 했을까? 나를 좋아하는 게 아니었나?

주희의 붉게 변한 얼굴과 촉촉한 눈가가 눈에 들어왔다. 대체 딴 사람과 키스를 한 게 누군데 자신이 억울하다는 표정을 짓는 것인가! 정말이지, 그녀를 향해 자신에게 어떻게 그럴 수가 있느냐고 고함을 치고 싶었다. 이번엔 입을 내밀고 눈썹은 팔자로 세우고 심각하게 울상을 짓는 그녀의 얼굴이 보였다. 그리고 정말 신기하게도 궁금증이 멀리 날아가 버렸다.

궁금하지 않았다. 그녀는 자신의 것이다. 맨 처음 경찰서에서 만났을 때부터 알고 있었다. 그녀가 자신의 여자라는 사실을. 그저 그것을 알아채지 못한 것뿐이다. 그녀를 유혹하면서 말을 하지 않은 자신의 잘못이다. 그녀가 내 거라고, 그리 알고 있으라고 말하지 않은 잘못이 크다. 그녀가 자신에게 먼저 좋아한다고 말하도록 만들려 했는데. 석현은 이제 더는 기다리지 않기로 했다. 한 번도 여자 문제로 고민한 적이 없는데, 이 여자 때문에 머리가 터질 지경이다.

"그래요? 그럼 상관할 관계로 만들면 되죠. 친구와 그런 키스를 할 정도면 지금 주희 씨가 좋아하는 남자와의 키스는 어떨 것 같습니까?"

석현이 주희에게 다가가자 주희의 눈이 동그랗게 커졌다. 좋아하는 남자? 무슨 뜻이지?

석현의 입술이 다가왔다. 주희는 얼음처럼 굳어서 다가오는 섹시한 입술을 바라보았다. 석현이 주희의 바로 코앞에서 멈춰 주희의 눈을 들여다보았다. 그녀는 여전히 얼빠진 모습으로 놀란 토끼 눈을 하고 있다. 그렇게 자신이 유혹해도 모르는 척 이리저리 도망만 다니고, 그 주제에 또 자신을 엄청나게 좋아한다는 티도 내면서. 상대방이 모를 거라고 생각하는 자체가 이 여자가 얼마나 바보같이 순진한가를 보여주고 있다. 그런 주제에 그런 글을 잘도 쓰지!

석현이 주희의 팔을 잡았다. 그리고 두 팔을 자신의 등 뒤로 돌려 자신을 꺼안게 만들었다. 그러곤 주희를 벽으로 밀면서 두 손으로 주희의 얼굴을 잡았다.

살며시 입술을 맞춰오는 석현을 보면서 주희는 이내 눈을 감았다. 그리고 석현의 입술이 닿자 깨달았다. 아까 전의 수인과의 키스는 키스가 아니라는 사실을.

9

뭔가 시끄럽다. 멀지 않은 곳에서 웅웅거리는 진동 소리가 들려왔다. 살짝 실눈을 뜬 석현의 눈앞에 하얗고 동그란 작은 가슴이 보였다. 밤새 주희의 가슴에 얼굴을 묻고 잔 것이다. 석현은 흐뭇한 미소를 지었다.

어제 키스를 하다가 정신을 차려보니 어두운 방 안에 둘 다 벌거벗고 침대에 누워 있었다. 그대로 아무 말도 하지 않아도 괜찮았다. 하지만 그러고 싶지 않았다. 그저 그렇게 기회가 되어서 그녀를 유혹한 것이 아니라 이것은 분명히 나의 의지이고 내가 하려고 하는 바라고 말하고 그녀도 원하는 것이냐고 묻고 싶었다. 그래서 석현은 숨을 헐떡거리면서도 가까스로 주희에게 말했다.

"싫으면 지금 말해요. 보내줄 수 있어요."

주희가 붉은 얼굴로 가쁘게 숨을 쉬며 대답했다.

"저는 가기 싫어요."

그대로 그녀를 안고 다시 진한 키스를 나누었다. 그녀와 키스를 하면 아무 생각이 나지 않았다. 기억상실에라도 걸린 것처럼 그저 그녀를 안고 또 안고 싶었다. 작은 가슴을 핥고 깨물었다. 놀란 그녀가 두근거리는 것이 맞닿은 몸에 그대로 전해졌다. 그 섬세한 떨림이 사랑스러웠다. 그리고 어두운 침대 위에서 빨갛게 부끄러워하는 그녀의 얼굴이, 땀에 젖어서 짧은 머리카락이 달라붙은 그것이 그의 심장을 단숨에 한계점까지 끌어올렸다.

손으로 그녀의 머리카락을 살며시 떼어주었다. 희미한 어둠 속에서 그녀의 반짝거리는 눈빛이 보였다. 짧은 주저, 그리고 슬그머니 눈빛 안에서 흥분이 피어올랐다. 석현이 손으로 그녀의 엉덩이를 움켜쥐었다. 그리고 그녀의 안으로 그대로 밀고 들어갔다. 깊은 곳까지 밀고 들어간 석현이 움직이지 않고 주희의 얼굴을 마주한 채로 거칠게 숨을 내쉬었다. 주희가 잠시 손을 석현의 가슴에 대고 속삭였다.

"잠시만요, 잠시만."

그녀 특유의 낮은 허스키한 목소리가 들리자 그의 심장이 일순간 멈췄다. 짜릿한 느낌이 순간 머리끝부터 발끝까지 오가는 느낌이다. 그녀가 그를 꽉 붙잡았다. 전혀 움직이지 못할 것 같은 느낌이다.

"움직이지 못하겠어."

주희는 그를 가득 품은 채 그저 숨만 헐떡거리고 있었다. 석현이 주희의 등을 어루만졌다. 그리고 서서히 그의 손이 등에서 목으로, 그리고 다시 아래로 내려가 그녀의 엉덩이를 한 손에 가득 움켜쥐고 바싹 자신의 분신에 밀착시켰다.

몰려오는 흥분에 그저 입만 벌리고 있는 그녀를 석현이 위에서 내려다보다가 천천히 그녀에게 입맞춤을 했다. 그리고 부드럽게 움직이기 시작했다. 점점 그녀의 안이 매끄럽고 촉촉하게 젖어들었다. 따스하고 너무나 부드러운 그곳이 미치게 좋았다. 움직일수록 그녀의 입술이 벌어지고 신음 소리가 들리자 그것이 더욱 그를 성급하게 만들었다. 그녀의 신음 소리는 소설을 읽을 때의 목소리저리 가라였다. 환각제가 따로 없었다. 마치 생전 처음 사랑을 나누는 것처럼 석현은 정신을 차릴 수가 없었다.

"석, 석현 씨, 하아, 아니, 느리게 하지 말아요."

귀에 들리는 주희의 목소리를, 나직이 터져 나오는 숨소리와 허스키한 그녀의 신음 소리를 석현은 더 듣고 싶었다. 그를 재촉하는 낮고 섹시한 그녀의 음성은 그를 정신 못 차리게 만들고 석현을 매달리게 했다. 석현이 주희를 끌어안고 미친 듯이 그의 남성을 안으로 밀어 넣었다. 찌르고 돌리고 안으로 파고들며 쾌락의 파도를 탔다. 점점 더 큰 소리로 소리를 지르던 주희가 끝도 없이 밀어닥치는 절정에 머릿속이 하얘졌다.

"말해줘! 내게 해달라고 말해줘."

붉게 타오르는 듯한 얼굴로 주희가 석현의 목에 팔을 감았다. 그리고 낮은, 억제하지 못하는 신음 소리와 함께 그에게 매달리기 시작했다.

"더, 더 깊이, 내게, 아앗!"

주희의 신음 소리를 듣고 싶어서 석현은 더욱 파고들었다. 신음 소리가 점점 더 커지면서 석현의 귓가에 주희의 숨 막히는 목소리가 울려 퍼졌다.

또다시 석현의 다리와 발가락 끝까지 저릿저릿하게 전율이 흘렀다. 머릿속에서 번개가 치면서 바로 사정을 했다. 그리고 그녀를 내려다보았다.

주희가 헐떡거리며 눈을 감고 있다. 그 발그레한 얼굴이 입술을 벌리고 가쁘게 숨을 쉬고 있는 것을 보자마자 그는 다시 움직였다. 그의 분신이 더 크게 폭발할 정도로 단단하게 커져 그녀의 안으로 미끄러져 들어갔다.

더 깊이 들어오는 그의 몸짓에 뒤로 넘어간 그녀의 하얀 목이 눈앞에 보인다. 목덜미를 물고 싶지만 그 대신 입술로 강하게 빨아서 붉은 자국을 남겼다.

거칠게 들어오는 그를 보다가 주희가 신음 소리를 내며 넘어갔다. 손가락으로 미끄러지지 않게 이불을 붙잡고 가쁜 숨을 쉬고 있다. 허리를 안고 깊이 분신을 밀어 넣고 거칠게 움직이는 그로 인해 주희가 온몸을 비틀어댔다.

그는 더욱 힘차고 더 빠르게 움직이기 시작했다. 그녀의 두 발목을 잡고 주희를 내려다보면서 미친 듯이 허리를 움직이자 허벅지부터 다리, 그리고 허리와 등뼈를 따라 마치 불타는 듯한 쾌락이 올라오기 시작했다.

점점 더 큰 강도로 머릿속까지 강타했다. 파도가 치는 것처럼 강하게 밀려왔다가 내려가는 것이 그의 허리 짓과 함께했다. 그 짜릿한 감각의 홍수를 만끽하기 위해 석현은 더욱 거세게 자신을 밀어 올렸다. 주희의 신음 소리가 비명으로 바뀌었다. 숨이 막힌 거친 비명을 지르자 석현의 몸짓은 더욱 사나워졌다.

정신없이 좌우로 머리를 움직이던 주희가 한순간 강하게 손을 뻗었다. 절정의 끝에서 주희의 머리가 뒤로 젖혀졌다. 그녀는 강력한 오르가즘을 느끼며 석현의 남성을 와락 죄었다.

석현은 그 자잘한 떨림과 집요한 압력, 섬세한 경련에 함께 고함을 치며 단숨에 절정에 올랐다.

거친 숨을 몰아쉬며 주희를 내려다보았다. 주희는 아직도 다리와 허벅지에 경련을 일으키며 숨을 거칠게 내쉬고 있었다. 여전히 눈은 감은 채로 뜨지 못하고 있었다.

석현의 심장은 여전히 두근거렸다. 이제껏 이런 혼을 쏙 빼놓는 강렬한 쾌락은 처음이었다. 그녀와 모든 것이 좋았다. 행위 중에 그녀가 신음 소리와 함께 그에게 말하는 것이 제일 큰 성적인 쾌감을 주었다. 거의 우는 듯이 자신에게 사정하는 목소리가 듣고 싶어서 다시 그녀를 괴롭히고 싶을 정도였다.

주희가 아직도 숨을 헐떡이며 손을 내밀자 다시 그의 남성이 굳건하게 일어섰다. 미친 것 같다. 여자와 잔 지 오래되기는 했어도 이렇게 정신을 못 차리고 이성을 잃을 정도로 탐닉하는 것은 석현의 스타일이 아니었다.

그는 단순하고 따뜻하게 약간 느린 신사적인 섹스를 하는 편이었다. 아니, 그렇게 생각했다. 그런데 그런 것은 생각나지 않았다. 그저 강렬한 욕구와 원색적인 본능의 몸짓, 그녀의 육체를 집요하게 탐닉하는 행동에 오히려 스스로가 당황할 정도이다.

그런데 그럼에도 불구하고 충분하다는 생각이 들지 않았다. 마치 오랫동안 감옥에 갇혀 있어서 여자를 안지 못해 안달이 난 색정광처럼 굴고 있었다. 몇 번째 그녀를 안았는데도 아직도 부족한 느낌이 들었다. 아직 그녀를 제대로 안지 못했다는 아쉬움. 아직 그녀를 충분히 가지지 못한, 그래서 갈증이 해소되지 않은, 미칠 것 같은 목마름이 온몸에서 느껴졌다.

몇 차례 나눈 사랑에 체력이 다한 듯 주희가 살짝 잠이 들려 했다. 그러나 석현이 다시 그녀를 안았다. 붉게 쓸린 자국의 하얀 허벅지와 그녀의 꽃잎 안을 파고드는 자신의 남성을 보는 것만으로 그는 터질 듯이 부풀어 올랐다.

땀에 젖어 주희의 이마에 머리칼이 붙었다. 나른하게 뭔가 잔뜩 취한 듯한 눈빛이 자신의 뇌에 신호라도 보내는 것 같다. 그 눈빛을 보면서 입술을 열고 혀를 집어넣고 그녀의 달콤함을 만끽했다. 동시에 허리를 끌어안고 미친 듯이 엉덩이를 놀렸다. 콘돔을 쓰고 또 쓰고 주희의 온몸을 핥았다.

그렇게 밤새 몇 번을 안았는지 석현 자신도 기억을 하지 못했다. 그저 끝없이 그녀를 안고 또 안고 그녀가 정신을 못 차리고 목이 쉴 정도로 몰아붙였다는 것만 기억났다.

그리고 이 아침에 그녀의 가슴에 코를 박은 채 눈을 뜬 것이다. 그녀의 꿀같이 부드러운 몸에서 달콤한 향기가 흘렀다. 이렇게 그녀의 품에 얼굴을 묻고 영원히 있고 싶다.

[야! 너 어디야? 너 그 자식하고 같이 있지? 당장 안 와?]

주희가 전화를 받은 모양이다. 휴대폰 너머에서 얼마나 크게 소리를 치는지 자신의 귀에도 남자의 성난 목소리가 또렷이 들려왔다.

주희가 살금살금 몸을 빼려고 했다. 석현이 모르는 척 그녀의 허리에 감은 두 손을 꽉 감았다. 몇 번 몸을 빼려다 주희가 포기했는지 손으로 소리 나오는 곳을 막으며 소곤거렸다.

"왜 그래, 정말? 너 죽을래? 친구 사생활 침해도 침해다. 이제

들어갈 거니까 시끄럽게 전화 좀 그만해."

[너 그 자식이 누군지 모르지? 너랑 어울리는 사람이 아니야! 그냥 너 갖고 노는 거라고! 당장 와!]

"알았어, 알았어. 간다, 가. 그만 좀 해."

[그리고 주말에 그 자식이랑 출사 갈 생각 꿈에도 하지 마.]

"네가 우리 아빠냐?"

[공주희, 당장 튀어 와라. 아니면 정말 너희 집에 전화한다.]

주희가 잠시 조용하더니 간다고 대답하고는 전화를 끊었다.

석현은 속이 부글부글 끓었다. 저 거머리 같은 놈을 어떻게 떼어놓지? 주희가 석현의 머리를 살그머니 밀자 석현이 눈을 떴다.

"집에 가지 말고 나하고 있어요."

주희가 놀라서 멍하게 바라보다가 부끄럽게 웃었다.

"안 돼요. 그래도 들어가야죠."

석현이 주희의 허리를 잡고 누웠다. 그리고 귓가에 속삭였다.

"그럼 가서 짐 가지고 와요. 어차피 사귀지 않으면 나가야 한다면서."

주희가 일어나서 옷을 찾으며 고개를 휘휘 저었다. 그리고 아직도 벗은 몸이 부끄러운지 손으로 몸을 가리며 옷을 집어다 입었다. 가방을 챙기고 주희가 어색하게 웃었다.

"대표님, 호의는 고마운데 집에 갈게요. 그리고 걱정 마세요. 그렇게 친구 내쫓고 그런 애 아니에요. 좀 잔소리는 많은데 다 저 생각해서 그러는 거니까 신경 안 쓰셔도 돼요."

석현이 따라 일어나서 옷을 입었다. 마치 환청처럼 주희의 마지막 말이 귀에 계속 울린다. 신경 안 쓰셔도 돼요?

키를 들고 주희의 가방을 빼앗아 들고는 굳은 얼굴로 바래다준 다고 말하고는 주희와 같이 나섰다.

주희가 주소를 말해주자 내비게이션에 찍은 석현이 운전을 했 다. 아파트 앞에 도착하자 석현은 차를 멈춰 세우고 조수석을 바라 보았다. 주희는 머리를 뒤로 꺾고 곯아떨어져 있었다. 밤새 잠을 제대로 자지 못했으니 머리를 대자마자 쓰러지는 것이 당연했다.

석현은 가만히 주희를 바라보았다. 창에 얼굴을 기대고 살짝 벌 린 입 새로 숨소리가 색색 나오고 있다. 머리칼이 나풀나풀 눈을 가리고 긴 속눈썹이 차분히 내려앉은 모습이 이상하게 사랑스럽 다. 화장도 안 한 맨얼굴에 자신이 물어서 부르튼 입술은 창백하 다. 그런데 심장이 떨릴 정도로 예쁘다. 자신 앞에서 눈을 감고 정 신없이 무방비로 잠이 든 얼굴을 보자 따뜻한 기운이 자신에게로 흐르는 것 같다. 자신은 이렇게 흐뭇하고 그녀가 사랑스럽고 세상 을 다 가진 것 같은데 이 여자는 그렇지 않은 것일까. 그 자신도 이 해가 가지 않았다. 하룻밤 만에 여자는 자신의 삶 속으로 깊숙이 들어왔는데 이 여자는 자신을 그저 원나잇 상대로 여기는 건가?

불타는 격렬한 밤을 보내고 이렇게 차분하고 맨송맨송한 여자 는 처음이다. 어젯밤에 아무 일도 없었다는 듯이 주희는 더 친밀 하지도 더 어색하지도 않은 태도로 자신을 대했다. 도대체가 알 수가 없다. 그녀는 왜 자신에게 친밀하게 다가오지 않는 것일까?

대부분 잠까지 잔 상황이면 돈을 주고 산 여자도 애인처럼 굴게 마련이다. 특히 그에게는 거의 대부분의 여자들이 그런 행동을 보 였다. 오랜 촬영 작업 동안 몇 달이 지나 서로 얼굴을 익히면 스태 프든 모델이든 그에게 적극적으로 자신을 던지는 여자들이 많았다. 그리고 그는 좋으면 그대로 같이했다. 하지만 그다음 날부터 대부분의 여자들은 마치 마누라나 오래된 애인처럼 그의 넥타이를 매주기를 바라고, 그의 집 열쇠를 받기를 바라고, 그가 말하지 않았음에도 불구하고 당연하게 오늘 밤에 뭘 먹을 거냐고 물었다. 그가 혼자 있고 싶다고 하면 여자들은 마치 면전에서 따귀를 맞은 것처럼 날뛰면서 그를 공감 능력이 떨어지는 사이코패스로 몰고 갔다. 그래서 그에게 손을 내미는 여자들에게 고개를 흔들기 시작한 것이 꽤 오래전 일이다.

석현은 그녀가 자신을 좋아한다는 것을 알고 있었다. 얼굴만 보면 뺨이 붉게 물들고, 문뜩 눈을 들면 자신을 바라보고 있다가 급하게 고개를 돌리고, 그가 뭔가를 해주면 좋아서 눈에서 하트가 튀어나오려 하는데 그것을 모를 수가 있나.

그런데 어째서 자신에게 사귀자고 하지도 않고, 잠을 잤으니 책임을 지라는, 아니면 도대체 우리가 무슨 사이냐고 따지지도 않고, 그저 매일 보던 사람과 야근이라도 한 것처럼 피곤한 얼굴을 하는 것일까?

창밖에서 누군가가 창문을 부술 듯이 두들겼다. 주희가 번쩍 눈을 떴다. 창밖에서 노려보고 있는 수인을 보고 석현이 죽일 듯이 마주 노려보면서 미소를 지었다. 주희가 석현을 보고 웃었다.

"깜빡 잠이 들었네요. 죄송합니다. 그럼 가세요, 대표님. 아, 그리고 주말에 제가 못 갈 수가 있으니 제 방은 따로 예약하지 마세요."

석현이 무표정한 얼굴로 주희를 바라보았다. 어차피 자신과 같은 방을 쓸 건데, 다른 방을 따로 예약할 생각도 없었다. 주희가 눈치를 보듯이 석현을 보고는 문을 열고 밖으로 나갔다. 그리고 수인의 화난 얼굴을 보자마자 손을 잡아끌며 아파트 안으로 들어갔다. 그 모습을 보고 있던 석현이 이를 악물었다.

저 녀석을 어떻게 처리하지? 어떻게 처리해야 속이 시원하지? 죽여 버릴까? 살의를 느끼기는 정말 처음이다. 외국에서 인종차별로, 아니면 범죄로, 별의별 수모와 험한 일을 당했을 때에도 살의는 느끼지 않았다. 그런데 주희가 마치 숨겨둔 애인처럼 자신보다 더 친밀하게, 더 자연스럽게 위하는 모습이 꼴 보기 싫어졌다. 그리고 주말에 가지 말란다고, 그것도 친구가 그런다고 정말 안 갈 셈이란 말이야? 좋아한다고 온갖 표시를 하면서, 같이 잠까지 자 놓고, 내가 정작 친구보다, 그것도 남자인 친구보다 더 못하다고?

분노에 차서 차를 돌려 나오던 석현이 눈을 가늘게 뜨고 앞을 바라보는데 지나가는 버스의 커다란 광고가 눈에 들어왔다. 한창 뜨는 모델인 지애의 광고다. 광고를 쳐다보던 석현의 입가에 순간 사악한 미소가 떠올랐다.

결국 주희는 석현과 출사를 가지 못했다. 주희의 사과에 석현은 괜찮다고 한층 쌀쌀맞게 대답했다. 그리고 여전히 책을 읽는 매우 애매모호한 봉사는 계속되었다. 석현이 출사를 나가거나 주희에게 일이 생기면 미리 서로 시간을 조정해 약속을 잡았다.

오늘도 수인의 회사 게임쇼에 초대를 받은 주희는 미리 석현에게 양해를 구했다. 그리고 석현은 근래 들어 처음으로 흔쾌히 '친구 회사 게임쇼에 가야죠. 당연하죠. 걱정하지 마세요'라고 웃었다. 어색하게 같이 웃기는 했지만 석현의 그 냉랭한 기운이 가신 것은 아니었다.

주희는 일산의 커다란 전시장으로 향하면서 한숨을 쉬었다. 그에게 큰 소리로 자신도 화를 내고 싶었다. 대체 왜 화를 내느냐고! 나한테! 아예 대놓고 화를 내거나 불평을 하고 트집을 잡으면 상대하기 쉽기나 하지. 은근히 화를 내지 않는 척하면서 뭔가 단단히 심사가 뒤틀렸다. 알고 보면 상당히 피곤한 스타일이다. 그리고 삐쳤으면 뭐에 삐쳤는지 말해달라고! 아주 새침하게 삐쳐서 사람을 달달 볶는 게 연하를 사귀는 느낌이다.

대체 뭘 원하는 거야? 하루 같이 잤다고 자기가 애인이야? 사귀자고 말도 안 하고, 좋아한다고도 안 하고, 그다음 날인 주말에 못 만나고 월요일에 다시 봤을 때는 처음 봤을 때보다 더 쌀쌀맞게 구는 남자한테 뭘 어떻게 행동하란 말이야! 다가가서 아예 말을 할까?

'대체 왜 그래요?'. 아니다. '대표님, 같이 잠도 자놓고 우리 사귀는 거예요, 아니면 그냥 저를 간 본 건가요?'. 아니다. 잠도 못 잤다. 그녀를 밤새 괴롭힌 사람이 누군데! 그러고는 사귀자거나 다시 만나자거나, 도대체 아무 말도 안 하는데 자신이 뭐라고 말한단 말인가? '섬 처녀처럼 같이 잠을 잤으면 책임을 져라!'라고 소리라도 치란 말인가? 아니다. 요즘은 섬 처녀도 같이 잤으니 책임지라는 말은 하지 않는다.

주희가 책을 읽을 때에는 석현은 그저 묵묵히 듣고만 있었다. 전에는 고개를 들지 않아도 바로 옆에서 자신을 쳐다보는 그의 시선을 느낄 수 있었는데 이제는 자신을 쳐다보고 있지도 않았다. 눈을 감고 마치 잠을 자기 위해 자신을 부른 사람처럼 자신이 한 단락을 읽을 때까지도 눈을 뜨지 않았다. 그리고 갈 시간이 되어도 정중하게 배웅을 해줄 뿐 자신에게 친밀하게 구는 법도 없었다. 수인이에게 말해봤지만 그 녀석은 도무지 도움이 되지 않았다.

"원래 바람둥이는 한 번 자면 끝이야. 알아? 너랑 해봤는데 뭘 더 기대하냐? 그러니까 내가 말했잖아!"

정말 그런 걸까? 그가 그저 자신과 한 번 자고 싶어서 그런 걸까? 그런 사람 같지는 않았는데……. 하긴 자신이 그에 대해 뭘 겠는가? 아는 게 거의 없다. 하지만 이건 알았다. 그는 자신에게 흥미가 떨어졌는지 몰라도 자신은 석현이 점점 더 좋아지고 있다는 것을 말이다. 쌀쌀맞은 것 같아도 더워서 물을 마시고 싶다고 생각하면 찬물을 가져다주었고, 에어컨을 틀어놓아 춥다고 느끼면 뭔가 덮을 것을 가져다주었다. 말을 하지 않아도 그는 자신이 원하는 것을 바로 알아차렸다. 수인이 녀석은 입에 거품을 물고 난리를 쳤다.

"그래서 바람둥이라고 하는 거야! 알았어? 그게 다 몸에 밴 작업이야! 이 순진한 것이 아직도 정신을 못 차리고 허우적대네."

대체 왜 자신을 갑자기 쌀쌀맞게 대하냐고. 같이 잤기 때문에 이제 더 이상 나에게 관심이 없냐고 물어보려 그를 불러 세운 적도 있었다. 석현이 눈을 반짝이고 자신을 뚫어지게 바라보며 무언가를 기대하는 듯 왜 부르냐고 낮게 물었다. 그런데 너무나 부끄러워서, 아니, 진짜로 그가 그저 하룻밤 실수였다고 말할까 봐 겁이 나서 그냥 아무것도 아니라고 말하곤 돌아섰다. 그러자 석현은 다음 날부터 더 쌀쌀맞아졌다. 이제는 말도 붙이기 어려울 지경이다.

주희는 다시 땅이 꺼져라 한숨을 내쉬었다.

이대로 지낼 수는 없다. 차이는 한이 있더라도 아무것도 모르는 척, 아무 일도 없었다는 듯 지낼 수는 없었다. 책을 읽어도 눈에 글자가 들어오지 않았다. 그리고 그 남자를 보면서 아무렇지 않은 척하는 것도 더 이상 어려웠다.

전시장에 도착하니 매년 하는 정규 게임쇼가 아니라 수인의 회사에서 신제품을 발표하는 게임쇼라서 몇몇 회사만 참가한 규모가 작은 게임쇼였다. 제법 큰 회사는 수인이가 다니는 엑슨밖에 없었다.

게임을 좋아하는 수인이를 살살 꾀어서 입사시키고 야근을 밥 먹듯 해서 만든 게임이 '천 년의 밤'이다. 그해 발표한 다중 접속 역할 수행 게임(MMORPG)인 '천 년의 밤'은 엄청나게 히트를 쳤다. 시대 배경이 중세시대에 무림도 있어서 중국 수출도 순조로웠다. 엑슨은 이 게임으로 중소기업에서 단숨에 대기업으로 올라섰다.

몇 년을 이 게임으로 먹고산 덕분에 회사는 커졌지만 이세 그 약발도 다해가고 있었다. 대대적으로 개발을 하고 몇십억을 들인 것은 아니지만 지금 발표하는 게임으로 다시 재기를 노리는 엑슨은 게임쇼에 큰돈을 들였다. 그것은 게임쇼 장에 들어선 순간 바로 알 수 있었다. 게임쇼 장은 사람들로 미어터졌다.

주희는 게임을 좋아하지 않았지만 그래도 게임쇼가 있을 때에는 수인의 신경이 날카롭기 때문에 같이 놀아줘야 했다. 게임쇼가 있으면 수인이는 밥을 먹지 못했다. 신경이 곤두서서 진행의 순서 나 발표하는 쇼 진행자의 말투까지 지적하고 순조롭게 진행되지 않으면 스태프를 달달 볶았다. 그래서 대표인 문영은 주희에게 수 인의 식사를 책임지고 도와달라고 부탁했다. 물론 알바비를 받는 것은 수인에게 비밀이었다.

엑슨에서 개발팀장인 수인은 지위가 막강하고 평소 사내에서 인간관계도 좋았지만, 쇼 진행 동안에는 한 마리 짐승이었다. 조 련사의 손길이 필요했다.

엑슨의 메인 무대에서는 새로 발표한 게임 '아카의 눈물'을 소 개하는 게임 해설자의 설명이 들려오고 있었다. 다른 큰 부스에서 는 체험의 장소로 '아카의 눈물' 게임을 직접 해볼 수 있었다. 그 곳에는 사람들이 줄을 서 있었다. 그리고 뒤쪽으로는 게임개발자 들이 모여 듣고 있는 세미나도 진행 중이었다.

스태프들이 있는 뒤쪽 룸으로 들어가자 역시나 스태프를 달달 볶고 있는 수인이 보였다.

주희는 갖고 간 죽과 수인이 좋아하는 달달한 수제 케이크를 내 려놓고 다가갔다. 수인이 꽤나 예쁘게 생긴 여자 스태프에게 소리 를 지르고 있었다.

"무슨 소리야? 내가 모르는 진행 순서가 있잖아! 그런데 진행 프로그램을 짠 네가 모른다는 게 말이 돼!"

여자는 땀을 뻘뻘 흘리면서 거의 울기 일보 직전이었다.

"그게…… 문 대표님이 갑자기 끼워 넣으신 거예요. 발표 날 대 박 날 거라고 걱정하지 말라고 하시면서 직접 적어 넣으셨어요."

"미쳤나! 나 참, 어이가 없어서. 2년 전 정규 게임쇼에서 코스프레 하다 망한 진성 못 봤어? 응? 캐릭터에 맞지도 않는 이상한 여자를 코스프레 시켜서 그 게임 망한 거 몰라? 코스프레 하는 것도 나한테 검토를 받았어야지! 그 회사처럼 가슴 큰 여자에게 엘프를 시켜서 이상한 소문만 나고 수익이 반 토막 나면 네가 책임질 거야?"

결국 여자가 울기 시작했다. 그리고 우는 사이사이로 훌쩍이느라 잘 들리지도 않는 말을 더듬거렸다.

"대표, 님이, 걱정하지, 말라, 자신이 책임, 지겠다고, 그리고 그 사진작가도, 엄청, 유명한 사람, 이라고……."

뒤에서 좀 더 나이 먹은 남자가 수인에게 우물쭈물하며 말했다.

"팀장님, 그게요, 저희도 갑작스럽게 코스프레나 사진작가를 붙이는 건 안 된다고 말했는데요."

"그런데?"

"그 사진작가분이 엄청나게 유명한 분이래요. 문 대표님이 그분 보자마자 직접 부탁하려 했다고 좋아서 아주 난리던데요. 그리고 그분이 코스프레 모델도 소개한 모양인데, 문 대표님이 가서 직접 본 모양이에요. 전혀 걱정 없다고."

"그게 누구야? 응? 누군데?"

손을 휘저어가며 화를 내는 수인을 보고 스태프들이 절절매자 주희가 중간에 나섰다.

"자자, 죽 먹어. 배가 고프니까 네가 눈에 뵈는 게 없구나."

주희가 가져온 죽을 보곤 수인이 빠른 걸음으로 걸어와 통을 낚아챘다. 스태프들에게 손짓으로 나가라고 하고 주희는 수제 케이크 다음으로 도시락 통에서 과일을 꺼냈다. 수인은 죽을 먹으며 아무 말도 없었다. 주희가 고개를 끄덕이며 보리차를 꺼내서 곁에 놓았다. 수인이 따스한 차를 마시면서 한숨을 쉬었다.

"뭔가가 이상해. 선배가 게임쇼에서 내가 모르는 진행을, 그것도 코스프레나 그런 걸 끼어 넣을 사람이 아닌데."

주희가 다시 죽을 먹는 수인을 보면서 혀를 찼다.

"그게 그렇게 중요한 일이냐? 응? 게임쇼에서 게임이 잘 돌아가는지, 게이머들의 반응이 좋은지, 게임에서 삑사리가 없는지, 어디를 보완해야 하는지 그게 중요하지, 그깟 코스프레야 반응이 좋든지 말든지 그냥 행사장에서 화제만 되고 말 건수인데 그걸로 사람을 그렇게 잡을 일이야?"

수인이 죽을 비우면서 그제야 이마에 잡힌 주름살을 폈다. 그러곤 다시 차를 마시면서 중요하다는 듯 고개를 저었다.

"그래, 그깟 코스프레가 중요한 게 아니지. 중요한 것은 내가 그것을 사전에 몰랐다는 사실이야. 이제껏 게임쇼에서 내가 모르는 진행은 없었어. 그런데 지금 내가 모르는 진행이 있다는 사실이 화가 나는 거지."

주희가 인상을 쓰고 눈알을 굴렸다.

"이 회사가 네 거냐? 참고 있는 문영 선배가 놀랍다. 개발팀장이야 반응이 좋은지 아닌지, 사람들의 피드백이 뭔지 알려고 나와 있는 거 아니었어?"

케이크를 다 먹은 수인이 그래도 입을 내밀고 앉아 있자 주희가 과일을 주면서 다시 잔소리를 하려는 참이었다. 아까 그 예쁘장한 스태프가 문을 열고 수인에게 겁을 집어먹은 목소리로 보고했다.

"팀장님, 지금 코스프레 행사 하는데요, 대표님이 팀장님 오셔서 보라고 하세요."

수인이 뜨거운 차를 벌컥 마시고 문을 열고 나가자 주희가 부리나케 뒤따랐다. 무대를 향해 가다 주희는 살짝 놀랐다.

대부분 코스프레 행사는 게임쇼에서 그렇게 크게 진행하지 않는다. 그저 옷을 알맞게 입은 모델들이 나와서 기자들이 사진 찍고, 일반인들에게 사진 찍는 시간을 주고, 시간이 남으면 행사장에 마련된 게임 배경 세트에서 다시 찍고 끝이다. 그런데 무대를 향하는 순간, 지금 이 코스프레 행사가 보통이 아닌 것이 느껴졌다. 일단 먼저 사람들의 반응이 달랐다. 남녀노소를 불문하고 미친 듯이 열광하는 것이 모델이 보통 사람이 아닌 것이 확실했다.

누구지? 모델은 보통 유명한 사람을 쓰지 않는데. 아니, 쓰지 않는 것이 아니라 쓰지 못한다. 유명 모델들은 게임쇼에서 절대로 코스프레를 하지 않는다.

무대 앞까지 남자들이 몰려 엑슨의 스태프들이 몸으로 막고 있었다. 그때 요란한 배경음악이 울렸다. 무대 위로 올라서는 모델을 본 순간 주희는 놀라서 입을 쩍 벌렸다.

눈앞에 진짜 엘프가 서 있었다. 상당히 낯익은. 어디서 봤더라?

초록색 눈동자가 빛나고 머리칼은 흰색에 가까운 은발이다. 작은 가슴, 가는 허리, 기다란 다리, 그리고 그 밑에 반짝이는 구두를 신은 완벽한 몸매의 요정. 손에 든 커다란 장식 모양의 활이 그녀의 머리칼과 함께 반짝이고 있었다. 엘프가 움직일 때마다 밑에선 군중들의 입에서 '우와!' 하는 탄성과 환호가 터져 나왔다.

수인도 그 자리에 얼어붙어서 쳐다보고 있었다. 엘프 모델 뒤에서 문영 대표가 신이 난 표정으로 수인을 보고 손짓했다. 그러자 엘프가 그 손길을 따라 수인을 바라보았다. 수인의 얼굴이 창백해졌다. 천천히 엘프가 수인에게 다가와 손을 내밀었다.

"내 손을 잡아라, 인간. 나를 안내해 줘야지."

수인이 최면에 걸린 것처럼 그 손을 잡고 무대 위의 화려하고 섬세하게 만들어진 엘프의 의자로 인도하자 그녀가 천천히 앉았다.

무대는 말 그대로 폭탄이라도 터진 것처럼 사진기의 플래시가 폭발했다. 수백 명의 사람들이 엘프를 찍으면서 함성을 질러댔다. 무대 위에 있는지도 몰랐는데 MC가 다가와서 인사를 했다.

"우와! 정말 엘프네요, 엘프. 전 이렇게 실사가 되는지 처음 알았습니다. 이거 '아카의 눈물' 시작부터 조짐이 좋은데요? 그런데 문지애 씨, 어떻게 엘프 모델을 할 생각을 하셨습니까? 모델분들은 게임모델 별로 안 하는 걸로 알고 있는데요."

그녀가 입을 열고 말을 하자 플래시 세례가 더욱 요란해졌다.

"사실 아는 분이 부탁해서 하게 되었습니다. '아카의 눈물' 회사 대표님과 제가 아는 분이 친분이 있어서요. 그리고 저도 게임을 정말 좋아해요. 실은 '천 년의 밤'에서 '도롱이'라는 아이디도 있어요."

도롱이라는 아이디를 듣자마자 젊은 남자 군중이 '와아!' 하는 함성과 함께 '도롱이! 도롱이!'를 외쳤다.

수인이 얼어붙은 채 움직이지 않자 문영 대표가 수인을 잡고 무대 위에 마련된 의자에 앉혔다.

MC가 웃으며 수인을 돌아보았다.

"아! 우리 개발팀장님께서 엘프에게 완전히 빠지셨습니다. 큰일입니다. 이 위대한 게임을 개발한 개발자에게 엘프께서 한번 성은을 내려주시죠?"

지애가 우아하게 일어섰다. 그리고 앉아 있는 수인이에게 다가갔다. 수인의 얼굴이 점점 하얗게 탈색되고 있었다. 하얀 은발이 흩날리고 이마에 반짝이는 인장이 그려진 아름다운 초록색 눈동자가 다가오자 수인의 얼굴이 폭발 직전의 초신성 같았다. 지애가 수인의 이마에 입을 쪽 맞추었다. 수백 개의 사진기 플래시가 다시 한 번 폭발했다. 함성과 비명. 마치 자신들이 입맞춤을 받은 듯이 환호성을 내지르는 군중에게 지애가 다시 한 번 우아하게 웃음을 날렸다.

게임쇼는 대성공이었다. '아카의 눈물'은 그럭저럭 합격점을 받았다. 시간과 자금을 풍부하게 들이지 않아서 세계관과 배경, 그리고 스토리가 약간 떨어진다는 평가는 받았지만, 그 대신 빠른 공격력과 다양한 방어, 신분 업그레이드로 오히려 게이머들이 게임을 하기에는 몰입감과 재미가 향상되었다는 평이었다.

게다가 게임쇼에서 유명 모델이 엘프 코스프레를 한 것이 엄청난 광고가 되었다. 그리고 미리 스튜디오에서 찍은 듯한 지애의 엘프 사진은 실로 놀라운 퀄리티였다. 보통 사진기자가 찍은 보도사진이 아니라 예술사진에 가까웠다. 그 사진을 한정판 게임팩에 넣어준다는 광고가 뜨자마자 온라인은 마비가 되고 한정판 게임팩은 아침 10시부터 판다는 광고에도 불구하고 전날 밤부터 줄을 서는 장사진을 보여 신문에도 보도가 되었다.

축하하는 회식 자리에 초대받은 주희가 수인의 심상치 않은 얼굴을 보면서 고기를 싸서 먹었다. 수인이 주희의 얼굴을 보면서 한숨을 쉬었다. 주희가 어리둥절한 얼굴을 하고 수인을 보았다.

뭐야, 이 녀석? 게임쇼도 잘되고, 보너스도 받고, 저는 엄청나게 잘되면서 한숨은 뭐야? 주희는 다시 고기를 먹었다. 수인이 옆에 앉은 대리에게 술을 가져오라고 시켜놓고 주희에게 몸을 기울였다.

"지금 고기가 넘어가? 응?"

주희가 어리둥절해서 고개를 저었다.

"우어어?"

수인이 젓가락을 탁 소리 나게 놓았다.

"다 먹고 말해!"

주희는 고기를 꼭꼭 씹어서 먹었다. 그리고 맥주를 한 모금 마시고는 다시 물었다.

"왜?"

"너, 그 사진 누가 찍은 건지 알아?"

주희가 고개를 저었다. '그 사진'은 문지애의 놀라운 엘프 예술 사진이다. 한정 팩에만 들어간 그 사진이 벌써 인터넷에서 100만 원에 거래되고 있었다.

"피플스 라이프 잡지사의 사장 장석현이 찍은 거야."

주희가 고기를 다시 집어먹으며 고개를 갸웃거렸다.

"피플스…… 라이프 장석현? 아, 장석현! 장 대표님? 우와, 사진 잘 찍네! 대단하네!"

수인이 고개를 저었다. 그러고는 어이가 없다는 표정을 지었다.

"지금 이게 뭔 일인지 몰라?"

주희가 맥주를 달라고 옆에 앉은 대리에게 부탁했다. 대리는 맥주 다섯 병을 가져다주고 둘만 남겨놓고 다른 테이블로 도망갔다. 수인이 화를 참는 표정으로 다시 천천히 말했다.

"장석현 대표가 상관도 없는 게임사에 코스프레 모델 연결해 주고 사진까지 찍어주고, 그게 말이 돼?"

"왜? 안 돼? 문영 선배가 돈도 냈다며. 돈 내면 사진 찍어주고 코스프레 해주는 거지."

수인이 주희가 고기를 집자 젓가락으로 고기를 탁 쳐서 떨어뜨렸다.

"정신 차려! 그 양반은 문영 선배가 낸 정도의 돈으로 사진 찍는 사람이 아냐! 그리고 문지애 씨도 마찬가지고!"

문지애를 발음하는 수인의 목소리가 떨렸다. 얼굴뿐 아니라 귀까지 붉어졌다. 주희가 흐응 하는 소리와 함께 얄궂은 웃음소리를 냈다.

"문지애 씨랑 그때 저녁까지 같이 먹었다며? 듣자니 전번도 나눴다면서? 흐응, 으으응."

수인이 맥주를 벌컥벌컥 마셨다. 주희가 놀라서 멍하니 보았다. 수인은 맥주 한 컵이 치사량이다. 그런데 막 마신다.

"이 바보야, 장석현이 네 곁에 있는 내가 꼴 보기 싫어서 엘프녀 좋아하는 나에게 엘프녀로 둔갑시킨 문지애를 보낸 거 아냐. 문지애는 평소에 장석현이 찍은 자기 사진을 가지고 싶었다고 나한테 자랑스럽게 말하더라. 그리고 장석현하고 예전부터 아는 사이고 해서 큰맘 먹고 온 거라 하더라고."

"왜?"

수인이 주희를 보면서 혀를 찼다.

"바보냐? 내가 문지애한테 반해서 그 여자 쫓아다니면 너를 누가 돌보겠냐? 너를 지 맘대로 하려는 수작이지! 보면 몰라?"

주희가 고기를 두세 점 넣고 다시 쌈을 싸서 먹었다. 어이없다는 듯 바라보는 수인을 보면서 주희가 맥주를 마시고 물었다.

"그래서, 그래서 너 문지애한테 반했어?"

수인의 얼굴이 다시 폭발하기 직전의 초신성같이 되었다. 온통 붉어서 열기를 뿜어내고 있는 얼굴을 보고 주희가 다시 흐응흐응하며 콧소리로 웃었다.

"얼굴이 말해주는구만. 나야 좋지, 네 말이 사실이면. 장 대표 똑똑한데? 나 똑똑한 남자 사랑해. 요즘 말로 뇌가 섹시한 사람이 좋거든. 겁나 섹시해. 장 대표, 얼마나 좋은데. 완전 좋아. 사랑해."

수인이 맥주를 벌컥벌컥 들이켰다. 주희가 컵을 보면서 경고했다.

"나는 오늘 너 못 업어. 그런 줄 알아."

"공주희, 그 남자 우현그룹 외아들이야. 본인이 싫다고 그룹을 이어받지 않는다고 했지만 지분하고 그런 거 장난 아니게 많아. 그런 부잣집에서 너를 며느리로 맞을 것 같아? 아니, 그 남자가 너랑 결혼할 것 같아? 응? 그 남자는 그냥 재미 보려고 너를 갖고 노는 것뿐이야. 엄청난 바람둥이라고."

주희가 가만히 수인을 바라보았다. 그런가? 그가 바람둥인가? 하긴 바에서 술 마실 때에도 정말 예쁘게 생긴 여자가 친한 듯 굴었다. 그뿐인가? 회사에 엘프녀도 찾아왔지. 아, 그래. 문지애 씨를 어디서 봤나 했는데 그의 회사로 장 대표를 찾아왔었다. 그러면 따로 만나는 사이라는 말? 테이블에 놓인 맥주를 주희가 벌컥벌컥 들이켰다.

"그래? 그렇게 유명한 집안 아들이야? 그럼 사귀어야지."

"뭐?"

수인이 더 이상 붉어질 수 없을 정도로 붉은 얼굴로 바라보자 주희가 큰 소리로 웃었다.

"야, 나 그거 해보고 싶었어. 그 어머니가 돈다발을 들고 나한테 주는 거야. 응? 그러면 내가 돈을 슬쩍 보고 이렇게 말하는 거야. '아, 아줌마, 그 집 재산을 내가 아는데 이거 너무한 거 아니에요? 일단은 챙기는데 다음엔 좀 더 정성을 보여봐요. 알았어요?', 이렇게."

주희가 데굴데굴 구르면서 웃자 수인이 한심스럽다는 듯 쳐다보았다. 수인의 생각에 나름 심각한 사안인데도 불구하고 한낱 코미디로 만들어 버리는 주희를 보자 제정신인지, 아니면 그게 주희의 장점인지 어이없게도 헷갈리기까지 했다. 주희가 웃다가 일어나서는 고기 먹는다고 푼 허리를 다시 챙겼다.

"야, 이수인. 요즘 누가 연애한다고 다 결혼하냐? 그리고 그 양반, 그렇게 속물로 보이지 않던데 말이야. 아니, 석현 씨 말고 그 회장님. TV에서 보니까 그분도 정말 잘생겼던데. 그렇게 아들한테 유전자 몰빵하는 거 좋아! 그리고 좋은 걸 어쩌겠냐? 응? 연애는 석현 씨랑 하고 결혼은 너 같은 애랑 하는 거지. 연애는 꼭 잘생기고 섹시한 남자랑 하고 싶단 말이야!"

수인이 고기를 멍하니 바라보다가 주희에게 갑자기 화를 내듯이 큰 소리로 말했다.

"그럼! 그럼 나, 나도 지애 씨한테 연애하자고 할 거야!"

주희가 고기를 싸서 수인의 입에 넣어주었다. 그리고 미소를 지으며 머리를 쓰다듬었다.

"그래, 우리 수인이, 고기 먹고 기운내고. 알았어? 꼭 엘프녀를 네 거로 만드는 거야. 이 누나한테 어려운 거 있으면 부탁해."

수인이 한숨을 쉬고 어지러운지 벽에 몸을 기댔다. 그리고 주희를 보면서 중얼거렸다.

"나중에 울고불고 네가 말렸어야지 하면서 난리 치면 죽어. 난 이제 몰라."

주희가 맥주잔을 번쩍 들었다.

"엘프녀를 위하여! 그리고 술 안 깨면 여기 버리고 갈 거야!"

다음 날 석현의 사무실에 들어가자 석현이 주희를 보면서 미소를 지었다. 상냥하고 봄바람 같은 기운에 주희는 용기를 내었다. 수인의 말이 사실이라면 석현도 자신에게 마음이 있는 것이 분명했다. 그러니까 엘프녀를 게임쇼에 소개해 줬겠지. 그렇지?

그런데 이상하다. 수인이는 엘프녀를 소개해 줬다고 했는데 예전에 문지애는 석현의 사무실로 찾아오지 않았던가? 그렇다면 삼각관계? 아니다. 수인이 지애 씨에게 반했으니까 사각관계? 뭐랄까, TV에 나오는 막장드라마의 주인공같이 멜랑꼴리하고 아스트랄한 기분이다. 무슨 기분이냐고? 뭐가 뭔지 잘 모르겠다는 뜻이다.

"저, 대표님, 혹시 우리가 무슨 사이인가요?"

석현의 눈이 번뜩였다.

"무슨 관계 같습니까?"

주희가 우물쭈물 말을 잇지 못했다. 사실 할 말이 생각나지 않았다.

"그, 글쎄요."

"읽어주고 듣는 관계?"

주희가 풀이 죽었다. 그리고 전자노트를 꺼내서 소파에 앉았다.

곁으로 석현이 다가오자 주희가 노트로 얼굴을 가렸다. 실망하고 점점 화가 나는 얼굴을 보이고 싶지 않았다. 게다가 자신이 왜 실망하고 화가 나는지조차 이해가 가지 않았다.

어째서 내가 장 대표에게 화를 내고 싶은 것일까? 그 알량한 같이 잔 사이? 아무리 성도덕이 땅에 떨어져 뒹구는 시대라고 해도 나는 그냥 막 자는 여자가 아니라고? 그것을 증명해서 자신이 바라는 것이 무엇이지?

그리고 순간 스스로에게 비웃음이 지어졌다. 속물적인 여자가 아니라고 생각하려 해도 자신은 속물임이 틀림없었다. 그에게 자신은 다른 여자와 다르다고, 그가 사귀다 헤어진 그 전 여친들과는 다르다는 것을 입증받고 싶었던 것일까? 아니면 그에게서 다른 관계를 약속받고 싶었던 것일까? 좀 더 영속적이고 좀 더 차원이 높은 그런 것 말이다. 그와 연인이라는 관계. 멋진 남자와 함께 연애를 하는 그런 멋진 자신을 상상해 보지 않았다고 한다면 정말 위선이다.

하지만 그렇게까지 내가 속물이라고, 멋진 남자와 만남으로써 자신을 그와 동일시하는 그런 얄팍한 열등감의 소유자라고는 생각하지 않았나 보다. 약간 쇼크다. 굳이 변명을 하자면 그와 같이 있는 것이 좋았다. 그것은 진심이다. 그를 향한 마음도 진심이다. 그래서이다. 그래서 화를 낼 수 있을 줄 알았다. 자신에게 아무런 마음을 보여주지 않는 이 장석현이란 남자에게 화를 낼 수 있을 줄 알았는데……. 그가 대기업 회장님의 아들이고, 혹시 기업을 물려받거나 아니면 그 정도의 영향력을 행사할 수 있을지도 모른다고 생각되자 갑자기 자신이 왜소하게 느껴지는 것이, 있는 줄도 몰랐던 자존심이 상했다.

인간의 감정이란 것이 이렇게 간사한 것일까? 재벌 2세란 마치 먼 안드로메다 은하처럼 나와 상관이 없는 것같이 느껴지는 것이 현실감이 없었다. 그런데도 불구하고 석현의 모습은 전과는 다르게 서먹하고 낯설었다.

"지상의 사람들은 엉망이 되었다. 날은 추워지고 하늘에서 얼음꽃이 내렸다. 겨울이 되고 땅은 꽁꽁 얼어붙었다. 먹을 것이 없자 사람들은 죽기 시작했다. 얼어서, 굶어서, 그리고 희망이 없어지자 신들을 원망했다."

기다랗고 강한 손가락이 노트를 가만히 치웠다. 주희는 여전히 얼굴을 들지 않았다. 석현이 주희의 얼굴을 두 손으로 붙잡아 들자 잔뜩 화가 난 얼굴이 보인다.

"왜 화가 났습니까?"

주희가 손을 탁 치웠다. 활활 불타는 눈빛에 창백한 낯빛을 한 고집스러운 얼굴로 억지 미소를 지으며 주장했다.

"화 안 났어요."

석현의 눈이 빛났다. 그의 눈빛이 주희의 얼굴에 박혀서 움직이지 않았다. 이 맹한 구석이 있는 여자를 손에 넣으려고 그 난리를 쳤는데 아직도 본인만 모른다. 이미 수인은 지애를 쫓아다니느라 집에도 가지 않는다고 모델업계에는 소문이 쫙 났다. 지애야 워낙 쫓아다니는 추종자들이 많기 때문에 한 명을 더한다고 심각한 변화는 없겠지만 이 여자는 이제 누구 때문에 심각한 곤경에 처했다. 그녀를 구석으로 몰고 있는 나 말이다.

"화가 났는데?"

"안 났어요!"

주희의 화난 눈동자가 노트를 찾았다. 으르렁거리는 것이 화가 난 새끼고양이같이 약간 위험한 듯 귀여워서 숨이 막혔다. 석현이 긴 팔로 전자노트를 빼앗아 위로 올렸다. 주희가 팔을 뻗었지만 손이 닿지 않았다.

"주세요!"

"화났네. 왜 화났어요?"

주희의 얼굴이 시뻘게졌다. 이 사람이 점점 더 화가 나게 만들고 있다. 그리고 그가 일부러 그런다는 것을 아는데도 불구하고 화가 나는 걸 참을 수가 없다. 정말 그가 바람둥이라면 같이 있고 싶지 않았다. 다른 것은 몰라도, 아니, 다른 것도 싫지만 그중 제일 싫은 것이 바람둥이다. 모든 여자에게 친절한 사람이 싫다. 매너가 좋다고, 그저 여자에게 친절한 사람이라는 말은 이 세상에서 공주희가 제일 싫어하는 말이었다.

"네, 화났어요! 아주 많이! 대표님은 그게 별거 아니었는지 모르지만 저는 완전 별거였어요! 대표님은 워낙 쿨한 분이라서 그런 밤을 보내놓고 없던 일처럼 좋게 지낼 수 있는지 몰라도 저는 아니에요! 좋아하지도 않으면서 같이 자는 것도 못 하고, 같이 자놓고도 신경 끄는 것도 못 해요! 죄송한데, 저는 남녀 사이에 밀고 당기고, 모르는 척 안 그런 적 그런 거 못 해요!"

주희가 벌떡 소파에서 몸을 바로 세웠다. 그리고 노트와 핸드폰 등 늘어놓았던 것들을 주섬주섬 가방에 집어넣었다. 그가 자신에게 아무 감정도 없다면 계속 같이 지내며 책을 읽어주는 거, 그런 거 못 한다. 요즘 젊은이들은 같이 잠도 자고 친구로도 지내고 그런다고 하던데 주희는 그런 주제가 못 된다. 그것만큼은 본인 자신에 대해서 잘 알고 있었다.

"이제 못 와요. 아니, 안 와요."

그 순간 주희의 팔을 잡고 석현이 뭔가를 내밀었다. 오색딱따구리라고 쓰여 있는 브로슈어다. 새들이 잔뜩 찍힌 것이 소백산 쪽의 국립공원인지 아니면 지리산 쪽인 것 같다.

주희가 석현을 노려보았다. 석현은 여전히 냉정하고 침착하게 미소까지 짓고 있다. 주희가 지금껏 그저 날씨가 좋다거나 이번에 산 커피가 맛이 없다거나 하는 소소한 이야기를 한 것처럼 아무 일 없는 듯이.

"저번에 못 갔던 곳 이번 주말에 같이 갑시다. 내가 사진 찍는 곳을 보여주고 싶어요."

주희가 고개를 저었다. 그러곤 벌떡 일어섰다. 아직 이 양반이 감을 못 잡은 모양인데 자신은 쿨한 여자가 못 된다. 더구나 좋아하는 사람이 바람둥이라는 것을 받아들이지도 못한다.

"안 간다니까요! 이제 대표님하고 안 놀아요! 바람둥이라고 하던데, 다른 분하고 가세요!"

석현이 주희의 팔을 잡고 소파에 앉혔다. 그러곤 주희의 코앞에 얼굴을 들이밀고 차가운 표정으로 냉랭하게 눈빛을 빛내면서 말했다.

"나에 대해 말해둘 게 있어요. 나는 바람둥이가 아닙니다. 아무하고나 자지 않습니다. 좋아하지도 않는데 그저 원나잇을 한다거나, 예쁜 여자만 보면 꼬시려고 든다거나, 오는 여자는 안 막는다거나 그런 사람 아닙니다. 내가 그런 남자라면 주희 씨에게 같이 놀자고 하지도 않죠."

주희의 한쪽 눈썹이 치켜올라 갔다. 뭔가 이상한 말이 덧붙여 있는 것 같다.

"네?"

"주희 씨가 귀엽기는 하지만 예쁜 여자는 아니잖아요? 그리고 내가 할 일이 없어서 그 게임사의 대표에게 문지애를 코스프레 모델로 소개해 주고 사진도 찍어준 줄 아세요? 톱모델인 문지애에게 부탁하는 게 쉬운 일인지 압니까?"

주희가 고개를 저었다. 뭔가 멋진 말인데 그런 동시에 자신을 까는 말도 있는 것 같아서 기분이 달콤쌉쌀하다. 그렇게 희한한 동물을 보듯이 석현을 올려다보았다.

이 남자의 진짜 모습은 무엇일까? 상냥한 척하지만 진짜로 누구든 그를 방해하거나 화나게 한다면 지금처럼 자신의 모습을 보여주게 될까? 그는 냉정한 인간 같았다. 그런데도 그게 멋진 게 단단히 눈에 콩깍지가 낀 거다.

자신이 빤히 바라보자 석현의 냉랭한 얼굴이 서서히 변했다. 이 표정을 지금에서야 발견하다니. 주희는 놀라서 입이 벌어졌다. 언제나 쌀쌀맞을 정도로 차가운 표정을 짓고 있던 남자가 그녀를 보면서, 아니, 얼굴은 그녀를 보지 않으려 다른 방향을 바라보지만 눈빛은 끊임없이 그녀에게 돌아왔다.

이 남자가 무슨 말인가를 하려 하는데 머릿속에서 낱말을 세고 있는 건지, 아니면 그 낱말의 뜻을 음미하는 건지 얼굴을 붉게 물들이고 여전히 주희를 보지 못하고 망설이고 있었다. 그 표정이 마치 새색시 같은 느낌을 주면서 바라보고 있는 주희마저 부끄럽게 만들었다. 왠지 부끄러워. 그가 하려는 말이 무슨 말인지도 모르겠고 감도 못 잡고 있지만 그의 표정만은 너무나 사랑스러웠다.

그가 왜 그랬을까? 그런데 이제는 그가 왜 그랬는지는 궁금하지 않았다. 그저 그가 나에게 정말로 관심이 있는지, 그가 한 모든 것이 정말로 나와 상관이 있는지, 그게 나를 좋아한다는 표시인지 그것만이 궁금했다. 가슴이 두근거렸다. 주희가 반대로 석현의 손목을 잡았다.

"왜요?"

갑자기 말을 하지 못하고 고개를 돌리는 석현을 보고 주희가 석현에게 매달렸다.

"왜요?"

한숨을 쉬고 석현이 붉은 얼굴로 주희의 얼굴을 똑바로 바라보았다. 주희의 심장이 뛰었다.

"왜냐면, 그 빌어먹을 놈이 주희 씨 옆에 없었으면 하니까. 내가 주희 씨가 신경 쓰는 단 한 사람이 되고 싶으니까. 그냥 친구도 싫습니다. 당신이 유일하게 신경 쓰고 좋아하는 남자가 나이고 싶습니다. 그게 이유입니다."

주희가 눈을 동그랗게 뜨고 석현을 바라보았다. 헐, 대박! 말을 해야 알지. 심장이 심하게 두근거렸다. 이런 남자가 이런 말을 하는 건 법으로 금지해야 한다. 심장이 떨려서 마비가 오려 한다.

10

석현이 주희의 옷 밑으로 손을 슬쩍 넣었다. 주희가 불편한 듯 움직이자 석현이 끌어안다시피 한 상태에서 귀에 대고 속삭였다.

"움직이면 안 돼요. 큰오색딱따구리를 기다리고 있는 중이니까. 자꾸 소리를 내면 딱따구리가 오지 않는단 말입니다."

주희가 석현을 노려봤다. 캄캄한 숲 속에서 벌써 다섯 시간째 움직이지도 않고 있는데 이 남자는 그 와중에 자신의 옷 밑으로 손을 넣는다. 자신도 소리를 내지 말라고 말하고 싶지만 이 남자는 소리도 내지 않고 손을 자유자재로 움직인다.

"안 보인다고 쩨려보는 거 다 알아요."

주희가 부스럭거리자 석현이 다시 쉿 하고 속삭였다. 그리고 다시 손이 가슴을 향해 기어온다. 주희가 벌떡 일어섰다. 그러자 카메라가 노리고 있는 바로 그 목표점에서 꽤나 큰 회색과 검은색의 몸을 가진, 부리가 날카로운 새가 이쪽으로 고개를 돌리더니 거기 있을 줄 알았다고, 누가 속을 줄 아느냐고 말하듯 쉿소리를 지르고는 푸득거리며 날아올랐다. 오색이라고 이름만 붙었지 전혀 다섯 가지 색을 가지지 않은, 부리만 비슷한 새가 꽤나 거만하게 날아오르는 것이 보였다.

오색딱따구리다. 석현과 주희의 눈이 마주쳤다.

"아하, 또 놓쳤네. 벌써 세 번째네. 주희 씨 때문에 오늘 밤 딱따구리 찍기는 다 글렀어."

주희가 입이 부루퉁하니 내밀고 미심쩍은 눈초리로 항의했다.

"왜, 왜 자꾸 손을 넣어요, 넣기는! 그러니까 내가 부스럭거리죠."

석현이 주희의 손을 잡고 미련이 남은 눈초리로 원망하는 듯 말했다.

"주희 씨가 심술궂게 구니까. 텐트도 따로 쓰고. 이러려고 온 게 아닌데 말이에요."

"그럼 뭐 하려고 왔는데요?"

석현이 한숨을 쉬고 눈에 불을 켜면서 주희를 노려보다가 어둠 속을 가리켰다.

"딱따구리 찍으려고요, 딱따구리."

주희가 커피를 끓이면서 하품을 했다. 잠시 멈췄던 풀벌레 소리가 들리기 시작했다. 야영장은 한참 산 밑에 자리 잡고 있었다. 그곳에서 차로 상당 시간 올라와서 아무것도 없는 숲 한가운데 텐트를 치고 사이트를 구축했기 때문에 새소리, 벌레소리가 엄청나게 크게 들리고 실제로 꽤나 많은 날벌레가 랜턴으로 몰려들었다.

"먼저 잘게요."

석현이 주희의 손을 덥석 잡았다. 그리고 가여운 표정을 지으며 애처롭게 바라보았다.

"진짜 그냥 주희 씨 텐트에서 잘 거예요?"

주희가 손을 휙 놓고 고개를 끄덕였다.

"네, 저도 작업하려고 노트북 가져왔어요. 너무 놀아서 작업 좀 하려고요. 그리고 대표님이 그랬잖아요. 아직 어떤 감정인지 모르겠다고. 나를 좋아하는지도 모르는 남자랑은 안 잔다니까요."

주희는 쌀쌀맞은 얼굴로 자신의 텐트로 들어가서 작은 랜턴을 켰다. 그리고 노트북을 켜고 작업해 놓은 소설을 불러내 수정하기 시작했다. 밖에서 석현은 얌전히 앉아 있었다. 다시 딱따구리를 기다리고 있는 모양이다.

주희가 소설을 보다가 밖을 슬쩍 내다보았다. 석현이 커피를 마시고 있다. 긴 머리칼을 짧게 묶어 올리고 자신과 실랑이를 하느라 앞 머리칼이 흘러내린 모습이 화보같이 멋있다. 마치 연인에게 버림받은 것 같은 우수에 젖은 눈빛까지. 주희는 자신도 모르게 손을 내밀다가 자신의 손을 보고 놀라서 뒤로 휙 돌아섰다.

그제 석현이 다른 남자가 주희의 곁에 있는 것이 싫다고 폭풍 고백을 한 뒤 꼭 끌어안고 있다가 주희가 문득 물었다.

"그런데 대표님이 저를 좋아한다거나, 사랑한다거나, 사귀자거나 그런 말은 지금 안 하셨어요. 그렇죠?"

석현이 약간 놀란 표정이 되었다. 멍하니 크게 눈을 뜨고는 주희를 보다가 눈썹이 일그러졌다. 그는 입을 꼭 다물고 아무 말도 하지 않았다. 아주 수상하다. 주희가 다시 다그쳤다.

"저는 대표님 좋아해요. 그리고 사랑해요. 저는 대표님이 저와 사귀었으면 좋겠어요. 내가 좋아하는 만큼 대표님도 저를 좋아했으면 좋겠고요. 그런데 대표님은 지금 저랑 사귀자는 말도 안 하고 있어요. 그런데 내 곁에 남자인 친구가 있는 게 싫다고요?"

석현이 머리를 흔들고는 자신도 이해가 되지 않는 수학 문제를 설명하려는 학생처럼 더듬더듬 말했다.

"나는 아직 이 감정이 뭔지 모르겠어요. 그냥 이렇게 시작하면 안 됩니까? 같이 있고 싶고, 주희 씨를 안고 싶고, 키스하고, 마주하고 웃고 싶다고요."

주희의 안색이 흐려졌다. 뒤로 한 걸음 물러서서 주희가 고개를 갸웃거렸다.

"이름을 붙인다고 감정이 달라지는 건 아니지만 그렇다고 해서 구렁이 담 넘어가듯 어물쩍 넘어가는 건 아니라고 생각해요."

석현이 자신의 머리를 쥐어뜯듯이 잡아당겼다.

"당신이 생각하는 것이 맞아요. 나도 같은 감정이니까. 서로 같은 감정인데 꼭 말을 해야 압니까?"

주희가 석현의 눈동자를 빤히 바라보았다. 석현의 난감한 표정을 보면서 고개를 저었다.

"자신도 표현하지 못하는 감정이 어떻게 같을 거라고 생각하세요? 대표님이 어떤 감정인지 나는 모르겠어요."

석현이 붉은 얼굴로 말까지 더듬었다.

"주희 씨, 나는 솔직히 이렇게 남에게 매달려 본 적이 없어요. 그래서 너무도 낯설어요. 아니, 내가 누구를 유혹하려고 갖은 애를 쓴 게 처음일 겁니다. 지금 내 심정이 어떤지 알아요? 무서워 요. 이런 감정이 무섭다고요."

그 얼굴로 매달리는 게, 남을 유혹하려고 한 게 처음이라는 말은 안 들어도 믿겠다. 주희가 미소를 지었다.

"걱정하지 마세요. 살살 할게요. 하지만 대표님이 사귀자고 하지 않으면 우리 사이에 더 이상의 진전은 없어요."

폭풍 항의를 쏟아내는 석현에게 키스까지는 허락했지만 그다음은 철벽 수비가 이어졌다. 그러자 주희를 꼬셔내려 석현은 온갖 노력을 하기 시작했다. 유혹은 처음이라지만 그는 갖은 유혹에 대해서는 일가견이 있었다.

오늘도 잘 지어진 산 밑의 야영 장소는 본척만척하고 굳이 숲속으로 와서 그놈의 오색딱따구리를 찍는다는 구실로 움직이지도 못하게 하고는 옆에서 자기는 주희의 손을 만지작거리고, 허리를 끌어안고, 머리카락을 쓰다듬어 댔다. 딱따구리는 벌써 수십 마리가 왔다 갔다.

주희는 크게 심호흡을 했다. 공기가 좋은 곳에서 편안하게 노트북을 들여다보니 꽤나 기분이 좋았다. 주희는 점점 글의 내용에 몰입해 갔다.

한참을 수정하고 있는데 열린 문으로 커피 향이 날아왔다. 주희가 곁을 돌아보자 모기장에 기대서 석현이 안을 들여다보고 있다. 비 오는데 밖에 내놓은 고양이 같다. 안으로 들어오고 싶어서 애처롭게 눈초리를 꾸미며 그럴싸한 연기를 하고 있다.

주희가 모기장을 열어주었다. 안으로 냉큼 들어오는 석현에게 손을 들어서 잠자코 멀리 앉으라는 신호를 했다.

"그냥 같이 있는 것뿐이에요. 이불을 같이 쓰자는 거 아니니까."

타자기를 타닥거리는 주희를 보면서 석현이 미소를 지었다.

"지금 모습, 사실 꼴 보기는 싫지만 내가 사랑하는 누구랑 많이 닮았네요."

주희가 눈썹을 치켜떴다.

"서슴없이 사랑한다고 말하는 사람도 있으시고."

석현이 태연하게 미소를 지으면서 커피를 마셨다.

"가족이니까 봐주세요. 참, 나 정말 궁금했는데, 도대체 내 사진은 어떻게 손에 넣은 겁니까? 자랑이 아니라 내 사진 정말 구하기 어려워요. 유명한 가십 잡지사에서도 내 사진이 없어서 기사를 못 쓸 정도니까. 사진작가라서 어떻게 하면 사진에 안 찍히는지 잘 알거든요. 그런데 주희 씨는 두 장이나 갖고 있었잖아요."

주희가 살짝 머뭇거렸다. 그러다 한숨을 쉬고 석현이 가져온 커피를 빼앗았다.

"사실은 내 말을 증명할 방법이 없어서 말 안 하고 있었어요. 김애희라고, 제가 모시는 작가선생님이 있어요. 제가 그 선생님 보조작가 겸 비서 뭐 그런 건데, 정말 그분하고 친하거든요. 내 영적인 스승, 내 우상이죠."

석현이 다가와서 곁에 딱 붙어 앉았다. 그리고 남은 커피를 빼앗아 홀랑 마셨다. 주희가 흘겨봤다.

"사실은 그분이 주신 사진이에요. 정말! 내가 그분을 걸고 맹세하는데 저는 대표님이 한국계 외국인 모델이라고만 생각했어요.

선생님이 모델이 죽었다고까지 말하셨다니까요. 선생님이 맘대로 출판사에 사진을 훅 보내셨더라고요. 내 메일로요. 제가 그때 잠깐 집에 갔다 온다고 인터넷도 안 되는 깡촌에 일주일 있다 왔거든요."

석현이 고개를 갸웃거렸다.

"선생님이 그랬다고 나에게 말하지 그랬어요. 그분은 주희 씨가 경찰서에 끌려갔는데 아무 말도 안 하셨단 말이에요?"

주희가 세상만사를 초월한 표정을 지었다. 그리고 허탈한 웃음을 흘렸다.

"그분은 마침, 때맞춰서, 우연히도 그 몇 시간 전에 사라지셨어요. 좀 감정 기복이 남달라서 1년에 두세 번은 그냥 사라졌다가 오시는데, 정말 우연인지 아니면 대표님이 고소한 걸 아셨는지 모습을 감추셨어요."

석현이 눈살을 찌푸렸다. 그리고 불쾌하다는 듯 퉁명스럽게 말했다.

"엄청나게 무책임한 분이네요! 자신이 그렇게 일을 저질러 놓고 사라지면 됩니까? 그것도 자신이 데리고 있는 사람에게? 어이가 없네요! 내가 합의를 안 해줬으면 어쩌려고 그랬어요?"

주희가 석현을 보면서 웃었다.

"그럼 감옥에 가는 거죠, 뭐. 다른 도리가 없잖아요. 감옥에 있으면 오셔서 도와주겠지 하고 생각은 했어요."

석현이 주희를 내려다보았다. 인연은 참 묘하다. 아무도 없는 숲 속에서 한심스러운 이야기를 하는 주희를 내려다보고 있자 눈에 보이지 않는 모든 것이, 믿기지 않는 모든 것이 다 믿긴다.

그래, 그때 주희가 다른 사람이, 그것도 데리고 오지도 못하는 선생님이 사진을 줬다고 주장했다면 천하의 몹쓸 거짓말쟁이로 철석같이 믿었을 것이다. 아무리 목소리에 반하고 귀여운 모습에 반했다고 해도 합의는 절대로 안 해줬을 가능성이 있다.

시원한 밤바람에 짧은 머리칼을 나풀나풀 날리는 눈앞의 여자를 몇 주일 전만 해도 고소하고, 가만두지 않겠다고, 감옥에 넣지 못하면 사회봉사라도 시키겠다고 이를 득득 갈고 있었는데, 지금 이 여자가 감옥에 가야지 어떡하겠냐고 말하자 그 고소를 한 장본인 장석현이 냉혈한처럼 느껴진다. 겨우 흑백사진으로 자세히 보지 않으면 누군지도 모를 사진을 책 표지로, 그것도 전자책 표지로 썼다고 감옥에 보내려 하다니.

석현이 가만히 미소를 지었다. 남일 때는 그렇게 모질게 굴더니 자신이 좋아하고, 어쩌면 사랑하고 있는지도 모르는 사람이 되자 당사자인 자신이 미친놈이라는 생각이 든다. 이 부조리한 아이러니라니.

"그래서 그분은 아직도 안 왔어요?"

주희가 한숨을 쉬었다. 그리고 쑥스러운 듯 눈치까지 보았다.

"한 번 사라지시면 한 달은 기본이에요. 아마 다음 달 정도면 나타나실 거예요. 그러면 틀림없이 사과하실 거예요. 나쁜 분이 아니세요. 아직 좀 순진하셔서. 로맨스 쓰는 분들은 좀 순진한 분들이 많아요."

석현이 주희를 흘겨보면서 코웃음을 쳤다. 흥! 순진하다니. 무슨 말도 안 되는 소리를.

"그건 절대 아닙니다."

주희가 고개를 돌리며 입을 내밀었다.

"쳇."

석현이 주희의 무릎에 머리를 대고 벌렁 누웠다. 그리고 어이없다는 듯 입을 벌리고 있는 주희를 보면서 씨익 웃었다.

"아까 주희 씨보고 누구랑 닮았다고 했잖아요. 제 이모가 방송작가입니다. 제가 이 세상에서 제일 사랑하는 분이죠. 그분 닮았어요, 글 쓰는 포즈가."

주희가 눈을 둥그렇게 떴다.

"우와! 방송작가요? 대단하다. 이름이 어떻게 되세요?"

"김윤희. 예전에는 잘나가셨는데 요즘은 안 쓰는지 나한테 말을 안 해주네요. 하긴 10년 전이라 지금은 뭐 하는지 나도 잘은 몰라요."

김윤희……. 어디서 많이 들어봤는데, 어디서 들었지? 주희는 잠시 고개를 갸웃거렸다. 눈을 감은 석현의 미소가 사랑스럽다. 어린 시절을 생각하는 것일까?

"그런데 이모랑 사이가 좋았어요?"

석현이 한숨을 쉬었다. 그리고 살짝 실눈을 뜨고 주희를 올려다보았다.

"이모밖에 없었죠, 내 어린 시절 위안이라고는."

눈을 감은 석현을 보는 것이 할리우드 미남배우 영화를 보는 것보다 훨씬 더 좋았다. 그래, 영화는 2D, 3D라고 해도 이렇게 4D보다는 못하지. 석현의 얼굴에 살짝 손을 대자 석현이 다시 미소를 지으며 작은 소리로 말했다.

"지금 덮쳐도 돼요?"

주희가 고개를 저었다. 그리고 입술에 키스를 했다. 석현은 눈을 감은 채 어떻게 다 보이는지 한숨을 쉬었다.

"나는 주희 씨가 덮쳐도 좋아요."

주희가 빠르게 손을 떼고 모니터를 보는 척했다. 석현이 눈을 가늘게 뜨고 주희를 올려다보았다.

"내가 말 안 하면 정말 나를 못 믿어요?"

주희가 모니터를 보면서 웃었다. 약간은 긴장하고 입가가 메마른 느낌이다. 그에게 자신이 한 번도 남에게 이야기하지 않은 성격상의 결함을 이야기하려니 좋아하는 사람에게 자신의 비밀을 털어놓는 것이 괜찮은 일인지 궁금했다.

"대학 때 나를 그렇게 따라다니던 선배가 있었거든요. 그런데 사귈까 하던 찰나에 그 선배가 내 친구랑 사귄다는 말이 난 거예요. 그 순간부터 그 선배랑 말도 안 했어요. 한동안 피해 다니니까 군대를 가더라고요. 나중에 나와서 선배가 유학 가고 나니까 그때까지도 서먹하던 친구가 그러더라고요. 자기가 좋아서 소문을 낸 거라고, 선배는 그런 거 아니었다고 하더군요."

석현이 몸을 일으켜 주희를 보았다. 시원한 바람이 다시 불었다. 바람에 날리는 머리카락을 정리해 주면서 손가락으로 주희의 입술을 만졌다.

"그리고 그 빌어먹을 놈을 생각하는 거죠, 평생. 남편이 속을 썩이면 속으로 '아, 그때 그 선배를 따라갔어야 하는데 말이야' 하면서. 가보지 않은 길은 언제나 환상적이니까."

주희가 킥킥 웃었다. 석현이 주희의 손가락을 만지작거리며 다시 웃었다.

"그 선배를 못 믿어서 미안합니까?"

주희가 석현을 내려다보자 그의 눈빛이 번뜩였다. 날카로운 눈빛 사이로 묘한 감정이 흘렀다.

"믿고 싶었으면 믿었겠죠. 그냥 내 마음이 아니었던 것 같아요."

"그래서 나도 못 믿어요?"

"당연하죠."

주희가 신음인지 탄식인지 괴로운 의성어를 내는 석현을 옆으로 밀면서 이 작은 텐트 안이 좁다는 듯이 석현의 어깨에 가슴을 비비며 커피잔을 들고 밖으로 나갔다. 배낭에서 커피믹스를 꺼내고 아직 따뜻한 모닥불 위의 주전자를 확인한 후 물을 부었다.

석현이 긴 몸을 일으켜서 주희에게 다가왔다. 주희가 석현을 돌아보았다. 초여름의 밤은 청명하고 낮 동안의 뜨거웠던 날씨가 아직 식지 않았는지 바람은 후덥지근했다. 간간이 산에서 내려오는 바람만 시원했다.

말없이 석현을 바라보던 주희가 어색하게 웃었다. 모닥불 앞에 간이의자를 끌어와서 불과 멀리 앉아서 숲을 바라보았다.

"내가 누굴 잘 믿지 않아요. 그리고 기대도 안 하고요. 씩씩하죠?"

주희가 물끄러미 바라보는 석현을 보면서 당황한 듯 수선스럽게 커피를 들이켰다.

"우리 집이 정말 깡촌이거든요. 원래 과수원도 크고 밭도 있고 꽤나 잘살았다는데 아빠가 바람둥이여서 남은 게 거의 없어요. 아주 작은 과수원만 있죠. 사람도 없는 시골에서 우리 아빠 덕분에 마을이 심심한 적이 없었어요. 한 달에 한 번씩 엄마가 어디서 소문을 듣던가, 아니면 술집아가씨가 찾아오던가, 아니면 아빠와 바람을 피우던 여자가 찾아왔어요. 그러면 엄마는 못산다고 미친 듯이 화를 내고 집을 뛰쳐나가요. 아빠는 엄마를 찾아서, 사실 엄마가 갈 데가 따로 있는 것도 아니고 가봤자 옆 동네 이모네 집이 다거든요. 엄마한테 싹싹 빌고, 무릎을 꿇고 죽을죄를 지었다고, 다시는 그러지 않겠다고 맹세를 하고 엄마를 데리고 와요. 그러면 엄마는 나를 보면서 울고불고 자식 때문에 산다고 하면서 다시 살았어요. 그리고 두 달 뒤에는 다시 또 그런 일이 반복되죠."

석현의 눈빛이 번뜩였다. 그리고 숲을 향해 앉은 주희의 곁에 가서 앉았다. 의자를 바싹 붙이고 주희의 허리에 손을 두르자 주희가 눈을 흘겼다.

"모든 남자가 다 아빠 같지 않아요. 그리고 나는 바람둥이 아닙니다. 왜 나를 바람둥이로 생각하는지 모르겠어요."

주희가 눈을 들어서 석현을 똑바로 바라보았다.

"마주 보고 웃고 싶고, 안고 싶고, 키스하고 싶은 여자에게 좋아한다고도 안 하고, 사귀자고도 안 하시는 어느 분에게 그런 말 듣고 싶지 않아요."

석현이 주희의 눈을 바라보았다. 그리고 씨익 웃었다.

깜깜한 숲 속은 하늘에서 별이 쏟아지는 것처럼 보였다. 어스름한 달도 주위를 비추었다. 별빛을 받자 주희의 눈동자가 보석같이 빛났다. 적어도 석현의 눈에는 그렇게 보였다. 곰곰이 생각하던 주희가 항의하듯이 고개를 저었다.

"나는 사랑은 믿어요. 로맨스소설을 쓰면서 언제나, 항상 굳건하게 믿죠. 사랑만 있으면 해결할 수 있다고, 사랑이 모든 걸 해결할 수 있다고요. 사회 문제도, 경제 문제도, 심지어 경범죄도 사람들이 사람에게 사랑을 가지고 대하면 해결할 수 있다고 믿어요. 로맨스도 그래요. 우리 아빠는 충분히 사랑하지 않은 거겠죠. 엄마를요. 그래서 나는 그런 사람이 아니라 내 소설에 나오는 남자처럼, 나의 아랍 왕처럼, 페르세포네를 사랑하는 하데스처럼 그런 사람을 기다리는 거죠. 아마 나타날 거라고요. 그래서 이러는 거예요. 자신의 감정이 뭔지 모른다면 그건 사랑이 아니죠. 흔히 말하잖아요? 사랑하고 기침은 감출 수가 없다고요."

석현이 진지하게, 하지만 냉소적으로 반론했다.

"사랑하고 방귀 아니었나요?"

주희가 담담하게 대꾸했다.

"방귀는 감출 수 있어요."

석현이 빼려는 주희의 손을 강하게 잡았다. 멀리서 부엉이가 울었다. 작은 동물들이 움직이는 소리가 들리자 주희가 석현의 곁에 붙었다. 모닥불이 거의 꺼졌다. 불빛이 텐트 위의 사이트에 걸어놓은 작은 랜턴 하나뿐이다. 랜턴의 빛은 약한 푸르스름한 색이라서 숲 전체가 으스스한 기분이 들었다. 저 멀리서 부엉이인지 변태할아범이 웃는 듯한 소리가 들렸다. 석현이 주희의 어깨를 안았다.

"말하고 싶지도 않고 들려주고 싶지도 않는데, 그래도 내 가족 얘기를 해줄게요. 내 사정도 알아달라고. 듣고 사정을 알아주지 않는 건 상관없는데 내가 정의 내리지 못하는 내 감정을 속단하지는 말아요. 주희 씨와 같은 감정인 것도 사실이고, 그 감정은 정직

합니다. 게다가 별로 재밌는 얘기도 아닙니다. 안 듣고 싶어도 들어요. 정말 우울한 이야기라서 듣고 나를 동정해서 같이 이불을 덮고 잘지도 몰라요. 우리 집은 어머니가 바람을 피웠어요. 사실 아버지는 거의 집에 들어오지도 않았죠. 지금 생각하면 어머니는 나를 사랑했는지 아니면 증오했는지 그것도 궁금하네요."

석현이 장난스럽게 말을 하자 주희가 미소를 지었다. 그러나 이야기의 내용은 장난스러운 표정과는 사뭇 거리가 멀었다.

"멋모르고 어린애가 어린애를 낳은 셈이죠. 아버지는 열아홉 살에, 어머니는 열여덟 살에 저를 낳았으니까요. 만약에 어머니의 집안이 꽤나 행세하는 집안이 아니었으면 나는 태어나지 못했을 걸요. 다섯 살 때부터 우리 가족이 이상하다는 사실을 알아차렸어요. 그런데 그냥 이상한 집안이구나 하고 살았으면 될 텐데, 나름 다른 가족과 다른 것이 싫었는지 이상한 행동을 꽤나 하기 시작했어요. 행복한 가족이 되려면 엄마와 아빠가 같이 있어야 한다는 강박증 말이에요. 아버지가 집에 들어오게 하려고 꽤나 노력했어요. 그런데 어느 날 성공했죠. 아프다고 전화를 건 거예요. 어찌나 연기를 잘했는지 아버지가 당황해서 '거기 꼼짝 말고 있으라고, 아빠가 지금 간다'고 소리까지 질렀어요. 그런데 아버지가 집에 들이닥쳤을 때 재수도 없게 엄마의 방에서 젊은 남자가 홀딱 벗고 있는 걸 들킨 거예요."

주희가 놀라서 석현을 바라보았다. 석현은 주희를 바라보지 않고 그저 모닥불만 바라보았다.

"어쨌을 것 같아요? 1번, 아버지가 젊은 남자를 구타했다. 2번, 아버지가 엄마에게 화를 내고 나가라고 소리쳤다. 3번, 젊은 남자가 아버지를 밀치고 엄마와 도망쳤다. 5번, 엄마가 아버지에게 이혼을 해달라고 소리쳤다."

주희가 석현의 허리에 손을 감았다.

"4번은 어디 갔어요?"

석현이 주희의 이마에 입을 맞췄다. 그대로 이마에 입술을 대고 저녁 내내 울고 있는 온갖 새소리를 들었다.

"4번이 정답이라서 말 안 했어요. 정답은 아무 일도 없었어요, 입니다. 남자를 흘깃 보고는 아버지는 나를 끌어안고 그냥 집을 나섰어요. 그 남자는 상당히 당황한 것처럼 보였어요. 나를 보고 말을 더듬더니 아버지를 보고는 놀라서 바닥에 주저앉았어요. 아마 아버지가 순간 자신을 때릴 거라 생각한 것 같습니다. 그 상황에 그 남자만 놀라서 어쩔 줄을 몰라 했는데, 지금 생각하면 상당히 하이코미디 같네요. 엄마도 아무 일 없는 것처럼 굴더군요. 병원에서 꾀병에 대해 주사라는 가벼운 처방을 받고 돌아온 나에게 아무 말도 하지 않았고요. 그런 일은 처음부터 없었다는 듯이 바람도 계속 피웠습니다. 그런 면에서는 참 잘 맞는 부부였죠?"

주희가 석현을 바라보았다. 석현이 계속 숲을 바라보고 있자 주희가 석현의 어깨에 기댔다. 석현이 주희에게 소곤거렸다.

"내가 사랑에 대한 신뢰가 별로 없는 것도 이해가 가지 않아요?"

석현의 손이 주희의 허리 위로 올라가 가슴을 향하자 주희가 손가락을 잡았다.

"이해는 가는데 그렇다고 해서 넘어가지는 않을 거예요."

주희가 상냥하게 말하곤 크고 맑은 눈으로 석현의 눈을 바라보았다. 그러곤 방긋 웃고는 텐트로 들어가 지퍼를 꼭대기까지 올렸다. 석현이 낙담한 얼굴로 보고 있다가 미련이 가시지 않은 목소리로 불평을 쏟아냈다.

"주희 씨, 냉혈한이라고 들어봤어요? 사랑한다고 쫓아다니는데 진심으로 말하지 않는다고 그 진심을 믿어주지 않아서 남자를 죽인 18세기 미녀라고 하던데."

랜턴의 불이 꺼지고 자는지 조용했다. 가만히 앞을 보고 있던 석현이 자신이 찍으려던 큰오색딱따구리가 텐트의 바로 옆 나뭇가지에 앉자 입을 벌리고 보고 있다가 조용히 숨죽이고 웃었다.

딱따구리는 별로 해가 안 되는 인간들이라고 판단되었는지 킥킥대며 작은 소리를 내고 웃는 석현을 가만히 보다가 나무 구멍으로 들어갔다. 석현이 카메라를 들어서 그 나무 구멍의 입구에 초점을 맞추고 몇 번 사진을 찍었다. 불빛에 고개를 내미는 딱따구리를 찍고 나서야 석현이 자신의 텐트로 들어가서 불을 껐다.

오는 길에 시골 장터에 들러서 밥을 먹었다. 장터에서 할머니들과 이야기를 나누며 사진을 찍는 석현이 주희를 보면서 웃었다. 주희가 강아지를 파는 할머니 앞에서 강아지를 만지며 놀았다. 강아지를 파는 할머니가 주희를 보면서 인심 좋게 웃었다.

"강아지 데려가. 싸게 줄게."

주희가 고개를 저었다. 아파트인 데다가 자기 집이 아닌 곳에 강아지를 데려다 키울 수는 없었다. 그저 촉촉한 코를 만지작거리며 얼굴을 비비고 웃었다. 옆으로 석현이 다가오자 주희가 강아지를 어루만지면서 겸연쩍게 웃었다.

"귀엽죠? 나중에 돈 많이 벌어 전원주택 지어서 강아지 왕창 키워야지."

석현이 주희를 보면서 웃었다.

"개를 좋아하면 키우지 그래?"

주희가 고개를 저었다. 일어서서 이곳저곳을 사진 찍는 석현의 뒤를 따라 걸었다. 석현이 곧 토끼를 보고 있는 주희를 발견했다. 토끼를 보는가 하는데 어느새 닭을 보고 있다. 닭과 곁에 있는 병아리를 보고 주희가 귀엽다고 난리를 쳤다. 골목을 지나 식당 앞에서 미꾸라지를 보는 주희를 보고 석현이 미소를 지었다.

"와, 주희는 동물을 좋아하네."

느닷없이 반말을 하는 석현을 보면서 주희가 한쪽 눈썹을 치켜올렸다.

"그런데 어째서 반말이에요?"

석현이 주희의 손을 잡았다.

"내가 더 나이가 많잖아."

주희가 '뭐래?' 하는 표정으로 올려다보았다. 석현이 다시 미꾸라지 곁에 앉아서 호시탐탐 노리고 있는 고양이를 보고 손가락을 내미는 주희를 보며 말했다.

"친구 아파트라서 동물을 키우기 어려우면 내 오피스텔에서 키우면 어때? 개가 어려우면 조용한 고양이나 새나."

주희가 석현을 보면서 의미심장하게 웃었다.

"동물을 키워본 적이 없으시군요. 저는 시골에서 커서 이런저런 동물을 키워봤는데, 아니, 키우는 것을 옆에서 봤는데 결코 쉬운 게 아닙니다."

석현이 차에 커다란 카메라를 싣고 주변을 살폈다. 슬슬 올라가야 할 시각이었다. 주희가 차에 올라서 가방을 싣는 것을 도왔다. 석현이 차에 타고 주희에게 몸을 기대며 내려다보았다. 그도 동물을 싫어하지 않았다. 아니, 그는 동물을 사랑했다. 물론 자연에서 사는 동물들이지만.

그는 접사 시에도 철저하게 위장막을 준비하거나 조용하게 동물들의 세계를 침범하지 않고 찍는 것을 제일 중요시했다. 자연사진을 찍는 작가들에게, 적어도 선생님과 자신에게 중요한 몇몇의 규칙이 그것이었다. 풍경과 동화되어 찍을 것, 절대 자신의 흔적을 남기지 말 것, 동물의 세계에 인위적인 개입은 금지 등등. 그리고 그 와중에 만약 애완동물을 키운다면 동물을 좋아하는 그녀가 자신의 오피스텔에 상주할 가능성이 높아지지 않을까 하는 비약적인 아이디어까지 그의 머릿속에 등장했다.

"정말 강아지 아쉽지 않겠어?"

주희가 석현을 보면서 미소를 지었다.

"동물은, 특히 애완동물은 아기와 같아요. 평생 보살펴 줄 수 없으면 데리고 오는 거 아니에요."

"왜? 평생 보살펴 주면 되지."

주희가 석현을 흘깃 보고는 그냥 말없이 웃었다. 석현은 주희의 희미한 웃음을 보았다. 철없는 아이를 보며 언제 크나 하고 상심에 잠긴 누나 같은 표정이다. 부모 대신 힘든 노고를 대신할 자신은 없고, 그렇다고 그 힘든 노동을 모르는 척하기도 양심에 찔려서 그저 상심하고 걱정밖에 해줄 것이 없는 것을 한탄하듯이 주희는 약간 슬픈 표정을 지었다. 석현은 희한하게 속이 쓰렸다. 그리고 심장이 이유도 없이 묵직하게 내려앉았다.

뭔가 고장 난 톱니바퀴같이 어긋나는 것을 느끼면서도 이유를 모르는 채 석현은 주희의 안전벨트를 매주었다. 곁에서 조잘조잘 열심히 떠드는 주희의 말에 대구를 하고, 반론을 하고, 농담에 웃으면서 맞장구를 치고, 차를 몰아서 서울로 들어서자 석현은 점점 더 알 수 없는 심란한 감정을 느꼈다.

주희의 아파트 앞에 도착하고 문을 열려는 주희의 손을 잡고 석현이 이상한 표정을 지었다.

"아까 왜 강아지 데려오기 싫다고 했어?"

주희가 고개를 갸웃거렸다

"왜요? 당연하잖아요. 내 아파트도 아니고 같이 사는데 수인이는 별로 동물을 좋아하지 않아요."

"내 오피스텔에서 키우자고 했잖아. 같이 있어도 되고."

주희가 어이없다는 표정을 지었다.

"말도 안 돼요. 대표님은 집에 잘 안 계시잖아요. 회사에서 아예 사시면서. 게다가 사진 찍는다고 돌아다니고, 며칠이고 집을 비우실 텐데 개를 누가 키워요?"

"동물을 키우는 게 나에게는 아예 불가능한 일인가?"

주희가 당연한 말을 힘들게 시킨다는 표정을 지었다. 마치 강아지를 사달라는 초등학생 아들에게 하는 듯한 말투로 타이르듯이 입을 열었다.

"대표님, 애완견이든 애완고양이든 집에 들이기 위해서는 인격이 새로 태어나셔야 해요. 아예 사고방식 자체를 다르게 가지셔야 하거든요. 살아 있거든요. 아기와 똑같아요. 저만 바라보고 저만 사랑해요. 개를 그냥 옆집이 키우는데 귀여워 보이더라 하며 아무 대책 없이 그냥 데려오면 안 되거든요. 책임감. 나는 굶더라도 내 강아지는 먹여야지, 나는 지금 힘들어 죽기 일보 직전이라도 강아지 산책은 꼭 시켜야지, 이런 마음가짐이 아니면 키울 수 없어요."

석현이 입가를 일그러뜨리고 살짝 웃음 지으며 대답했다.

"그래도 약간의 허점을 지닌 사람도 있잖아. 그런 사람들도 애완견을 키울 수는 있지. 완벽한 사람만 동물을 키우란 법은 없잖아. 부모조차 정말 자격 없는 사람들이 얼마나 아이들을 많이 키우고 있는데. 학대도 하고 무관심으로 방치도 하면서 말이야."

주희가 고개를 끄덕였다. 그리고 곰곰이 생각하면서 상심한 표정을 지었다.

"그건 그래요. 책임감 없이 키우는 사람들도 있죠. 그런데 그래서 더 애완견은 책임감이 필요해요. 사랑을 주기로, 먹이를 주고 잘 돌봐주기로 약속해 놓고 그러지 못할 것 같으면 처음부터 데리고 오면 안 돼요."

"내가 그렇게 믿을 수 없어 보여?"

석현이 어두운 눈으로 주희를 바라보았다. 주희가 어리둥절한 눈으로 쳐다봤다.

"네?"

여전히 가라앉은 눈빛으로 석현은 주희를 바라보았다.

"내가 주희에게 그렇게 책임감도 없고 믿을 수 없는 사람으로 보이나?"

주희가 여전히 의아한 눈빛으로 석현을 바라보았다.

대관절 왜 여기서 갑자기 석현이 책임감이 없다는 이야기가 나오는 것일까? 내가 그렇게 말했나? 주희는 자신이 무슨 말을 했는지 한참 동안 생각했다.

"그런 말은 아니었는데요."

석현이 고개를 숙여 자동차 핸들에 머리를 박았다.

"그렇게 들려. 나와 있으면 그저 귀엽다고 데려다 놓고 아무 대책도 없이 굶기거나 외면할 것 같다고 주희가 생각하는 것처럼 들려."

주희가 멀뚱하게 바라보며 대꾸했다.

"사실이 그렇잖아요. 대표님은 못 돌봐요. 애정도 없으면서……."

석현이 고개를 번쩍 들고 주희를 뚫어지게 바라보았다.

"그렇지 않아! 내가 주희를 얼마나 중요하게 생각하는데! 기회도 주지 않으면서 내가 책임감도 없고 당연히 안 될 거라고 생각하는 건 심하잖아?"

주희는 잠시 헷갈렸다.

아니, 대체 거기서 갑자기 왜 내가 등장하는지. 지금 애완견 이야기를 하고 있는 거 아니었나?

"아니, 나는 그게 아니라……."

석현이 억울하다는 표정과 동시에 자신을 믿어주지 않아서 화가 난다는 표정을 지었다.

"내가 없을 때는 주희가 돌보면 되지, 나랑 같이. 지금 내 심정이 말이야……."

주희는 멍한 표정으로 이해가 가지 않는 얼굴이다. 왜 내가 남의 집에서 남의 개를 키워야 하지? 그리고 석현의 불안한 얼굴을 멍하니 바라보았다.

석현은 아까 느낀 그 묵직하게 섬뜩하고 이해가 가지 않는 심정으로 주희를 내려다보면서 답을 찾으려고 애를 썼다. 그리고 주희의 어리둥절하고 황당한 눈빛에서 한참 만에 겨우 답을 찾아냈다. 찾은 순간 자신이 그녀에게 한 행동에 화가 났지만 이제라도 알았으니 다행이었다.

"내가 지금 하는 행동이 어이없고 이해하기 힘들겠지만 그래도 지금 화가 나. 주희가 내가 책임감이 없다고 생각하는 거, 그래서 나를 믿지 못하는 거, 신뢰, 책임감, 애정, 믿음, 이런 거 주희에게서 받고 싶어."

주희가 석현의 얼굴을 보면서 의심쩍은 표정을 했다.

"그런 종류의 것들은 대표님이 원하는 관계에서는 얻기 힘든데요? 저에게 사귀자는 말도 안 해놓고 갑작스럽게 책임, 신뢰를 원하시면 어쩌자는……."

석현이 다른 곳을 보면서 한숨을 쉬었다.

이제껏 단 한 번도 사귀던 여자에게 이런 것을 원한 적이 없었다. 상대방에게 신뢰를 받고 싶지도, 책임감을 갖고 싶지도, 심지어는 과한 애정도 원하지 않았다. 그저 적당하게 같이 있다가 적당한 순간 떨어져 나가기를 바라는 것이 그의 연애사였다. 그래서였다. 단순히 그런 이유로 주희에게 아무런 대답을 하지 않았다. 그런데 자신이 주희에게 아무런 신뢰를 받지 않는다고 느끼자 그것이 무엇을 의미하는지도 모르면서 다른 여자에게는 느끼지 않던 불안함과 외로움이 와락 몰려들었다.

"잘못 생각했어. 이번에, 아니, 이제까지 잘못 생각하고 있다는 것을 깨달았어. 그게 상처가 된다는 거 말이야. 주희가 나와 미래를 꿈꾸지 않는다는 것이 나에게 얼마나 상처가 되는지 지금 깨달았다고. 주희가 나를 믿지 않고, 나와의 사랑도 믿지 못하고, 같이 돌볼 애완견도 생각하지 않고…… 그게 지금 나를 비참하게 만들고 있어.”

주희는 미래를 꿈꾸지 않은 것은 아니라고 생각은 했지만 무시무시한 눈빛으로 쏘아보고 있는 석현을 보자 그게 아니라고 말하기도 애매모호했다. 내가 그렇게 비참하게 만들었나? 잘 모르겠다. 그리고 잘 모를 때는 그냥 입 닥치고 있는 게 최선이었다.

“사귀자.”

석현이 주희에게 단호하게 말했다. 주희가 벙찐 표정으로 차에서 내리면서 가져간 짐을 내렸다. 그리고 석현에게 손가락을 흔들었다.

“그런다고 내가 대표님 침대에 뛰어들 거라는 생각은 버리시죠. 참, 지금의 멘트는 기발하네요. 참신해요.”

석현이 아니라고 말했지만 주희는 들은 척도 하지 않았다. 그리고 자신을 좀 믿으라는 석현의 하소연을 들으면서 작별 인사를 하고 아파트로 올라갔다.

아파트를 열고 들어가자 여전히 수인은 없었다. 수인은 이제 아예 문지애의 사무실에서 살았다. 지애가 계속 퇴짜를 놓고 있었지만 수인은 꽤나 저돌적인 모습을 보여주고 있었다. 주희의 시선이 테이블에 놓인 자몽주스로 향했다. 그리고 자몽주스를 보자마자 애희의 방문을 열었다. 애희가 노트북을 열어놓고 뭔가를 쓰고 있었다.

"선생니임!! 얼마나 기다렸는지 아세요? 정말 너무하세요!!"

애희가 조금 쑥스러운 표정으로 거실로 나와 뭔가를 말하려고 하는 찰나였다. 짐을 들고 들어오느라 힘겨워 활짝 열어놓은 현관문 사이로 석현이 불쑥 들어왔다. 그리고 애희를 본 석현이 고개를 갸웃거렸다.

"이모?"

11

애희가 석현을 보고 놀라서 입을 벌렸다. 옆에서 주희가 석현에게 환한 얼굴로 입에서 침을 튀기며 말했다.

"대표님, 저희 선생님이요! 제가 말했잖아요, 김애희 선생님. 선생님, 말씀 좀 해주세요. 선생님 안 계실 때 저 정말 감옥 갈 뻔했다고요. 여기 모델이 살아 있는데 왜 써도 된다고 그러셨던 거예요? 진짜 저 경찰서에서 죽는 줄 알았어요."

석현이 어리둥절한 얼굴로 거실로 들어왔다. 그리고 애희의 얼굴을 보면서 이상하다는 얼굴을 했다.

"이모, 김애희는 누구야? 이모 이름은 김윤희잖아. 그리고 왜 여기 있는 거야?"

애희가 석현을 바라보다가 불안한 눈초리로 주희를 바라보면서 주저하듯 말을 더듬었다.

"내…… 필명이 애희잖아. 본명으로 책 낸 적 없어. 전에도 이 이름이 아니면 다른 이름으로 드라마를 썼지."

그제야 주희는 기억이 났다.

"아, 맞다! 애희가 선생님 필명이었죠. 맨 처음 만났을 때 선생님이 본명 알려주셨는데 제가 까먹었네요. 하하, 왜 까먹었지? 그런데 대표님 이모라고요? 이모님은 방송작가라면서요?"

애희가 다시 옆에서 끼어들었다.

"몇 년 전에 한동안 쓴 적 있어, 방송사에서. 그런데 같이 일하던 메인 방송작가가 내 스토리를 자기 스토리인 양 발표해서 때려치운 지 한 10년 돼."

석현의 날카로운 눈초리가 주희를 향했다. 그리고 불쑥 불쾌한 어조로 말을 이었다.

"주희, 알고 있었어?"

주희가 무슨 말인지 모르고 석현을 보면서 겸연쩍게 웃었다.

"아, 김애희 선생님 본명이 김윤희라는 건 알고 있었어요. 근데 제가 3년을 한결같이 김애희 선생님이라고 부르다 보니까 까먹었네요. 정말 어떻게 이렇게 새까맣게 잊어먹을 수 있지?"

석현의 얼굴이 점점 차갑게 변해갔다.

"그게 아니라, 우리 이모가 주희 씨의 소설 책에 내 사진을 넣고 또 다른 내 사진을 준 거 알고 있었냐고."

주희는 이해가 가지 않는 얼굴로 멍하니 있다가 무슨 소리인지 몰라서 물었다.

"네? 그게 무슨 말이에요? 내가 선생님이 주신 사진이 대표님인 거 알았냐고요? 그걸 물어보신 거예요?"

석현이 아무 말도 없이 물끄러미 주희를 바라보았다. 애희가 석현을 보면서 한숨을 쉬고 손을 내저었다.

"아니야. 그런 거 아니야. 주희는 그런 애 아냐. 내가 준 사진이 그냥 외국 모델이라고 하면 그런 줄 아는 애야. 죽었다고 하니 잘생긴 사람이 죽는 건 인류의 유전자 탱크에 큰 손실이라고 같이 슬퍼하고 초상권에 대한 감사라고 사진을 받은 6월이면 같이 항상 치맥으로 추모식도 지냈다고."

석현의 얼굴은 여전히 냉랭했다.

"3년을 이모 보조작가 겸 비서로 지냈는데 몰랐다고 하는 게 말이 돼요? 아니면 둘이 짰습니까?"

주희가 웃음을 터뜨렸다. 히스테리컬한 웃음소리가 가구도 별로 없는 넓은 아파트 거실에 울렸다. 석현의 무표정한 얼굴이 주희를 노려보았다. 주희의 날이 선 눈길도 석현을 마주 보며 불꽃을 튀겼다.

"아하! 그러니까 제가 대표님이 사진 속 주인공인 걸 알고 일부러 썼다고 생각하시는 거구나? 그렇죠? 왜? 어째서? 그거야 내가 남자도 못 사귀는, 돈도 없고, 능력도 없고, 열나 예쁘지도 못한 주제에 돈 많고 능력 있고 잘생긴 대표님을 꼬시고 싶었으니까! 그렇죠? 아! 어떻게 해! 선생님, 대표님이 단박에 알아채셨어요! 머리까지 좋으시니 어쩌면 좋아요?"

애희가 머리가 아픈 듯 자신의 이마에 손을 짚었다.

"주희야, 그만해. 너 또 폭주하고 싶은 거 아는데, 지금은 하지 마."

주희가 애희를 보면서 다시 웃었다. 한풀 꺾이기는 했지만 여전히 목소리에서 시퍼런 분노가 활활 타올랐다.

"선생님은 무슨 생각으로 제게 사진을 주신 거예요? 제가 나쁜 마음을 먹잖아요! 뭐지? 그 그룹 이름이 뭐였지? 아! 우현그룹! 그래, 그 그룹 회장님 외아들이라면서요? 어쩌면 좋아! 나 완전 대그룹 사모님 되려는 찰나였는데 말이에요! 그래서 돈도 없는 주제에 회장님 아드님의 사진을 일부러 책 표지에 썼거든요! 뭐 인생 한 방인데, 이 정도 도박은 걸어봐야죠! 그죠? 못 되면 감옥행이지만 혹시 알아요? 잘되면 인생 고속도로인데! 아, 아쉬워라! 이렇게 마지막에 걸릴 줄은 몰랐네!"

주희의 카랑카랑한 고함 소리를 듣고 있던 석현이 그대로 몸을 돌려서 밖으로 나가 버렸다. 석현이 나가 버리자 주희의 무릎이 풀썩 꺾였다. 소파에 주저앉은 주희가 멍하니 앉아 있자 애희도 털썩 주저앉았다. 윙윙 고함이 울리던 넓은 거실이 적막하니 가라앉았다.

"그러게 하지 말라니까 너는 꼭 아주 끝을 보더라. 너 그 버릇 고치기 전에는 성공하기 글렀어."

주희가 애희를 원망스러운 눈초리로 바라보았다.

"대체 선생님은 무슨 생각으로 제게 사진을 주신 거예요? 진짜 궁금해서 물어보는 거예요. 조카 사진을, 그것도 잘나가는 대기업 회장님 아들인데 저랑 무슨 사이가 되겠다고 사진을 겁도 없이 막…… 하아!"

애희가 머리를 손으로 감싸고 한참을 있었다. 주희는 여전히 넋이 나간 표정으로 앉아 있었다.

"그 애한테는 내가 부채가 있어. 갚아야 할, 단순히 그 애를 걱정하고 그 애가 제대로 된 사람을 사귈지, 사랑을 알게 될지, 행복하게 될지 걱정하는 수준이 아니라 그 애는 꼭 제대로 된 사람을 사귀고, 꼭 사랑을 얻고, 꼭 행복해져야 내가 그 부채를 갚을 수가 있어. 그래야만 돼, 반드시."

주희가 심드렁하게 애희를 바라보았다.

"그렇다면 더더욱 저를 엮지 말았어야죠! 제가 제대로 된 사람이 아닌데 앞뒤가 안 맞잖아요. 저도 사실 사랑을 믿지 못하겠는데, 제가 어떻게 저 사람에게 사랑을 알려주고 행복을 주겠어요?"

"너는 언제나 사랑을 믿는다면서. 사랑이 뭐든지 다 해결할 수 있을 거라고 굳건히 믿는다고 하지 않았어?"

주희가 소파에 벌렁 누웠다. 애희 쪽은 보지도 않고 소파 등으로 향한 채 눈을 감았다.

"그거야 하는 말이죠. 로맨스소설 작가가 사랑을 믿지도 않는다고 하면 그거야말로 심령술사가 귀신을 믿지 않고, 퇴마사가 악마를 믿지 않는 격이죠."

애희가 가만히 주희를 보다가 가까이 다가갔다.

"주희야, 석현이 지금은 좀 놀라서 그런 것뿐이야. 걔가 어릴 적부터 그런 일이 많아서……."

소파 끝에서 조용하고 음산한 음성이 흘러나왔다.

"선생님, 다 끝난 일이예요. 혼자 있고 싶어요."

♡

석현은 박 이사에게 전화를 걸었다.

"네, 이사님. 사진은 필름으로 찍지 않고 그냥 디지털로 찍었어요. 메모리칩을 보내겠습니다. 아, 그게 좀 생각할 일이 생겨서 출근은 힘들고 지금 다시 남도로 내려가고 있는 중입니다. 전에 찍으려고 한 남도 바다를 찍고 올라오겠습니다. 네, 무슨 일 있으면 연락 주세요."

집으로 가지도 않고 차를 돌려서 다시 고속도로를 탔다. 머리가 복잡해서 도저히 가만히 있을 수가 없었다.

그렇게 생각하지도 않고, 또 생각하고 싶지도 않았지만 입에서 저절로 그런 말이 튀어나왔다. 그것은 마치 기억에 박힌 돌부리 같았다. 언제나 그곳으로 돌아가면 어둡지 않아도 항상 넘어지는 바로 그 돌부리.

"둘이 짰습니까?"

어머니가 돌아가신 그때는 고등학교 졸업반으로 국내에서 최고 유명 대학인 한국대학의 건축학과로 입학을 마친 상태였다. 슬프기는 했지만 그는 자신의 인생이 그렇게 흘러가게 될 것을 알고 있었고, 그것을 싫다고 생각한 적도 없었다. 어릴 적부터 좋아하던 사진은 그저 취미로 남게 될 것이고, 그는 건축도 싫어하지는 않아서 자신이 건축학과를 나와 아버지와 함께 건물을 짓는 것을 의심해 본 적이 없었다. 그리고 같이 대학에 입학한 첫사랑 유진과의 결혼도 의심해 본 적이 없었다.

두 사람은 고등학교 2학년 때 만났다. 유진이 석현이 있는 사립고로 전학을 온 것이다. 유진은 유명 여자 사립고에서 얼짱으로 날리던 미모였고, 동네뿐 아니라 유명 에이전시에서도 탤런트가 되거나 가수가 되라고 하루가 멀다 하고 쫓아다녔다.

석현과 그 친구들은 유진을 보려고 몰래 여자기숙사에 숨어들었다가 학생주임에게 걸려서 학칙 경고를 먹기도 했다. 석현은 그녀가 자신에게 처음 말을 걸었을 때를 잊지 못했다.

"그거 내 거야."

석현이 자신이 불던 클라리넷을 보자 유진의 얼굴이 시뻘게져 색색거렸다. 그리고 클라리넷을 빼앗아 자신이 입을 대고 불던 입구를 벽에다 집어 던져 부숴 버렸다. 석현이 놀라서 똑바로 쳐다보았다.

"친구를 시켜서 내 것을 빌려오게 하다니 치사하고 신사답지 못해!"

유진이 가버리자 놀란 석현이 클라리넷을 빌려준 동식이를 바라보았다. 동식이 어깨를 으쓱하고는 다가왔다. 놀라서 뭉쳐 있던 아이들이 웅성거리면서 온 학교에 소문을 퍼뜨리려 불난 개미집의 개미들처럼 몰려나갔다.

"아니, 난 여정이 거 준 줄 알았는데, 여정이가 유진이한테 빌린 건 줄은 몰랐지. 그 기집애는 유진이 거라고 말을 하지. 너 다음 시간 어떡해? 내가 지금이라도 다른 애 거 빌려줘?"

석현이 고개를 저었다.

"됐어. 음악 시험 못 친다고 죽냐? 야단맞고 다음 시간에 치면 돼."

동식이가 무섭다는 듯 제 몸을 안고 부르르 떨었다.

"야, 유진이 성격 장난 아니다. 뭐 저런 기집애가 다 있냐? 예쁜 얼굴로 열나 천사처럼 하고 다니는 것도 다 콘셉트야? 그지?"

석현이 고개를 끄덕였다. 예쁜 얼굴로 미친 듯이 화를 내는 모습이 정말 섹시하다는 생각은 속으로만 했다.

"야, 정말 다행이다. 너 저 얼굴만 보고 따라다녔으면 어쩔 뻔했냐? 성격 저런 줄도 모르고. 역시 얼굴만으로 판단하는 건 위험해. 저거에 비하면 여정이는 천사네, 천사야."

석현이 깨진 클라리넷을 주워 들었다.

"너 여정이한테 맞은 곳 이제 다 나았나 보지? 여정이 킥복싱 배우냐고 물었던 것 같은데. 명치 제대로 맞았으면 니 신랑 죽었다고 여정이한테 지랄하다가 더 맞지 않았냐?"

동식이가 코웃음을 쳤다.

"맞아준 거야, 맞아준 거. 그게 한 줌도 안 돼서 때리면 아프지도 않아."

석현은 유명 상표를 보고 클라리넷 가격이 엄청나다는 것을 알았다.

"그래? 그래서 저번 주에 다리 맞고 기브스하고 다녔냐? 너희 아버지가 여정이네 아버지한테 약혼한 거 깼다고 간다는 걸 네가 기브스 질질 끌면서 말렸다며?"

동식이 이빨을 활짝 보이면서 멍청이 같은 표정을 지으며 웃었다. 그리고 상표를 보고는 놀란 기색으로 어깨를 쳤다.

"근데 그거 엄청나게 비싼 것 같은데, 사주려고? 그 기집애가 부순 거니까 저보고 사라고 해."

석현이 웃으면서 다리를 찼다.

"여기냐, 네 여편네한테 맞은 데가? 내가 더 차줄까?"

동식이 다리를 가리면서 멀찍이 떨어졌다.

"야! 뼈에 금 갔어, 이 새끼야! 가까이 오지 마!"

수업이 끝나고 저녁 식사 시간 전, 자유 시간이라서 석현이 친구들과 몰래 담을 넘으려는데 유진이 나타났다. 유진을 보자 동식이와 친구들이 슬금슬금 도망을 치고 석현은 '나중에 보자'라고 손짓했다. 유진이 못마땅한 얼굴로 친구들이 담을 넘는 광경을 보았다.

"왜 담을 넘고 그래? 정문으로 나가도 되잖아. 어차피 기숙사라 통금 전까지는 자유롭게 나갈 수 있는데."

석현이 유진에게 웃어 보였다.

"사나이의 로망이지. 학칙에 반항하고 규율을 어기는 거. 기성에 반대하고 폭정에 항거하는 거지."

유진이 알 수 없는 눈초리로 차갑게 바라보다가 고개를 숙이고 얼굴을 붉혔다.

"아까 클라리넷 부숴 버린 거 미안해. 네가 시킨 게 아니라고 여정이가 말해줬어. 아이들 앞에서 창피 주고 시험 망친 거 미안하게 생각해."

석현이 고개를 저었다. 그러곤 유진을 향해 불쑥 손을 내밀었다.

"미안하면 친구 하자."

유진의 눈빛이 복잡하게 빛났다. 가만히 손을 보던 유진이 고개를 저었다.

"나는 남자하고 친구 안 해. 미안하다. 다들 친구 하자고 하면서 나중에는 자기들과 사귀어주지 않았다고 나를 원망하고 뒤에서 나만 나쁜 년 만들더라고."

유진이 씁쓸하게 냉소를 지었다.

"그럼 나중에 말해. 클라리넷이건 바이올린이건 내 건 언제나 너 빌려줄게."

유진이 차갑게 말하고 훌쩍 뒤돌아서서 가려는 순간이었다. 석현의 손이 유진을 잡았다.

"그러면, 그러면 나랑 사귀자."

유진의 눈이 커다랗게 떠졌다. 어이없는 눈으로 바라보는 유진을 보면서 석현이 수줍게 웃었다.

"나 너 좋아해. 네가 처음 전학 왔을 때부터 너 좋아했어. 말을 붙이고 싶었는데 내가 좀 숙맥이라서 말을 못 했어."

유진의 얼굴이 점점 붉어졌다. 그리고 손을 홱 뿌리치고는 놀란 토끼처럼 뛰어서 도망가 버렸다.

다음 날 엄청나게 비싼 클라리넷을 사서 유진의 책상 위에 놓은 석현의 편지를 보고도 유진은 아무 말도 하지 않았다. 하지만 저녁 시간 후 유진이 자신이 준 클라리넷을 꼭 쥐고 다니는 것을 보곤 석현은 미소를 지었다.

그렇게 유진과 석현은 공식 커플이 되었고, 2년 내내 붙어 다녔다. 유진의 집안도 알아주는 기업이었고, 자연스럽게 대학을 가면 약혼을 하기로 약속이 되었다.

갑자기 어머니가 돌아가시고 장례를 치르는 내내 유진은 석현의 곁에서 집안일을 마치 그녀의 일인 양 도왔다. 얼굴이 까칠해지는 유진을 보면서 석현은 가슴이 아팠다. 유진은 집에도 가지 않고 석현의 커다란 저택에 머물면서 집안 구석구석을 챙겼다.

장례식을 끝내고도 유진은 석현의 곁에 머물렀다. 장명우 회장은 오히려 좋아했다. 어차피 약혼도 할 건데 같이 있으면 어떠냐는 식이었다.

"야, 우리 집이 이렇게 따뜻해질 수 있다는 걸 처음 알았다. 역시 집은 크던 작던 여자의 손길이 필요해. 집이란 존재 자체가 그런 것이지. 어때, 아들? 너는 좋아서 미치겠지? 그래도 나는 벌써 손자를 보고 싶지는 않으니까 기구 사용은 꼭 필수다."

석현이 화를 내도 명우는 놀리는 것을 멈추지 않았다. 그리고 석현의 심장도 점점 참을 수 없게 뛰었다. 약혼도 하지 않고 그녀를 안고 싶지는 않았다. 하지만 저녁을 먹고 산책을 하며 유진의 손을 잡을 때면 점점 자신의 심장 소리가 크게 들려서 혹시 유진이 알아챌까 두려울 정도였다. 그래서 밤마다 저택 지하에 있는 헬스장에서 자전거를 두 시간씩 탔다.

크리스마스 파티 겸 종무식이 끝나자 장명우는 술이 엄청나게 취해서 들어왔다. 집에 있는 석현을 보자 명우가 기분이 좋아져서 다시 술을 꺼내오라고 소리를 높였다. 집안일을 돌봐주는 고용인들은 크리스마스 휴가로 나간 상태이고, 항상 이즈음에는 자신들도 해외로 휴가를 가기 때문에 집에는 먹을 것이 별로 없었다. 장례식이 없었다면 이렇게 한적하게 부자가 집에 있을 일이 없었다.

난감해하는 석현의 곁에서 유진이 술과 안주를 꺼내 테이블에 차려줬다. 석현은 명우의 잔소리 겸 주정을 두 시간 동안 듣다가 피곤해서 잠시 방으로 돌아와 누웠다. 그냥 자려다가 아침에 커다란 응접실에서 옷도 안 벗고 나뒹구는 아버지를 볼 유진을 생각하자 참을 수가 없어서 일어났다. 다시 1층의 응접실로 가자 아버지가 없었다. 술에 취해서 이리저리 돌아다니다 실수라도 하면 그야말로 큰일이었다.

석현은 명우를 찾아서 이 방 저 방을 돌아다녔다. 유진이 자고 있기 때문에 발소리를 죽이고 이 술 취한 양반을 찾아서 헤매는데 아버지의 방에서 말소리가 들려왔다. 명우의 방에는 아무것도 없다. TV도, 라디오도, 컴퓨터도 없다. 큰 방에 커다란 침대와 완벽한 냉온방 시스템만 갖춰져 있을 뿐이다. 아버지가 혼자 떠들고 있는 게 아니라면 말소리가 날 이유가 없었다. 가까이 다가가자 유진의 말소리가 들렸다.

"그래서 이번 주말에 다가오는 결제를 좀 도와주셨으면 합니다."

명우의 말소리는 술 취한 사람치고는 상당히 명확했다.

"아직 넌 내 며느리도 아니고 내 아들 약혼자도 아닌데 내가 왜 그 결제를 해야 하지? 경일그룹이 그렇게 사정이 나빠졌나? 이거 다시 생각해 봐야겠는데?"

잠시 동안 침묵이 흘렀다. 유진의 집이 그렇게 상황이 나빠졌고는 생각하지 못했다. 유진은 여전히 비싼 명품을 입었고, 일주일 전에도 자신의 돈으로, 물론 아버지가 준 카드겠지만 몇천만 원짜리 명품 백을 샀다.

"그러면 이건 어때요? 제가 손자라도 가졌다면요?"

명우가 낄낄거리고 웃는 소리가 들렸다.

"아하, 아직 너 아마추어야. 내가 내 아들을 모를 줄 아냐? 그 녀석이 너를 쓰러뜨렸다면 내가 바로 알아차렸지. 왜 좀 더 기다리지 그랬어? 그 녀석 참는 게 눈에 보여서 귀여웠는데."

앙칼진 목소리가 뒤따랐다.

"아저씨! 대체 왜 저를 아드님 짝으로 찍으신 거예요? 처음에, 2년 전엔 제가 싫다고 했잖아요! 그때는 경일그룹의 부채를 탕감해 주더니 지금 와서 겨우 어음 좀 막아주는 것도 싫다는 거예요?"

명우는 여전히 실없이 웃었다. 그리고 이불을 젖히는지 사락거리는 소리가 들렸다.

"내가 왜 너를 내 아들 짝으로 찍었냐고? 어디 보자. 그래, 그거다. 너는 내 아들을 완벽하게 속일 수 있을 줄 알았지. 어차피 정략결혼을 할 건데 내 아들놈이 나처럼 애정도 없는 가정을 갖는 것은 싫었거든. 그래서 네가 머리도 좋고 여우라서 내 아들을 충분히 속일 수 있을 거라고 생각했다. 늙어 죽을 때까지 사랑해서 결혼했다고, 성질은 있지만 좋은 여자와 결혼했다고, 다른 건 몰라도 자신은 정말 사랑하는 여자와 살아서 행복하다고 생각할 수 있도록 말이다."

앞에서 유진의 나지막한 목소리가 들렸다.

"그런데요? 그런데 왜 경일그룹의 어음을 못 막아주세요? 이번에 못 막으면 진짜 부도예요."

명우가 쯧쯧 하고 혀를 차는 소리가 들렸다. 그리고 털썩 침대에 눕는 듯 소음이 들렸다.

"근데 너희 그룹은 희망이 없어. 네 아버지는 우둔하고 탐욕스럽고, 네 오빠는 그것을 타계해 나갈 능력도 배짱도 없지. 네가 징징 짜도 나도 장사꾼인데 밑 빠진 독에 물을 계속 부을 수는 없잖아? 몇 번 막아줬더니 나를 호구로 생각하는 너도 마음에 안 들고 말이다."

바스락거리는 침대의 이불 소리가 들렸다. 천을 들추는 소리, 그리고 침대가 삐걱거리는 소리, 다시 이불 들추는 소리가 들렸다. 이어서 명우의 살벌한 목소리가 들렸다.

"지금 뭐 하는 게냐?"

아버지의 그런 목소리는 '나 진짜 화났다'는 의미이다. 그것을 모르는 것은 겉모양과 너무 다른, 냉혹한 아버지를 모르는 유진밖에 없었다. 유진의 끈적끈적한 목소리가 들렸다. 그녀가 그런 목소리를 낼 줄 아는 것도 지금 이 순간 처음 알았다.

"그럼 손자 말고 아들을 얻는 것은 어떠세요? 저는 필요한 게 많고 또 돈도 많이 드는 여자예요. 지금보다 더 어릴 적부터 그랬어요. 아직 대학 졸업하고 마음껏 돈을 쓰려면 몇 년이 걸릴지 모르는 아드님보다는 아저씨가 더 마음에 들어요. 석현이 몰래 놀 수도 있어요. 아저씨 서른여덟 살밖에 되지 않았잖아요? 제가 마음에 들지 않으세요?"

석현이 열려진 문을 천천히 밀었다. 판도라의 상자를 열 듯, 손에 매단 끈에 이끌려서 열면 어떤 일이 벌어지는지 충분히 알고도 넘쳤다. 하지만 열지 않을 수가 없었다. 아버지가 어떤 모습인지, 그리고 유진이는 어떤 모습인지, 머릿속에서 그려진 그 모습과 같은지 알지 않고는 배길 수가 없었다.

열린 문으로 환하게 밝혀진 아버지의 침실이 들어왔다. 아버지는 침대에 비스듬히 누워 있고 윗옷을 벗고 있었다. 아직 한창때를 자랑하듯 탄탄한 복근이 보였다. 자신보다 더 강인한 근육을 자랑하고 있었다. 그리고 그 다리 위로 올라탄 유진의 벗은 등이 보였다. 상상 속에서 언제나 꿈꾸던 뒷모습이다. 하얗고 눈부시게 반짝이는, 마치 생크림같이 부드러워 보이는 등이다. 아버지가 자신을 보았다. 입에 냉소를 머금고 자신에게 말하는 것이 들렸다.

"석현아, 유진이 네 신부가 아니라 네 새엄마가 되고 싶다는데 네 의견은 어떠냐?"

유진이 뒤를 돌아보았다. 놀라서 하얗게 질린 얼굴보다 생크림처럼 부드럽게 출렁거리는 커다란 가슴이 먼저 보였다. 두 손으로 가슴을 가리고 유진이 새빨갛게 변한 얼굴로 울 듯한 얼굴을 했다. 말을 더듬으며 유진이 눈물을 흘렸다.

"아, 아니야, 석현아. 그게 아니야. 사, 사실은 회장님께서 억지로……."

갑자기 모든 것이 지겨워졌다. 그 애를 사랑했다는 사실마저도 지겨울 만큼 삶이 형편없다는 생각이 들었다. 자신의 삶인지 유진의 삶인지 모르겠지만 어쩌면 둘 다인지도 몰랐다.

"나가."

석현이 무표정한 얼굴로 유진을 향해 말했다. 유진이 고개를 저었다. 허겁지겁 벗어놓은 가운을 걸치고 석현을 향해 달려와 눈물을 흘리며 호소했다. 아름다운 얼굴로 눈물이 하염없이 흘렀다.

"진짜야. 회장님이 사랑한다고 하시면서, 그래서 나도 어쩔 수가……."

석현의 얼굴이 일그러졌다. 눈물이 나올 줄 알았는데 비웃음과 함께 커다란 웃음소리가 터져 나왔다.

"우리 아버지 입에서 사랑한다는 말이 나왔다고? 내가 이 세상에서 단 한 번도 못 들어본 말인데? 우리 어머니에게도, 내게도, 누구에게도 우리 아버지는 사랑한다고 말한 적이 없어. 그거 몰랐지?"

유진의 얼굴이 더욱 사색이 되었다. 말을 더듬거리며 입술이 달달 떨렸다.

"그, 그게 아니라 사실을 말하면, 내가 싫다고 하는데도 회장님이 나한테 너와 결혼해 준다면 경일그룹은 걱정하지 말라고 하셨다고!"

유진이 명우를 돌아보며 빽 소리를 질렀다.

"어쩌실 거예요, 회장님? 제가 더 말하길 바라세요? 어쩌실 거냐고요?"

명우가 술기운이 가시지 않은 얼굴로, 하지만 날카로운 눈빛 그대로 석현을 바라보았다. 그리고 유진에게 나가라는 듯 손짓했다.

"유진아, 내가 너를 좀 과대평가한 것 같구나. 이보다는 나을 줄 알았는데. 애석하군. 가거라. 이제까지 경일그룹 막아준 것만으로도 너한테 과하게 지불했어. 결국 이렇게 끝이 나는군. 우리 아들이 네가 싫다고 하니 희망이 없다. 그동안 고마웠다."

유진이 울음을 멈추고 멍하니 서서 석현을 보고 있자 석현이 유진의 팔을 잡고 끌어냈다. 방으로 들어가 유진의 짐을 짐 가방에 구겨 넣고 집 앞에 서 있는 유진 앞에 내동댕이쳤다. 활활 불타는 눈빛으로 유진을 보다가 석현이 생각난다는 듯 다시 집으로 들어가 지갑을 들고 나왔다.

"그래, 이제껏 날 좋아하지도 않으면서 잘해줘서 고맙네. 차비는 후하게 치러야지."

지갑에서 십만 원짜리 수표 대여섯 장을 꺼내 유진의 손에 쥐어주었다. 유진이 손에 쥐어진 수표를 보면서 쓴웃음을 지었다.

"내 황금 같은 열여덟 살, 열아홉 살을 너 같은 애랑 같이 보냈는데 이게 그 대가야?"

석현은 그제야 정신이 드는 것 같았다. 유진의 차가운 말투를 듣자 이제껏 자신이 사랑한 것이 무엇인지를 알았다. 유진이 아니다. 그저 연극을 하고 있었던 것뿐이다. 자신은 착한 아들로, 좋은 남자친구로, 유진은 착한 여자친구로. 자신의 진실한 감정과 희망, 다른 곳을 향하고 있는 열망을 포기하고 그저 자신에게 주어진 현실에 맞춰서 그렇게 이게 나 자신이라 속이고 있었던 것이다. 차라리 유진은 자신의 욕망과 탐욕에 솔직했다. 그래서 자신의 욕구를 위해서 다른 모든 사람을 속이더라도 제 내면의 소리에는 솔직한 여자였다.

"내가 너에게 책임질 일은 하지 않았잖아? 네 열여덟, 열아홉 살을 내가 착취한 게 아니야."

유진이 고개를 들고 웃기는 말을 들은 듯 한쪽 입가를 올렸다.

"네가 나와 섹스를 했든 안 했든 그게 문제가 아니야. 내가 가장 아름다운 시기, 내가 다른 골 빈 놈들을 등쳐 먹을 수 있는 기회가 열여덟 살에 가장 많았는데 너 따위한테 낭비했다는 게 문제지. 그래, 뭐 어쩌겠어? 지금이라도 너한테 손 떼는 게 맞지. 하긴 너는 너무 시간이 많이 들어. 나중에 편안하게 쓰는 맛은 있겠지만 적어도 지금부터 20년은 너를 속이고 나를 속이고 살아야 할 텐데, 그건 별로거든. 차라리 지금이라도 연예계에 진출해서 내 맘대로 벌어서 쓰는 것이 내게 맞을 거야."

유진은 택시를 불러서, 그것도 일반 택시는 전부 보내고 검은색의 고급 택시가 오자 손을 들어 멈춰 세웠다. 택시 운전기사가 내려서 문을 열자 그제야 우아하게 타는 유진을 보고 석현이 불쑥 물었다.

"둘이 짠 거야?"

유진이 석현의 얼굴을 보면서 마지막으로 달콤한 미소를 지었다.

"그래, 사실 너희 아버지가 내 이상형인데. 냉정하고 냉혹하고 자신의 마음에 들지 않으면 인정사정없고 말이야. 아하, 난 왜 이렇게 나쁜 남자에게 끌리는지. 네 엄마 자리 정말 탐났는데 아쉽다. 2년 전에 우리 아빠 회사가 우현그룹에 넘어가는 거였는데 회장님이 제안하셨어. 네가 그렇게 믿으면 된다고 말이야. 네가 정말 사랑하는 여자와 행복해질 수 있다고 그렇게 믿을 수 있으면 된다고."

석현이 고개를 돌리며 침착하게 눈을 깜박거렸다. 그리고 다시 멀쩡하게 유진을 보았다.

"잘 가."

유진이 명랑하게 웃었다. 그리고 창가에 손을 내밀고 귀여운 척을 하며 턱 밑을 괴었다.

"장석현, 기운 내. 언젠가는 너를 사랑하는 골 빈 여자가 나타날 거야. 예쁘지도 않고, 성격 이상하고, 푼수데기일 수도 있겠지만 너를 무진장 사랑하겠지. 너는 그 여자를 알아보지 못할 거야. 너는 우현그룹 장명우의 외동아들이니까. 행운을 빈다, 잘 살아."

아침에 골이 아파서 깬 장명우 회장은 눈앞에 아들이 서 있는 것을 발견했다. 한숨도 못 잔 듯 석현은 붉게 핏발이 선 눈으로 장

명우를 노려보고 있었다. 아침 일찍 휴가에서 복귀한 가정부가 가져다주는 꿀물을 마시고 장 회장은 한숨을 내쉬었다.

"왜? 아, 그래, 내가 잘못했다. 하지만 다 너를 위해서 한 일이야. 너도 행복했잖아. 그놈의 경일그룹이 저 지경이 되지 않았더라면 유진이랑 결혼해서 사이좋게, 행복하게 늙어 죽었을 게다."

"그냥 내버려 둘 생각은 못 하셨어요? 보통의 여자가 저를 사랑하는 일이 불가능해 보이던가요?"

명우는 골이 흔들리자 다시 베개 위로 몸을 눕히며 석현을 노려보았다.

"크리스마스 다음 날 이런 말을 하기는 좀 뭐하다만 이 세상에 사랑은 없어. 그저 돈에 맞게 사랑인 척하며 흉내 내고 있는 거란다. 물론 이 아비는 그것을 네가 알게 되기를 바라지 않았지만 결과적으로는 이 지경이 됐구나."

석현이 손에 든 것을 집어 던졌다. 침대 위에 나뒹구는 종이를 집어 든 장 회장의 눈초리가 날카로워졌다. 유명한 유럽의 사진학과 대학들과 사진을 공부하는 스튜디오의 브로슈어다.

"이게 뭐냐?"

"아버지와 저, 이제 각자의 길을 가죠. 저는 사진을 공부하고 싶었어요. 한국대는 입학하지 않겠습니다. 유럽으로 가서 사진 공부를 할 거예요. 그리고 제게 여자를 소개해 줄 생각은 하지도 마세요. 어차피 우현그룹은 아버지 겁니다. 제 것도 아니고 그것을 물려받고 싶지도 않습니다. 나중에 파시든가 기부를 하시든가 알아서 하세요. 돌아오고 싶으면 돌아오겠습니다. 다음 달에 출국하니까 그렇게 알고 계십시오."

석현이 통보를 하고 그대로 방을 나가 버리자 명우는 인상을 쓰다가 눈가리개를 하고 다시 누웠다. 석현의 결정을 존중한다기보다는 그의 결정을 바꿀 수 있을 줄 알았다. 겨우 스무 살이고, 자신의 착한 아들이며, 다른 건 몰라도 자신이 아들을 끔찍하게 사랑한다는 사실을 알고 있다고 생각했다.

그러나 석현의 상처는 의외로 내상이 깊었다. 아버지를 만나지도 않고 그대로 출국하고, 학교와 스튜디오, 그리고 전 세계를 전전하며 공부해서 추적하기도 쉽지 않았다. 그리고 그 세월 동안 석현은 많은 여자를 만나고 쉽게 사귀기도 했지만 결코 좋아한다거나 사랑한다는 말은 하지 않았다.

석현은 앞을 가로막는 자동차를 보면서 클랙슨을 울려댔다. 지금 다시 자신이 사랑하는 사람과 짜고 자신을 속이고 있는 여자를 좋아한다는 사실이 싫었다.

"그래서 내가 그 여자에게 그렇게 말했거든. 내가 얼마나 저축을 많이 했는지 아느냐고. 나는 모델 정도는 먹여 살릴 수 있는 남자라고. 내 앞날도 창창하고, 시부모님 때문에 걱정할 일은 없다고. 그랬는데 그 여자가 나가 버렸어. 으하아아아!"

맥주를 두 잔이나 마시고 수인이 취해 버렸다.

느닷없이 집 앞 호프집에서 전화가 왔다. 호프집 사장님은 주희가 단골이라 잘 알고 있었다. 수인은 앞에서 통닭만 뜯고 술은 주로 주희와 애희 선생님이 마셨는데 오늘은 수인이 혼자 와서 겁도 없이 맥주를 시키더니 두 잔을 마시고 뻗어버렸다는 것이다.

주희는 한숨을 쉬고 눈앞에서 주정을 부리는 수인을 바라보았다. 지애의 소속사 스튜디오에 매일 찾아가는데 벌써 한 달째 퇴짜를 맞고 있다는 거였다. 수인의 얼굴이 심상치 않았다. 우울하고 슬퍼 보이는 수인의 얼굴은 자신의 얼굴과 똑같았다.

주희는 다시 한숨을 내쉬었다. 석현에게서는 연락이 오지 않았다. 벌써 2주일째다. 끝이라고, 당연히 끝이라고 생각하고 있는데도 자꾸만 눈이 핸드폰에 가 닿았다.

어떻게 이럴 수가 있지? 정말로 끝일까? 아니야. 내가 전화를 걸어볼까? 그래, 전화를 걸면 대표님이 그럴 거야. '왜 이제야 전화를 걸었어? 주희 씨 전화 기다렸다고'. 그리고 다시 만나는 거야. 아무 일도 없었다는 듯이 말이야. 그리고 진짜로 전화기를 집어 들었다. 눈앞에서 수인이 다시 큰 소리로 떠들었다.

"아무리 여자가 철이 없어도 그렇지 말이야! 내가 그렇게 어른스럽게 말하는데도! 내 앞날과 그 여자의 앞날에 대해서, 얼마나 내가 돈을 많이 벌고 또 얼마나 내가 그 여자가 하고 싶은 일을 해 줄 수 있는지에 대해서 이야기하는데도 그 여자는 콧방귀도 안 뀌는 거야! 하아! 진짜 처음 퇴짜를 몇 번 맞을 때는 그게 그 여자가 그냥 튕기는 건 줄 알았거든? 그런데 지금 한 달이나 퇴짜를 맞으니까, 아, 그게 아니구나. 이 여자는 내가 안중에 없구나 하고 깨달은 거지. 하하하, 히히."

수인이 다시 맥주를 들이켰다. 말려야 하는데 주희는 멍하니 핸드폰만 들여다보고 있느라 수인이 치사량에 가깝게 마시고 있다는 것을 알아차리지 못했다.

"주희야, 그냥 너랑 나랑 결혼하자. 그러자. 내 주제에 무슨 엘프녀냐. 그리고 너 엘프녀가 지구인하고 결혼하는 거 봤어?"

주희는 고개를 들고 멍하니 있다가 '아니' 하고는 고개를 흔들었다. 수인이 손뼉을 치며 웃었다.

"그래, 맞아! 엘프녀는 지구인하고 결혼하지 않는다고! 알았어? 그러니까 너랑 나랑 결혼해야지. 그게 맞는 거야."

푸념하듯이 고개를 숙이고 훌쩍거리는 수인을 보며 주희는 맥주를 들이켰다. 다시 핸드폰을 들여다보다가 옆을 보자 고개를 숙이고 조용히 있는 수인이 보인다. 술에 취해서 잠들었나? 주희는 한숨을 내쉬었다. 옆에서 조용하고 나지막한 말소리가 들려온다.

"나는 말이야, 항상 너랑 결혼할 거라고 생각했어."

주희가 놀라서 옆을 보았다. 멍한 눈으로 호프집 벽에 걸린 달력 속 헐벗은 아가씨를 올려다보는 수인의 입에서 흘러나온 말이었다.

"왜?"

수인이 멍한 눈으로 주희를 힐긋 보고는 다시 이번 달의 아가씨, 팬티 같은 바지와 70년대 풍 체크무늬 셔츠를 멋들어지게 앞으로 풀어헤치고 보리밭 사이를 거니는 육감적인 서구의 미녀를 올려다보았다.

"언제인지는 모르겠지만 너희 부모님이 또 싸우고 너희 엄마가 나가셨잖아. 너희 아버지가 우리 집에 너를 맡기고 너희 엄마를 데리러 가셨을 거야. 항상 그러셨으니까. 옆 동네라도 멀어서 다음 날 오셨잖아. 자기 전에 네가 그런 말을 했어. 나중에 커서 한 사람만 사랑하는 그런 남자랑 결혼한다고. 다른 여자는 쳐다보지도 않는 사람 말이야. 그런 남자가 멋지다고 했지."

주희가 수인과 같은 멍한 눈을 했다. 그런 말을 했던가? 어릴 적에 이 녀석 집에서 잔 일이 많아서 그런지 아예 그런 일은 생각도 나지 않았다.

"그 말을 듣고 나도 멋지다고 생각했어. 나도 그런 사람과 결혼해야겠다고 생각했지. 그런데 그 후에 네놈이 중학교 때 선배 좋다고 쫓아다니는 꼴을 보고, 또 고등학교 때 동네 일진 오빠 좋다고 편지 쓴다고 주접떨 때 내가 생각한 건, 네놈이 그런 사람이 되겠다고 말한 건 아니구나 했지."

주희가 수인을 향해 웃으면서 식은땀을 흘리며 말을 더듬었다.

"내, 내가 언제 그랬냐? 그리고 선배도 그 일진 오빠도 나한테 말도 안 걸어줬다고!"

수인이 낄낄거리며 말했다.

"그래, 네놈이 한 사람만 바라보는 그런 사람이 멋지다고 결혼한다고 했지 네놈이 그런 사람이 되겠다고 한 건 아니더라고. 그런데 그동안 내가 결심한 게 뭔지 알아? 네놈은 이 사람 저 사람 좋아하더라도 나는 주희 너만 보다가 너랑 결혼해야지."

주희는 술이 일시에 깨는 것을 느꼈다. 설마 농담이겠지. 이놈이 나를 좋아했을 리가 없다. 그랬다면 자신이 알았을 것이다. 그렇게 둔한 사람이 아니다, 나 공주희는.

중학교 때 선배가 좋다고 노래를 부를 때, 선배가 교회수련회에 못 간다고 고민하자 수인이 놈이 수련회비를 빌려줘서 선배는 교회 언니랑 커플이 돼서 돌아왔다. 고등학교 때 일진 오빠가 좋다고 난리 칠 때에도 그 오빠가 다방 레지 언니와 같이 도망치면서 수인이네 봉고차를 가지고 도망갔었다. 수인이는 봉고차 키를 어디에 간수했기에 차가 없어져도 몰랐냐고 어른들에게 혼이 나도 시큰둥한 표정만 지었다. 물론 차는 한 달 만에 멀리 해남에서 찾았다. 찾은 것도 수인이 놈이라서 다방 마담이 수인이에게 레지 언니의 빚 때문에 찾아야 한다고 한동안 레지 언니의 행방을 묻고 다녔다. 수인이는 자신은 전혀 모르는 일이라고 딱 잘라 고개를 저었다. 그렇게 주희가 좋아하던 사람은 다들 수인의 도움으로 주희와는 연이 닿지 않았다.

생각해 보니 뭔가 오묘하게 기분이 나쁘다. 주희가 수인에게 화를 냈다.

"뭐냐! 너 나 좋아했냐?"

수인이 한숨을 내쉬었다. 그리고 다시 달력의 미녀를 바라보며 그녀에게 고백이라도 하듯이 고개를 끄덕였다.

"그래, 계속 좋아했지. 네놈이 누구를 좋아해도 그게 진심이 아니라는 걸 알았으니까. 다 뜬구름처럼 그냥 지나가는 바람이었으니까."

주희의 심장이 뛰었다. 설레서 심장이 뛰는 것이 아니라 잔뜩 일을 엉망으로 벌여놓고 엄마에게 걸릴까 봐 겁나서 심장이 뛰는 그런 거 말이다. 한 번도 이놈을 남자라고 생각해 보지 않았는데 어떡하지?

"그런데 이번은 달라. 네놈이 진심이어서 겁이 나. 그 사진쟁이 남자와 계속 연애하다가 나를 영영 떠나갈 것 같아."

수인의 눈이 주희를 바라보았다. 흐리멍덩한 동태눈 같던 아까의 분위기가 달라졌다. 처연하게 빛이 났다.

"뭐, 뭐야, 이수인! 너 엘프는 어쩌고?"

수인이 쓴웃음을 지었다.

"그러게. 네놈이 진짜 연애를 하니까 내 이상형도 나타났겠다, 이제 나도 손을 떼려고 했는데, 그런데 너무 오래 너를 사랑해서 그런지 이상형에게 진심이 되지 않나 봐. 계속 헛돌고 있네. 어쩌지? 영원히 한 사람만 사랑하는 네 주문에 최적화시켜 버렸는데 공 CD가 된 것 같아."

주희가 코를 훌쩍거리기 시작한 수인을 바라보았다.

수인이 놈에게 화가 났다. 왜 이제야 말한단 말인가. 내가 장 대표 만나기 전에……. 하지만 그전에 고백을 받았어도, 이 녀석이 일찍 말했어도 이 모든 상황이 일어나지 않았을까? 수인이 놈과 사랑하고 장 대표나 그 엘프 모델은 우리 삶에 끼어들지도 못하고 말이다. 만약 내가 이 녀석과 같이 자라지 않고 나중에 만나서 남자로 생각해 봤으면 이 녀석에게 사랑을 느꼈을까?

곁에서 질질 우는 수인을 바라보았다. 이놈이 술에 약한 것이 아니라 술을 마시면 우는 주사 때문에 안 마셨던 건가? 이 꼴사나운 주정을 보려니 점점 불같이 열이 났다.

이수인 이 녀석은 내게 영원히 오빠이자 남동생인 그런 의지가 되는 존재가 아닌가? 지애라는 여자에게 화가 폭발하기 시작했다. 잘못은 내가 했는데 왜 그 여자에게 화가 날까? 나도 그저 원망을 할, 내 죄책감을 덜어볼 그런 대상이 필요한 것일까?

"나쁜 여자야!"

술이 오를수록 화가 났다. 왜 수인이 같은 킹카를 싫어해?

주희가 수인의 손을 잡았다. 손이 따뜻했다. 이 녀석은 손과 마음이 둘 다 따뜻한 몇 안 되는 좋은 남자다. 수인이 우는 와중에도 미소를 지었다. 이 좋은 남자의 미소를 보자 느닷없이 얼굴밖에 모르는 그 멋진 여자가 최악으로 나쁜 여자같이 생각되었다. 이 좋은 남자를 정말 좋은 놈이라고 말해주는 것이 내가 해줄 수 있는 우정이다. 주희는 그 멋진 여자에게 분노가 일기 시작했다.

"왜! 왜! 네가 싫대? 응? 네가 얼굴이 못생겼어? 아니야! 너는 너희 회사에게 회사 얼짱으로 뽑혔잖아! 그런데 왜?"

수인이 이제는 눈물을 그치고 주희를 향해 크게 웃었다. 이놈은 술을 마시면 안 된다. 아주 최악의 주사다.

"그래, 비록 온갖 오덕들이 들끓는 소굴이지만, 그래서 제대로 된 미남도 없었지만, 그래도 내가 400명 가까운 인원에서 짱을 먹은 얼굴인데!"

"그리고 좋은 중형 아파트! 좋은 중형 차! 그리고 좋은 중형 친구! 이건 아닌가? 아무튼 좋은 보통의 것들을 다 가지고 있는데 어째서 싫다는 거야?"

수인이 고개를 숙이고 다시 훌쩍거렸다. 주희가 벌떡 일어서서 호프집 주인에게 돈을 냈다. 그리고 수인을 끌고 밖으로 나왔다. 수인이 차가운 저녁 바람을 쐬자 정신이 좀 드는지 곁에 기대고 있는 주희에게 혀 꼬인 말로 물었다.

"어디 가, 우리?"

주희가 손을 쭉 뻗고 택시를 세웠다. 그리고 몇 번이고 수인이 가던 지애의 스튜디오로 가자고 호기롭게 소리쳤다.

스튜디오에 도착하자 문을 활짝 열고 수인과 주희가 들어섰다.

늦은 시각이라 사람은 별로 없었다. 주희가 문 앞에서 큰 소리로 하도 떠들어대자 누군가가 지애를 부른 모양인지 곧 지애가 나타났다. 지애를 보자 주희가 큰 소리로 말했다.

"안.녕.하.세.요? 저 아시죠? 수인이 친구 공주희라고 합니다! 이제 우리 안 올 겁니다! 안 올 거예요! 제기랄! 지구인은 엘프랑 결혼 안 해요! 알았어요? 젠장!"

지애가 기가 막혀서 주희와 수인을 돌아보았다. 지애가 노려보자 주희가 술기운에 같이 노려보다가 그녀의 눈빛을 외면하며 떠들었다.

"우리 수인이가 어때서! 얼마나 순수하고 순결한 남자인지 알아요? 한 사람만 좋아하려는 그 약속을 지금까지 지킨 남자라고!"

순결이라는 말에 항의라도 하려는 듯 수인이 벌떡 일어섰다. 지애가 주희를 노려보자 주희는 풀이 죽어서 응접실 소파에 앉았다. 술에 취한 수인은 순간 자신이 왜 일어났는지 까먹은 듯 주위를 두리번거리더니 지애를 보곤 한숨을 쉬었다. 그러곤 술에 취한 것이 분명한데 전혀 혀가 꼬이지도 않고 말도 더듬지 않고 꽤나 이성적으로, 남들이 보면 제정신으로 말한 것이 분명하다고 말할 만큼 또박또박 말했다.

"미안합니다. 지애 씨 괴롭혀서요. 그런데 걱정하지 마세요. 이제 오지 않을 겁니다. '아카의 눈물'에서 제가 제일 좋아하는 엘프가 당신이었어요. '아카의 눈물'이 유명한 정영희 만화가님의 원작을 토대로 했거든요. 거기서 초록색 엘프가 가장 사랑스럽죠. 나중에 주인공을 사랑해서 스스로 죽음을 선택하지만 원래는 가장 현명하고 명석한 엘프입니다. 죽음을 선택하고 주인공에게 이렇게 말하죠. '당신을 사랑한 것, 결코 후회하지 않아요. 내 예언을 들어요. 천 년의 시간이 지나고 사랑이 지구상에서 사라진 후에 아무도 사랑을 기억하지 못하는 그때, 나는 당신을 위해서 외칠 것입니다. 당신을 사랑해.'

만약에 주희가 술에 취해 있지 않았더라면, 아니, 적어도 취해서 소파에 걸터앉아 자신의 손에 들고 있는 핸드폰을 찾는다고 가방을 뒤지고 있지 않았더라면 틀림없이 저런 대사를 치도록 내버려 두지는 않았을 것이다. 하지만 주희는 아까부터 계속 핸드폰이 없다고 한 손에 핸드폰을 쥐고 가방을 뒤지고 있었고, 그래서 술에 취한 수인은 자신이 게임 오덕임을 만천하에 커밍아웃하고 만 것이다.

옆에서 스케줄을 정리하던 사무원과 모델은 놀라서, 손발이 오글거려서 죽을 것만 같았지만 놀랄 만한 의지로 견뎌내고 있었다. 지애는 뻣뻣하게 굳어서 수인을 바라보고 있었다. 수인이 술에 취한 와중에도 자신이 말한 것에 파랗게 질린 얼굴로 일어서서 비틀거리며 나가는데 뒤에서 주희가 테이블에 놓인 전자노트를 보고는 웃으며 말했다.

"우아! 내 책이다! 이거 옛날 옛적에 쓴 건데 읽는 사람이 진짜 있구나. 헤헤, 이 전자노트 누구 거예요?"

노트에 로맨스소설이 펼쳐져 있고, 주희가 붉은 얼굴로 지애의 전자노트를 바라보고 있었다. 지애가 주희를 바라보았다. 그리고 자신의 눈을 의심했다. 지금 소파에 앉아서 멍청한 표정으로 웃어대고 있는 저 여자, 심지어 저 여자를 석현의 회사에서도 봤다. 석현이 그녀의 손목을 잡고 눈에서 뜨거운 광선을 쏟아내고 있는 것을 보고 쇼크에 빠질 뻔했지. 그런데 저이가 자신이 제일 좋아하는 로맨스소설 〈지옥에 떨어진 꽃〉의 작가라고? 지애가 빠른 걸음으로 소파에 다가가서 앉았다.

"진짜 프린세스님이세요?"

주희가 지애를 보면서 부끄러워했다.

"아이 참, 지금은 그 필명 안 쓰는데. 부끄러워요."

지애가 입을 벌리고 반가움에 '까악!' 하고 비명까지 질렀다.

"진짜? 정말로 〈지옥에 떨어진 꽃〉 작가님이세요? 어쩜! 나 완전 팬입니다! 사인, 사인해 주세요."

밖으로 나가는 수인을 보고 주희가 사인을 대충 해주고는 따라나가려고 했다. 그러자 지애가 주희를 다시 잡았다.

"작가님, 저 내일 만날 수 있어요? 사실요, 그 〈지옥에 떨어진 꽃〉의 외전이요. 분명히 있었는데 사라진 거예요. 아무리 웹에서 찾아도 없어서요. 그때 마침 제가 뉴욕 패션쇼 때문에 시간이 없어서 겨우 일주일 비웠는데 그사이에 외전이 나왔다가 그게 개정판이 나온다고 하면서 지금 외전이 없어져 버렸어요. 저 그거 꼭읽고 싶어요, 작가님."

주희가 술에 취한 상태로 고개를 끄덕이며 '외전? 무슨 외전이지?' 하고 생각했다. 그리고 전화번호를 찍어주면서 '내일 전화해요' 라고 말하고는 수인이를 찾아서 밖으로 나갔다. 옆에서 사인을 고이 접는 지애를 보면서 모델이 웃었다.

"아까 그 남자가 하는 말 들었어? 당신이 사랑한 것을 결코 후회하지 않아요. 천 년의 시간이 지나고. 세상에, 천 년이래, 천 년. 하하하! 사랑이 지구상에서 사라진 후에 아무도 사랑을 기억하지 못하는 그때. 오 마이 갓! 나 여기서 완전 죽는 줄 알았어. 그리고 또 뭐라고 했더라? 당신을 위해서 외칠 것입니다? 당신을 사랑해? 미친 게 틀림없어. 제정신으로 저런 말을 여자, 아니, 사람에게 하다니."

같이 웃는 사무원과 모델에게 지애가 뾰족하게 쏘아붙였다.

"그 대사, 만화 좀 본 사람은 다 아는 대사예요. 정영희 작가님의 '아카의 보석'이라는 시리즈물에서 제일 감동적인 대사란 말이에요! 초록색의 엘프가 주인공을 위해 죽음을 선택하고 죽어가면서 하는 대사라고요. 모르시면 조용히 해주세요."

사무원과 모델이 눈을 굴리면서 뻘쭘해져 일어섰다. 조용히 둘이 밖으로 나가면서 모델이 사무원에게 속삭였다.

"지애가 만화 오덕인 거 몰랐어요? 로맨스소설도 얼마나 좋아하는데요."

사무원의 눈이 휘둥그레졌다.

"진짜? 우와, 뜻밖이네."

지애가 전자노트를 보다가 테이블에 놓인 초록색 엘프 피규어를 집어 들었다. 아까 수인이가 호주머니에서 꺼내 들고 들여다보면서 속삭이던 그 피규어다. 손가락 크기인 엘프를 집어 들고 지애가 중얼거렸다.

"내 거보다 작은 거네. 흥, 게다가 초기작도 아니고 요즘 나온 거잖아."

12

"그녀는 석류를 먹었다고."

하데스가 똑같은 말을 다시 했다. 그는 계속 같은 말만 하고 있었다.

제우스가 머리를 부여잡고 테이블에 앉았다. 대지의 신의 요청을 더는 거절할 수 없었다. 지상은 엉망이 되어가고 사람들의 원망과 좌절, 신에 대한 분노는 이제 절정에 다다르고 있었다. 이대로 계속 간다면 모든 신전은 파괴되고 사람들은 모조리 죽을 것이 뻔했다. 아니, 살아 있는 생명이 모두 죽을 것이다.

"지상에 살아 있는 생명이 없다면 지하도 같이 파괴될 거야. 그걸 원하는 거냐?"

하데스의 눈동자에서 좌절당한 절망이 차올랐다. 시퍼렇게 불타는 눈동자에 얼어 죽을 것 같은 냉기가 뚝뚝 흘렀다. 자신에게 이럴 수는 없다. 바다와 올림포스, 온갖 풍요로운 땅들을 차지하고 자신에게 지하로 내려가라고 했을 때에도 군말 없이 받아들였다. 죽음을 다스리고 공포와 고독을 선택하라고 강요당할 때에도 아무 말 하지 않았다. 그런데 이게 그 대가인가?

"형이 마누라를 설득하지 못한 거잖아."

제우스가 머리를 휘저었다. 불꽃 같은 금발이 실제로 불꽃같이 휘날렸다. 주변으로 시뻘건 불똥이 마구 날렸다.

"누나는 아무도 설득하지 못해. 지금 거의 반은 미친 상태야. 지상이 불바다고 곡식과 나무, 심지어 강까지 불타고 있어. 그녀를 돌려줘야 해."

하데스의 입이 꽉 다물렸다. 그리고 뒤를 돌아보았다. 강한 어깨가 굳었다.

"하데스! 그녀를 돌려줘!"

다시 앞으로 몸을 홱 돌리고 하데스가 제우스에게 고함을 질렀다.

"그럴 수는 없어! 절대로 돌려주지 못해! 만약 그녀를 억지로 데려간다면 지상의 모든 인간을 전부 지옥으로 끌고 갈 테야! 아무도 살아 돌아오지 못하도록!"

하데스가 검고 기다란 망토를 머리까지 뒤집어썼다. 제우스가 골이 아픈 듯 머리를 감싸고 의자에 털썩 쓰러지자 하데스는 몸을 돌려 그대로 올림포스 산을 내려가기 시작했다.

산의 맨 끝자락에 다다르자 앞에서 번쩍이는 투구를 쓴 여자가 보였다. 활기찬 얼굴을 한 소녀가 강인한 팔로 하데스의 검은 망토를 잡았다.

"하데스, 그녀를 돌려주세요."

뒤를 돌아본 남자가 키가 큰 소녀의 팔을 떼어내고 초조한 듯 말했다.

"제우스가 시키더냐, 아테나?"

아테나가 미소를 지으면서 고개를 저었다. 그러곤 발밑의 세상을 가리켰다.

"보세요. 지상과 삼촌이 있는 지하가 같아지고 있어요. 이제 점점 신의 힘이 약해질 거예요. 그건 지하도 마찬가지일 겁니다. 마귀와 괴물들이 많아지면 그 밑의 세상도 위험합니다. 페르세포네를 데려가 죽이고 싶지는 않으시죠?"

하데스의 눈빛이 칼같이 날카로워졌다. 그의 눈빛이 험악해지자 아테나가 금방 손을 들었다.

"머리를 쓰세요. 지금은 돌려주세요. 그리고 나중에 다시 그녀를 데려가세요. 대지의 신이 전부 원상태로 돌려놓으면 그 이후에 다시 그녀를 데려가세요."

하데스가 심각하게 노려보자 아테나가 명석한 머리를 돌리라는 시늉을 했다.

"지금은 삼촌이 물러나셔야 합니다. 상황이 안 좋아요. 대지의 신이 누구죠? 제우스의 누나입니다. 사실 헤라보다 더 강력한 힘을 지닌 분이세요. 자비와 사랑이 넘쳐서 인간들을 위해 살아서 그렇지, 만약 그 힘을 전부 이기적으로 사용했다면 할아버지 못지않게 엄청난 괴물이 될 수도 있는 분이에요. 지금은 잠시 양보하세요. 나중에 만약 대지의 신이 그녀를 꽁꽁 숨겨놓으면 제가 약속드리죠. 반드시 찾아내서 삼촌께 데려다 드린다고요. 그녀를 다시 얻게 될 겁니다. 돌려주세요."

하데스의 발걸음이 무거워졌다. 지하로 내려가는 동안에도 점점 더 검은 우울과 시퍼런 냉기가 넘실댔다. 헤어진다고? 살포시 웃음 짓는 작은 입술과 하얀 이가 생각났다. 그녀와 헤어진다. 도대체 그 말이 무슨 말일까? 그리고 그것은 어떤 느낌일까? 그녀의 얼굴을 보지 못한다면 자신은 어떻게 될까?

소용돌이치는 지옥의 불에서 유황 냄새가 치솟았다. 하데스가 계단을 내려가며 그녀를 생각하기 시작했다. 그리고 천천히 지옥의 강 앞에 섰다.

헤어진다는 것은 어떤 느낌이 드는 것일까? 이제껏 자신이 먼저 헤어지자고 하거나, 아니면 그냥 그렇게 뜸하게 연락이 되면서 자연스럽게 헤어지게 되는 경우밖에 없었다. 남들에 의해, 누군가의 힘으로 헤어지게 된 적은 거의 없었다. 그 옛날 첫사랑은 일종의 사기극이었다. 그런데 지금은? 이것도 사기극일까?

넘실대는 물살이 시퍼렇게 보였다. 남해로 내려온 지 2주일이 지났다. 작은 여인숙에 머물고 있는 석현이 노트북으로 박 이사에게 사진을 보냈다. 이미지 파일을 보고 있던 박 이사가 원본을 묻자 석현은 조용히 대답했다.

"지금 찍고 있는 것은 전부 필름입니다. 약간 거친 느낌이 있지만 그만큼 풍부한 화면을 담을 수 있어요. 금방 올라갈 테니 걱정하지 마세요."

박 이사가 금방 올라오신다는 말은 일주일 동안 계속 들었다고 투덜댔다. 석현이 웃으며 세련되게 자신의 감정 기복을 숨기고 전화를 끊었다.

누워서 천장을 보자 얼룩진 빗물 자국이 보인다. 한 번은 같이 사진을 찍으러 왔던 박 이사가 좋은 호텔에 묵어도 되는데 왜 여인숙이나 낡은 여관을 좋아하냐고 물은 적이 있다.

사실 형편이 나쁘지는 않았다. 젊었을 때에야 명성도 없고 돌아다니느라 교통비에 많은 돈이 나가다 보니 숙소에 돈을 들일 수가 없어서 그저 낡은 호텔을 전전하던 때도 있었다. 얼마나 형편없었냐면 바퀴벌레나 쥐는 예사였다. 뭔지 모를 오물이 묻은 침대에서도 피곤해서 곯아떨어지는 것이 일상이었다. 명성을 얻고 나서는 돈이 있으니 유명하고 좋은 호텔에서 지내기도 했지만 시골에서는 그냥 여인숙에 드는 것이 속이 편했다. 게다가 지방의 좋은 호텔들은 모두 주위의 경관이 엉망이었다. 시내의 중심이나 관광지 입구에 자리 잡아 시끄럽고 난잡스럽고 정신없었다. 그러다 보니 점점 조용한 곳의 깨끗한 여인숙이나 낡은 민박을 더 좋아하게 된 것이다.

창문을 열고 밖을 보자 검게 내려앉은 밤하늘이 금방이라도 비가 내릴 기세다. 내리깔린 구름을 한참을 보던 석현이 미소를 지었다. 구름도, 하늘도, 언뜻 보이는 작은 별도, 시내의 점점 깔리는 불빛도 모든 것이 주희의 얼굴을 닮아 있다. 끊임없이 주희가 머릿속에서 돌아다닌다.

뭘 보든지 주희를 연상시키고 뭘 먹든지 주희가 생각났다. 어이가 없어서 웃음밖에 나오지 않았다. 그 장난기 가득한 눈동자가 생각나고, 그 실룩거리는 입매가 생각났다. 부드러운 그 가슴도.

밤이 늦었는데 다시 카메라를 들고 석현이 거리를 나섰다. 거리거리를 헤매다 비가 오자 숙소 쪽으로 되돌아왔다. 근처 밥집에서 순댓국을 시켜 먹고 있다가 문득 맞은편에 앉은 여자를 보았다. 여자는 화려하게 장식된 책을 들고 있었다. 남해의 작은 부둣가의 순댓국 집에서 젊은 여자가 책을 읽고 있다……. 정말 수상하고 이상하다. 마치 프랑스 레스토랑에서 순댓국을 먹고 있는 듯한 기분이다.

게다가 책 표지가 주희의 책 표지와 비슷해 보였다. 흑백으로 만든 남자가 찍혀 있고, 물론 남자는 외국인이다. 제목까지도 비슷했다. 〈유혹하는 꽃〉.

석현은 자신도 모르게 풋 하고 웃음을 터뜨렸다. 여자가 고개를 들었다. 눈이 마주치자 석현은 뭔지 모를 요상한 표정을 지었다. 여자가 환하게 웃으며 가까이 다가왔다.

"오랜만이네요, 석현 씨."

석현이 선유를 바라보았다. 그리고 선유가 들고 있는 책을 보았다. 대체 왜 선유가 이런 책을 들고 이런 곳에서 순댓국을 먹고 있단 말인가. 맨 처음에 보았을 때 선유는 일이 바빠서 책은 고사하고 영화도, TV도 볼 시간이 없다고 한 기억이 났다.

자신이 책을 뚫어지게 바라보는 것을 뒤늦게 알아챈 것처럼 갑작스런 과한 리액션을 선보이며 선유가 호들갑을 떨었다.

"아하! 이 책이요. 요즘 제가 로맨스소설에 꽂혀서요. 정말 재밌어요. 한번 들어보실래요?"

선유가 책을 읽기 시작했다. 과하게 높은 음색에 비음이 난무한 말투로 도무지 내용을 알아들을 수 없는 괴상한 낭독이었다. 이건 가히 고문 수준이었다. 자신이 듣기 싫어하는 음악이나 낭독이 고문 수준의 소음이 될 수 있다는 사실은 마치 물속에서 질량의 법칙을 알아낸 고대의 철학자처럼 '유레카!' 라고 소리 지를 수 있을 정도로 갑작스런 놀라움을 일으켰다. 며칠 전까지만 해도 주희가 들려주는 낭독에 심장이 벌렁거리지 않았던가.

석현의 표정이 미묘하게 변하는 것을 보고 선유는 회심의 미소를 지으며 계속 읽어 나갔다. 그때였다. 한쪽 구석에서 선짓국과 감자탕을 먹고 있던 중년의 뱃사람들이 신경질을 내기 시작했다.

"거기 아줌씨, 조용히 안 해? 도대체 뭘 씨부렁거리고 있는 것이여? 응?"

"아 놔, 조용히 밥 좀 먹읍시다. 응? 뭣을 자꾸 사랑한다 말해달라고 지껄이는 것이여?"

조금 젊어 보이는 선이 굵은 남자가 석현에게 손가락질을 했다.

"거시기, 자꾸 사랑한다고 말해달라는데 말 한번 해주고 끝내 버리소. 입 좀 닥치게."

석현이 웃음을 참으며 손으로 선유의 책을 가리켰다.

"책을 읽는 것입니다. 책 내용이 그런 거예요."

제일 나이 많은 남자가 입을 헤 벌리고 고개를 갸웃거렸다.

"아따, 참말로 요상한 책도 많소. 그래, 요즘은 저래 대놓고 좋아한다고, 사랑한다고 시끄럽게 떠들고 다니는 갑소."

남자들이 떠들자 덩치를 봐서 잘못하다가는 책을 읽는 일이 세상에서 제일 위험한 일이 되겠다 싶었는지 선유가 가만히 입을 닫았다. 그리고 금세 석현을 보면서 다시 환하게 웃었다.

"그런데 여기는 어쩐 일이세요? 저는 아버지랑 같이 이 근처에서 호텔을 짓거든요. 그래서 내려와 있다가 저녁 먹으러 들렀어요. 참 우연이네요. 그렇죠?"

석현이 조용히 미소를 지었다. 새로 짓는 호텔이 있는 곳이라면 이곳에서 차로 30분은 족히 넘게 가야 하는 곳이다. 그리고 선유는 순댓국을 먹지 않는다. 그녀와 포장마차에서 음식을 먹던 그 짧은 시간에 꼼장어, 순댓국, 닭발, 곱창, 내장탕 등등 온갖 종류의 못생긴 음식, 즉 예쁘게 데코가 되어 있지 않은 음식은 선유가 싫어한다는 사실을 발견했다.

그리고 지금 이곳에서 제일 웃기는 일은 선유라는 여자가 순댓국집에서 로맨스소설을 읽고 있다는 사실이다.

게다가 더 심각한 아이러니는 지금도 나지막한 주희의 목소리가 머릿속에 떠오를 때면 심장과 동시에 자신의 육체가 반응을 하는데, 눈앞에서 선유가 로맨스소설을 읽는 순간 제발 입을 좀 닥쳐 줬으면 하고 뱃사람들과 똑같은 생각을 했다는 사실이다.

선유가 다시 책을 읽으려는 듯 책을 펼치자 석현이 선유의 책을 움켜쥐었다. 그리고 간절하게 말했다.

"술이나 마시러 가죠."

선유가 책을 덮자 자신, 그리고 가게 안에 있던 뱃사람들이 안도의 한숨을 내쉬었다. 선유는 우연이라고 둘러대면서도 당연히 밥값은 석현이 내야 한다는 듯 우아하게 먼저 가게를 나가 버렸다. 석현이 한숨을 쉬고 밥값을 지불하려 카운터로 향하자 나이 많은 뱃사람이 손을 휘휘 저었다.

"아, 젊은 양반, 그냥 가소. 밥도 못 묵고 요상한 책이나 읽는 여자를 뎃불구 가는데 이 정도야 나가 내주야 도리제."

갑작스럽게 그는 공공의 안녕을 해치는 가련한 로맨스소설과 여자를 데리고 나감으로써 순댓국집의 평화를 지키는 영웅이 되었다.

석현은 밖에 서 있는, 이 방파제 거리와는 안 어울리는 선유의 화려한 마르세티를 얻어 타고 남해의 시내까지 나갔다. 아무리 시내라도 지방이라고 생각했는데 의외로 꽤나 화려한 바(Bar)가 있었다.

술을 마시면서도 계속 머릿속에서 의문이 맴돌았다. 선유에게 이따위 정보를 준 것은 아버지임이 틀림없었다. 외국이면 모를까, 국내에서는 자신의 모든 행동이 아버지의 귀에 들어갈 것이라 각오는 했다. 그렇다면 아마 주희에 대한 일도 아버지의 정보망에 들어갔을 것이다. 그런데 그 정보가 자신이 주희에게 꽂힌 것이 아니라 로맨스소설에 꽂힌 것이라는 정보였나? 그래서 얼토당토 않게 로맨스소설을 들고 선유가 남해까지 내려온 것인가?

짐작 가능한 논리였다. 잡지사의 직원들은 거의가 외국에서 같이 공부하던 친구나 그 친구들의 제자들이다. 그러니 아버지의 매수에 순순히 응할 리 없었다. 더구나 외국에서 공부해 다들 개인주의적인 사고방식이라 아버지의 정보 수집에 상당히 안 좋은 반응을 보일 가능성이 높았다.

그렇다면 스파이는 변호사가 틀림없었다. 갑자기 아는 변호사가 없어서 아버지의 회사를 담당하는 로펌에서 빌려왔으니까.

유명한 로펌의 뚱보변호사는 자신이 주희의 고소를 취하하고 로맨스소설을 읽는 사회봉사를 시킨다는 답변에 어리둥절해했지만, 로맨스소설에 관심이 생겼다는 말을 그대로 믿은 것이 틀림없다. 하긴 주희의 맨 처음 모습을 보면 누구나 그녀에게 관심이 생겼다는 말을 믿지 않을 것이다. 주희의 그 공주풍 홈웨어와 몸뻬바지를 기억하자 절로 웃음이 나왔다.

석현의 은은한 미소를 보면서 선유가 부드럽게 말했다.

"저도 운명적인 만남, 그런 거 믿어요. 석현 씨도 그런 사랑 믿으시죠? 정말 순결하고, 아름답고, 오직 상대만 사랑하는 그런 고귀한 사랑이오. 멋지지 않아요?"

눈물마저 글썽이는 선유를 보면서 석현은 고개를 끄덕였다.

눈앞에 젊은 여자가 있다. 예쁘고 온화하게 말한다. 능력도 있고, 성격은 모르겠지만 아직은 그렇게 나쁘다고 할 만한 근거는 없다. 집안도 좋고 집안에 돈도 많다. 그리고 아버지가 좋아하신다. 그에게 아버지의 인정이 중요한 것일까? 그래서 이제껏 하던 것처럼 그렇게 냉정하게 잘라내지 못하는 것일까?

장명우. 냉혹하고 인정머리 없는 인간이지만 능력만큼은 좋아서 할아버지의 중소 건설회사를 단번에 건설과 건축 양쪽으로 영역을 확대하고 브랜드를 강화해서 그저 덩치만 키운 게 아니라 질적인 면에서도 고급이라고 인정받는 회사로 키워냈다. 아무도 좋아하지 않고 어느 누구도 사랑하지 않는 아버지가 단 한 명 지극히 사랑하는 사람은 아들 석현이었다. 그래, 알고 있었다. 그 모든 일에도 불구하고 자신을 위한답시고 이런저런 말도 안 되는 일을 벌이고, 심지어는 심한 상처까지 주는 일이 허다했지만 아버지가 얼마나 자신을 사랑하는지 그것 하나는 알고 있었다.

석현이 선유를 꼼꼼히 바라보았다. 그리고 속으로 한숨을 쉬었다. 자신에게는 불가능한 일이다. 그래서 집을 떠난 것이다. 그래도 문득 아버지는 어땠을지 궁금해졌다. 아버지도 아마 사랑하지 않는 어머니와 결혼한 것이 분명했다. 열아홉 살에 아들을 낳은 건 이해 못 할 일이지만, 그래도 사랑하는 사람이라면 그런 결혼 생활은 불가능하다. 그런데 결혼을 강요당하기 전에 아버지는 나와 비슷했을까? 나보다 더 순한 사람이었을까? 그래도 아버지는 결국 결혼을 하기는 했지 않은가. 그런데 자신은 그것이 불가능했다.

아버지의 바람대로 눈앞의 이 여자를 좋아하는 일이 그에게는 불가능했다. 그녀를 데리고 술을 마시러 온 단 한 가지 이유가 시도해 보려 노력한 것이다. 엄청나게 말이다. 이모와 짜고 자신을 속인 그 빌어먹을 여자를 잊고 이 여자로 대신할 수 있을까 하고 말이다. 그러나 보면 볼수록, 시간이 갈수록 그것이 불가능한 일이 되어간다.

예쁜 얼굴도 어딘지 마음에 들지 않고, 여자다운 꽤나 높은 청명한 목소리는 귀에 거슬리고, 자신에게 상냥하게 대하는 것조차 어이없이 불쾌한 감정을 일으켰다.

게다가 선유를 보면 다른 여자가, 짧은 머리칼을 나풀거리는, 나지막한 부드러운 목소리를 지닌, 동그란 눈에 귀여운 거 하나만 믿고 자신에게 폭주하는, 엄청나게 단정한 차림새로 야한 이야기를 천연덕스럽게 잘하는 그 여자가 보고 싶었다. 헤어진다고? 웃음이 나왔다. 그 여자에게 화를 내고 연락도 하지 않고 있지만 아마 그녀도 알고 나도 아는 일이다. 헤어지는 일은 결코 없을 것이다.

석현이 선유가 책을 들여다보자 서둘러 책을 덮어주고 술을 다시 잔에 부었다.

"만약에 누군가를 좋아하게 된다면 어떤 계기가 있을까요?"

선유가 골똘히 생각에 잠긴다. 그에게 어떻게 대답해야 '정답'이라는 말을 듣게 될지 궁리하고 머리를 굴리는 것이 보인다. 아마 그녀라면, 주희 같으면 또 뜬금없는 돌직구를 던졌을 텐데 선유는 아주 신중하게, 하지만 그다지 머리를 쓰는 거짓말을 해본 적이 없다는 것을 증명하듯이 약간 모자라게, 다른 사람들의 눈에 다 보이게 가식을 펼친다.

"다정하고 남에게 배려를 해주는 그런 마음이 아닐까요? 그리고 서로 도움이 되는 관계여야 하고요. 요즘 같은 때에는 괜찮은 지위에 재력이 있는 남자는 찾기 어렵거든요."

말을 던져 놓고 실수를 깨달았는지 선유가 난감하게, 어설프게 웃으며 같은 실수를 남발한다.

"아, 그 재력이 아니라, 그 뭐냐, 같은 수준의 집안 말이에요. 아니, 제 말은 좋은 기업가 집안의 똑똑한 남자들은 다들 멍청한 여자들을 고르더라고요. 어쩜 그렇게 한결같은지. 앗! 그게 아니라……"

석현이 미소를 지으면서 술을 마셨다. 그녀가 말하는 멍청한 여자란 누구를 말하는 것일까? 어쩌면 주희? 석현이 나지막하게 물었다.

"멍청한 여자들이 어떻게 좋은 집안의 똑똑한 남자들을 잡죠? 기술이나 노하우가 있는 건가요? 전수 가능한 뭔가가?"

선유가 말도 말라는 듯, 아니면 이런저런 일로 스트레스를 많이 받은 듯 피곤하다는 손짓을 했다. 그리고 눈을 굴리면서 한숨을 쉬었다.

"제가 처음 약혼한 금창기업이오. 거기 주니어가 제 약혼자였는데, 글쎄 결혼 한 달 전에 다른 여자랑 유학을 가버렸잖아요. 그 여자가요, 영어강사였어요."

석현은 웃음이 나왔다. 선유는 놀랍게도 뛰어난 개그 코드가 있었다. 자신이 웃긴다는 걸 모른다는 점에서 더욱 웃기다.

"그래서요?"

선유는 마치 유치원 동기와 찜질방에서라도 만난 것처럼 자신의 약혼 잔혹설을 줄줄이 늘어놓았다.

"그다음은 제한그룹의 막내였어요. 제법 말도 통하고 인물도 훤했는데, 석현 씨만큼은 아니어도 꽤나 여자들을 울렸을 것 같더라고요. 그런데 그게 정말인지 약혼식에 그 남자의 실제 마누라, 또 다른 약혼녀, 그리고 사귀는 대학생, 그 여자애는 심지어 임신까지 했더라고요. 그렇게 한 다섯 명인가 여자들이 떼로 들이닥치더니 자기들끼리 머리채를 잡고 난리가 났었어요."

한숨을 푹푹 쉬는 선유를 보면서 석현이 다시 술을 마시며 물었다.

"다음에는 좀 뒷조사를 하시지 그랬어요."

선유가 억울한 얼굴을 하고 술을 벌컥벌컥 마셨다. 그리고 이미 꽤 취한 것처럼 보이는데 진짜 취했는지 할 말과 하지 말아야 할 말을 구분하지 못하기 시작했다.

"그래서 정말 뒷조사까지 다 했어요. 정말 깨끗했거든요. 같은 건설업계의 공룡이라고 불리는 대한건설 둘째요. 그래서 약혼하고 결혼까지 이번에는 제대로 갈 것 같았어요. 그런데 이 남자가 갑자기 찾아와서는 저에게 하는 말이 이러더라고요. '나는 잘 안 서'. 하!"

석현이 이제 웃어야 할지 그녀의 자존심을 위해 참아야 할지 고민하기 시작했다. 하지만 선유는 마치 무거운 짐을 내려놓는 듯 울먹이며 더욱 큰 소리로 고해성사를 하기 시작했다.

"글쎄, 그게 약혼녀에게 할 말이에요? 그래서 제가 '결혼은 무리냐?' 라고 했어요. 그랬더니 그자가 나에게 귓속말을 하는 척하더니 더 크게 말하더라고요. '너 펠라 잘하냐? 나는 빨아줘야만 선다. 그 외에는 도대체가 되지가 않는다' 고요. 그게 큰 소리로 할 말이에요? 그 유명한 레스토랑에서? 그때 앉아서 먹고 있던 사람 몇 명은 나를 알고 있는 사람들이었는데. 거기 지배인만 해도 얼마나 입이 가벼운데. 그래서 내가 그만두자고 했어요. 변태도 아주 쓰리 캄보죠."

석현은 웃지 않으려고 부단히 노력했다. 선유가 다시 크게 한숨을 쉬었다.

"그 후에 정말 재산이나 지위 이런 거 안 보려고 하는데 그게 맘대로 안 되는 거예요. 저희 집안을 보면 다 중매로 그냥저냥 결혼하는 게 전통이에요. 세상에서 제일 힘든 일이 사랑해서 결혼하는 일 같아요."

석현이 술을 마시며 위로했다.

"제가 사랑하는 사람이 그러더군요. 세상에 사랑은 없다고. 다들 사랑인 척 가장하고 살고 있을 뿐이라고요."

선유가 멍한 눈으로 석현을 바라보았다. 그리고는 괘씸하다는 투로 투덜거렸다.

"그러니까 제가 이렇게 화가 나는 거예요. 왜 석현 씨같이 완벽한 신랑감이 그런 말을 믿어요? 그 로맨스인지 야설인지 쓴다는 그 여자 맞죠? 대체 로맨스소설을 쓴다는 여자가 사랑이 없다고 하는 게 말이 돼요? 이건 완전히 사기야, 사기. 이건 정말 공상과학소설 작가가 외계인이 없다고 하는 거랑 똑같아요!"

석현이 고개를 갸웃했다. 그리고는 갑자기 웃음을 터뜨렸다. 뚱한 표정을 짓는 선유에게 석현이 설명했다.

"우리 아버지가 한 말이에요."

선유가 갑자기 조용해지면서 술을 마셨다. 선유를 보다가 석현이 고개를 저었다.

"옛날에는 이상형이 있었습니다. 구불구불 풍성한 머리칼과 동그란 눈, 그리고 세련된 입매, 키도 크고 몸매도 좋고, 머리는 나쁘지 않고, 집안이 좋으면 더 좋았죠. 집안도 저와 같은 조건의 아가씨면 거의 완벽하다고 생각했어요."

선유의 가슴이 두근거렸다. 이건 자신을 좋아한다고 말하는 것과 다름없었다. 자신은 같은 기업가의 딸이고 키도 크고 몸매도 좋다. 그리고 결정적으로 구불구불한 풍성한 머리칼과 동그란 눈을 가지고 있다. 선유가 석현의 곁으로 좀 더 다가갔다. 그리고 살짝 눈을 깜빡거렸다.

"제가 이상형에 가깝네요?"

석현이 고개를 끄덕였다. 그리고 미적지근한 뭔가 말하기 어려운 미묘한 쓴웃음을 지으며 은은한 눈길로 선유를 바라보았다.

"아마 제가 어릴 적에 선유 씨를 만났으면 결혼하고 아이도 낳고 잘 살았을 것 같습니다. 옛날 이상형이 선유 씨 같은 스타일이거든요."

선유의 얼굴이 더욱 붉어졌다. 이렇게 일이 잘 풀릴 수가! 사실 장 회장이 내려가 보라고 할 때에는 크게 기대를 품지 않았다. 아버지가 이곳에서 공사를 하고 있었지만 자신은 현장에서 뛰는 스타일이 아니었다. 현장을 좋아하지도 않고. 게다가 그는 좋아하는 여자가 있다고 말했고, 이 남자의 스타일은 결코 이렇게 저렇게 취향이 잘 변하는 스타일이 아닌 것 같았다. 그런데 이 남자가 지금 자신을 내려다보면서 내가 자신의 이상형이라고 말하고 있는 것이다. 그런데 옛날이라는 말은 뭘까?

"저, 저도 장 대표님이 좋, 좋……."

석현이 선유의 손을 잡았다. 그리고 선유에 이어서 고해성사라도 하듯이 조용히 속삭였다.

"그런데 이상형은 선유 씨인데 다른 사람을 사랑하는 이유는 뭘까요?"

선유가 무슨 말인지 이해가 가지 않은 듯 물끄러미 바라보았다.

"네?"

"선유 씨는 좋은 사람입니다. 예쁘고, 사랑스럽고, 머리도 좋고, 능력도 있죠. 그리고 집안도 좋고, 굉장한 재력가이기도 하지요. 저는 사실 여자 얼굴 엄청나게 따졌어요. 보통의 스타일에 귀여운 얼굴은 좋아하지 않았거든요. 그리고 짧은 머리도 별로였어요. 여자가 솔직한 것도 그렇게 좋아하지 않았고, 더구나 돌직구는 제일 싫어하는 스타일이었거든요. 그런데 어처구니없게도 지금 막말에 툭하면 성질 폭발하고 정직이 삶의 지표라는, 남에게 상처 주는 말도 서슴지 않는 짧은 머리칼에 귀여운 거 하나만 믿고 나대는 그런 여자를 좋아하고 있거든요."

선유의 얼굴이 일그러졌다. 이런 사랑 고백은 처음이다. 자신에게 다른 여자를 사랑한다고 고백하다니. 그것도 내가 좋아한다고 고백하려는 찰나에. 그런데 내가 좋아했던가?

선유는 얼굴을 필사적으로 펴고 약간의 경멸을 섞은 말투로 진지하게 조언했다.

"석현 씨, 정말 제가 이런 말은 안 하려고 했는데요. 그 여자, 공주희라는 여자, 지금 남자랑 동거하고 있는 거 아세요? 뭐, 친구니

뭐니 하고 속이고 있지만 벌써 3년이나 됐어요. 그 아파트 경비원이 그러는데 같이 사는 남자친구 어머니가 때 되면 올라와서 항상 언제 결혼하느냐고 묻는다고, 며느리나 다름없다고 금방 결혼할 거라고 했다던데요? 그런 여자를 좋아한다는 말씀이세요?"

석현이 예쁜 옷차림으로 앉아서 예쁘장한 얼굴로 한쪽 입을 비틀고 비아냥거리는 여자를 내려다보았다. 상냥하고 온화한 말투로 사근사근 말하다가 자신의 손아귀에 들어온 새가 아니라는 사실을 알자마자 태도가 돌변하다니, 그녀도 아직 아마추어다.

하지만 그녀가 단순한 이간질, 그리고 오해가 사랑하는 사람들 사이를 갈라놓을 수 있다고 생각하는 것은 어느 정도 맞는 생각일지도 모른다. 몰랐는데 이 사랑이라는 것이 얼마나 불안정하고 감정의 소용돌이에서 표류하고 있는 느낌인지. 주희에 대한 감정을 인정하자마자 주희가 나를 더 이상 좋아하지 않을까 봐 두렵고, 그녀가 나에게 실망했을까 봐 무섭고, 내가 왜 그런 폭언과 실언, 한심한 행동을 했는지 미치게 후회되는 그런 것 말이다. 석현이 쓴웃음을 지으며 선유에게 말했다.

"네, 좋아합니다. 그리고 그 멍청한 여자들의 필살기를 알려 드릴게요. 그런 여자들은 거짓말이나 속임수가 필요 없어요. 최고 고수들의 필살기는 정직이죠. 정직한 마음으로 뜨겁게 사랑하는 게 그녀들의 필살기예요. 진심에는 아무도 당해내지 못하거든요. 소문도 다른 사람의 시선도 별로 신경 쓰지 않더라고요. 희한하죠?"

선유가 눈을 크게 뜨고 멍하니 바라보았다. 소문이나 다른 사람의 시선을 신경 쓰지 않는 여자가 이 세상에 있는가? 거짓말이다.

아니면 그가 바보같이 그 여자에게 속고 있는 것이다.

"그런 여자는 없어요! 사실이든 아니든 소문이 나면 그걸로 끝이라고요!"

석현이 잠시 고개를 갸웃거렸다. 그리고 고개를 들고 천장을 바라보더니 뭔가 심오한 표정을 지었다. 마치 해탈한 스님같이 담담하게 그녀를 내려다보며 나지막하게 말했다.

"흠, 이런 기분이네요. 신뢰를 갖는다는 기분은. 소문은 그냥 새벽이슬 같은 거예요. 걸으면 축축해져서 잠시 기분이 나빠지지만 해가 뜨고 있기 때문에 순식간에 사라지거든요. 언제 이슬이 내렸는지 아무도 기억하지 않죠. 보여주기 위해서 사는 게 아닙니다. 계속 약혼과 결혼에 실패하는 이유는 선유 씨가 눈을 감고 있어서 그럽니다. 지금 남의 시선만 의식하고 있잖아요. 진짜로 자신의 마음이 뭐라고 말하는지 듣지 않고 말입니다."

선유는 석현이 하는 말을 이해할 수가 없었다. 선유가 다시 물으려는 찰나, 석현이 자리에서 일어났다. 석현이 바(Bar) 주인에게 아가씨를 위해 대리기사를 불러달라고 부탁하는 소리가 들렸다. 대리기사가 도착할 때까지 석현의 말을 되새기는 선유의 표정은 내내 어리둥절했다.

여전히 비가 부슬부슬 오는 거리는 싸늘하고 추웠다. 선유의 차에 부산스럽게 오르는 대리기사를 차 안에서 보고 있던 석현은 호주머니에서 핸드폰을 꺼냈다. 그리고 전화를 걸어 그녀에게 말했다.

"남해터미널에서 기다릴 거니까 지금 당장 와."

여자가 뭐라고 퉁명스럽게 말을 하는 것 같았지만 그냥 핸드폰을 꺼버렸다. 아마 그녀가 지금 버스를 탄다면 새벽 4시나 5시쯤 터미널에 도착할 것이다. 그때까지 터미널에 있을까? 그녀가 올지 안 올지 모르지만 석현은 터미널로 가 차에서 그녀를 기다리기로 했다.

♡

주희는 전화기를 바라보았다. 미쳤나, 이 양반이 정말! 그리고 순식간에 양말을 신고 가방에 화장품과 충전기를 챙겨 넣자마자 벌떡 일어서 집을 나섰다. 분명히 만나서 정확하게 헤어지자는 말을 해야겠다. 도대체가 이 남자는 제정신이 아니다. 자신이 먼저 난리 치고 사라지더니 이제 와서는 다짜고짜 남해로 오라고? 그 잘생긴 얼굴과 미끈한 몸매, 잘난 능력으로 모든 여자가 다 자기 손에 있다고 착각하고 있는 모양인데, 웃기는 소리다.

주희는 택시를 부르고 고속버스터미널로 빨리 가달라고 조급한 말투로 소리쳤다.

새벽 4시가 다 되어 남해터미널에 우등고속버스가 도착했다. 주희가 가방을 메고 잠에서 깬 얼굴로—그래도 예쁘게 화장을 한—버스에서 내렸다. 고속버스터미널에는 서 있는 군인 한 명과 옆에서 낄낄거리는 젊은 여자 외에는 아무도 없었다. 오히려 밖에는 도착한 사람들과 마중 온 사람들이 꽤나 있었다. 어두운 밤에 비까지 내리고 있었다. 주희는 잠시 어리둥절한 얼굴로 드넓은 버스 주차장을 돌아보았다.

가로등과 몇몇 버스가 들어오고 나가는 불빛에 주차장 한복판에 석현의 커다란 랜드로버가 보였다. 그리고 그 옆에는 화려한 외제차가 보였다. 엄청나게 비싼 차라고 잡지에서 본 기억이 나는데 이름이 마르세티였나? 주희가 석현의 차로 걸어갔다. 그리고 그때 그의 차에서 내리는 여자를 보았다.

그 예쁜 여자다. 바(Bar)에서 자신이 잠시 화장실에 간 사이 석현과 사이좋게 웃으며 이야기를 나누던 여자. 석현의 어깨에 손을 얹고서 '네가 잘 모르나 본데, 석현 씨는 이렇게 멋진 바에서 나같이 멋진 여자와 친한 게 어울린다'며 자신만만하게 비웃음을 날리던 여자.

주희가 우뚝 서서 보고 있자 여자는 머리카락을 손으로 정리하면서 마치 이제껏 석현과 머리카락을 정리할 정도로 남부끄러운 짓을 하고 있었다는 표정으로 한껏 보란 듯이 우아하게 돌아보았다. 자신을 향해서 아주 천천히, 마치 슬로비디오처럼 말이다. 그녀가 그렇게 느리게 자신을 돌아보지만 않았더라도 주희는 그녀가 우연히 자신을 보았다고 여겼을 것이다.

정말 그와 남해의 버스터미널로 함께 여행을 왔거나, 아니면 그의 연락을 받고 와서 함께 있었거나 했을 거라고 말이다. 석현이 자신은 바람둥이가 아니라고 말하지만 그의 사진이나 증거물은 다른 말을 한다. 그리고 그 예쁜 여자가 그의 차에서 내리는 것을 본 순간, 아니라고, 그가 저 여자를 부른 것이 아니라고 분명하게 생각을 했음에도 불구하고 질투심이 기다란, 그리고 아주 날카로운 발톱으로 자신의 심장을 할퀴었다. 이제껏 질투라고는 초등학교 때 마을의 폭풍 귀염둥이 이장님 집 푸들이 자신은 외면하면서 옆집 선혜와는 즐겁게 뛰어노는 것을 보았을 때 외에는 해본 적이 없는데, 이제야 사랑과 질투가 왜 같이 다닌다고 하는지 알고도 남겠다. 질투와 시기심이 주희의 몸속에서 난폭성과 파괴 본능을 멋대로 휘젓고 다녔다.

20분 전.

석현의 자동차 차창이 사납게 울렸다. 놀라서 깬 석현이 선유의 눈과 마주쳤다. 느닷없이 잠에서 깬 정신이 없는 석현이 창문을 열자 선유가 고개를 숙여 인사했다. 선유는 아직 술이 깨지 않은 듯 눈에는 핏발이 서 있고 알코올 냄새를 풍겼다. 비가 부슬부슬 오는데 우산도 없이 선유가 눈에 빗물이 들어오는지 손을 머리 위로 올리고 있었다.

"저는 서울로 올라가요. 비가 와서 운전은 무리라서 버스 타고 올라갈 건데 석현 씨 차가 여기 있어서 뭐 좀 물어보려고요."

선유의 멋진 외제차가 바로 곁에 보이자 석현이 약간 의아한 표정을 지었다. 선유가 석현의 시선을 따라가다 자신의 차를 보고는 별거 아니라는 표정을 지었다.

"차는 여기 두면 아빠가 가져갈 거예요. 그런데 여기서 뭐 하세요?"

석현이 희미하게 웃었다. 물어볼 말이 여기서 뭐 하냐는 것일까? 그건 아닐 것이다.

"누구 기다려요."

선유가 느닷없이 석현의 차 문을 열고 옆자리에 앉았다. 석현이 의아한 눈을 하자 선유가 불쾌한 표정을 지었다.

"물어볼 거 있다고 했잖아요. 비도 오는데 버스 오면 갈 거예요."

석현이 곤혹스러운 표정을 지었다. 선유가 말한 버스가 자신이 탈 버스를 말하는 것인지 아니면 자신이 기다리는 주희가 오는 버스를 말하는 것인지 헷갈렸다. 곧 주희의 버스가 도착할 시각인데 그녀와 함께 있는 모습을 보이고 싶지 않았다. 석현의 표정을 보고 선유가 피식 웃었다.

"금방 갈 거예요."

조용한 터미널에 빗소리까지 들으며 같이 앉아 있자 점점 더 불편해졌다. 선유가 석현을 보면서 말했다.

"어제 말한 이야기 중에 정말 이해가 가지 않아서 말이에요. 대체 내가 원하는 게 뭔지 모르면 어떻게 해요?"

석현은 무슨 말인지 한참 생각했다. 도대체 지금 이 말이 어디서 끊어진 말인지, 그리고 무슨 말의 연결편인지 알 수가 없었다. 석현이 물끄러미 선유의 불만스러운 얼굴을 바라보았다.

"무슨 말이에요?"

"어제 말은 지금 내 인생을 제대로 못 살고 있다는 이야기였잖아요. 그런데 내가 정말 내가 원하는 게 뭔지 모르면 어떻게 하냐고요?"

석현은 차창 밖으로 내리는 비를 바라보았다.

"저랑 선생님이 오지를 헤맬 때 말입니다. 가다가 길을 잃을 때가 많았습니다. 엉뚱한 곳을 헤매고, 뜻밖에 사막에서 현지인들이 구해줄 때도 있었죠. 그러면 그 출사가 실패였냐면 그건 아닙니다. 우리 뜻대로 이루어져도, 이루어지지 않아도 우리는 모든 순간순간을 사진에 담습니다. 의외로 길을 헤매고 막막할 때 찍은 사진들이 꽤나 훌륭한 게 많습니다."

선유가 더 이해가 가지 않는 얼굴로 부루퉁해서 큰 소리로 대답했다.

"그게 무슨 말씀이세요?"

"사랑하는 사람과 함께해야 길을 헤매도, 원하는 게 뭔지 몰라도, 위험이 닥쳐도, 죽을 위기에 몰려도 순간순간이 빛날 수 있다는 말입니다."

선유가 더욱 불만스러운 얼굴을 했다.

"순간 빛나는 게 삶이 빛나는 건 아니잖아요."

석현이 고개를 저었다.

"아니요. 삶은 순간입니다. 영원히 살 거라고 생각하면서 살지만 겨우 7~80년밖에 못 삽니다. 거기에 만나서 함께 있는 시간은 겨우 3~40년입니다. 그 시간은 내가 좋아하는 사람과, 그리고 나를 좋아해 주는 사람과 같이 있어도 길지 않아요. 그런데 왜 겨우 재력 때문에 내가 좋아하지도 않는 사람하고 황금 같은 시간을 보내야 합니까?"

선유가 화난 눈초리로 말했다.

"그건 석현 씨가 부자니까 그렇죠. 석현 씨는 돈도 많고, 대기업 외동아들이고, 사진으로 명성도 얻었잖아요. 그러니까 그런 말을 할 수 있죠."

석현이 더욱 알 수 없는 눈빛으로 선유를 보았다.

"그럼 선유 씨는 지금 가난한가요?"

선유가 하얗게 질린 얼굴로 석현을 노려보았다.

"선유 씨는 돈 많은 대기업 외동딸입니다. 그리고 지금 회사에서 중요한 위치에서 일도 많이 하고 있고요. 그런데 왜 초조해하고, 화를 내고, 조급하게 굴면서 피해자 시늉을 하는 겁니까?"

선유는 화가 났다. 정말 미친 듯이 화가 났다. 피해자 시늉이라고? 내가? 내가 피해를 입은 것이 그냥 시늉을 내는 것에 불과하단 말이야? 이제껏 받은 피해, 누구에게 채이고, 약혼식장에서 난리 나고, 레스토랑에서 창피함을 당한 것보다 지금 이렇게 굴욕감을 받은 것이 제일 화가 났다. 내게 선택권이 있었던가? 결혼하려던 남자가 딴 여자와 미국으로 날아버린 게 내 잘못이야? 내 약혼식장에서 나 말고 약혼자가 네 명이나 더 나타난 게 내 잘못이냐고! 그럼 사이코 변태랑 결혼이라도 했어야 한단 말이야? 이 당당한 남자에게 화가 났다.

"사랑? 그렇게 대단한 거 아니에요. 그 여자도 마찬가지라고요. 주희라는 여자는 석현 씨를 무조건 믿을 것 같아요? 여기 같이 있다가 그 여자가 보고 '오빠, 그럴 줄 몰랐다. 어떻게 나와 만나기로 해놓고 다른 여자와 차에 앉아 있을 수가 있냐! 우리 헤어져!', 그러면요?"

석현이 어이없단 눈초리로 선유를 보았다. 어제부터 이상한 로맨스소설을 읽고 있더니 정말 이상한 생각을 다 한다. 석현이 더 이상 선유와 같이 있는 것이 힘들다 싶을 때.

그때 버스가 두세 대 연달아 도착했다. 마지막 버스에서 내려선 주희가 석현의 차를 알아보고 다가왔다. 주희를 먼저 알아본 선유가 차에서 내렸다. 그제야 주차장에 멍하니 서 있는 주희를 본 석현이 문을 열고 따라 내렸다.

주희의 표정을 보고 나서야 석현이 얼굴에 스민 웃음을 지웠다. 주희의 멍한 표정 사이로 불안과 믿기 힘든 의아함이 보였다. 게다가 살짝 비장함까지.

그러고 보니 차 옆에서 선유가 허우적거리고 있는 것이 보인다. 선유가 왜 갑자기 예쁜 척을 하는지, 왜 옷을 가다듬고 머리칼을 정리하며 피곤한 듯 눈을 비비는지 석현은 도무지 알 수가 없었다. 정말로 선유는 자신의 차에서 내린 것으로 주희가 자신에게 화를 내고 헤어질 수 있다고 생각한 것일까?

석현이 주희에게 다가갔다. 눈앞에 서 있는 주희의 표정을 보니 선유의 말이 아주 허튼소리는 아닌 듯했다. 그때였다. 느닷없이 선유가 주희를 향해 말했다.

"공주희 씨? 오해하지 마세요. 저희 저녁만 먹었어요. 저는 버스 타고 올라가려고 버스 기다리고 있었을 뿐이에요. 정말 오해는 하지 마세요."

주희의 표정이 더욱 이상하게 변했다. 자신의 표정도 거의 같을 것이라는 생각이 들었다. 오해를 하라는 거야, 말라는 거야? 석현이 주희에게 다가갔다. 그리고 자연스럽게 말을 하려고 하는데 괴상하게 말이 나오지 않았다.

"주, 주희 씨, 내가 잘못했어."

그리고 석현이 말을 끊었다. 도저히 이 상황이 이해가 가지 않았다. 자신이 그녀에게 말하려는 것은 예전에 주희가 자신을 몰랐다는 그 사실을 믿어주지 않아서 미안하다고 말해야 하는데, 지금 말하며 생각하니 마치 선유와 바람을 피워서 미안하다는 듯이 들렸다. 선유를 돌아보자 어색한 표정으로 서 있는 것이 더 이상했다.

"선유 씨, 버스 안 탑니까? 지금 온 버스, 서울 가는 거 아닌가요?"

선유가 버스를 돌아보며 열의 없이 고개를 끄덕였다. 그리고 더욱 강하게 뭔가를 알고 싶은 얼굴로 주희에게 다가갔다.

"공주희 씨, 이런 거 물어서 죄송한데, 그 같이 사는 남자, 혹시 결혼할 남자인가요? 지금 이렇게 온 거 그 남자는 알고 있어요?"

안개비 속에서 멍한 표정을 하고 있던 주희가 잠긴 목소리로 기침 소리를 냈다.

"아, 네. 같이 사는 제 친구는 여기 온 거 몰라요. 이렇게 야밤에 남해까지 온 거요. 제 친구와 저를 생각해 주셔서 감사합니다."

주희가 고맙다는 듯 고개를 꾸벅하고 인사를 했다. 선유가 무척이나 놀란 얼굴을 했다. 주희가 인사를 할 거라고는 생각하지 못한 모양이다.

"그런데 그 문제는 나나 그 친구가 결정할 문제거든요. 관심을 가져주는 건 고맙습니다만 제 일은 제가 알아서 합니다."

말은 그렇게 했지만 가슴이 두근거렸다. 심장이 쇠갈고리에 걸린 것같이 날카로운 통증에 휘청거렸다. 그 옆에 서 있는 석현에게 뭐라고 해야 할지 아무 생각이 들지 않았다. 아무리 머리를 쥐어짜도 석현에게 뭐라고 해야 할지 모르겠다. 이런 어정쩡한 표정과 자세가 섹시한 포즈로 앞에 서 있는 선유에게 웃기게 보였는지 그녀가 웃음을 지었다.

"머리가 뻗쳤네요."

주희는 얼른 하늘로 뻗친 머리칼을 정리하려 애썼다. 버스에서 심하게 푹 잔 모양이다. 머리칼이 좀처럼 제대로 내려앉지 않았다.

석현이 다가와 주희의 허리에 손을 감았다. 그리고 조용히 끌어 안았다. 뒤에 있던 선유가 놀란 표정으로 바라보았다. 석현이 주 희에게 속삭였다.

"내가 잘못했어. 이모 이야기도 제대로 듣지 않고 오해한 것도 잘못했고, 당신을 믿지 못한 것도 잘못했고, 아이같이 군 것도 잘 못했어."

주희가 여전히 멍한 표정으로 석현을 바라보았다.

"저 여자는 누구예요?"

석현의 고개가 약간 기울어지며 눈동자가 번뜩였다.

"아는 사람. 아버지 친구의 딸? 그냥 우연히 만난 아는 여자? 뭐라고 말해야 할지 모르지만, 하지만 사실이야. 저 여자랑 같이 저녁을 먹고 술을 마신 거, 사실이야."

주희가 석현을 노려보았다. 석현은 잠자코 주희의 눈을 마주 보 았다. 뭔가를 찾는 사람처럼 보였다. 그때 주희가 석현의 뺨을 철 썩 하고 때렸다. 안개비이긴 해도 빗속이라서 그런지 물이 묻은 손은 엄청나게 자극적인 소리를 냈다. 맞은 것보다 주희의 행동에 놀란 석현이 고개를 들었다.

놀란 선유가 기겁한 얼굴로 약간 멀리 물러섰다. 이런 전개를 바라고 그의 차에 탄 것은 아니었다. 석현이 자신에게 관심이 없 는 이상 발목을 붙잡고 매달릴 마음도 없었다.

자신도 똑같이 이런 일은 당한 적이 있었다. 영어강사와 미국으 로 날아버린 첫 번째 약혼자. 그는 태연하게 차에 영어강사를 태 우고 와선 '그저 강사라고, 그리고 같이 밥 먹고 술 마셨는데 걱정 하지 말'고 진심처럼 자신에게 해명했다. 하지만 자신도 바보는 아니라서 그가 여자를 태우고 왔을 때 그 자리에서 그의 뺨을 철썩 때렸다.

'내가 속을 것 같아? 나를 뭐로 생각하는 거냐? 저 집안도 없고 재력도 없고, 심지어 너를 빛나게 해줄 배경도 없는 여자와 같이 있는 거냐? 당장 저 여자 보내라!'

화를 내며 약혼남은 결국 그녀와 함께 떠났다. 약혼남은 맞을 짓을 했다지만 지금 아무것도 아닌 일로 따귀를 맞은 석현도 화를 낼까? 설마 그가 나와 함께 가자고 하는 것은 아니겠지? 혼자 심장이 쿵덕거렸다.

석현이 어둡게 그늘진 알 수 없는 표정으로 주희를 내려다보았다. 설마 하는 눈초리가 주희를 뚫어지게 바라보았다. 그녀에게 맞은 것보다 억울함이 참을 수 없는 분노로 솟구쳤다. 자신은 이제 주희를 믿는데 주희가 자신을 믿지 않는다는 것이 그 원인이고 심장을 찢고 있는 칼날이었다. 심장에서 피가 흐른다는 문학적 표현이 결코 그저 표현의 수단이 아닌 것을 믿을 수 있게 되었다. 실제로 가슴이 아플 줄이야. 아파트에서 주희를 의심한 자신을 향해 미친 듯이 화를 내고 비아냥거리던 그녀의 행동이, 그 억울함과 분노가 그대로 이해가 되었다. 그때 내가 한 행동이 어땠는가. 나는 그대로 말없이 주희를 떠났다. 심장이 마구 떨렸다. 석현의 눈빛이 날카롭게 날이 섰다.

주희가 선유의 곁으로 가서 손을 내밀었다. 놀란 선유가 한 걸음 더 뒤로 물러섰다. 하지만 주희의 손이 더 빨랐다. 그녀가 선유의 손을 잡고 잠시 악수를 하는가 하더니 손을 놓고 인사말을 했다.

"또 만나요. 그리고 잘 모르는 분이지만 착한 분이니까 알려 드릴게요. 제가 같이 사는 친구는 어릴 적 친구로 좋아하는 여자가 따로 있어요. 저도, 제 친구도, 그리고 석현 씨도 걱정하지 마세요. 저희가 알아서 할게요."

선유는 뒤돌아선 주희가 석현의 손을 끌고 떠나는 것을 끝까지 바라보았다.

왜 다르지? 이제껏 자신이 만나본 여자들은 이렇게 침착하고 담담하게 다른 연적에게 말하지 않았다. 내가 연적인가? 아니다. 나는 연적도 뭣도 아니다. 짝퉁이다. 저 이해할 수 없는 여자와는 싸움도 되지 못할 것을 알았다. 그리고 석현은 아까부터 내 쪽은 보지도 않았고, 두 눈이 주희의 얼굴에 박혀서 주희의 움직임을 마치 주인이라도 되는 것처럼 따라다니고 있었다. 그에게는 지금 주희 외에는 아무것도 보이는 것이 없는 듯했다. 어떻게 저렇게 변할 수 있을까? 자신에게는 냉철하고 객관적이며 아주 심판관 같은 투로 내 인생관까지 거론하면서 담담해 보이더니 주희가 나타나자 주희에게 고정된 시선은 500㎞를 이사 간 주인을 따라 낯선 먼 길을 달려왔다는, 광고에도 나온 충성심 깊은 개 같았다.

선유는 정말 이해할 수 없는 눈빛으로 몸을 돌려서 지금 출발한다고 계속 방송을 해대는 버스를 향해 뛰기 시작했다.

석현의 팔을 끌어 랜드로버에 올라탄 주희는 아무렇지도 않은 듯 시내 쪽으로 손가락을 올렸다.

"빨리 가요. 배고파요."

석현이 순순히 차를 운전했다. 시내의 설렁탕집 앞에 차를 세우고 새벽부터 장사치들과 낯선 도시에 떨어진 불안한 여행객들로 분주한 식당으로 들어갔다. 석현이 여전히 날카로운 눈빛으로 주희를 바라보았다.

설렁탕을 말없이 다 먹고 커피를 사 들고 석현은 주희와 함께 여인숙으로 돌아왔다. 주희가 작지만 깔끔한 방을 둘러보았다. 필름을 보면서 주희가 신기한 듯 손으로 들어보았다.

"와아, 필름이다. 옛날 옛적에 보고 처음이에요."

석현이 커피를 마시며 주희를 노려보았다.

"모르는 척하지 말고 말해줘. 나를 용서한 거야?"

주희가 여전히 필름을 들고 여인숙의 형광등에 비춰보며 딴소리를 했다.

"이곳에서는 파도 소리가 들리네요. 좋은데요?"

석현이 잠시 머리를 자신의 손으로 감싸면서 한숨을 쉬었다.

"왜 때린 거야?"

주희가 불만스럽게 입을 내밀며 여전히 다른 곳을 둘러보았다.

"나를 기다리게 하고 힘들게 했으니까. 아까 그 여자랑은 상관없어요."

석현이 눈을 감았다. 주차장에서 느낀 그 힘들던 감정이 아직도 남아 있다. 남아서 그의 심장을 떨리게 하고 있었다. 그리고 이제 그녀가 자신을 받아줄 거라는 안도감이 들자 그 심장이 불안감에서 안도로, 그리고 희열로 서서히 변환하며 다시 떨리고 있었다.

석현의 곁으로 주희가 다가왔다. 그리고 그의 뺨을 만지면서 호오 하고 김을 불었다.

"이제 알겠어요? 내가 얼마나 가슴이 아팠는지?"

석현이 눈을 뜨고 주희를 바라보았다. 그리고 그 붉은 입술을 내려다보았다. 석현의 말소리가 살짝 떨렸다. 호흡을 가다듬고 심장을 진정시키지만 그 불안하고 끔찍한 고통의 경험은 두 번 다시 겪고 싶지 않았다.

"심장이 아팠어. 아까 당신이 나를 믿지 않는다고 생각했을 때. 내가 어떻게 당신을 설득해야 하는지, 어떻게 해야 당신이 나를 받아줄지, 이대로 끝인가, 별의별 생각이 들면서 머릿속이 새하얗게 비워지고 가슴에서 피가 떨어지는 그런 느낌이었어."

주희가 석현의 이마에 입술을 댔다.

"나도 그랬어요."

석현이 주희의 목을 끌어안았다. 목에 입술을 맞추고 가슴을 파고들었다. 갑자기 주희가 석현을 얼굴을 손으로 밀었다.

"잠시만. 근데 아까 그 여자가 왜 석현 씨 차에서 나왔어요? 그 새벽에?"

석현이 숨을 몰아쉬며 억울하단 듯 말했다.

"어제 술 마시고 나는 좋아하는 여자가 있다고 답을 줬지. 그리고 그 새벽에 주희를 기다리고 있는데 나를 발견하고 왔더라고. 비가 와서 차를 놓고 버스로 서울 간다고 하더라고. 그러면서 뭘 물어본다고 차에 잠깐 탄 것뿐이야. 설마 나를 진짜로 의심하는 건 아니겠지?"

주희가 퉁명스럽게 투덜거렸다.

"그걸 내가 어떻게 알아요?"

석현이 주희의 머리칼에 손가락을 넣고 바싹 자신의 얼굴로 잡아당겼다. 악마같이 매력적인 웃음을 씨익 지으면서 귓가에 속삭였다.

"보여주지. 다른 여자 따위는 없었다는 걸 말이야."

♡

수인은 멍한 얼굴로 지애를 바라보았다. 지애는 여전히 엘프 같다. 날씬한 몸매에 작은 머리통, 가느다란 머리칼은 옅은 갈색이다. 그리고 그 긴 머리칼을 우아하고 아름답게 틀어서 커다란 비녀로 틀어 올렸다.

토요일이라 늦게 일어났는데 현관 벨이 울렸다. 그제 주문한 엘프 피규어 택배가 온 것이라고 확신하고 흥분해서 문을 벌컥 열었는데 문 앞에 지애가 서 있었다. 그리고 지애 또한 당황해서 수인을 보고 인상을 썼다.

"여기, 공주희 작가님이 사시는 아파트인데…… 혹시 같이 살아요?"

수인이 고개를 끄덕이고는 부엌으로 들어가 버렸다. 부엌으로 들어가면서 벽에 걸린 거울로 자신의 모습을 보았다.

부스스한 머리칼, 눈 밑으로 내려온 다크써클, 게임 캐릭터 쇼에서 받은 티셔츠에는 '무너뜨릴 적이 있는 다크 영웅'이라고 쓰여 있었다. 바지는 주희가 입다가 안 입는 실크 파자마인데 한번 입어봤더니 정말 부드러워서 받지 않을 수가 없었다. 애석하게도 파자마는 분홍색이다. 내가 봐도 싫었다. 마치 성 정체성에 의심을 품으면 충분히 이상하게 보일 정도로 게이스러웠다. 제기랄!

지애가 조심스럽게 들어와서 거실에 앉았다. 약 10분 정도 부엌에서 자학과 궁금증에 시달리다 수인이 주희의 방을 노크했다. 문을 노크한 순간, 어제부터 줄곧 방 주인이 없었다는 것을 증명하듯 활짝 열렸다. 아무도 없는 방 안에 옷과 종이 나부랭이가 날렸다. 수인이 벌컥 들어가서 이리저리 둘러보다가 뒤에서 들여다보고 있는 지애에게 무신경한 말투로 말했다.

"집에 없는 것 같네요."

지애가 이제껏 단 한 번도 해보지 않은 짓을 했다. 주희의 방으로 들어가서 앉았다.

"잠깐 나가신 거면 오실 때까지 기다릴게요."

수인이 놀라서 지애를 바라보았다.

"아니, 주인도 없는데 낯선 사람을 들일 수는 없습니다."

지애가 삐딱하게 바라보았다.

"한 달도 넘게 따라다니더니 내가 낯선 사람인가요? 제가 주희 작가님 방에서 원고라도 훔칠까 봐 걱정되세요?"

수인이 고개를 끄덕였다. 냉정한 눈길로 지애를 바라보며 부엌에서 따라 온 주스를 마셨다.

"당연하죠. 낯선 사람이죠. 한 달이나 따라다녀도 실제로는 10분 이상 말을 섞은 적도 별로 없으니까요. 그리고 이제 더 이상 따라다닌다고 안 했고요. 저는 말을 한 이상 지키지 않은 적이 없습니다. 나가주시죠."

지애가 주희의 방에서 나와 거실 소파에 앉았다. 제기랄. 실제로 혹시 공주희 작가의 미완성 원고라도 있을까 싶어서 방에 있을까 했는데 저렇게 철벽을 치다니.

"거실에서 기다리는 건 괜찮은가요? 주희 작가님과 약속이 있어요. 오늘 만나기로 했으니까요."

수인이 잠깐 생각하는 척하더니 고개를 끄덕이고 '맘대로 하십시오'라고 내뱉더니 방으로 쾅 소리를 내며 들어가 버렸다.

수인이 방으로 들어가자 지애의 기분이 이상해졌다. 내 것인 줄 알고 있던 케이크를 먹으려는 찰나에 빼앗긴 느낌? 그리고 곁들여 커피까지 빼앗기고 카페에서 내쫓긴 것 같은 심하게 불쾌한 감정이다.

억울한 기분도 들었다. 어제까지 자신에게 만나달라고, 데이트한 번만 해달라고 그렇게 쫓아다니더니 지금은 모르는 여자 취급이다. 물론 자신이 한 달도 넘게 그를 뿌리치기는 했다. 그런데 그렇다고 해서 별안간 저렇게 감정을 딱 끊을 수 있는 남자인 줄은 몰랐다. 자기가 한 행동은 생각하지 않나 보지? 그는 어제 이전에는 전혀 알고 싶지 않은 남자였다. 마음에 드는 행동도 하지 않았다. 그저 과잉된 자신감으로 무장하고 자신이 얼마나 인생을 계획적으로 사는지, 그리고 돈도 많이 모았다는 증거로 무장하고 심하게 모델로서의, 아니, 사람으로서의 인생을 마음대로 폄하하고 본인의 인생에 황금 칠을 했다. 게다가 어이없게도 데이트도 한 번안 한 주제에 참견도 오라지게 많이 했다.

정말 하는 행동이나 말이 마음에 들지 않았다. 지애가 얼마나 무대에 서야 성공한 모델로서의 수익 창출 구조에 적합한지, 광고에 따른 이미지 변화에 따라 지애의 수익 구조가 변환하는 공식을 써주지를 않나. 언제까지 내가 엘프 이미지로 먹고살 것 같아? 언제까지 끼니에 칼로리를 걱정하면서 밥을 먹어야 하는데?

게다가 아이를 낳을 경우, 가장의 수입에 따른 가족의 권력 구조 변환율을 보여주지 않나. 누가 결혼한대? 누가 아이를 낳는대? 내가 결혼하고 돈을 벌든가 말든가! 정말이지, 이해하지 못할 말과 이해하지 못할 공식의 나열이었다.

그가 심하게 숫자를 잘 다룬다는 것은 알겠다. 끈질기게 따라온 마트에서 말도 하지 않아도 지애가 카트에 집어 던지는 물건들을 십 원 단위 하나까지 틀림없이 공학계산기처럼 계산해서 알려주기도 했다.

하지만 그것은 자신에게 감명을 주는 것들이 아니었다. 지애는 탄탄한 자신의 미래를 알려주는 남자계산기는 원치 않았다. 미래를 돈으로 환산해서 자신감을 표출하고 은근히 능력을 숫자로 변환해서 어필하는 남자 따위는 지애의 주변에 차고 넘쳤다. 그래서 그에게 관심이 가지 않았다. 엄청나게 큰 한국 최고의 게임회사 개발부장이라 그 회사의 심장이니 그 회사의 사장이 그 부장 눈치 보느라 시집도 못 가고 있니 등등의 소문은 관심도 없었다.

그래서 어제도 회사로 찾아왔을 때 다시 스토커처럼 굴면 신고한다고 호통을 치려 했는데 느닷없이 그가 이제는 안 따라다닌다고 선포한 것이다.

그런데 갑작스럽게 느닷없는 반전이 나타났다. 이제껏 그렇게 매력 없던 남자가 매력적인 남자로 변신한 것이다. 자신과 똑같이 게임, 만화를 좋아하는 오덕인 것이었다.

어제는 너무나 갑작스러워서 그 사실을 깨닫지 못했다. 게다가 제일 좋아하는 작가를 만났다는 기쁨에 어리둥절한 이유도 있었다. 그런데 지금 그가 나를 외면한 순간 갑작스럽게 분노가 불타올랐다.

지애는 아름답다. 피부는 하얗고 꿈꾸는 듯한 눈, 붉고 터질 것 같은 육감적인 입술, 가늘고 긴 팔다리. 어릴 적부터 그랬고 지금도 그렇다. 아주 어릴 적부터 수많은 남자의 구애와 숭배를 받고 자랐다. 자신이 아름답다는 사실을 알고 있었고, 그녀 자신이 아름다운 것을 사랑했다. 아름다운 그림을 사랑했고, 만화를 사랑했다. 아름답지 않은 만화는 좋아하지 않았지만 곧 아름다운 내용, 즉 사랑스러운 사람들이 서로 사랑하는 내용을 좋아하기 시작했다.

자신은 커서 아름다운 사람과 아름다운 사랑을 나눌 줄 알았는데 현실은 좀 달랐다. 현실은 그녀가 만화를 좋아한다고 하면 세 종류의 반응을 보였다. 첫 번째는 '아이고, 아직도 만화를 좋아하다니 아이도 아니고 참 어리네', 아니면 '모델인 데다 성인인데 만화를 좋아하다니. 게임도? 로맨스소설도? 오덕이네. 취미가 좀 고상하지 못하다. 그러지 말고 나와 같이 스킨스쿠버 다이빙 클럽에 드는 건 어때요? 아니면 와인 동아리는?'.

제일 최악의 반응도 있다. '세상에, 오덕이라니! 변태 아냐? 만화? 로맨스소설? 청소년에게 나쁜 영향을 미쳐요. 게다가 게임? 저번에 미국에서 잡힌 살인마의 집 컴퓨터에 총 쏘는 게임이 가득 들어 있었다는 거 아세요?'.

지애는 더 이상 자신이 뭘 좋아하는지 말하지 않았다. 그리고 지애같이 예쁜 모델에게는 사실 취미가 뭐냐고 진짜로 묻는 사람도 없었다. 그리고 나중에는 바쁘고 시간이 없어서 친구도 없는 지애에게 게임, 만화와 소설은 그녀의 모든 것이 되었다.

'아카의 눈물'은 지애가 제일 좋아하는 게임이다. 원래 그 원작

만화를 좋아하는 데다가 그녀가 코스프레한 엘프는 그녀가 제일 안쓰럽게 생각하는 캐릭터였다.

물론 자신은 절대로 누군가를 위해서 죽지도 못하고 사랑을 위해 모든 것을 바치는 그런 심정은 결코 이해하지 못하겠지만, 그래도 자신이 사랑하는 것을 위해서 죽겠다는 엘프는 어쩌다 던전에서 헤매다가 몬스터에게 살해당하는 것보다는 나아 보였다.

그래서 어젯밤 엘프에게 감정 이입이 되어 자신에게 고백한 수인이 그 순간 후광이 비추는 듯한 그런 이상한 느낌까지 들었다. 한번 데이트를 해볼까 했는데 차가운 표정으로 전혀 모르는 사람 취급을 하는 수인이 미워졌다. 달라진 그의 태도에 서운했다. 분하고, 억울하고, 순식간에 분노로까지 타올랐다.

게다가 놓쳤다고 생각하자 그는 의외의 시크한 매력까지 물씬 풍겼다. 수인은 지애가 있거나 말거나 상관없이 자다가 일어난 맨얼굴을 보여주고는 다시 방으로 들어가 버렸다. 어이가 없는 것은 네 사정이고 나는 이제 너를 잊었다고 행동으로 보여주는 나쁜 남자의 매력에 지애는 슬슬 조바심까지 났다.

지애는 거실에서 게임을 하며 기다렸다. 주희는 핸드폰을 꺼놨는지 연락이 되지 않았다. 사실 평소라면 당장 집으로 가버릴 텐데 지애는 그냥 여기 있고 싶었다.

수인이 나오더니 부엌에서 뭔가를 하고 있다. 지애의 게임 소리가 그의 궁금증을 자극한 것인지 수인이 잠자코 샌드위치를 들고 나와 테이블에 놓고 들어갔다. 세 시간 뒤 다시 나와서 그가 음료수를 테이블에 놓자 지애가 수인에게 소심하게 물었다.

"그런데 주희 작가님하고 무슨 관계예요? 친구라던데, 학교 친구인가요?"

수인이 지애를 힐긋 보고는 커피를 들고 여전히 분홍 파자마 바람으로 퉁명스럽게 말했다.

"네, 지금은 친구입니다. 그 녀석이 지금 하는 불장난을 끝내면 결혼하려고 생각 중이고요. 그러니 내가 지애 씨에게 잘해준다고 걱정하지 마십시오. 제가 스페어지만 임자가 있으니까요."

지애의 머릿속이 갑자기 복잡해졌다. 지금 주희 작가에게 공들이고 있는 사람은 석현인데, 이 남자의 말은 주희 작가가 석현과 사귀는 것이 불장난이라고? 잠깐 동안 딴생각을 하던 사이에 자신의 캐릭터가 죽어버렸다. 게임 오버가 흰 글씨로 흔들거리면서 뜨자 지애는 놀라서 노트북을 바라보았다.

방으로 들어가는 수인의 뒷모습이, 그 분홍 파자마 바람의 모습이 놀랍게 매력적으로 보이기 시작했다. 주희 작가는 쉽게 석현과 헤어질 수도 있다. 석현의 연애는 사실 길지가 않았다. 금방 헤어지고 다른 여자를 만나고, 만나는 것도 헤어지는 것도 석현에게는 쉽기만 했다. 어쩌면 정말 수인이 곧 버림받고 울고 있는 주희 작가를 위로하면서 그녀의 마음을 열지도 모른다. 몇 달 안 가 이제야 자신이 호감을 갖게 된 그가 결혼식을 올리는 것을 자신은 손수건을 물어뜯으며 바라봐야 할지도 모른다.

지애는 남의 집 거실에서 수인의 방을 노려보며 그와 어떻게 하면 데이트를 할 수 있을지 심각하게 궁리하기 시작했다.

13

시내의 낡은 고기구이집에서 고기를 굽는 석현을 앞에 두고 윤희는 계속 울었다.

"그만해, 별것도 아닌 걸로 이렇게 울고 그래."

윤희가 시뻘게진 눈을 들고 한숨과 함께 울분을 토했다. 입에서 신음 소리 같은 목소리가 나왔다.

"별것이 아니라고? 별것이 아니야? 그게 별것이 아니면 뭐가 별거야? 응? 도대체 네 아버지는 무슨 생각으로 그런 짓을 한 거야? 그게 아들한테 할 짓이야? 어떻게 어린 여자애랑 짜고 너를 속일 수가 있어? 그게 너한테 얼마나 상처가 되는지, 어린 네가 어떤 심정이었는지 그걸 모를 수가 없는 인간이!"

석현이 구운 고기를 이모의 접시에 올려놓았다.

"이모도 똑같은데 뭘 그래. 이모도 나 모르게 일을 꾸몄잖아. 아버지와 똑같은 이유로. 내 행복을 원한다는."

윤희가 석현을 째려보고 테이블에 놓인 물수건으로 코를 풀었다.

"그래, 네가 행복하기를 원해. 그런데 그 인간하고 동급으로 취급하지는 말아줘. 나는 적어도 제대로 된 여자를 찾았잖니?"

석현이 환하게 웃었다. 술을 마시며 윤희가 건배를 했다.

"아니야. 이모는 아버지보다 더해. 이모는 주희도 속였잖아. 양쪽을 다 속였어. 그렇지?"

윤희가 코를 훌쩍거리며 고기를 집어 먹었다. 석현이 윤희의 잔에 술을 채우면서 미소를 지었다.

"이모, 생각나? 어릴 적에 나는 이모가 오기만을 기다렸잖아. 엄마는 언제나 남자들과 술을 마시느라 바쁘고, 아버지는 집에 잘 들어오지도 않았고. 그래서 항상 혼자 놀다가 이모가 몰래 와서 같이 놀던 그 시간이 내가 세상에서 제일 행복한 때였어."

윤희의 눈에서 눈물이 흘렀다. 잠시 입을 닫고 있던 윤희가 더듬거리며 입을 열었다.

"내가, 내가⋯⋯."

석현이 윤희에게 자신의 물수건을 건넸다. 그리고 뭔가 생각났다는 듯 이맛살을 찌푸렸다.

"내가 말했던가? 나 커서 정신병에 걸릴 게 분명하다고 믿었어. 기억나? 초등학교 때 내 짝꿍 집에 가서 오후 내내 행방불명이라고 난리 난 적 있었잖아. 다들 내가 납치된 게 틀림없다고 형사도 가족들도 모두 왔었지. 그리고 내가 저녁이 돼서 들어가니까 엄마가 나에게 소리소리 지르면서⋯⋯."

석현이 뒷말을 맺지 못하고 입을 닫자 윤희가 작게 속삭였다.

"손목에 칼을 대고 그었지."

석현이 냉랭하게 웃으며 술을 마셨다.

"그래, 그 자리에 있는 과일칼로. 식구들이 다 모여 있었는데, 그때 이모도 있었지?"

윤희가 고개를 끄덕였다. 그리고 술을 벌컥 마셨다.

"결국 앰뷸런스가 엄마를 싣고 가고 경찰들은 내가 아니라 엄마를 걱정했었잖아. 한 형사가 아버지께 엄말 데리고 정신병원에서 상담받는 걸 고려해 보라고 했었지. 그 말을 듣고 아버지가 나를 바라보면서 어색하게 웃었던 게 생각나."

윤희가 걱정스러운 눈빛으로 석현을 바라보았다.

"엄마가 그리워? 좋은 엄마는 아니었지만."

석현이 윤희를 보며 손을 저었다.

"그런 얘기가 아니야. 나는 언제나 엄마가 무서웠어. 사실 죽고 난 지금도 무서워. 그 광적인 행동 하며, 이모는 모르지만 아버지와 싸울 때는 엄마가 미쳐서 집에 불이라도 지를까 봐 가슴이 두근거렸어. 말도 안 되는 이야기를 늘어놓고, 바람은 엄마가 피우면서 언제나 다른 년을 사랑한다고 소리를 질러댔어. 아버지에게 칼을 던진 적도 있었어. 아버지가 워낙 운동신경이 좋아 피해서 멀쩡했지. 그래도 어디를 맞았는지 한참 동안 한쪽 팔을 못 쓰셨어. 나는 내가 크면 저렇게 될 거라고, 나도 이유 없이 가족들을 괴롭히고 바람을 피우고 히스테리를 부리고 집에 불을 지를 거라고 그렇게 믿었어."

윤희는 몰래 그 집에 가서 석현을 보았을 때를 기억했다. 그 순간을 영원히 잊지 못할 것이다.

　그 저택은 석현의 할아버지가 최초로 산 서양식 건물이었다. 대문에서 건물까지 꽤나 거리가 있는 상당한 정원을 자랑하는 곳이었다. 넓은 정원에는 크고 작은 나무들과 높게 자란 풀들이 빽빽했다.

　하지만 석현을 찾아갔을 때, 그곳은 황폐하다고 말해도 좋을 만큼 달라져 있었다. 정기적으로 보수를 거친 건물만이 크고 화려했다. 예전에는 아기자기하게 정돈되어 있던 정원이 마치 정원사들을 전부 퇴직시키고 정글로 만들기로 작정한 것처럼 높다란 풀들로 가득 차 있었다. 그나마 건물 앞쪽에는 잔디를 깎아서 그곳 주변만 단정하게 정돈된 모습이었다.

　큰 저택에 나무만 무성하자 마치 귀신이 나올 것처럼 으스스하기도 했다. 관리사가 있었는데 왜 정원의 관리를 하지 않는지 알 수 없었다. 윤희의 언니 수희는 남편이 없을 때는 아무 일도 하지 않았다. 물론 있을 때도 마찬가지였지만.

　그 무성한 풀 속에서 눈만 빼꼼 내고 어린아이가 윤희를 바라보았다.

　“누구야?”

　잠시 침묵하고 있던 윤희가 손을 내밀었다.

　“네…… 이모야.”

　어린아이는 검은 눈을 휘둥그레 뜨고 조용히 그녀를 바라보았다. 한참 후에야 석현이 윤희에게 조심스럽게 물었다.

　“같이 놀아도 돼?”

이번에는 조금의 차이도 두지 않고 바로 윤희가 대답했다.

"그럼."

점점 환해지는 아이의 눈빛을 보고 윤희는 아무 말도 하지 않았다. 그리고 몰래, 언제나 집안 식구들이 없을 때 찾아와서 어린 석현과 놀았다. 석현의 눈에 공허한 빛은 여전했지만 그래도 조금씩 아이 같은 천진함이 반짝이기 시작했다. 윤희는 풀 속에 숨어서 몰래 석현과 속삭이며 소리 죽여 웃고, 흙장난을 하고, 개미를 잡고, 물방개를 잡으면서 놀았다.

그리고 어느 날 수희가 그것을 목격했다. 수희는 윤희와 석현이 같이 있는 것을 발견하자 천천히 소리 없이 다가왔다. 윤희는 언니를 본 순간 꼼짝도 못 하고 서서 언니를 바라만 보았다. 석현이 눈에서 광기가 흐르는 엄마를 보고 공포에 떨면서 윤희의 뒤로 숨었다.

다음 순간 수희가 윤희에게 던진 것은 명우가 외국에서 사온 커다란 크리스틸로 만든 천수보살상이었다. 수없이 많은 손을 등에 감춘 천수보살은 가늘게 뜬 눈으로 윤희를 끝까지 바라보며 날아와 윤희의 머리에 부딪치곤 박살이 났다.

피가 너무 많이 흘러 윤희가 널브러진 채 움직이지 못하자 큰소리에 놀라서 달려온 집사가 회사로 연락을 하고 당장에 응급차가 현관 앞까지 들어왔다. 수희는 여전히 술에 취해 있었고 아무 말도 하지 않았다.

윤희는 응급실에서 머리를 열네 바늘이나 꿰맸다.

앰뷸런스가 다녀간 후에 도착한 명우는 그 난장판을 보고도 아무 말을 하지 않았다. 그러곤 다음 날 석현을 안고 회사로 가 휴가를 냈다. 그대로 아들과 출국해서 거의 반년 동안 싱가폴에서 살았다. 다시 한국으로 돌아와서도 수희는 여전했다. 그동안 유명한 정신병원에서 치료도 받고 외국에서 상담도 받았음에도 불구하고 더 차가워졌고 더 위험해졌다.

명우는 집안을 사람들로 채웠다. 석현은 가정교사가 네 명이나 있었고, 건장한 경호원도 생겼다. 집안일을 돌봐주는 가정부도 두 명이 되었다. 엄마에겐 가정간호사와 정신과 상담사가 있었다. 가정교사들은 석현을 좋아했고, 석현은 조금씩 그 기억을 잊어갔다.

"그 후에 이모가 다시 우리 집에 몰래 온 게 언제였지?"

윤희가 술을 한 잔 마셨다.

"네 엄마가 알코올 중독으로 요양차 스위스에 갔을 때야."

초등학교를 졸업할 때 즈음에는 엄마는 더 이상 제정신인 척 연기를 하지도 않았다. 하지만 폭력적인 성향은 가시고 없었다. 윤희는 여전히 석현을 만나러 왔지만 엄마와 만나도 그 옛날처럼 가만히 있지 않았다. 동물처럼 윤희의 주변을 맴돌던 엄마는 윤희의 강렬한 눈빛을 받자 그늘에 숨어들었다. 그러고는 윤희를 봐도 그냥 무시하고 지나쳐 갔다. 석현은 윤희와 연극을 보고, 윤희가 읽어주는 책을 듣고, 같이 학교 캠핑을 가면서 윤희에게 매달렸다. 윤희는 엄마처럼, 아빠처럼 석현을 챙기고 돌봐주고 사랑해 줬다.

"내가 엄마처럼 미치지 않게 된 거는 아마 이모 덕분일 거야. 항상 생각해, 이모 덕분에 인간이 되었구나 하고."

윤희가 멍한 눈짓으로 석현을 외면하고 웃었다.

"그럼 내 실수를 용서해 줘. 나 혼자 생각한 거야. 주희가 너와 어울리겠다고 말이야. 그 애는 조금 엉뚱하지만, 그래, 조금 푼수이기도 하지. 그리고 의외로 다혈질이고 화가 나면 눈에 뵈는 것도 없어. 남 도와주는 거 좋아하고 그리고 남들에게 받는 도움도 좋아해. 뭐든 같이하려고 하고, 사랑하는 사람을 정말 사랑할 줄 알아. 그래서 네게 꼭 필요한 사람이라고 생각한 거야."

석현이 윤희를 바라보았다.

"주희 씨가 푼수고 엉뚱하고 다혈질이고 남 도와주는 거 좋아해서 이모는 좋아해?"

윤희가 피곤해 보이는 눈을 비비다가 다시 술을 마셨다.

"너는? 너는 주희가 왜 좋아?"

석현이 컵에 따른 사이다를 마셨다. 그리고 자신도 모르게 미소를 지었다.

"모르겠어. 다 좋아. 다 귀여워. 미친 듯이 화를 내는 것도 귀엽고, 삐치는 것도 귀엽고, 뻔뻔스러운 것도 귀여워."

윤희가 석현을 지그시 바라보았다. 석현이 눈을 내리깔고 테이블 귀퉁이 한편을 응시하며 말했다.

"이모, 이제 나를 구하려고 그렇게 애쓰지 않아도 돼. 어릴 적에는 나 혼자였으니까, 정말 하루 종일 이모만 기다렸지. 엄마는 무섭고, 아버지는 집에 오지를 않고, 일하시는 아주머니들은 바쁘시니까. 이모가 유일한 삶의 구원이었지."

윤희가 다시 눈물을 흘렸다.

"미안해, 미안해……."

석현이 고개를 저으면서 심각한 표정을 지었다.

"아냐, 지금에야 내가 깨달은 사실이 있어. 내가 너무 이모에게 매달린 것은 아니었나 하고 말이야. 아무도 내게 이모한테 매달리면 안 된다고 말해주지 않았어. 일곱 살짜리 꼬마로서는 유일하게 편안한 품이어서 그래서 아무 거리낌 없이 이모에게 매달렸지. 그런데 지금 이모를 봐. 이모가 명성을 얻고 풍족하게 돈을 벌었다고는 하지만 이모 곁에 누가 있냐고? 결혼도 못 하고 아이도 없이 그저 일만 하고 있잖아. 이모가 이런 모습인 게 내 탓인 것 같아서 가끔 정말로 죄의식을 느껴."

윤희가 희미하게 쓴웃음을 지었다.

"내가 어떻게 살지는 내가 결정해. 언제나 내가 결정해 왔어."

사이다를 마시면서 석현이 고개를 갸웃거렸다.

"이모, 내가 소개팅해 줄까? 우리 회사 박 이사가 말이야, 돌싱인데 아직도 꽤 인기가 많아. 좀 괴팍하기는 하지만 인물도 그만이고 말이야. 응?"

윤희가 웃기는 말을 들었다는 듯 허리를 부여잡고 웃었다.

"이모 눈 높은데?"

석현이 진지하게 말했다.

"아냐, 심각하게 생각해 봐. 그 양반 식스팩도 가지고 있대."

윤희도 진지하게 술을 마셨다.

"그거야 벗겨봐야 알지. 식스팩인지, 원팩인지."

♡

주방에 불이 났는지 열기가 후끈했다. 게다가 마치 증기기관차에서 내뿜는 연기마냥 검은 연기가 소용돌이를 치며 천장을 향해 올라가고 있었다.

매캐한 연기. 그 매캐한 연기라는 것이 또 그냥 연기는 아닌 듯했다. 엄청나게 매운 캡사이신을 함유하고 있는 것이 분명하다. 연기를 보고만 있을 뿐인데 눈물이 폭포같이 쏟아졌다.

밖에서 문을 열고 들어온 수인이 눈물을 뚝뚝 흘리며 주방에서 최대한 멀리 떨어져서, 피로 범벅이 된 끔찍한 범죄 현장을 본 것마냥 눈살을 찌푸리고 섰다. 매캐한 연기 사이로 서 있는 가느다란 사람의 형체를 보자 수인이 화가 난 목소리로 경고했다.

"야! 공주희! 너 내가 내 귀중한 음식 재료 버리지 말라고 했을 텐데! 또 요리라는 걸 하고 있어?"

움찔하는 길쭉한 형상이 수인에게 다가오는데 진짜 가는 사람이다. 지애가 눈물을 흘리며 서 있는 모습에 수인이 놀라 입을 벌렸다. 입을 벌렸더니 매운 기운이 더했다.

"여, 여기서 뭐 하시는 겁니까?"

지애가 여전히 눈물을 흘리면서 수인을 바라보았다.

퇴근한 수인은 꽤나 멋진 정장 차림이었다. 정장을 입은 모습이 모델같이 세련되지는 않지만 그래도 큰 키에 떡 벌어진 체형이 돋보여 보기 좋았다.

"주희는 어디로 갔습니까? 이 지경이 되도록! 그리고 댁은 왜 여기 있습니까?"

"주희 작가님이 떡볶이를 하신다고 하셨는데 양파가 없다고 사러 가셨어요. 저한테 계속 저으라고 하셨는데 바닥에 눌어붙어서 어떻게 해야 할지 모르겠어요. 물을 부었더니 갑자기 검은 연기가……."

가스레인지 위의 냄비는 거의 불에 타고 있었다. 수인이 불을 끄고 싱크대에 물을 받아 그 위에 냄비를 올려놓았다. 치칙거리는 소리에 겁을 먹었는지 지애가 조금 떨어졌다.

"작가님이 주신 비공개 파일을 보고 감사한 마음에 과일을 좀 사서 온다고 했는데, 공 작가님이 떡볶이를 해주신다고 하셔서 왔어요. 작가님이 금방 갔다 온다고 하셨는데……."

그 순간 탁 하는 맹렬한 소리와 함께 쩍 하고 갈라지는 냄비를 보고 수인이 자신의 머리를 쥐어뜯었다.

"언젭니까, 그게?"

지애가 머뭇거리더니 눈을 내리깔고 조심스럽게 말했다.

"한…… 시간 전?"

수인이 운명을 달리한 냄비를 바라보았다. 자신이 거금을 주고 산 꽤 유명한 브랜드의 냄비였다. 이 냄비를 두고 혹자들은 몇 번 쓰면 요리 초심자들의 손목을 나가게 하는 환상적인 무게를 자랑한다고 하지만 수인은 단 한 번도 무리한 무게라고 생각한 적이 없었다.

안정감 있는 무게. 두꺼운 주물로 만든 매끄러운 코팅. 그러면서도 뜻밖에 깜찍한 외형과 산뜻한 원색. 자신이 갖고 있는 장미 무늬 칼과 더불어 제일 좋아하는 프랑스제 냄비를 이 여자를 가장 한 허접한 캐릭터들이 살해하고 있을 줄이야. 수인은 푹 한숨을 내쉬었다.

"지애 씨, 이제 그만 가주세요."

"작가님 아직 오지 않으셨는데요?"

수인이 지애의 커다란 가방을 들려주며 문을 가리켰다.

"한 시간? 틀림없이 주희는 딴 곳으로 샌 겁니다. 자주는 아니지만 그렇게 드문 일도 아닙니다. 가끔 아이스크림을 사 들고 고양이를 따라서 옆 동네까지 가기도 하고, 구상을 한답시고 걷다가 청계천에서 놀다 오기도 하거든요. 그러니 기다리지 말고 가세요."

지애가 테이블에 턱 앉았다. 창문을 열고 공기청정기를 가동시키는 수인을 보면서 지애가 입을 불룩 내밀었다. 그러려고 한 것은 아닌데 입 밖으로 생각이 흘러나왔다.

"수인 씨, 데이트할래요?"

"아뇨."

수인이 단칼에 거절했다. 지애의 얼굴색이 변했다. 민망하고 화도 나고, 왜 단칼에 거절한 건지 궁금하고, 그런데도 계속 이곳에 있고 싶은 자신이 처량 맞았다.

"왜요? 한 달도 넘게 퇴짜 맞다 보니 이제는 꼴도 보기 싫어요? 수인 씨가 생각하는 사랑은 그런 건가 보죠?"

수인이 선반에서 차통을 꺼내 뜨거운 물에 찻잎을 넣고 지애에게 한 잔 내주었다. 뭔지 모르지만 은은하고 기분 좋은 향에 마음이 편안해졌다.

"허브차 종류입니다. 그리고…… 제 말을 듣고 오해하지 마세요."

지애의 심장이 두근거렸다. 수인이 자신을 밀어내고 있었다. 이제껏 한 번도 느껴보지 못한 이상한 불안감이 들었다. 그가 아무 말도 하지 말았으면 하고 바라는 한편, 그가 왜 자신을 밀어내는지 확실히 밝혀줬으면 하는 생각이 동시에 들었다.

"한 달이나 지애 씨를 따라다녔습니다. 그리고 배운 것이 많았어요. 꽤나 인생 공부를 했습니다. 저는 지애 씨의 예쁜 모습이 좋았던 것 같습니다. 예쁜 사람이 조금 성격이 안 좋아도 내가 좋아하면 다 되는 줄 알았어요. 한심하죠. 외모에만 홀딱 빠져서. 겉모양만 내 마음에 들면 다라고 생각하다니. 그런데 정말 재미있는 게 그곳 말입니다, 모델 에이전시. 거기 모델들이 앉아서 내가 눈앞에 없는 듯 쥐꼬리만 한 음식을 먹으면서 끝없이 다이어트 이야기를 하는데, 그중에는 식욕을 없애준다고 못 피우는 담배도 피우려고 한다는 둥, 치즈 한 장에 몇 칼로리고 어느 선배는 잘나가는 기업가랑 만났는데 그 남자는 한 달짜리인지, 아니면 반년짜리인지 감이 안 온다는 둥. 모든 이야기의 99%가 다이어트와 패션, 그리고 스폰해 주는 돈 많은 남자 이야기더군요. 나중엔 그 온갖 이상한 이야기에 정말이지 질리더군요."

지애가 이해하지 못하는 듯 수인을 바라보았다. 그거야 당연하다. 모델은 수명이 짧다. 게다가 바싹 마른 몸매가 아니면 잘나가는 모델을 하기도 어렵다. 그래서 돈이 없는 모델들은 어릴 때 빨리 스폰서를 만나야 하고, 모든 이야기의 99%가 다이어트 이야기가 될 수밖에 없다. 모델업계에서 1g의 살로 인해 모델의 메인이 달라지는 순간들도 허다했다.

"그럼 무슨 이야기를 하고 싶었는데요?"

수인이 고개를 저었다. 담담하게 말하는 것이 지금은 지애에 대한 감정이 없는 듯해 지애는 점점 더 불안했다. 이 남자가 혹시 정말 주희 작가를 좋아하고 있는 것은 아닐까?

"그냥 제가 착각을 하고 있었던 것 같습니다. 엘프 같은 얼굴을 가졌다고 해도 엘프가 아닌데 말입니다."

지애가 인상을 찌푸리며 고개를 들고 따지듯 물었다.

"그러면 수인 씨는 내가 어떤 사람이기를 바랐어요? 엘프 같은 성격이기를 바란 건가요?"

수인이 고개를 저었다.

"그럴 리가요. 저도 상상과 현실을 구분할 줄은 압니다. 하지만 엘프 같은 성격이 아니라고 해서 다이어트와 스폰을 하루 종일 떠들 수 있는 그런 능력자를 상상한 것은 아닙니다. 제가 좀 편협하다고 해도 어쩔 수 없습니다. 외모만 원했으면 얼마나 좋을까요? 그러면 지금 지애 씨가 데이트하자고 했을 때 좋아서 기절했을 텐데요."

지애가 고개를 갸웃거렸다.

"그러면요? 엘프도 상상 속의 존재 아닌가요? 마녀나 뱀파이어, 늑대소년 같은. 현실성 없기는 마찬가지죠."

수인이 지애를 슬픈 눈으로 바라보았다. 지애는 그런 눈을 많이 보았다. 오덕인 자신이 다른 사람들이 말하는 그런 편견과 무지에 화를 낼 때. 게임이 폭력을 조장한다는 둥, 살인자들이 폭력게임을 해서 그렇다는 둥, 만화는 무조건 나쁘다는 둥, 그런 무지에 대항할 때 아마 자신의 눈이 저런 눈빛이었을 것이다.

"물론 엘프는 상상 속의 종족입니다. 숲의 요정이잖아요. 숲과 생명을 지키는 수호자이죠. 하지만 사람들도 마찬가지입니다. 제가 그 만화를 좋아한 이유는 많은 것을 생각하게 하는 좋은 스토리 때문입니다. 그곳에서 소중한 것을 지키려는 사람들은 자신의 욕구를 포기하고 자신을 강제합니다. 그리고 보호할 수 있는 힘을 기르죠. 그런데 그 힘으로 인해 그 희생적인 사람들이 도리어 고귀하고 숭고한 무언가가 되는 것입니다. 고귀해서 고귀한 사람이 되는 것이 아니라, 고귀한 것을 지키려는 노력이 그 사람을 고귀하게 만드는 것입니다. 모델은 좋은 직업입니다. 힘들지만 제 직업에 못지않게. 힘든 만큼 애정도 있고 보람도 있고, 뭔가를 갖고 있다고 생각했어요. 그런데 제가 본 사람들은 그저 인형같이 바싹 마른 몸을 강요당하고 좀 더 어릴 때 돈에 팔려가기를 바라는, 예쁜 인형이기를 바라는 철없는 아이들의 놀이터였습니다."

지애가 장식장에 놓여 있는 유리관 속의 인형을 바라보았다. 주희가 존경하는 선생님이 유럽에서 사온 인형이라고 했다. 인형들은 예쁘지만 창백했다.

"저도 그렇다고 생각하세요? 엘프 같은 얼굴을 갖고 있는 인형이요?"

지애가 무뚝뚝하게 묻자 수인이 입을 닫고 지애를 바라보았다. 수인이 머뭇거렸다.

"모르겠습니다. 그걸 알 정도로 같이 말을 해보지도 않았잖아요. 며칠 지애 씨와 같이 게임을 하고 이곳에서 시간을 보냈지만 제가 본 모델들과 지애 씨가 다른지 저는 모르겠어요. 지애 씨도 제가 좋다고 쫓아다닐 때 저를 본 척도 안 했잖아요."

지애가 창 쪽을 바라보다가 수인을 돌아보았다. 그에게 자신도 그렇다는 사실을 말하지 않았다. 자신도 그를 오해하고 마음대로 단정 짓고 결말에 엔딩까지 내렸었다는 사실을 말하지 않았다.

그에게 말하고 싶었다. 그와 자신이 다르지 않다고 말이다. 자신도 그와 마찬가지로 말도 안 되는 게임과 만화, 현실과 동떨어진 비현실적인 세계를 사랑한다는 사실을 말하고 싶었다. 지금 용기를 내지 않으면 아마 평생 아무와도 친밀한 관계를 맺지 못할지도 모른다는 위기감이 지애의 입을 열었다.

"혹시 '천 년의 밤' 게임에서 도롱이라는 캐릭터 아세요?"

수인이 고개를 저었다. 딱히 도롱이라는 이름도 모르고 특별한 게이머들은 전부 자신의 친구였다.

"제 도롱이라는 캐릭터요, 사실 바보 캐릭터예요. 수행해야 하는 미션에서, '야! 이건 손가락으로만 싸워도 이기겠다' 싶은 몬스터와도 싸워서 지고, 먹어야 할 알약과 마법 물약은 전부 잃어버리고, 심지어 다른 사람들에게 무기를 빼앗기기도 했죠. 하도 한심스러운 게임을 하니까 언제부턴가 전부 제 닉네임을 관용구처럼 쓰더군요. '아, 이런 도롱이 같은 경우를 봤나!', '야, 이 도롱이 같은 놈아' 라고요."

수인이 눈살을 찌푸렸다. 게임을 하는 지애를 몰래 지켜보기는 했지만 잘 못 하기는 해도 자신만의 속도로 게임을 즐길 줄 아는 게이머였다.

"그래도 저는 포기하거나, 속단한다거나, 중간에 멈추지 않았어요. 그저 제 게임을 꾸준히 했죠. 정말 8개월을 한결같이 시간이 날 때마다 '천 년의 밤' 을 해서 극적으로, 또 운이 좋아서 제가 난라국의 성주가 되었을 때, 내 옆에 있던 만오천 명의 무사들이 울면서 저를 축하해 줬어요. 그중에 몇 명은 '너는 인간 승리다' 라고 말해줬고요."

수인이 놀라서 입을 벌렸다. 그 난라국 성주 도롱이 사건은 수인도 아는 일이었다. 도롱이가 누군지는 모르지만 자신의 친구인 유명한 게이머가 이야기해 준 적이 있었다.

"그 작은 무사 캐릭터 말이야. 이름은 까먹었는데, 그 친구 상당히 근성 있는 게이머야. 그 친구가 난라국 성주가 된 사건은 하도 그 친구가 근성 있게 덤비니까 무사들이 도와주기 시작한 거야. 원래 난라국 성주가 성격이 이상한 독재자이기도 했고. 그런데 그런 자를 상대로 근성 있게 무식하게, 편법도 모르고, 돌아가는 법도 모르고 악착같이 덤비는 걸 한두 사람이 도와주기 시작했는데 그게 계속 늘어서 만 명이 넘은 거야. 한겨울 그 영광의 날에 독재자의 성이 무너졌지. 아마 그 유명한 항거의 날 이후로 다시 그런 날은 처음이었을 거야. 내가 아는 몇 놈도 그 역사적인 순간에 같이 게임하다가 PC방에서 훌쩍거리고 울더라니까."

그 작은 무사가 지애였다니. 수인은 넋을 놓고 지애를 바라보았다. 이제까지 지애가 덕후일 거라고, 아니, 그녀가 자신과 비슷한 취미를 가지고 있을 거라고는 눈곱만큼도 생각하지 않았다. 이 양파 같은 여자!

"수인 씨도 색안경을 끼고 모델들은 다들 그러겠지, 라고 생각하시잖아요. 저도 마찬가지예요. 모델이 좋다고 쫓아다니는 남자들 중에 그 모델이 어떤 모델인지, 어떤 사진을 찍는지 모르는 사람이 태반이에요. 그저 모델이라고 하니까 쫓아다니는 사람도 있어요. 그리고 수인 씨도 처음에 그런 사람들과 똑같이 행동했잖아요."

수인이 고개를 저었다. 아닌가? 자신이 어떻게 행동했는지 기억이 나지 않았다.

"수인 씨도 처음 저를 봤을 때 저에게 말했잖아요, 수인 씨는 유명한 게임사 개발부장이라고. 돈도 잘 벌고, 장래도 밝고, 주식도 많이 갖고 있고 통장에 돈 좀 있고, 시월드는 걱정하지 말라고. 촉망받는 업계의 기린아에 성격도 매우 좋다고. 마치 스폰을 원하면 나는 어떠냐는 식으로 그렇게 제게 말했어요."

수인이 멍하니 입을 벌렸다. 무슨 생각으로 그녀에게 그런 말도 안 되는 말들을 뻔뻔스럽게 주절거렸을까?

지애가 무표정한 얼굴로 담담하게 일어나서 수인에게 말했다.

"저에게 그래 놓고 수인 씨에게 데이트하자고 하니까 나를 인형 취급했죠. 저는 게임 좋아하고 만화 좋아하고 또 모델 일 열심히 하는 그런 사람일 뿐입니다. 결코 인형이 아니에요."

지애가 일어나서 가방을 챙겼다.

아무리 그에게 호감을 가지고 있어도 그의 발목까지 붙잡고 늘어질 수는 없다. 차마 그것까지는 하고 싶지 않았다.

자신이 똑똑하지도, 싹싹하지도 않다는 것도 알고 있었다. 또 게임과 로설을 좋아하는 오덕이라는 것이 일종의 콤플렉스로 작용해 긴 연애도 제대로 못 해봤다. 하지만 모델이 그렇다는 둥 저렇다는 둥 그런 편견에 빠져서 자신의 호감을 뒤늦게 거절하는 수인이 섭섭하고 미웠다. 지금 그를 놓치면 죽을 때까지 후회할 수도 있다고 생각만 하면서 지애가 엄청나게 천천히 가방을 챙기고 있었다. 아마 이 속도라면 몇 시간은 족히 걸릴 것이다. 그가 자신이 보내는 얼른 붙잡으라는 신호를 멍한 얼굴로 놓치고 있자 지애가 별수 없이 가방을 멨다.

몸을 일으켜 나오는 지애의 손목을 수인이 덥석 잡았다. 수인의 얼굴이 엄청나게 붉었다. 터지기 직전의 초신성 같았다.

"지애 씨, 데이트합시다. 다시 처음으로 돌아가서, 저는 오덕이고 로설은 별로지만 판타지소설 좋아하는 이수인이라고 합니다. 어때요?"

지애가 멍하니 수인이 점점 세게 잡아당기는 손을 바라보았다.

♡

주희는 양파를 장바구니에 담고 아이스크림코너로 향했다. 떡볶이를 먹고 나면 입에서 불이 날 게 뻔했다. 이왕이면 요거트맛 아이스크림을 사야지. 콧노래를 부르면서 아이스크림을 챙기고 있는데 등 뒤로 누군가가 다가왔다.

주희가 뒤돌아보자 키가 크고 잘생긴, 머리를 단정하게 묶은 석현이 주희를 내려다보고 있었다. 주희가 다른 곳으로 걸어가자 석현이 주희의 뒤를 쫓았다.

괜스레 마트를 두 바퀴나 돌고 주희가 냉동코너를 나왔다. 석현은 주희에게 일정한 거리를 두고 뒤에서 계속 쫓아왔다. 주희가 양배추를 들어 올리는 척하며 슬쩍 뒤를 봤다.

여전히 주희를 뚫어지게 바라보고 있는 석현의 눈과 딱 마주쳤다. 주희가 황급히 눈을 돌렸다. 그리고 쌀쌀맞은 표정을 지으며 여전히 살 게 많은 주부처럼 굴며 온갖 물건을 만지고 돌아다녔다.

석현이 그저 말없이 주희를 바라보면서 졸졸 따라다녔다. 이제는 더 이상 살 것이 없었다. 돈도 많이 가지고 오지 않았다. 몇 개의 아이스크림과 양파를 달랑거리고 봉투를 들고 나오자 바로 앞에 아파트가 있다. 아파트 앞에 오자 석현이 주희의 팔을 잡았다.

주희가 멋쩍게 '어, 어!' 하고 좀 가식적인 할리우드 액션을 선보이며 팔을 휘젓고 있자 석현이 주희를 아파트 앞에 세워놓은 차로 끌고 가서 문을 열고 주희를 밀어 넣었다.

즉각 큰 소리를 지르며 '당신 뭐야! 납치하는 거야!' 라고 하려고 했는데, 이 광경을 무척이나 흥미진진하게 엿보고 있는 노인회관 앞의 동네 확성기인 유 씨 할머니를 본 것이다. 저 할머니 앞에서 그런 소리를 지르면 실제로 내가 일을 당하고 있다고 하여도 경찰을 불러주지도 않으면서 다음 날 내가 이상한 남자와 차 타고 갔다는 소문만 온 아파트에 퍼질 확률이 120%였다.

유 씨 할머니는 절대 실질적인 도움은 주지 않고 온 동네에 이상한 소문만 창조, 재구성해서 퍼뜨린다는 놀라운 재주가 있었다. 그런 할머니 앞에서 소리를 지르다니, 절대로 안 될 말이다. 그사이 석현이 문을 닫고 정말 신속하게 그녀를 납치해 오피스텔로 데리고 갔다.

"히말라야. 추워 보여?"

주희가 한쪽 벽면에 빽빽이 걸려 있는 사진들을 보면서 고개를 갸웃거렸다. 사진 속 석현은 무표정한 얼굴로 서 있었지만 같이 찍힌 사람들의 표정이나 뒤로 날리는 천막이 얼마나 추운 바람이 불고 있는지 완벽하게 전달해 주고 있었다. 이 매서운 바람에도 불구하고 엄청나게 예쁜 여자가 약간 뒤에 서 있었다.

"이 여자는 누구예요?"

"등반대 대장. 이름은 루시."

주희가 눈을 가늘게 떴다. 루시는 석현의 뒤통수를 주시하고 있는 모습이었다. 복잡 미묘한 시선. 주희는 이런 시선을 많이 보아 왔다. 중학교 때 엄청나게 미남인 교생 선생님이 왔을 때 반 여자 아이들이 꼭 저러했다. 손에 넣고 싶은데 잘 안 될 것 같아 포기하고 싶지만 또 마음이 그렇게 정리되지는 않고, 다른 여자애들의 무모한 용기를 볼 때 안쓰러운 한편 부럽기도 한 그 요상한 심정. 혹자는 단순히 눈빛 하나에 그런 걸 읽을 수 있느냐고 묻겠지만 때론 눈빛은 말보다 더 많은 이야기를 하기도 한다.

"흐으으으응."

주희의 이상한 감탄사에 석현이 미소를 지었다.

"아니야. 그 여자는 내 몇 안 되는 친구 중 한 명이야. 내게 사적으로 호감을 표하지 않은 여자 중에 한 명이지. 강한 여자야."

주희가 속으로 욕을 했다.

'이런 바보 같은 이라고. 겨우 친구 자리를 얻으려고 좋아한다는 말도 못 했단 말이야? 상등신이네, 등신.'

석현이 크게 과장되게 한숨을 쉬었다. 나오는 말은 꽤나 퉁명스러웠다.

"당신에게 화 안 풀렸어."

석현의 눈빛이 엄청나게 진지했다. 주희는 약간 망설였다. 하지만 여자가 칼을 꺼냈으면 무라도 썰어야 하는 법.

"죄송한데 제가 아직 좀 우유부단하고 결정 장애도 있고 겁쟁이거든요. 그래서 남자친구 집으로 들어가지 못하는 거거든요. 남자인 친구의 집에 있으면서 말입니다."

석현이 다시 날카로운 눈빛으로 주희를 보았다. 하지만 그가 할 수 있는 게 뭐가 있겠는가? 잡아먹을 듯이 여자친구를 노려보는 것밖에. 흥, 주희가 속으로 콧방귀를 뀌었다.

　남해에서 더 이상 움직이지 못할 정도로, 손가락 하나 까닥하지 못할 정도로 격렬하고 짜릿한 주말을 보냈다. 석현은 주희를 거칠게 안았고 여인숙이 꽤나 한적한 곳에 위치하고 손님이 운 좋게 없어서 둘은 주말 내내 방에서 나오지 않았다.

　주희를 끌어안고 석현은 그녀의 온몸에 붉게 도장이라도 찍듯이 자신의 자국을 남겨놓고 거침없이 그리고 끊임없이 그녀를 안았다.

　일요일 밤이 되자 주희가 석현의 팔을 풀었다. 그리고 헐떡이며 그를 올려다보았다.

　"언제 올라갈 거예요? 회사 가야죠."

　여전히 주희의 위에서 그녀의 안으로 파고들며 석현이 허리를 움직였다. 그리고 홀린 듯이 주희의 목덜미를 핥으며 신음하듯 속삭였다.

　"올라가는 대로 내 오피스텔로 들어와."

　주희가 그의 목을 끌어안으며 가늘게 신음을 토했다.

　"그건……… 안 돼요."

　석현의 눈빛이 거칠게 변했다. 그리고 더욱 거세게 허리를 추켜세웠다. 주희의 신음 소리가 점점 커졌다. 석현이 주희의 다리를 어깨에 올리고 주희와 자신 위로 이불을 덮어썼다. 붉은 이불 밑에서 주희의 얼굴이 분홍색으로 보였다. 그의 남성이 더 이상 커지지 못할 정도로 부풀었다. 주희의 다리를 위로 올리고 무방비 상태인 아래를 내려다보자 그녀의 수풀 사이에 자신의 분신이 우뚝 자리 잡고 있었다.

만족스러운 쾌락에 석현이 숨을 몰아쉬면서 미소를 지었다. 주희를 움직이지 못하게 다리를 팔과 함께 움켜쥐고 석현이 이를 악물었다. 쿵쿵 집어넣을수록 점점 죄여오는 그 거센 쾌락이 차오르고 있었다. 주희의 허스키한 고함 소리가 더 그를 정신 나간 상태로 몰아넣었다.

"아! 제발, 제발!"

"말해."

강하게 밀어 올리자 주희의 목이 뒤로 꺾이며 신음 소리가 터져 나왔다. 석현이 무거운 몸으로 주희의 몸을 누르며 미친 듯이 허리를 움직였다. 이불 속에서 주희의 작은 비명이 들렸다. 점점 고조되는 그 떨리는 전율로 인해 주희의 머리가 뒤로 더욱 밀려 올라갔다.

그리고 석현은 더욱 강하게 내려치며 동시에 주희의 입술을 탐욕스럽게 애무했다. 혀를 밀어 넣고 자근거리며 움켜쥐고 절박하게 요구했다.

"말해, 내게로 온다고."

정신없이 신음을 흘리면서 주희가 무아지경으로 빠지기 시작했다. 석현이 더욱 강하게 끌어안고 거칠게 미친 듯이 움직였다.

"어서, 지금, 말해줘. 올라가면……."

주희가 석현이 흔드는 대로 정신없이 비명을 질렀다.

"아! 네, 네."

그가 폭풍같이 몰아치자 이미 머리끝까지 전율이 오른 주희의 고개가 뒤로 젖혀졌다. 석현이 주희가 정신을 잃을 지경까지 그 모습을 바라보며 밀어붙였다. 전율이 끝없이 이어졌다. 그가 마지막으로 자신의 뜨거운 정염을 밀어닥치는 전율의 홍수와 함께 주희의 안으로 깊숙이 쏟아부었다. 그리고 땀으로 범벅이 된 채 주희도 석현도 그대로 잠이 들었다.

월요일 새벽이 돼서야 주희가 석현이 깨우는 것을 알아차렸다. 깨서도 키스를 하느라 10분이나 지나고 샤워를 하느라 한 시간이나 지났다.

차를 타고 올라오면서 그제야 석현의 말을 주희가 알아들었다.

"내가 오피스텔로 간다고 했다고요?"

석현이 지나가는 말을 하듯이 운전을 하면서 고개를 끄덕였다.

"응."

"내가 언제요?"

석현이 주희를 힐긋 보더니 야릇하고 매력적인 미소를 지으며 말했다.

"그때. 절정에 올랐을 때. 내가 말해달라고 하니까 말해줬어. 네, 라고."

주희가 황당한 얼굴로 앉아 있었다. 그리고 약간은 억울한 표정과 또 살짝 창피한 손짓으로 손을 내저었다.

"기억 안 나요."

석현이 살짝 굳은 얼굴로, 하지만 여전히 기분은 좋은 상태로 앞쪽을 바라보며 말했다.

"내가 기억하니까 걱정 마."

주희가 여전히 고민에 찬 얼굴로 침묵을 지키고 앉아 있었다. 서울에 다 와서 아파트에 도착해서야 주희가 망설이는 얼굴로 주절거렸다.

"그게…… 석현 씨, 쉽게 결정할 수가 없어요. 수인이랑 오래된 사이기도 하지만 걔가 내가 힘들 때 힘이 되어준 좋은 친구인데 느닷없이 말도 안 하고 배신을 때릴 수는 없어요. 그리고 지금 수인이 좀 심정적으로 어려운 때이기도 하고, 왜냐면 그, 지애 씨랑 잘 안 되고 있어서요. 걔 연애 사업이 잘되면 내가 그때……."

석현의 표정이 심상치 않게 변했다.

"수인이라는 친구 주희 씨 보는 눈빛이 그냥 친구를 보는 눈빛이 아닌 거 알아? 내가 그쪽 방면으로 일가견이 있어서 아는데 결코 친구가 아니야. 지금도 우리가 싸우거나 의견 차이? 아니면 그 흔한 성격 차이로 헤어지고 주희가 울면서 자기 품에 달려오기를 기다리고 있을걸?"

주희의 말이 약간의 시간 차를 두고 더듬거렸다. 귀신같이 알기도 잘 안다. 이래서 똑똑하거나 남다르게 날카로운 남자는 연애 상대로도 힘들다.

"그, 그게 아니라 걔는 정말 친구예요, 친구. 그 녀석이 그렇게 생각하고는 있어요. 왜 마흔 넘게 시집을 못 가면 그때 같이 살자라거나. 뭐 그렇게? 하하, 그리고 대표님을 정말 좋아하는데 내가 뭔가 쉽게 이런 거 결정하는 게 무섭기도 하고요. 내가 뭘 결정하는 데 좀 시간이 걸리기는 해요."

석현의 얼굴이 침착하게 보이지만 이미 눈빛은 찬바람이 쌩쌩 돌고 있었다.

"지금 말은 주희 씨는 우유부단하고 결정 장애에 겁쟁이란 말인가요? 먼저 나에게 좋아한다고 사귀자고 한 사람이 주희 씨 아니었나? 본인 감정은 확실하다면서, 내 감정만 확실히 말하면 당장 결혼식이라도 할 것처럼 나에게 말했잖아요?"

주희의 입꼬리가 스마일의 반대로 내려갔다. 이 남자는 화가 나면 항상 존댓말이다. 일부러 나 화났다고 시위하는 꼴이다.

"네, 네, 우유부단, 결정 장애, 겁쟁이 다 맞습니다. 석현 씨 감정이 확실해지면 다 척척 해결될 줄 알았는데 저는 결정 장애라서 아직 결정 못 했어요."

새벽에 출발해서 도착하니 이미 11시가 다 되었다. 지나가며 힐끗힐끗 쳐다보는 아줌마 중에 아는 사람도 많은데 이렇게 계속 마을 공동체에 이슈 메이커로 앉아 있을 수는 없다. 그도 회사를 가야하고 자신도 피곤해서 들어가고 싶었다. 주희가 석현과의 싸움이 끝나지 않았지만 '그럼 가세요.' 하고는 그대로 차에서 내려서 뒤도 돌아보지 않고 아파트로 들어갔다.

그 후에 석현은 화가 났는지 일주일 동안 꼬박꼬박 문자만 보냈다. 결정되었냐고 말이다.

방을 둘러보는 주희를 석현이 여전히 고민에 싸여 바라보았다. 어째서 갈수록 이렇게 되는 것일까? 생각할수록 웃음이 났다. 그녀가 없어도 정신 차리고 보면 그녀를 생각하고 있는 자신을 발견했다. 그녀와 처음 사랑을 나눈 다음에도 자신은 당당하게 그녀에게 자신의 감정을 잘 모르겠다고 큰소리치지 않았던가. 심지어 사귀는 거냐는 그녀에게 사랑한다고 말하지 않는 자신을 이해해 달라는 어처구니없는 요구까지 했다.

그런데 사랑한다고 같이 지내자는 자신의 요구에 이제는 그녀가 망설인다. 게다가 망설이는 그녀를 보는 자신의 심정이 마치 구걸하는 것 같다. 하루에도 수십 번씩 감정이 변하고 조증과 울증을 오락가락하는 자신을 보는 것이 정말 가관이었다. 그런데도 불구하고 그녀만 자신의 집에 납치해 올 수 있다면 아무래도 좋았다. 구걸이든 동정이든, 협박이든 말이다.

결혼을 하자고 해볼까? 자신이 결혼이라는 것을 할 수 있을까? 이제껏 그렇게 생각을 했던 것 같았다. 자신은 정상적으로 결혼이라는 것을 할 수 없을 거라고 말이다. 사랑하는 여인과 행복하게 결혼을 하고 아이를 갖고 이런 것이 가능할 거라고 생각해 본 적이 없었다. 석현이 다가갔다. 그리고 주희의 등을 끌어안았다.

"그러면 최소한 그 집에서 나와 있었으면 좋겠어."

주희가 무슨 소리인지 몰라서 석현의 얼굴을 보았다. 이 남자, 생각보다 끈질기고 집요하다.

"저, 근데 내가 그렇게 돈을 많이 모으지 못해서…… 월세를 얻으면 옥탑방으로 가야 해요. 물론 옥탑방을 싫어하는 건 아닌데 그래도 밥그릇에서 쌀 씻는 그릇까지 새로 장만해야 하니까 부담스럽기는 해요. 그리고 지금 음식도 수인이 주로 만들거든요. 내가 만든 건 아무도 먹으려 하지 않아서. 그런데 혼자 살면 내가 만든 거 내가 먹어야 하잖아요. 아무리 내가 나를 사랑한다고 하지만 내가 만든 거 먹는 건 싫어요."

석현이 웃으면서 주희를 바싹 끌어안았다.

"내가 먹을 거 만들어줄게."

주희가 석현을 바라보았다. 그와 같이 산다, 라고? …… 생각보다 미치게 좋지는 않다. 그와 함께 있으면 정말 엄청나게 좋을 거라고 상상하고 있었는데. 아무리 내가 현대적인 여성이라고 해도 아직은 브래지어를 찢기도 동거를 쿨하게 즐기기도 나의 관습법이 정신을 지배해서 그런 것인지 선뜻 '좋아요'라고 답하기가 어렵다.

그리고 이런 남자 하고 살다가 다른 남자와 살 수 있을까? 불가능한 거 아닐까? 한참을 생각하다가 드는 결론이라고는 그렇다고 이 남자와 살아보지도 못하는 건 너무 아깝다는 것이다.

"글, 글쎄요……."

석현이 주희의 입술에 입 맞췄다. 등에 닿은 석현의 가슴이 두근거리고 있었다. 그 세차게 뛰는 가슴이 왠지 기분 좋았다.

"공주희, 사랑해. 그 녀석 하고 사는 게 못 견디게 짜증이 나. 그게 너무 싫을 정도로 좋아해. 이제껏 단 한 번도 여자에게 같이 살자고 한 적 없어. 주희가 혼자 살고 있었으면 내가 짐을 싸서 당신 집으로 쳐들어갔을 거야."

주희가 의아하고 웃기는 표정을 지으며 석현을 바라보았다. 전부터 궁금했던 질문을 하고 싶었다. 정말로 궁금한 거다. 괜히 여자들이 나 지금 사랑받고 있는지 확인하고 싶어서 아니면 일부러 사랑 고백을 받으려고 궁금하지도 않은 이런 질문을 한다고 하지만 주희는 그런 건 아니었다. 아닌가?

"왜 나를 좋아하는지 궁금해요. 예쁘지도 않고 착하지도 않고, 그렇다고 집안이 좋거나 돈이 많은 것도 아니잖아요. 대표님은 잘생기고 멋지고 능력도 있고 집안도 좋잖아요. 돈도 많고. 그래서 불안해요. 언젠가 문뜩 눈을 뜨고 '아, 왜 내가 이런 애랑 같이 살고 있지?' 하고 말할까 봐."

석현의 눈이 반짝였다. 긴 머리칼이 흘러내린 얼굴에 야릇하고 매력적인 미소가 깃들었다. 그가 주희의 얼굴을 뚫어지게 바라보았다.

"만약에 내가 그런 말을 한다면 주희는 어떻게 할 거야?"

생각도 하기 전에 자연스럽게 말이 흘러나왔다. 자신이 그런 사람이란 걸 잊고 있었다.

"싱크대에 있는 프라이팬으로 머리를 때려줄 거예요. 발로 밟고 그리고 대표님 귀도 물어뜯을 거예요. 잘못했다고 싹싹 빌 때까지 밥도 주지 않을 거라고요."

주희의 말이 끝나기도 전에 석현이 주희의 허리를 안고 들어 올렸다. 그리고 방으로 들어갔다.

"그 말, 책임져야지?"

주희가 도대체 무슨 말에 책임을 지라는 것인지, 때려줄 거란 말? 귀를 문다는 거? 아니면 밥도 주지 않는다는 그 말? 등등을 복잡하게 생각하고 있는 사이에 석현이 방문을 뒷발로 차서 닫았다.

침대에 주희를 던지고 석현이 옷을 천천히 벗었다. 그의 장난기 어린 눈빛이 점점 열기를 더해갔다. 석현의 빛나는 눈을 보는 것만으로 주희는 숨이 가빠왔다. 그가 검은 티셔츠를 위로 벗어 던지자 자신의 입에서 신음 소리가 흘러나왔다. 바지의 후크를 연채 석현이 주희에게 다가왔다. 그리고 주희의 짧은 반바지를 벗기기 시작했다. 반바지를 벗기고 긴 셔츠만 입고 있는 주희를 보자 석현의 눈이 검게 내려앉았다. 주희가 석현의 바지벨트에 손가락을 걸고 내리자 석현이 단숨에 바지를 벗어버렸다. 주희가 석현의 긴 머리칼을 만지작거렸다. 석현의 입술이 다가오며 속삭였다.

"내 머리칼로 장난치는 척하면서 한눈팔지 말고 집중."

주희가 살살 웃으며 눈을 흘겼다. 석현이 주희의 셔츠를 벗기고 브래지어를 올렸다. 가슴을 입에 넣고 혀로 굴리자 주희의 거칠어진 숨소리가 들려왔다. 허리를 핥으며 내려간 석현이 주희의 속옷을 손가락으로 걸고 천천히 벗겼다.

♡

긴 금발의 머리칼이 출렁 흘러내렸다. 초록색의 매서운 눈빛이 남자의 얼굴에 와 닿자 터번을 내동댕이친 검은 머리칼이 앞으로 흘러내렸다. 남자가 이제껏 안고 있던 여자의 얼굴을 다시 힘 있게 잡았다.

"집중! 딴생각을 하게 만들다니, 내 기술이 부족했나 보군."

그녀의 분홍빛 가슴을 약간 세게 물면서 그가 손으로 다른 가슴을 움켜쥐었다. 여자가 쉰 목소리로 비명을 질렀다. 그녀의 다리를 자신의 무릎으로 벌리고 그 뜨겁고 촉촉한 어두운 쾌락의 근원지로 그가 바싹 다가갔다. 헤아의 팔을 머리 위로 올리고 움직이지 못하게 꽉 누른 채 하지드 왕은 그녀의 안으로 단숨에 밀고 들어갔다. 그녀가 몸을 비틀고 비명을 질렀다.

하지만 왕은 거칠게 다루는 것을 멈추지 않았다. 부드러운 정사도 좋아했지만 그는 이렇게 이 여자를 움직이지 못하게 누르고 바스락거리는 그녀의 뜨거운 안으로 강하게 침입하는 것을 좋아했다.

그녀는 그가 거세게 나올 때에는 그만큼 더 거세게 반항했다. 부드러운 정사에는 그녀 또한 부드럽고 사랑스럽게 움직였고 그가 거세게 짓누를 때는 그의 팔뚝이며 어깨를 물어뜯고 비명을 지르며 난폭하게 반응했다. 그녀가 아플 때 지르는 비명 소리와 쾌락의 비명 소리를 구분할 수 있었지만 사실 그녀는 아플 때는 거의 비명을 지르지 않았다. 그녀가 크고 거친 비명을 지를 때에는 절정의 순간이나 하렘의 모든 여자들에게 들으라는 듯, 이제껏 한 번도 왕에게 잡혀본 적도 없고 앞으로도 잡힐 일이 없을 여자들에게 그가 자신만의 남자라는 것을 큰 소리로 선언하는 그런 것이었다.

품 안에 그녀의 몸을 가두고 깊숙이 그리고 거칠게 자신의 분신을 밀어 붙이고 꽉 끌어안자 머리끝까지 쾌락이 솟구쳤다. 거대한 모래폭풍처럼 밀려오는 쾌락이 하지드의 전신을 휩쓸었다. 그녀가 절정에 다다른 것이 느껴졌다. 발작을 하듯 바들바들 떠는 몸과 자신의 분신을 쥐어짜는 그녀로 인해 쾌락은 순식간에 정신을 잃을 정도로 높아졌다.

이 냉정한 여자를 안는 것은 도무지 싫증이 나지 않았다. 젊고 매력적인 왕은 이제껏 놀라운 집중력으로 많은 일들을 처리했고, 새로운 일들을 좋아하는 만큼 구태의연한 일들에는 금방 싫증을 냈다. 그녀를 데려오기 전에는 여자를 안는 일에 그리 관심을 두지도 않았고 또 관심이 있던 여자도 사흘이 지나면 싫증을 냈다.

그리고 하렘에 여자를 채우는 것도 관심이 없었다. 그의 하렘의 여자들은 신하 중에 제일 밑의 신하가 가지고 있는 여자만큼의 수도 되지 않았다. 이 금발의 여자는 그를 사로잡고 그가 싫증을 언제 내는지 지켜보는 수많은 신하들과 여자들을 계속 놀라게 하고 있었다.

왕이 그녀를 안고 커다란 욕조로 향했다. 아름다운 타일로 장식된 욕조는 거대하게 지어져 장정이 50명은 들어가고 남을 정도였다. 차가운 물로 채워진 욕조는 사막의 궁전에서 제일 사치스러운 곳이고 제일 아름다운 곳이었다.

열로 들뜬 하얀 육체를 물에 내려놓자 발목에 채워진 발찌가 제일 먼저 가라앉았다. 커다란 보석이 알알이 박혀 그전의 탈주 사건 이후 무게는 더욱 더해졌다. 이제 웬만한 여자는 움직이지도 못할 무게였다. 헤아의 차가운 푸른 눈은 발찌를 거의 무시하고 보지 않고 있었지만 무심코라도 볼 적에는 차가운 눈에서 분노가 넘쳐 흘렀다. 그녀의 그런 눈빛을 볼 때면 왕은 더욱 그녀의 안으로 들어가고 싶은, 그 자리가 어디든지 당장에 그녀를 눌러 버리고 속옷을 찢어버리고 싶은 열망에 시달렸다. 그녀가 자신의 발목을 보다가 창밖의 푸른 하늘을 보는 그 눈초리로 자신을 바라본다면 뭐든지 해줄 것 같았지만 그녀가 바라는 것을 줘버리면 그녀는 사라질 터였다.

차가운 물속에서 느릿느릿 금발이 움직였다. 물에 젖어서 긴 금발이 아름답게 출렁이고 날렵한 붉은 입술이 생기를 머금고 반짝였다. 물속으로 들어간 왕이 그녀에게 다가갔다.

"그대를 왕비로 삼고자 해."

헤아의 푸른 눈이 초록색으로 바뀌었다. 바뀐 것처럼 보이지만 햇빛에 반사되어 그렇게 보였다. 놀란 눈빛에 의혹이 담겼다.

"왕께는 왕비가 있습니다."

금발의 기다란 머리칼에 얼굴을 묻고 그가 성급하게 말했다.

"그녀는 그녀의 집으로 돌려보내고 너를 내 왕비로 삼을 것이다."

초록의 눈동자에 어두운 기색이 들어찼다. 왕비는 지금의 그녀가 제격이었다. 금발은 결코 왕비가 되고 싶지도 않고 되지도 못할 것이다.

어릴 적에 왕좌를 걸고 그를 협박하다시피 하여 혼인한, 그로 인해 재상의 자리를 지킨 명문의 딸이 그의 왕비였다. 왕비는 아름답지만 소심해서 아버지를 거역하고 왕에게 힘을 실어주지도 못하였고, 그렇다고 왕을 거스르고 아버지에게 적극 협력할 정도로 아둔하지도 않았다. 게다가 이름뿐인 왕비 자리라도 그를 볼 수 있어서, 아름다운 그를 사랑하는 그녀는 그 자리 하나에 만족하고 살았다. 그런데 그 자리를 빼앗는다면 아무리 소심한 그녀라도 그에게 무슨 짓을 할지 알 수 없었다.

헤아가 자신의 하얀 손과 그 손을 잡고 있는 아름다운 황금색의 하지드를 바라보았다. 그의 목숨이 얼마나 남았을까? 그가 없다면 자신은 자신의 목숨을 지킬 수 있을까?

"만약에 내가 왕에게 발찌를 풀어달라고 하는 순간이 오면 그때가 왕께서 왕의 목숨을 지켜야 할 때입니다."

검은색으로 찰랑거리는 머리칼을 흔들면서 푸른 물을 가르고 왕이 헤엄쳐 갔다가 다시 다가왔다.

"나는 그렇게 어리석지 않다. 반역은 언제나 대비하고 있고, 그 정도로 네가 걱정할 일이 아니야."

푸른 눈이 더욱 푸르러졌다. 검은 암청색으로 변한 눈빛으로 헤아가 차가운 물속을 헤엄쳤다. 사랑에 빠진 남자는 누구나 어리석다.

석현이 한숨을 쉬었다. 이제는 자신이 어리석다 못해 멍청하기까지 하다고 느끼기 시작했다. 여자에게 빠져서 안절부절못하고 그녀에게 하루 종일 전화가 없으면 도대체 내가 그녀에게 무슨 존재인가 하는 존재론에 빠진다. 실존적 존재인지 아니면 가상의 애인인지 점점 회의와 불만에 빠지다 못해 나중에는 자신에게 조금의 애정이라도 있는 것인지 의심이 생기고, 그녀가 미워지기까지 했다.

벌써 세 시간째 전화기를 들여다보고 있던 석현이 마침내 단축 번호를 눌렀다.

[고객님이 전화를 받을 수 없어…….]

그때 노크 소리와 동시에 사무실에 들어서던 직원이 석현의 표정을 보곤 놀라서 문을 살며시 닫았다. 석현이 벌떡 일어섰다. 그리고 다시 전화기를 눌렀다.

♡

책상 옆의 핸드폰이 노래를 신나게 불렀다. 모니터를 들여다보고 있던 주희가 한숨을 쉬었다. 이 남자가 이제는 툭하면 전화질에 문자질, 심지어 인터넷을 하면 메신저까지 들어와서 채근을 한다. 지금 한참 글발이 올라서 쓰고 있는데! 이 아랍 왕과 금발을 어떻게든 좀 정리를 해서 출판사에 넘겨야 한다고요! 라고 소리도 쳤는데 이 현실의 왕이 들은 척을 하지 않았다.

문자가 오기 시작했다.

─전화 안 받아? 지금 어디야?

─어디긴, 집이죠.

─언제 나올 건데?

─뭘 언제 나와요? 내가 생각해 본다고 했잖아요.

─그래서 애인도 있는 여자가 계속 다른 남자랑 같이 살겠다, 그 거야?

주희의 이맛살이 찌푸려졌다. 수인은 요즘 무슨 일인지 집에 거의 붙어 있지 않았다. 심지어 밤에도 잘 들어오지 않았다. 수인이 외박을 하는 경우는 고향집에 갔을 때뿐이지만 주희도 이런저런 일로 너무 바빠 제대로 확인을 하지 못했다. 먹을 게 없어서 '이 녀석 어디 갔어?' 하고 찾기 시작한 게 수인이 안 보이기 시작한

지 꽤 된 후라는 걸 겨우 깨달았다. 그리고 애희 선생님도 바빠서인지 근래 거의 모습을 보지 못했다.

주희가 고개를 갸웃거렸다. 애희 선생님이 바쁘면 자신도 따라 바쁘다. 벌써 선생님이 오셔서 이것저것 시키시고도 남을 텐데 뭐 하시느라 연락도 안 하시는지 의아하기까지 했다.

선생님께도 가야 하는데 몸이 두 개라도 모자랐다. 그리고 새삼 깨닫는 것이 연애는 정말 시간을 많이 잡아먹는 일이라는 사실이었다. 석현도 새로 시작된 프로젝트 때문에 시간이 없었고 자신도 새로 시작한 연재로 인해 시간이 너무 없었다. 새로 시작하는 연재는 좀 분량을 많이 쓰고 시작하려고 했는데 강제성이 없는 작업이 타고난 게으름으로 인해 좀처럼 진행이 되지 않았다. 너무 노는 일이 많아지자 '에라, 모르겠다. 일단 연재부터 하자'는 식으로 〈지중해의 푸른 보석〉 연재를 시작한 것이었다. 글은 못 써도 성실 연재는 언제나 목표인 자신이 연재를 빼먹는 일은 절대 불가라고 하지만 이놈의 연애 상대는 그런 거 모르기 일쑤였다.

—대표님도 바빠서 집에 못 가면서 내가 거기 있으나 마나지. 왜 자꾸 나오라고 그러세요?

—석현 씨라고 다시 말해줘.

—석현 씨도 바빠서 집에 못 가면서 빈 오피스텔에 뭐 하러 있어요?

—주희가 다른 남자랑 같이 사는 게 문제야. 그 남자가 옆에 있는 거 싫다고.

—걱정 마세요. 요즘 수인이 얼굴 보기 힘들어요. 뭐 하는지 회사

는 나간다는데 집에는 안 와요. 그래서 저도 덩달아 굶고 있어요.

문자가 오지 않는다. 주희가 피곤해서 일어나 부엌으로 갔다. 냉장고에 빈 우유각과 먹다 남은 치킨 무 그리고 옛날 옛적에 수인이 어머니가 싸다 놓으신 김치, 총각김치, 백김치, 오이김치, 파김치 등등이 나란히 앉아서 더 이상의 발효를 거부하고 부패의 길로 들어선 지 오래였다. 냉동고에서 먹다 남은 콘후레이크를 찾아낸 주희가 그릇에 후레이크를 부었다. 하지만 우유가 없었다. 주희는 그대로 들고 와 모니터를 앞에 두고 와삭와삭 먹기 시작했다.

딩동, 딩동.

초인종 소리에 놀라서 정신을 차린 주희는 자신이 후레이크를 먹다 말고 모니터 앞에서 졸고 있었던 것을 깨달았다.

현관문 앞의 창으로 내다보자 석현이 서 있었다. 문을 열자 석현이 비닐봉지를 양손 가득 들고 들어왔다. 맛있는 음식 냄새가 진동하자 주희의 배가 갑자기 꼬르륵거렸다. 그리고 감동했다. 석현의 잘생긴 얼굴에서 환한 빛과 함께 머리 위로 후광이 비쳤다.

"저 먹으라고 사온 거예요?"

석현이 커다란 식탁에 음식을 꺼내놓았다. 유명 음식점에서 싸온 것이 분명했다. 포장지에 음식점의 이름이 적혀 있었다.

어느새 식탁에 앉아 예쁘게 말은 월남쌈을 입에 밀어 넣고 있는 주희를 보며 석현이 갖은 소스를 얌전히 작은 접시에 담기 시작했다. 완벽한 세팅에 심혈을 기울이는 석현을 보는 둥 마는 둥 하며 주희는 이내 태국식 볶음밥을 먹기 시작했다.

주희가 잠시나마 정신을 차리고 자신의 차림새를 본 것은 한참

뒤였다. 머리가 내려오는 것을 막기 위해 목욕타월로 머리를 감싸고 있어서 뽀글 파마를 위해 미장원에서 파마를 하고 머리를 미용 비닐모자로 무장한 채 온 동네를 휩쓸고 다니는 흔한 아줌마 같은 느낌이다. 석현이 오묘한 시선으로 목욕타월을 바라보자 주희는 진심으로 이성을 배신한 자신의 위장을 원망했다.

"예쁜 애인이 굶고 있다는데 먹을 걸 싸와야지. 굶어 죽으면 어떡해."

주희가 방금 석현이 봉지를 뜯은 바삭하게 구운 닭을 보자 다시 이성을 잃었다. 한참 동안 구운 닭의 날개를 뜯고 있다가 주희가 석현에게 닭고기를 입에 넣어주었다.

"안 바빠요? 한 시간도 함께 있기 힘들 정도로 정신없다면서요."

석현이 맥주를 따서 마셨다. 그리고 주희에게도 맥주를 주며 바라보았다.

"사람들이 결혼을 왜 하는지 알았어."

주희가 맥주를 들고 마시며 멀뚱하게 석현을 바라보았다.

"주희가 내 집에 있으면 내가 잠깐 샤워를 하러 집에 간다거나 옷을 갈아입으러 간다거나 할 때 얼굴을 볼 수 있잖아. 그리고 밥도 같이 먹을 수 있고. 그런데 이렇게 다른 곳에 사니까 몇 시간을 길에서 보내고 겨우 얼굴 잠깐 보고 그리고 헤어져야 하잖아."

주희가 고개를 끄덕였다.

"그렇긴 하네요."

석현의 눈썹이 미묘하게 치켜 올라갔다. 주희를 이런 식으로 밀어붙여도 될지 판단이 서지 않았지만 그렇다고 이 상태로 계속 가는 것은 싫었다. 결혼을 생각한 적도 없고 할 수 없을 거라고 생각했는데 주희만 보면 뭐든 가능할 것 같았다. 그가 불가능하다고 머릿속에 꼭꼭 숨겨놓은, 그 원하는 모든 것이 그녀와 함께라면 얼마든지 용기를 낼 수 있을 것 같았다. 석현이 맥주 컵을 들고 주희를 뚫어지게 바라보았다.

"뭐 나한테 할 말 없어?"

주희가 의아한 얼굴로 한참을 쳐다보았다. 그리고 월남쌈을 들고 먹었다.

"이거 맛있네요. 어디 유명한 곳에서 사왔나 봐요?"

"결혼하자."

주희가 맥주를 마시다 사레에 걸리자 기침을 했다.

"저는 아직⋯⋯."

석현이 고개를 기울이며 주희를 바라보았다.

"왜?"

석현을 바라보다가 주희가 일어서서 생각에 잠겼다. 그리고 이윽고 생각을 정리한 듯 말했다.

"제가 작가로 성공하기 전에는⋯⋯."

석현이 물끄러미 주희를 바라보았다.

"작가로 영영 성공 못 하면 어떡해?"

주희가 옆에 있던 쿠션을 석현에게 집어 던졌다.

"그럼 영영 결혼하지 않을 거예요. 김애희 선생님을 보세요. 제 우상이요. 결혼하지 않으시고 지금까지 우아하고 멋지게 사시잖아요! 애희 선생님은 성공하셨는데도 결혼 안 했는데 저는 성공 못 하면 결혼 안 해요."

석현이 억지로 입꼬리를 올려 미소를 지었다. 하지만 그의 눈은 전혀 웃고 있지 않았다. 그의 냉철한 모습은 친절하게 상대방을 위하는 척하지만 그래 봐야 강한 어퍼컷을 치기 전에 가벼운 잽을 날리는 정도였다.

"봐봐, 공주희. 이런 생각해 봤어? 이모가 결혼을 성공과 바꾸었다는 생각 말이야. 이모가 결혼의 기회가 있었는데 작가로 성공하려고 결혼을 안 했다. 그래서 열심히 글을 써서 성공했다."

주희가 약간 시무룩해졌다. 사랑하는 사람을 위해 내 꿈을 접을 수 있을까? 그런 걸까? 둘 다 갖는 건 불가능한 일일까? 성공을 위해 내가 좋아하고 사랑하는 사람을 얼마나 기다리게 할 수 있을까? 그리고 그가 떠나고 그 뒤에 성공한다면 그것이 얼마만큼 의미가 있을까?

석현이 주희의 손을 잡았다. 그리고 살그머니 키스를 했다. 그의 웃지 않는 눈빛이 더욱 날카로워졌다.

"결혼도 포기하고 열심히 노력해서 성공하는 작가들도 많지. 그건 좋은데 그렇지 않은 작가들도 많잖아. 성실도와 비례해서 성공한다면 성공 못 할 사람이 없지. 정말 열심히 노력했는데 그냥 묻히는 작가들도 많아. 생각해 봐. '노력한 사람이 성공하는 것은 아니지만 성공한 사람들은 노력했다'라는 말 있지? 이 말을 뒤집어보면 '성공하려면 열심히 노력해라'라는 격려의 말이라고 생각되지만 사실은 정말 노력 많이 했는데 성공하지 못한 사람도 있다라고 생각되는 말이야."

주희가 석현을 밀어내고 옆에 놓인 맥주를 벌컥 마셨다. 남자의 말은 교묘하고 설득력이 놀랍다. 만약 그가 자신에게 '걱정하지 마라, 너는 성공할 거다. 우리 주희 능력 있잖아!' 라고 했다면 도 저히 믿지 못했을 것이다. 그렇다고 해서 그의 독설이 기분 좋은 것은 아니지만 말이다.

말 한마디가 가슴을 찌른다. 자신도 자다가도 벌떡 벌떡 일어나 생각하는 일이다. 지금 노력을 한다고 열심히는 하고 있는데 이대 로 그냥 묻히면 어쩌나? 내 소설을 좋아하는 독자들도 있지만 유 명한 사람들에 비하면 새 발의 피다. 아니, 그것도 되지 않는다. 이렇게 나이만 먹어가는 것은 아닐까? 몇 권 내다가 점점 인기가 없어지면 이대로 사라지는 그런 작가가 되는 건 아닐까? 사람들과 공감도 없고 읽으면 남는 것도 없는 그런 하찮은 사람이 되는 것 은 아닐까?

정말 별의별 생각이 다 드는 그런 날이면 밤에 잠도 오지 않았 다. 선생님이 보조작가가 필요 없게 되면 이제 홀로 서야 하는데, 할 줄 아는 것은 이것밖에 없는데 막상 글로 돈을 벌어서 먹고살기 힘들면 어쩌나? 하는 그런 생각. 자신의 작가로의 존재 가치에 대 한 회의와 미래에 대한 불안, 그리고 돈은 언제나 벌 수 있을까 하 는 암울한 자아 비하까지 겹치면 갑자기 우울증이 올 지경이었다.

주희가 석현을 바라보았다.

그리고 결혼을 생각한 적…… 많다! 이 남자와도 해봤고, 같이 술을 마시면서 지나가던 선배, 후배, 친구, 친구의 친구, 수인까지 온갖 남자들과 '이 남자와 결혼하면 어떨까?' 하는 생각은 항상 해왔다. 물론 생각만 했다. 하지만 이 남자, 장석현은 나보다 가진 것이 너무 많았다. 그에게 기대서 무위도식하기는 더 싫었다. 편 한 몸과 안일한 감정이 자신의 무능력과 함께 어깨동무하고 두리둥실 어깨춤을 추다가 그대로 삶이 끝날 것 같다. 그러면 영국의 유명한 소설가처럼 묘비에 '갈팡질팡하다가 내 이럴 줄 알았지'라고 쓸지도 모른다. 영국의 소설가는 유명하기라도 하지. 자신이야말로 정말 그 묘비명을 몰래 빌려와야 할 거다.

"모르겠어요. 그냥 내가 자신감을 가질 정도의 책을 쓴다면 굳이 성공을 하지 못해도 살 수 있겠죠. 그런데 아직은 내 작품에 자신감을…… 아니, 아직은 자랑스럽다고 느끼지 못하겠어요. 그래서 결혼은 못 해요."

석현은 심란한 표정의 주희를 바라보았다. 이 나쁜 여자가 아주 자신을 말려 죽이려는 속셈을 가지고 있는 게 분명하다. 어릴 적부터 자신의 사진에 언제나 자존감을 갖고, 후에는 자신감을 넘어 자만심까지 갖고 살아온 남자가 보기엔 그따위 이유가 자신을 거절할 이유라는 걸 전혀 납득할 수 없었다.

석현은 계속 머리를 굴렸다. 어떻게 주희를 꺾고 자신과 함께하겠다는 항복을 받아낼 수 있을까 하는 생각이 머릿속에 가득했다.

석현의 인상이 나쁜지 주희가 살며시 손을 잡았다. 석현이 주희의 손을 잡고 허리를 끌어안았다. 입을 맞추고 부드럽게 주희의 뺨을 훑았다. 주희가 석현의 옷 단추를 만지작거리다 풀었다. 한참 동안 주희의 손가락을 바라보던 석현이 주희가 윗옷의 단추를 다 풀자 갑자기 주희의 손을 잡았다. 그리고 여전히 차가운 얼굴로 고개를 저었다.

"우리 이야기도 끝나지 않았는데 이러기 싫어."

주희의 눈이 둥그레졌다. 같이 어딜 간다거나 하다못해 영화를 보러 간 것도 벌써 2주 전이다. 석현도 자신도 일이 바빠서 만나지도 못했는데 사람이 치사하게 이런 걸로 복수하다니. 주희가 석현의 눈을 올려다보았다. 냉랭한 눈빛이 불만스럽다.

만약 결혼을 한다면 그와 하겠다고 약속하고 싶었다. 실제로 그러고 싶었다. 그러면 그의 이런 태도가 얼마나 달라질지 궁금하기도 했다. 도대체 왜 결혼이 하고 싶은 것일까? 이대로 얼마든지 사이좋게 같이 지낼 수도 있는데. 연애만 10년, 15년 하는 사람들도 있지 않은가.

"만약 석현 씨 집에서 우리 결혼을 반대하면 어떡해요?"

석현이 주희를 내려다보았다. 그리고 주희의 뺨을 잡았다.

"나에게 그런 건 중요하지 않지만 찬성하면 결혼할 거야?"

주희가 잠자코 고개를 끄덕였다. 그의 아버지의 반대가 눈에 보이는 듯하다. 어릴 적부터 그의 약혼녀를 골라놓고 지금도 멋진 여자를 밀어붙이는 아버지가 그녀가 마음에 들 리가 없다. 아주 한참 동안 기다려도 될 것 같았다. 물론 그가 아버지에게 꺾일 수 있다는 생각도 들었지만 희망적으로 생각하기로 했다. 결국 사람의 일이란 아무도 모르는 것 아니겠는가.

"허락했다?"

석현이 주희의 허락에 미소를 지었다. 그리고 얼굴을 잡고 입술을 벌려 깊고 격렬한 키스를 했다. 주희가 석현의 목을 끌어안고 매달리자 석현이 주희의 바지를 잡아 내리고 자신의 바지 지퍼를 겨우 열었다.

끌어안은 채 벽에 부딪치자 주희가 짧은 신음 소리를 냈다. 석현은 주희의 엉덩이를 잡고는 단숨에 그의 부풀어 오른 남성을 주희의 안으로 밀어 넣었다. 주희가 높은 비명을 더욱 짧게 질렀다.

주희를 안고 석현이 더욱 깊숙이 안으로 파고들었다. 그리고 그의 하체를 뺐다가 다시 힘껏 밀어 넣었다.

주희의 머리가 뒤로 꺾였다. 벽에 붙자 주희가 그가 올릴 때마다 격하게 신음을 흘렸다. 한참을 벽으로 밀던 석현을 끌어안고 주희가 옆의 소파로 손짓했다.

소파에 그녀를 내려놓은 석현이 주희의 다리를 넓게 벌리고 안으로 거칠게 밀어붙였다. 그녀의 말랑한 엉덩이를 끌어안고 허리를 마구 흔들자 그 순간마다 밀물같이 밀려오는 쾌락에 숨이 막힐 지경이었다. 주희의 손을 잡고 위에서 내리누르자 움직이지 못하는 주희가 올라오는 전율에 몸을 마구 떨었다. 끊임없이 오르는 전율과 자신의 감각이 불타는 듯한 쾌락에 석현이 신음을 질렀다.

끓어오르는 정열이 끝도 없이 계속 몰아붙이고 얼마나 지났는지 시간 감각이 없어졌다. 땀에 젖은 주희는 숨도 쉬기 힘들었다. 몇 번인지 모를 아득한 느낌에 주희가 석현의 허리와 엉덩이를 꽉 끌어안았다. 마침내 석현이 그녀에게로 뜨겁게 자신을 쏟아부었다. 그의 뜨거움이 안으로 밀려들자 주희의 입술이 떨렸다.

한참 동안 숨을 고르고 나자 석현이 주희를 내려다보며 웃었다. 자신은 겨우 바지 앞만 열고 주희는 아래만 벗고 위에는 커다란 박스 티로 옷도 벗지 못하고 있었다.

창밖은 이미 어스름해지고 불도 안 켰지만 박스 티만 입은 주희의 모습은 너무나 유혹적이었다. 석현이 고개를 흔들고 정신을 차렸다. 계속 웅웅거리는 핸드폰이 신경에 거슬렸다.

석현이 핸드폰을 들고 보면서 인상을 썼다. 주희가 서둘러 옷을 입고 그의 가방을 들어주었다.

"다시 회사 가야 해요?"

"응."

석현이 일어나자 주희가 따라서 일어났다. 빈 엘리베이터에 올라타자 주희가 석현의 손을 살그머니 잡았다. 석현이 주희의 머리칼을 긴 손가락으로 정리하면서 물었다.

"주말에 야외나 갈까?"

주희가 배시시 웃으며 석현의 손을 잡았다. 아까까지만 해도 뒹굴면서 좋아서 당장 그와 영화도 보고 야외도 나가고 신나게 놀아야겠다고 다짐해 놓고 지금에 와서는 또 다른 생각이 든다. 쓰던 거 마무리도 하고 선생님도 찾아 뵙고 해야 하는데.

"아까 글 쓰던 거마저 써야 해서 좀 그런데."

석현이 주희의 입술을 만지다가 슬쩍 웃었다. 나른한 쾌락의 즐거움이 입술에 걸려 있다. 이렇게 섹시한 남자가 내 남자야, 하고 아파트 주민들에게 방송하고 싶었다.

"그럼 내 집에서 해. 나도 옆에서 밀린 일 하면 되겠네."

주희가 만족감에 들뜬 석현의 얼굴을 보다가 잠자코 웃었다.

"그럼 다음 주는?"

주희가 다시 고개를 갸우뚱했다. 다음 주도 바쁘다. 뭐라고 하지?

주차장으로 향하면서 석현이 한숨을 쉬었다. 조금 전까지의 상냥하고 들뜬 목소리는 어디로 가고 나지막한 목소리의 불만이 터져 나온다.

"도대체 무슨 애인 만나기가 이렇게 어려워서야."

뒤쪽에서 중후한 저음의 목소리가 들렸다.

"그 아가씨가 네 속을 썩이냐?"

석현과 주희가 뒤를 돌아보자 어두운 주차장 석현의 랜드로버 바로 옆에 멋들어진 스포츠카를 배경으로 꽃중년 남성이 내렸다.

석현과 똑같은 외모다. 석현을 아는 사람이 지나가다 이 중년의 남자를 본다면 단숨에 그에게 다가가서 '석현이 아버지 되시죠?'라고 물어도 될 지경이다. 이렇게 완벽하게 유전자를 이어받다니, 그의 유전자는 위대하다.

주희가 놀라서 멍하니 얼굴을 보고 있자 석현의 아버지가 웃으며 다가왔다. 석현이 딱딱한 표정으로 냉정하게 말했다.

"여기는 어쩐 일입니까?"

"왜? 내가 못 올 데를 왔냐? 아들이 사랑에 빠졌다는데 소개를 시켜줄 생각도 안 하고 그렇다고 내가 그렇게 인내심이 강한 편도 아니고 뭐, 할 수 없지. 목 타는 사람이 물을 떠 마셔야지."

주희가 그제야 놀라서 고개를 꾸벅 숙였다.

"안, 안녕하세요. 아버님, 공주희라고 합니다. 아드님 여, 여자친구예요, 친구."

명우가 기다란 몸을 쭉 펴고 천천히 걸어왔다. 석현이 주희의 곁으로 다가갔다. 그리고 주희의 어깨에 손을 얹고 굳은 표정을 억지로 폈다.

"뭐 알아보셔서 아시겠지만 공주희, 로맨스소설 작가입니다. 그리고 제가 결혼하자고 조르고 있는 여자이기도 하고요."

명우가 미소를 지었다. 주희가 숨을 멈추고 침을 삼켰다. 석현과 닮았지만 단 하나가 달랐다. 명우는 보고 있으면 압박감이 들었다. 그의 연륜 때문인지, 카리스마 때문인지 모르겠지만 그가 마음만 먹으면 이 자리에서 자신을 갈아 마실 수도 있겠다는 생각이 머릿속에서 자동으로 들었다. 주희가 어색하게 웃었다.

"그, 그런 얘기는 나중에……."

명우가 주희의 어깨에 올려진 석현의 손을 보면서 다시 미소를 지었다. 싸늘한 눈빛은 변함이 없는데 입술은 상냥하고 인자한 미소를 지었다.

"흠, 그래? 아가씨 생각은 다른 모양이지?"

석현이 굳은 표정으로 홱 고개를 돌려 주희를 내려다보았다. 주희는 석현을 올려다보며 한숨을 쉬었다. 부자지간 아니랄까 봐 냉랭한 얼굴과 자신을 위협하는 듯한 고압적인 표정은 아주 판에 박은 듯이 똑같다. 그의 아버지를 보고 그를 보자 확실하게 알게 된 것이 있다. 그가 놓지 않는 이상 자신이 먼저 그를 떠난다는 것은 거의 불가능한 일일 것이다. 그에게 '죄송한데 우리 안 맞는 것 같아요. 헤어져요'라는 말은 그가 알아들을 수 없는 라틴어, 고대어, 아니다, 외계어가 분명했다.

"아, 아니요. 그, 그건 아니고, 아직 결혼은……."

석현이 주희의 어깨를 꽉 잡았다. 명우가 허리를 펴고 잠시 주희의 얼굴을 보더니 고개를 끄덕였다.

"그래? 그건 아가씨 생각이고."

석현의 얼굴이 더 냉랭해졌다. 주희가 걱정스럽게 석현의 얼굴을 올려다보았다.

14

　석현이 어이가 없는 얼굴을 하고 자신의 앞에 놓인 간이테이블을 노려보았다. 간이테이블은 주희의 아파트 맞은편에 위치한 작은 슈퍼 앞에 놓여 있었다.

　머리 위 파라솔이 연신 기우뚱거린다. 하얀색 비치 파라솔은 해변도 아닌 곳에서 뒹구는 것이 기분 나쁜지 하얀색의 기둥이 페인트를 벗고 밑에 칠해진 녹갈색을 드러내고 있었다. 파라솔과 연결된 테이블 또한 평평하지도 않아서 위에 놓인 안줏거리가 비스듬하게 기울어져 있었다.

　웅웅 울리는 핸드폰을 꺼내서 지금은 중요한 일이 있어서 도저히 갈 수 없다고, 나 없이 회의를 하라고 무뚝뚝하게 말을 한 석현이 전화를 끊었다. 앞에 벌어진 광경은 혼자 보기 아까울 정도다. 주희의 목소리가 들렸다.

"그래서 우리 집에 작은 과수원이 있거든요."

명우가 즐거운 목소리로 크게 소리를 질렀다. 옆 테이블에서 맥주를 마시던 동네 아저씨가 인상을 썼지만 명우에게 조용히 하라고 차마 말은 못 했다. 명우의 엄청나게 비싸 보이는 옷과 엄청나게 비싸 보이는 신발, 그리고 잠깐 째려보았을 때 무시무시한 눈빛을 보고는 기가 죽었는지 처음에는 큰 소리로 불평을 하다가 지금은 잠자코 술을 마셨다.

"아! 나 과수원 좋아해! 나도 과수원 하고 싶었어. 야! 석현아, 우리 주희네 시골 가서 과수원 하자."

석현이 아버지에게 무뚝뚝하게 대꾸했다.

"좀 조용히 하세요. 그리고 아버지 과수원 싫어하세요."

명우가 눈을 휘둥그레 떴다.

"내가?"

석현이 캔 맥주를 벌컥 들이켰다.

"네! 노 비서실장님이 은퇴해서 과수원 낸다고 하니까 아버지가 꽃도 싫어하고 과일도 싫어하니까 못 가도 이해하라고 그 자리에서 냉정하게 말해서 노 실장님이 나중에 우시는 거 봤거든요. 그분은 가족도 없어서 우리를 가족으로 생각했는데 그따위로 말씀하셔놓고는."

장 회장이 고개를 갸웃거렸다. 노 비서가 지금 과수원을 한다고? 자신은 노 비서가 숙박업을 하는 줄 알았다. 멋들어진 곳에서 꽃과 함께 산다고 해서 젊은 여자와 펜션을 하나 했는데 진짜 과수원이라니.

"너 정말 이상한 것까지 잘도 기억하는구나."

주희가 들은 척도 하지 않고 계속 떠들었다. 맥주를 세 캔 정도 마셨다. 술이 취한 것 같지 않은데 수다가 장난이 아니다. 명우와 주희가 둘이서 주거니 받거니 하며 맥주를 마시고 있었다.

"제가 시골집에서 술을 마시면 주사가 있는데 그게 과일나무에 올라가는 거예요. 그래서 저번에 수인이랑 술을 마시고 또 과일나무에 올라간 거죠. 그런데 다음 날 아빠가 그러시는 거예요. 동네 창피하다고. 그래서 도대체 무슨 소리인가, 내가 과일나무에 올라가는 거 모르시는 분도 아니면서. 했는데 제 친구 수인이 녀석이 핸드폰으로 녹음을 해서 저에게 보여준 거예요. 하하, 동네 이장 아저씨가 확성기 마이크에 대고 큰 소리로 이러신 거죠. '아, 아, 거 과수원집 딸내미 주희가 술을 처먹고 전봇대에 올라갔슴다. 술 취해서 노래를 부르고 있으니까 과수원집 아저씨 빨리 와서 업고 가시오'. 이렇게요."

석현이 주희에게 못마땅한 눈초리를 돌렸다.

"그 녀석하고는 왜 술을 마시는 거야?"

주희가 맥주를 마시면서 눈을 흘겼다.

"아! 그녀석하고 중학교, 고등학교 동창이라니까요. 그뿐만 아니라 꼬마 때부터 옆집에 살았다고요!"

명우가 큰 소리로 웃었다. 배를 잡고 웃는 모습을 보자 석현은 기분이 묘했다. 처음에는 냉랭한 얼굴을 하고 기분 나쁜 눈초리로 주희를 훑어보면서 명우가 잠시 이야기를 나누자고 하며 차에 타라고 하자 주희가 근처에 갈 만한 곳이 없다며 슈퍼 앞에 파라솔에 앉아서 맥주를 사가지고 온 것이다.

날은 덥고 사방은 어두워지고 바람이 조금 불기 시작하자 동네 사람들이 하나둘 나와서 슈퍼 앞이나 맥주 집에서 맥주를 마시고 떠들기 시작했다. 아파트 단지가 크지만 소시민적 가계가 많아서 길가의 파라솔에서 술이나 음식을 먹는 사람들이 꽤 많았다.

맥주를 마시면서 몇 번 시원하게 건배를 하고 이런저런 이야기를 하더니 점점 아버지와 주희는 마치 친한 친구처럼 즐겁게 수다를 떨기 시작했다. 바로 옆에서 보고 있는데도 믿지 못할 광경이었다.

"그다음 날부터 만나는 동네 어른들마다 저에게 전봇대는 또 왜 올라갔냐고 위험하니까 다음에는 그냥 너희 집 사과나무에나 올라가라고 하시는 거예요. 이장님이 그러실 줄은 몰랐어요. 하긴 저희 시골은 좀 그렇거든요. 툭하면 '거기 밤나무집 송아지가 우리 깨를 다 털어먹고 있으니까 당장 끌고 가지 않으면 오늘 우리 집 저녁 식사에 송아지구이가 나올 것이오!' 라거나 '말쑥엄니, 그렇게 안 봤는데 그제 시내에서 나빼고 부녀회 회식을 했다면서 어찌 된 일이오' 라고 확성기로 떠들기 일쑤거든요."

명우가 눈을 반짝이며 주희를 바라보았다. 석현은 아버지가 이런 식으로 누구를 대하는 것을 본 적이 없었다. 누군가가 마법이라도 부린 듯이 아버지는 주희를 마음에 들어 하고 있었다.

"그래서 전봇대는 포기하고 다시 사과나무에 올라가서 주사를 부렸어?"

주희가 한숨을 쉬고 낙담을 온몸으로 표현했다. 가만히 보면 이 여자, 구연동화를 시키면 잘할 것 같다. 말로 이야기를 풀어내는 솜씨가 가히 천부적이다. 자신도 그렇고, 아버지도 아까부터 그녀의 이야기 솜씨에 빠져서 헤어 나오지를 못한다.

"사과나무가 제일 크긴 한데 아무래도 전봇대만큼 크지는 않아서 술 마시면 내 무대로는 너무 낮다고 생각되나 봐요. 그 후로도 올라가기는 올라가는데 마을회관 옥상이나, 길 옆의 원두막이나, 아니면 통신사에서 세워놓은 안테나탑에 올라가는 거예요. 한여름에만 그러니 그것도 다행이죠. 한겨울에 그랬다가는 얼어 죽었을 거예요."

명우가 웃다가 술을 마시면서 쯧쯧 하고 혀를 찼다. 이제껏 재밌다고 손뼉을 친 사람으로서는 상당히 이중적이다.

"헐, 아이들한테 보이기에는 나쁜 주사인데? 이곳에선 안 그런다니 다행이네."

주희가 고개를 갸웃거렸다. 그러곤 약간 당황해서 오해를 풀겠다는 듯이 금방 말을 이었다.

"우리 마을에는 아이들이 없어요. 순 어르신들뿐이거든요. 근처에서 아이 찾으려면 한 30리는 동쪽으로 가야 번화가가 나와요. 본보기를 할 아이들이 없어서 걱정 안 하셔도 되세요."

명우가 주희를 보면서 웃었다. 아버지가 이가 다 보이도록 환하게 웃는 것을 보는 건 정말 오랜만이었다.

"아니, 내 손자, 손녀 말이야. 아이 낳고도 그런 주사 부리면 안 되지. 내가 혼내줄 거야. 결혼은 언제 할 건데? 상견례는? 우리 집은 손이 귀해. 내 자식이 이 녀석 하나뿐인 거 알지? 나는 일단 손녀가 있으면 좋겠어."

석현이 멍하니 입을 벌리고 혼이 나간 얼굴을 하고 있는 주희의 팔을 잡았다. 그리고 앞에 앉아서 맥주를 홀짝거리며 흥겨워서 콧노래까지 부르고 있는 아버지를 바라보았다.

"작별 인사해, 주희 씨. 아버지, 오늘 즐거웠습니다. 나중에 제가 날짜를 잡아서 알려 드릴게요. 주희 데려다주고 가겠습니다. 아버지도 돌아가세요."

느긋하게 다리를 꼬고 싼 안주를 참으로 부티 나게 먹는 아버지를 보면서 석현이 냉정하게 말했다.

명우가 석현을 보면서 고개를 끄덕였다. 이미 혼이 나가선, 그래도 90도로 배꼽 인사하고 천천히 몸을 일으킨 주희가 마치 몽유병자처럼 어슬렁어슬렁 아파트로 향했다.

석현이 그 모습을 보고 고개를 저었다.

"느닷없이 오셨지만 주희 마음에 들어 해주셔서 감사합니다."

명우가 이제껏 웃고 떠들고 마치 자신의 동네인 것처럼 시끄럽게 굴어놓고는 빳빳하게 옷을 털며 단정한 품새로 일어섰다. 누가 보면 지금껏 맥주에 마른 오징어를 먹고 있었다고는 생각도 못 할 모습이다.

"인정하고 싶지 않지만 마음에 드는 아가씨야. 네 안목이 믿을 만하다고 인정하는 게 솔직히 말하자면 기분 나쁘다. 네 인격을 무시하는 게 아니라, 아버지가 도움이 되지 못한다는 사실이 말이다. 그게 약간 분하구나. 하지만 나는 가족이 삶의 즐거움이자 희망인 남자가 되기를 바랐다. 나와 다르게 말이다."

석현의 얼굴이 심란하게 굳어졌다. 투덜거리는 투로 말하고는 있지만 아버지는 진심을 말하고 있었다. 그리고 아버지의 소원이 내가 좋은 사람과 만나서 안락한 가정을 꾸미는 것이라는 지극히 단순한 바람이라는 것이 갑작스럽게 가슴 아팠다.

♡

눈앞에서 자몽주스가 탁 소리를 내며 놓였다. 주희가 졸던 눈을 들자 애희 선생님이 맞은편 의자에 앉았다. 주희가 노트북을 닫고 심각한 분위기를 풍기는 애희를 의아하게 바라보았다. 몇 년 동안 심각한 분위기라고는 치맥을 두 마리나 시켜서 먹고 마지막 남은 닭목을 배가 불러 죽겠는데 먹을 것인가, 쓰레기통에 버릴 것인가를 놓고 고민할 때가 아니면 이런 심각한 분위기는 찾을 수가 없는 사제 사이였다.

"결혼한다며."

애희가 천천히 앉아서 혼자 자몽주스를 마시자 주희가 물끄러미 바라보다가 벌떡 일어나서 자신도 냉장고에서 오렌지주스를 꺼내 마셨다.

"모르겠어요. 석현 씨 아버님이 서두르셔서 뜬금없이 끌려가고 있는데 좀 그래요."

"왜?"

주희가 심란한 얼굴로 애희를 바라보았다.

"선생님, 그냥 이렇게 결혼이라는 거 해도 될까요? 물론 석현 씨가 좋아요. 사랑하고 있어요. 그이가 없으면 또 어디서 이렇게 좋은 남자를 만날까 걱정스럽기도 하고. 그리고 결혼을 안 하면 안 했지, 만약에 한다면 석현 씨 같은 남자와 하고 싶어요."

애희가 고개를 갸웃거렸다.

"그런데?"

"제가 제 자신에게 자신이 없어요. 작가라고 어디 가서 말을 하지도 못하겠고, 만약에 이렇게 결혼해서 석현 씨 내조하네 하면서나 자신에게 게으름을 부리고 글을 써야 하는 시간에 석현 씨랑얼싸안고 있으면 아무런 결핍도 없이, 그저 행복해서 글을 쓰고싶은 마음이 들기나 할까 싶기도 하고……."

애희가 고개를 끄덕였다.

"그럼 결혼 그만둬."

주희가 놀란 눈을 하고 애희를 보았다.

"네?"

애희가 뚱한 얼굴로 주희를 째려보았다.

"그렇잖아. 네가 왜 글을 쓰는지도 모르고, 언제 글이 잘 나오는지도 모르겠고, 그저 애매하게 결핍이 글이 나오는 원천이라고 바보 같은 소리를 하지를 않나, 대체 왜 이렇게 멍청이같이 굴어? 그럴 거면 그만둬. 나도 우리 조카 힘든 거 싫다!"

주희가 엄청나게 서글픈 표정을 과장되게 지으며 징징거렸다.

"선생님! 선생님은 제 편을 들어줘야죠!"

애희가 어림없다는 표정을 지었다.

"내가 왜? 우리 석현이가 얼마나 아까운데."

주희가 책상에 얼굴을 박았다. 그리고 웅얼거렸다.

"그냥, 좀 그래요. 갑자기 석현 씨가 서둘러서 그런지, 뭐랄까좀 천천히 갔으면 하는 그런 감정이 들더라고요."

애희가 부엌으로 나가더니 과일을 가져왔다. 복숭아를 깎아 먹으며 애희가 가방에서 봉투를 꺼내 주희 앞에 놓았다. 주희가 의심쩍은 눈초리로 바라보았다.

"뭐예요? 부주를 벌써 하는 거예요? 혹시 결혼식에 안 오시려고요?"

애희가 해맑은 표정으로 고개를 저었다.

"아니, 네 퇴직금. 이제 너도 네 글을 써야지. 언제까지 내 글 수정하고 내 뒤를 봐줄 수는 없잖아. 그리고 결혼하면 정말 네 글 쓰는 시간도 모자랄 텐데."

주희가 한숨을 쉬었다. 그리고 봉투를 열었다. 애희가 멋쩍게 툴툴거렸다.

"야, 너도 아줌마가 다 됐구나. 이 자리에서 바로 퇴직금을 확인하다니."

주희의 눈동자가 휘둥그레졌다. 놀란 목소리가 튀어나왔다.

"선생님, 이건, 너무 많아요! 이렇게 많은 돈은 받을 수 없어요. 이건 퇴직금이 아닌데요? 20년 근속을 해도 이렇게 많이 받지는 않아요. 겨우 3년 일했는데 너무 큰 금액이에요."

애희가 봉투를 다시 애희의 가방에 넣으려는 주희의 손을 잡았다.

"그건 아는데, 투자라고 생각해. 너도 결혼식 자금이 필요하잖아. 이제까지 모은 돈 그렇게 많지도 않고, 내가 많이 주지도 못했잖아. 내가 제일 바라는 것은 너와 석현이가 멋진 결혼식을 올리는 거야. 알아?"

주희의 얼굴이 새빨갛게 붉어졌다.

"선생님…… 하지만 이건, 너무 많, 많은데."

"그리고 결혼해서 글이 써지지 않을 거라는 생각은 하지 마. 오히려 소재거리가 풍부해서 더 잘 쓸 걸. 로맨스소설가들이 왜 결혼한 여자들이 많은데? 결혼하고 현실을 리얼하게 바라보면 도망치고 싶은 생각이 드는 거지. 남편이라는 원수는 늦게 들어온 주제에 밥 달라고 하지를 않나, 차려주면 맛이 없네 있네 그러고 있고, 애들은 잠시만 눈을 떼면 사고를 저질러 머리통을 깨고는 피를 철철 흘리면서 기차놀이를 한다고 그러지, 고지서들은 날아들고 다음 달 보험금은 어떻게 내나 싶은데 또 자는 애 녀석이 잠결에 웃으면 그거 보고 웃음이 나고, 그게 현실이야. 그래서 로맨스소설을 쓰는 거야. 물론 그런 삶을 사랑하지만 가끔은 스테이크도 먹고 싶고 와인도 마시고 싶은 게 여자니까. 와인을 마시면서 눈앞의 남편이 열렬한 스토커 재벌 애인이라고 잠깐 꿈꾸는 게 범죄는 아니잖아?"

주희가 큰 소리로 웃었다.

"아, 선생님 너무 슬퍼요. 정말 결혼이 그런 건가요? 그러면서 제게 결혼하라고요?"

애희가 고개를 끄덕였다. 표정이 워낙 경건해서 주희가 다시 폭소를 터뜨렸다.

"그렇지, 호주 농담 몰라? 호주에 악어가 많잖아. 그래서 관광안내원들이 설명을 하거든, 이 유원지 호수에는 악어가 삽니다. 악어를 보고 싶지만 보려고 물속에 발을 내리면 내일 아침에 신문에 나오게 될 겁니다. 물론 신문은 못 보게 되고요. 악어도 보고 싶고 신문도 보고 싶으신 분은 옆 사람을 미세요."

둘이 배꼽을 잡고 웃었다. 특히 물속에 발을 내리게 될 주희는 허리를 잡고 웃었다.

"사는 게 악어가 득실대는 물속으로 들어가는 일이지. 꼭 결혼이 아니더라도 말이야. 나는 로맨스소설을 쓰는 게 그렇다고 생각해. 마술사와 같이 우리는 환상을 보여주는 거라고 말이야. 삶에 사랑이 얼마나 중요한지, 힘들면 잠시 눈을 감고 휴식을 가지라고. 그러면 당신이 절망적으로 생각하던 그것이 아무것도 아닐 수 있다고 말이야."

주희가 눈을 감고 미소를 지었다. 선생님은 정말 아름답게 말을 하신다. 덕분에 자신이 왜 로맨스소설을 좋아하는지 다시 생각났다. 그래, 지금 하려는 것도 그리 크게 무서워할 일은 아니다, 라는 생각이 든다.

애희가 갑자기 생각난 듯 손가락을 올렸다.

"아! 조건이 있어. 석현이 아빠와 만나거나 할 때 내 이야기는 절대로 하지 마. 네가 내 보조작가란 말도 하면 안 돼. 그리고 더더욱 내가 너희 둘을 연결해 줬다는 말도 하면 안 돼."

주희가 눈을 크게 뜨고 무슨 말인지 몰라서 물끄러미 바라보았다.

"왜요? 사실 선생님 덕분에 대표님 만났는데요. ……어떻게 만났는지 말하려면 선생님 이야기가 나올 텐데요. 그럼 뭐라고 해요?"

애희의 얼굴은 무표정했다. 그저 아득하게 먼 거리를 바라보는 여행자같이 쓸쓸한 눈빛으로 웃었다. 애희는 아무 말도 없이 일어나서 주희의 머리통을 쓰다듬었다.

"그냥 하지 마. 그거 외에는 무슨 이야기든지 꾸며내도 좋고 만들어내도 상관없어. 석현이한테는 내가 말할게. 절대로 하면 안 돼. 사실 결혼식에도 못 갈 거야. 잠깐 어디 다녀와야 해서."

멍하니 바라보는 주희를 보며 애희가 살짝 웃었다.

"걱정하지 말고, 네가 석현이한테 잘못하면 내가 가서 혼내줄 거니까."

주희가 여전히 이해하지 못한 멍한 시선으로 애희를 바라보았다.

♡

화려한 연회의 끝이다. 머리 위에서 발끝까지 보석으로 가득 치장한 금발의 여인이 바닥의 방석 위에 앉아 있었다. 그리고 그 위로 하지드 왕이 비스듬히 앉았다.

그의 앞에는 아름다운 갈색의 머리칼을 늘어뜨리고 하얀 옷을 입은 왕비가 앉아 있었다. 그리고 왕비는 작은 보석들이 박힌 술병을 들어 황금의 술잔에 술을 따르고 헤아에게 주었다.

"왕께 바치는 술입니다. 황금의 머리칼을 가진 그녀가 왕의 마음을 송두리째 빼앗으니 이제 왕국의 번영과 안정이 눈에 보이는 듯합니다."

그리고 왕비는 다시 병에서 술을 따라 자신이 마셨다. 황금의 술잔은 금발의 헤아의 손에 쥐어져 있었다.

"자, 금발의 여인이여, 왕께 당신의 사랑을 바치십시오. 그 술을 바치세요. 특별히 주문한 것이고 방금 내가 마셨으니."

황금의 술잔을 금발의 여인이 내려다보았다. 투명하고 차가운 초록색의 눈동자가 왕비의 부드러운 따뜻한 갈색의 눈동자를 바라보았다.

왕이 금발의 여인에게 손을 내밀었다. 그는 헤아를 내려다보며 환희에 찬 얼굴로 기쁨을 표시했다. 그 술을 받아 마셔서 자신의 사랑을 금발의 여자에게 보여주려는 생각일 것이다. 왕비를 내쫓고 금발의 여인을 왕비로 맞으려고 한다는 소문이 사방에 퍼졌다. 왕비의 온화한 눈동자 밑에 깔려 있는 감정을 헤아는 알고 있었다.

그녀는 그런 것쯤은 금방 알았다. 그녀의 어머니, 그녀의 언니, 그녀의 이모, 그녀의 여동생, 그녀의 사촌 여동생 등 온갖 그녀의 친척 여자들이 모두 겪은 일이다.

그녀는 게르만 족의 왕족이고 신성한 신의 딸이었다. 그녀의 친척 모두 가 왕족이었으며 그녀들은 왕들의 부인이나 두 번째 부인, 세 번째 부인이 되었다. 그리고 모두가 왕이 새로운 여자를 들이면 그런 눈빛으로 왕을 바라보았다. 질투에 휩싸이고 살인 충동에 시달리며 자신에게 상처를 준 남자를 죽이고 자신도 죽고 싶다는 그런 순간, 그 눈빛이었다.

황금의 술잔을 내려다보았다. 황금의 술잔에 담긴 술은 독이다. 그녀는 그것을 느낌으로 알 수 있었다. 그리고 저 작고 예쁘장한 갈색의 머리에서 나온 계획이 무엇인지도 깨달았다. 먼저 왕을 죽이고 왕의 살인범으로 나를 죽일 생각이다. 왕비는 같은 술을 마셔도 멀쩡한데 자신이 건넨 술을 마시고 왕이 죽으면 당연히 자신이 뭔가를 술잔에 넣은 것이 틀림없다고 어리석은 사람들은 생각할 것이다. 그렇게 조장할 것이 틀림없었다, 저 예쁘장한 갈색 머리가.

그리고 자신이 마지막 왕의 부탁을 받은 여인이며 아직은 왕비이니 그자리에 자신이 앉는 것은 당연하다고 선언할 것이다. 군대는 하지드 왕의 손아귀에 있지만 재상들과 신하들은 왕비 아버지의 손아귀에 있었다. 어렵지 않은 일이다. 왕이 제대로 죽기만 한다면.

작은 갈색 머리가 왕위에 올라 제일 먼저 할 일은 왕에게서 벗어나고자 끊임없이 탈출을 감행하고 왕의 몸에 쉴 새 없이 생채기를 내며, 왕에게 버겁게 사랑을 받고 있으면서도 왕을 거스르는 데 거침이 없는 금발의 여인을 목매다는 것이다. 그것을 왕비는 아주 즐겁게 기꺼이 자신의 사명이라고 눈속임을 하며 속으로는 기쁨에 벅차서 목매달 것이다.

헤아가 다시 왕을 바라보았다. 왕의 눈빛이 반짝였다. 그리고 그가 손을 내밀었다. 술잔을 달라고 하는 것이다. 틀림없이 그는 그 술잔을 받아 들고 술을 버릴 것이다. 왕비를 모욕하려는 것일 수도 있다. 그게 아니라도 그녀가 건네는 독을 마실 수는 없다.

그녀가 황금의 술잔을 왕에게 건넸다. 금발이 내려다보자 갈색피부의 아름다운 왕비가 움찔하는 것을 보였다. 그리고 하얗게 백지장처럼 탈색한 얼굴로 기묘한 표정을 지으며 왕을 뚫어지게 바라보는 것이 다시 보였다.

이 순간 무슨 생각을 하고 있을까? 자신이 그렇게 갖고 싶었던 사랑을 주지 않은 것에 대한 원망? 그래서 당신이 이렇게 죽음을 맞이하는 것이라고 우기고 싶은 그런 기만? 아니면 알아차리고 술을 마시지 않기를 바라는, 차라리 자신의 음모가 밝혀져 왕의 손에 죽고 싶다는 비뚤어진 사랑?

헤아가 하지드 왕을 바라보았다. 왕은 자신을 바라보고 있었다.

그의 새카만 눈동자와 무겁도록 가라앉은 섬뜩한 표정을 보면서 헤아는 자신이 느낀 것이 맞다는 것을 알았다. 왕도 이 황금의 잔이 독인 것을 알고 있다. 그런데 그가 어째서 황금의 잔을 자신의 손에서 받은 것일까? 시험해 보고 싶었던 것일까? 독을 자신에게 줄 것인지? 내가 왕을 사랑하는지 아닌지 그것이 알고 싶었던 것일까? 내가 하지드 왕에게 독을 건네주었는데 그가 어떻게 나올 것인지? 헤아는 알 수가 없었다.

그녀는 그런 감정을 느끼지 않았다. 아니, 그런 감정을 배우지 않았다. 그녀는 마녀였고 신녀였다. 신의 말을 들었고 그리고 그렇게 키워졌다. 언젠가는 신의 뜻을 받들어 무녀로, 마녀로 왕을 보좌하며 때가 되면 왕의 또 다른 부인이 될 처녀였다. 신녀가 되기 며칠 전에 흑해의 도적들이 게르만을 습격해서 신전의 보물들을 전부 쓸어가지 않았더라면 그렇게 될 순차였다. 신전의 보물을 쓸어가는 도중에 신전에서 잠이 든 그녀 또한 같이 잡아가지 않았더라면 그녀는 신녀로 클 처지였다.

그녀가 신녀임을, 마녀임을 알아차린 해적들은 무서워서 당장에 근처에 지나가는 아랍 상인의 배에 그녀를 그릇 몇 개와 바꾸어 버렸다. 그리고 아랍 상인들도 무서워서 그녀에게 손을 대지 못한 채, 이 검은 머리칼의 왕의 손에 들어가기 위해 그녀는 아라비아의 부두에 내리게 된 것이었다.

그 순간이었다. 왕이 황금의 술잔을 붙잡고 단숨에 들이켰다. 헤아가 놀라서 그것을 바라보았다. 그리고 갈색 머리의 왕비도 숨을 멈추고 그것을 바라보았다. 이 황금의 독을 알고 있는 신하들은 모두 놀라서 그것을 바라보았다. 하지드 왕이 독을 마실 줄은 몰랐다. 그가 그것을 모를 정도로 바보가 아니란 것을 알고 있었다. 그런데도 불구하고 왕은 독 잔을 마셨다. 어째서? 왜?

금발의 마녀가 왕을 바라보았다. 검은 머리칼과 검은 아이라인으로 섹시한 웃음을 지으며 왕이 헤아를 바라보았다. 그리고 그대로 그 자리에서 다리를 꺾으며 무너져 내렸다.

왕의 붉은 입술에서 더 붉은 액체가 뚝뚝 떨어졌다. 왕비가 비명을 지르며 왕에게 달려갔다. 헤아가 그에게 다가가려 하자 갈색 머리의 왕비는 표독스러운 원망의 눈초리를 헤아에게로 향했다.

자신이 죽였지만 금발이 아니었으면 그가 죽을 일은 없었을 것이다. 그를 매혹시키고 그가 자신을 궁 밖으로 내치게 만든 이 금발의 마녀가 모든 일의 원흉이다.

"가까이 오지 마라, 이 마녀!"

헤아의 초록색 눈동자가 커졌다. 겁에 질린 듯한 눈동자가 왕의 얼굴에 박힌 채 움직이지 않았다. 헤아의 눈동자가 초록색에서 점점 짙게 보라색으로 변하기 시작했다.

"내가 한 짓이 아니다."

금발의 작은 속삭임이 입술에서 흘러나왔다.

―작가님! 남주가 죽다니요! 이게 웬 말이오?

―끄앙! 듀금?

이거, 이상하다. 19금이기 때문에 초등학생은 읽을 수 없을 텐데……

―작가님 설마 로맨스가 스릴러나 새드엔딩으로 끝나는 건 아니겠죠? 로맨스는 해피엔딩이 진리입니다.

―로맨스임을 직시하세요. 마법이니 환영이니 판타지로 가면 안 됩니다.

그녀의 연재에 댓글이 폭발했다.

아! 왜? 왜 안 돼! 사실 그쪽을 생각하고 있던 주희로서는 적잖게 당황했다. 남주가 독주를 마셨는데 어떻게 살려내라고? 응? 판타지로 가야지! 크악!

주희가 머리를 책상에 박았다. 왜 생각 없이 독주를 마시게 했을까? 금발의 헤아가 항의하는 것이 들린다.

'아 놔, 이 작가, 내가 아무리 신녀이고 마녀라지만 너무한 거

아냐? 내가 여기서 어쩌라고? 응? 이렇게 여주를 구석에 몰아놓고 잠이 오냐?'

이미 올라간 연재를 수정할 수도 없고. 머리털을 뽑고 있는데 갑자기 띠리링, 하는 효과음과 함께 문이 열렸다. 주희가 벌떡 일어나 밖으로 나갔다. 요즘 글쓰기 외에는 뭐든지 다 재미있다. 상대가 누군지 빤히 아는 마중조차도.

"수인이냐! 며칠만이냐?"

"아, 주희냐? 잘 지내고? 얼굴이 어째 좀 마른 것 같다?"

수인의 어머니가 땅딸막한 몸매에 다부진 얼굴로 바리바리 짐을 싸서 현관에 서 있었다.

"어, 어머니? 연락도 없이 어쩐 일이세요? 그리고 짐이 이렇게 많으면 연락을 하시지, 혼자 들고 오세요?"

"이 정도야 가뿐하지, 뭘 이딴 것으로 너희들을 부르고 말고 하냐? 그리고 요새 수인이 놈이 통 연락이 안 된다. 너는 수인이 놈이 바람피우는 거 알고는 있냐?"

"네? 바람이오?"

수인 엄마가 거실로 들어와서 허리를 펴고 다시 부엌으로 들어가 자신이 가져온 것을 냉장고에 정리하기 시작했다.

"그럼, 남자가 밖으로 싸다니면 바람이 날 수밖에 없어. 안에서 단단히 단속을 해야지, 안 그러면 큰일 나."

냉장고에서 먹다 남은 김밥과 통닭 조각을 찾아낸 수인 엄마가 냉큼 쓰레기통에 버렸다. 그리고 안을 정리하며 반찬들을 차곡차곡 쌓았다. 그리고 반찬을 싸온 구겨진 신문지를 펴서 주희의 눈앞에 펼쳤다.

"이게 뭐냐?"

선데이 뉴스라는 듣도 보도 못한 타블로이드판 같은 신문에는 수인과 지애의 사진이 찍혀 있었다. 아파트에서 나오는 듯 둘 다 편안한 추리닝 차림으로 손을 잡고 있었다. 어두운 저녁인 데다 화질도 엄청 구린데 잘도 찍었다. 사진을 찍는 사람을 못 봤는지 수인이 지애에게 깜찍한 웃음을 짓고 있었다.

헤에, 이 자식, 애교도 떠네? 오래 살고 볼일이네. 좋아 죽네, 죽어.

"아, 이거요? 어머니 이게, 어떻게 된 거냐면요……."

수인 엄마가 냉장고를 쾅 닫았다. 움찔한 주희가 입을 닫고 있자 갖고 온 곰국을 커다란 냄비에 넣고 가스레인지에 올려놓으며 나지막한 목소리로 수인 엄마가 윽박질렀다.

"나는 이딴 말라깽이 며느리로 못 본다. 어디 피죽도 못 얻어먹게 생겨서 남의 남자를 가로채? 응? 이 자식 어서 불러라. 내가 아주 요번에 끝장을 보고 말 테니. 너도 각오를 혀라. 결혼을 하던가, 아니면 이 집에서 쫓겨나던가! 내가 이제껏 네 어머니를 보고 참고 '그래도 애들이 생각이 있겠지, 요번 해는 안 넘기겠지' 하고 기다렸는데 이제는 못 참겠다."

주희가 고개를 숙이고 네네, 하고는 전화기를 들고 방으로 들어갔다. 수인이 전화를 받았다.

[왜? 지금 바빠. 던전 공략해야 하니까 빨리 말해.]

주희가 밖의 소리를 듣다가 손으로 전화기를 가리고 어머니를 흉내 내며 나지막하게 윽박질렀다.

"당장 안 와? 어머니 오셨어! 너랑 지애 씨 사진 찍힌 신문 들고 오셨다. 어머니 PT 잘 준비해. 지애 씨 너무 말랐다고 기분 나빠 하셔."

전화기 안에서 소란이 일어났다. 누군가가 일어나다 넘어진 듯 쿵 하는 소리와 옆에서 여자가 '괜찮아요? 다친 것 같은데?' 하는 소리에 이어서 갑자기 으악 하는 비명과 함께 다시 쿵 하는 소리 가 들렸다. 그리고 잠잠하더니 여자의 목소리가 들렸다.

"여보세요? 공 작가님? 저기, 수인 씨 일어나다 넘어져서 발목 을 삐었어요. 지금 간다고 하는데 움직이면 안 될 것 같아서요. 발 목이 붓기 시작하는 것 같아요."

주희가 혀를 찼다. 지금 서둘러 공략을 해도 모자랄 어머니가 분기탱천해서 기다리는데 아들이 발목을 삐다니.

"일단은 집 주소를 저에게 문자로 보내주세요. 어머니도 지애 씨를 보셔야 하니까 모시고 갈게요. 제가 잘 말해놓을게요. 서로 사랑한다고, 곧 결혼한다고 말씀드리세요. 그리고 지애 씨는 결혼 하면 살이 찌는 체질이라고 말씀드리고요. 아셨죠?"

뭔가 조금 떠는 말투로 자신에게까지 조신하게 네, 하고 말하는 지애를 보면서 주희가 한숨을 쉬었다. 그러곤 밖으로 나가 어머니 가 끓이는 곰국을 보면서 맛있겠다며 목소리의 톤을 높였다.

모델인 문지애의 아파트에 수인 엄마가 가지 않겠다고 버텼다. 며느리 될 여자도 아닌데 그 집에 갈 수 없다고 화를 버럭 내셨지 만 그것은 분명히 다른 여자의 영역에 들어가기 싫어하는 늙은 암 호랑이의 포효였다. 주희가 어머니에게 사정을 했다.

"어머니, 지금 수인이가 발목을 삐었어요. 병원에 우선 가야 하니까, 그러면 우리 랜덤호텔에서 저녁에 만나기로 해요. 아! 거기 중식당 유명해요. 제가 기념으로 한턱낼게요. 만날 어머니한테 얻어먹기만 했는데 잘됐다, 그죠?"

수인 엄마가 잠시 입을 닫았다. 수인 엄마가 유일하게 좋아하는 외식은 중국요리였다. 그것도 시골에서 자장면을 먹다가 서울에 오면 항상 수인이 으리으리한 중식당에서 사주는 꽤나 비싼 중국요리를 좋아했다. 달콤한 닭튀김과 매콤한 양념을 특히 좋아해서 주희와 수인은 결혼 문제로 화가 머리끝까지 난 수인 엄마를 중국요리로 입 막아 정신 못 차리게 하고 시간을 벌곤 했다. 어머니가 새침한 표정으로 주희를 보았다.

"그래? 그럼 네가 낸다고? 맛은 있고?"

주희가 수인 엄마의 팔짱을 꼈다. 주희의 애교는 수인 엄마에게 빗나가는 법이 없었다. 아들이라고는 무뚝뚝한 수인이 녀석이 다인 수인 엄마에게 뻔뻔하게 엉기는 주희의 애교는 필살기로 저항 자체를 허락하지 않았다. 자기 집보다 수인이 집에서 더 밥을 많이 얻어먹었던 주희가 말도 하지 말라는 시늉을 하며 호들갑을 떨었다.

"그럼요. 어머니 제가 언제 헛 말 하는 거 보셨어요? 거기 깐풍기가 얼마나 야들야들한지 아세요? 제가 저번에 먹어봤는데요, 글쎄 입으로 들어갔는데 감쪽같이 사라졌어요. 입에서 녹아서, 헐, 저는 아이스크림인 줄 알았어요."

수인 엄마가 큰 소리로 웃으면서 손뼉을 쳤다.

"아이 참, 얘도, 너는 그렇게 뻥을 치더라. 그런데 거기 누룽지 탕은 잘하냐? 저번에 네 시아비가 사줘서 먹어봤는데 그거 맛있더라."

"어머니! 거기 누룽지탕, 장난 아니에요."

♡

랜덤호텔의 중식당 가까이에서 명우가 석현에게 생각난 듯 물었다.

"그런데 주희는 어떻게 네 사진을 갖고 있었냐? 변호사한테 그 말은 못 들었는데?"

석현이 이모의 말을 떠올렸다. 그리고 지나가는 듯 부드럽게 대답했다.

"제가 쓴 사진학과 책에 제 사진이 작게 나와 있어요. 누가 그 사진을 캡쳐해서 인터넷에 올려놓은 모양이더라고요. 주희가 냉큼 그거를 쓴 거고요. 흑백사진이어서 옛날 사람인 줄 알았대요. 사실 그런 데 좀 문외한이에요, 주희가."

명우가 고개를 끄덕였다. 랜덤호텔에서 피플스 라이프지가 지원하는 환경과 사회 인식에 대한 포럼이 열렸다. 오후에 참석하기로 한 기업들의 동향에 유명 기업들은 전부 핑계를 대고 도망치고 우현그룹 대표로 명우가 참석했다. 연설을 하고 짧게 질의문답을 한 후에 명우가 포럼에 참석한 자신의 사진을 찍기로 한 석현과 만났다. 같이 저녁을 먹기로 하고 석현이 장비를 챙기러 잠시 자리를 비웠다.

이태리 식당으로 향하는 명우의 눈에 주희와 중년의 통통한 여자가 들어왔다. 주희가 중년 여자의 팔을 꼭 잡고 살갑게 애교를 떠느라 명우를 보지 못하고 웃으며 지나갔다.

"어머니, 나쁘게 생각하지 마시고 결혼시켜 주세요. 네? 괜찮아질 거예요. 수인이도 얼마나 자기 몸을 챙기는데요. 어머니 아들 굶을 인간 아니니까 걱정 마세요."

중년의 여자는 걱정스러운 얼굴로 못마땅하게 말했다.

"너와 결혼하면 그렇겠지. 못된 놈, 여자 집에 기어들어 가다니. 그런 놈일 줄 몰랐네."

"어머니, 어머니가 줄곧 해오던 말씀이시잖아요. 아기 먼저 가지라고. 어머니가 그런 말씀 하셔놓고."

중년 여자는 낄낄대며 '그건 맞는 말이다' 라고 대꾸하며 중식당으로 들어갔다.

우현그룹 회장의 잘생긴 얼굴이 굳어졌다. 명우의 얼굴이 그렇게 굳어져 있을 때에는 아무도 말을 걸지 않았다. 드물게 화가 난 상태로, 그런 상태의 명우에게 말을 걸거나 시비를 거는 것은 새로운 자살 방법일 뿐이다.

명우는 중식당의 번쩍거리는 황금색의 간판 글씨를 보다가 문득 주희에 대해 아는 것이 없다는 것을 깨달았다. 수석변호사인 박 변의 말에 의하면 그저 느닷없이 로맨스소설이 좋아서 그 작가인 주희가 좋아진 거 아니겠냐고 했지만, 다시 생각하니 의심스러운 점이 하나둘이 아니었다. 주희가 어떻게 석현의 사진을 가지게 되었을까? 석현의 책에 든 사진은 자신도 아는데 소설의 표지로 쓸 그런 분위기의 사진이 아니었다. 책장을 배경으로 거의 변장이나 마찬가지인 안경과 모자를 쓰고 있어서 그런 사진을 배경으로 하는 소설이라고는 추리소설이나 공포물이 고작일 것이다. 로맨스소설이라니. 주희가 석현에게 계획적으로 접근했을 가능성은? 설마 하는 생각이 뒤이어 바로 들었지만 그것은 아무도 모르는 일이다.

그리고 주희가 썼다는 소설의 주인공이 석현을 닮았다는 사실도 이상했다. 그것이야말로 주희가 석현에 대해서 옛날부터 알고 있었다는 것을 증명한다. 명우의 눈빛이 사나워졌다.

그리고 자신의 아들과의 결혼은 망설이면서 조금 전 중년의 여인에게는 결혼시켜 달라고 애교를 떠는 주희의 모습은 마치 전문적인 사기꾼이란 생각이 들 만큼 이상하고 수상했다.

주희가 석현을 속일 정도로 주도면밀하고 계획적인 인간은 아닐 거라는 생각이 들었지만 좀 전의 주희의 모습은 진실로 결혼을 바라는 것같이 보였다. 정말 아들과 자신까지 전부 속고 있는 것일까?

우현그룹 회장이 3층의 중식당으로 향하는데 석현이 나타났다. 명우가 석현을 끌고 아무 말도 없이 중식당으로 향했다. 중식당으로 들어가자 먹는 사람들은 많이 있는데 주희와 중년의 여성은 없었다. 지배인이 놀라서 다가오자 회장은 방금 전에 젊은 여자와 중년의 여성이 들어왔는데 아느냐고 물었다. 지배인이 고개를 저으며 지금 홀에 안 계신 분들은 안쪽의 귀빈실에 있는 단체객밖에 없다고 했다. 명우가 성큼성큼 그 귀빈실로 향하자 석현이 아버지를 잡았다.

"지금 뭐 하시는 거세요? 누구 만나기로 하셨어요?"

명우가 얼굴을 찌푸렸다.

"그래, 너도 아는 분들이다. 같이 인사나 하자. 그리고 설명을 들어야지. 제대로 된 설명이 아니면 내가 무슨 짓을 할지 모르니까."

문을 벌컥 열고 들어간 귀빈실은 분위기가 화기애애했다. 석현이 안에 있는 수인과 지애, 그리고 중년의 여성, 주희를 보고 의아한 눈빛으로 아버지를 돌아봤다. 주희가 벌떡 일어나서 명우를 향해 해맑게 인사를 했다.

"아! 아버님, 안녕하세요. 여기는 어쩐 일이세요?"

명우가 중년의 여자를 보면서 주희에게 물었다.

"여기 이분은 누구시지?"

"제 친구 이수인 어머니세요. 어머니, 이분은 제가 아까 말했던 석현 씨의 아버님이세요. 여기 식사하러 오셨어요? 그리고 제 친구 이수인과 약혼자 문지애 씨. 조만간 결혼할 거예요."

회장님이 우뚝 선 채 수인의 어머니를 보았다. 석현이 아버지를 돌아보면서 뭔가 설명을 해달라는 눈빛을 보냈다.

명우가 한참 동안 뭔가를 생각하는 듯 행동했다.

아무래도 무례한 일을 저지른 것 같은데 어떻게 해결을 해야 할지 자신도 알지를 못해서 좋은 머리로 이리저리 궁리를 하는 것 같았다. 합리적인 핑계나 이성적인 답이 나오지 않았다. 아무리 해도 공개적인 창피 외에는 돌아올 것이 없어 보였다. 장 회장이 갑자기 머쓱한 웃음을 지으며 천천히 고개를 저었다.

"아, 뭔가 내가 오해를 한 모양이야. 주희가 결혼 운운하기에 착각을 했네."

석현이 인사를 하고 나가려고 했다. 수인이 어리둥절한 표정으로 있다가 인사를 했다.

"괜찮습니다. 같이 한잔하시겠습니까? 사실 저희를 이어준 게 장 대표님이신데요."

석현이 고개를 저었다.

"설마요. 저는 소개, 이런 거 잘 못 합니다."

수인이 미소를 지으며 고개를 저었다. 그리고 잔에 맥주를 부어서 석현에게 건네주었다.

"고마워서 그런 것입니다. 비록 속셈은 따로 있었지만 게임쇼를 지애에게 소개해 주지 않았더라면, 우리는 아마 영영 만나지도 못했을 겁니다. 그리고 장 대표님의 연애에 일일이 방해하면서 쫓아다녔을지도 모르는 일이지요. 하하, 제가 술 석 잔은 꼭 사겠습니다."

석현이 묘하게 웃음을 지으며 단숨에 맥주를 들이켰다. 석현이 잔을 내려놓자 수인이 문득 말했다.

"참, 석현 씨는 애희 선생님께 술을 사야 하겠네요. 두 분도 사실 그분이 연결시켜 준 거잖아요. 그런데 애희 선생님이 석현 씨 이모님이라면서요? 이모님께 옷이라도 사야겠네요."

석현과 주희가 동시에 서로를 바라보았다. 석현이 아버지를 바라보았다. 우현그룹 회장 장명우의 얼굴은 겉보기에는 멀쩡했다. 장 회장은 그 자리에 있는 모든 사람에게 인사를 하고 특히 지애에게 잘됐다고, 정말 축하한다고 인사를 했다. 그리고 사람 좋은 미소를 지으며 천천히 밖으로 나갔다. 주희가 인사를 하고 석현과 함께 귀빈실을 나가자 홀의 빈 테이블에 명우가 앉아 있었다.

석현이 맞은편에 앉아 아버지를 바라보았다. 이모가 아버지에게 말하지 말라고 했지만 이렇게 밝혀진 이상 사실대로 말하는 것이 좋을 듯했다.

"아버지, 이모가……."

명우의 얼굴이 기묘하게 밝아졌다.

"그 말이 사실이야? 김윤희가 너희 둘을 연결시켜 줬다는 거. 사실이야?"

석현이 고개를 끄덕였다. 그리고 곁으로 다가온 주희의 손을 잡았다.

"사실 이모가 말하지 말라고 하셔서 말을 못 했어요. 이모가 어설프게 연결을 시켜준 거는 맞아요. 하지만 그냥 사진만 준 거라서 직접적으로 그렇게 소개를 시켜준 거는 아니에요."

명우가 주희를 바라보았다.

"석현이 만나기 전에 윤희랑 아는 사이였냐?"

주희가 석현을 보면서 고개를 끄덕였다.

"네, 애희, 아니, 김윤희 선생님 보조작가예요. 선생님 밑으로 들어간 지는 한 삼 년 됐습니다. 선생님께서 나쁜 의도로 하신 건 아니고요, 아버님."

명우가 나쁜 의도란 말에 고개를 쳐들었다. 그리고 석현을 보다가 주희를 빤히 바라보았다. 피식 웃으며 명우가 작은 목소리로 말했다.

"내가 네 외갓집 인간들과 안 친했지. 그렇지? 참 그 인간들 얼굴 볼까 두려웠는데. 집안 행사나 공개적인 모임에서도 그 인간들이 친한 척할까 봐 꽤나 무서웠지. 그런데 감히 내 집안일에 끼어들어? 김윤희가 내 일에, 내 가족사에 끼어들면 안 되지. 끼어들고 싶었으면 30년 전에 했어야지. 지금 와서? 웃기시네."

석현이 명우의 목소리에 깃든 공포와 경멸, 그리고 무시무시한 분노를 알아차렸다.

"주희, 너에게 미안하구나. 그런데 너도 나에게 상처를 줬다는 걸 알아다오. 내가 왜 너를 참 마음에 들어 했는지 나도 이상했는 데 이제 알겠군. 너는 김윤희와 너무 닮았어."

명우가 일어서자 석현과 주희가 멍한 얼굴로 바라보았다.

"나는 석현이 근처에 김윤희가 맴도는 거 싫다. 김윤희와 닮은 여자는 안 돼. 그 녀석의 제자도, 비서도, 보조작가도, 그 여자와 관계된 어떤 사람이건 우리 주변에 두고 싶지 않아. 그리고 석현 이 너도 다시 생각해라. 그 여자와 닮은 여자를 만나봤자 좋은 꼴 을 못 봐. 결혼은 포기하는 게 좋겠다."

명우는 일어서더니 그대로 강 비서를 불러 나가 버렸다. 석현이 주희의 손을 잡았다. 충격으로 파랗게 질려서 불안한 눈초리로 바 라보는 주희를 보며 석현이 미소를 지었다.

"나이가 벌써 서른 살인데 아버지 허락 따위는 필요하지 않아. 걱정하지 마."

뒤에서 무슨 일인지 살그머니 내다보았는지 수인이 주희에게 다가왔다.

"내가 실수한 거야?"

주희가 고개를 저었다. 하지만 그래, 네가 실수한 거야. 정말 큰 실수지, 라는 말이 입 밖으로 나오려고 했다. 이유는 모르지만 회 장님의 그 아무 표정도 없는 얼굴이 무서웠다.

♡

석현과의 통화를 끊은 애희가 멍한 눈으로 TV를 보았다. 그렇게 쉽게 일이 풀릴 것이라고 생각하지 않았다. 그러기에는 그의 상처가 너무 컸다. 자신의 상처도. 그리고 그들의 피는 여전히 심장에서 떨어지고 있었다. 아직도 피가 흐르는 그 상처에 소금이 휘날렸다. 그는 아마 미쳐서 날뛸 것이 분명했다. 그때처럼.

하지만 그때와는 다르다. 자신이 정신을 차려야 했다. 지금 그가 날뛸수록 다치는 것은 석현과 주희, 그 애들이었다. 집 전화벨 소리가 울렸다. 애희가 전화를 받았다. 낮은 남자의 목소리가 들렸다.

[당장 호텔로 와.]

애희가 숨이 막힐 것 같은 신음 소리를 냈다.

"나 볼 일 없다면서."

전화기 옆에서 뭔가를 부수는 소리가 들렸다. 유리 창문 같은 것이 박살 나는 소리였다.

[네가 먼저 시작했어. 내가 경고했지, 내 일에 끼어들지 말라고. 내 가족에게도 끼어들지 말라고 했는데 항상 네가 먼저 깨뜨렸잖아! 그 아이 어릴 적에도, 쉴 새 없이 집으로 학교로 아이에게 다가간 건 너였어! 당장 와서 어떻게 할 건지 말해! 아니, 내가 제안을 하지. 이번에는 내가 하는 거야, 네가 아니라. 주희를 데리고 유럽이든 어디든 떠나. 석현이를 떠나라고. 알았어?]

전화가 끊어졌다. 애희가 고개를 숙이고 생각에 잠겼다. 그러곤 조용히 일어나 옷을 갈아입고 가방을 챙겨 들었다. 현관을 나서기 전, 애희는 불안한 표정으로 조용히 집 안을 둘러보았다. 마치 여행을 떠나기 전에 마지막으로 주변을 둘러보듯이. 그리고 현관문이 조용히 열렸다 닫혔다.

♡

석현이 꽃집으로 들어갔다. 문을 다 닫은 꽃집 중에서 유일하게 문을 열어놓은 꽃집이었다. 시간도 늦었고 야밤에 서울 근교라 걸어다니는 사람들도 없었다.

안에서 안경을 쓴 노인이 천천히 나왔다. 석현을 보고는 반가운 기색이 역력했다.

"아이고, 이게 누구야? 석현 도련님이잖아요? 언제나 찾아오실까 하고 기다리고는 있었지만 정말로 찾아올 줄은 몰랐는데. 하하, 이 늙은이 가기 전에는 오시겠지 했지."

"안녕하세요, 노 비서님. 이제는 성이 노 씨가 아니라 늙어서 노 비서님이라고 불러야겠네요."

꽃집이라고 부르기에는 너무 큰 농장이었다. 서울 근교에 큰 꽃농장을 하고 있는 노장농원은 석현이 어릴 적 근 30년 넘게 저택을 돌보던 비서인 노석철이 은퇴하고 운영하는 농원이었다. 그에게 찾아간다고 생각만 하고 이제껏 들르지 않았는데 물어볼 것이 생기자 바로 찾아온 것이, 사람의 마음이 이렇게 간사한 것인가 싶기도 하다.

차를 마시면서 꽃을 설명하는 노 비서가 좋은 꽃이라고 몇 개를 싸서 밑의 사람에게 석현의 차에 실으라고 지시를 내렸다. 그러곤 다시 꽃차를 권했다.

"그래, 무슨 일이세요?"

석현이 쓴웃음을 지었다.

"무슨 일인지 얼굴만 보면 아세요?"

"도련님, 그 큰 저택에서 큰 마님이 돌아가실 때까지 30년 넘게 집안일을 돌봤습니다. 얼굴만 보면 무슨 일이 생겼구나 하고 알아볼 수 있지요. 특히 도련님은요."

석현이 곰곰이 생각하다가 그냥 물어보기로 했다.

"혹시 이모 말이에요."

노 비서가 고개를 갸웃했다.

"이모? 아, 윤희 아가씨?"

석현이 노 비서를 뚫어지게 바라보았다. 노 비서의 안색이 어두워졌다. 그리고 석현을 힐긋 보았다.

"무, 무슨 일이신지?"

"이모랑 우리 아버지랑 무슨 사이입니까?"

꽃차를 마시다 말고 노 비서가 물었다.

"그건 왜 묻습니까? 이제 와서?"

노 비서의 물음에 석현이 미소를 지었다. 그리고 몇 시간 전의 소동을 이야기했다.

"방금 전까지 며느리라고 부르더니 갑자기 이모 보조작가였다고 하니까 헤어지라고 난리를 치고 가셨어요. 도대체 내 기억에는 이모와 얼굴을 맞대고 말도 한 번 하지 않으셨던 분이 왜 이 난리인지 모르겠어요. 서로 앙숙인가요? 철천지원수예요? 옛날에 서로 칼부림이라도 했나요? 도대체 모르겠어요. 그리고 아버지 아시잖아요? 헤어지라고 하시는 말이 장난이 아니더라고요. 제가 힘든 건 건디겠는데 주희에게도 압력이 들어올 거예요. 어떻게 해야 할지 모르겠습니다."

노 비서의 기억 속에서 윤희는 귀여운 소녀였다. 거의 30년도 전의 일이었다. 그때는 한창 젊은 나이는 아니었지만 나름 젊었고 들어온 지 얼마 되지 않아서 빠릿빠릿하던 시절이었다.

윤희와 수희는 곧잘 그녀들의 아버지와 함께 저택에 놀러 왔다. 그 아버지의 바람은 맏딸 수희와 명우가 결혼하는 것이었지만 명우의 아버지는 친우가 데리고 오는 어린 소녀들을 그리 마음에 들어 하지 않았다. 그리고 명우 또한 아직 너무 어린아이들이라 보모 같은 심정으로 피곤해하기 일쑤였다.

수희는 열여덟 살이었고 무척 아름다웠다. 하지만 불안한 성격으로 어딘지 모르게 신경증 환자 같은 구석이 있었다. 모든 것에 항상 조바심을 부리다 컵을 깬다거나 물건을 잊어버리는 사고를 내기 일쑤였다. 그리고 윤희는 열여섯 살이었다. 키는 언니만큼 크지만 조용하고 그리고 얌전한 아이였다.

15

어두운 방에 앉아서 TV를 보고 있었다. 손에서 피가 흐르고 있었지만 아프지 않았다. 전화를 하면서 흥분해 깬 거울 조각이 방안의 카펫에 이리저리 흩어져 있었다.

장명우 회장이 다치지 않은 손으로 TV의 채널을 돌렸다. 화가 머리끝까지 올라 소리를 지르고 난리를 쳤지만 흥분이 가시자 기분이 나빠졌다.

TV의 한 다큐방송에서 작은 곤충이 보였다. 방송에서 나온 무당벌레를 잡는 누군가의 손가락이 윤희의 손끝과 겹쳐 보였다.

어릴 적 윤희도 무당벌레나 돈벌레, 심지어는 공벌레 등 여자아이들이 싫어하는 곤충들을 잘도 잡았다. 1층의 풀밭 속에서 삐삐처럼 머리를 땋은 머리통이 나왔다 들어갔다, 나왔다 들어갔다 하며 뭔가를 정말 열심히 찾고 있었다.

명우는 궁금해졌다. 그 여자아이들은 명우의 집안 정도는 아니지만 나름 부잣집 어린 딸들이어서 온종일 앉아서 책을 읽거나 피아노를 치거나 그림을 그리지, 나가서 곤충을 잡는 일이나 물장난을 치거나 레슬링을 하는 일은 없을 거라 생각했다.

언제나 조용하고 얌전한 윤희의 모습은 그 커다랗고 반짝거리는 검은 눈동자를 내리깔고 그림자처럼 있었지만 자신을 은밀히 쫓고 있는 것이 다 보였다. 그 검은 장난스러운 눈동자가 얌전할 리가 없었다. 그는 아직까지 윤희의 진짜 말괄량이 모습을 캐거나 확인하려 하지 않고 가만히 있었는데 갈수록 그 인내심이 옅어지고 있었다. 그리고 마침내 호기심이 그의 이성을 눌러 버렸다.

뒤에서 다가가자 윤희가 무당벌레를 잡아 손 위에 올리고 들여다보고 있었다.

"웬 곤충이냐?"

그는 지나가는 말투로 무심코 말을 했는데 윤희는 정말 혼비백산했다. 뒤로 넘어지며 손을 휘두르는 바람에 무당벌레는 날아가 버렸다. 명우가 무심한 표정으로 윤희를 들여다보았다. 윤희는 항상 조용했다. 말을 시키지 않으면 하루 종일 단 한 마디도 안 할 정도로 얌전했다. 수희가 그의 관심을 끌려고 하루에도 세네 벌은 옷을 바꿔 입으며 패션쇼를 벌이고 아무나 붙잡고 수다를 떨고 부산스럽게 구는 데 반해 윤희는 투명인간처럼 보이지 않는 양 돌아다녔다.

긴장해서 돌처럼 굳은 윤희를 물끄러미 내려다보다가 명우가 뜬금없이 말했다.

"너 공부 잘하냐?"

윤희가 고개를 젓자 명우가 그럴 줄 알았다는 표정을 지었다.

"너는 공부도 못 해, 얼굴도 아니야, 앞날이 큰일이구나. 요리는 할 줄 아냐?"

윤희가 다시 고개를 젓자 명우가 크게 한숨을 쉬었다.

"남의 일이지만 아저씨가 고생이 많겠다."

윤희가 고개를 숙이고 있다가 명우를 살짝 흘겨보면서 작은 목소리로 물었다.

"오빠, 언니랑 결혼할 거예요?"

명우가 못 들을 이야기를 들었다는 표정으로 사납게 노려보았다.

"내가 제일 싫어하는 게 머리 나쁜 여자랑 결혼하는 거야. 알았냐? 얼굴 못생긴 여자보다 더 싫어."

윤희가 입을 닫고 시무룩한 얼굴을 하고 있자 명우가 밑에서 뭔가를 잡아서 윤희의 손에 올려놓았다. 작은 공처럼 몸을 말고 있던 공벌레가 위험을 느꼈는지 둥글게 몸을 말고 있다가 잠시 기다리자 자신이 누군지, 어디에 있는지 모르는 몸짓으로 허우적거리며 윤희의 손 안에서 수많은 다리를 허공으로 휘저었다.

윤희가 입을 헤벌리고 바라보자 명우가 미소를 지으면서 머리를 스윽 쓰다듬었다.

"수학이나 모르는 거 있으면 오빠한테 가져와. 오빠가 다른 건 몰라도 수학은 잘해."

윤희가 고개를 끄덕이자 명우가 엄한 얼굴로 말했다.

"자, 따라 해. 은혜에 감사합니다, 오빠."

윤희가 뭔가 기분 나쁜 얼굴을 하자 명우가 콧등을 탁 하고 손끝으로 튕겼다.

알싸한 아픔이 밀려오자 윤희의 눈에서 눈물이 찔끔 나왔다.

"은혜에 감사합니다, 오빠."

"항상 이 은혜를 뼈에 새기겠습니다, 오빠."

"항상 이 은혜를 뼈에 새기겠습니다, 오빠."

윤희가 고분고분 인사를 따라 하자 명우가 손가락으로 손님방을 가리켰다.

"자, 오빠님이 가는 길목을 막지 말고 강아지마냥 온 천지 싸돌아다니지 말고 얌전히 방에서 놀아."

윤희가 얌전히 고개를 숙이고 뒤돌아 가다가 명우가 뒤를 돌자 얼굴을 냉큼 돌리고 혀를 쏙 내밀었다. 누가 시키는 대로 할까 보냐! 나는 내 맘대로 살 거다, 흥!

순간 명우가 뒤를 돌아서 그 모습을 보았다. 윤희의 장난스러운 눈빛과 딱 마주치자 명우가 씨익 웃었다. 윤희는 간이 철렁 내려앉는 것 같았다.

제기랄, 저 늙은 오빠한테는 본 성격을 죽어도 들키기 싫었는데. 쳇!

윤희는 명우가 혹시 잡으러 올까 봐 놀라서 부리나케 방으로 달려갔다. 그리고 책을 읽으면서도 꼴보기 싫은, 잘난 체 선수인 늙은 오빠에게 어떻게 복수를 할까 궁리했다.

무슨 복수인지, 대체 그가 자신에게 한 잘못이 무엇인지 모르겠지만 그런 것은 나중에 생각하기로 했다. 자신의 모습을 들키게 한 그것만으로도 그는 벌을 받아 마땅했다.

그 봄에 시골에서 올라오면 자신의 딸들이 학교를 얼마나 빼먹을지 별로 크게 신경 쓰지 않고 몇 달씩 머무는 아저씨와 두 소녀는 표면적으로는 매우 우아하고 얌전하게 아주 고상한 취미인 오페라도 같이 보고 연극도 보고, 가끔은 가정교사를 불러 다시 돌아가면 뒤처지지 않게 한다는 구실로 공부도 하면서 지냈다.

그동안 윤희는 세 번의 복수전을 펼쳤고, 명우는 세 번 다 방어전에 성공했다. 어디서 잡아왔는지 한 무더기의 개구리를 명우의 방에 풀어놓은 것을 명우는 수학이 젬병인 윤희에게 수학 과외를 해줄 테니 오빠 방에서 참고서 준비하고 기다리라고 말하고는 자신은 친구 집에서 자고 다음 날 들어왔다.

자신이 풀어놓은 개구리를 잡으려고 한밤중에 쿵쿵거리다가 결국에는 아버지에게 들키고 윤희는 잔소리에 용돈 삭감까지 당했다.

다음 날 들어온 명우는 '아이고야, 내가 깜빡했구나. 미안하네, 꼬맹이'라며 분노에 부들부들 떨며 이를 가는 윤희의 정수리를 스윽스윽 쓰다듬었다.

그다음은 제법 고민을 한 윤희가 명우의 책에 '오빠가 만나주지 않아서 죽어버리겠다'는 묘령의 여인이 쓴 나름 사랑(?)의 편지를 써서 끼워 넣었다. 그리고 우연히 그런 것처럼 연기를 하며 편지를 떨어뜨렸다.

커다란 거실에 모두 모여서 명우가 자신의 대학 신입생 이야기로 꽃을 피우다가 떨어진 편지에 눈이 가자 윤희는 자신이 주어서 큰 소리로 읽었다.

모두들 놀라서 명우를 바라보았다. 윤희는 명우가 변명을 하고 진땀을 흘리면서 자신의 결백을 주장하면 나중에 정말 혼나기 전에 봐줘야지 하고 생각하고 있었다. 그런데 명우가 한숨을 쉬면서 미안하다는 투로 모두에게 선언했다.

"하아, 죄송합니다, 이런 일이 밝혀져서. 제가 너무 인기가 많아서 이런 일이 종종 일어나거든요. 아저씨, 이제 아셨죠? 제가 수희 신랑감으로 모자란다는 사실을. 그래서 지금까지 계속 약혼을 반대하고 거절하고 있는 것입니다. 이런 일들이 일어날 때마다 저는 정말 양심에 가책을 받아서 살고 싶지가…… 크흑."

명우는 눈가를 잡고 울음을 참는 것처럼 흐느꼈다. 과장된 저 모션과 부자연스러운 목소리가 가식적으로 울리는데도 연기가 아니라고 생각하는 거야?

윤희가 명우의 연극을 참지 못하고 자리를 박차고 일어났지만 그때, 보고 있던 수희는 기절했다. 때마침 과일 접시를 들고 있어서인지 와장창 깨지는 효과음이 자못 장중하고 엄청나게 폭발적이었다.

수희의 아버지가 놀라서 수희를 안고 침실로 데려가 눕히고 의사를 데려온다 난리가 나자 윤희는 자신이 일으킨 지진의 여파에 놀라서 입을 다물었다. 사람들이 정신없는 틈을 타서 밖으로 나가기 전에 명우가 윤희에게 다가가서 머리를 쓱쓱 쓰다듬어 줬다.

"이거, 좋은데? 이런 거 이름을 붙여야겠어. 음, 팀킬! 좋다, 팀킬이라고 부르자, 응? 종종 써먹어야겠어. 이 자식, 생각보다 머리가 좋아. 오라버니 나가신다. 다녀오세요, 해야지, 임마."

마침내 윤희가 마지막으로 비장의 무기를 끄집어냈다. 날씨가 점점 더워지자 호텔 수영장으로 놀러 가자며 수희는 명우를 불러냈다. 거절하던 명우는 어린 아가씨들만 보내기에는 무섭다는 아저씨의 말에 마지못해 차를 운전해서 데리고 가주었다.

수희의 수영복 차림에 젊은 남자는 물론이고 외국인들까지 다가와서 말을 걸었다. 심드렁한 표정으로 누워 있는 명우만 제외하고. 윤희가 분홍색 비키니를 입고 명우에게 다가갔다.

"오빠, 저 괜찮지 않아요? 요즘 길에서도 남자들이 저에게 말 붙여요."

명우가 선글라스를 쓰고는 윤희 쪽은 쳐다보지도 않고 대꾸했다.

"물어보려고 하는 거야. 왜 등에 얼굴에 붙어 있는지 궁금해서."

한참 동안 잘난 체 오빠의 말이 무슨 말인지 생각하다가 윤희가 시뻘게진 얼굴로 항의했다.

"오빠, 지금 내가 가슴이 작다고 놀리는 거죠?"

명우가 짐짓 놀라서 대꾸했다.

"무슨 소리야? 가슴이 작다니? 네가 가슴이 작다고? 아니, 무슨 말이야! 가슴이 있어야 작다거나 크다거나 말을 하지. 고삐리야, 넌 가슴이 없어요. 참, 요새 애들은 어쩌려고 저러는지, 쯧쯧."

수희는 남자들의 뜨거운 시선과 잠시 짬만 나면 서로 말을 시키려는 분위기에 업돼서 수영은 하지도 않고 그저 선베드에 누워서 시간 가는 줄을 몰랐다.

윤희가 수희를 보다가 명우가 건네는 레모네이드를 마시면서 구시렁거렸다.

"나도 오빠한테 여자로 보이고 싶어요. 나도 오빠 좋아한다고요."

명우는 대답이 없었다. 윤희가 힐긋 바라보자 선글라스를 낀 무표정한 얼굴이 자신을 보지 않고 수희를 보고 있었다. 수희의 곁에 젊은 남자 둘이 다가와서 큰 소리로 떠들고 있었다. 수희의 발그레한 얼굴이 보였다. 명우의 입술이 살짝 일그러졌다.

"아, 정말 짜증 난다."

젊은 남자들이 수희의 팔을 잡고 어디론가 같이 가자는 식으로 떠들고 있었다. 호텔 수영장에서 제일가는 글래머 미녀 앞이어서인지 두 남자는 과도한 테스토스테론을 뿜어내면서 주위의 젊은 남자들을 위협하고 있었다. 다른 남자들이 약간 겁에 질려서 멀찍이 물러서자 두 남자는 더욱 기가 살아서 수희의 허리까지 잡으려 했다.

수희가 거절을 하다가 어쩔 줄을 모르고 주위를 둘러보았다. 명우가 벌떡 일어나서 멀찍이 떨어져 있던 수희의 곁으로 성큼성큼 다가가자 윤희는 멍하니 그것을 바라보았다.

한참 앞에서 남자들에게 수희의 팔을 놓으라고 말하는 그의 모습이 보였다. 남자들은 꽤나 사는 집 아들들인지 콧방귀를 뀌고 명우를 밀었다.

명우는 그리 매너있는 남자는 아니었다. 여자를 대접할 줄도 모르고 남자는 더욱더 대접할 줄 몰랐다. 꽤나 사는 집 아들들이 모두 그런지 몰라도 명우 또한 자신의 주장을 쉽게 접는 인간은 더더욱 아니었다.

앞의 남자가 명우를 잡으려 하자 명우는 바로 얼굴로 강력한 훅을 날렸다.

두 명의 남자가 호텔 종업원의 안내로 타월로 감싼 깨진 머리를 안고 약간의 피를 흘리며 황급히 수영장을 나선 것은 5분도 되지 않은 시간이었다. 남자들은 두고 보자는 식의 악당들이 쓰는 듯한 대사를 날리며 퇴장하고 명우는 수희에게 집에 가야겠으니 당장 챙기라는 말을 했다.

윤희는 시무룩하게 그것들을 바라보고 있었다. 오빠를 유혹해서 오빠가 자신에게 좋아한다고 고백하면 '얼레리꼴레리 놀린 거래요' 하며 마지막으로 강력한 복수를 하려고 했는데 오빠는 자신을 등과 가슴의 질량이 같은 초등학생으로 보고 언니는 엄청나게 큰 가슴으로 자신의 것과는 비교도 되지 않게 강력하게 오빠의 시선을 붙잡고 있었다.

명우가 언니의 가슴을 보는 모습을 보자 윤희의 심정이 말 그대로 찢어졌다. 너무 아파서 자신의 얼굴이 시퍼렇게 변했다는 사실도 모를 정도였다.

그저 잘난 체 오빠. 언니와 결혼할 수도 있는 오빠. 나만 보면 놀리고 약 올리고 심술부리고, 심부름시키고, 온갖 아는 체, 있는 체, 잘난 체 다하는 인간인데, 언제부터 자신이 그를 바라보고 있었는지 알 수가 없었다. 윤희가 자신의 가슴을 내려다보았다. 주제도 모르고…….

그리고 입을 꽉 닫고 명우가 소리쳐서 부르자 짐을 황급히 싸들고 언니를 따라 뛰어갔다.

그날 저녁에 유달리 조용한 윤희를 보고 명우가 몇 번이나 머리 끝을 잡아당겼는데 윤희는 대답도 안 하고 반응이 없었다.

수영장에서 자신을 구해준 멋진 왕자님으로 명우를 찬양하는 수희를 보면서 명우는 머리가 지끈지끈 아팠다. 그리고 옆에 앉은 윤희는 마치 영혼이라도 이탈한 사람처럼 아무 표정도 아무 말도 없었다. 키가 삐죽하게 크고 가슴은 납작해서 허수아비처럼 휘청거릴까 봐 걱정까지 되는 녀석이 저녁 내내 꽤나 심각한 얼굴로 앉아 있었다.

저녁을 먹고 수영을 해서 피곤하다고 수희가 일찍 들어가자 어른들은 술을 마시러 서재로 들어갔다. 방에 들어갔다가 다시 나온 명우는 윤희가 아직도 주방에서 아줌마가 타주시는 커피를 마시고 있는 것을 발견했다. 명우가 다가가서 윤희를 불러도 들리지 않는지 그대로 딴 세계에 빠져 있었다. 아줌마가 돌아가고 나자 명우가 윤희의 맞은편에 앉아서 커피를 마셨다.

갑자기 자신을 발견했는지 윤희가 작게 말을 했다.

"언제부터 거기 있었어요?"

명우가 커피를 마시면서 윤희에게 물었다.

"아까 한 말이 진심이야?"

윤희가 멍한 눈초리로 명우를 보면서 되물었다.

"무슨 말이요?"

명우가 한심하다는 듯 거만하게 눈을 내리깔고 커피를 마셨다.

"아까, 나 좋아한다고 했잖아. 너도 여자이고 싶다고."

윤희가 안 움직이는 얼굴 근육을 힘겹게 움직여서 겨우 웃는 얼굴을 만들었다.

"하, 오빠 그 말 믿었어요? 내가 오빠 골리려고 일부러 준비하고 있었잖아요. 아, 넘어간 거예요? 복수가 성공했네. 하.하.하."

명우가 고개를 옆으로 기울이고 가만히 윤희를 보고 있었다. 어색하게 웃다가 윤희가 입을 닫고 고개를 숙여 커피를 마셨다.

"그런 거였어? 나 속이려고? 하아, 정말 속았네. 나는 네가 나 좋아하는 줄 알았는데. 그래서 내심 좋아했는데."

윤희가 고개를 번쩍 들었다. 귀에서 '그래서 내심 좋아했는데' 라는 말이 계속 울렸다. 눈을 동그랗게 뜨고 놀라서 바라보는 윤희를 물끄러미 보고 있다가 명우가 킥킥거리기 시작했다. 웃음을 참으려는 명우의 필사의 노력이 헛되게 나중에는 눈물까지 흘리면서 테이블을 손으로 치며 웃었다.

배를 잡고 웃는 명우를 보면서 윤희의 얼굴이 점점 붉어졌다. 불타는 듯한 얼굴로 끅끅거리며 웃는 명우를 보며 윤희가 벌떡 일어나더니 명우에게 덤벼들었다. 명우가 놀라서 윤희의 얼굴을 손으로 밀자 윤희가 명우의 머리를 잡고 헤드락을 걸었다. 놀라기는 했지만 목을 잡히고 팔을 꺾이면서도 명우는 웃는 것을 멈추지 않았다. 윤희가 씩씩거리며 큰 소리로 소리치며 명우의 팔을 물었다.

"왜! 왜! 나도, 나도 좋아할 수 있잖아! 그게 뭐! 내가 혼자 좋아하는 것도 안 돼? 그런 것도 허락받아야 해? 못된 놈아!"

명우가 자신의 팔을 물고 있는 윤희를 바라보았다. 윤희가 뚫어지게 바라보는 강렬한 눈빛에 기가 죽어서 슬그머니 이빨을 떼고 얼굴을 들어 올리자 명우가 윤희의 멱살을 잡았다. 윤희가 놀라서 겁을 집어먹고 빠른 어조로 용서를 빌었다.

"오, 오빠, 그, 그게 아니라, 내가 그, 그러려고 그런 게 아니……."

순간 윤희의 눈이 크게 떠졌다. 윤희의 멱살을 잡고 명우가 윤희의 입술에 입을 맞췄다. 놀라서 멍한 눈으로 올려다보는 윤희의 입술에 다시 입술을 내렸다. 도톰한 입술을 맞추고 단숨에 입술 안으로 침범해 윤희의 혀를 잡아챘다. 달콤하게 입안을 탐색하고 어루만지며 자신을 잡아당기는 그의 혀에 넋이 나가서 윤희가 정신을 못 차리고 몽롱한 채로 눈을 떴다.

자신을 바라보는 명우의 눈빛이 TV 동물의 왕국에서 아무것도 모르고 풀을 뜯고 있는 두더지나 너구리를 숨어서 바라보는, 급습을 하기 직전의 늑대의 눈빛이다. 찬찬히 바라보고만 있던 명우가 크게 한숨을 쉬고 고개를 들었다.

"이걸, 언제 키우나…… 젠장."

그렇게 몰래, 어른들뿐 아니라 모든 사람이 모르게 명우와 윤희가 사귀기 시작한 것이다. 하지만 그들이 몰랐던 것은 윤희의 아버지가 얼마나 커다란 포부를 가진 사람인지였다. 얼마나 원대한 계획을 세우고 또 그 청사진까지 완벽하게 만드는 사람인지도. 그는 자신의 계획을 위해서는 앞을 가로막는 모든 것을 제거할 마음가짐을 가진 사람이었고, 그 자신의 딸들이라고 해도 예외는 아니었다.

명우의 아버지는 대대로 만석꾼 집안이었다. 그가 윤희의 아버지와 친구지간인 것은 그 집안 또한 이름 있는 정치가 집안이었기 때문이다. 하지만 돈이 많은 것은 아니었고, 그래서 항상 명우의 집안의 도움을 받았다.

전쟁이 터지고 공산군이 밀물같이 내려올 때, 부르주아 집안이라고 많은 사람들이 죽창으로 목숨을 잃을 때 윤희의 아버지는 두 번이나 명우의 아버지를 다락에 숨겨주었다.

친우의 도움으로 죽음을 면한 명우의 아버지는 그에게 목숨의 부채를 안고 살았다. 그가 원하는 것이 있으면 해주려고 노력했고 그의 도움으로 윤희의 아버지는 다시 명성을 얻음과 함께 정계의 진출을 성공적으로 이루었다. 그래서 윤희의 아버지가 사돈을 맺자고 말을 했을 때 명우의 아버지는 아들의 입장을 생각하지 못했고, 그 또한 그리 부인에게 충실하지 않았던 사람으로 부인과 애첩은 다르다고 생각했으니 결혼 또한 좋아하는 사람과 하지 않아도 크게 문제가 되지 않는다고 생각했다. 그래서 그러자고 윤희의 아버지에게 대답을 했던 것이다.

집안의 고용인들이 모두 윤희와 명우가 사귄다는 사실을 알게 되었다. 그리고 나중에 수희가 알게 되었고 명우의 아버지가, 맨 나중에 윤희의 아버지가 알게 되었다.

그는 그 사실을 알게 되어도 자신의 계획을 고칠 생각이 없었다. 아이들은 헤어지면 그만이다. 그가 그렇게 만들 것이기 때문이었다. 그는 사치스럽고 멍청하고 엄청나게 예쁜 큰딸은 명우와 결혼시키고, 평범하지만 조용하고 얌전한 한편으로는 은근히 명석한 둘째에게는 자신이 기대를 걸고 있는 정치계 신인과 결혼시킬 예정이었다.

정치인의 아내로 큰딸은 실격이었다. 입만 열면 모두들 멍청한 것을 알아챘기 때문에 자신의 원대한 야망을 이루어줄 정치인의 내조로는 턱도 없는 이야기였다. 하지만 명우 아버지의 엄청난 재산은 필요했다. 그가 사돈이 된다면 자금은 원 없이, 그리고 양심에 거리낌이 없이 마음껏 쓸 수 있을 터이다.

그가 그렇게 계획을 세워둔 것은 아이들이 아주 어릴 때부터였다. 그러기 위해서 그는 때때로 수희에게 가차 없이 매를 들었다. 제일 큰아이를 무척 무섭게, 본보기로 아주 매섭게, 두 번 다시 아버지에게 거역하지 못하게 가르침을 주면 나머지 아이들은 말만 해도 아버지의 권위에 거역이란 것을 하지 못했다. 그는 그 방법을 믿었고 자신이 휘두르는 폭력을 가르침이라고 믿었다.

수희가 점점 더 불안증에 시달리고 그에게 맞을 때마다 살짝 정신줄을 놓는다는 것을 나중에야 어설프게 깨달았지만 그때는 너무 늦었다. 그리고 둘째 역시 그렇게 조용하고 얌전해서는 어떻게 시집을 가겠는가? 다 자신이 짝지어주는 것이 딸들에게 최선이라고 믿었고 그 믿음에 추호도 거리낌이 없었다.

그의 계획에 걸림돌로 명우가 나올 줄은 생각도 못 했다. 명우가 윤희와 사귀다니. 그리고 그의 딸은 겨우 열여섯 살이다. 고등학교 1학년이란 말이다. 대학교 1학년이나 되어서 그 어린애를 넘보다니. 자신의 고결한 양심과 공명정대한 처분만이 아이들의 그 어처구니없는 실수를 바로잡아 줄 것이었다.

윤희의 아버지는 윤희에게 엄마와 함께 갈 장기간의 유학을 계획했다. 어차피 윤희가 나이를 먹어야 정치가든 누구든 결혼을 시킬 수 있을 테니. 순식간에 계획되고 진행된 유학 계획에 명우와 윤희는 이별을 직감했다. 명우는 윤희를 달래고 또 달랬지만 그녀의 불안감은 커져만 갔다.

"오빠는 우리 아빠가 어떤 사람인지 몰라."

"괜찮아. 네가 유학에서 돌아오면 그때는 결혼해도 될 나이이니까 그때 바로 결혼하면 돼. 내가 안 기다릴까 봐 그래? 걱정 마. 내 걱정은 말고 네 걱정이나 해. 혹시 외국에서 다른 서양 놈과 바람나면 너는 내 손에 죽는 거 알지?"

윤희가 킥킥거리며 웃자 그제야 명우가 윤희의 머리를 쓰다듬었다.

출발 전날. 그는 윤희가 원하지 않아서 공항으로 가지 않기로 했다. 며칠 전에 집으로 돌아간 윤희와 수희가 쓰던 그 방에 들어가서 명우는 윤희의 침대에 누웠다. 그녀의 향기가 났다. 달콤하고 아직도 어린 티를 내면서 몰래 숨어서 쓰고 있는 캐릭터가 그려진 딸기 냄새가 나는 샴푸. 핑크색의 그 샴푸 통을 발견하고 명우가 미친 듯이 웃어대자 윤희는 거의 일주일도 넘게 명우와 말을 하지 않았다. 그녀의 딸기 향이 그립다.

눈을 감고 크게 숨을 쉬자 딸기 향이 짙어졌다. 그리고 뺨에 그녀의 손이 닿았다. 눈을 감고 꿈결인 듯 명우가 윤희에게 말을 걸었다.

"너 이 야밤에 이곳에 왜 왔어?"

명우의 귀에 대고 윤희가 속삭였다.

"오빠에게 도장 찍으려고. 감히 다른 여자는 꿈도 못 꾸고 나만 생각하게. 나만 그리워하고 나만 생각하고 나에게만 안달 나게 만들려고."

명우는 눈을 뜨기 싫었다. 만약에 눈을 떠서 아무도 없으면 어떡하나. 그냥 눈을 감고 그대로 윤희가 이곳에 있다는 것을 느끼고 싶었다. 그 순간 명우가 눈을 크게 떴다. 눈앞에 딸기 향을 풍기는 윤희가 작은 가슴을 있는 대로 누르면서 그를 덮치고 있었다. 명우가 벌떡 몸을 일으켰다. 그리고 윤희의 팔을 잡고 주위를 두리번거렸다.

"이게 미쳤나! 너 고1인 거 아냐? 미성년자라고 들어봤어? 성년이 아니란 소리야. 응? 정신 나갔냐?"

윤희가 눈을 번뜩이면서 야무지게 속삭였다.

"만약에 수희 언니랑 좋아졌으면 벌써 같이 잤겠지? 응?"

명우가 음흉하게 미소를 지었다.

"그야, 수희는 가슴도 크고 엉덩이도 크고, 아버지나 너희 아버지도 아마 말을 안 해서 그렇지 같은 방을 쓰라고 하셨을지도 모르고, 부모님이 허락하면 결혼할 수 있는 나이니까. 하지만 오빠는 그렇게 짐승 아니다."

윤희가 명우의 다리에 걸터앉고 팔을 목에 둘렀다.

"수희 언니도 미성년자이긴 마찬가지지."

명우가 눈살을 찌푸렸다.

"왜 그래? 응? 뭐가 그렇게 불안해?"

윤희가 명우의 눈을 올려다보며 입술을 맞췄다. 그리고 다시 명우의 코에도 입을 맞췄다.

"내가 불안해, 다 불안해. 오빠가 수희 언니랑 같이 잘까 봐 불안하고, 아빠가 오빠한테 언니하고 결혼하라고 밀어붙일까 봐 겁나고, 나한테 이상한 사람하고 결혼하라고 할까 봐 불안하고, 언니가 아빠한테 맞을까 봐 겁나고, 나에 대해서 아무것도 모르면서 그저 딸들을 장기의 졸로 아는 아빠도 불안하고, 모든 것이 다! 다 불안해."

명우가 윤희를 꼭 끌어안았다. 그리고 좌우로 천천히 흔들었다.

"잠시만 안아줄게. 그리고 너 데려다줄게. 집에 가."

윤희가 노려보듯이 명우를 보다가 한숨을 쉬며 속삭였다.

"키스해 줘. 정말 어른들이 하는 것처럼. 이제 헤어지면 몇 년이 걸릴지 몰라. 그러니까 몇 년분의 키스를 한 번에 해줘."

그 키스를 하지 말아야 했다. 그 불같이 뜨거운 키스를 말이다.

입술을 열고 기꺼이 명우의 모든 것을 받아들이듯이 끌어안는 윤희를 안고 명우는 키스했다. 부드럽고 너무나 부드러워서 마치 꿀과 같이 매끄럽고 향기로운 그녀의 입술을 열고 들어가자 연인이 아직 어리다는 생각 따위는 저 멀리 사라져 갔다. 혀를 끌어당길 때마다 더욱 그녀를 끌어안게 되고 안으로 깊숙이 들어갈 때마다 손가락은 그녀의 옷을 파고들었다.

명우가 정신을 퍼뜩 차리고 고개를 들자 둘 다 숨이 차 헐떡거리고 있었다. 윤희는 이미 속옷만 입고 있었고 자신도 그다지 입고 있는 것이 없었다.

"안, 안 돼. 넌 아직 어려. 옷 입어."

윤희의 입술은 격렬한 키스로 인해 빨갛게 달아올랐다. 헝클어진 머리칼이 요염하고 이미 흥분으로 들뜬 눈동자가 명우의 손끝을 흔들리게 하고 있었다. 윤희가 명우의 입술에 입 맞추자 명우가 이를 악물었다.

"야, 김윤희. 너 내가 얼마나 힘들게 참고 있는데. 정말 이럴 거야?"

윤희가 명우의 손을 잡고 자신의 다리 사이에 넣었다.

"오빠를 기억하게 해줘. 오랫동안 기억해야 하는데……."

윤희의 숲은 따뜻하고 그리고 촉촉했다. 손가락이 미끄러져 들어갔다. 깊숙이 들어가자 부드러운 그곳이 마치 숨이라도 쉬듯이 두근거렸다. 명우의 이성은 송두리째 날아가 버렸다.

그래 지금 헤어지면 언제 다시 만날지 모른다. 자신의 눈에 이렇게 사랑스러운데, 불안하고 겁이 나는데 말이다. 어차피 윤희와 일찍 결혼할 예정이다. 명우의 머릿속에서 자기합리화가 끝나자마자 명우는 윤희의 속옷에 손가락을 걸었다. 이것으로 윤희와 헤어질 일은 없을 것이다. 누가 뭐래도 이제 윤희는 명우의 것이고 자신 또한 윤희의 것이었다.

♡

노 비서가 심각하게 기억을 떠올리면서 고개를 저었다.

"글쎄요. ……사실 제가 알고 있는 것은 회장님하고 윤희 아가씨가 서로 좋아했다는 사실뿐입니다. 언제 좋아졌는지는 저도 모르고 왜 헤어졌는지도 모르는 일입니다. 사귄 지 얼마 안 돼서 갑자기 그때 윤희 아가씨의 아버님, 그러니까 김종기 의원님이 윤희 아가씨의 유학을 준비해서 아가씨가 어머님과 함께 유학을 가셨어요. 영국이었나? 아마 그랬을 거예요. 그런데 그 뒤에 몇 개월 안 돼서 회장님하고 수희 아가씨가 결혼식을 올린다는 거예요. 아마 그때 집에서 일하던 고용인들은 전부 놀랐을 겁니다. 회장님하고 윤희 아가씨는 정말 잘 어울렸거든요. 회장님은 거부하셨던 것 같은데 갑자기 수희 아가씨와 결혼한다고 하시더군요. 사실 회장님이 거부해서 손 놓고 있었으니까. 그 뒤야 일사천리였죠. 그런데 그게 참 소문이 그랬습니다. 수희 아가씨와 결혼하자마자 회장님은 군대를 가버리셨거든요. 그런데 아가씨가 임신했다고 4개월 만에 원정 출산으로 미국을 가셨잖아요. 그때는 다들 그렇게 했거든요. 미국 가서 아이 낳고 미국 시민권 얻어오고 말입니다. 그리고 가신 지 석 달도 안 돼서 아기 낳아서 안고 돌아오셨어요. 그래서 말 많은 사람들은 수희 아가씨를 임신시켜서 어쩔 수 없이 결혼한 거 아니었겠냐고 하더군요. 그래서 회장님은 군대에서 제대하고 나중에야 도련님을 보셨죠."

노 비서의 나지막한 말에 석현이 놀랐다. 아버지와 이모가 좋아하는 사이였다니. 그런데 어째서 어머니와 결혼을 하셨지? 정말 내가 이유였나? 머릿속이 터질 것 같았다. 이모와 사랑하는 사인데 왜 어머니가 나를 갖게 된 거지? 술 마시고 실수라도 한 것인가? 도저히 이해가 가지 않았다.

"그 뒤에 아버지가 윤희 이모와 만난 적은 없나요?"

노 비서가 석현의 얼굴을 보면서 잠시 망설이다가 고개를 끄덕였다.

"7년인가 뒤에 학교를 끝내고 윤희 아가씨가 한국으로 들어오셨어요. 옛날에는 참 얌전하고 조용한 분이셨는데 그때 우연히 봤는데 정말 변하셨더군요. 그렇게 변하실 줄은 몰랐어요. 그때 전 회장님 심부름으로 김 의원님께 뭘 전달하러 갔었거든요. 그런데 그 댁에서 아마 아가씨를 결혼을 시키려고 했던 것 같아요. 아는 정계의 아드님하고요. 그 얌전하던 아가씨가 호리호리한 몸으로 거실에서 손에 잡히는 건 모조리 아버지에게 던지고 있더군요. 그 때 김 의원님이 머리가 깨져서 한동안 입원하셨어요. 다 아버지 탓이라고 하더군요. 뭔지 모르지만 정말 소름 끼쳤어요. 새된 목소리로 벼락같이 고함을 치셨어요. '언니가 미치는 것도, 내가 이렇게 된 것도, 동생 명성이 파출소를 들락거리는 것도, 다 아버지 탓이니까 혼자 잘 먹고 잘 사시라고. 이제 둘째 딸은 안 낳은 셈 치라'고 하시면서 바로 거실에 있던 짐을 챙겨서 나가 버리셨어요. 그 뒤에 우연히 회장님과 함께 커피숍에서 마주쳤는데 서로 마치 증오로 잡아먹을 듯이 바라보셨어요. 하긴, 기다릴 줄 알았는데 언니를 임신시켜서 몰래 그렇게 쏙 결혼할 줄은 몰랐겠죠. 그런데 회장님도 윤희 아가씨를 잡아먹을 듯이 바라보는 거였어요. 전 좀 놀랐습니다. 회장님이 미안해할 줄 알았거든요. 그런데 회장님께서 정말 비아냥거리며 말을 하셨어요. '한국에는 영원히 안 온다더니 뭐 하러 온 거냐?'고 하시더군요. 그리고 윤희 아가씨는 대꾸도 안 하고 나가 버리셨어요."

석현은 더 이해가 가지 않았다. 어째서 이모는 모든 것이 다 돌아가신 외할아버지 탓이라고 했을까? 그게 말이 되는가? 어머니를 임신시켜서 결혼을 했다면 당연히 모든 것은 다 아버지 탓이다. 그런데 왜 외할아버지를 탓하는가. 외할아버지가 억지로 유학을 보내서 그런 건가?

한동안 고민을 하다가 석현은 노 비서에게 이야기를 잘 들었다고 인사를 하고 헤어졌다. 그리고 물끄러미 차에 실린 꽃들을 바라보다가 차에 실은 그대로 본가로 향했다.

그래, 당사자에게 묻는 것이 제일 빠르겠지. 그리고 아버지에게 자신은 절대로 주희와 헤어질 생각이 없다는 것도 말씀드리고. 아버지가 괴롭히면 주희와 함께 외국으로 떠버리면 그만이다. 주희의 소설도 외국에서 쓰고 책 내는 것은 일도 아니다. 더구나 이북이라면. 그리고 자신은 외국에 더 아는 사람이나 알아주는 사람이 많다. 한국의 회사는 이사들에게 맡겨도 될 정도로 안정된 회사이니 크게 걱정하지 않아도 되었다.

집으로 가자 아버지가 호텔에 계시다고 비서가 전했다. 장 회장은 회사에서 일을 하다가 너무 늦거나 술을 많이 마시고 집에 가기 귀찮을 경우를 대비해서 언제나 랜덤호텔에 키가 있었다. 젊었을 때는 거의 호텔에서 살았다. 그리고 지금도 여전히 호텔에서 살았다. 석현은 다시 차를 돌려서 랜덤호텔로 향했다.

♡

장 회장의 손에 붕대가 감겼다. 윤희가 능숙한 솜씨로 익숙하게 벽장을 열고 약상자를 가져왔다. 소독을 하고 그리고 약을 바르고 붕대로 감았다. 그리고 깨진 유리 조각을 주워서 쓰레기통에 넣었다. 그것을 명우가 날카로운 눈으로 계속 바라보고 있었다. 윤희가 한숨을 쉬고 돌아봤다.

"계속 보기만 할 거야?"

"주희 데리고 유럽 가. 옛날에 너 공부하던 거기로 가. 거기서 몇 년 공부하다 보면 서로 잊게 될 거야."

윤희가 명우를 보고 화가 난 얼굴로 고개를 저었다.

"아니, 그렇게는 못 해! 내가 뭘 잘못했는데? 그 애들은 서로 사랑해. 내가 아니더라도 맺어졌을 아이들이야!"

명우가 벼락같이 소리를 질렀다.

"네가 싫어! 네 보조작가도 싫고! 네 제자도 싫어! 네 비서도 싫고! 너를 생각나게 하는 모든 게 싫단 말이다! 같이 글을 쓰더니 아주 글 쓰는 포즈도 닮았던데? 생각하는 것도, 뜬금없이 쾌활한 거 하며, 다른 사람 일에 소매 걷고 나서는 것도, 그리고 석현이를 사랑하는 것도. 네가 롤모델이라고 하더니 아주 판박이야. 그래서 안 돼! 나는 석현이가 좋은 여자 만나서 행복하게 사는 것을 원해.

웃기는 여자 만나서 가슴이 찢어지는 경험을 하고 세상에 사랑 따위는 존재하지 않는다는 신념을 덤으로 얻게 되는 삶은 사양이다."

"오빠……."

명우가 벌떡 일어났다. 그리고 윤희에게 다가왔다. 윤희가 그러지 말라는 눈빛으로 안타깝게 바라보았다. 명우가 윤희의 멱살을 잡았다. 멱살을 잡고 킥킥 웃던 명우가 조용히 속삭였다.

"그 옛날 이후로 이렇게 가까이서 보는 거 처음이다, 그렇지? 너 오기 전에 여기 앉아서 너와 처음 키스했던 그때를 생각했어."

명우가 윤희의 입술에 입을 맞추었다. 갑자기 명우가 윤희의 허리를 잡고 벽으로 밀어붙였다. 윤희가 두 팔로 명우의 목을 끌어안았다. 미친 듯이 서로를 끌어안고 서로의 입술을 깨물고 거칠게 탐닉했다. 명우가 윤희의 앞 단추를 잡는 순간 철컥 소리가 나면서 문이 벌컥 열렸다.

"아버지, 문이 열려서 그런데 혹시 여자랑 있는 건 아니겠……."

석현이 장 회장과 윤희를 바라보았다. 잠시 서 있다가 옆의 의자에 가서 앉았다. 그래도 비틀거리지 않고 잘 앉았다. 석현이 다시 물끄러미 두 사람을 바라보았다.

장 회장은 담담한 눈초리로 아들을 바라보았다. 윤희는 석현을 보지 않고 잠자코 매무새를 다듬고 의자에 앉았다. 한참 만에 석현이 장 회장을 비난하는 듯한 눈초리로 말했다.

"옛날에 좋아했던 사이 아니었어요?"

장 회장이 윤희를 보다가 소파에 앉아서 마른세수를 했다. 그리고 석현을 보면서 물었다.

"뭘 묻고 싶은 거냐?"

"지금 이 상황이 저에게 어떻게 보이는지 아세요?"

장 회장이 뭔가를 말하려 했지만 석현이 고개를 저었다.

"아니, 저에게 중요한 건 사실 옛날 이야기가 아닙니다. 저는 주희와 헤어지지 않습니다. 그냥 이모가 싫다고 주희가 싫다니, 그게 말이 돼요? 그리고 제가 주희와 결혼하는 겁니다, 아버지가 아니라. 대체 아버지와 이모는 무슨 사이입니까?"

장 회장이 윤희를 뚫어지게 바라보다가 웃음을 지었다.

"그래, 사실을 말해줘야 네가 내 속을 짐작하지. 아니, 말해줘도 나를 이해하지 못할 수 있지. 그래도 말해주마."

윤희가 고개를 확 돌리고 사정하듯이 고개를 저었다.

"오빠!"

그 모습을 한쪽 입가를 올리고 장 회장이 바라보며 석현에게 말했다.

"인사해라. 장석현, 네 친엄마시다."

16

주희가 윤희를 물끄러미 바라보았다. 저녁 무렵에 찾아온 윤희는 양손에 소주병이 든 쇼핑백을 들고 왔다. 집 안에 쌓아놓은 짐을 보더니 상을 차리고 작은 잔들을 늘어놓았다. 뭔가 문제가 있거나 일이 잘 풀리지 않을 때, 그냥 술이 마시고 싶을 때, 윤희는 잔들을 늘어놓고 술 마시기를 좋아했다.

"짐은 누구 거야?"

윤희가 다시 짐을 둘러보았다. 앞에 놓인 작은 짐뿐이 아니라 살림살이들이 전부 이사라도 가는 것처럼 묶여 있거나 박스에 들어서 옮겨지기 직전이었다.

"제 거요. 수인이 녀석, 날 잡았잖아요. 급하다고 본가에서 난리 쳐서 두 달 뒤로 잡았어요. 지애 씨네 가족은 중학교 때 이민 가서 전부 미국에서 사신대요. 며칠 뒤에 어머니랑 아버지가 들어오신다고 하더라고요. 어차피 집도 리모델링한다고 하고 저는 방 구할 때까지 잠시 친구 집에 가 있으려고요."

"우리 집에 들어와."

"제가 3년 전에 잠시 선생님 댁에 있을 때 선생님 글 한 줄 못 쓰신 거 저 알거든요."

윤희가 씁쓸하게 웃었다. 주희가 비어 있는 술잔에 술을 따르 고 같이 건배했다. 짐이 몇 개 안 되는 걸 선생님이 못 알아봐서 다행이었다. 아는 친구라는 게 석현이라는 사실도 몰라서 다행이 고.

집에 내려가려고 짐을 잔뜩 쌓아놓았는데 야밤에 온 석현이 보 자마자 들고 자신의 오피스텔로 향했다. 짐짓 발끈하고 화를 내려 고 했다. 석현의 오피스텔에서 지낼 수는 없다고 말하려는데 얼굴 을 보자 말을 하지 못했다.

석현은 창백한 얼굴로 굳은 미소를 짓고 있었다. 말을 하는데 문맥이 맞지 않고 횡설수설하고 있다는 것도 알아차리지 못했다. 옆에서 앉아서 무슨 일인지 묻자 한참 만에 창백한 얼굴로 석현은 담담하게 윤희가 자신의 생모라고 말해주었다. 그리고 자신과 같 이 있어달라고 말했다.

방을 구할 때까지라고 못을 박아놓고 그와 오피스텔로 갔다. 윤 희가 아파트에서 잠시 얼굴을 보자고 연락이 오자 짐도 챙길 겸 선생님은 괜찮은지 확인할 겸 부랴부랴 돌아온 것이었다.

"석현이는 어때?"

윤희가 술을 마시며 주희를 보았다. 주희가 애매하게 웃었다. 사실 자신도 잘 모르겠다. 석현은 크게 달라진 것은 없어 보였다.

이제까지 이모인 줄 알고 살던 사람이 엄마라니. 자신이 생각해도 좀 충격이다. 그런데 석현은 정말 아무렇지도 않은 듯 보였다. 심지어는 같이 TV를 보면서 웃기도 했다. 느닷없이 농담도 했다.

"TV 드라마가 막장이라고 하지만 실제만큼은 아닌 것 같아. 그지?"

할 말이 생각나지 않아서 자신도 그냥 애매하게 웃었다.

윤희가 주희를 보면서 술을 마셨다. 대답 없이 술을 마시는 주희를 보고 윤희가 변명을 하는 것처럼 작은 목소리로 이야기를 했다.

"그땐 너무 어렸어. 제대로 된 사고를 하기에는, 제대로 된 선택을 하기에는 내가 너무 어렸어. 내 탓이라고 할 수 있겠지, 이 모든 일이."

윤희가 유학을 끌려가고 4개월이 지나서였다, 사진을 가지고 수희가 찾아온 것은. 명우는 그것이 무슨 사진인지 알지 못했다. 한 번도 본 적이 없는 종류의 사진이었다. 깊은 바다 속을 찍은 듯한 어두운 그것은 한쪽 구석에 유영하는 둥근 점이 보였다.

"이게 뭔지 알아, 오빠?"

수희는 악의로 번뜩이는 눈빛을 빛냈다. 그녀가 명우에게 이렇게 화가 난 이유도 모르겠고 사진도 모르겠다. 명우가 불쾌하게 대답했다.

"뭔데?"

"오빠 아이 사진."

명우가 사진을 홱 빼앗았다. 그리고 한참을 들여다봤다. 정신없는 눈으로 명우가 수희에게 다그쳤다.

"윤희 어디 있어? 잘 있어? 왜 네가 왔지?"

수희가 사진을 다시 빼앗아 들고 놓지 않았다.

"오빠와 내가 결혼을 해야 윤희가 돌아올 거야. 그전에는 돌아오지 못해."

명우가 정신이 나간 여자를 보듯 수희를 바라보았다.

"무슨 말이야, 지금? 내 애를 갖고 있는 윤희가 있는데 왜 너와 결혼을 해? 윤희 돌아오면 바로 결혼할 거야. 언제 와?"

수희가 히스테릭하게 웃었다. 불안하게 동공이 흔들렸다. 명우가 미안한 표정을 지으며 말을 하려 하는데 수희가 또박또박 정확한 발음으로 대꾸를 했다.

"내가 바보같이 구니까 정말 바보인지 아나 봐, 그치? 다들 말이야. 그런데 어쩌나? 나 정말 정상이야. 그래서 말인데 잘 들어, 오빠. 오빠가 나와 결혼하지 않으면 이 아이는 사라져. 우리 아빠가 윤희가 열여섯 살인데 아이를 낳게 할 것 같아? 천만에. 김 의원 둘째 따님이 고1인데 애를 낳았대요, 이 말은 절대로 나오지 못한다고. 오빠 생각에는 어차피 윤희나 나나 둘 다 같은 집안 사람이니까 윤희와 바로 결혼하면 문제가 없다고 생각하는데, 우리 아빠는 그런 종류의 사람이 아니야."

명우가 창백한 얼굴로 수희를 잡았다.

"지금 내 애를 죽이고 윤희에게 낙태를 시키겠다는 말이야?"

수희가 명우의 손을 뿌리쳤다. 얼굴이 시퍼렇게 질렸지만 수희는 의외로 침착하게 말을 이었다.

"우리 아빠는 더한 것도 할 수 있어. 다음 선거에서 라이벌이 '김 의원 댁 따님이 열여섯 살인데 지금 애가 있다면서요?' 라고 말하게 놔둘 사람이 아니란 말이야! 나와 결혼해. 그러면 윤희의 애는 내가 데리고 돌아올 수 있어. 미국으로 가서 엄마가 윤희에게서 데리고 온 애를 내가 데리고 돌아오면 돼. 나야 벌써 고3이고 애가 태어날 때는 졸업 후야. 너무 사랑해서 그렇다고 하면 넘어갈 문제야. 그러면 모두 행복하게 될 수 있어."

명우의 손이 분노로 부들부들 떨렸다.

"만약에 내가 지금 싫다고 하면?"

수희가 명우의 눈앞에서 사진을 흔들었다. 명우의 눈이 살벌하게 빛났다.

"오빠 아이는 영원히 사라지고 윤희도 힘든 나날을 보낼 거야. 그 애는 지금 패닉 상태야. 그 애가 불쌍하지도 않아?"

"좋아."

명우가 사진을 홱 낚아채고 이를 악물었다. 그리고 문을 가리켰다.

"나가, 당장 나가! 내가 만약에 미쳐서 너랑 결혼한다고 해도 너와 한 이불 덮고 자는 일은 절대 없을 거다."

"미치는 게 꼭 그렇게 심하게 힘들지는 않아."

수희가 명우를 노려보면서 밖으로 나갔다. 명우는 당장에 윤희가 보내왔던 편지를 찾았다. 편지 봉투에 적힌 주소를 확인하고 항공사에 전화해서 표를 예매했다. 그리고 여권을 찾아서 가방에 넣고 짐을 꾸렸다.

영국의 작은 아파트에 명우가 문을 두들긴 것은 3일이나 흐른

뒤였다. 윤희의 주소가 바뀌어서 윤희가 다닌 학교를 찾아가 윤희의 약혼자라고 설득에 설득을 한 끝에 겨우 알아낸 주소였다. 문을 열자 윤희의 엄마가 놀라서 뒷걸음을 쳤다. 명우가 윤희를 보았다. 거실에서 힘겹게 앉아 있는 윤희는 뼈만 앙상했다. 거듭되는 입덧으로 아무것도 먹지를 못해서 윤희는 마르고 배만 불룩 나와 있었다.

김 의원이 딸의 손을 잡고 때리며 낙태를 시키려 했다는 사실에 명우는 분노로 정신이 나갈 지경이었다. 윤희가 방으로 가려고 하자 명우가 윤희의 앞을 막고 애걸했다.

제발 가자고. 자신을 믿으라고. 너를 지켜주고, 너와 아이를 안전하게 보호하겠다고. 같이 가자고 눈물을 흘리면서 호소했다. 하지만 겁에 질린 윤희는 명우를 믿지 못했다. 윤희는 그저 배를 감싸 안고 자신에게 윽박지르며 단 한 가지 허락을 해준 아버지의 말을 기억했다.

"명우와 언니가 결혼할 게다. 네가 조용히 있겠다고 약속하면 아이는 낳게 해주마. 아니면 지금 당장 병원에 가야 할 거야. 아이는 네 엄마에게 맡겨라. 네 언니가 기를 거다. 그게 맞는 말이고. 애는 애아비가 길러야지. 너는 겨우 열여섯 살이다. 어린것이, 참 나, 얌전한 고양이가 부뚜막에 오른다더니, 이렇게 아비를 망신을 줘? 다음 선거에서 낙선하면 전부 네 탓인 줄 알아라. 그리 알고 간다. 이 아비 성질 알지? 만약에 명우가 알고 찾아오면 어떻게 해야 하는지는 네가 잘 알 게다. 그 녀석도 아직 어려. 그 녀석이 너와 그 애를 위해서 학교도 그만두고 공사판을 전전하는 걸 보고 싶으면 마음대로 하거라."

　윤희는 아버지가 언니를 때릴 때 너무 무서웠다. 맞는 것보다
지켜보는 것이 더 무섭다. 자신이 지켜줄 수 없는 그 무력감. 그리
고 몸도 쇠약하고 마음도 너덜너덜해진 지금, 그 공포만이 윤희를
지배하고 있었다.

　명우가, 그 잘난 남자가 자신 때문에 학교와 집에서 외면당하고
먹고살기 위해서 나락으로 떨어지게 할 수는 없었다. 만약 자신이
아버지의 말을 듣지 않으면 아버지가 명우를 해칠 수도 있는 일이
라고 이미 귓속에서 그 불안과 공포가 속삭이고 있었다.

　윤희가 불안감에 폭발하듯 소리를 질렀다. 명우가 그저 자신의
집으로 돌아가기를 바랐다. 히스테릭한 비명이 작은 아파트를 울
렸다.

　"내가 왜! 아이를 길러야 하는데! 나는 아이 따위 필요 없어! 나
는 나밖에 몰라! 내가 어떤 사람인지 오빠는 아직도 모르고 있네!
학교도, 내 꿈도, 내 장래도 아이 따위가 막지 못해! 그러니까 오
빠는 돌아가!"

　명우가 하얗게 질린 얼굴로 멍한 표정을 지으며 말을 더듬었다.

　"그, 그런 꿈을 위해서, 나, 나를, 아이를 포기하겠다는 건 아니
지? 그렇지? 겨우 그런 꿈을 위해서?"

　윤희의 얼굴에 비웃음이 떠올랐다. 말라서 뼈만 앙상한 얼굴에
괴상한 눈빛이 번쩍였다.

　"겨우 그런 꿈? 왜 내 꿈이 겨우 그런 꿈이라고 생각해? 믿고
싶지 않겠지만 오빠만큼 나도 욕심이 많은 사람이야. 오빠, 소설

쓰는 사람 별로 그렇게 믿지 마. 자신밖에 모르는 사람이 많으니까 말이야. 그리고 나는 내 꿈을 위해서 오빠도, 아기도 버릴 수 있는 사람이야. 나 한국에 영원히 안 가."

명우는 사흘이나 더 있었다. 아침마다 윤희를 설득하러 오고 그리고 너덜너덜해져 돌아갔다. 사흘째 되던 날 윤희는 복통으로 기절했다. 병원에 가자 창백하고 앙상한 윤희가 침대에 파묻혀 있었다. 마치 그림자처럼, 온통 잿빛으로 덮여 있는 그늘진 윤희가 그대로 없어질 것만 같아서 명우는 미칠 것 같았다. 눈을 뜬 윤희가 명우를 보자 지긋지긋하다는 말투로 말했다.

"그만 가줘. 나를 생각한다면 제발 이제 가줘. 오빠 때문에 내가 더 아픈 거잖아. 오빠 아이 보고 싶으면 가. 오빠가 가지 않으면 아마 곧 아이는 죽을 것 같아. 나도 같이. 이걸 원하는 거야? 그래? 그렇겠지. 오빠도 이제 겨우 열아홉 살이잖아, 그치? 앞날이 창창한데 이런 일이 일어날 줄은 몰랐겠지? 내가 죽기를 바라고 있잖아? 그렇지?"

악의에 차서 광기가 서린 눈빛으로 여전히 비웃음을 흘리고 있는 윤희를 보며 명우의 얼굴이 파랗게 질렸다. 명우는 그대로 일어나서 나가 버렸다.

비가 오는 병원 앞에서 명우는 세 시간이나 울었다. 그리고 짐을 챙겨서 한국으로 돌아왔다. 한 달 후에 수희와 결혼을 하고 명우는 그대로 군대를 갔다. 군을 마치고 돌아와서 수희가 안고 있는 아이를 보고 명우는 당황했다. 자신의 침실에 누워 있는 수희를 쫓아내고 명우는 아기방에서 혼자 자는 아이를 안고 침실로 왔다. 윤희의 눈을 닮은 아기의 눈을 바라보며 명우는 울다가 겨우 웃었다. 그리고 오로지 아이가 웃을 때만 따라 웃었다.

"그럼 나중에라도 회장님께 제대로 설명을 하시지 그랬어요?"

주희가 다시 술을 따라주었다. 이미 많이 취한 윤희가 고개를 저었다.

"아기를 낳고 제정신을 차리고 난 후에는 이미 엄마가 아기를 데리고 가버렸어. 졸업하고 돌아왔을 때에는 그이가 결혼을 했잖아, 언니하고. 이제 그이와 나는 형부와 처제 사이야. 너무 싫은 거야. 형부라고 부르기 싫어 단 한 번도 부른 적 없어. 그이도 나를 처제라고 부른 적이 없지. 정말 삼류 소설 같지?"

윤희가 마구 웃었다. 그리고 거실에 누워버렸다. 주희도 따라서 누웠다. 윤희가 작게 속삭였다.

"언니가 죽고 나서 그이를 찾아가 볼까 생각도 했었어. 그런데 그게 내 맘대로 되지가 않았어. 그이와의 골은 너무 깊어졌고, 그리고 그이는 나를 볼 때마다 화를 냈거든. 그이 곁에 있는 여자들이 꼴도 보기 싫었고, 나도 점점 이름이 알려져서 만나는 게 쉽지도 않았고."

"이제 어쩌실 거예요?"

윤희가 한참 동안 천장을 보다가 주희를 보았다.

"나는 괜찮아. 네가 버티기만 바라. 빨리 결혼을 하면 더 좋고."

주희가 윤희를 바라보았다. 머리가 아파왔다. 길지도 않은 인생. 결혼까지 이렇게 꼬이다니.

♡

헤아의 머리칼이 하얗게 변했다. 눈은 보라색으로 빛났다. 병사들이 몰려들어 그녀를 포위하고 잡으려 하자 헤아가 쓰러진 하지드 왕의 품으로 달려들었다. 병사들이 끌어내서 지하 감옥에 가두었다. 왕은 대리석으로 만든 침상에서 사흘 동안 있을 것이다. 사흘째 헤아를 끌어내서 죄를 심판하고 그녀는 왕의 시해를 자백하고 바로 처형될 것이다. 그 뒤에 왕의 장례식이 있을 것이다. 그것이 왕비의 계획이었다. 그리고 왕이 쓰러진 이상, 그 무엇도 방해물은 없었다.

대리석 위의 왕은 아직도 눈부셨다. 죽은 것이라고는 생각할 수 없게 그는 약간 창백한 것을 제외하고는 검은 머리칼과 흰 이마, 붉은 입술도 그대로였다.

이튿째 밤, 지하의 감옥에서 약간의 소동이 일어났다. 어차피 죽을 금발을 서로 차지하겠다고 소동이 일어난 모양이었다.

왕비는 소동이 일어나거나 말거나 상관하지 않았다. 그녀가 치욕을 당하면 당할수록 자신이 느끼는 감정은 달콤했다. 복수가 언제나 달콤하듯이.

그리고 지하 감옥의 간수장들은 공포로 하얗게 질려갔다. 하얀 색의 머리칼을 휘날리며 금발은 그 거대한 발 족쇄를 풀어냈다. 그녀가 언제 어떻게 그 열쇠를 갖게 되었는지 알 수가 없었다. 가까이 다가오는 간수장이나 병사들이 예외 없이 아무 이유 없이 피를 토하며 쓰러지자 간수장들은 지하 감옥으로 가기 싫어했다. 소동은 그녀를 차지하려고 나는 것이 아니라 잠시라도 그 감옥을 지키기 싫어서 서로 떠넘기다 소동이 일어난 것이었다.

한밤중에 병사들이 사라지면 헤아는 조용히 일어나 감옥에서 사라졌다. 그녀가 어떻게 사라지는지 모른다고는 하지만 사실 지하 감옥은 거대한 쇠로 이루어진 얼기설기 이어놓은 창살에 불과했다. 조금만 머리를 쓰면 빠져나가지 못하는 것도 아니었다. 더구나 그녀처럼 유연하고 날렵한 몸매는 더욱 가능성이 높았다.

헤아는 지하 감옥에서 빠져나와 대리석 위의 왕에게 다가갔다. 그리고 그의 얼굴을 물끄러미 바라보았다.

그가 어째서 독을 서슴없이 마셨을까? 설마 죽기를 바란 사람은 아니고. 더구나 그가 죽으면 헤아가 어떻게 될지 모르는 사람도 아니다. 독배를 마신 직후 그가 쓰러지자 병사들에게 끌려가기 직전에 헤아는 본능적으로 그의 품으로 달려들어 그 짧은 순간 두 가지 일을 했다. 머리에 꽂은 장식품 속에서 침을 빼서 그의 가슴에 박아 넣었다. 그가 잠이 들 수 있게. 그리고 그의 목에 걸린 목걸이를 잡아채 손에 넣었다. 그가 목에 걸고 있는 자신의 발 족쇄의 열쇠를 손에 넣기 위해서.

자신이 아직도 힘을 지니고 있을지, 이 먼 이국땅에서 자신의 신을 불러낼 수 있을지 그것은 장담하지 못한다. 하지만 재판이 끝나기 전에 자신이 힘을 내야 했다. 그를 구하고 자신을 구하기 위해서. 단지 사랑을 위해서 자신의 목숨을 건 바보 멍청이를 위해서 그녀는 자신이 가진 모든 힘을 불러내야 한다. 그것이 살 길이었다.

그녀의 재판은 왕의 대리석을 둘러싸고 열렸다. 왕비의 요청으로 그렇게 열린 것이다. 왕비는 이 비참한 여인이 찢어진 옷을 겨우 걸치고 만신창이가 된 몸으로 애절하게 목숨을 구걸하면서 자비를 호소하거나, 만약 가능하다면 재판장에서 도망쳐 군사들이 던진 창에 맞아 즉사하기를 바랐다. 그런데 끌려 나온 헤아는 그리 비참해 보이지 않았다. 아니, 이제는 머리칼이 완벽하게 하얗고 빛이 났다. 후광이 비추듯이 가만히 있어도 성스러워 보일 정도이다.

헤아가 끌려 나오자 모두들 웅성거렸다. 발에 찬 거대한 보석의 족쇄가 그녀의 가냘픈 발목에서 철렁거렸다.

그녀는 눈을 감고 있었다. 힘들게 숨을 쉬는 것이 느껴졌다. 갑작스럽게 헤아의 건강은 좋지 않았다. 그것만으로는 만족할 수 없지만 왕비는 이제 곧 그녀가 죽을 거라고 알고 있기 때문에 기분이 좋았다.

금발이 왕을 살해했다는, 모든 만들어진 증거들이 속속 증언되었다. 사람들은 금발을 보지도 않고 그녀가 빨리 판결이 나서 죽든가 해서 자신의 눈에서 안 보이기를 바랐다. 그리고 마지막으로 왕비는 그녀의 유죄를 증언했다.

재판장이 왕의 시신을 보면서 속으로 혀를 찼다. 그가 지켜본 바로는 이제껏 제일 강한 능력을 가진, 강력한 국가 방어를 한 훌륭한 왕이었다. 그 왕이 제일 사랑한 여인에 의해 죽다니.

싸늘한 어조로 헤아를 노려보며 재판장이 마지막으로 자신의 변호나 할 말이 있으면 하라고 선고했다. 헤아가 왕의 시신을 한 번만 보게 해달라고 소원했다. 왕비가 고개를 저었지만 재판장은 자신의 강한 왕을 위해서 그 정도의 소원은 들어줄 수 있다고 생각했다. 그가 얼마나 금발을 사랑했는지 모두들 알고 있었다.

그가 고개를 끄덕였다.

높은 단 위에 눕혀진 왕의 시신을 향해 헤아가 서서히 다가갔다. 그녀의 가느다란 팔과 휘둘러지는 그 옷의 물결을 보면서 아무도 금발의 발에 족쇄가 차여 있지 않다는 것을 알지 못했다.

헤아가 왕을 내려다보았다. 그의 붉은 입술이 꼭 미소를 짓고 있는 것처럼 보였다. 그리고 헤아는 드디어 하지드의 뜻을 알았다.

'이 못된 왕 같은 이라고. 갈색 머리가 맘대로 하는 꼴을 보지 않을 셈이 었군.'

금발의 마녀를 왕비로 삼기로 결심했다. 그리고 왕비가 얌전히 집으로 가지 않을 것을 확신했을 것이다. 그래서 타고난 이 승부사는 이 기회에 권력을 기르고 반역을 꿈꾸는 재상과 그 측근을 모조리 제거할 속셈이었다.

'그러기 위해서는 내가 왕을 구해야겠지. 내가 못 구하면 둘 다 죽을 것을 각오하고 말이야. 왕국의 모든 사람들에게 왕을 구하고, 반역자에게서 나라를 구한 마녀가 왕비가 된다는 화려하고 당당한 명분도 획득하기 위해서! 이 여우 같은 놈!'

헤아가 눈을 가늘게 뜨고 하지드 왕을 노려보았다. 하지만 그가 어떻게 알았을까? 그녀가 신전을 지키고, 그 신력은 사람들의 생명을 구하는 것이었단 사실을. 자신도 이 순간까지 확신하지 못했던 일이다. 하지만 대리석 위에서 그의 하얀 얼굴과 붉은 입술, 굳은 의지를 나타내는 검은 눈썹을 보자 헤아는 이제 해야 할 일이 무엇인지 알았다.

두 손을 그의 가슴에 놓았다. 그녀가 손을 가슴에 얹고 뭔가를, 주문을 외우기 시작한다는 것을 아무도 알지 못했다. 하지만 곧 헤아의 하얀 머리칼이 하늘로 올올이 솟구쳤다. 그리고 보라색의 눈을 들어서 천장을 바라보며 헤아가 분명한 목소리로 주문을 외웠다.

왕비가 당장 저 죄인을 끌어내라고 소리쳤다. 그리고 그 소리를 들은 병사들이 가까이 가려 하자 금발의 얇은 옷자락에서 바람이 불기 시작했다.

작게 시작된 바람이 점점 더 크게 소용돌이치기 시작했다. 이제 사람들은 그 바람에 눈을 뜨지 못할 지경이 되었다. 바람과 함께 헤아의 주문 소리는 더욱 커지고 귀족들과 병사들, 그리고 병권을 장악한 왕을 모시던 장군들의 눈에는 희미하게 공포가 서리기 시작했다.

그리고 그 공포의 와중에도 대장군의 눈에는 의아함과 신중함이 서렸다. 이미 왕은 죽었는데 저 여인은 무엇을 하고 있는 것인가? 만약 헤아가 왕을 죽인 것이 맞다면 어째서 그녀는 왕의 시신을 붙잡고 주문을 외우고 있는 것이지? 영혼을 부르는 것인가? 아니, 왕은 죽지 않은 것인가?

왕이 죽기 전에 그는 대장군에게 강력하고 은밀한 명령을 내렸다. 자신을 금발의 마녀가 구할 것이라고. 하지만 구체적인 방법도, 어떻게 그녀가 왕을 구할 것인지 알려주지 않았다.

'병력을 사수하고 자신을 구할 헤아를 지키라.'

왕이 죽자 대장군은 그가 믿었던 마녀에게 배신을 당했다고 생각했다. 받은 명령을 수행할 방법이 없다고 생각했는데 이 모든 것이 그의 계획이었을까?

그 거칠어지는 바람 속에서 사람들은 향기를 맡았다. 장미 향기를. 이제 갓 피어난 사막의 푸른 장미의 향기가 방 안에 가득 넘치기 시작했다.

몇 명의 사람들이 금발이 왕의 가슴에 꽂은 침을 뽑아내는 것을 보았다. 그리고 그 침을 따라서 시커먼 피가 솟구쳤다. 왕의 신임을 받았던 대장군이 거센 바람을 뚫고 헤아를 잡으려 몸을 굽히고 그녀를 향해 기어가기 시작했다. 사람들은 바람에 날아가지 않기 위해서 기둥을 붙잡거나 엎드려 누워서 움직이지 않았다. 하지만 그 와중에 건방지게 벌떡 몸을 일으키다가 바람에 휩싸여 소용돌이 속으로 말려 들어갔다가 창밖으로 내동댕이쳐지는 사람들이 속출했다.

대장군이 방 안의 모든 것을 휩쓸어가는 듯 요란해진 바람 속에서 마침내 헤아의 머리칼을 잡았다.

그때였다. 금발의 머리칼이 마치 창과 같이 뾰족하고 강하게 솟구쳤다. 강철로 만든, 아니, 은으로 만든 바늘 끝같이 뾰족하게 올올이 일어선 머리칼에 대장군의 왼 손바닥은 몇백만 개의 구멍이 나버렸다. 크악 하는 짐승이 지르는 듯한 절규가 방 안의 높고 우아한 보석으로 치장한 천장으로 울려 퍼졌다.

그와 동시에 헤아의 몸에서 광채가 터져 나왔다. 헤아의 몸이 둥실 떠올랐다. 눈동자가 크게 떠지고 보라색의 눈은 왕의 가슴에 집중되었다.

시커먼 핏줄기는 이제 더 이상 솟구치지 않았다. 그리고 빛이 나는 헤아의 손바닥이 왕의 가슴에 닿자 왕의 입에서 붉은 피가 터져 나왔다. 동시에 그 입에서 커다란 신음 소리가 고통스럽게 흘러나왔다.

왕의 검은 눈동자가 번쩍 뜨이자 바람과 비명, 광채와 소용돌이는 일시에 누군가가 팔을 홱 저어버린 것처럼 팍, 꺼져 버렸다.

공중에 떠 있던 물건들이 떨어져 내리자 바닥에서 요란스러운 충돌 소리와 세상이 깨어지는 소리가 들렸다.

왕이 눈을 떴다. 그리고 소리를 들었다. 왕비가 비명에 가까운 소리를 지르며 저 극악무도한 마녀를 당장 잡아서 목을 치라고 소리를 질러댔다. 하지만 그 옆에서 대장군이 손에 피를 흘리면서 바닥에 쓰러진 마녀를 지키고 있었다.

모두가 왕이 일어서는 것을 보았다. 옆에서 공포에 질린 왕비가 입을 닫고 지켜보고 있었다. 왕이 대리석에서 발을 내리고 약간 비틀거렸지만 그래도 늠름하게 일어서자 왕비의 입에서 신음 소리가 흘러나왔다.

"아, 아니야, 그, 그럴 리가 없어, 그 독은 사람이 다시 살 수 있는 그런 독이 아니라고! 그 독은 사막의 검은 독사의 독니에서 뽑아낸 독이야."

순간 대장군이 오른손에 잡은 커다란 칼로 왕비의 목을 날려 버렸다. 왕이 서서히 헤아의 곁으로 다가갔다. 헤아는 눈을 감고 창백한 얼굴로 쓰러져 있었다. 그녀의 입에서 가느다란 핏줄기가 흘렀다.

왕이 여자를 안고 거대한 홀의 안으로 들어가자 대장군이 왕비의 아비와 그 형제들, 그리고 충격과 공포로 얼어붙어 그들과 같이 서 있던 반역자들의 목을 베라고 병사들에게 소리쳤다.

안으로 들어간 왕이 다시 황금색으로 돌아온 헤아의 머리칼에 얼굴을 묻었다.

"내가 돌아왔다. 너 또한 돌아오라."

주희가 거기까지 읽어주자 석현이 고개를 기울이고 삐딱하게 미소를 지었다.

"내가 죽어도 자기가 나를 구해줄까?"

주희가 심각한 얼굴로 진지하게 대답했다.

"아니요, 나는 마녀가 아니라서 당신을 구할 수 없어요. 그러니 몸조심은 각자 합시다."

석현이 불을 끄고 침대에 누워서 천장을 바라보았다. 어둠 속에서 석현이 속삭였다.

"결혼 말이야. 언제……."

주희가 어둠 속에서 말없이 가만히 있었다. 석현이 고개를 주희 쪽으로 돌리자 주희가 한숨을 쉬었다.

"아니, 아버님이 싫다고 하시는데 그래도 되나 싶기도 하고, 석현 씨가 정말 나랑 결혼하고 싶은 건가 하는 생각도 들어서."

석현이 말없이 가만히 누워 있었다. 주희가 어둠 속에서 윤곽만 보이는 석현을 보았다. 석현이 그녀를 끌어안고 이모가 자신의 생모라고 같이 있어달라고 했을 때, 그는 위태로워 보였다. 자신밖에 모를 것 같은 이 냉정하고 차가운 남자가, 갈 곳을 잃은 것처럼 보이는 것이 이상해 보이기까지 했다. 그래서 거절할 수 없었다. 그런데 지금, 자신이 같이 있는데도 불구하고 그의 위태로운 느낌은 전혀 가시지 않았다. 안정감도 없고 석현은 갈수록 날카로운 송곳처럼 뾰족해지고 칼처럼 날이 서고 있었다. 약간 졸리는 목소리로 석현이 중얼거렸다.

"나는 주희와 결혼하고 싶어."

주희가 고개를 끄덕이고 석현을 끌어안았다. 조금 지나자 주희가 색색 숨소리를 내며 잠이 들었다. 석현은 주희의 이마에 입술을 대고 좀 더 끌어안았다.

이모가 생각났다. 그리고 꼬리를 무는 생각은 자신이 없었더라면 얼마나 좋았을까 하는 것이었다.

처음부터 자신이 없었으면 좋았을 것이다. 자신이 없었더라면 지금 이 모든 것이, 모든 비극이 시작되지 않았을 것이다. 이모는 학교를 마치고 그때까지 얼마든지 기다리던 아버지와 결혼을 했을 것이다. 그랬다면 석현에게도 남들처럼 치고받고 자라는 우애 좋은 형제나 사랑스러운 여동생이 있었을지도 모른다. 죽은 엄마도 다른 남자에게 사랑받으며 행복하게 결혼 생활을 했을 것이고, 외할아버지도 이모와 엄마를 원망하고 돌아가시면서도 못 이룬 자신의 꿈에 한을 품지 않았을 것이었다.

천장이 점점 더 내려앉는 기분이 들었다. 그리고 떠올리기 싫은 단편적인 기억들이 떠올랐다.

어릴 적에. 사실 언제인지 기억도 나지 않았다. 하지만 자신이 유치원에 다니던 때였을 것이다. 집에 아무도 없었다. 아주 어렸을 때여서 전부 어디로 가버렸는지 그때의 자신은 몰랐지만 지금 생각해 보면 아주머니와 노 비서 아저씨는 함께 시장을 가고 집사 아저씨는 할아버지의 심부름으로 어딘가를 갔을 것이다.

커다란 부엌에 석현이 배가 고파서 뭔가를 먹으러 두리번거리고 있었는데 아무도 없었다. 커다란 집은 조용하고 적막했다. 그리고 자신은 의자 위에 올라서 다시 식탁 위로 올라가 그 위에 놓여 있던 바구니에서 과일을 꺼냈다. 그리고 그대로 테이블에 주저앉아서 바나나였었는지 사과였는지를 먹고 있었다. 아마 너무 배가 고파서 한 개만으로는 배가 차지 않으리라고 어린 나이에도 생각을 한 것이 틀림없었다.

바구니에 있던 과일을 모조리 먹어치우려고 생각했을 그때 누군가가 우당탕거리며 고함을 치면서 걸어오는 것이 들렸다. 그리고 엄청나게 높고 커다란 소리로 화를 내고 있었다. 그 목소리가 엄마의 목소리고 술에 취해서 말소리가 꼬여 있다는 것을 석현은 바로 알아차렸다. 무슨 일인지는 모르지만 엄마가 화가 났다는 그 사실만으로 석현은 너무 놀라서 그 자리에서 펄쩍 뛰었다.

그리고 높은 테이블에서 빨리, 한시라도 급하게 내려오려고 허둥대다가 굴러 떨어져 석현은 대리석 바닥과 테이블 다리에 허리, 그리고 머리를 부딪쳤다. 머리가 너무 아파서 멍한 얼굴로 누워 있었다. 아파서 움직이지 못하기도 했었다.

손에 축축한 것이 느껴졌다. 혹시나 자신이 오줌을 싼 것은 아닐까 살짝 걱정을 하기도 했는데 바지가 축축하지는 않았다. 그리고 비릿한 냄새와 함께 속이 울렁거렸다.

석현은 자신을 내려다보고 있는 엄마의 검은 눈동자를 보았다. 엄마는 아무 표정도 없이 그를 바라보고 있었다. 그 장면은 어쩐 일인지 생생하게 기억이 났다. 엄마의 새카맣고 커다란 눈동자와 술에 취해서 붉은 눈이 무섭게 느껴지기 시작했다. 그리고 엄마가 살그머니 자신을 향해 쪼그려 앉았다.

석현은 엄마가 자신을 안아주거나 일으켜 주거나 그러려고 가까이 앉은 것이 아니라는 것을 알았다. 엄마가 자신을 이리저리 살펴보는 것이 느껴졌다. 마치 지금 누워 있는 작은 동물이 죽을 것인지, 아니면 살 것인지 살펴보고, 죽으면 언제 죽을 것인지 가늠해 보는 TV의 동물의 왕국에 나오는 대머리 독수리 같았다. 그 독수리들은 썩은 시체를 먹는다. 자신이 아마 엄마에게 무엇인가를 말한 것 같았다. 아니면 애원하는 눈초리를 했거나. 엄마의 표정이 살짝 찌푸려지더니 다시 말갛게 개었다. 그리고 더없이 무덤덤한 표정으로 자신에게 속삭였다.

"네가 죽었다면 좋았을 텐데."

석현은 그때 자신이 무슨 생각을 했는지, 아니면 엄마에게 뭐라고 했는지 기억이 나지 않았다. 하지만 엄마의 그 눈초리는 기억하고 있었다. 지금이라도 죽었으면 하는 그 표정. 네 녀석만 없어지면 소원이 없을 텐데 하는 그 눈빛 말이다.

그런데 현관문이 열리면서 가정부 아줌마와 노 비서가 시장 짐을 들고 들어왔다. 그러자 엄마가 비명을 지르면서 석현을 끌어안았다. 그리고 숨을 헐떡이며 가정부 아줌마를 불렀다. 병원 응급차가 오고 석현은 이마를 열세 바늘이나 꿰맸다. 발목도 삐고 한동안은 기브스를 하고 누워 있었다. 엄마는 석현의 가까이에 오지 않았다.

주희가 잠을 자다가 입이 살짝 벌어졌다. 석현이 입술을 만지자 잠결에 주희가 손을 찰싹 때렸다. 석현이 미소를 지었다.

17

 전쟁은 갑자기 소리 없이 그리고 은밀히 시작되었다. 아무도 모르게. 눈치를 챘을 때는 반격도 못 하게. 사실 반격은커녕 알아챈 사람은 주희밖에 없었다.

 석현이 너무 바빠졌다. 유수의 패션회사들이 이제까지 석현과의 작업을 금액 문제로 침만 흘리고 있었는데 돈줄이 생겼는지 줄줄이 유럽과 미국의 패션쇼에 진출하는 포토그래퍼를 만든다고 석현에게 몰려왔다. 석현이 시간이 없다고 아무리 사양을 해도 소용이 없었다. 오래된 지연과 학연, 심지어는 해외 연줄까지 동원해서 석현의 회사는 이제껏 번 돈보다 지금 하루하루 벌어들이는 돈이 더 많다는 소문까지 돌았다. 결혼식은커녕 날짜도 못 잡고 얼굴도 못 보고 지나가는 날도 있었다.

 주희는 딱히 아무런 변화도 압력도 없었다. 그래, 우현그룹이 아무리 크고 힘이 세다고 하지만 고작 로설 작가인 자신에게 뭘 어쩌겠는가? 주희가 잠시 생각했다. 뭐가 있어야 빼앗지. 자신은 선생님처럼 명성이 있는 것도 아니고, 돈이 있는 것도 아니고……. 쪼끔, 아주 쪼끔 슬프지만 위로도 됐다.

주희가 골똘히 생각하다가 윤희에게 전화를 걸었다. 윤희와 통화가 되지 않았다. 다시 골똘히 생각하다가 출판사에 전화를 걸었다. 출판사에는 윤희 작가의 담당 대리가 있었다. 3년 동안 윤희의 비서 겸 보조를 하면서 상당히 친해졌기 때문이기도 하지만 출판계에서 소문이라면 CSI를 능가한다고 평가를 받는 정 대리, 그녀에게 듣는 것이 빨랐다.

"혹시…… 정 대리님, 우리 윤희, 아니다. 애희 작가님한테 무슨 일 있어요? 선생님이 전화를 안 받으셔서요."

정 대리가 밖으로 나가는지 탁탁탁 하는 숨 가쁜 하이힐 소리가 들렸다. 그리고 소곤거리는 목소리로—정 대리는 항상 소곤거렸다. 확 트인 들판에서도 소곤거리는 여자였다—모터를 달았는지 상당한 속력을 자랑하며 말을 했다.

"어쩜! 자기 진짜 빠르다. 선생님하고 텔레파시라도 통하는 거 아냐? 아니지, 이런 일은 굳이 텔레파시를 보내지 않으시겠지. 사실 선생님 지금 고소당했어."

"네엣? 무슨 소리예요? 고소라니? 왜?"

"전에 선생님 동생이 왜 선생님 새 작품을 쇼네라는 영화사에 팔았잖아, 그 양아치 영화사 있잖아! 그래서 자기가 가서 난리 쳐서 2차 판권은 돌려받고 겨우 계약했잖아. 근데 그 영화사에서 선생님을 고소했어. 글쎄 그 미친 동생 놈이 다른 데다 그 작품을 또 팔아먹은 거야, 자기 이름으로."

"그, 그 개, 개새…… 아니지, 그놈 이름으로 팔았는데 왜 울 선생님을 고소해요?"

"그 작품을 산 일본계 롱데라는 영화사에서, 그 새끼들도 똑같은 양아치지, 그 작품이 선생님 작품인 거 알고 있으면서 껌값을 주고 산 거야. 그리고 그 내용이랑 똑같은 내용으로 지금 요상한 감독이랑 찍고 있잖아. 내용이 같은데 어떻게 쇼네가 영화를 찍어. 그러니까 빡쳐서 선생님을 걸고넘어지고 있는 거야. 동생하고 짜고 자기네한테 사기를 쳤다고."

"말도 안 돼요!"

정 대리의 목소리가 더 낮아졌다. 급속도로 낮아진 말투와 목소리에서 주희는 이 내용이 다가 아니라 더 큰일이 벌어지고 있다는 것을 직감했다.

"자기야, 그게 문제가 아니야. 그 건이야 사실 선생님이 피해자니까 영화사에서 동생 놈을 고소하든 말든 그리 걱정하지 않는데, 문제는 지금 선생님 작품 두세 개가 영화사에 팔려 있는데 그 제작들이 전부 올 스톱이 걸렸어. 투자사에서 투자금을 뺀다는 거야. 영화사들이 난리가 났어. 근데 이유를 몰라, 아무도. 왜 선생님 작품만 돈이 빠지는지. 선생님이 정말 아끼는 후배가 그 작품으로 감독 데뷔를 하는데 일이 틀어져서 선생님이 정말 우울해하시더라. 어제 그 감독이랑 다른 영화사 사람이랑 선생님이 같이 술 마시는 거 지나가다가 봤거든, 내가 아니라 내가 아는 친구가. 근데 그 술집 진짜 맛있더래. 논현동이라는데 어딘지 알아? 아 참, 그런데 선생님이 나중에 그 감독한테 우시더래, 미안하다고. 그래서 그 감독이 놀라서 '선생님이 왜 미안하냐고, 우시지 마라'고 쩔쩔매더래. 어휴, 정말 어쩌니?"

주희가 말을 못 하고 더듬었다.

"그, 그게 진짜예요?"

"그럼, 진짜지. 내가 아는 친구가 영화사 쪽에 있거든. 걔가 그러는데, 아무래도 투자사에 좀 압력이 들어온 거 아니냐고 하더라고. 선생님한테 원한 관계, 뭐 이런 거 물어봐야 하는 거 아닐까? 아니지, 이제껏 다른 작품들은 잘만 제작이 됐는데, 이상하지?"

주희가 알았다고 말하고 전화를 끊었다. 장명우 회장이 왜 명성을 얻는지 알겠다. 정말 고전을 많이 읽으신 모양이네요. 장수를 잡으려면 말을 쏘라. 이건가요? 하지만 왜? 내가 말인데! 왜 나를 쏘지, 선생님은 왜 괴롭히셔! 옛날에 그렇게 사랑해 놓고! 이거, 지금도 사랑하는 거 아냐? 아, 그래, 장수를 쏘는지 말을 쏘는지는 모르지만 선생님이 저렇게 되신 건 말이 안 된다.

주희가 일어나서 석현이 비워준 한쪽 옷장에 걸린 자신의 몇 안되는 정장을 꺼냈다. 자신은 돌아가는 타입도, 돌려 말하는 타입도 아니다. 장 회장님께 어쩌시려는 거냐고 물어봐야겠다.

한창 뜨거운 대낮에 우현그룹 본사를 들어가자 우아하고 세련된 실내 인테리어에 주희가 속으로 감탄했다. 이 건물만 28세기 같다. 27세기도, 26세기도 아니고 꼭 28세기.

로비 한쪽 벽면에는 레이저로 쏜 거대한 나무같이 가지 많게 디자인된 도식화가 기업의 노선도, 기업들의 이름, 업무, 목표, 지향하는 이상, 일단 정말 좋은 이름과 멋져 보이는 단어들, 꿈, 미래,

창의, 도전 등을 주렁주렁 매달고 세련되면서도 휘황찬란하게 빛나고 있었다. 마치 백남준의 비디오 아트 같으면서도 더 기업적이고 너무나 미래에서 온 디자인 같아서 미술관 같은 그 광경에 촌스럽게도 주희는 감명까지 받았다.

이 건물의 실내 디자인 전체가 미래지향적이다. 로비에 있는 안내원도 지나가는 직원들도, 로비 한쪽에 있는 커피숍도, 심지어 경비원들도 타임머신을 타고 미래에서 왔다고 해도 믿을 수 있을 것 같았다.

엔터프라이즈호의 승무원처럼 세련된 옷을 입은 안내원에게 주희가 물었다.

"혹시 회장님 좀 뵐 수 있을까요?"

엔터프라이즈호의 예쁜 승무원이 눈을 동그랗게 뜨고 놀라서 물었다.

"회장님과 약속이 있으신가요? 성함이?"

"약속은 없고요. 공주희라고 말하면 혹시 만나주실지도 몰라요."

약속이 없다는 지점에서 급속도로 실망한 눈초리로 변한 아가씨는 약간 기분 나쁜 눈초리로, 하지만 워낙 친절하게 교육을 철저히 받은 탓에 바른 자세로 인사했다.

"잠시만 기다리십시오."

아가씨는 회장님의 비서실에 전화를 했다. 비서실에서 받은 아가씨가 그 위의 비서에게 물어보는 모양이었다. 그 위의 비서가 화를 냈는지 안내아가씨는 약간 미간이 찌푸려졌다.

"죄송합니다만 약속이 없으시면 뵙기 어렵습니다. 약속이 거의 분 단위로 잡혀 계셔서요."

주희가 고개를 끄덕이고 죄송하다고 인사를 했다. 쉽게 되리라고 생각했는데. 적어도 그런 일을 하실 때에는 자신에게 보여줄 속셈인 줄 알았는데 말이다.

주희가 다시 한 번 더 벽으로 현란하게 움직이는 레이저를 보고 감탄하며 나오려고 할 때였다. 엔터프라이즈호의 승무원이 갑자기 자신에게 손을 흔들었다.

"공주희 씨! 공주희 씨!"

주희가 돌아보자 안내원이 짧은 스커트를 팔랑이며 달려왔다. 그리고 상기된 뺨과 살짝 놀란 눈으로 자신에게 회장실로 안내하겠다고 말했다. 엘리베이터에 타자 안내원이 제일 위층을 누르고 더욱 붉어진 얼굴로 주희를 힐끔거렸다.

"회장님께서 공주희 씨라고 말하지 그랬냐고 비서실에 큰 소리로 소리치셨대요. 회장님은 한 번도 그러신 적이 없으시거든요. 얼마나 젠틀하신데요. 잘생기시고…… 그리고 당장 모셔오라고 하셨어요. 회장님께서 별로 말씀이 없으셔서 가족분이나 친척분들의 정보가 없거든요. 혹시…… 관계가 어떻게 되시……."

주희가 겸연쩍기도 하고 지금 가족의 관계를 블럭킹당하러 올라가는 마당에 말해줘야 하나? 하고 생각하다가 찰나의 접대를 화려하게 누리기로 결정했다.

"회장님 아드님 여자친구예요."

차마 양심이 있어서 약혼자라고 말 못 했다. 안내아가씨의 눈초리는 초 단위로 변했다. 처음에 놀라서 멍하니 있다가 바로 부러움의 환하게 웃는 모습이 되다가 잠시 위아래로 주희의 모습을 훑어보는 동시에 왜? 이 여자가? 라는 듯한 의아함이 가득한 눈초리로 변하더니 살짝 뭔가의 속임수가 있을 거야라는 분한 기운까지 느껴졌다. 문이 제일 꼭대기 층에서 열리고 문 앞에 칼같이 주름 잡은 정장을 입은 한참 고참 병장 같은 느낌의 비서가 인사했다.

"공주희 씨? 안녕하세요, 제가 정보가 부족해서 정말 큰 실례를 했습니다. 회장님께서 기다리십니다. 이리 오세요."

주희가 엔터프라이저 안내원에게 살짝 미소로 고맙다고 인사했다. 아가씨는 회장실을 들여다본 거로 만족스러운지 마주 활짝 웃었다.

회장실은 크게 지어져 있었다. 주로 검은색으로 지어져서 약간 무겁게 느껴졌다. 문을 열고 들어가자 장명우 회장이 벌떡 일어섰다. 꽤나 넓은 회장실이라 검은색인데도 공간이 상당히 품위가 있었다. 명우가 환하게 웃음으로 맞이했다.

"어서 들어와요, 주희 씨. 김 비서, 우리 커피 주세요. 주희 저번에 편의점에서 라떼 마셨지? 한 잔은 라떼로."

김 비서가 장 회장의 엄청난 친한 척에 놀란 기색을 태연히 숨기고 문을 닫았다.

주희는 잠시 어리둥절했다. 이 아저씨의 본심은 도대체 무엇일까? 천연덕스럽게 앉은 주희가 바로 직구를 날리기로 했다.

"회장님, 선생님께 왜 그러세요? 차라리 저에게 하세요. 저를 괴롭히시지 왜 죄가 없는 선생님께 그러세요?"

장 회장이 미소를 지었다. 그리고 네가 깜박 잊었다고, 그걸 알려주겠다는 식으로 약간의 강조된 어조로 말을 이었다.

"그러고 싶었는데 도대체 자기는 가진 게 너무 없어. 뭐야? 돈도 없어, 명성도 없어, 심지어 시골에도 뭐가 없어."

좀 기분 나쁘다. 주희가 인상을 쓰면서 속으로 인정했다. 인정할 건 인정해야지.

"그건 그렇지만. 그렇다고 선생님께 너무하신 거 아니세요?"

"왜? 내가 뭘 했다고?"

주희가 화를 내야 하나 말아야 하나 심각하게 갈등했다. 다 알고 있다고 넘겨짚다가 아니면 곤란한데. 그렇다고 모르는 척하기에는 너무 솔직한 성격이었다.

"선생님 동생분이 다른 영화사에 판권 팔아먹은 거, 선생님 소설의 영화가 세 편이나 영화화되기로 한 거 지금 회수당해 지금 영화 엎어졌잖아요. 설마 회장님이 모르신다고 하지는 않으시겠죠?"

장명우가 희미하게 웃었다. 그리고 말도 없이 있다가 비서가 커피를 들고 들어오자 커피를 받아서 마셨다. 그리고 마시라고 맛있는 커피라고 주희에게 권하기까지 했다.

"그래서? 내가 한 일이면 어쩌려고?"

주희가 갑자기 말이 막혔다. 그래, 어쩔 거냐? 장 회장이 한 건데 어쩔 거냐고? 내가 할 일이 뭐가 있나. 가만히 있는 것밖에. 내가 돈이 있어? 명성이 있어? 정말 가진 게 없으면 가만히 있어야하나? 아! 너무 유치해, 너무, 너무, 뭐라고 할까 …… 나쁘다.

"너무 유치하세요! 정말, 속물적이고 악랄해요!"

명우가 그까짓 욕은 한참 멀었다고 말하듯 어깨를 으쓱이며 손을 들어서 막는 시늉을 했다.

"생각해 봐, 주희 씨. 내가 이 세상에서 제일 아끼는 사람이 내

아들이야. 불쌍한 녀석이지. 그 애는 나를 닮지 않았어. 아, 모습은 나를 쏙 뺐지만 성격 말이야. 착한 아들이지. 물론 나이를 먹으니 내 유전자가 나오는지 냉정하고 시니컬한 것이 약간 닮기는 했지만 말이야."

주희가 한쪽 눈썹을 치켜올렸다. 약간? 허! 이분이 무슨 말도 안 되는 소리를 하시는가. 완전 데칼코마니인데.

장 회장이 여전히 우리 아기 불쌍하다는 식으로 말을 이었다.

"내가 제일 가슴 아팠던 적이 언제였는지 알아? 그 애가 어릴 적이야. 변변찮은, 정신이 오락가락하는 여자를 제 어미라고 그래도 사랑하려고 무진장 노력하더군. 그 여자가 한 일이라고는 내가 폭발할 때 방패로 삼으려고 가끔 잘해주는 척을 한 것뿐인데 말이야. 소심한 겁쟁이였거든. 그런데도 그 여자를 사랑하더라고. 그런 모습이 얼마나 내 심장에 박혔는지 주희는 모를 거야. 가슴이 찢어지더군. 그런데 그 아이가 또 내 성에 차지 않는 사람을 사랑하는데 내가 그걸 눈 뜨고 볼 것 같은가? 끝이 보이는데 말이야."

주희가 이상하다는 듯 말했다.

"도대체 뭐가 끝이 보인다는 말씀이세요? 저와 석현 씨는, 우리는 헤어질 이유도 그럴 상황도 없어요. 그런데……."

장 회장이 손을 들었다. 그리고 손가락을 흔들었다. 잠자코 말을 들으라는 손짓이다. 말을 중간에 끊지도, 가로막지도 말라고, 말이 되지 않는 말을 하더라도 끝까지 듣고 말대꾸를 해야겠다고 맘먹게 만드는 손짓이었다.

"내가 사랑한, 아니, 사랑한다고 착각한 여자, 그 여자가 누군지 구체적으로 말하지 않아도 아마 알겠지? 석현이 너에게는 털어놓았을 테니까 말이다. 나를 차버리면서 한 말이 이거야. '나는 작가로 성공할 거다. 내 꿈은 소중하다. 그래서 내 꿈을 위해서 당신을 차버릴 수 있다'. 아마 그때부터 내가 여자들의 꿈을, 특히 작가들의 꿈을 소름 끼치게 싫어했던 것 같아."

장 회장의 말에 주희가 살짝 의구심이 들었다. 장 회장이 여자 작가들을 싫어한다고? 이 기업이야말로 예술과 문화 단체에 제일 많이 투자와 지원을 아끼지 않는 회사인데? 정기적으로 발행하는 여류 문인들의 잡지도 지원하는 것으로 알고 있는데?

"네가 석현이 결혼하자고 하니까 싫다고 했다던데, 내가 재촉하니까 그 녀석이 웃으라고 말하던데 사실 나는 전혀 웃기지 않았어. 주희가 작가로 성공하고 싶어 한다고 말이야. 선생님이 자신의 우상이고 선생님이 가신 길을 우러르고 있다고. 주희야, 주희야, 나는 지금 당장 너를 며느리로 받아들일 수 있어."

주희가 숨도 못 쉬고 입을 닫은 채 장 회장을 뚫어지게 바라보았다.

"꿈을 포기하라고 하면 어떨 것 같아? 작가 따위 포기해. 우리 집 며느리한테 내가 돈 벌어오라고 시키겠어? 평생 펑펑 쓰면서 놀아도 돼. 어때? 그까짓 장르소설, 순수문학도 아니라고 별 거지 같은 소설가들은 무시도 한다던데 말이야. 응? 우아하게 쇼핑하고 심심하면 재단이나 만들어서 남들 도와줘도 되고. 슬슬 노는 시간에 석현이 검은콩은 잘 먹는지 신경 쓰고, 집에서 만든 요구르트를 먹이고, 여가에 신경 쓰고 애 낳으면 애한테 몰두하고. 그렇게 사는 게 좋아 보이지 않아? 남들은 그렇게 못 살아서 난리야."

주희가 고개를 끄덕였다. 그래, 그렇게 못살아서 난리다. 모두가 그렇게 살고 싶어 하지. 돈만 있으면 노는 게 장땡이야. 자신도 그렇게 생각했다. 얼마나 좋을까? 한가롭게 눈을 뜨고 싶을 때 뜨고, 일어나고 싶을 때 일어나고. 남편도 멋지고 아이들은 사랑스럽고 조금 힘들면 도우미 불러다, 아니다, 상주도우미를 쓰면서 우아하게 집 안에서 놀기만 하는 삶. 천국 같을까……?

주희가 심각하게 고민을 하다가 어두운 얼굴로 자리에서 일어났다.

"저는…… 작가 포기 안 합니다. 짧은 순간이지만 정말 갈등했어요. 그냥 막 생각한 거 아니에요. 성공하든 성공 못 하든 제가 좋아하는 글을 쓸 거예요. 그런데 석현 씨와 결혼도 하고 그리고 작가로도 성공할 거예요. 아무리 저를 괴롭히셔도 절대 포기 안 할 겁니다."

장 회장이 고개를 살짝 흔들면서 한숨을 쉬었다. 아쉽다는 표정으로 어쩔 수 없다는 제스처를 취하지만 그것뿐이다. 네 맘대로 해라, 네가 거부한 이상 이후에 일어날 일들은 뭐가 되었든 다 네 책임이다, 내가 아무리 악랄한 짓을 해도 너는 받아들여야 할 거다, 그게 재벌 아들을 사랑한 네 벌이다 등등, 아무런 협박이나 어떠한 위협도 없었다. 그는 어쩔 수 없지. 네가 원한다면 내가 어쩌겠냐? 는 얼굴을 하고는 아직도 향이 좋은 커피를 홀짝 들이마시고 있었다. 뭔가 아주, 아주 이상하다.

일어난 주희가 문 쪽으로 가다가 멈춰 섰다. 곰곰이 뭔가를 생각하던 주희가 한 번도 해보지 않던 통찰력을 발휘했다. 자신이 생각해도 그 순간은 천재인 것 같았다. 수사에 성공하고 범인을 알아내는 셜록 홈즈처럼, 아니면 병의 이름을 알아낸 미드 속 의

사 하우스처럼 서서히 몸을 돌려서 장 회장을 향했다.

"처음부터 제가 목적이 아니셨죠? 회장님은 그저 구실이 필요한 거예요. 회장님의 진짜 목적은 윤희 선생님이세요. 그렇죠? 선생님께 복수를 하려고 하는 거죠? 회장님 정말 못되셨네요."

장명우 회장이 소파에 뒤로 몸을 젖혀 누웠다. 그리고 주희를 향해서 씨익 웃었다. 한쪽 눈을 찡긋하면서 낮은 저음의 목소리로 즐거운 듯 나지막하게 대답했다.

"역시 윤희를 닮았어. 머리가 좋거든. 처음부터 이 일은 주희 네일이 아니야. 이건 우리 집안일이다. 그 옛날에는 복수를 하고 싶어도 내가 힘이 없었지. 어쨌든 윤희를 임신시킨 건 나였으니까. 죽여 버리고 싶었지만 그럴 수는 없었지⋯⋯."

주희의 입이 떡 벌어졌다. 장 회장이 잠시 말을 끊었다가 다시 말을 이었다.

"하지만 지금은 달라. 윤희는 그냥 우리 부자를 내버려 두었어야 해. 건방지게 가까이 오지 말고 말이야. 내게는 이제 힘이 있어, 윤희가 아무리 돈이 많고 성공한 소설가라고 해도. 충분히 있지, 윤희를 파멸시킬 힘이. 그냥 멀리서 바라만 봐도 되는데 엄마랍시고 지금 와서 내 아들의 일에 끼어들겠다고? 나에게 다가오면 어떻게 되는지 보여주지. 옆에서 보고 나를 화나게 하면 어떻게 되는지 네가 깨닫는다면 그건 덤이겠지. 나는 덤을 참 좋아해."

장 회장이 얼굴에 미소를 지었다. 주희는 무서워졌다. 진심으로. 장 회장의 말에 거역하면 자신에게는 밑바닥이 있지도 않는다고 생각했는데 그 밑바닥이 만들어질 것 같았다.

주희가 문을 열고 나가려다가 용기를 내어서 뒤를 돌았다.

"회장님, 회장님이 겪은 고통이 아무리 큰 것이라고 해도 지금 하시는 그 쓰레기 같은 행동을 변명하지는 못해요."

명우가 여전히 날카로운 눈빛으로 주희를 보면서 미소를 짓고 있었다. 주희가 불쑥 혀를 내밀었다.

"그리고 회장님, 그렇게 덤이나 공짜 좋아하시면 대머리 되세요!"

♡

주희가 피플스 라이프사의 옆에 근사한 커피숍에서 석현을 기다렸다. 오늘도 야근을 한다는 석현의 목소리에 기운이 없었다. 집에서 속옷과 갈아입을 옷을 챙겨서 가져왔다. 석현이 문을 열고 들어오는데 회사 사람들과 같이 들어왔다. 같은 옷을 이틀이나 입어도 석현은 멋있었다. 그리고 옆에는 예쁘고 주희보다 훨씬 더 엄청나게 어려 보이는 아가씨 둘과 예의 그 젊게 하고 다니는 꽃중년 이사가 같이 있었다.

아가씨들은 석현에게 바싹 붙어 서 있었고 한 명은 팔에 팔짱까지 끼고 있었다. 주희를 본 석현이 환하게 웃더니 팔짱을 풀고 잘가라는 듯 인사를 하고 주희에게 다가왔다. 예쁘고 엄청나게 어린 아가씨들은 시기와 질투심을 반반 섞은 듯한, 도대체 왜 잘생기고 멋지고 돈도 많은 자기 회사 대표가 자신들보다 더 나이 먹은, 게다가 평범하기까지 한 여자와 애인인지 도저히 모르겠다는 눈빛이었다. 살벌하기가 그지없었다.

"옷은 가져왔어? 아, 이래서 마누라가 있어야 하나 봐. 고마워.

뭐 마실래? 라떼?"

고개를 끄덕이자 석현이 차를 시키고 옆자리에 앉아서 주희의 허리에 손을 둘렀다. 그리고 주희의 목에 얼굴을 파묻었다. 주희가 주변을 둘러보고 난감한 미소를 지었다. 두 아가씨가 바라보는 것을 알고 있었고, 그래서 미소만 지을 뿐 그에게 손을 대서 머리를 치우거나 화를 내지 않았다.

"사람들이 봐요, 석현 씨."

석현이 주희에게서 얼굴을 떼고 잠시 내려다보았다.

"오늘도 예쁘네, 우리 주희. 금방 들어가?"

주희가 시계를 보면서 중얼거렸다.

"한 30분밖에 시간이 없어요. 그래서 할 말이 있는데……."

"왜? 집에 가서 하는 일이라고는 글 쓰는 거밖에 없잖아."

뭔가 살짝 핀트가 빗나간 것 같은 느낌이 머릿속을 맴돌았다. 맛있는 것을 먹다가 볼 안쪽을 씹은 느낌? 한약을 먹다가 마지막에 남은 풀 껍데기를 씹은 느낌? 아니다. 옷도 잘 챙겨온 주희에게 집에서 하는 일이 일도 아닌데 뭘 그리고 바쁜 척을 하냐는 석현의 말을 씹은 느낌? 아! 지금 중요한 게 그게 아니다.

"그게 아니라 윤희 선생님한테 일이 났어요."

석현이 뭐냐는 말을 하면서 진동벨 소리에 나가 음료를 가지고 왔다. 그런데 그 뭐냐는 말투가 참 귀에 거슬렸다. 뭐랄까, 그전에는 선생님 일에, 즉 이모의 일에 이렇게 미적지근한 표현을 쓰거나 애매모호한 반응을 한 적이 없었다. 무슨 일이든 이모의 일에 즉각적인 반응과 함께 적극적인 대안을 표명했는데 지금은 어째서인지 마치 징검다리에서 커다란 돌덩이를 사이에 놓고 떨어진 느낌이 들었다.

"지금 좀 이상해요."

석현이 주희를 물끄러미 바라보았다. 정말 자신이 이상한 것을 모르는 게 분명했다.

"윤희 선생님한테 상당히 큰일이 났다고요. 내가, 아니, 석현 씨도 가서 도와줘야 해요. 아버님이 선생님께 복수를 하려고 한다고요. 내가 무슨 힘이 있는 것도 아니고 석현 씨가 좀 도와줘요."

석현이 미소를 지으면서 고개를 끄덕였다. 그를 오래 보지도 않았는데 그것을 알아낸 것이 신기했다. 하마터면 자신도 속을 뻔했다. 그저 포근한 미소에 그가 자신의 말을 귀 기울여 듣고 있다고 말이다. 그의 눈빛을 바라보고 있으면서 알아차렸다. 그의 정신이 아주 멀리 가 있다는 사실을 말이다. 자신이 윤희 선생님의 상황을 설명하는 것이 그에게 전혀 관심거리가 되지 않고 있었다.

"무슨 일인데? 말해봐."

설명을 하려는데 석현이 주희의 귀에 속삭였다.

"집에 같이 갈까?"

주희가 벌떡 일어났다. 자꾸만 이상한 느낌이 들었다. 자신이 좋아하던 남자는 어디로 가고, 아니, 외계인에게 납치되고 지금 이 외계인은 누구일까? 싶은 심정이었다. 석현의 탈을 쓰고 모든 이들에게, 사랑하는 사람들에게 조금씩 거리를 만들고 있는 이 낯선 남자는 대체 누구인가?

"지금 큰일이 났다니까요! 석현 씨, 나 지금 장난하는 거 아니라고. 이모님한테 무슨 일이 났는지 궁금하지도 않아요? 정말?"

석현이 주희의 손을 잡았다. 그리고 다시 앉히고 끌어안았다.

그의 품에 쏘옥 들어가자 귀에 대고 속삭였다.

"이모 일이 궁금해. 같이 대책을 세우면 되지. 그런데 우리 같이 침대에 누워본 게 억만 년은 지난 것 같아서."

주희가 석현의 얼굴을 두 손으로 잡았다. 석현의 눈빛이 날카로웠다. 그 메마른 눈빛을 가만히 바라보면서 주희가 코를 마주하고 속삭였다.

"왜 그래요? 왜 자꾸 윤희 선생님을 외면하려고 해요? 엄마라서? 정말로 석현 씨가 엄마가 필요할 때, 그 어릴 적에 곁에 없어서요? 이제껏 비밀로 해서요?"

석현이 억지로 주희의 손을 빼냈다. 주희가 손을 빼려고 하지 않자 손목을 잡고 억지로 얼굴을 떼어내고 얼굴을 돌려 외면했다. 석현의 날카로운 눈빛 못지않게 냉랭한 말투가 들려왔다.

"아니야. 그저 내가 이모에게 어떤 존재였을까 하고 생각한 것뿐이야. 이전까지는 이모였으니까 그저 한없이 나에게 애정을 주고 그러면 그게 고맙고 그 행동에 크게 의미를 두지는 않은 그런 사이였는데 갑자기 그 관계의 정의가 전면적으로 바뀌게 되었잖아. 그리고 내가 없었다면 이모와 아버지, 돌아가신 엄마까지 이렇게 뒤죽박죽으로 엉망이 되지는 않았을 거라는 걸 알게 된 게 그렇게 즐겁지는 않아."

주희가 석현의 손을 잡았다. 석현의 머리통을 열어서 뇌를 꺼내 세탁기에 넣고 싶었다. 어째서 그렇게 생각하는 것일까? 게다가 심각하고 호소력 있게 말하고 싶지만 너무 공개된 장소라 얼굴을 일그러뜨리면 못생겨지기 때문에 차마 그에게 큰 소리로 말하기도 어려웠다.

"그렇게 생각하지 말아요. 자기 때문이 아니에요. 그냥 그렇게 된 것뿐이라고요. 두 분 다 너무 어렸고요."

석현이 냉랭하게, 마치 비웃듯이 웃었다. 자조라는 뜻을 그의 얼굴에서 처음 실체로 본 것 같았다.

"그렇게 편하게 생각해도 되는 걸까?"

주희가 잠시 고개를 숙였다. 그리고 다시 얼굴을 들어서 석현을 빤히 바라보았다.

"아버님이 선생님의 모든 것을 다 박살 내고 밑바닥으로 내려가는 걸 보겠다는 결심인 것 같아요. 그리고 그게 내게 얼마나 큰 상처인지 알고 계실 거예요. 아마 일타쌍피. 이렇게 생각하고 계실지도 몰라요. 나에게 선생님은 그냥 제가 모시는 작가. 본받고 싶은 선생님. 그런 존재가 아니에요. 내 가치에 용기를 내도록 날 격려해 준 유일한 분이라고요. 공주희가 공주희답게 살 수 있도록. 내가 나를 사랑할 수 있도록 말이에요."

석현의 눈썹이 치켜 올라갔다. 그리고 당황한 기색이 역력했다.

"이모에게 무슨……"

주희가 이제까지 자신이 들은 이야기와 선생님이 처한 곤경을 이야기했다. 석현이 심각한 얼굴로 주희의 이야기를 들었다. 두 사람은 머리를 맞대고 심각한 얼굴로 소곤거렸다.

주희가 윤희의 아파트를 찾아갔다. 초인종을 눌렀는데 아무도 받지를 않아서 아무도 없는 것인지, 아니면 옛날처럼 윤희가 집

안에 틀어박혀서 아무 반응도 하지 않고 있는 것인지 알 수가 없었다. 그래서 비밀번호를 누르고 들어갔다.

"선생님? 선생님?"

꽤 넓은 곳을 이곳저곳 찾아다니던 주희가 마침내 윤희를 찾아냈다. 작은 골방에서 윤희는 몸을 구부리고 새우잠을 자고 있었다.

"선생님! 왜 이러고 주무시고 계세요?"

주희를 본 윤희가 멍한 눈으로 보다가 문득 생각난 듯 주희에게 물었다.

"너는? 너는 뭐 곤란한 일 없지? 그렇지? 설마 너한테까지 못된 짓을 하지는 않겠지? 그 인간이."

주희가 싹싹하게 웃으면서 고개를 끄덕였다.

"당연하죠, 선생님. 사실 제가 뭐가 있어야 빼앗죠. 원래 건강도 있어야 해칠 수 있는 거고, 경제를 살리려면 죽여야 하니까요. 그렇죠?"

윤희가 느닷없이 웃었다. 그리고 주희를 보면서 환하게 미소 지었다.

"정말 너는 사막에 떨어뜨려 놓아도 선탠을 하게 됐다고 좋아할 녀석이야."

주희가 냉장고를 뒤져서 밥을 차리기 시작했다. 혼자서 집 안에 틀어박히면 며칠이고 밥도 잘 해 먹지 않는 윤희가 지금까지 뭘 먹고 있었을지 알 수가 없었다. 밥을 차리자 윤희가 앉아서 먹었다. 정말 배가 고픈지 그 싫어하던 시금치도 맛있게 먹고 있었다. 맞은편에 앉아서 같이 밥을 먹던 주희가 국을 더 떠주었다. 윤희가 밥을 먹으면서 과장되게 즐거운 척 웃었다.

"지금 벌을 받고 있는 거야. 그 못된 인간이 나를 벌주고 있는 거라고. 이제껏 내가 성공하기를 기다렸는지도 모르지. 성공해서 떨어져야 더 납작하게 떨어질 테니까. 높은 곳에서 떨어지면 가속력이 붙어서 밑바닥에 아주 찰지게 떨어지거든."

주희가 고개를 저었다. 밥알이 입안에서 굴렀다. 과하게 자신의 불행을 즐기는 듯한 조증 상태의 선생님이 익숙하지 않다. 뭐라고 말을 해야 할지 알 수가 없었다.

"그렇게 생각하지 마세요."

윤희가 밥을 먹고 나서 아이처럼 얌전히 앉아 있었다. 마치 아이처럼 자신이 뭘 해야 하는지 알 수가 없어서 눈치를 보는 것처럼 주희를 바라보고 있었다. 주희가 상을 치우자 윤희가 벌떡 일어나 커피를 끓였다.

"솔직히 지금 그렇게 힘들지는 않아. 그이와 아들을 버린 것은 사실이니까. 잘못을 저지른 사람은 나야. 그이가 아니지. 공짜 점심은 없다고들 하잖아? 대가를 치를 때라면 대가를 치르는 게 맞지."

주희가 침착하게 대안을 말했다. 선생님이 하지 않는다면 누군가가, 바로 내가 변명을 하고 오해를 풀고, 선생님의 입이 되어야겠다고 생각했다.

"선생님은 돌아오셨잖아요. 그리고 석현 씨를 돌봐줬고요. 지금도 두 분 사이에 오해가 있는 것뿐이에요. 오해만 풀리면 두 분도 좋아지실 거예요."

윤희가 커피를 마시다가 물끄러미 주희를 바라보았다. 그리고 뭘 생각하는지 가만히 고개를 숙이고 있었다. 한참 만에 고개를 든 윤희가 정색을 하고 굳은 얼굴로 말했다.

"약속해 줘, 아무것도 하지 않겠다고. 너랑 석현이랑 둘 다. 나를 위해서 장 회장과 힘겨루기 그런 거 하지 마. 호소도 하지 말고, 변명도 하지 말아줘. 너희가 그런다면 정말 비참해질 거야. 내가 이룬 모든 성공이 다 무너져도 상관없어. 그런데 너희가 나를 위해서 그이에게 빌고 사정하고 오해를 푼다고 내 바보 같은 짓거리를 말한다면 나는 정말 죽고 싶을 거야."

주희가 당황했다. 선생님이 격려를 해주리라고 생각은 하지 않았지만 말릴 거라고도 생각하지 못했다.

"선생님, 선생님이 몰래 석현 씨를 돌보고 그런 거는 바보 같은 짓거리가 아니에요."

윤희의 눈동자는 단호했다.

"아니, 바보 같은 짓거리야. 물론 나는 다시 하라고 해도 얼마든지 할 거야. 그 애를 위해서 더 바보 같은 짓거리도 할 수 있어. 그런데 그걸 그이가 아는 거 원하지 않아. 내게 약속해 줘."

주희가 윤희가 바보라고, 엄청난 바보라고 생각하면서도 약속하지 않을 수가 없었다. 그녀도 아직 명우를 사랑하고 있었고 회장님도 선생님을 사랑하고 있었다. 이렇게 서로를 죽이고 싶을 정도로 사랑한다는 것이 얼마나 바보 같은가. 그들은 어처구니없이 자신의 자존심만 챙기고 상대방의 병신 같은 자존심까지 챙기면서 어째서 그 옆에서 뒹굴면서 시들어가는 사랑이라는 감정은 챙기지 않을까.

주희는 탈색한 그림처럼 조용히 앉아서 커피를 마시는 윤희를 바라보면서 자신에게 이 바보 같은 한 쌍을 구할 방법이나 있을지 알 수가 없었다.

♡

대체 왜 그렇게 된 것인지는 아무도 몰랐다. 그저 좀 늦여름치고 더웠고, 땀도 많이 났고, 너무 바빠서 회사에서도 정신이 없었고, 몸은 지치고 집에서 쉬고 싶었고, 주희와 맛있는 걸 함께 먹고, 한바탕 침대에서 뒹굴고 싶었다고 석현은 생각했다.

주희는 어쩜 일인지 알았을지도 모른다. 처음부터 안 것은 아니지만 어렴풋이 눈치는 채고 있었다.

그리고 주희는 아무리 노트북을 들여다봐도 답이 나오지 않았다. 진도도 흐지부지하고, 수정도 되어가지 않고, 아예 수정 원고는 들여다보고 싶지도 않았다. 게다가 석현은 제대로 얼굴도 볼 수가 없었다.

문뜩 눈을 뜨고 주위를 살펴보다가 낯선 책상 위에서 부자연스럽게 두리번거리는 자신을 발견하고 왜 내가 이곳에서 이러고 있는 것일까? 하면 갈 곳 잃은 의문만 물밀 듯이 밀려왔다. 여전히 선생님은 상황이 타개되지 않고, 회장님은 뭘 하는지 알 수가 없고, 석현 씨는 자신이 즐거운 듯 말하던 자연 그대로의 새나 숲 이런 것과는 영 거리가 있는 곳에서 넝마 같은 옷을 주워 입은 모델들을 찍고 있었다. 자신도 집을 알아본다고 말로만 하고 집 밖으로 한 걸음도 나가지 않고 있었다.

두 사람 다 모두 그날 그때 그렇게 짜증이 나 있는 상태가 문제였다.

"선생님이 석현 씨와 함께했던 거를 회장님이 알게 되면 어떻게 되지 않을까요?"

석현이 한숨을 쉬었다. 배도 고프고 더 이상 아버지 이야기는 하고 싶지 않았다.

"그 이야기는 하고 싶지 않아."

주희가 잠시 짜증을 참고 다시 부드럽게 말을 했다.

"분명히 석현 씨가 할 수 있는 일이 있을 거예요. 회장님하고 선생님이 화해를 해야 우리가 좀 더 편안하게 만나죠."

석현이 짜증 난 목소리로 대꾸를 했다.

"주희야, 내가 할 수 있는 일은 없어. 그리고 아버지와 이모는 절대로, 절대로 화해 같은 거 하지 않을 거야. 그럴 분들이라면 이제껏 그렇게 계시지도 않았지. 마지막으로 그분들이 찬성을 하든 반대를 하든 상관없이 우리는 결혼할 거야."

"그래도 석현 씨가 그렇게 말하면 안 되죠. 누구 때문에 선생님이 저렇게 살고 계신데."

석현이 우뚝 멈춰서 빤히 주희를 바라보았다. 주희가 냉장고에서 뭔가를 꺼내서 싱크대 위에 늘어놓으며 아무 눈치도 못 채고 한숨을 쉬면서 말을 이었다.

"회장님도 그렇고, 그런 거 보면 두 분이 아직도 서로 못 잊고 사랑하고 계신 것 같지 않아요? 석현 씨가……."

석현의 냉랭한 목소리가 들려왔다.

"나 때문이지."

주희가 고개를 들었다. 석현의 표정은 마치 석고처럼 굳어져서 얼음장 같은 표정을 짓고 있었다. 주희가 입을 벌리고 멍한 표정으로 석현을 바라보았다.

"그걸 말하고 싶었던 거지? 모든 것이 나 때문이라고. 나만 아니었어도 이모는 분명히 행복하게 아버지와 결혼해서 살았을 거야. 이모는 충분히 결혼하고 나서도 성공했을 거니까. 그리고 죽은 엄마도 다른 좋은 남자를 만나서 행복하게 아직도 살아 있었을 거야. 나 때문에 술을 마시고 또 마시고 나중에는 약을 너무 먹어서 약물중독 증세까지 겹치고 스트레스로 인해서 죽은 거나 마찬가지였으니까. 알고 있어. 충분히 알고 있다고."

주희가 화들짝 놀라서 고개를 저었다. 어색하게 지은 미소가 석현의 화를 부채질했다.

"아니에요! 그런 뜻으로 말한 게 아니라고요. 선생님이 석현 씨를 얼마나 사랑하는지 알면서, 그냥 석현 씨가 아무 의지가 없는 것처럼……."

"응, 아무 의지가 없어. 대체 왜 내가 이모와 아버지 사이에서 죄의식을 느껴야 하는지, 왜 내가 내 존재 자체를 부정하고 싶어지는지, 어째서 그때 어릴 적에 죽어버리지 않았을까 하는 생각에 잠이 안 오는지 말이야."

주희가 눈살을 찌푸리고 석현을 노려보았다. 그녀가 자신을 노려보고 있는 것을 알아차리자 석현은 더욱 화가 치밀어 올랐다.

"그만. 왜 생각하기 싫은 일을 계속 말하는 거야? 제발 좀 내버려 두면 안 돼? 나는 이런 걸 참기 힘든 인간인데, 아니, 참지 않는 인간인데, 스트레스 받으면 나가서 한 달, 아니, 몇 달 뒤에 돌아오고 싶으면 돌아오는 그런 인간인데 지금 누구를 위해서 참고 있어!"

주희의 이마에 핏줄이 솟구쳤다.

"나를 위해서 참고 있다고요?"

석현이 주희를 노려보면서 내뱉듯이 말했다.

"그래, 너 때문에 참고 있는 거야."

주희의 목소리가 고함 소리만큼 커졌다.

"그게 석현 씨가 문제를 해결하는 방법인가 보죠? 도망치는 게? 어디까지 도망칠 건데요? 바다 건너? 문제가 저절로 알아서 저 혼자서 해결될 때까지 도망치는 거예요?"

석현의 얼굴이 점점 더 굳어졌다. 방으로 들어가 문을 쾅 닫자 주희가 부엌에서 잠자코 서 있었다. 한참 동안 생각을 하던 주희가 작은 방에 있던 자신의 가방을 주섬주섬 챙기기 시작했다. 작은 가방과 함께 커다란 트렁크를 채우고 있는데 석현이 벌컥 문을 열고 나와서 주희의 모습을 보았다. 석현이 주희의 팔을 확 잡았다.

"무슨 짓이야?"

"집에 가려고요."

석현의 입가가 일그러졌다. 웃으려 한 것 같은데 웃음이 나오지 않았다. 살벌한 눈빛만이 번뜩였다.

"도망치는 거야? 도망은 내가 전문인 줄 알았는데?"

주희가 팔을 확 뿌리쳤다.

"도망이 아니죠! 원래 이 집이 내 집도 아니고, 잠시 머물렀는데 주인과 마음이 안 맞으니 객이 돌아가는 게 당연하죠."

석현이 커다란 손으로 얼굴을 감싸고 신음 소리를 냈다. 화가 난 목소리로 더 크게 주희에게 고함을 쳤다.

"왜! 어째서 아버지와 이모 문제로 우리가 이렇게 싸워야 하는 건데!"

주희가 석현을 보면서 빈정거리는 목소리로 고함을 쳤다.

"아니, 석현 씨가 이 문제에서 도망을 치고 두 사람을 부정하고, 두 분이 뻔히 보이는데 안 보이는 것처럼 행동하는 게 문제죠!"

석현이 천장을 바라보다가 화가 머리끝까지 폭발하자 소리를 치기 시작했다.

"그래! 안 보고 싶어! 사실 두 사람이 미워! 미워서 죽을 것 같아! 이모를 끝까지 붙잡지 않았던 아버지도 밉고, 아버지를 내동댕이치고 나를 버리고 간 이모도 싫고, 이제 와서 아직도 이모를 사랑해서 화풀이를 하려는 아버지도, 지금에서야 아버지가 밝혔으니까 싫은데도 엄마라는 것이 밝혀진 이모가 제일 미워! 이제 와서 내가 어쩌기를 바라? 응? 이모와 아버지의 인생을 망쳐서 미안하다고 할까? 그리고 아무렇지도 않게 멋진 아들인 척 어른들과 팔짱 끼고 쇼핑을 다니고, 그럴까?"

주희가 더 큰 소리로 소리를 쳤다. 비명 같은 고함 소리가 넓은 공간에 울렸다.

"바보! 멍청이! 도대체 언제까지 그런 머저리 같은 생각을 할 거예요? 내가 사랑하던 사람은 어디로 갔어요? 자신감에 차서 친구와 가족을 사랑하고 자신의 일에 열정이 가득하던 그 남자 말이에요? 이게 그 모습이에요?"

석현이 주희의 양팔을 확 움켜쥐었다. 주희가 석현의 눈을 마주 노려보았다.

"그래서 내 이런 머저리 같은 모습은 보기 싫다? 그게 주희가 하고 싶은 말이야?"

"네! 이런 모습은 보기 싫어요! 꼴도 보기 싫어!"

석현이 주희의 손목을 움켜쥐었다. 눈에서 불길이 일었다. 화나서 앙칼지게 뿌리치는 주희의 팔을 다시 붙잡고 벽으로 밀어붙였다.

두 눈이 마주치고 짧은 순간 서로의 분노가 손에 잡힐 듯이 생생하게 느껴졌다. 그리고 다음 순간 둘 다 깨달았다. 전기에 감전이 된 듯 그것이 느껴졌다. 들여다보는 눈에서 서로를 향한 전기가, 그 짜릿하고 온몸의 털이 다 솟구치는 강렬한 그것을 느끼자마자 석현은 주희를 벽으로 밀어붙이고 입술을 물어뜯으려는 듯 얼굴을 붙잡았다. 입을 맞추고 혀를 강하고 거칠게 빨았다. 주희가 석현의 머리칼을 움켜쥐었다. 그리고 열정적으로 입맞춤에 자신을 내맡겼다. 주희의 거칠어진 숨소리와 이제는 욕망으로 번쩍거리는 눈동자에 석현은 이미 정신이 나갔다.

그저 서로를 끌어안고 조금이라도 더 상대방을 느끼기 위해서 안간힘을 쓰고 있었다. 옷을 다급하게 벗다가 찢어도 아무도 상관하지 않았다. 꽉 붙잡은 머리칼로 인해 주희가 신음 소리를 냈다.

석현이 주희의 입술을 열었다. 혀로 그녀의 입술을 핥고 그의 혀를 밀어 넣어 안으로 그녀의 도망치려는 작은 혀를 잡아채려 움직였다. 주희의 짧은 머리칼을, 찰랑거리는 머리칼을 손으로 움켜쥐었다.

고개가 젖히며 그녀의 신음 소리가 붉은 입술에서 흘러나왔다. 뺨을 핥고 입술을 물었다. 주희의 입술이 터졌다. 입안에 맴도는 피가 더 자극적이고 미칠 듯이 흥분시켰다. 눈을 감은 얼굴이, 뜨겁게 달아오르고 있는 그 입술에서 나오는 비명이 그를 미치게 하고 있었다. 하얀 블라우스의 벌어진 속으로 손을 넣어 거칠게 주희의 속옷을 끌어 내렸다. 하얗고 부드러운 가슴에 얼굴을 묻고 열매 같은 유륜을 입안에 넣고 강하게 빨았다. 주희의 손끝이 석현의 머리칼을 잡았다. 석현의 묶은 머리칼이 풀렸다. 긴 머리칼이 스륵 소리를 내며 흘러내렸다.

붉은 입술로 뜨거운 숨을 몰아쉬던 그가 다시 가슴을 물었다. 아릿한 아픔이 머리끝에서 흥분으로 요동쳤다. 그녀를 안고 방까지 온 석현이 주희를 침대로 밀어뜨렸다. 그리고 바로 주희의 다리를 잡았다. 두 발목을 거칠게 잡고 벌리자 뜨겁게 달아올라 미치게 색스러운 그녀의 붉은 여성이 흘깃 보였다.

석현이 손으로 쓰다듬으며 벌려 그 안으로 손가락을 집어 넣었다. 손가락이 뜨겁고 촉촉한 안으로 부드럽게 미끄러져 들어갔다. 다시 손가락을 깊숙이 찔러 넣었다. 다시, 다시 더 세게 찔러 넣으며 석현이 주희의 돌기를 손가락으로 문지르기 시작했다. 숨이 헐떡거려졌다. 주희의 입술이 벌어졌다. 얼굴이 점점 붉어지고 땀으로 머리칼이 얼굴에 붙어서 흥분으로 어쩔 줄 모르는, 석현이 가장 좋아하는 표정이다. 붉은 입술 안에서 하얀 이가 번득인다. 그 하얗게 살짝 보이는 이를 본 순간 석현의 흥분이 순식간에 뜨겁게 끓어올랐다.

석현이 손가락을 빼고 엉덩이를 꽉 잡았다. 그리고 단숨에 그의 남성을 주희의 안으로 밀어 넣었다. 안으로 깊숙이 들어가자 솟구치는 희열로 몸이 떨렸다. 어깨를 붙잡은 주희의 손톱이 날카롭게 파고들었다.

주희가 두 눈을 크게 뜨고 석현을 바라보았다. 긴 검은 머리칼이 흘러내리는 얼굴은 흥분으로 헐떡거리며 두 눈은 날카롭게 자신을 응시하고 있었다. 그의 날카로운 두 눈을 볼 때마다 심장이 너무 빠르게 뛰어갔다.

석현이 주희의 다리를 어깨 위로 올리고 온몸으로 내리누르며 폭주하기 시작했다. 입술로 파고드는 혀와 안으로 미친 듯이 치고 오르는 그로 인해 감각이 날뛰기 시작했다. 폭포 밑이라도 들어간 것처럼 정신이 없었다. 그의 움직임에 맞춰서 자신의 안에서도 전기라도 감전된 것처럼 불길이 꿈틀거렸다. 거칠게 치받는 그의 남성이 몸 안에서 날뛸 때마다 주희의 입에서 신음 소리가 점점 더 크게 울리기 시작했다. 자신의 온몸이 그의 남성으로 가득 찬 것처럼 느껴졌다. 입에서 헐떡거리는 신음 소리는 벌써 고통에 가까운 쾌락의 비명 소리로 바뀌었다. 석현 또한 신음 소리만 흘리면서 허리를 흔들고 있었다. 이제껏 언제나 천천히 부드럽게 절정을 향해가던 석현이 다른 사람처럼 그녀의 안으로 자신을 내리꽂았다. 가슴을 거칠게 움켜쥐는 손에 이제 가슴도 저릿저릿했다.

주희의 흐느끼는 숨소리가, 그녀의 거친 말소리가, 비명 소리가, 그 모든 것이 석현을 점점 더 강하게 밀어붙이는 효과를 내고 있었다.

"아! 아, 지, 지금, 아니, 안, 안 돼, 아!"

주희가 입을 열 때마다 석현은 더 미친 듯이 속력을 올렸고, 그 힘에 주희가 바스락거리며 움직일 때마다 더 거칠게 그녀를 내리눌렀다.

그녀가 손을 내밀자 석현이 그 손을 바라보다가 깍지를 꼈다. 그리고 그 힘은 끝을 향해서 점점 더 높이 올라갔다. 그 끝에서, 그 맨 꼭대기에서 석현이 주희의 손을 놓고 죽을 것처럼 꽉 끌어안았다. 주희가 석현의 머리칼을 움켜쥐고 그 산 꼭대기에서 발을 뗐다. 그리고 폭발하는 절정을 그대로 끌어안고 자신만의 황홀경으로 뛰어올랐다. 그녀의 안이 단숨에 그를 붙잡고 엄청나게 압박하자 석현이 극도의 쾌락 속에 정신을 잃을 지경이 되었다. 극한의 감각이 폭발하자 온몸이 벼락이라도 맞은 듯 몸이 떨렸다. 그리고 그녀를 따라서 자신도 온몸을 놓고 그 절정 속으로 뛰어 들었다.

아무런 생각이 들지 않고 머릿속은 텅 비었다. 극도의 쾌락이 극도의 선과 통한다는 인도와 고대 밀교의 종교가 전혀 이상하지 않았다.

석현이 주희의 입술에 입 맞췄다. 주희는 아직도 숨을 몰아쉬며 눈을 감고 있었다. 그대로 그녀의 안에 머무른 채로 시간이 멈췄으면 좋겠다는 생각을 했다.

그리고 기억이 나지 않았다. 자신이 잠에 빠진 것인지, 아니면 그때 정신을 잃은 것인지 생각이 나지 않았다. 단지 다시 눈을 떴을 때는 이미 아침이었고, 주희는 집에 없었다. 그녀의 가방도 함께.

18

석현은 여전히 바빴다. 그리고 회사는 더 유명해져 갔다. 그의 회사가 작은 프로 작가 잡지사에서 패션사진 그리고 건축사진 쪽으로 점점 더 영역을 확대해 가며 커지고, 그의 작가주의는 어느 한편 구석에 틀어박혀 있었다. 환경사진과 뜻 깊은 자연주의 사진들은 이제 그의 잡지에 넣을 공간이 모자랐다. 그 작은 칸에 들어가려고 돈을 무진장 많이 내는 회사들이 줄을 섰다. 잡지는 화려해지고 놀랍도록 인기를 끌었다. 잘나가는 젊은 패션인들에게 그의 잡지는 안 봐도 들고 다녀야 하는 상징이 되었다.

석현이 시계를 보았다. 이미 새벽 2시다. 창밖은 캄캄하고 밥을 언제 먹었는지 기억이 나지 않았다. 석현이 가만히 밖을 바라보았다. 아무도 없는 사무실에서 밖으로 나가자 밤공기가 서늘했다.

그녀는 지금 뭘 하고 있을까? 시골에서 또 누구와 술을 마시고 있을까? 그녀가 없는 공간인 자신의 집이 낯설었다. 그렇게 어디론가 도망을 치고 싶었는데, 이제 그녀가 없으니 어디로든 원하면 그냥 떠날 수 있는데 그러고 싶지 않았다.

오피스텔에 주희의 베개가 있었다. 누우면 그녀의 향기가 났다. 그리고 주희의 작은 펜도 있었다. 책상에 앉아서 펜을 뱅뱅 돌려대며 30분이고 한 시간이고 아무 생각 없이 앉아 있던 그녀가 자주 쓰던 펜이다. 그 펜을 소중하게 만지작거렸다. 게다가 주희가 사온 커피 스푼이 있었다. 곰돌이가 그려진 앙증맞은 스푼이었다. 그 스푼을 입에 물고 주희는 양손으로 커피, 과일을 운반했다. 지금은 석현이 그 스푼을 입에 넣고 서재로 침실로 돌아다녔다.

하지만 그녀의 물건들이 사랑스러운 것은 사랑스러운 것이고 집으로 들어가고 싶지 않았다. 오피스텔은 서늘하고 차가운 공기로 꽉 차서 뭘 해도 불편했다.

한참을 걷자 눈에 익은 동네가 보였다. 윤희의 아파트가 있는 동네였다. 유학을 가기 전에 한 달 동안 윤희의 아파트에서 산 적도 있었다. 그때는 윤희가 드라마를 쓸 때라 연예인 이야기도 재미가 쏠쏠했고, 언제나 자신을 사랑했던 이모와 짧게나마 같이 있고 싶었다.

석현이 아파트 입구에서 잠시 망설였다. 지금 이모를 찾아가서 뭐라고 한단 말인가? 아버지 때문에 힘드시죠? 아니면 이모, 주희와 헤어졌어요, 그녀를 찾게 도와주세요? 한심스럽고 자신이 경멸스럽게 느껴졌다. 도대체 어째서 이모에게 이야기를 하지 못한단 말인가. 그녀에게 왜 자신을 버렸냐고 물어볼 수는 있지 않은가.

석현이 오래전에 언제나 즐겁게 찾아왔던 윤희의 아파트 앞에서 있었다. 10년 전에 보지 못했던 전자키가 달려 있다.

초인종을 눌렀다. 이제 3시가 넘어갔다. 어둠은 더 짙어지고 주위는 조용했다. 차가 다니는 소리도 들리지 않았다. 커다란 아파트 단지에서 자신이 초인종 누르는 소리만 들렸다. 안에서 움직이는 소리도 들리지 않았다.

아무도 없나? 하지만 윤희가 자신의 아파트에 있다는 것은 알고 있었다. 주희가 있던 수인의 아파트는 지금 공사 중이다. 그래서 주희도 자신과 같이 있지 않았던가. 아니면 이모가 여행을 떠났나?

석현은 고개를 흔들었다. 아마 이모는 잠이 꽤 깊이 들었을지도 모른다. 날이 밝으면 다시 와야겠다고 생각했다. 하지만…… 석현이 다시 현관으로 돌아갔다.

윤희는 잠귀가 상당히 밝았다. 그리고 민감하기도 하고 아무리 깊이 잠이 들어도 누군가가 부스럭거리면 바로 깼다. 그래서 자신이 신뢰하지 않는 누구와도 같이 살 수가 없었다. 뿌리 깊은 불면증과 도가 지나친 까다로움으로 이 정도 초인종을 눌렀으면 이모가 나오지 않을 리가 없었다.

석현은 전자키를 올리고 비밀번호를 누르기 시작했다. 이모 생일, 아니다. 이모 전화번호, 아니다. 꽤 여러 가지 번호를 누르고 나자 조금 짜증이 났다. 다시 도어록 뚜껑을 열고 석현이 한참 동안 바라보다가 자신의 생일을 눌렀다. 문이 열렸다.

석현이 조심스럽게 안으로 들어가자 텅 빈 아파트 특유의 서늘함이 느껴졌다. 사람의 흔적이 한참 없었다. 석현이 둘러보다가 안방을 열었다. 방 안에는 아무도 없었다. 부엌에는 아무 음식의 흔적이 없었다. 이모가 여행을 간 것이 틀림없다.

거실에 내리워진 커다란 커튼을 젖히자 이미 동이 트는지 멀리 흐리게 안개같이 빛이 밀려오기 시작했다.

석현이 나가려다 작은 방이 열려 있는 것을 보았다. 문을 열자 작은 침대에 사람이 누워 있었다. 의아한 눈으로 가까이 다가간 석현이 정신을 잃고 쓰러진 윤희를 보았다. 윤희는 창백한 얼굴로 누워 있었다. 바싹 마른 입술과 숨을 쉬지 않는 얼굴을 바라보며 석현은 기절할 것만 같았다.

이모의 가슴에 귀를 대자 희미하게 숨이 뛰고 있었다. 석현이 작은 체구를 업고 아파트를 뛰어나갔다.

의사가 고개를 기울이며 석현을 보았다.

"영양실조입니다."

석현이 놀라서 입이 벌어졌다. 창백하고 피골이 상접한 모습이 영양실조처럼 보이기는 했다. 그런데 왜? 이모가 아무것도 먹지 않았다는 것이 이해가 가지 않았다. 의사가 그리 걱정하지 말라는 듯, 아니, 종종 보는 현상이라고 운을 띄었다. 그리고 다시 윤희를 보면서 이맛살을 찌푸렸다.

"가끔 지독한 다이어트로 이렇게 쓰러져서 영양실조로 오는 여자분들이 있기는 하는데 나이 든 분들은 좀 드물지요. 거식증이 있으셨던 건 아니죠?"

석현이 고개를 흔들었다. 영양제와 링거를 동시에 맞고 있는 이모의 체구가 더 작아 보였다.

"지금은 좀 너무 힘이 없어서 말을 하기 어려울 수 있는데 아마 낮에는 기력을 차리실 수 있을 겁니다. 혹시 의도적으로 음식을 거부하신다면 정신과 치료를 생각하셔야 합니다."

석현이 윤희의 모습을 내려다보았다.

작은 체구가 침대에 푹 꺼져서 금방이라도 바닥에 떨어질 것만 같았다. 그리고 창문에 비추는 자신의 얼굴을 보았다. 딱딱한 자신의 얼굴이 멍청한 표정으로 겁을 집어먹고 창밖을 노려보고 있었다. 어처구니가 없었다. 도대체 뭘 하고 있었단 말인가. 그렇게 주희가 알려주려 했는데 그에게, 지금 중요한 일이 무엇인지. 지금 중요한 사람이 누구인지. 그에게 힘겹게 손을 내밀고 있는 사람이 누구인지 그렇게 주희가 알려주려 애를 썼는데 자신은 눈을 감고 있었다. 아니, 눈을 감고 귀도 막고 그리고 말도 하려 하지 않았다.

그 어릴 적에 집안의 비밀 아지트에 숨어서 이모가 오기를 눈을 감고 내가 믿고 있던 모든 신에게 빌고 있었던 그 여덟 살의 석현이 아직도 여전히 그 자리에 앉아서 그에게 고개를 흔들며 더 이상 자라기를 저항하고 있었다.

석현은 윤희의 가느다란 손가락을 잡고 얼굴을 묻었다. 그리고 속삭였다. 그녀가, 이모가 돌아오기를, 그래서 그곳에서 주저앉아 기다리고 있던 그 꼬마가 이제 그곳에서 일어났다고 그녀에게 말하고 싶었다.

깜빡 앉은 채 잠이 들었는지 서늘하게 그늘이 지는 것이 느껴지자 석현이 눈을 떴다. 윤희가 일어나서 석현의 이마에 손을 대고 있었다. 바싹 마른 입술이 움직였다. 힘들게 윤희가 말을 했다.

"얼굴이 너무 까칠하네. 뭐 하느라 이렇게 엉망이야?"

석현이 윤희의 얼굴을 물끄러미 바라보았다.

"이모, 영양실조래. 안 먹어서 쓰러진 거야?"

윤희가 희미하게 미소를 지었다.

"아니야, 그런 거. 그냥 식욕이 없어서 이 기회에 다이어트나 할까 했는데 감기가 들었는지 아파서 누워 있었던 것뿐이야."

석현이 날카로운 눈으로 윤희를 올려다보며 심각하게 말했다.

"음식을 거부하면 정신과 치료도 생각하래. 진짜 그 정도야?"

윤희가 고개를 돌리고 있다가 석현에게 미소를 지었다.

"주희는 뭐 해? 잘 있어? 그 녀석도 요즘 나한테 연락을 안 하네."

석현이 한참 동안 다른 곳을 보다가 윤희에게 고개를 돌렸다.

"우리야 잘 있지. 너무 사이가 좋아서 탈이지. 요즘 주희가 쓰던 거 마무리 중이라 시간이 너무 없어서 말이야. 결혼식장도 보러 못 가고 있어. 연락하라고 말할게."

윤희가 기운 없이 웃었다. 그리고 다시 침대에 머리를 눕혔다.

"아니야. 괜찮아. 지금 마무리 중이면 엄청 바쁠 때야. 괜히 나 땜에 걱정시킬 거 없어."

석현이 일어나 앉았다. 누운 윤희의 앙상한 가슴뼈와 어깨가 보였다. 석현이 윤희에게 다가가서 손을 잡았다. 말라서 커다란 윤희의 눈이 보였다.

"이모, 밥 잘 안 먹으면 아버지에게 말할 거야. 아버지가 병실에 와서 난리 치고 이모에게 굶어 죽으면 다냐고 자기가 복수할 시간은 줘야지 하면서 고함치는 거 보고 싶어?"

윤희가 기운 없이 킥킥거리고 웃었다. 웃음소리도 말소리도 속삭이는 것 같았다.

"장석현. 너 의외로 네 아버지와 많이 닮았다. 사람 협박하는 방법도 알고."

날카로운 눈빛으로 윤희를 내려다보던 석현이 따라서 웃었다. 그리고 윤희의 손을 잡았다.

"김윤희 여사님, 사랑해요. 그러니까 기운 내. 밥 안 먹는다고 해결되는 일이 아니잖아. 그렇지?"

윤희가 깊게 꺼진 눈빛에 점점 눈물이 고였다. 그러곤 눈을 감았다.

"피곤…… 하네. 잠을 자야겠다."

석현이 몸을 일으켜서 다시 윤희의 손을 꽉 잡았다.

"주무세요. 그리고 일어나면 먹게 내가 세상에서 제일 맛있는 죽을 사 놓을게. 꼭 먹고, 주희가 이거 알면 난리 나. 내가 맞아 죽었으면 좋겠어?"

고개를 돌린 윤희가 흐느끼면서도 작게 속삭였다.

"그래, 잘 먹고 살찔 거야. 걱정하지 마. 기운 낼게."

장명우 회장이 몇 장의 사진을 들어 보고 있었다. 곁에서 비서가 조용히 기다리고 있었다.

"이 사진이 언제쯤이지?"

비서가 슬쩍 눈치를 보았다.

"어제 밤입니다. 아마 눈치는 채신 것 같은데 아무 말도 안 하시고 별로 거부감을 표시하지는 않으셨다고 합니다."

석현이 찍혀 있는 사진이다. 유명 대학 병원이 틀림없었다. 하지만 누가 입원을 한 것인가. 주희는 벌써 3주 전부터 보이지 않고 있었다. 주희는 시골로 간 것을 비서들이 확인했다. 그녀의 사진도 확보했다. 주희는 커다란 잠자리 선글라스를 끼고 고속버스 터미널에서 사진에 찍혔다. 2분에 한 번씩 손수건으로 눈 밑을 훔치고 있는 것이 찍힌 것으로 보아 석현과 싸우고 시골로 휑하니 가버린 것이다. 틀림없이 눈이 퉁퉁 부어서 선글라스를 낀 것이다.

사진을 같이 노려보면서 명우가 손가락으로 탁탁 테이블을 때렸다. 사진은 카메라를 노려보고 있는 석현이 찍혀 있었다. 께름칙한 사진이다. 뭔가가 있었다.

"그런데 혼자 있었다고?"

"네. 회사에 오시지 않아서 관리인에게 물어봤는데 이날 몸이 아프다고 하루 쉬신다고 하셨답니다. 아직도 병원에 계신 것으로 알고 있습니다."

명우의 눈살이 찌푸려졌다. 이런 것을 원한 것이 아니었다. 그는 주희가 좋았다. 깍듯이 공손하면서도 할 말 다 하는, 그러면서도 사물의 이면을, 사건의 내용을 알아보는 젊은 여자를 찾기 요즘 같은 때에는 쉽지 않은 일이었다. 제법 심지도 굳고, 무엇보다도 그의 아들이 원하는 여자였다. 아들이 원하면 언젠가는 허락을 해줄 작정이었다. 윤희를 떠나보내고 나서 말이다. 결국 윤희와 주희는 다른 사람이니까. 그런데 그녀가 사라지다니. 자신이 제일 일어날 가능성이 적다고 폐기한 진행이었다.

대체 왜 주희가 사라졌는지 그것도 이해가 가지 않았다. 자신을 찾아와서는 절대로 헤어지지 않겠다고 자신에게 억박지르기까지 해놓고. 그뿐인가? 공짜 좋아하면 대머리된다고 악담까지 한 주제에.

명우가 사진들을 치우고는 몸을 일으켰다. 그리고 병원으로 향했다.

개인 병실 앞에서 명우가 한참 동안 이름을 바라보았다. '김윤희'. 슬쩍 물어본 병명이 영양실조? 그의 손이 살짝 떨렸다. 죽으려는 심정이었을까? 설마 그녀가 그럴 사람이 아니다. 하지만 벌써 세월이 많이 흘렀다. 30년이다. 서로 제대로 된 이야기도 안 한 것이 그 시절인데 그녀 또한 많이 변했을 것이다. 지금 자신이 모르는 그녀는 자살을 감행할 정도로 약한 사람이었나?

병실의 문을 한참 만에 열었다. 윤희는 잠이 들어 있었다. 명우가 가까이 다가갔다. 바싹 마른 얼굴에 그림자가 짙게 드리워져 있었다. 그녀의 손이 앙상한 것을 보았다. 이걸 원했었나? 내가? 대체 왜 내가 윤희를 괴롭히는 것일까? 시간이 갈수록 더욱더 그녀가 미워졌다. 수희가 죽었을 때, 그때라도 윤희가 와서 용서를 구하기를 원했다. 용서해 달라고, 오빠를 사랑한다고, 지금이라도 자신을 받아달라고, 계속 그녀를 기다렸다. 이제나저제나.

윤희가 석현을 찾아오는 것을 알고 있었다. 그래서 내버려 뒀다. 그녀가 이제 오겠지, 내게 와서 용서를 구하고 그리고 나와 함께하겠다고 하겠지. 그리고 그게 점점 증오로 바뀌었다. 그녀가 사랑하는 것은 이제 석현뿐이 아닐까? 나는 이제 그녀의 기억 속에서 사라진 것일까? 그래서다. 그녀가 자신을 잊었다면 기억나게 해줘야지. 무슨 수를 써서라도.

명우가 윤희의 가느다란 손가락을 잡았다. 이게 그 구질구질한 집착의 결과인가?

문이 열리고 석현이 들어오려다 명우를 보았다. 피곤한 얼굴을 하고 석현이 밖으로 나가자는 손짓을 하고 먼저 병실을 나갔다. 명우가 침대 곁에서 다시 윤희를 들여다보다가 밖으로 나왔다.

석현이 커피 자판기 앞의 휴게실에 서 있었다. 낮이기도 하고 점심 이후의 낮잠 시간인지 병원의 휴게실은 한적했다. 지나가는 몇몇 간호사들과 의사를 빼고는 아무도 없었다.

명우가 석현의 얼굴을 보았다. 피곤한 얼굴이지만 의외로 평온한 느낌이다. 명우가 삐딱하게 물었다.

"영양실조?"

석현이 자판기에 동전을 넣으며 명우를 보았다.

"이모 본인 말로는 다이어트라는데. 커피 드시겠어요?"

장 회장이 고개를 끄덕이고 조용히 의자에 앉았다. 커피를 내려놓고 석현이 자신은 율무차를 마셨다. 달고 진한 자판기 커피를 장 회장이 물끄러미 바라보았다.

그리고 다시 석현을 올려다보았다. 석현의 분위기가 이상했다. 장 회장이 그 진한 커피를 한 모금 입안에 넘겼다. 그 진하고 느끼한 프림 맛이 텁텁하게 목 안에 들어붙었다. 약간의 데자뷰 같은 느낌도 들었다.

이 느낌은…… 그렇다. 석현의 첫사랑이 조작된 것임을 들키고 난 크리스마스 아침 같았다. 그날 아침 술이 안 깨서 죽을 뻔했다. 어찌나 퍼마셨던지. 그리고 이렇게 석현이 자신을 노려보면서 마치 깨진 유리병 같은 느낌을 주고 있었다. 날카롭게 날이 서서 시퍼렇게 보였다. 그런데 그때는 위태로워 보였는데 지금은 아니다. 날이 서 있기는 하지만 아슬아슬한 그 느낌이 아니라 어딘지 안정되어 보였다. 안정되어? 장 회장이 석현의 모습에 속으로 적잖이 당황했다. 심지어 덩치도 커 보였다. 이 녀석이 이렇게 커다랗던가?

석현이 아무렇지 않게 율무차를 마셨다. 그리고 입을 열었다.

"제가 이모를 닮았나요?"

장 회장이 약간 놀란 표정으로 석현을 바라보았다.

"누가 그래?"

석현이 다시 차를 마셨다. 냉랭한 말투가 이었다.

"물어보는 것도 안 됩니까?"

장 회장이 불편한 듯 주변을 둘러보았다.

"약간 닮은 면도 있지. 고집스럽고 주장을 굽히지 않는 면에서는 말이다."

"그건 아버지 아닌가요?"

장 회장이 잠깐 생각해 보는 척하더니 이내 상어 같은 미소를 지었다.

"그렇군, 윤희의 바보 머저리 같은 면이 닮았다."

석현이 담담하게 웃었다. 장 회장이 거북하게 웃었다. 뭔가 이상하다. 이런 반응을 보이리라고는 생각하지 않았다. 자신의 예상과 다르게 흐르고 있었다. 석현이 물끄러미 장 회장을 바라보았다.

"혹시 그런 생각 해보셨어요? 이모가 본인을 위해서가 아니라 가족들이나 혹은 연인인 아버지나 주변 사람들을 위해서 그런 선택을 할 수밖에 없었다고요."

장 회장이 미소를 지었다.

"그래서 그런 바보 머저리 같은 면을 네가 닮았다고 말한 게다."

석현이 씨익 웃었다. 장 회장의 공격은 패턴이 정해져 있어 알기 쉬웠다.

"솔직히 내가 아니었으면 두 분이 결혼해서 행복했을 겁니다. 아마 돌아가신 엄마도 따뜻한 남자와 지금까지 잘 살았을지도 모르죠. 내가 모든 것을 망쳐 놓았다는 생각이 들어요."

장 회장이 혀를 찼다. 그리고 웃기지 않은 농담을 들은 것처럼 시니컬하게 대답했다.

"그렇지, 내 머저리 같은 정자인 네놈이 아버지와 법적인 엄마, 생물학적 엄마인 윤희까지 모두 망쳐 버리려는 원대한 야망을 품고 임신이 되어서 악마 같은 의도로 태어난 것이지. 그것도 모르고 나와 다른 사람들은 모두 자신의 잘못이라고 생각했잖아. 네놈이 네 잘못이라고 그때 말을 해주지 그랬냐? 놀라운 의도와 악의로 무장해서 태어났다고 말이다."

석현이 가만히 듣고 있다가 고개를 들고 장 회장에게 물었다.

"아버지는 아들에게 따뜻한 위로나 상황이 이상하게 흘러갔지만 네 잘못이 아니라는 그런 감동 드라마 같은 표현은 할 줄 모르세요?"

장 회장이 식으면서 더욱 쓰고 느끼한 커피를 못마땅한 표정으로 내려다보더니 이내 의아한 눈초리를 했다.

"네 잘못은 아니지. 윤희의 잘못이지."

석현이 차를 다 마시고 종이컵을 쓰레기통에 던져서 버렸다. 그리고 장 회장을 물끄러미 바라보았다. 석현의 눈빛이 점점 더 냉랭하게 변하기 시작했다.

"주희가 그러더군요, 이모를 괴롭히는 아버지를 막아야 한다고. 저는 그럴 생각 없다고 말했습니다. 그때는 정말 내가 제일 밑바닥에 떨어져 있다고 생각했거든요. 내가 제일 불행하고 내가 제일 비참하고, 어쩔 수 없는 과거로 인해 왜 내 미래가 협박을 받아야 하나 하고 불평 중이었거든요. 그런데 내가 아니었습니다. 아실 거예요, 누군지. 아버지, 아직까지 이모를 사랑한다면 가서 사랑한다고 말하세요. 괜히 여자아이들 노는 데 고무줄 끊고 달아나는 초딩 같은 행동 하지 마시고요."

장 회장이 고개를 기울이고 심술궂은 미소를 지었다.

"왜 그 여자가 이모야? 네 어머니지. 그리고 너를 버린 여자고. 왜 내가 사랑한다고 해야 하냐?"

"사실이니까요."

석현이 여전히 침착하고 차가운 말투로 말했다. 이제는 장 회장의 얼굴을 똑바로 바라보고 있었다. 장 회장의 손끝이 떨렸다. 석현의 침착한 말투가 변했다. 그의 차분한 말은 분노를 꾸겨 넣은 상자 같았다.

이제껏 단 한 번도 아버지에게 화를 내거나 그에게 맞선 적이 없었지만 지금 석현은 명우를 향해 강력한 화를 내고 있었다. 아니, 그의 분노가 이제 위협으로 향하고 있었다. 명우의 말도 살짝 떨렸다.

"나는 그 바보를 사랑하지 않는다."

석현이 바닥을 바라보다가 눈을 들어서 아버지를 노려보았다. 살벌한 눈길에 장 회장이 입을 닫았다.

"이모, 아니, 어머니께 하는 모든 부당한 술수를 집어치우세요. 영양실조로 죽으려는, 그 정도로 아버지를 사랑하는 제 어머니에게 그런 잔인한 짓은 그만두세요. 계속 그러신다면 어머니를 모시고 이 나라를 떠나 버릴 겁니다."

장 회장의 얼굴이 순간 일그러졌다. 내가 저를 어떻게 길렀는데 이제 겨우 엄마라는 말 한마디를 한 여자 때문에 자신과 등을 지겠다고?

"내가 왜 그러는데! 네 엄마는 너와 함께할 자격이 없어! 너와 행복하게 웃을 권리도 없고, 네가 그 바보를 돌볼 의무는 더더욱 없다!"

석현의 담담한 말이 소리소리 지르는 명우의 말을 뒤이었다.

"아버지는 이만큼 해줘야 나도 이만큼 사랑해 준다는 계량컵을 들고 다니시는지 모르지만 이모와 저는 그런 거 없습니다. 그리고 아버지가 이모를 용서하든 말든 신경 쓰지 않아요. 제가 보기에 이모는 너무 어렸던 것뿐입니다. 그건 아버지도 마찬가지고요. 하지만 지금 아버지가 이모를 고문하는 것은 볼 수 없습니다. 제가 보지 못하게 할 겁니다. 당장 그만두지 않으시면 이모가 회복되는 대로 같이 바로 유럽으로 가버릴 겁니다. 제게는 그곳이 더 일하는 데 편한 곳입니다. 그리고 어머니도 글이야 어디서 쓰든 상관 없겠죠."

명우가 미친 듯이 욕을 하며 화를 냈다. 그러다 문득 고개를 돌렸다.

"하! 주희는 어떻게 할 거냐? 응? 주희와 헤어졌다고 하던데. 네가 떠나면 뭐라고 생각할까? 주희가."

석현이 아버지를 보면서 미소를 지었다. 명우가 아들의 미소를 바라보았다. 지금까지 자신을 잡아먹을 듯이 살벌하게 그리고 조용히 위협하던 아들의 얼굴에 편안하고 아주 완벽한 사랑의 미소가 감돌았다. 달콤하고 마치 사탕 냄새라도 나는 것 같다.

그가 석현의 얼굴을 보면서 이제껏 자신이 원했던 그것. 오로지 아들의 얼굴에서 보기 원했던 그것이 그의 얼굴에 맴도는 것을 바라보았다. 사랑하는 사람을 완벽하게 신뢰하는 얼굴 말이다. 그때 자신과 윤희에게 너무나 간절했던 신뢰. 그래서 그가 그렇게 아들이 갖게 되기를 바랐던 그것. 명우의 귀에 누군가가 속삭였다.

'이제 아이가 아니야. 저 얼굴은 이제 더 이상 안달을 하고 걱정할 필요가 없어.'

석현이 아버지는 모르지만 주희는 걱정할 필요 없다는 표정을 지었다. 자신감이 석현의 말투에서 그리고 흐릿하게 웃음 짓는 표정에서 흘러나왔다.

"그녀는 걱정하지 않아요. 내가 부르면 그녀는 내게로 올 겁니다. 나에게 지금 화가 나고 그리고 상처받고 울고 있겠지만, 그녀는 나를 사랑하고 저도 그녀를 사랑하고 있어요. 그게 제가 아는 유일한 것입니다."

장 회장이 멍한 얼굴로 아들을 바라보았다. 이제는 항상 조마조마하던 그 어린 녀석이 아니다. 슬픔과 만족감이 동시에 밀려

들었다.

　석현이 병실로 가버리자 소파에 앉은 채 명우가 커피를 바라보았다. 이제 커피는 식어서 마치 담뱃재 같은 맛과 향을 풍기고 있었다. 명우의 흐릿한 눈빛이 여전히 반쯤 남은 종이컵을 지켜보았다.

♡

　윤희의 집에 전화가 계속 울리고 있었다. 퇴원하고 기력을 좀 회복한 윤희가 책상에서 일어나 겨우 전화를 받았다.

　[선생님! 저 바다출판사의 정 대리예요! 그런데 주희 작가님은 어디 가셨나 보죠? 직접 전화를 받으시네요. 참, 그게 아니라 지금 쓰시는 거 저희랑 출판하자고요. 아휴, 사장님이 오늘 직접 말씀하셨거든요. 자금으로 좀 도움을 받았던 거래처에서 윤희 작가님 출간은 더 이상 관계하지 않는다고 하셨대요. 지금껏 그놈의 돈 때문에 이를 갈고 있었는데 당장 선생님께 전화하라고 하셔서요. 이제껏 저희랑 오래 하셨는데 저희에게 원고 주실 거죠? 그렇죠? 그럼 그렇게 알고 있을게요.]

　정 대리는 싫다는 말이 나올까 봐 무서운지 전화를 재깍 끊어버렸다. 전화가 다시 울렸다. 윤희가 전화를 받고 말을 했다.

　"알았다니까, 원고 준다고. 갑자기 왜 그렇게……."

　[아, 안녕하세요, 선생님. 저희 쇼네영화사입니다. 그, 저, 죄송하다는 말씀을 드리려고요. 그 고소 건은 취하가 벌써 됐습니다. 동생분하고 롱데는 자기네가 알아서 정리한다고 했답니다. 저희

는 그 투자사에서 다시 투자를 한다고 해서 다음 달 정도에 촬영 들어갑니다. 죄, 죄송했습니다. 저희가 그 감독, 왜 선생님이 독립 영화로 상 받았다고 추천해 주신 그분과 벌써 상의를 끝냈습니다. 그분께 훨씬 좋은 조건으로 계약을 맺어서 당장 시나리오 수정 작업 들어가셨어요. 걱정하시 마시라고, 그, 그럼 이만.]

곁에서 누군가가 재촉을 하는지 영화사에서도 할 말만 하고는 이내 전화를 끊었다.

그 후로도 계속 전화는 울렸다.

롱데라는 영화사에서 죄송하다고, 그 동생분과 저희가 잘못 알아서 계약을 했다고, 영화 촬영은 접었다고 속이 쓰린지 약간의 쉰 목소리로 전화가 왔다. 그리고 다른 출판사들도 마치 둑이라도 터진 듯이 조용하던 윤희의 아파트에 전화벨이 계속 울렸다. 윤희가 전화기를 들고 잠시 골똘히 생각을 하더니 누군가에게 전화를 걸었다.

"주희는 곁에 있니?"

맞은편에서 조용한 목소리가 짧게 대답했다.

"어디로……."

상대방이 조용한 목소리로 작게 속삭이는 것이 들렸다. 윤희가 보이지 않는 것도 잊었는지 고개를 끄덕였다. 한숨을 쉬자 상대방이 다시 말을 이었다. 한참 동안 통화를 하던 윤희가 고개를 다시 끄덕이며 알았다고 말하며 한숨을 쉬었다.

♡

지옥이 되어버렸다. 물론 지하의 세계가 지옥은 아니다. 지하는 그 세계에 맞게 여러 가지 구역으로 나눠져 있고, 그 구역들은 전부 각자의 역할에 맞게 돌아가고 있었다. 그런데 이제 하데스가 검은 성에 칩거를 하고 나오지 않자 그 탐욕과 시기심으로 똘똘 뭉친 악마들은 서로의 구역에 손을 뻗고 있었다. 지상에서 끌고 온 신부가 느닷없이 황금색으로 빛나는 신들의 손에 의해 다시 지상으로 돌아간 이후 하데스는 절대 밖으로 나오지 않았다.

제일 먼저 마몬. 지옥의 금광채굴사가 '탐욕의 데몬'이라는 별칭에 어울리게 슬슬 자신의 구역 밖의 금이나 다른 것에 손을 뻗었다. 남의 것을 훔쳐 가고 약탈하고 작은 악령들을 짓밟고 그들의 작은 영혼을 빼앗았다. 그러자 레비아탄, '교만의 왕'이 버럭 화를 내며 데몬을 향해 전쟁을 선포했다. 물론 그리 우월하지도 않았지만 그 특유의 공포스러운 '마수의 왕'이라는 자신의 명성을 날리기로 작정한 것이 분명했다.

그러자 베히모스가 자신은 칼도 들어가지 않는 '육지의 마수'라며 레비아탄에게 자신의 능력을 보여주려 나섰다. 아마 교만스러운 것이 마음에 들지 않은 것이리라.

그리고 벨리알은 '타락천사'라는 명성에 걸맞게 베히모스의 졸개들을 뒤쫓았다. 아스모데우스가 '호색마왕' 답게 벨제붑의 아름다운 마녀를 납치하고 벨제붑은 '추방당한 이교도의 왕'이라는 자신의 이름에 맹세코 아스모데우스를 죽여 버리겠다고 선언하며 지옥 불에 유황을 던져 넣었다.

마침내 루시퍼가 하데스가 없는 지금, '빛을 발하는 자'인 자신이 지옥의 왕이라며 들고일어났다.

지옥에서 전쟁이 일어나며 자신들의 병사들이 모자라자 지옥의 왕들은 무차별로 지상의 전사들을 잡아오기 시작했다. 지상에서는 뜻도 없고 명분도 없고, 아무도 이유를 모르는 전쟁과 죽음들이 줄을 이었다. 위대한 전사가 죽으면 그 전사의 영혼을 가지고 지옥에서는 다시 전쟁이 일어났다.

제우스의 황금 머리칼이 다시 불타올랐다. 제우스가 아테나를 불렀다.

"네 언니 페르세포네가 어디에 있느냐? 딸아."

그의 딸. 강인한 전쟁과 지혜의 신이 아버지의 귀에 귓속말을 했다. 제우스가 데메테르를 불렀다.

"나의 누이, 나의 아내, 보시오."

데메테르가 아름다운 눈썹을 찡그렸다. 올림포스 산의 밑으로 보이는 지상은 불길이 사라지지 않았다. 지상의 곡식과 대지를 잘 보살펴 사람들의 인구수가 늘고 나라들이 무수히 많아지고 역사가 줄줄이 써지고 있었지만 그보다 더 죽는 사람들이 빠르게 늘고 있었다.

"하데스에게 내 딸을 주겠소."

데메테르가 비명을 질렀다.

"나의 동생, 내 남편이시여. 제발 내 딸을 빼앗지 말아주세요. 제발, 그 애가 지하로 사라지면 나는 너무나 불안하고 초조하여 아무 의욕이 없어지고 마음이 메말라 다른 것을 신경 쓸 수가 없습니다."

제우스의 불타는 눈빛은 단호하게 빛났다.

"사람들이 재배한 곡식과 식량을 저장하고 최대한 버틸 수 있는 기간이 얼마나 되는가?"

아테나의 날카롭고 차가운 말이 신전을 울렸다.

"6개월입니다."

데메테르가 다시 고개를 저었다. 그리고 제우스의 눈빛을 보며 풀이 죽어 속삭였다.

"최대로 잡아도 3개월 정도입니다. 아무것도 땅에서 얻을 수 없이 3개월이 지나면 전부 죽을 것입니다."

제우스가 자신의 번쩍거리는 번개의 한쪽 끝을 내리쳐 신전의 바닥을 울렸다. 천둥소리가 신전 가득 울려 퍼졌다.

"나의 누이, 나의 아내여! 하데스 또한 그대의 동생이오. 내 딸을 1년 중 3개월간 하데스의 신부로 지하로 돌아갈 것을 결정합니다. 나머지 기간 중에 지상으로 돌아와 대지의 신, 어머니와 함께 있어도 될 것이오. 아테나, 네 언니를 지하의 왕 하데스에게 데려다주어라. 3개월 후에 다시 돌아올 것을 명심하게 하고."

아테나의 날개 달린 신발이 신전을 박차고 날아올랐다. 대지의 신의 비탄과 한숨, 탄식을 뒤로한 채로.

지옥의 길은 작고 비탈이 저서 꺾어진 길목마다 무수한 전쟁의 졸개들이 누군지도 모르고 상대에게 달려들었다. 아테나의 황금색 투구와 방패, 기다란 창은 피로 물든 지 오래였다. 그리고 뒤에서 검은 두건으로 온몸을 가린 작은 체구의 여자만이 놀라서 흠칫거리며 뒤를 따르고 있었다.

"이전에 여기를 지날 때는 이렇게 황폐하고 유황불로 불타고 있지 않았는데, 어찌 이리된 것일까?"

의외로 침착한 말소리가 뒤에서 들리자 아테나가 뒤를 돌아보며 미소를 지었다. 그녀는 이렇게 쉽지 않은 일들을 좋아했다. 그리고 자신의 아름다운 언니도 좋았다. 지옥의 입구에서 이미 베히모스의 배에 칼을 꽂아넣고, 벨리알의 천사의 투구를 뭉개 버리고 오는 길이었다. 게다가 마몬의 발을 자신의 펄펄 끓는 황금의 솥에 집어넣고 레비아탄의 뚱뚱한 몸은 움직이는 쐐기의 덤불에 집어 던졌다.

앞의 길 한쪽에서 심하게 마른 몸매의 검은 눈과 장작개비 같은 하얀 몸이 보였다. 눈알이 끊임없이 움직이는 것을 보고 아테나가 주위를 살펴보았다. 기다란 하얀 얼굴의 괴물이 점점 더 붉어졌다. 움직이던 눈알이 검은 두건 사이로 보이는 아름다운 갈색의 눈을 바라보고 그곳에 못 박혔다. 뾰족한 수백 개의 이빨이 움직이며 으스스한 말을 뱉었다.

"아, 아름다운 여자. 아름다움을 사랑하는 나에게 어울리는군."

아테나가 앞을 보더니 미소를 지었다.

"아, 하데스, 집안 청소를 정말 소홀히 하는군."

아스모데우스의 한쪽 팔이 느닷없이 길게 뻗어 나오더니 검은 두건을 낚아챘다. 그와 동시에 아테나가 그 팔을 잘라 버리고 쏜살같이 다가가 방패로 머리를 찍어버렸다.

아스모데우스는 방패에 머리가 찍힌 채로 일어나서 아무렇지도 않은 듯 다시 입맛을 다셨다. 뒤를 보던 아테나가 혀를 찼다.

"이놈의 왕들은 제대로 죽는 일이 없군. 이곳에 오래 있으면 곤란하겠는데."

벨제불이 다른 구석에서 나타나자 아테나가 검은 두건을 자신의 팔 아래로 숨겼다. 벨제불은 아테나를 보지 않았다. 검은 두건도 보지 않고, 오로지 방패가 꽂힌 아스모데우스의 머리통만 바라보았다.

아스모데우스를 보며 낮은 목소리로 벨제불이 으르렁거렸다.

"'처녀를 범하는 파괴자', 그 이름을 없애 버리겠다."

아테나가 뒤로 돌아서 검은 두건을 이끌고 작은 검은 산을 넘었다. 그 뒤로 따라오려는 아스모데우스의 다리를 벨제불이 붙잡았다. 둘의 전쟁이 시작되었다. 아무리 죽여도 죽지 않는 왕들이기에 상대해 봤자 시간과 힘만 뺄 뿐이었다. 아테나는 시간이 아까웠다. 벨제불이 상대해 준다면 고마울 뿐이다. 검은 성이 앞으로 다가왔다.

이제 이 검은 성안으로 들어가기만 하면 하데스를 깨울 수 있었다. 하데스가 깨기만 하면 지하는 다시 원래대로 질서와 냉정함을 찾을 수 있을 것이다. 아테나가 검은 두건을 부축했다. 그러곤 거대한 송곳이 가득 박혀있는 철문의 앞에 섰다.

그 앞에 은색으로 빛나는 갑옷이 보였다. 그리고 그 은색의 투구를 벗으며 소년의 얼굴이 나타났다. 소년의 눈 역시 은색으로 빛났다. 황금색의 빛나는 투구를 바라보며 소년이 미소를 지었다.

"처음 보는 신이야. 지상의 신이군."

아테나가 침착하게 투구를 털며 몸을 곧게 세웠다. 소년은 아테나보다 어리지는 않았다. 그리고 여전히 흥미롭고 차가운 시선으로 아테나를 바라보았다.

"루시퍼?"

아테나는 앞의 은빛의 소년을 바라보았다. 이제 고지가 코앞인데 귀찮은 녀석과 상대하게 되었다. 그리고 아테나도 많이 지쳤다. 원래 상태라면 이까짓 지옥의 왕 따위는 바로 집어 던져 버리면 되는데 데메테르가 꼭꼭 숨겨놓은 곳에서 그녀를 찾아서 데리고 나오느라 힘을 뺐고, 또 지하의 세계가 전쟁 중이라 졸개들과 왕들을 처리하며 오느라 기운을 좀 많이 뺐다. 결정적인 것은 루시퍼 또한 그리 만만한 상대가 아니라는 점이었다.

치천사의 지휘관이었으며 쿠데타를 일으킬 정도로 제정신이 아닌 놈이었다. 비록 그렇게 되어 지하의 세계로 떨어졌지만 말이다.

그쪽 신과 친하지는 않지만 올림포스의 신들은 크게 상관하지 않았다. 언젠가 신앙을 잃을 수도, 이야기만으로 남을 수도 있지만 그렇다고 해서 천둥이, 번개가 위력을 잃는 법은 아니다. 곡식은 언제나 땅에서 자랄 것이고 바다는 불멸의 위험한 괴물이다.

사람들은 알 수 없는 세상의 신비를 영원히 경외할 것이다. 인간이 신이 되지 않는 이상 세상은 영원히 신들의 것이다. 그것이 이야기의 법칙이다.

은색의 눈빛이 아테나의 푸른 눈을 바라보았다. 붉은 피로 뒤덮였지만 황금색의 위력은 여전히 휘황찬란했다. 그 자신의 다른 이름이 '빛을 발하는 자'이다. 그런데 이 앞에 서 있는 황금색의 소녀는 그보다 강하고 아름답다. 그리고 놀랄 정도로 자신만만했다. 루시퍼의 얼굴이 창백해졌다. 소녀를 손에 넣을 방법이 떠오르지 않았다. 아니, 지금 소녀를 이길 방법도 떠오르지 않았다.

아테나가 뒤에 서 있는 검은 두건을 향해 속삭였다.

"하데스가 오지 않으면 언니가 들어가세요. 그리고 그를 깨우세요. 그가 언니를 잊었다면 기억을 시키세요. 가끔씩 큐피드, 그 개새끼가 심술을 부리는데 잊지 마세요. 사랑은 서로가 상대를 향해 움직이는 것입니다. 가만히 기다리는 것이 아니라."

석현이 전자노트를 내려놓았다. 이북을 거의 다 읽었다. 캄캄한 방 안에서 누워 있는데 창밖이 점점 밝아왔다. 희미한 빛이 푸르스름하게 세상을 그리다가 점점 주황색으로 물들였다. 창밖의 베란다로 나가 환하게 밝아오는 밤을 내려다보았다. 석현이 방으로 들어와 작은 가방을 챙겼다.

버스터미널에서 윤희가 석현을 찾았다. 윤희가 커피를 마시자고 하며 이른 아침에 거의 아무도 없는 햄버거 가게로 들어갔다. 석현의 작은 가방을 바라보며 윤희가 시골의 주소가 적힌 쪽지를 내밀었다. 석현이 담담하게 하지만 애정을 갖고 윤희를 바라보았다.

"이모한테 미안해."

윤희가 고개를 저었다. 창백한 얼굴로 석현의 모습을 걱정스럽게 바라보았다.

"네가 힘들었지. 네 아버지가 괜한 심술로 너하고 주희를 괴롭히더니, 나한테 신경 쓰지 말라고 했는데 너도, 주희도 참 말을 안 들어."

석현이 서로 증오한다고 말하면서도 똑같은 말을 하는 두 사람을 생각하니 웃음이 났다.

"고마워. 이모, 그런데 아무래도 지금은 어머니라고 부르지를 못하겠어. 죽은 어머니에게 미안해서도 아니고, 이모가 엄마 같지 않다는 것도 아니야. 그 오랜 기간 동안 정말로 이모가 내 엄마였으면 얼마나 좋을까 하고 바랐어. 이모는 알 거야, 내가 몇 번 말도 했는데."

윤희가 고개를 다시 끄덕였다. 살그머니 작은 한숨 같은 풀 죽은 말소리가 들렸다.

"너한테 몇 번이나 말하고 싶었어. 정말 그랬어. 네 작은 손을 잡고 내가 엄마라고 말하고, 너를 작은 가방에 넣어서 지구 끝으로 아무도 찾지 못하는 곳으로 도망가고 싶었어."

석현이 나지막하게 웃었다. 작은 가방이라고 말했지만 윤희가 자신의 기다란 몸을 넣은, 제대로 들어가지 않아서 발이 삐죽 튀어나온 그 가방을 들고, 아마 들지 못해 질질 끌면서 도망가는 모습을 상상하니 그로테스크하지만 꽤나 웃겼다.

"내 존재가 이모의 삶에 어떤 영향을 미쳤는지 정말 생각하지 않았어. 나만 생각했지. 이제까지 이모나 아버지는 생각도 못 했어. 나만 힘들고, 나만 사는 게 잔인하게 생각됐거든. 어머니가 싸늘하게 구는 것도, 아버지가 어머니를 싫어해서라고 그렇게만 생각했지. 왜 어릴 때는 부모가 서로 사랑하지 않을 수도 있다는 것을 상상하지 못하잖아. 그래서 아버지도 미워했어. 나만 이 세상에 뚝 떨어진 떠돌이 개 같다는 생각도 자주 했거든."

윤희가 다시 고개를 저었다. 그리고 다급하게 말을 했다.

"네 잘못이 아냐! 석현아, 전부 내 잘못이야. 내가 그때 생각을 잘못해서, 바보같이 내게 선택이 없다고 생각했거든."

석현이 다시 웃었다.

"이모는 아직 감동 드라마를 쓰네. 아버지는 냉소적인 블랙코미디를 쓰던데."

윤희가 어렴풋이 짐작을 하고 쓴웃음을 지었다.

"그런데 이모가 내 엄마라고 하니까 뜬금없이 아버지가 생각나는 거야. 그리고 정말 웃기지도 않은 생각들이 머릿속을 떠나지 않는 거야. 이제껏 이모가 사랑한 사람은 내가 아니라 아버지가 아닐까? 이모가 내게 잘해주는 것은 나를 버렸다는 죄책감 때문이고 이모는 혹시 나를 저 의식의 밑에서는 원망하고 있는 것이 아닐까? 그러다가 이모에게서 그게 사실이라는 말을 들을까 봐 겁나고 이모가 내가 정말 엄마가 필요했던 그때 엄마라고 말해줬으면 얼마나 좋았을까 하는 생각에 느닷없이 이모가 밉기도 하고, 그리고 또 이모는 영원히 내 편이고 나만 사랑한다고 생각했는데 돌연히 아버지에게 빼앗긴 것 같은 생각도 들었고…… 하여튼 그랬어."

윤희가 고개를 저으며 눈물을 쏟았다. 햄버거집에서 받은 티슈로 눈물을 닦자 눈물이 남아서 티슈를 적시고 눈가에 하얀 티슈

조각이 남았다. 우는 와중에도 웃겼다.

"아니야, 아니야."

석현이 윤희에게 손수건을 건넸다.

"나는 정말 너에게 말하고 싶었어. 네 작은 얼굴을 보고 얼마나 말하고 싶었는지 몰라. 네 작은 뺨에 붉은 생채기가 나 있을 때마다, 네가 우울하게 허공을 보고 있을 때마다, 내가 얼마나 내 자신을 증오하고 당장 언니를 찾아가 내 아들에 대한 학대를 멈추라고 비명을 지르고 싶었는지 몰라. 언니에게 울며 매달리고, 달래고, 협박하고, 갖은 수단을 썼어."

석현이 윤희를 바라보았다. 그리고 기억해 냈다. 이모가 늦은 밤 몰래 찾아와서 석현을 보고 잠시 이야기만 하고 그냥 가는 날도 있었다. 그리고 그다음 날 엄마는 유난히 생기에 넘치거나 유난히 살기로 넘치는 그런 날들이 있었다. 하지만 엄마는 그렇게 집착을 하는 성격도 아니었고 기억력이 좋은 편도 아니었다. 항상 약이나 알코올에 빠져들면 같은 기분이 반나절을 가지 못했다.

"그렇게 갈팡질팡하고 있는데 주희가 내게 강력한 훅을 날린 거예요. 정신 차리라고. 이모가 집에서 다 부르튼 입술로 누워 있는데 그걸 보자 도대체 내가 왜 주희가 하는 말을 알아듣지 못했는지, 머리가 잠시 어떻게 됐었나 봐요."

윤희가 석현의 얼굴을 바라보았다. 이제껏 차갑고 어딘지 냉소적인 구석이 있던 석현이 누군가를 생각하면서 환하게 미소를 지었다. 윤희가 눈물바람으로 따라 웃었다. 석현이 주소가 쓰인 종이를 흔들며 더 환하게 웃었다.

"이모, 선택은 항상 있어요. 어떤 선택이든지. 무슨 선택이든 사람들은 항상 선택을 하고 그 길로 나아가요. 아버지가 바보같이 이모를 괴롭히면서 부정하고 있지만 그것도 표시예요. 그리고 아버지를 더 사랑해야 맞는 거고. 시간이 그렇게 오래 기다려 주지 않잖아? 낭비하지 마세요."

♡

버스가 번잡한 지방 도시의 정류장에 서고 석현이 내렸다. 다시 시외버스로 갈아탄 석현이 졸면서 두 시간이나 걸려 도착한 시골의 정류장은 정류장 같지도 않은 커다란 마을회관의 담벼락 밑이었다.

석현이 그곳에서 걸어서 20분이나 산 쪽으로 올라가자 띄엄띄엄 집들이 줄지어 서 있었다. 그리고 과일나무가 2, 30그루 있는 산등성이를 향해 화살표가 그려져 있고 녹이 잔뜩 쓴 간판으로 공주과수원이라고 쓰여 있었다.

이제 한낮을 지났지만 그래도 더위는 기승을 부렸다.

과수원으로 올라가는 도중에 작은 슈퍼가 있었다. 슈퍼 같지도 않고 마치 쌀 막걸리를 담는 시골 양조장 같은 분위기를 풍겼다.

그곳을 지나가다가 석현이 놀라서 다시 몸을 돌려 그 슈퍼로 다가갔다. 슈퍼의 앞쪽 평상은 커다란 나무 밑에 있었고, 나무 그늘이 완벽하게 시원하게 져 있어서 그곳에 두 명이 낮잠을 자고 있었다. 한 명은 키가 크고 훤칠하게 생긴 젊은 남자고, 다른 한 명은 공주희다. 게다가 공주희에게 팔베개를 해주고 있는 것은 그 젊은 남자였다. 석현의 눈에선 불이 이글이글 타올랐다.

석현이 슈퍼의 앞에 수도가 있는 것을 발견하고 수돗가에서 물을 한 바가지 떠서 다가갔다. 그러곤 주희의 머리로 물바가지를 집어 던졌다.

"앗! 차, 차거!"

주희가 말 그대로 공처럼 튀어 올랐다. 남자도 눈을 동그랗게 뜨고 벌떡 일어났다. 눈앞에 서늘한 표정으로 씨익 웃고 있는 석현을 보자 주희가 놀라서 더욱 튀어 올랐다.

"앗! 석, 석현 씨!"

석현이 남자를 노려보면서 주희에게 으르렁거렸다.

"내가 옛날에 그런 말 안 했던가?"

주희가 물에 쫄딱 젖은 생쥐 같은 몰골로 정신도 못 차리고 여전히 정신없이 말했다.

"무, 뭐, 뭐를요?"

석현이 그제야 주희를 바라보며 웃었다.

"바. 람. 피. 우. 면. 죽는다고 말이야."

주희가 석현을 보다가 옆의 남자를 보고 다시 석현을 보았다. 그러곤 다급하게 말했다.

"아! 아닙니다! 절대! 바람 안 피웠어요! 진짜!"

주희에게 여전히 의심스러운 눈초리로 사납게 으르렁거리는 석현을 보면서 젊은 남자가 일어나서 손을 내밀었다.

"안녕하세요. 주희 학교 선배입니다. 여기 잠깐 주희 보러 내려왔거든요."

석현이 주희가 곁눈으로 힐끔거리는 것을 노려보았다. 그가 계속 뭔가를 말할까 봐 겁이 나서 그의 입만 바라보고 있었다. 석현이 김성민이라고 소개를 한 남자의 손을 잡았다.

남자가 손을 꽈악 잡았다. 갑작스럽게 손아귀에서 내리 누르는 힘을 느끼면서 석현이 단순히 학교 선배라는 말을 자신도 믿지는 않았다고 한쪽 입가를 올렸다.

자신의 여자라고 말하는 남자를 손아귀 힘으로 간을 보려는 것인지, 아니면 주희의 소유권을 주장하기에는 좀 늦은 거 아니냐는 속내인지 남자의 악력이 점점 커지자 석현이 자신도 손에 힘을 넣어 거세게 눌렀다. 스무 살부터 10년 넘게 무게만 자그마치 2, 30kg가 넘는 카메라와 장비를 들고, 메고 온 세상의 산과 강을 누볐다. 손아귀 힘이라면 누구에게도 지지 않는다고 자신을 했고 또 지금 질 수도 없다. 두 사람의 살기 어린 악수를 바라보며 주희가 안절부절못했다.

"아! 그럼 대학교 선배이신가?"

성민의 이마에서 땀이 흘러내렸다. 남자가 호리호리해 보이고 머리도 묶어 패션계의 기생오라비 같아 만만히 봤는데 손아귀 힘이 장난이 아니다.

"네! 내가 예전에 꽤나 주희를 좋아했는데 어쩌다 보니 군대 갔다가 유학을 가서 자리 잡고 그러느라 좀 오래 한국을 나가 있었죠. 이번에 미국연구원에서 1년 안식년을 받아 귀국해서 쉬고 있습니다."

석현이 더욱 손아귀에 힘을 주었다. 주희가 예전에 말한 적이 있지 않나?

"아! 그 친구랑 사귄다고 해서 주희가 물러났던 그 선배라는 분?"

성민의 얼굴이 새빨갛게 변하자 주희가 석현의 손을 잡았다. 석현이 성민의 손을 탁 놓았다. 석현의 얼굴은 전혀 미동이 없었다. 성민이 분한 듯 팔을 뒤로 해서 떨리는 손을 흔들었다.

"그, 그건 그 친구가 퍼뜨린 소문입니다. 주희도 나중에 거짓말이라는 거 알았고요."

석현이 주희의 얼굴을 잡아먹을 듯이 바라보았다. 학교 때 그렇게 쫓아다녔다고 말해놓고 그 남자랑 둘이서 평상에서 잠을 자? 그것도 팔베개를 하고?

"그럼 가자. 주희. 자기야, 장인어른, 장모님께 신랑감이 왔다고 인사를 해야지?"

주희가 놀라서 발딱 일어나 신발을 찾아서 신었다. 그리고 성민에게 인사를 했다.

"선배, 그럼 먼저 갈게. 나중에 전화할게."

성민이 주희를 보면서 중얼거렸다.

"한 달이 넘게 전화도 없고 찾아오지도 않아서 거짓말인 줄 알았어. 그냥 나를 밀어내려 만든 이야기인 줄 알았는데……."

주희가 석현을 힐긋 보고 성민을 향해서 조심스럽게 말했다.

"내가 말했잖아. 약속한 사람 있다고 했는데 사람 말을 믿지를 않아."

석현이 주희의 손을 잡아끌고 허리를 끌어안았다. 주희가 석현의 허리에 팔을 두르고 공주과수원으로 올라갔다. 성민이 보이지 않자 주희가 석현의 허리를 놓았다.

"왜?"

살벌하게 말하는 석현의 말에 주희가 다시 주저주저 허리에 손을 둘렀다.

"아, 아니, 좀 더워서……."

"그래? 그럼 더워서 그놈 팔로 팔베개도 한 거야?"

주희가 놀라서 눈을 동그랗게 떴다.

"아, 아니에요! 내가 팔베개 안 했어요! 진짜!"

석현이 주희의 얼굴을 잡고 입술에 입 맞췄다. 거칠게 입술을 부딪치고 난폭하게 입술을 열었지만 주희가 목에 팔을 감싸고 부드럽게 입술을 열자 석현이 차츰 기운을 빼고 허리를 꽉 끌어안았다. 주희의 다리에 힘이 빠지자 석현이 돌 벽에 손을 짚었다. 그녀의 입술을 마음껏 어루만지고 핥고 빨았다. 간신히 주저앉지 않고 주희가 눈을 떴다. 석현의 반짝이는 눈빛이 바로 눈앞에서 자신을 내려다보며 만족스러운 웃음을 짓고 있었다.

"이 나쁜 난봉꾼아, 보고 싶었어. 정말로, 미치도록, 죽을 것 같아서 왔어."

"장석현 씨, 나도 엄청나게 보고 싶었어요. 밤에 잠도 못 자고 그래서 낮에 선배랑 막걸리 한잔하니까 너무 졸려서 그만 평상에서 잠깐 잔다는 게…… 헤헤."

다시 그 남자를 생각하자 기분이 나빠져서 석현은 주희의 손을 꽉 잡고 과수원 문을 열었다. 주희가 입을 오므리고 조용히 따라왔다.

어머니는 석현을 보자 약간 괴상한 표정을 지었다. 머리 꽁지가 마음에 안 든다는 것이었다. 석현이 다음 날 바로 머리를 자르겠다고 약속했다. 하지만 아버님은 머리카락 따위는 신경 쓸 필요 없다고 호쾌하게 승낙을 했다. 석현이 사진사를 한다고 하자 어머니는 요즘 사진사가 먹고살기 힘든데 괜찮겠냐고 걱정을 했다. 읍내의 사진관도 망해서 지금 PC방을 한다네 어쩐다네 하는데 큰일이라고 혀를 찼다.

주희가 대표님은 그렇게 무능한 사람 아니라고, 잡지사도 큰 거 갖고 있고 또 상도 많이 받아서 놀아도 될 정도로 돈이 많다고 말을 했지만 어머니는 여전히 걱정을 했다.

"사람이 그래도 그것이 아니여, 일이 있어야지 놀면 뭐 하냐?"

주희가 어머니를 향해서 아무튼 걱정하지 말라고 큰소리를 쳤다. 아버지는 석현이 마음에 들었는지 마냥 쾌활하게 웃고 이야기도 상당히 잘 통했다. 어머니만 걱정에 걱정을 했다.

저녁을 먹고 석현이 주희의 방으로 들어왔다. 주희가 열어놓은 노트북에 작업 중인 소설이 있었다. 안을 들여다보려 하자 주희가 노트북을 탁 닫았다. 석현이 약간 서운하다는 표정을 지었다.

"공주희, 내가 자기가 쓴 소설을 얼마나 좋아하는데 이러기야? 내가 제일 먼저 읽어야 하는 거 아냐?"

주희가 살그머니 웃었다. 그러곤 석현의 손을 잡고 구석에 가서 이불을 깔아줬다.

"여기서 자라고? 어머니께 죽으면 어쩌려고? 같이 자도록 허락해 주지 않을 것 같은데?"

"당연하죠. 나는 마루에서 잘 거예요. 석현 씨는 내 방에서 자면 되고요. 아셨죠?"

주희가 노트북을 가지고 나가는 것을 본 석현이 다시 주희에게 물었다.

"안 보여줄 거야? 정말?"

주희가 잠시 생각하다가 석현을 데리고 나왔다. 어머니의 어디를 나가느냐 묻는 눈초리에 주희가 웃으면서 걱정하지 말라고 말했다.

"요 앞에 선배가 민박하는 슈퍼에서 막걸리 한잔 마시고 올게요."

석현이 따라 나가면서 약간 찌푸린 얼굴로 물었다.

"꼭 그 집에서 마셔야 돼? 다른 곳은?"

주희가 눈을 흘겼다.

"그 집 말고는 술 파는 데가 차 타고 한 시간 반은 가야 해요."

슈퍼에는 할머니가 앉아 계셨다. 너무 나이가 드셔서 말도 잘 안 들리고 행동도 느릿느릿하시기 때문에 손님들이 주로 가져다 마셨다. 돈만 제대로 받으시기 때문에 주희가 술을 주전자에 담고 상을 차렸다. 돈을 할머니에게 먼저 드리고 슈퍼의 냉장고에서 김치를 꺼내 담고 주전자를 꺼내오자 석현이 웃었다.

"여기야말로 진정한 셀프 주점인데? 다들 알아서 각자 차려 마시나?"

주희가 마주 앉아서 웃었다. 안이 더워서 아까 그 평상에서 차려 마셨다.

"여기서 술 마실 사람은 저밖에 없어요. 다른 분들은 다들 노인네들이라 주전자나 술통에 받아서 집에서 마시거든요. 굳이 이곳에서 마시는 사람은 공주과수원의 공주희밖에 없죠."

석현이 막걸리를 마셨다. 맛은 새콤하지만 찹쌀로 만들어서 그런지 달콤한 뒷맛이 있었다.

주희가 석현을 보면서 막걸리를 마셨다. 그리고 작게 말했다.

"지금 쓰고 있는 이야기요, 사실 벌써 다 썼어요. 다음 달에 기안 잡고 수정 들어가서 빠르면 다음 달 내에 나올 거예요."

석현이 놀라면서 술을 마셨다.

"우와, 정말 빨리 썼는데? 이전에 쓰던 그 아랍 왕 이야기는 5개월이나 쓰고 있었잖아. 아직 끝이 안 나지 않았어?"

주희가 한숨을 쉬었다.

"네, 그것도 끝내야 하는데……. 그런데 이 이야기는 기본에 논픽션을 끌어와 구성을 가지고 쓴 거라 빨리 쓴 거예요. 그리고 책으로 나올 거예요."

석현의 눈동자가 흔들렸다. 다 찌그러진 양푼으로 술을 마시던 손이 얼어붙어서 그대로 움직이지 않았다.

"논픽…… 션?"

주희가 석현의 눈을 그대로 응시했다.

"네, 어느 부잣집 아들과 정치가 집안의 소녀가 사랑에 빠진 이야기를 쓴 거예요. 소녀는 너무 어려서 임신을 하고 그 일로 인해 그 아들과 소녀가 사랑하지만 헤어지고 나중에 다시 만나서 사랑을 이루는 이야기예요."

석현이 술잔을 내려놓았다. 충격으로 주희를 그대로 바라보며 움직이지 못했다. 주희가 여전히 석현을 바라보았다. 석현이 술잔이 아니라 주전자를 들어서 목으로 쏟아부었다. 그리고 주희를 보며 웃었다.

"책 내기 전에 우리 결혼식을 마치자. 책을 냄과 동시에 우리는 비행기를 타고 한국을 뜨는 거야. 이 책 이야기가 아버지 귀에 들어가면 우린 같이 야산에 묻힐 수가 있어. 아버지가 손수 땅을 파실 거야."

주희가 따라 웃었다.

"이 책 이북으로 나오는 건데 내가 특별히 부탁해서 책으로 열 권만 만들어달라고 한 거예요. 돈 내고. 회장님께 드리려고."

석현이 조용히 앉아서 눈을 감았다. 주희가 곁에서 술을 마셨다. 아무 말도 없이 계속 술을 마시고 있는 주희에게 석현이 눈을 뜨고 말했다.

"정말 그러고 싶어?"

"네. 그리고 회장님도 틀림없이 좋아하실 거예요. 그전에 자기에게도 한 권 줄게요. 회장님보다 먼저. 선생님께도 드리고. 약속해요. 나 원래 약간 허황되게 스토리를 쓰는 경향이 있는데 이번 책은 아니에요. 내 작가 인생을 걸고 맹세해요. 그리고 등장인물을 다 각색을 제대로 했기 때문에 이 소설을 읽고 논픽션이라고 생각할 사람은 회장님하고 선생님밖에 없어요. 회장님이 보고 화를 내지 않으실 거예요. 그 책의 결말이 진정으로 내가 원하는 거니까요."

석현이 다시 주전자를 들고 양푼에 막걸리를 부었다.

"혹시 막, 인기 있어서 대박이 나면 어떡해?"

주희가 좋아하는 티를 내며 웃었다.

"그러면 완전 좋죠! 모든 글쟁이의 꿈! 히힛, 시아버지 사연을 팔아서 대박이 난다라…… 왠지 두근거려."

석현이 평상에 누워버렸다. 그리고 주희를 바라보며 말했다.

"이리 누워봐."

석현의 팔을 베고 누워서 둘 다 밤하늘을 바라보았다. 석현이 주희의 입술에 입을 맞추었다. 그리고 손을 들어 올려 주희의 손가락에 호주머니에서 꺼낸 반지를 끼웠다. 그리고 그 반지보다 약간 큰 반지를 주희에게 주었다. 주희가 석현의 손가락에 반지를 끼웠다. 반지를 보면서 밤하늘을 바라보았다.

"너무 늦게 와서 미안해."

주희가 밤하늘을 바라보다가 고개를 석현에게 돌리고 곁에 바싹 붙었다.

"안 오려고 그랬죠? 솔직하게 말해봐요. 대표님은 원래 그런 사람이잖아요. 여린 마음 동호회 회장. 그래서 보이지 않는 것도 잘도 찍어내는 거잖아요. 사람보다는 동물이나 풍경을 더 잘 찍고. 마음의 갈등으로부터 도망가고."

석현이 나지막하게 웃었다. 석현이 여전히 입을 닫고 있자 주희가 다시 주절거렸다.

"그래서 상처받을까 봐 겁나서 여자도 깊게 못 사귀는 바보면서, 어쩐 일로 공주희는 찾아왔을까?"

석현이 주희의 얼굴을 마주 보았다. 실실 웃으면서 그 와중에 석현을 째려보는 주희의 입술에 입을 맞췄다.

"네가 가고 나서도 한참 동안 뭔지 몰랐어. 뭐가 잘못된 것인지 말이야. 아마 주희가 곁에 있을 때부터 느끼기는 했겠지. 뭔가 강하고 단단히 심장에 묶여 있다는 사실. 그래서 주희에게 신경질을 내고 화가 났던 거야. 네가 묶었다고 생각했으니까. 너를 보면 심장이 뛰어서 병인 줄 알고 네 탓을 했던 거였어."

주희가 궁금한 눈빛으로 석현의 가슴에 얼굴을 묻었다.

"그럼 누가 묶었는데요?"

석현이 주희의 입술을 살짝 물었다. 그리고 장난스럽게 웃었다.

"내가 묶었지. 너를 말이야. 네가 떠나니까 심장이 그 끈을 따라가느라 뜯어지려 했던 거지. 피가 철철 흐르고 너덜거리기 시작한 거야. 더 있다가는 과다출혈로 뇌사에 빠질 것 같아서, 그래서 내 심장이 시키는 대로 여기까지 물어 찾아온 거야."

주희가 고개를 돌리고 몸을 홱 반대편으로 돌렸다. 석현이 주희의 등을 끌어안고 불안한 어조를 숨기며 속삭였다.

"내가 화나게 했지."

주희가 얼굴을 돌리고는 망설이듯이 주저하며 말했다.

"나는, 기다리고, 기다리고, 물론 책을 쓰면서 말이에요. 그러면서 생각하는데 내가 할 일이 이거라는 생각이 든 거예요. 선생님을 사랑하거든요. 그분도 쉽지 않게 살아왔어요. 굶지 않고 힘들지 않으면 평안한 삶이 아니잖아요? 돈 많고 명성을 지니고도 자신만의 지옥을 살아 나가고 있는 사람들이 있어요. 적어도 선생님이 더 이상 상처를 받지 않기를 바라요. 이게 내가 할 수 있는 최선이고요. 그래서 정말 부지런히 썼어요. 그런데 그 와중에도 시간이 갈수록 내가 정말 석현 씨를 계속 기다릴 수 있을까? 의문이 드는 거예요."

석현의 손이 주희의 얼굴을 쓰다듬었다. 눈빛이 어두워졌다. 석현이 입을 닫고 침묵을 지켰다.

"그래서 술 많이 마셨어요. 그랬더니 기분이 좋아졌어요. 오늘도 안 오면 내일은 성민 선배랑 같이 미국을 가야지, 하다가 또 내일도 안 오면 그냥 선생님이랑 같이 유럽이라도 갈까? 장 회장님이 선생님한테 나랑 유럽 가라고 하셨대요. 기회는 이때다 싶기도 하고."

석현의 눈빛이 냉랭하게 빛났다. 이놈의 영감탱이가, 무슨 소리를 하고 다니는 건지. 주희가 한숨을 쉬었다.

"근데 일주일하고 2주, 3주가 지나는데 꽤나 잘 기다리는 거예요. 석현 씨가 안 올 거라는 생각은 전혀 안 했어요. 웃기죠? 대학 때는 그렇게 쫓아다니던 남자도 못 믿고, 그 후에도 남자를 믿어본 적이 없는데 그런데 왜 석현 씨는 아무 말도 없었는데 이렇게 철석같이 믿고 있는 걸까? 하고 이상하기까지 했어요."

석현이 주희를 뚫어지게 바라보았다. 주희가 심통을 부리듯이 불만에 가득 찬 얼굴로 석현을 노려보았다. 왜 이 남자는 항상 내 고집을 꺾고 내 자신과 타협하게 만들까? 어째서 그는 나를 다시 생각하게 만들고 내가 엄격하게 만들어놓은 다른 사람에 대한 기준을 다시, 또다시 수정하게 만드는 것일까?

"그런데 만약에 석현 씨가 다시 나를 기다리게 만든다면 나는 절대로 기다리지 않을 거예요. 다음 날로 바로 다른 남자랑 도망칠 거라고요. 아셨어요?"

석현이 주희의 뺨에 입술을 댔다. 주희의 뺨과 목에서 달콤한 향기가 났다.

"사랑해."

주희가 석현의 눈을 바라보았다. 석현이 다시 주희의 목에 입술을 대고 향기를 들이켰다.

"나도 사랑해요."

석현이 주희의 입술에 입을 맞추며 강한 어조로 대답했다.

"나를 기다려 줘서 고마워. 내가 팥으로 팥빙수를 만들어준다고 해도 나를 믿을 수 있게 행동으로 보여줄게."

끌어안고 깊은 키스를 하면서 석현의 손이 주희의 옷 사이로 스며들었다. 주희가 손가락을 탁 때렸다.

"원래 팥으로 팥빙수를 하잖아요?"

"팥빙수는 팥으로 하는 것도 힘들어. 제대로 하려면 얼마나 힘든데."

석현이 얼굴을 떼더니 잠시 눈을 굴렸다. 그리고 눈썹을 찌푸리더니 갑자기 물었다.

"그런데 그 다른 남자가 그 선배란 놈이야? 만약 내가 조금만 더 늦게 왔으면 그 선배랑 도망갈 작정이었어?"

"모르죠. 사랑은 움직이는 거라고 하던데, 옆에서 계속 좋아한다고 매달리면 누가 알겠어요? 따라갈지."

석현이 주희를 다시 눕히고 입술에 키스를 했다.

"어딜, 내 손에 들어온 이상 절대로 못 빠져나간다는 것만 알아 둬."

주희가 깊은 키스에 정신이 혼미해지는 와중에 작게 속삭였다.

"나와 결혼해 줄래요?"

석현이 놀라서 고개를 들었다.

"결혼해도 되겠어? 내가 공주희 먹여 살려도 되는 거야?"

주희가 석현의 뺨에 쪽 소리를 내며 입 맞췄다. 그리고 웃었다.

"모르겠어요. 그런데 당신이 나를 먹여 살려도 그게 자존심 상하지 않을 것 같아요. 물론 평생 성공 못 하면 좀 그렇겠지만, 그래도 화가 나거나 단지 그 이유로 우리 사이가 나빠질 것 같지는 않아요. 지금처럼 계속 마주한다면 말이에요. 당신이 나를 부양하고 그러다 내가 돈을 벌면 당신을 부양할 수 있으니까."

석현이 주희의 입술에 입 맞췄다.

"그래, 성공하면 엄청나게 비싼 음식 사. 유명 호텔에서 사줘."

주희가 고개를 끄덕이며 석현의 품으로 파고들었다. 그리고 밤하늘에 맑고 청명한 사이렌 소리와 함께 중후한 남자의 목소리가 울려 퍼졌다.

[애! 애! 마을 이장입니다. 거 공주과수원 딸래미가 지금 외간 남자와 막걸리슈퍼 평상에서 애정 행각을 벌인다는 소식입니다. 마주 보고 **뽀뽀**는 물론이고 끌어안고 난리를 치는 통에 그 집에서 민박하는 김성민 군이 집에 들어가지를 못한다는 것입니다! 애! 애! 거 과수원 딸래미는 얼른 집에 들어가든가, 아니면 과수원집 공 씨는 딸래미를 데리고 들어가든가 해주쇼. 애! 애! 이제 됐냐? 성민아?]

석현과 주희가 벌떡 평상에서 일어나서 상을 할머니에게 주고 도망간 신발짝을 찾아서 헤매다가 겨우 신발을 찾아서는 부리나케 과수원을 향해 뛰어 올라갔다.

19

수인의 결혼식은 서울의 호텔에서 열렸다. 결혼식장의 대기실에서 오랜만에 지애를 봤을 때 주희는 깜짝 놀랐다. 웬걸, 그 가냘프던 몸매와 콩알만 한 얼굴이 어디로 가고 건강한 미인이 서 있었다. 주희의 놀란 얼굴을 보자 지애가 겸연쩍은 표정으로 변명이라도 하듯 주저하며 말했다.

"살이 많이 쪘어요. 수인 씨가 요리를 너무 잘해서 같이 먹으면 너무 맛있는 거예요."

주희가 정신을 차리고 손사래를 쳤다.

"아니에요. 나는 개인적으로 지금이 더 아름다워요. 예전에는 정말 소말리아 아이 같았거든요. 아, 욕하는 거 아닙니다. 그리고 건강한 것 같아서 좋아요."

지애가 얼굴을 붉히고 주희의 귀에다 아기가 생긴 것 같다고 속삭였다.

"헉! 이 양반들, 정말 속전속결이네!"

지애가 약간 쑥스러운 얼굴로 행복한 미소를 지었다.

"사실 처음에는 좀 걱정했어요. 내가 모델로는 나이가 많은 편이에요. 은퇴도 생각했거든요. 할 줄 아는 건 이거밖에 없는데 뭘 해야 하나 하고 심란했어요. 그런데 수인 씨가 걱정하지 말라고 시야를 넓게 보면 얼마든지 할 게 있을 거라고……. 그 말 들었을 때 정말 좋았어요. 이 남자와는 힘들어도 함께 갈 수 있겠다. 이런 생각이 그때 들었죠. 그런데 예전에 홈웨어 찍었던 유명한 패션 업체에서 자기네 임신복특별전 하는데 모델 할 생각 없냐고, 건강해져서 자기네랑 이미지가 맞는다고요. 하하, 웃기죠?"

지애가 살쪘다고 하는데도 자신보다 허리가 잘록한 것을 보고 주희가 심란한 표정을 지었다. 수인의 어머니가 얼굴을 잠시 들이밀었다. 그리고 주희를 보더니 웃으면서 잔소리를 했다.

"너는 언제 갈 거냐? 곧 국수 먹여준다고 네 어머니가 그러던데. 참, 우리 금쪽 같은 애기 너무 힘들게 하지 마라."

주희가 일부러 눈을 흘기며 어머니에게 볼멘소리를 했다.

"어머니, 너무하세요. 언제는 저보고 우리 아기, 그러시더니."

수인 엄마가 헛기침을 하며 주희를 밀어내고 지애를 보고 다정하게 손짓했다.

"어서 앉아, 힘들다. 아직 식이 시작도 안 했는데."

주희가 밀고 들어오는 수많은 하객들에게 내밀려 밖으로 나왔다. 밖의 식장 앞에 수인이 서 있었다. 수인을 보자 주희가 다가가서 흐뭇하게 인사했다.

"야, 지애 씨 예쁘더라."

수인이 경직된 얼굴로 인상을 썼다.

"아, 말도 마. 아까 모델들이 우르르 왔는데 하나같이 자기들끼리 수군거리면서 흉을 보는 거야."

"뭐? 결혼식에 와서 그렇게 할 짓이 없데? 뭘 흉을 봐!"

수인이 약간 기분 상한 표정을 지었다.

"살이 쪘다고. 대체 무슨 말인지, 지애가 어디가 살이 쪘다고! 엄마랑 나랑 말라서 큰일이라고 그러는데."

주희가 수인을 놀라서 올려다보았다. 눈을 휘둥그레 뜨고. 지애가 살이 찐 건 나 같은 보통 여자나 좋게 생각하지, 같은 모델들은 아마 지애가 미쳤다고 생각되었을 것이다. 그것도 엘프라고 불리던 그 바싹 마른 지애가. 그리고 수인의 모습이 웃기기도 했다. 수인은 거짓말을 하면 바로 티가 났다. 그런데 지금 정말로 지애가 살이 어디 쪘냐고 화를 내고 있었다.

사랑에 빠지면 거짓말을 잘하게 되는 것일까? 눈이 나빠지는 것일까? 아니면 수인이 눈의 콩깍지가 아직도 견고하게 콘크리트 치고 있는 것일까?

"너 정말 옛날의 지애 씨가 더 예쁘다고 생각 안 해? 살이 찐 건 사실이잖아. 그리고 너는 이상형이 엘프고 말이야. 나중에 지애 씨한테 살 빼라고 안 하겠어?"

수인이 놀라서 이상하다는 듯 주희를 바라보았다. 친구와 헤어진다고 대기실 앞에 모습을 드러낸 지애를 보고 수인이 다시 주희를 바라보았다. 그리고 골똘히 생각에 잠긴 얼굴을 하더니 주희에게 속삭였다.

"실제로 말이야. 바싹 마른 옛날 그 모습이 아닌 거는 아는데, 지금도 여전히 지애는 나에게 엘프 모습으로 보여. 내 눈이 잘못된 건가?"

주희가 수인의 곁에서 괴상한 얼굴을 하고 서 있었다. 그리고 들어오는 엄마와 아빠에게 왜 네가 수인이 곁에 서서 인사를 받고 있냐며 야단을 맞았다. 그리고 들어오며 그것을 본 석현이 왜 수인이 곁에 서 있다가 부모님께 혼났냐고 불평하는 것을 들어야 했다.

황금색의 소녀는 강했다. 그야 당연하지 않겠는가? 아테나는 전쟁의 신이다. 물론 정원과 부엌의 신이기도 하지만.

그녀는 제우스의 머리를 뚫고 태어났으며 전쟁과 살육의 신인 오빠 아레스를 이겨 먹기 다반사였다. 실상 아레스가 잔인하고 힘만 셌지 머리가 나쁜 탓인 것이 제일 큰 이유지만 말이다. 지옥의 왕 정도야 그녀의 실력으로 해결할 수 있는 문제였다. 기운이 빠져 버린 지금 조금 힘이 들어서 그렇지. 그런데 루시퍼의 공격이 갈수록 먹혀 가고 있는 것은 문제였다. 벌써 두 번이나 루시퍼의 심장을 창으로 꿰뚫었지만 심장이 없는지 그는 별다르게 타격을 받은 눈치가 아니었다. 여전히 무표정한 얼굴로 무기를 잃어버린 양손을 벌리고 바싹 아테나에게 달려들었다.

아테나가 창을 제때 못 뽑고 방패로 루시퍼의 얼굴을 거세게 가격했다. 얼굴이 피투성이가 되자 루시퍼의 은색 눈이 더욱 빛났다.

아테나는 문득 그 빛나는 눈을 자신의 방패에 장식하고 싶은 충동을 느껐다. 그다음 순간 루시퍼가 그 기다란 손으로 아테나의 날아가는 발목을 붙잡았다. 땅으로 떨어져 내려 뒹굴며 잠시 제때 일어나지 못한 아테나의 목으로 루시퍼의 길고 아름다운 강한 손가락이 파고들었다.

"항복을 하라."

아테나는 항복을 하는 신이 아니다. 루시퍼의 손가락이 더욱 목으로 파고들며 불가능한 일을 밀어붙이고 있을 때였다.

페르세포네는 검은 궁전으로 당당히 문을 열고 들어섰다. 문 안에 거대한 홀에 앉아 있던 거대한 검은색의 개 케르베로스가 벌떡 고개를 쳐들었다. 머리가 수십 개가 넘고 그중에 세 개는 거대한 개의 머리를 한 그것의 이빨이 으르렁거리며 수백 개의 날카로운 이빨을 번뜩였다.

개가 거대한 덩치에 비해 날렵하게 일어서 페르세포네를 향해 돌진했다. 가까스로 거대한 덩치를 작은 그녀의 앞에 세우고 칼같이 솟은 이빨들 사이에 늘어진 혀가 반갑다는 듯 페르세포네의 팔이며 얼굴을 핥았다. 그 무시무시한 뱀의 꼬리를 마구 흔들면서 자신의 충성과 열렬한 애정을 과시하면서 말이다.

페르세포네가 가느다란 손으로 개의 귀를 쓰다듬었다. 개는 좋아서 어쩔 줄을 모르고 바닥에 벌렁 누웠다. 그 많은 머리들이 바닥에 철퍼덕 부딪치고 흔들렸다.

"잘 지냈어? 검둥아, 네 주인은 어디 있어? 내 남편 말이야."

개가 다시 고개를 흔들며 꼬리를 흔들고 벌떡 일어나서 거대한 덩치로 잽싸게 복도를 질주했다. 그 많은 머리들이 흔들리며 벽마다 부딪쳤다. 그리고 다시 뒤를 돌아보며 페르세포네가 오지 않자 돌아서 그녀에게 뛰어갔다. 그리고 낮은 목소리로 짖고 꼬리를 미친 듯이 흔들면서 고개를 뒤로 돌리고 복도를 질주했다.

페르세포네가 개의 뒤를 따라서 걸음을 재촉했다. 침실 안 깊숙한 곳에 누운 하데스는 얼굴이 창백했다. 뒤에서 개가 낑낑거리고 있었다. 명계의 왕비가 뒤를 돌아서 고개를 흔들자 개가 꼬리를 말고 뒤로 엉덩이를 밀며 복도로 나갔다.

페르세포네는 하데스의 얼굴을 두 손으로 감쌌다. 그의 얼굴은 창백하고 얼음처럼 싸늘했다. 그리고 숨소리도 들리지 않았다. 그녀의 손이 그의 얼굴을 들어 올렸다. 그녀의 손에서 푸른색의 기운이 흘러나왔다. 봄의 콩 같이 빛나는 새싹의 빛, 안에서 타오르는 연두색의 따뜻한 물과 같은 생명력이 그녀의 손에서 흘러내려 하데스의 얼굴로 스며들었다.

대지의 여신이 그녀의 부재를 견딜 수 없는 이유 중에 가장 중요한 이유가 손에서 흘러나왔다. 죽음을 깨우는 생명력. 나무들을 싹 틔우는 푸른 생명력이 페르세포네의 이유였다. 그녀 자신이 풀들의, 새싹의 주인이고, 그리고 살아 숨 쉬는 자연의 수호자였다.

하데스가 눈을 떴다. 멍한 눈빛이 그녀를 알아보는 것 같지 않았다. 검은 눈동자는 빨려 들어갈 듯 두 개의 암흑으로 깊은 구멍을 이루고 있었다. 싸늘한 목소리가 음산하게 방을 울렸다.

"누구지?"

하데스의 쓸쓸한 눈빛을 보면서 페르세포네가 그의 목을 끌어안았다. 따스하고 부드러운 기운이 그의 눈빛으로 그의 목을 타고 위로 넘실거렸다. 그녀가 그의 눈빛을 마주하고 입술을 마주 댔다. 그리고 입술 위로 속삭였다.

"당신의 아내. 대지의 딸, 페르세포네예요."

하데스가 지나가는 말이라도 듣는 듯 아무 기력도 없이 여자의 말을 따라했다.

"나의 아내……."

"당신의 아내."

여자가 말을 하고 그의 입술에 입 맞췄다. 여자의 입술은 따스했다. 그리고 입술을 벌리고 그녀가 그의 입술 안으로 서슴없이 들어간 혀로 그의 혀를 감싸 안았다. 그녀의 혀와 입술 안은 뜨거웠다.

하데스가 입을 벌리고 그녀의 뜨겁고 거친 애무를 받고 있었다. 약간은 당황해서. 많이 즐겁고 심하게 넘실거리는 이상한 감정을 느끼면서, 그리고 그의 심장은 약간이 아니라 엄청나게 요동치기 시작했다.

그녀의 뜨거운 입맞춤과 그리고 그녀의 따스하고 부드러운 손이 주는 미칠 듯한 쾌락에 머릿속이 어지러웠다. 그 길고 긴 입맞춤 끝에 그는 마침내 기억해 냈다.

따스한 갈색의 눈, 부드러운 적갈색의 긴 머리카락, 생명력에 넘치는 붉은 입술. 처음 보았을 때 그 따스한 봄볕 같은 소녀, 꿀같이 달콤한 향기가 났었다.

눈을 뜨고 앞의 여자를 본 하데스가 창백한 이마를 여자의 이마에 대었다. 여전히 꿀과 같은 꽃향기가 난다.

"나의 아내가 돌아왔어."

깊은 입맞춤이 끝나자 마치 기다렸다는 듯이 창밖에서 쿵 하고 지진이라도 난 듯 벽이 울리는 소리가 들렸다. 페르세포네가 놀라서 하데스의 팔을 잡았다. 그리고 다급하게 그에게 도움을 청했다.

"아테나가 나를 보호해서 데리고 왔어요."

얼마나 성안에 처박혀 있었는지 하데스는 기억이 나지 않았다. 하지만 상당히 황폐하고 검은 안개와 불타는 연기로 휩싸인 자신의 땅을 돌아보자 긴 기간인 것이 확실했다.

아내를 보고 다시 입맞춤을 한 하데스가 침착하게 일어나 성 밖으로 나섰다. 문밖에서 보이는 광경은 사실 약간 괴기하기도 했다.

아테나는 정말 지친 것처럼 보였다. 벽에 던져진 채 한쪽 성벽을 무너뜨리고 그 안에 널브러져 있었다. 그리고 그 위로 그녀를 잡으려 손을 내밀고 있는 루시퍼가 보였다.

하데스가 기다란 검은 창을 집어서 그의 발밑을, 밑에 깔린 성의 돌 위를 거세게 내리찍었다.

콰쾅 하는 엄청나게 크고 무시무시한 소리가 음산한 진동과 함께 지하의 세계 전체로 울려 퍼졌다. 그 거대한 음력의 세계를 들은 모든 명계의 살아 있는 생명체는 지하의 왕이 깨어났음을 알아차렸다. 파도와 같이 움직이는 모든 것을 정지시키고 즉각 정리하게 만드는 그 공포의 힘은 작은 영혼 하나까지도 모두 휩쓸어 버렸다.

루시퍼가 눈을 크게 뜨고 황금색으로 빛나는 소녀를 다시 내려다보았다. 그리고 작게 속삭였다.

"이런, 제기랄."

마치 옅은 안개처럼, 실제로 안개와 같이 희미하게 스러지면서 루시퍼는 순식간에 사라졌다. 반짝이는 아테나의 방패를 손으로 쓰다듬으며 안타까움에 고통스러운 한숨을 내쉬면서.

하데스의 부재로 일어난 엄청난 소동은, 사실 소동이 아니었다. 전쟁과 약탈, 무차별한 공격들과 아수라장이었다. 그것이 그가 일어남과 동시에 사라져 버렸다. 지옥의 왕들은 모두들 자신의 세계로 사라져 버리고, 누가 그런 소동을 일으켰냐는 식의 뻔뻔스러운 시치미를 뗐다. 게다가 루시퍼는 아테나가 임무를 완성하고 하데스에게서 보상을 받아 기분 좋게―임무는 임무고 선물은 기분 좋은 법이다―사람들의 세상으로 떠나자 그녀의 뒤를 쫓아서 지상으로 사라져 버렸다.

페르세포네가 겨우 3개월 있다가 가버린다는 것을 알았지만 하데스는 그것을 아무에게도 항의하지 않았다. 그녀는 9개월 뒤에 다시 그에게 돌아올 것이다. 그녀를 이제는 믿고 있었다. 반드시 돌아오리라는 것을. 믿음 위에서는 기다리는 그 시간마저 달콤하고 완벽했다. 그녀가 떠나면 그 순간부터 그는 기다리고 또 기다리며 자신의 아내를 그리워했다.

지하를 다스리고 악령들과 길 잃은 영혼들과 버림받은 요정들을 거두고 악한들을 그 죗값을 치르게 하고 아이들을 버린 자들에게 복수하고 순결한 처녀들을 범하고 죽인 자들을 무한한 지옥의 화염 속으로 집어 던지며 기다리면, 그러면 마침내 아름다운 가을의 끝에 그만의 강렬하고 빛나는 시간이 돌아오는 것이다. 지상에는 모든 것이 얼어붙는 시간. 그의 아내가, 지하의 왕비가 집으로 돌아온다.

석현이 주희의 책을 다 읽었다. 주희는 다른 책 준비로 너무나 바빴다. 중간에 왜 쓰던 연재를 빨리 끝내지 않고 한눈을 파냐고 기존의 출판사로부터 문책성 경고 전화도 받았다. 이제는 세월아 네월아 하던 아랍 왕도 끝을 내야 했다. 게다가 결혼 준비도 해야 했다.

전자노트를 내려놓고 석현이 얼굴도 보기 힘든 연인이 도대체 무엇을 하는지 방으로 들어갔다. 주희가 책상에 누워서 노트북을 깔고 그나마 다행스럽게도 침은 노트북에서 멀리 밑으로 흘리면서 자고 있었다. 석현과 같이 살 집을 구하러 다니며 체력도 방전이 된 상태이다. 안아서 침대에 눕혀주고는 석현이 나오다가 자신의 테이블 위에 세워놓은 사진들을 바라보았다.

윤희와 함께 찍은 사진, 그리고 아버지와 함께 찍은 사진, 자신의 단독 사진, 이제는 주희와 뽀뽀를 하고 있는 사진 등. 크고 작은 사이즈로 일곱 개가 놓여 있었다.

석현이 아버지의 사진을 들고 한참 동안 바라보았다. 그리고 자신의 회사로 전화를 걸었다.

"이번 주에 단독 미니 전시회가 되는 장소를 찾을 수 있을까요?"

♡

명우가 가만히 청첩장을 바라보았다. 그 밑에 깔린 책도. 책은 정말 로맨스소설 책답게 분홍색이다. 분홍색을 배경으로 환하게 찍힌 꽃 사진의 표지를 보면서 명우가 주희를 바라보았다. 주희가 환하게 웃었다. 한쪽 눈썹을 찌푸리면서 명우가 책을 흔들었다.

"주희야, 너 설마 내가 이 책을 가지고 다닐 거라고 생각하는 건 아니지?"

"그럼요. 가지고 다니지 마시고 그냥 그 자리에서 읽으세요."

책이 풍기는 지나치게 달달한 향기라도 맡은 듯 장 회장이 멀찌감치 책을 밀었다.

"너무 분홍분홍 하지 않나? 내가 이걸 들고 다니면 우리 회사 사람들이 쳐다볼 것 같은데?"

주희가 의아한 눈으로 바라보았다.

"그게 뭐 어때서요? 남이 보기 때문에 읽고 싶은 책도 못 읽는다는 건 말도 안 되세요!"

명우가 약간 뜨악한 표정으로 바라보며 중얼거렸다.

"뭐, 굳이 읽고 싶은 것도 아닌데……."

주희가 책을 들고 장 회장의 곁으로 다가갔다. 그리고 책을 코밑으로 밀어 들고 울 듯한 표정을 지었다.

"아버님, 이 책은 아버님을 위해 쓴 거예요. 그냥 로맨스소설 책이 아니에요. 아버님과 선생님을 위한 기록이라고요. 다큐예요, 다큐. 그런데 아버님이 읽지 않으신다고 하시면……."

장 회장이 못마땅한 표정을 지으며 쓴웃음을 지었다.

"공주희 작가야, 석현이에게 맨 처음 들었을 때 내가 얼마나 화를 냈는지 네가 못 들었나 본데 지금도 많이 참고 있는 거다. 이름도 다르고 배경도 다르고, 심지어 모습도 아주 다르게 묘사해서 아무도 누군지, 실제의 이야기라는 것을 모를 거라고 장담을 했기 때문이야. 그러니 이 정도에서 너도 물러서라."

주희가 눈을 반짝이며 장 회장에게 다가갔다. 그리고 커다란 책상 위에 손을 탁 올려놓았다.

"그럼 좋아요! 내기를 하죠. 아버님이 읽어보시고 아, 공주희 이거, 작가로 돈 벌어먹고 살기 어렵겠다. 그만두라고 해야겠다. 하시면 제가 그만두겠습니다. 그만두고 아버님이 원하는 대로 착하게 집에서 석현 씨 내조하고 아이들 낳고, 아주 많이 많이요, 축구선수단 만들 정도로. 그리고 시간 나면, 애를 많이 낳고 시간이 남을 거라는 생각이 들지는 않지만! 장학재단 만들어서 좋은 일하고, 그러겠습니다."

장 회장의 눈이 빛났다. 그리고 손을 책 위에 탁 올려놓았다.

"좋아! 그런데 내가 만약 네가 재능이 있어 보이는데도 '공주희 그만두게 해야지' 하고 별로라는 말을 하게 될지 어떻게 아니?"

주희가 상냥하고 다정하게 웃었다.

"만약에 제 책이 좋아지시면 아버님이 말하시지 않아도 알게 될 거예요."

장 회장이 의기양양한 표정을 짓고 있는 주희를 보고 풋 웃음을 터뜨렸다. 주희가 따라 웃자 웃음소리는 더욱 커졌다.

손에 든 청첩장을 흔들면서 명우가 유쾌하게 말했다.

"좋아, 네 결혼식에서 말해주마. 꼭 읽고서 냉정하게 말해줄 거다. 나는 아무리 며느리라고 해도 냉철하게 판단하는 이성적인 시아버지니까."

주희가 다시 우는 표정을 지었다.

"우왕!! 아버님, 너무하세요!"

♡

벨이 울리자 택배기사가 작은 박스를 내밀었다. 윤희가 잠에서 깬 얼굴로 의아한 표정을 지었다.

"택배를 시킨 게 없는데……."

둥그런 얼굴에 순하게 생긴 택배기사가 어쩔 줄을 모르다가 박스의 이름을 바라보았다.

"김윤희 씨?"

"네."

기사는 겨우 안도의 숨을 쉬며 다시 말짱한 얼굴로 이해한다는,

이런 행동을 뭐 하루 이틀 보는 거 아니라는 프로의 향기를 풍기며 박스를 턱 안겼다.

"공주희 씨가 보내신 거네요. 선물이신가 보죠. 책이네요. 제가 척하면 바로 알거든요. 한 번은 안에 연필이 들었는데 몇 자루나 들었는지 알아맞힌 적도 있었어요. 그게 왜냐면……."

윤희가 놀란 얼굴로 헉 소리를 내고는 당장에 박스를 받아 들고 바로 문을 탁 닫았다. 기사가 놀라서 연필을 어떻게 맞혔는지 알기 싫은가? 라고 중얼거렸다.

방으로 들어간 윤희가 박스를 열었다. 분홍색 배경에 환하게 생긴 붉은 꽃이 그려져 있었다. 〈아직도 나는 그대를〉이라는 좀 유치해서 80년대 TV 드라마같이 생긴 제목도 그려져 있었다. 윤희가 침대에 앉아서 책을 펼쳤다.

그리고 30년도 더 전에 그녀가 처음 그를 만나서 어떻게 사랑하게 되었는지, 그리고 그의 진심이 무엇이었는지, 그녀가 그를 믿지 못했던 이유가 무엇이었는지, 왜 아직도 그를 사랑하는지, 처음부터 차근차근 자신의 열여섯 살과 함께 읽어 나갔다.

장 회장이 분홍 책을 손에 들고 전시회장으로 들어갔다. 전시회장은 홍보도 하지 않고 입장료도 아주 비쌌다. 게다가 작품도 많지 않아서 실제 거짓말 좀 보태면 입구에서 100미터쯤 가서 꺾어지면 출구였다. 게다가 회랑도 구석진 곳에 있어서 찾기도 어려웠다. 당연히 사람들은 거의 없었다. 대놓고 오지 말라는 의향이 충

만한 콧대 높은 전시회였다.

"쳇, 무슨 이런 전시회가 있나 그려? 이놈이 좀 도와줬더니 이제 돈이 종이로 보이나? 이렇게 비싸고 홍보도 안 하고 무슨 전시회를 한다고."

앞에서 투덜거리며 브로슈어를 사서 읽지도 않고 겨드랑이에 끼었다. 그리고 맨 앞의 커다란 사진을 올려다보았다. 순간 장명우는 머리에 총을 맞아도 이렇게 충격을 받지는 않았을 것이다. 입을 쩍 벌리고 명우가 사진을 보았다.

사진은 자신의 사진이었다. 그리고 아주 젊었다. 처음 그는 석현의 사진으로 착각했다. 하지만 그것은 자신의 사진이었다. 석현보다 약간 더 눈매가 날카롭고 눈꼬리도 올라가서 좋게 말하면 카리스마 넘치게 보였지만 나쁘게 말하면 '나쁘게' 보였다.

그 젊은 스무 살의 자신이 곁의 누군가를 바라보며 환하게 웃고 있었다. 곁에 있는 사람은 사랑하는 사람임이 틀림없다. 하지만 그는 잘린 사람이, 그 사람이 누군지 감도 잡히지 않았다. 무릎이 찍히기는 했지만 그것만으로는 여자인지 남자인지, 도무지 알 수가 없었다. 하지만 그 찍힌 방향을 바라보는 자신의 눈빛이 마치 햇살같이 보드랍다. 장 회장 자신도 그런 자신의 모습에 놀라서 당황했다.

그리고 천천히 다음 사진으로 간 순간 장명우는 연속으로 총을 맞은 기분이 되었다. 그것도 그저 단발의 호신용 38구경이나 작은 종류가 아닌 곰을 잡는 산탄총으로 말이다.

사진은 윤희였다. 어린 시절의 그녀는 반짝이는 호기심이 가득한 눈초리로 곁의 남자를 바라보고 있었다. 곁의 사람이 사실 남자인지 여자인지 모르겠다. 그것도 역시 펄럭이는 와이셔츠 자락만 찍혀 있었다. 하지만 그 순진한 얼굴에 가득한 기대감과 눈동자에 들어 있는 숨길 수 없는 종류의 감정은 입술에 묻은 미소와 함께 천사 같은 느낌을 주었다.

넋을 잃고 바라보고 있는 명우의 곁으로 언제 들어왔는지 젊은 남녀가 지나갔다. 여자가 작게 속삭였다.

"오빠, 이 소녀 진짜 귀엽지? 장난꾸러기 천사 같아."

오빠라고 불린 멀대같이 키가 큰 남자는 고개를 끄덕이며 같이 속삭였다.

"그래도 네가 더 예뻐. 그런데 이 표정은 정말 뭘 생각하기에 이렇게 지을 수 있는 거지?"

명우도 묻고 싶었다.

'뭘 생각하고 있기에 이런 표정을 지을 수 있는 거냐? 당신이 이 세상에서 제일 사랑스럽고 제일 알고 싶고, 제일 갖고 싶다, 라는 이런 표정은 언제 네가 지은 거냐?

그와 동시에 윤희의 그 어린 시절에 그 곁에 있었던 누군가가, 이 표정을 짓게 만든 그 누군가가 부러워서 질투가 났다. 그때 누가 있었지?

심기가 불편해진 장 회장이 천천히 걸어가며 다음 사진으로 걸어갔다. 사진들은 모두가 장 회장과 윤희, 그리고 가끔 수희도 있었다.

어두운 그늘에서 찍힌 수희의 사진 앞에 명우가 멈춰 섰다. 불쌍한 여자였다. 한쪽 얼굴이 그늘에 묻혀서 고단한 표정을 짓고 있는 여자는 어린 나이에도 불구하고 마치 노인 같은 표정을 짓고 있었다. 삶에서 희망이라고는 찾아볼 수 없고 그저 캄캄한 미래를 보려니 맨 정신으로는 살 수가 없는 얼굴이었다. 오지에 아이를 떨어뜨려 놓으면 이런 표정을 지을까? 쓸쓸하고 또 쓸쓸한 표정이다. 장 회장이 자신도 모르게 중얼거렸다.

"미안하다."

다음 전시관으로 들어서자 커다란 사진의 인물들이 서로 마주보고 있었다. 명우의 사진이 왼쪽을 보며 웃고 있었고 윤희의 사진은 오른쪽을 보고 웃고 있었다. 서로 마주 보고 웃는 것처럼 걸어놓아서 실제로 같이 찍은 사진이 아닌데도 불구하고 사진은 한 사진처럼 보였다.

명우의 사진은 이후 약간 나이가 든 사진이었다. 겨울인 듯 옷도 두껍고 추위에 코도 붉은지 어두운 색을 띠었다. 회랑의 모든 사진들은 전부 흑백 사진이었다. 일부러 칼라 사진을 흑백으로 처리해서 작업을 한 것이다.

사진 속의 명우는 곁의 누군가가 웃기는 농담이라도 말한 듯 환하게 이까지 보이며 웃고 있었다.

이 사진은 알고 있었다. 석현의 초등학교 졸업 때이다. 머리에 웃기는 모자를 쓰고 간만에 아버지를 만나 신이 난 석현이 학교에서 유행하는 우스개를 말해주고 있었다. 유치한데도 그렇게 웃길 수가 없었다. 그래서 명우는 석현의 손을 잡고 그날 저녁 내내 레스토랑에서 웃었다. 둘밖에 없었고 석현은 아버지와 단둘이, 그의 이야기를 들어주고 웃어주는 아버지가 너무 좋아서 계속 떠들었다.

그때 누가 사진을 찍었더라? 항상 가족 모임에 빠지지 않고 등장하는 사람들이 있었다. 윤희의 동생인 명성이 찍었나? 장인어른이 그렇게 아끼던 아들이었다. 하지만 위대한 사람이 되라고 이름까지 '명성'으로 지었는데 명성은 언제나 아버지를 실망시켰다. 집안의 물건을 가져다 팔아먹기 일쑤였고 집에 돈이 될 물건이 없자 친구 집을 털어서 일찌감치 파출소를 들락거렸다. 술을 마시고 도박을 하고 사람들이 하지 말라는 것은 모두 했다. 수희에게 간간이 돈을 받아서 쓰다가 이후에는 뭘 하는지 소식이 없었다. 그리고 나중에 윤희의 집에 가 그녀의 작품을 손에 넣어서 이리저리 온갖 곳에 팔아먹고 소송과 재판, 감옥으로 일관된 삶을 살았다. 하지만 그에게 단 하나 볼 것은 가족 모임에 와서 사진을 찍는 것이었다. 기분이 좋으면 멋진 사진을 찍어서 보내주었다. 그리고 기분이 나빠도 역시 사진을 보내주었다. 사진은 엉망으로 찍었지만.

석현의 초등학교 졸업 때에도 명성은 자신도 맛있는 거 먹고 싶다고 쫓아왔다. 하지만 레스토랑에 오래 있지는 못했다. 온갖 술을 마시고 주정을 하다가 금세 쫓겨났기 때문이다.

이 사진들은 필름으로 원래는 명성이 찍은 것이 분명했다. 그리고 보정과 기교로 사진을 작품으로 만든 것이 석현이다.

명우가 다시 사진을 바라보았다. 자신의 곁에 숨어서 보이지 않는 사람은 어린 석현이다. 석현을 바라보며 환하게 웃는 자신의 모습을 찍은 것이다. 그리고 그 곁의 마치 마주 보고 있는 듯한 사진은 윤희의 사진이었다.

윤희도 역시 나이를 먹은 사진이었다. 그리고 그녀가 찍힌 곳은 자신의 집이었다. 수희가 겉으로 석현을 끔찍이 위하는 척하고 그것에 속아서 그래도 아들은 잘 있겠지, 하고 일에 미친 듯이 몰두

하느라 들어오지 못했던 석현의 어린 시절의 그곳.

윤희는 작은 아이의 손을 꼭 잡고 환하게 웃고 있었다. 소매만 나온 사진이라 석현의 얼굴이 나오지 않았지만 그는 알 수 있었다. 그 작은 손은 석현의 손이고 윤희가 자신의 아이의 손을 꼭 잡고 웃고 있다는 것을.

한쪽 벽에서 서로 마주 보며 웃고 있는 사진을 명우가 멍한 얼굴을 하고 바라보고 있었다. 윤희의 사진들이 꽤 많았다. 팔이 작은 누군가와 곤충을 잡는 사진, 다리가 작은 누군가와 개울에서 찍은 사진 등. 윤희는 그 어린 시절 자신을 보며 웃던 사진과 꼭 닮은 미소로 작은 누군가를 바라보고 있었다.

"뭘 그렇게 보고 있어?"

뒤에서 말소리가 들려오자 명우가 뒤를 휙 돌았다. 그리고 순간 그 옛날로 돌아가 버렸다.

열여섯 살의 윤희가 자신에게 말을 걸었다.

"오빠, 뭘 그렇게 보고 있어?"

여름날이었다. 항상 보던 그 머슴아 같던 아이가 키가 훌쩍 커서 커다랗고 초롱초롱한 눈으로 호기심이 가득한 미소를 짓고 있었다. 손에 든 책을 보여주자 폴짝 다가와 책을 올려다보았다. 그리고 책에 시선을 고정하고 까치발을 하며 뭔지 보려 안간힘을 썼다. 그저 주려고 했던 마음이 슬그머니 장난을 친다. 책을 든 손을 올리고 이리저리 도망치자 열 받은 작은 얼굴이 팔에 매달려 책을 잡겠다고 기를 쓴다. 그 순간이다. 이 작은 녀석과 사랑에 빠져 버린 순간이.

명우가 윤희의 얼굴을 내려다보았다. 검은 옷과 검은 바지. 하얀 머풀러가 옷 중간에서 꼬리를 친다.

"옷이 이게 뭐야? 나이가 들어도 예쁜 옷들 많이들 입고 다니는데 넌 뭐 작가 티 내냐?"

윤희의 얼굴이 순식간에 붉어졌다. 명우의 심장이 더 빠르게 뛰기 시작했다.

"아, 아니야, 그런 거, 옷이 거의 없어서, 그래서……."

명우가 윤희의 손을 잡았다.

"옷 사러 가자."

윤희가 더듬거렸다.

"아, 아직 사진전 회랑을 다 돌지도 못했는데."

명우가 퉁명스럽게 대답했다.

"이까짓 사진은 봐서 뭐 해? 실물이 앞에 있는데."

명우가 윤희의 손을 잡고 뛰듯이 전시장을 나가 버렸다. 윤희의 손에서, 그리고 자신의 손에서도 브로슈어가 떨어졌지만 아무도 신경 쓰지 않았다.

20

　석현이 식장으로 들어가자 주희의 엄마가 손을 휘저으며 다급하게 불렀다. 뭐라고 말을 하시는데 도무지 알아듣지를 못하겠다.

　"아이고, 이것이, 미쳤는지 울고불고 난리를 치네. 대체 왜 그러는지 알 수가 있어야지. 그래서 그냥 자네를 부른 거야."

　석현이 신부대기실로 갔다. 주희가 문을 걸어 잠그고 있었다. 석현이 문을 두들겼다.

　"공주희! 나야, 문 열어."

　다시 문을 두들기자 빼꼼 문이 열리더니 석현을 잡고 황급히 끌어당기고는 다시 문을 잠갔다. 석현이 문을 잠그는 주희를 내려다보았다. 웨딩드레스를 예쁘게 입고 누군지 못 알아볼 정도로 신부 화장도 엄청나게 예쁘게 하고, 얼마나 울었는지 눈이 퉁퉁 부어 있었다.

석현이 주희의 얼굴을 두 손으로 감쌌다. 코에서 콧물까지 흐른다. 주희가 손에 든 휴지로 코를 닦았다.

"왜 그래? 자기 결혼식에서 신부가 이렇게 울고 말이야."

주희가 얼굴을 홱 돌리고 기다란 소파에 가서 모로 누웠다. 그리고 아무 말도 없이 소파 구석으로 파고들며 다시 훌쩍거렸다.

석현이 주희의 곁으로 가서 그 좁은 소파에 자신도 누웠다. 신혼부부는 칼날 위에서도 잘 수 있다더니 진짜인 듯싶다. 그리고 뒤통수에 입술을 가져다 댔다.

"말 안 해? 그러면 내가 추리해? 첫째, 나와 결혼하기 싫다. 갑자기 옛사랑이 너무 생각나서 도저히 결혼을 할 수가 없다. 둘째, 그 이상한 선배라는 새끼에게 같이 도망가자고 제의를 받았다. 셋째, 그놈이랑 같이 미국으로 가기로 결정했다. 그래서 나에게 말하려고 한다. 하아, 말하면서 생각하니 빡치는데? 그 새끼 어디 있어?"

소파에 얼굴을 묻은 주희가 우는 와중에도 킥킥거렸다. 그리고 웨딩드레스가 구겨지지 않게 조심하면서 몸을 돌려 석현을 향했다.

커다랗게 한숨을 쉬면서 주희가 석현을 바라보았다.

"아버님이랑 내기를 했어요. 내 책을 읽고 마음에 드시면, 내가 작가를 계속해도 되겠다고 판단이 들면 계속하고, 아니라고 생각이 들면 그만두기로……."

석현이 주희의 얼굴을 보면서 손수건으로 눈물을 닦았다.

"그래서? 아버지가 그만두래?"

주희가 고개를 저었다. 그리고 다시 천장을 보면서 한숨을 쉬었다.

"아버님은 아직 뵙지도 못했어요. 지금 손님들이 너무 많아서 인사하신다고 화장실도 못 가시던데요."

"그런데?"

주희가 다시 콧물을 닦았다.

"아까 누가 가져온 전자노트로 내 새 이북 평을 봤거든요. 그리고 그새 분기별 돈도 입금이 됐더라고요."

석현이 퉁퉁 부은 눈에 입맞춤을 했다.

"평이 완전 거지 같아요. 야한 것만 쓰던 사람이 왜 이러는지 모르겠다는 둥, 소설 우울하다는 둥, 필력이 스토리를 못 따라간다는 둥. 그런데 웃기는 게 뭔지 알아요?"

석현이 미소를 지었다.

"뭔데?"

주희가 어이가 없다는 표정을 지으며 분개한 표정을 지었다.

"입금된 돈이 2,400원이라는 거예요. 2,400원! 대체 몇 명이나 내 책을 사서 봤는데? 평을 쓴 사람들이 읽어보지도 않고 평을 쓰는 건 반칙 아닌가요? 원래 내가 이렇게 형편없이 받지는 않았거든요? 이번 책은 완전 망했어요."

석현이 주희에게 의아한 표정을 지으며 말했다.

"나는 좋았는데. 나는 이번 책 정말 괜찮았어. 담담하게 쓰기는 했지. 당신 스타일이 아닌 거는 알겠더라. 그런데 그렇게 나쁘지는 않는데."

주희가 다시 울기 시작했다. 석현이 손수건을 들었다.

"모르겠어요. 내가 이번에 너무 기대를 했나 봐, 당신에게 멋지게도 보이고 싶었고. 나도 야한 소설만 쓰지 않는다고, 가슴 아픈 사랑 이야기를 쓸 수 있다고, 내가 항상 받는 웃기는 평가를 받는 게 싫었나 봐요. 정말 이번에는 허황된 스토리에 말초적인 작품이라는 말은 안 듣고 싶었어요."

석현이 주희를 꼭 끌어안았다.

"공주희 작가는 착각하고 있나 봐. 내가 말해줄게, 잘 들어."

주희가 석현을 올려다보면서 손수건으로 코를 닦았다.

"그 책은 자기 소명을 다했어. 책임을 다한 책이야. 망한 책 아니야. 일단 아버지와 이모를 움직였잖아. 아버지는 다 읽었는지 모르겠지만 이모는 확실히 읽었어. 두 분이 서로 바라보는 모습이나 말을 하는 모습이 이전과는 달라. 그건 모두 이 책 덕분이야. 이제껏 자신의 아픔만으로 정신이 없던 사람들이 자신보다도 상대방이 더 크게 상처를 받았다는 것을 알게 해준 책이니까."

주희가 눈물을 멈췄다. 그리고 고개를 끄덕거렸다.

"그리고 공 작가, 솔직하게 말해줘. 이 책을 쓰면서 즐거웠어?"

주희가 눈을 동그랗게 뜨고 석현을 바라보았다. 너무 울어서 퉁퉁 부은 눈으로는 크게 뜨는 것이 힘들었다. 아무 말 없이 석현을 바라보자 석현이 미소를 지었다.

"즐겁지는 않았을 거야. 실제의 이야기라 자기의 특기인 환상적인 스토리가 끼어들기 어려웠으니까. 게다가 두 분의 이야기이다 보니까 야하게 쓰기도, 웃기기도 어려웠지."

주희가 시무룩한 표정을 지으며 고개를 끄덕였다. 석현이 주희의 입술에 입맞춤을 했다. 주희가 미소를 지었다.

"헤헤, 이거 좋은데요? 내가 기분 나쁘면 자기가 키스해 주기."

"내가 당신에게 언제 반했는지 알아?"

주희가 고개를 저었다. 석현이 주희를 다시 끌어안았다.

"내가 당신에게 야한 소설을 읽어서 부끄럽겠다고 말했을 때, 당신이 이렇게 말했지. '안 부끄러운데요'라고. 나는 그때 반했어. 물론 그전에 당신 소설에는 반해 있었지."

주희가 낙담하듯 한숨을 쉬었다.

"그게 뭐예요?"

"사랑하는 사람들이 사랑하고, 같이 있고 싶어 하는 것이 당연하고, 서로 만지고 싶어 한다는 것이 뭐가 이상하냐고 그런 눈빛으로 나를 바라보았거든, 당신이 그때. 나는 그때까지 한 번도 그렇게 순수하게, 정직하게 사랑을 해본 적이 없었지. 그런 사람을 본 적이 없었거든. 당신이 마녀같이 생각된 적도 있어. 왜, 커다란 솥에 이상한 약초랑 거미, 진드기 다리, 용의 오줌, 이런 거 넣고 부글부글 끓여서 사람들 정신을 매혹시키잖아."

주희가 뚱한 표정으로 중얼거렸다.

"매혹된 사람들이 그렇게 마녀를 까나?"

석현이 주희의 얼굴을 붙잡았다.

"나를 봐. 내가 독자야, 당신 독자. 내가 왜 당신 야한 소설을 좋아하냐면, 당신이 쓰면서 즐거워서 쓰는 게 느껴지기 때문이야. 지금 야하고 싶은데 다른 사람이, 나도 모르는 남들이 자신을 이상하게 생각할까 봐 야하지도 못하고, 상대방에게 무서워서 다가가지도 못하고, 사랑한다고 말도 못 하는 모든 사람들에게 당신은 말하고 있거든, 그거 별거 아니라고 말이야. 즐거운 일이라고, 생각만 해도 좋다고, 그렇게 자기가 쓰면서 즐거워했잖아."

주희가 오묘한 표정을 지었다. 그렇게 생각하면서 쓰지는 않았지만 석현의 표정을 보니 아니라는 말은 못 하겠다.

"그렇게 거창하게 생각하지는 않았던 것 같은데⋯⋯."

석현이 큰 소리로 웃었다.

"적어도 자기가 쓰면서 즐거워하면서 쓴 건 사실이야. 자기가 방금 쓴 글을 보고 킥킥거리는 거 몇 번이나 내가 봤으니까."

주희가 석현을 뚫어지게 바라보았다. 그리고 입맞춤을 했다.

"당신이 내 애독자라서 정말 다행이에요."

석현이 일어나서 커피포트에 든 물을 손수건에 적셔 주희의 눈에 눌렀다.

"또 하나는 모든 사람이 당신의 글을 사랑할 수는 없어. 알잖아? 좋아하는 사람이 51%면 성공한 거야."

주희가 가려진 눈 밑으로 입을 내밀면서 항의했다.

"당신이 몰라서 그러는데! 51%는 얼마나 조용한데, 좋아해도 조용해요. 그런데 이상하게 49%는 전투적이야. 전부 전투적인 사람들이 평을 쓰는데 내가 어떻게 기분이 좋겠어요?"

석현이 불쑥 나온 입에 쪽 입을 맞췄다. 그리고 주희를 일으켜 세웠다.

"당신은 독자가 나 하나라고 해도 글을 쓸 거야. 그렇지?"

주희가 눈을 빛냈다. 퉁퉁 부은 눈에 힘을 주니 웃기기도 했지만 석현은 입술을 깨물며 참았다.

"그럼! 당연하지. 이번에 망했지만 다음엔 꼭 성공할 거야! 성공하면 내가 맛있는 거 사줄게요. 나는 내 일을 즐기는 사람이니까!"

석현의 표정이 더욱 요상해졌다. 웃음을 참다가 뭔가 웃긴 표정을 지었다. 주희가 손으로 석현의 얼굴을 가리켰다.

"뭐예요? 내가 맛난 거 못 사줄 것 같아요?"

곁의 생수통을 들어 단숨에 들이켜며 석현이 심각한 표정을 지었다. 그리고 잠시 크게 숨을 쉬면서 심호흡을 했다. 눈을 뜬 석현이 크게 웃음을 지었다. 한여름에 너무 더운 곳에 있다가 시원한 곳에 들어와 크게 빙수를 한 수저 입에 넣은 표정이었다.

"당신에게 일은 즐기는 거라고 말하면서 그동안 나는 까맣게 까먹고 있었다는 생각이 들어서 웃겨서. 원래 환경이나 자연에 대한 사진을 찍는 걸 가장 좋아하면서 지금 계속 패션업계 쪽 일을 하잖아. 이제 정신 차리고 내가 좋아하는, 즐기는 일을 해야겠어. 그쪽이 시간도 여유롭고 말이야."

주희가 석현에게 다가가서 눈을 깜빡이며 불쌍하게 말했다.

"그런 의미로 아버님이 '너 주희, 2,400원 벌어서 뭐 할래? 당장 그만둬' 라고 말하면 곁에서 내 편 들어줘야 해요, 알았죠?"

석현이 웃으면서 고개를 돌리며 시선을 피했다.

"그런 의미라니? 그게 뭐야? 일을 즐기는 거랑 아버지하고 자기가 내기한 거 하고 무슨 상관이야? 그건 자기가 알아서 돌파해야지."

주희가 물에 젖은 손수건을 던지고 목소리를 높였다.

"너무해! 이러니까 내가 애독자를 믿지를 못해요! 말만 애독자야! 작가가 죽든가 살던가 관심도 없지."

석현이 웃느라 정신이 없었다. 배를 잡고 소파에 앉아 구르는 석현을 주희가 치마까지 걷고 달려가 물수건으로 찰싹 때렸다.

소란스러워지자 밖에서 사람들이 문을 부술 듯이 두들겼다.

"식이 시작되었어요! 신부님하고 신랑님이 이렇게 딴짓을 하고 있을 때가 아닙니다! 원, 꼭 이렇게 몇 달에 한 번은 딴짓을 하는 커플이 있어요!"

석현과 주희가 놀라서 벌떡 일어섰다. 그리고 문을 벌컥 열고 항의했다.

"그런 거 아닙니다! 저희 그런 종류의 딴짓 안 했어요!"

석현이 웃느라 허술해 빠진 윗옷과 소파에 구겨 앉느라 주름이 진 바지, 주희가 물수건으로 때려서 허벅지가 물로 얼룩진 바지 바람으로, 주희가 물투성이에 새빨간 얼굴로 석현을 때리느라 난리 치면서 살짝 얼굴을 내민 가슴의 패드, 무릎까지 올라간 치마 바람으로 열심히 항의했다.

사람들이 부끄러운 표정으로 돌아서서 '너희 급한 사정은 충분히 알았으니까 빨리 나오라'고 말을 했다.

"너 공주희, 2,400원 벌어서 뭐 할래? 당장 그만둬."

주희가 인상을 쓰고 석현을 노려보았다. 신혼여행을 갔다 와서 장만한 1층의 단독주택에 눕자마자 바로 장 회장에게 호출이 왔다. 본가의 저택에 들어서자마자 장 회장의 잔소리가 빗발쳤다. 석현이 딴 곳을 보고 있다가 윙윙 울리는 전화기를 봤다.

"아, 잠깐만요. 전화 좀 걸고요."

석현이 빠져나가자 주희가 더 울상이 됐다.

"아, 아버님, 그, 그건…… 아 참, 읽고 감상은 어떠세요?"

"나는 좋았다. 담담하게 그리 웃기지도 않고, 너무 신파조로 흐르지도 않고 좋았는데, 그게 문제가 아니지. 네가 팔리지 않는 작가라는 게 문제지."

"아버님, 그게 이 업계가 좀 그럴 때가 있어요. 잘 팔릴 때도 있고 못 팔릴 때도……."

장 회장이 콧방귀를 뀌었다.

"웃기는 소리!"

주희가 다급하게 소리쳤다.

"잠깐만요, 아버님! 잘 팔려야 한다는 조건은 내기에 없었는데요! 그저 아버님의 판단에 가능성이 있느냐 없느냐로 판단한다고 하셨잖아요."

장 회장이 웃으면서 고개를 저었다.

"내가 중요한 거래에서 중요한 말은 절대로 잊지 않는단다. 네가 한 말은 내가 '아, 공주희 이거 작가로 돈 벌어먹고 살기 어렵겠다. 그만두라고 해야겠다'라고 판단한다면이라고 말했다. 2,400원이라면 누구라도 먹고살기 어렵다고 판단하지 않겠냐?"

주희가 부루퉁한 얼굴로 투덜거렸다.

"제가 나중에 엄청나게 유명해지면 반드시 아버님 이야기를 할 거예요. '소설 쓰는 초반에 저희 시아버님이 그렇게 반대를 하셨죠! 그런데 제가 이렇게 유명하게 되다니 정말 아버님의 판단이 틀린 것을 알게 돼서 기쁘기 한량없어요'라고 꼭 인터뷰마다 할 거예요."

장 회장이 조금 생각하는 듯한 표정을 짓더니 고개를 끄덕이며 승낙한다는 제스처였다.

"그래, 인터뷰는 승낙하마."

밖에서 석현이 문을 열고 들어오며 지금 오면 어쩌냐는 표정을 짓는 주희에게 윙크를 했다.

그리고 바로 뒤를 따라서 느닷없이 윤희가 들어왔다.

"오빠, 주희는 그만둘 수 없어요. 오빠 책 아직 다 안 읽었다고 했잖아요. 그러면서 무슨 접어라 마라 하세요?"

장 회장이 놀라서 벌떡 일어섰다. 그리고 석현을 노려보더니 헛 기침을 하며 변명했다.

"그 정도로 팔려서 무슨 작가를 한다고…… 그냥 집에서 애나 보고 살림을 하는 게 훨씬 남는……."

윤희가 장 회장의 앞에 서서 허리에 손을 얹었다. 장 회장이 갑자기 자리에 앉아서 다른 곳을 보았다.

"오빠, 저와 약속했잖아요. 주희가 가능성이 있으니까 밀어주기로 약속하셔 놓고 그러시면……."

장 회장이 불만이 있다는 듯 고개를 들고 벌떡 일어섰다.

"그래! 너 나랑 약속하면서 다음 날 같이 강원도 별장에 가자고도 약속했었다. 그런데 다음 날 연락도 안 되고, 이 나이에 내가 너랑 밀당을 해야겠냐?"

윤희가 여전히 허리에 손을 얹고 바로 받아쳤다.

"오빠는 그 전날 찍힌 그 사진은 뭔데요? 다정하게 신문에도 났던데요! 우현그룹 장 회장의 새로운 애인이라고요. 그 젊은 스무 살짜리 연예인 말이에요! 그 여자가 오빠 가슴에 손 얹고 있는 거 봤는데 제가 왜 오빠랑 같이 별장에 놀러 가요?"

장 회장이 열 받는다는 듯 자켓을 벗었다.

"참 나! 그건 걔가 아무 생각 없이 그냥 한 거야. 나는 손을 댄 줄도 몰랐어. 너는 모르겠지만 이제까지 걔들하고 다닌 거는 그저 대내외용으로 잘나가는 중년 꽃미남이라는 콘셉트를 잡고 있었던 것뿐이야. 진짜로 손잡은 거 외에는 너한테 숨길 거 없다."

명우와 윤희가 다투고 있자 석현이 주희에게 손짓을 했다. 주희가 발소리를 죽여서 살금살금 거실을 나갔다.

둘이 소리 내지 않고 큰 저택을 빠져나갔다. 석현이 차에 타자 주희가 조수석에 오르면서 놀란 얼굴로 물었다.

"석현 씨, 지금 저 두 분이 사귀시는 거예요?"

주희를 보면서 석현이 대답했다.

"왜? 싫어?"

주희가 가만히 앉아서 있다가 별안간 중얼거렸다.

"그럼, 선생님이 시어머니가 될 수도 있는 거예요?"

석현이 갸우뚱하더니 야릇한 미소를 지으며 고개를 저었다.

"그건 나도 모르지. 이모에게 물어봤는데 결혼은 안 하신다고 하시더라고. 호적이 복잡하대. 그런데 모르지, 아버지가 워낙 강경하시니까. 이모는 두 분이 손잡고 여행 다니고, 데이트하고 그 정도도 좋다고 하시더라고."

주희가 한숨을 쉬었다.

"아, 선생님이 어머님이 되면 좋겠다. 글 쓰다 막히면 찾아가서 이야기도 하고, 같이 술도 마시고, 그 김에 남편, 아버님 뒷담화도 하고 흉도 보고."

석현이 웃으면서 고개를 저었다.

"아버지에게 말해봐. 아버지 도와줄 테니 그걸로 내기는 접자고 말이야."

주희가 웃으면서 박수를 쳤다.

"좋은 생각입니다. 기다려 주세요. 저 공주희 반드시 필권을 되찾고 말겠습니다."

♡

하얀 머리칼을 가진 남자의 눈 색은 보라색이다. 하지드 왕은 자신을 죽음에서 깨어냈을 때 여자가 하얀 머리칼에 보라색 눈으로 변했다는 말을 얼핏 들었다. 그리고 눈앞의 남자는 그녀를 살릴 수 있다고 그에게 찾아온 18번째 사람이었다.

온갖 의사와 마법사, 치료사들이 불려 왔지만 그녀를 깨우지는 못했다. 정신 나간 마법사가 헤아의 옷을 벗기려 해서 그 자리에서 목이 잘려 나갔다.

남자는 아무리 봐도 나이를 짐작하기 힘들었다. 나이가 꽤 든 것처럼 묵직한 중압감과 자신도 모르게 신중하게 상대하게 되는 기운이 그를 이미 노인처럼 느껴지게는 했지만 얼굴이나 손, 드러난 팔뚝 등은 주름 하나 없었다. 그리고 눈빛과 기운이 젊은 그것처럼 날카롭고 강인했다.

"그녀를 살려주겠소."

백발의 남자가 맑지만 나직한 목소리를 냈다. 하지드가 깊은 눈빛으로 뚫어지게 바라보았다.

"대가는 무엇을 원하는가? 나에게는 일곱 개 대륙에서 제일 큰 사파이어와 알라신의 황금산이 있다. 뭘 원하든 그대가 원하는 것을 줄 것이다."

백발의 남자가 고개를 저었다.

"대가는 그녀요. 그녀를 데리고 갈 것이오."

왕의 눈빛이 거칠어졌다. 사나운 눈빛으로 왕이 주먹을 쥐었다.

"그건 불가하다!"

왕은 거대한 사막의 주인이고 아라비아의 막대한 무역 상업지의 주인이었다. 그가 원해서 불가능한 것이 없었고, 그가 화를 내면 모두가 공포에 떨었다. 그의 지위가 주는 공포가 아니라 그의 무자비하고 강한 공격력과 잔인하고 지독한 지배력 때문이었다. 그의 살벌한 이름 덕으로 그의 왕국은 점점 더 거대하고 풍요로워지고 있었다.

그런 그의 앞에서 백발의 남자는 겁이 없다. 남자는 조용한 말투로 타이르듯 속삭이며 말을 이었다.

"그녀는 아무도 깨울 수 없소. 그녀의 왕국 신녀는 죽음에서 사람을 구할 수 있소. 하지만 그것은 최고의 신녀가 최고의 신력을 소유하게 되었을 때 가능한 것이오. 그녀는 신녀가 되지도 못했고, 제대로 의식을 치를 능력도 없었소. 그녀가 이곳으로 붙잡혀 오지 않았다면 최고의 신녀가 되었겠지. 그런데 놀랍게도 제대로 배우지도 못했는데 그녀는 당신을 죽음에서 살려냈소. 그 대신에 자신의 영혼이 잡혀 있지. 내가 아니면 아무도 그녀를 깨우지 못하오."

"다른 것을 원하라! 뭐든 그대의 손에 넣을 수 있다."

백발의 남자의 눈빛이 상냥해졌다. 남자는 조용하고 낙담스러운 어조로 위로하듯 왕에게 말했다.

"왜 그녀를 원하시오? 이제 깨어나도 그녀는 그전처럼 신력을 발휘하지도 못하고 미래도 보지 못하고 아무 쓸모가 없소."

하지드 왕의 눈에서 분노가 솟구쳤다. 그가 이를 갈면서 이 낯선 남자에게 자신의 두려움을 보여야 할까 봐 분노하고 겁을 냈다.

"신녀로 그녀를 원하는 게 아니다. 그녀는 내 왕비가 될 것이다."

백발의 남자의 눈빛이 냉정하게 변했다.

"선택을 하시오. 이제 그녀에게 남은 시간이 별로 없소. 며칠 안에 그녀는 영원히 죽음을 맞이할 것이오."

왕이 그녀가 누워 있는 제단 위로 몸을 숙였다. 금발이 점점 더 옅어지고 있었다. 하얗게 빛나던 그 백발이 아니라 기운이 없이 탈색되어 가는, 빛바랜 낡은 금속같이 그녀가 사라지고 있다는 것이 눈에 보였다.

하지드 왕이 입술을 깨물고 백발의 남자를 향했다. 그리고 침착하게 말을 했다.

"살려라. 그대의 말대로 할 것이다."

백발의 남자는 왕을 가만히 바라보았다. 그리고 제단 위로 올라갔다. 금발의 머리칼을 만지작거리던 백발의 남자가 다시 왕을 뚫어지게 바라보았다.

하지드 왕의 시선과 나이를 가늠하기 힘든 남자의 눈이 부딪쳤다. 남자는 왕이 약속을 지키지 않을 것을 알았다. 그리고 왕은 그가 그것을 알고 있다는 것을 느꼈다.

왕이 초조하게 그를 내려다보며 숨을 죽이고 손을 떨고 있는데 백발의 남자가 서서히 헤아에게 다가갔다. 백발의 남자가 자신의 허리춤에서 작은 단도를 꺼냈다. 단도는 너무 작아서 그의 손바닥만 했다. 단도를 헤아의 이마에 올리자 단도는 웅웅거렸다.

백발의 남자가 눈을 감고 조용히 이마에 손을 대고 주문을 외웠다. 주문을 외울수록 단도는 더욱 크게 웅웅 소리를 냈다. 단도에서 울리는 소리는 마치 악기처럼 날카로워지기 시작했다.

쳐다보던 사람들이 귀를 막았다. 왕은 가까이에서 그를 지켜보며 꿈쩍도 하지 않았다. 단도가 점점 더 붉어졌다. 백발의 남자가 단도를 손으로 살짝 잡고 그녀의 두 눈 위에 올려놓았다. 단도는 다시 웅웅거렸고 이제는 작고 날카로운 소리를 마치 여자의 비명 소리같이 울렸다.

백발의 남자가 단도를 이제 손톱으로 겨우 잡고 헤아의 뺨에 올려놓았다. 단도의 움직이는 웅웅거리는 소리는 멈췄지만 비명 소리는 더욱 높은 소리로 올라가 이제는 마치 속삭이는 소리처럼, 붉은 비단나방의 날갯짓처럼 아주 작게 들렸다.

남자의 주문 소리도 작게 들렸다. 언어가 아닌 한숨처럼 속삭임처럼 남자는 입안에서 주문을 외웠다. 그리고 단도의 움직임이 멈췄을 때, 남자가 눈을 번쩍 떴다. 남자의 눈은 온통 새빨갛게 변해 있었다.

백발의 남자가 단도를 움켜쥐고 헤아의 목을 세로로 깊숙이 찔러 넣었다. 귀를 막고 있던 사람들이 비명을 질렀다. 왕이 두 눈을 크게 뜨고 다가갔다. 그리고 백발의 남자는 마치 염소 젖으로 만드는 치즈에 꽂은 것처럼 가볍게 단도를 뽑아냈다. 목을 찔렀는데도 불구하고 단도에는 피 한 방울 묻지 않았다. 하지만 헤아의 목에는 구멍이 났다. 그리고 그 구멍으로 작은 한숨처럼 숨소리가 토해져 나왔다.

백발의 남자는 손에 있는 무엇인가를 헤아의 목에 집어 넣었고 자신의 손목에 걸친 천으로 감싸서 꽉 묶었다. 헤아의 목에서는 여전히 피가 나오지 않았다. 그리고 헤아의 입이 벌어지면서 한숨 소리를 시작으로 기침이 쏟아져 나왔다.

왕이 급하게 다가가서 헤아의 얼굴을 들여다보았다. 기침을 하면서 얼굴이 붉어지고 숨을 쉬느라 입은 더욱 벌어졌다. 그리고 눈이 번쩍 떠졌다.

이마에 손을 대고 있던 남자는 그녀가 거칠게 숨을 쉬자 그제야 손을 내려놓고 단도를 자신의 품속에 집어 넣었다.

헤아는 숨을 쉬면서 주위를 둘러보았고 그 눈빛은 당황하고 겁에 질렸다. 그녀가 자신도 모르게 손으로 목을 감싼 천을 쥐어뜯었다. 천이 내려가며 헤아의 목이 드러났다. 그런데 그곳에는 아무 상처도 보이지 않았다.

왕이 헤아에게 다가갔다. 그리고 그녀의 얼굴을 잡았다. 안도의 한숨과 기쁨에 그는 그녀의 입술에 입술을 가져갔다. 소스라치게 놀라면서 고개를 돌린 헤아는 왕을 공포가 담긴 눈빛으로 불안하게 바라보았다.

"당신은 누구지?"

그녀는 아라비아 왕국의 말이 아닌 북해의 말을 더듬거리며 했다. 왕이 경악스러운 표정을 하고 백발의 남자를 바라보았다. 그 시선을 따라서 더듬으며 헤아가 백발의 남자를 보았다. 그리고 반가움과 애정이 담긴 눈빛으로 그에게 손을 내밀었다.

"아버지."

하지드 왕은 백발의 남자를 방에 가두었다. 헤아는 왕을 알아보지 못했다. 그가 다가오면 놀라서 도망을 쳤다. 그녀가 너무 몸을 떨어서 왕은 그녀에게 다가가지 못했다.

밤이 되자 왕이 백발의 남자를 불렀다. 왕이 혼자 있는 방에서 백발의 남자가 고개를 숙이자 왕이 그를 바라보며 허리에 두른 커다란 언월도를 꺼냈다. 그리고 그 시퍼렇게 날이 선 칼을 바라보았다. 왕이 남자에게 푸른 보석이 가득 든 가죽주머니를 던져 주었다.

"지금 혼자 떠나라. 아니면 지금 이 칼로 죽이겠다."

백발의 남자가 나지막하게 한숨을 쉬었다.

"그 아이는 신녀가 되어야 하오. 그 외에는 그녀의 삶의 의미는 없소. 신녀로 태어난 아이란 말이오."

왕이 서늘한 눈빛을 빛내며 미소를 지었다.

"사람의 삶의 의미는 신이 결정하는 것이 아니다. 사람들이 스스로 결정하는 것이다."

백발의 남자는 왕을 물끄러미 바라보았다. 한참 동안 바라보다가 이윽고 고개를 끄덕였다.

"내일 아침 혼자 떠나겠소. 헤아의 기억은 돌려줄 수 없소."

왕이 무표정하게 그를 바라보았다. 백발의 남자는 잠시 망설이다가 그를 되돌아보며 자상한 미소를 지었다.

"만약에 딸이 손녀를 낳는다면 그때 와서 손녀를 데리고 가겠소."

하지드 왕은 여전히 말없이 그를 노려보고 있었다. 백발의 남자는 조용히 소리도 없이 사라졌다.

아침이 되어 백발의 남자가 성의 어디에도 보이지 않자 그가 혼자 사라진 것을 확신했다.

헤아는 백발의 남자가 사라지자 아이같이 울었다. 왕은 그녀를 안고 위로해 주었다. 검은 머리칼을 흩날리며 왕이 헤아의 머리칼을 쓰다듬어 주자 헤아는 고개를 올리고 그에게 물었다.

"나는 누구죠?"

왕이 헤아를 품에 안고 다시 아라비아어를 하지 못하는 그녀에게 북해의 말로 속삭였다.

"너는 내 왕비다. 내 연인이고, 내 아들의 어머니가 될 사람이지."

헤아가 하지드 왕을 뚫어지게 바라보며 아라비아어로 서툴게 중얼거렸다.

"당신의 연인."

왕이 그녀의 입술로 입술을 내리자 그녀가 놀라서 고개를 돌렸다. 왕이 다시 부드럽게 두 손으로 얼굴을 잡았다. 그리고 입술을 가져가 살그머니 포겠다. 입맞춤은 너무나 부드러웠다. 그녀의 입술을 핥고, 머금고 안으로 미끄러져 들어갔다.

헤아의 긴장한 손에 힘이 들어갔다가 그의 손이 더욱 부드럽게 어루만지자 힘이 빠졌다. 하지드 왕이 그녀의 눈을 바라보며 말했다.

"너는 기억하게 될 거다. 내가 얼마나 사랑하는지. 나를 얼마나 사랑했는지."

헤아의 눈동자가 불안하게 흔들렸다. 그녀가 무슨 말을 하려고 하는 순간 하지드가 다시 속삭였다.

"만약 기억하지 못한다고 해도 상관없어."

그녀의 얼굴이 잠시 붉어졌다. 다음 순간 헤아의 눈빛이 날카로워지면서 반짝였다. 그녀의 손가락이 왕의 검은 머리카락을 만지작거렸다. 왕이 다시 입술을 내리면서 속삭였다.

"지금부터 다시 당신과 사랑하면 되니까."

"끝!"

주희가 노트북을 덮고는 엉덩이 댄스를 추었다. 통화를 하고 있는 석현의 목소리가 들려왔다.

"네, 이사님. 그렇게 결정했잖아요. 이사님 능력 됩니다. 걱정 안 하셔도 돼요. 이제 패션이나 건설은 그쪽 부서가 전담하기로 했으니까 수익은 이사님 능력으로 높이시면 되죠. 적게 나도 상관없어요. 그리고 저는 자연하고 환경 쪽을 담당하기로 했으니까 제가 적자 내면 이사님이 잘 봐주셔야죠. 괜히 엄살 부리시는 거 알아요. 전화 끊습니다."

주희가 석현이 있는 거실로 가면서 소리 질렀다.

"석현 씨! 끝! 다 썼다. 술 마시러 가자!"

석현이 웃으면서 팔짱을 꼈다.

"뭐 사줄 건데?"

주희가 다시 엉덩이 댄스를 췄다. 생각하는 척하면서 주희가 볼에 손가락을 대고 애교를 떨었다.

"이번에는 감이 좋아! 특별히 오늘은 노가리에 골뱅이 추가."

석현이 주희의 허리를 잡고 끌어안았다. 그리고 주희의 귀에 대고 말했다.

"오늘 밤에 읽어볼 거야. 내일 월차 내야겠어."

주희가 손을 풀고는 지갑을 서둘러 찾았다. 그리고 다시 거울 앞으로 가서 복장을 점검했다.

"으헉! 내가 이러고 있으면 옷 갈아입으라고 말해줘야지, 이게 뭐야? 주홍색 추리닝은 어디서 나서 입고 있는 거지? 그리고 왜 위에는 반짝이 나시 티야? 그런데 내일 월차는 왜 내? 어디 가?"

석현이 주희의 허리에 손을 감았다.

"오늘 밤새 당신이 책을 읽어줄 것 같거든. 당신이 야하게 읽으면 난 무시무시한 짐승이 되거든."

주희가 고개를 저으면서 재빨리 슬리퍼를 신고 현관으로 내뺐다.

"노노, 피곤해서 잘 겁니다. 남편님도 일찍 주무세요."

석현이 어슬렁거리며 따라갔다.

"유일한 독자를 이렇게 홀대하다니, 악플 달 거야."

주희가 당장 돌아와서 석현의 팔짱을 꼈다.

"으엥! 안 돼! 뭐라고 악플 달 건데?"

"일에 미쳐서 신혼인데 남편하고 러브러브 밤일도 안 한다고."

주희가 캭캭거리며 웃었다. 그리고 석현과 손잡고 골목길을 걸어 내려갔다.

"러브러브 밤일? 그거 단어 좋은데? 그거 제목으로 써도 돼?"

석현이 삐죽하게 툭툭거렸다.

"안 돼! 오늘 러브러브 밤일 없으면 그거 못 써!"

주희가 다시 웃었다. 그리고 석현에게 귓속말을 했다. 석현이 마주 보고 웃었다. 둘이 내려가는 길 위로 가로등이 환하게 켜지기 시작했다.

에필로그

"우와, 이거 읽어봤어요?"

명품 가방에서 검은색의 책을 발견한 비서가 주희에게 환호성을 올리며 바싹 다가왔다.

"응? 뭐?"

"이거요, 이거. 사모님 가방에서 발견했는데요, 이거 되게 유명한 책이에요. 저 솔직히 이 작가 좋아해요. 너무 야한 거 쓴다고 일부에서는 까지만 말이에요."

자신의 가방에서 발견한 자신의 책을 들고 흔들고 있는 비서를 보고 주희가 진땀을 흘리며 웃었다.

저 책을 내가 왜 가방에 넣어서 나왔지? 누구 준다고 가지고 나왔던 것 같은데?

자신의 열한 번째 종이책 〈은밀한 숲〉이다. 물론 책은 공주희가 아닌 공작새라는 필명으로 출간되었다. 판타지적인 로설작가로 공작새는 그 야한 19금의 세계를 탁월하게 묘사하여 명성이 높았다.

"이 작품 정말 야해요. 저는 사실 이분이 그 바다에서 하는 장면, 그건 틀림없이 상상 속에서 지어낸 거라고 생각해요. 그런 자세가 나오기 힘들잖아요. 무슨 체조선수도 아니고 말이에요. 그죠?"

아닌데? 그거 지난여름에 발리에 놀러 갔을 때 애들 아빠랑 해봤는데? 몰라서 그렇지, 물속에서는 중력이 약하기 때문에 의외로 아크로바틱한 자세가 가능하다고!

주희가 반박하고 싶은 욕구를 근근이 누르면서 업무실에 들어섰다. 우현그룹과 피플스 라이프의 지원을 받는 '문학사랑'이라는 재단의 이사인 주희가 로설작가인 공작새라는 것을 아는 사람은 공주희의 사랑하는 가족 외에는 없었다.

커피를 마시면서 주희가 재단에서 이번에 추진하는 중고등학교 학생들의 이야기모임대회를 논의했다. 선생님과 작가들을 초청하는 문제로 담당들 간에 의견이 엇갈려서 회의는 시끄럽기 시작했다.

"이 선생님은 어제 전화해 봤는데요, 학생들이 이야기모임대회에 부정적이더라고요."

주희가 고개를 기우뚱했다.

"왜? 다른 선생님들은 좋아하던데."

담당자가 쓴웃음을 지었다.

"중고등학생이 공부를 해야지, 무슨 소설 이야기모임대회냐고……."

주희가 흐음, 하는 소리를 냈다. 어째서 이야기의 힘을 무시하는 거냐! 미적분보다 이야기의 힘이 더 낮다고 생각하다니! 그것도 선생씩이나 되는 사람들이! 주희가 미소를 지었다.

"다른 호의적인 선생님과 하면 되지, 뭐."

작가들 담당자가 머리를 싸매고 힘없이 말했다.

"그것도 그렇고 그 정 작가님이 자기는 무협소설가인 김동인 작가랑 같이하는 거면 안 한다고 하시는데요?"

주희가 고개를 들었다.

"누가?"

"그 문학상 받으신 분 있잖아요. 그분이 장르소설가와는 같이 안 하신다고……."

주희가 문득 서늘한 표정을 지었다. 정말 이놈의 작가들, 이 세계에서 제일 잘난 멋에, 아니, 우주에서 제일 잘난 멋에 사는 이 지긋지긋한 작가들!

상냥하고 우아한 미소를 지으며 피플스 라이프 대표의 사모님 이자 우현그룹의 며느리인 공주희 사모님이 대답했다.

"그럼 하지 말라고 해."

다크서클이 내려간 얼굴로 담당자가 잠시 헷갈리는 얼굴로 다시 물었다.

"그럼, 이사님, 누구한테 하지 말라고 전화해야 하나요?"

"그 문학상 받으신 분 있잖아, 정 작가님. 그분이 하기 싫다며? 그럼 그분께 하지 말라고 해."

모두들 잠시 어리벙벙한 얼굴로 공주희 사모님을 바라보았다.

공주희 사모님은 참, 이런 작가들의 생태를 몰라서 그런지 이런 문제에 정말 깔끔하게 순수한 얼굴로 결론을 내리신다. 벌써 몇 번이나 이런 경우는 대회의 성격을 위해서 문학상 받으신 분을 올리고 장르작가님께 죄송하다고 해야 하는데 공주희 사모님은 그런 거 없었다. 누구든 같이 열정을 가지고 하겠다고 하는 분과 손잡고 일하는 것이 제일이라고 여긴다. 정말 작가들이 뭔지 모르시는 분이 틀림없었다.

직원들이 살짝 한숨을 쉬고 그래서 자신들이 이 재단을 사랑할 수밖에 없는 걸까 하는 의구심을 갖고 고개를 끄덕였다.

어쩌면 아이들도 더 좋아할 수도 있었다. 문학이 뭐네, 심미적인 표현과 어려운 언어로 잠들게 하는 것보다 무협과 판타지, 로맨스로 무장한 작가들이 아이들에게는 더 인기가 있으니까.

그러나 그러고 나면 선생님과 학부모의 항의는 매번 재단의 직원들이 도맡아 들었다. 그런 경우에도 공주희 사모님의 순수한 변론은 매번 선생님들과 학부모의 비난을 받아넘겼다. 뭐라고 비난을 받아도 공주희 사모님의 대답은 한결같았다.

"사회가 힘들수록! 인문학에 노력해야 합니다! 이야기의 힘을 가볍게 여기지 마세요! 모든 유명한 브랜드는 이야기의 힘이 깃들어 있습니다. 그중에 사랑 이야기는 제일입니다! 사랑은 모든 것을 이겨낼 수 있어요. 사회문제도, 경제문제도, 심지어 경범죄도 사람들이 사람에게 사랑을 가지고 대하면 해결할 수 있다고 믿어요. 아시겠죠?"

직원들이 상당히 질린 얼굴로 고개를 끄덕이면 공주희 사모님은 만족하고 가볍게 문제를 해결한 후에 항상 재단에 사모님을 데리러 오는 여전히 멋진 사진작가인 남편분과 사랑의 힘을 실천하러 솜털같이 가볍게 걸어갔다.

〈The End〉

작가 후기 ★★★

〈야한 로맨스소설〉은 나름 엄청나게 야한 소설을 쓰겠다는 원대한 포부로 시작한 이야기입니다. 비록 정말 야한 이야기를 쓰지는 못하고 말았지만 말입니다. 물론 '지금도 충분히 야하다'고 말하시는 독자가 계시겠지만 제가 원하는 야함은 이것보다 더! 더! 야한 소설입니다. '도대체 이 작가가 뭘 쓰려고 한 게냐?'고 눈을 흘기시는 독자분들이 보이는 듯하군요. 호호호. (내심 부끄러운 웃음입니다.)

하지만 실제로 야하게 쓰겠다는 마음만 있을 뿐이지, 도대체 SM이나 펫돔은 전혀 흥미가 없는 평범한 취향의 아줌마로서는 야한 소설이란 마치 도달할 수 없는 무릉도원이나 아니면 수영을 못 하는 사람이 바다를 바라보는 마음이랄까요?

아무튼 그저 그런 약간 야한 로맨스로 끝이 나고 말았지만, 로맨스의 야함이란 개인적으로 좋아하는 사람과 내가 야하다고 생각하는 행동(?)을 하는 것이라는 생각이 듭니다.

이 애매모호한 야함을 좋아해 주신 편집자님께 감사합니다. 귀신같이 허술한 부분을 잡아내는 점. 또한 감사(T.T)하고요.

나중에 정말 실력이 더 늘게 된다면 언젠가는 꼭 엄청나게 야한 소설을 써서 대한민국을 떠들썩하게 만드는 것이 제 작은 꿈입니다. 그때까지 꼭 기다려 주세요. 감사합니다.

2015년 봄. decafe 올림.